U0153561

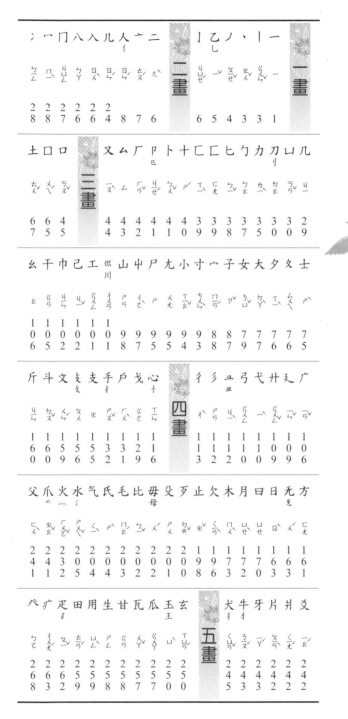

部首名稱及索引

部首索引

六畫
而(ㄦˊ) 325　老(ㄌㄠˇ) 324　羽(ㄩˇ) 322　羊(ㄧㄤˊ) 321　网(ㄨㄤˇ) 319　缶(ㄈㄡˇ) 319　糸(ㄇㄧˋ) 306　米(ㄇㄧˇ) 304　竹(ㄓㄨˊ) 296

立(ㄌㄧˋ) 295　穴(ㄒㄩㄝˊ) 292　禾(ㄏㄜˊ) 288　内(ㄖㄡˋ) 287　示(ㄕˋ) 284　石(ㄕˊ) 279　矢(ㄕˇ) 278　矛(ㄇㄠˊ) 278　目(ㄇㄨˋ) 273　皿(ㄇㄧㄣˇ) 271　皮(ㄆㄧˊ) 270　白(ㄅㄞˊ) 269

七畫
見(ㄐㄧㄢˋ) 377

西／襾(ㄧㄚˋ)　衣／衤(ㄧ)　行(ㄒㄧㄥˊ)　血(ㄒㄩㄝˋ)　虫(ㄔㄨㄥˊ)　虍(ㄏㄨ)　艸(ㄘㄠˇ)　色(ㄙㄜˋ)　艮(ㄍㄣˋ)　舟(ㄓㄡ)　舛(ㄔㄨㄢˇ)　舌(ㄕㄜˊ)　臼(ㄐㄧㄡˋ)　至(ㄓˋ)　自(ㄗˋ)　臣(ㄔㄣˊ)　肉／月(ㄖㄡˋ)　聿(ㄩˋ)　耳(ㄦˇ)　耒(ㄌㄟˇ)

八畫
長(ㄔㄤˊ) 420　金(ㄐㄧㄣ) 430

里(ㄌㄧˇ) 429　采(ㄅㄧㄢˋ) 428　酉(ㄧㄡˇ) 426　邑／⻏(ㄧˋ) 425　辵／辶(ㄔㄨㄛˋ) 417　辰(ㄔㄣˊ) 411　辛(ㄒㄧㄣ) 411　車(ㄔㄜ) 407　身(ㄕㄣ) 401　足(ㄗㄨˊ) 400　走(ㄗㄡˇ) 399　赤(ㄔˋ) 399　貝(ㄅㄟˋ) 396　豸(ㄓˋ) 393　豕(ㄕˇ) 393　豆(ㄉㄡˋ) 391　谷(ㄍㄨˇ) 389　言(ㄧㄢˊ) 378　角(ㄐㄩㄝˊ) 379

九畫
非(ㄈㄟ) 455　青(ㄑㄧㄥ) 453　雨(ㄩˇ) 453　隹／佳(ㄓㄨㄟ) 455　隶(ㄉㄞˋ) 452　阜／⻖(ㄈㄨˋ) 447　門(ㄇㄣˊ) 443

十畫
馬(ㄇㄚˇ) 472

香(ㄒㄧㄤ) 477　首(ㄕㄡˇ) 472　食(ㄕˊ) 468　飛(ㄈㄟ) 466　風(ㄈㄥ) 466　頁(ㄧㄝˋ) 462　音(ㄧㄣ) 461　韭(ㄐㄧㄡˇ) 451　韋(ㄨㄟˊ) 451　革(ㄍㄜˊ) 459　面(ㄇㄧㄢˋ) 459

十一畫
鬼(ㄍㄨㄟˇ) 480　鬲(ㄌㄧˋ) 480　鬯(ㄔㄤˋ) 477　鬥(ㄉㄡˋ) 477　髟(ㄅㄧㄠ) 476　高(ㄍㄠ) 476　骨(ㄍㄨˇ) 476

十二畫
麻(ㄇㄚˊ) 499　麥(ㄇㄞˋ) 499　鹿(ㄌㄨˋ) 491　鹵(ㄌㄨˇ) 480　鳥(ㄋㄧㄠˇ) 480　魚(ㄩˊ) 485

十三畫
黹(ㄓˇ) 493　黑(ㄏㄟ) 492　黍(ㄕㄨˇ) 492　黃(ㄏㄨㄤˊ) 491

十四畫
鼠(ㄕㄨˇ) 499　鼓(ㄍㄨˇ) 499　鼎(ㄉㄧㄥˇ) 494　黽(ㄇㄧㄣˇ) 494

十五畫
齊(ㄑㄧˊ) 496　鼻(ㄅㄧˊ) 495

十六畫
齒(ㄔˇ) 496

十七畫
龠(ㄩㄝˋ) 498　龜(ㄍㄨㄟ) 497　龍(ㄌㄨㄥˊ) 497

攜帶中文系列

精編小學生

審訂音字典

五南圖書出版公司 印行

編輯的話

攜帶中文，去學中文，提升自己的競爭力！

美國投資大師羅傑斯曾寫給女兒十二封信，每封信都有值得銘記於心的箴言。其中，第七封信是：「這是中國的世紀，去學中文！」——參與一個偉大國家的再現，購買這個國家的未來！」

這位素來有「華爾街金童」、「華爾街的印第安那瓊斯」封號的投資大師，老早就洞悉「學中文」的重要性。

「**去學中文**」！這是一句多麼具震撼力的話。但是，國內每個人都從小開始學中文，一點也不覺得中文有什麼難，也絲毫不認為需要好好的「**去學中文**」。

真的如此嗎？以下七個問題，倒可以測試你需不需要再學中文……

一・「ㄉㄨˇ」肉飯，括號中的字怎麼寫？

二・懸梁刺「ㄍㄨˇ」，括號中的字你知道正確寫法嗎？

三・烘「焙」蛋糕，括號中的字怎麼讀？

四・「涮涮」鍋，括號中的字你知道正確讀音嗎？

五・「漲」、「脹」、「撿」、「檢」、「揀」這五個字，你分得清楚嗎？

六・我們要有「破釜沉舟」或「踏破鐵鞋」的決心？

七・「揮汗成雨」和「汗如雨下」，哪句成語可以比喻人數眾多？

以上七道題目都是簡單的中文常識，然而，相信很多人都一頭霧水，不知道答案。網路上有個經典笑話，可證明中文程度低落，一定會鬧笑話……

2

某學生請假的理由是「出殯」，老師糾正他，出殯是往生的人，不是活著的人。學生聽了，點點頭，修改請假理由。老師一看，差點昏了過去，原來假單上寫著：「陪葬」。

為了提升大家的中文程度，進而提升自我競爭力，「五南辭書編輯小組」特策畫「攜帶中文系列」共十餘冊，既實用又好查好用。其五大特色簡述如下：

一‧方便攜帶：輕巧修長，裝入袋、擺抽屜、放書架都適合。

二‧容易查閱：依內文查索需要，附注音索引或部首索引或總筆畫索引，方便讀者使用。

三‧內文實用：符合學生和一般社會人士使用。

四‧價格實惠：平價工具書，不會造成預算負擔。

五‧系列呈現：有字典、辭典、成語、熟語（包括格言、諺語、俗語、歇後語）、造句、寫作分類詞彙、詞彙解析等等，內容完整，幫助你學好中文。

3

「去學中文」！投資大師羅傑斯的話猶言在耳，學好中文，才有競爭力！否則，常常讀錯音、寫錯字、用錯詞語或成語，又重演了古人「臨難『母狗』免」，或今人「罄竹難書」的笑話，豈不尷尬？舉例來說，我們要照顧父母的「下半生」，一旦寫成「下半身」，任誰看了滿腦子都是問號；問人「心願」是什麼，如果寫成「遺願」，一定會被瞪白眼；上司出差，本應祝他「一路順風」，你若講成「一路好走」，相信到時候，是上司「叫你走」！老人家過生日，應祝壽星「鶴壽千歲」，你若講成「駕鶴西歸」，恐怕壽星當場會氣得「一命嗚呼」。

上述例子雖然是笑話，卻也在在證實了「學中文」的重要性，以及需要性。「攜帶中文系列」讓你隨身帶著中文走，利用時間學中文，了解中文，熟稔的運用中文，大大提升自己的競爭力！

4

目　錄

凡　例

這本字典是針對小學的小朋友編寫的，目的是幫助小朋友認清字形，讀準字音，了解字義，進而活用字詞。

我們的編輯原則是：用詞力求淺顯，解釋及舉例力求正確。

我們的編輯體例是：每一個字分為字形欄和字義欄，並附有注音及部首索引。分別舉例說明如下：

一、字形欄

1. 根據教育部公布的「常用國字標準字體表」及國民小學各科課本，精選出約六千個字頭，先按照部首歸類，再依照部首外筆畫數的多少排序。

1

2. 字形以教育部公布的標準字體為準。

3. 每個字頭先寫出字音再寫出部首和部首以外的筆畫數，本字典所標注的字音都是根據教育部最新審訂音標注的。

4. 例如：三 ㄙㄢ ｜一部 ｜2畫

二、字義欄

1. 每個字頭依次解釋字義，並舉出適當的詞句做為例子。

2. 所選的字義盡量符合小朋友的語文程度及實際需要，解釋和舉例也都盡量口語化。例如：

(1)數目名，大寫是「叁」，阿拉伯數字寫作「3」(2)表示多數、多次：【再三】(3)姓。

2

ㄊ	ㄉ	ㄈ	ㄇ	ㄆ	ㄅ
1 5	1 2	1 0	8	5	3

ㄐ	ㄏ	ㄎ	ㄍ	ㄌ	ㄋ

注音查字表

3 1	2 8	2 6	2 3	1 9	1 8

ㄖ	ㄕ	ㄔ	ㄓ	ㄒ	ㄑ
5 1	4 8	4 6	4 2	3 8	3 5

ㄜ	ㄛ	ㄚ	ㄥ	ㄣ	ㄗ
5 6	5 6	5 6	5 5	5 3	5 2

ㄤ	ㄣ	ㄢ	ㄡ	ㄠ	ㄟ	ㄞ
5 7	5 7	5 7	5 7	5 7	5 7	5 7

			ㄩ	ㄨ	ㄧ	ㄦ
			6 3	6 1	5 8	5 8

決定性的注音索引（ㄅ 部）

犯	芭	粑	笆	疤	捌	扒	巴	吧	叭	八	● ㄅㄚ
392	342	304	296	263	141	133	102	049	047	026	

靶	霸	罷	爸	灞	把	伯	● ㄅㄚˇ	靶	把	● ㄅㄚˋ	鈸	跋	拔
460	457	320	241	231	134	075		459	134		431	402	137

伯	● ㄅㄛ	餑	鉢	菠	般	缽	磻	玻	波	撥	剝	● ㄅㄛˊ	吧	● ㄅㄚ˙
013		469	433	348	339	319	284	251	210	151	033		049	

脖	檗	薄	箔	礴	百	渤	泊	柏	搏	悖	帛	博	勃	剝
332	306	302	299	289	269	211	211	179	148	120	103	041	036	033

簸	檗	擘	播	● ㄅㄛˇ	跛	簸	● ㄅㄛˋ	鵓	駁	鉑	薄	蔔	舶	膊
302	194	153	150		402	302		487	473	432	357	339	339	334

粺	稗	敗	拜	● ㄅㄞˋ	百	擺	佰	● ㄅㄞˇ	白	● ㄅㄞˊ	掰	● ㄅㄞ	蘗	薄
305	290	157	138		269	151	015		269		145		360	357

備	倍	● ㄅㄟ	北	● ㄅㄟˇ	背	碑	盃	痺	杯	揹	悲	埤	卑	● ㄅㄟ
021	017		038		330	281	271	266	177	142	122	071	040	

孢	包	● ㄅㄠ	輩	貝	褙	被	蓓	背	糒	狽	焙	憊	悖	北
088	038		409	394	376	373	353	300	305	247	237	127	120	038

鴇	飽	褓	寶	堡	保	● ㄅㄠˇ	雹	● ㄅㄠˊ	鞄	褒	苞	胞	煲	炮
486	468	376	093	076	016		455		460	375	340	330	237	234

班	斑	搬	扳	❀ㄅㄢ	鮑	鉋	豹	爆	瀑	暴	抱	報	刨	❀ㄅㄠ
252	159	147	135		482	432	393	240	230	169	138	72	31	

扴	拌	扮	半	伴	❀ㄅㄢˇ	阪	闆	飯	版	板	❀ㄅㄢˇ	頒	般	瘢
242	136	134	40	12		447	446	339	243	177		463	339	267

幫	傍	❀ㄅㄤ	笨	❀ㄅㄣ	苯	畚	本	❀ㄅㄣ	賁	奔	❀ㄅㄣ	辮	絆	瓣
105	21		296		344	261	174		396	78		412	309	257

蚌	蒡	膀	磅	棒	旁	徬	傍	❀ㄅㄤˊ	膀	綁	榜	❀ㄅㄤˇ	邦	梆
362	360	333	282	186	162	116	21		334	311	189		422	183

❀ㄅㄧ	迸	蹦	繃	榜	❀ㄅㄥ	繃	❀ㄅㄥˇ	甭	❀ㄅㄥˊ	繃	崩	❀ㄅㄥ	鏰	謗
	415	405	316	189		316		259		316	99		437	388

佛	❀ㄅㄧ	鄙	筆	秕	比	彼	妣	匕	❀ㄅㄧˇ	鼻	荸	❀ㄅㄧˊ	逼	幅
12		424	297	289	202	113	81	38		496	346		418	104

枇	斃	敝	拂	愎	必	弼	庇	幣	婢	壁	埤	嗶	俾
177	159	158	136	123	116	112	100	106	084	874	741	62	19

篦	算	秘	祕	碧	睥	痺	痹	畢	嬖	壁	狴	泌	怭	比
301	300	289	285	282	276	266	261	260	256	254	247	103	203	203

閉	鈚	避	辟	跛	賁	詖	祂	薜	薛	萆	蔽	篦	臂	箅
443	432	421	411	402	396	283	357	360	355	355	355	352	336	301

ㄅ

第一列
◎ㄅㄧ — 弊 112 | ◎ㄅㄧㄠ — 瘭 268 | ◎ㄅㄧㄝ — 憋 405 | 別 31 | ◎ㄅㄧㄝ — 鱉 494 | 鷩 484 | 憋 126 | ◎ㄅㄧ — 髀 477 | 陛 449 | 闢 444

第二列
錶 435 | 裱 375 | 表 372 | 婊 84 | ◎ㄅㄧㄠ — 髟 478 | 飆 467 | 鑣 441 | 鏢 439 | 彪 361 | 膘 335 | 猋 247 | 標 191 | 杓 176 | 摽 150

第三列
篇 352 | 窆 293 | 扁 131 | 匾 39 | ◎ㄅㄧㄢ — 鞭 460 | 邊 421 | 蝙 361 | 編 314 | 邊 303 | 砭 280 | ◎ㄅㄧㄢ — 鰾 484 | 摽 150 | ◎ㄅㄧㄠ

第四列
采 429 | 遍 418 | 辯 412 | 辨 411 | 變 390 | 辮 318 | 汴 208 | 徧 115 | 弁 109 | 平 105 | 卞 41 | 便 16 | ◎ㄅㄧㄢ — 貶 395 | 褊 376

第五列
◎ㄅㄧㄥ — 鬢 479 | 臏 336 | 殯 201 | 擯 154 | ◎ㄅㄧㄣ — 賓 397 | 繽 318 | 瀕 230 | 濱 228 | 檳 194 | 斌 160 | 彬 113 | 儐 23 | ◎ㄅㄧㄣ

第六列
併 15 | 並 3 | ◎ㄅㄧㄥ — 餅 469 | 稟 290 | 秉 288 | 炳 233 | 柄 179 | 昺 166 | 屏 96 | 丙 2 | ◎ㄅㄧㄥ — 并 105 | 冰 28 | 兵 27

第七列
埠 71 | 佈 13 | 不 2 | ◎ㄅㄨ — 補 374 | 捕 140 | 哺 55 | 卜 41 | ◎ㄅㄨˇ — 舖 469 | 逋 416 | ◎ㄅㄨ — 病 263 | 摒 146 | 并 105

第八列
杷 177 | 扒 133 | ◎ㄆㄚ — 趴 401 | 葩 352 | 帕 56 | ◎ㄆㄚ — 鈽 432 | 部 423 | 簿 302 | 步 199 | 怖 118 | 布 102

第九列
繁 316 | 皤 270 | 婆 84 | ◎ㄆㄛˊ — 陂 448 | 潑 226 | 坡 69 | ◎ㄆㄛ — 怕 118 | 帕 103 | ◎ㄆㄚˋ — 耙 325 | 葩 298 | 琶 253 | 爬 241

拍	✿	魄	霸	醱	迫	粕	破	珀	朴	✿	頗	巨	✿	鄱
137	ㄆㄞ	481	457	428	413	304	280	251	175	ㄆㄛ	464	46	ㄆㄛ	424

✿	醅	胚	呸	✿	湃	派	✿	排	✿	牌	排	徘	俳	✿
ㄆㄟ	427	330	51	ㄆㄟ	220	213	ㄆㄞ	144	ㄆㄞ	243	144	115	19	ㄆㄞ

拋	✿	霈	配	轡	珮	沛	妃	佩	✿	陪	賠	裴	培	坏
137	ㄆㄠ	456	425	411	252	208	80	15	ㄆㄟ	449	397	375	71	69

泡	✿	跑	✿	跑	袍	炮	庖	咆	匏	刨	✿	脬	胞	泡
210	ㄆㄠ	402	ㄆㄠ	402	373	333	107	51	38	32	ㄆㄠ	332	330	210

✿	番	潘	攀	✿	瓪	培	剖	✿	抔	✿	砲	匏	疤	炮
ㄆㄢ	261	227	154	ㄆㄢ	258	72	33	ㄆㄡ	135	ㄆㄡ	280	271	264	233

盼	畔	拚	叛	判	✿	蟠	般	胖	繁	磻	磐	盤	槃	弁
274	261	138	45	31	ㄆㄢ	369	339	330	316	283	282	272	190	110

龐	傍	✿	膀	磅	滂	乓	✿	噴	✿	盆	溢	✿	噴	✿
109	21	ㄆㄤ	334	282	221	5	ㄆㄤ	62	ㄆㄣ	271	220	ㄆㄣ	62	ㄆㄣ

研	烹	澎	抨	怦	亨	✿	胖	✿	螃	膀	旁	方	徬	彷
279	234	26	137	119	18	ㄆㄥ	330	ㄆㄤ	367	334	62	1	115	113

捧	奉	✿	鵬	逢	蓬	芃	膨	篷	硼	澎	棚	朋	彭	✿
142	78	ㄆㄥ	448	416	355	341	335	301	226	186	172	113		ㄆㄥ

	霹	被	紕	砒	披	批	匹	劈	丕		踾	碰	椪	
ㄆㄧˋ	457	373	308	279	136	135	39	34	2	ㄆㄥ	404	281	186	ㄆㄥ

	鼙	陴	陂	禆	脾	罷	皮	疲	琵	毗	比	枇	埤	啤
ㄆㄧ	495	450	448	375	333	320	270	264	253	203	203	177	71	57

辟	譬	擗	屁	媲	副	僻		癖	痞	仳	圮	否	匹	仳
411	390	153	96	85	34	23	ㄆㄧ	268	265	262	68	49	39	11

朴	嫖		飄	票	漂	嫖		撇		瞥	撇		驚	鬩
175	86	ㄆㄠˊ	467	286	284	286	ㄆㄠˇ	149	ㄆㄝˋ	277	149	ㄆㄝ	489	447

	驃	票	漂	慓	剽		莩	縹	瞟	漂	殍	摽		瓢
ㄆㄢ	475	286	284	126	34	ㄆㄠ	347	317	277	284	200	150	ㄆㄠˇ	257

	騙	片		駢	蹁	褊	胼	平	便		翩	篇	扁	偏
ㄆㄧㄢ	474	242	ㄆㄧㄢˋ	474	405	376	332	105	16	ㄆㄧㄢˊ	323	300	131	20

娉	乒		牝		品		顰	頻	貧	蘋	嬪		拼	姘
84	4	ㄆㄧㄥ	24	ㄆㄧㄣ	53	ㄆㄧㄣˇ	466	464	395	559	86	ㄆㄧㄣ	140	82

	聘		馮	評	蘋	萍	秤	瓶	枰	憑	平	屏	坪	
ㄆㄨ	326	ㄆㄥ	472	359	348	289	257	280	127	105	96	96	69	ㄆㄥ

菩	脯	璞	濮	樸	朴	扶	匍	僕		鋪	撲	扑	噗	仆
348	332	256	229	192	175	134	38	22	ㄆㄨˋ	434	150	133	62	9

舖	瀑	曝	暴	❀	譜	溥	浦	普	埔	圃	❀	蹼	蒲	葡
339	230	170	169	ㄆㄨˋ	389	221	214	167	70	66	ㄆㄨ	405	352	351

瑪	嗎	❀	麼	麻	蟆	痳	嘛	❀	嬤	媽	❀		舖
255	60	ㄇㄚˊ	492	491	367	265	61	ㄇㄚˊ	86	85	ㄇㄚ		434

模	摩	摹	❀	摸	❀	嘛	嗎	❀	螞	罵	❀	馬	媽	碼
191	149	149	ㄇㄛˊ	148	ㄇㄛ	·ㄚ 61	60	ㄇㄚˇ	367	320	ㄇㄚˇ	472	367	282

嘿	冒	万	❀	抹	❀	麼	魔	饃	謨	蘑	膜	模	磨	無
62	28	2	ㄇㄛˋ	136	ㄇㄛˊ	492	481	470	389	354	334	306	283	235

貉	袜	莫	茉	脈	秣	磨	漠	沫	沒	歿	末	抹	幕	寞
393	374	346	344	331	283	283	223	210	207	200	174	136	104	92

❀	買	❀	霾	埋	❀	麼	默	墨	驀	靺	陌	貘	貊
ㄇㄞˇ 395	395	ㄇㄞˊ 457	457	70	ㄇㄛˋ 492	·ㄜ 492	492	492	475	460	448	393	393

玫	煤	湄	沒	楣	梅	某	枚	嵋	媒	❀	麥	邁	賣	脈
251	236	220	207	188	184	177	177	100	85	ㄇㄟˋ	491	421	397	331

瑁	昧	寐	媚	妹	❀	鎂	美	每	❀	黴	霉	酶	莓	眉
254	165	92	85	81	ㄇㄟˇ	437	321	202	ㄇㄟˊ	493	456	426	347	274

❀	卯	❀	髦	錨	茅	矛	氂	毛	旄	❀	貓	❀	魅	袂
ㄇㄠˇ	41	ㄇㄠˊ	478	436	343	278	203	203	162	ㄇㄠ	393	ㄇㄟˋ	481	373

謀	繆	眸	牟	●	貿	貌	袤	茂	蝥	眊	旄	懋	帽	冒
387	316	275	243	ㄇㄡˊ	395	393	374	343	325	274	162	128	104	28

滿	●	鰻	饅	顢	鞔	蹣	謾	蠻	蔓	瞞	埋	●	某	●
224	ㄇㄢˇ	484	470	466	460	405	389	370	354	277	70	ㄇㄞˊ	178	ㄇㄡˇ

門	捫	們	●	悶	●	鏝	謾	蔓	漫	慢	慢	墁	曼	●
443	143	18	ㄇㄣˊ	122	ㄇㄢˋ	39	389	354	255	255	104	74	45	ㄇㄢˋ

蟒	莽	●	茫	芒	盲	氓	忙	●	們	●	燜	懣	悶	●
367	347	ㄇㄤˇ	344	341	204	116	186	ㄇㄤˊ	18	ㄇㄣˊ	239	128	122	ㄇㄣˋ

蒙	萌	矇	瞢	盟	甍	濛	氓	檬	朦	曚	懵	●	朦
352	349	278	277	272	258	229	204	195	173	170	128	ㄇㄥˇ	278

彌	●	瞇	咪	●	瞢	孟	夢	●	鼆	錳	蜢	猛	●	虻
112	ㄇㄧ	276	53	ㄇㄧ	277	77	76	ㄇㄥˋ	494	435	365	247	ㄇㄥˇ	362

芈	米	敉	弭	●	麊	麛	醚	迷	謎	麋	靡	禰	獼	瀰
321	304	157	111	ㄇㄧˇ	490	459	427	418	388	317	306	287	249	231

冪	謐	覓	蜜	糸	秘	祕	泌	汨	日	密	宓	幎	●	靡
494	388	378	365	306	289	285	211	163	8	91	90	28	ㄇㄧˋ	459

●	苗	瞄	描	●	喵	●	蠛	蔑	篾	滅	●	芈	咩	●
ㄇㄠˇ	343	276	145	ㄇㄠˊ	60	ㄇㄠ	371	354	301	221	ㄇㄧㄝˋ	321	54	ㄇㄧㄝ

9

繆316　ㄇㄡ　繆316　眇274　廟108　妙81　ㄇㄠˋ　邈421　藐358　綢315　秒288　眇274　渺220　淼218　杪178

緬314　眄274　湎220　沔208　娩84　勉36　冕28　免25　ㄇㄧㄢˊ　綿313　瞑277　眠274　棉186　ㄇㄧㄢˊ　謬388

抿136　憫126　愍124　ㄇㄧㄣˇ　緡315　民204　岷98　ㄇㄧㄢˋ　麵491　面459　瞑276　眠274　ㄇㄧㄢ　覕459　腼334

瞑276　溟222　暝169　明164　名48　冥28　ㄇㄧㄥˊ　電494　閩445　閔443　皿271　澠228　泯212　黽169　敏157

ㄇㄨˇ　畝261　牡244　母202　拇137　姥83　姆82　ㄇㄨˋ　命52　ㄇㄧㄥˋ　鳴486　銘433　酩426　蟆367　茗345

莫346　首343　繆316　穆292　睦275　目274　牧243　牟240　沐174　木169　暮126　慕104　幕　墓73　募37

髮478　砝280　法210　ㄈㄚˊ　閥445　罰320　筏298　法211　乏4　ㄈㄚˊ　發269　伐11　ㄈㄚ　[ㄈ]

ㄈㄟ　飛467　非458　霏457　蜚365　菲349　緋313　扉132　妃80　啡56　ㄈㄛˊ　佛12　ㄈㄛˋ　琺253　ㄈㄚ

吠50　ㄈㄟˇ　誹386　蜚365　菲349　翡323　篚301　榧190　斐159　悱123　匪39　ㄈㄟˊ　腓333　肥329　淝218

●	缶	否	不	●	茉	●	不	●	費	肺	痱	狒	沸	廢
ㄈㄢ	319	49	2	ㄈㄡ	342	ㄈㄡˊ	2	ㄈㄟ	395	329	266	246	211	108

藩	蕃	繁	礬	燔	煩	樊	帆	凡	●	蕃	翻	番	旛	幡
358	356	316	284	239	236	191	102	3	ㄈㄢˊ	356	324	261	163	105

分	●	飯	販	范	範	犯	泛	汎	氾	梵	●	返	反	●
30	ㄈㄣ	468	394	343	300	245	210	207	206	183	ㄈㄢˇ	413	4	ㄈㄢˇ

份	●	粉	●	鼖	焚	汾	墳	●	雰	芬	紛	氛	棻	吩
11	ㄈㄣˇ	304	ㄈㄣˇ	495	235	208	74	ㄈㄣˊ	455	342	308	204	186	49

妨	坊	●	芳	枋	方	坊	●	噴	●	糞	憤	忿	奮	分
81	68	ㄈㄤ	341	176	161	68	ㄈㄤ	62	˙ㄈㄣ	306	217	217	79	31

放	●	髣	訪	舫	紡	放	彷	倣	仿	●	魴	防	肪	房
156	ㄈㄤ	378	330	309	308	156	113	170	170	ㄈㄤˇ	482	427	329	131

逢	縫	●	風	鋒	豐	蜂	葑	瘋	烽	灃	楓	峰	封	●
416	316	ㄈㄥ	466	439	392	364	356	265	235	231	187	99	93	ㄈㄥ

敷	孵	夫	傅	伕	不	●	鳳	風	諷	縫	奉	俸	●	馮
158	88	77	21	10	2	ㄈㄨ	486	467	387	316	17	87	ㄈㄥˋ	472

幅	宓	孚	夫	匐	俘	佛	伏	●	麩	趺	袜	膚	稃	溥
104	90	87	77	38	16	12	11	ㄈㄨˊ	491	402	373	335	290	221

縛	紱	紼	符	福	袚	浮	氟	桴	枹	服	拂	扶	彿	弗
315	310	310	296	286	286	214	204	185	180	172	136	134	113	111

俯	✿	敝	鵬	鳧	髶	郛	輻	袱	蝠	簠	芣	符	芙	罘
17	ㄈㄨˊ	494	488	486	478	423	410	374	366	350	347	344	341	320

付	✿	黼	頯	釜	輔	腐	腑	脯	甫	父	斧	撫	柎	府
9	ㄈㄨˇ	494	464	430	409	333	332	332	259	241	160	150	138	107

賻	賦	負	訃	覆	複	腹	袝	父	復	富	婦	咐	副	傅
398	397	394	380	377	375	334	286	241	115	92	84	51	34	21

瘩	妲	✿	褡	答	搭	✿	ㄉ	鮒	駙	馥	附	阜	赴
267	82	ㄉㄚ	376	298	147	ㄉㄚ		482	473	472	448	447	400

地	✿	德	得	✿	躂	✿	大	✿	打	✿	韃	靼	達	答
68	ㄉㄜ˙	116	114	ㄉㄜˊ	406	ㄉㄚˊ	77	ㄉㄚˋ	132	ㄉㄚˇ	461	460	418	297

帶	岱	大	代	✿	逮	歹	✿	獃	待	呆	✿	的	得	底
103	98	77	10	ㄉㄞ	416	200	ㄉㄞˇ	248	11	49	ㄉㄞ	270	115	107

得	✿	黛	駘	逮	迫	貸	詒	袋	玳	毒	殆	戴	怠	待
114	ㄉㄟˋ	493	474	416	414	395	382	373	350	200	200	131	118	114

盜	悼	到	倒	✿	禱	擣	搗	島	導	倒	✿	叨	刀	✿
272	122	32	18	ㄉㄠˇ	287	154	148	99	94	18	ㄉㄠˇ	46	30	ㄉㄠ

竇	痘	瀆	●	陡	蚪	斗	抖	●	都	兜	●	道	蹈	稻
295	265	230	ㄉㄡˋ	449	362	160	134	ㄉㄡˇ	423	25	ㄉㄡ	417	405	291

耽	簞	眈	湛	殫	擔	單	丹	●	鬥	門	逗	豆	讀	荳
326	302	274	219	201	153	59	3	ㄉㄢ	480	479	415	391	390	347

擔	憺	憚	彈	啖	但	●	膽	疸	撣	撢	●	酖	鄲	聃
153	128	126	112	51	13	ㄉㄢˋ	335	264	152	151	ㄉㄢˇ	425	424	326

鐺	襠	當	璫	噹	●	誕	蛋	萏	石	澹	淡	氮	檐	旦
441	376	262	256	63	ㄉㄤ	385	363	350	279	228	216	205	194	163

鐙	登	燈	●	蕩	盪	當	擋	宕	●	黨	讜	檔	擋	●
440	269	239	ㄉㄥ	355	273	262	250	90	ㄉㄤˋ	493	391	194	152	ㄉㄤˇ

羝	滴	氐	低	●	鐙	鄧	蹬	磴	瞪	凳	●	等	●
321	223	204	14	ㄉㄧ	440	442	420	283	277	226	ㄉㄥˋ	297	ㄉㄥˇ

鏑	適	迪	荻	翟	糴	笛	的	狄	滌	敵	嫡	嘀	●	鏑
438	420	413	347	323	306	297	270	246	225	185	85	61	ㄉㄧˊ	439

弟	帝	娣	地	●	邸	詆	骶	砥	牴	氐	柢	抵	底	●
111	103	84	68	ㄉㄧˋ	422	382	379	280	244	204	180	137	107	ㄉㄧˇ

渫	涉	堞	喋	●	爹	●	遞	諦	蒂	締	第	睇	的	棣
221	214	72	59	ㄉㄧㄝˊ	242	ㄉㄧㄝ	419	386	351	314	297	275	270	186

刁	凋	❀	鰈	迭	蹀	跌	諜	褋	蝶	耋	碟	疊	疶	喋
30	29	ㄉㄧㄝˊ	484	413	405	402	387	376	366	325	282	262	257	243

丟	❀	釣	調	掉	弔	吊	❀	鵰	鯛	雕	貂	碉	彫	叼
3	ㄉㄧㄠˋ	430	386	143	110	47	ㄉㄧㄠ	488	483	454	393	281	113	46

店	奠	墊	佃	❀	點	碘	典	❀	顛	癲	滇	掂	巔	❀
106	79	73	13	ㄉㄧㄢˋ	493	281	27	ㄉㄧㄢˇ	466	268	221	145	100	ㄉㄧㄢ

❀	噹	❀	靛	電	鈿	踮	簟	甸	田	玷	澱	淀	殿	惦
ㄉㄤ	63	ㄉㄧㄢˋ	458	456	433	404	302	260	259	251	227	218	202	121

❀	鼎	頂	酊	耵	❀	靪	釘	酊	町	疔	町	叮	仃	丁
ㄉㄧㄥˇ	494	462	425	326	ㄉㄧㄥ	459	430	425	273	266	260	46	9	1

犢	牘	瀆	毒	櫝	❀	都	督	嘟	❀	錠	釘	訂	碇	定
245	243	230	202	195	ㄉㄨˊ	423	275	62	ㄉㄨˋ	435	430	380	281	89

妒	❀	賭	覩	肚	篤	睹	堵	❀	黷	髑	頓	讟	讀	獨
80	ㄉㄨˇ	398	378	329	301	277	71	ㄉㄨˊ	493	478	463	391	390	249

垛	❀	鐸	掇	奪	❀	多	哆	❀	鍍	蠹	肚	渡	杜	度
70	ㄉㄨㄛˊ	441	145	79	ㄉㄨㄛ	76	54	ㄉㄨˋ	436	370	329	218	175	107

馱	踱	跺	舵	沱	惰	度	墮	垛	咄	剁	❀	躲	緒	朵
472	404	403	339	211	123	107	74	70	51	32	ㄉㄨㄛˇ	407	314	174

˙ㄉㄨㄛ
朵 174

ㄉㄨㄟ
堆 71
追 414

ㄉㄨㄟˋ
兌 25
對 94
懟 128
敦 158
隊 451

ㄉㄨㄢ
端 295
耑 325

ㄉㄨㄢˇ
短 278

ㄉㄨㄢˋ
斷 161
段 201
籪 303
緞 314
鍛 437

ㄉㄨㄣ
墩 74
惇 123
敦 158
燉 238
蹲 406

ㄉㄨㄣˇ
盹 274
躉 406

ㄉㄨㄣˋ
噸 63
囤 66
沌 208
燉 238
盾 273
遁 419
遯 420
鈍 431
頓 463
飩 468

ㄉㄨㄥ
冬 28
咚 52
東 176
鼕 495

ㄉㄨㄥˇ
懂 128
董 351

ㄉㄨㄥˋ
涷 29
動 36
恫 119
棟 185
洞 212
胴 331

ㄊ

ㄊㄚ
他 9
佗 12
塌 73
她 80
它 89
牠 244
祂 284
趿 401

ㄊㄚˇ
塔 73

ㄊㄚˋ
拓 137
搨 148
撻 152
榻 189
沓 208
漯 225
獺 249
踏 404
蹋 405
躂 406
遝 419
遢 419

ㄊㄜ
忒 117

ㄊㄜˋ
匿 39
忒 117
忑 117
慝 126
特 244
螣 367

ㄊㄞ
胎 330

ㄊㄞˊ
台 46
抬 138
檯 195
臺 337
苔 344
薹 358
跆 402
邰 423
颱 467
駘 473

ㄊㄞˋ
大 77
太 77
態 125
汰 208
泰 211
鈦 431

ㄊㄠ
叨 46
掏 144
搯 148
滔 222
絛 312
韜 461
饕 471

ㄊㄠˊ
啕 57
桃 182
檮 195
淘 217
濤 229
燾 240
萄 349
逃 414
陶 450

ㄊㄠˇ
討 380

ㄊㄠˋ
套 79

ㄊㄡ

貪	癱	灘	攤	❀	頭	❀	透	❀	骰	頭	投	❀	偷
395	268	231	155	ㄊㄢ 68	465	˙ㄊㄡ	416	ㄊㄡ	477	464	135	ㄊㄡˊ	20

坦	❀	郯	譚	談	覃	罈	痰	澹	潭	檀	曇	彈	壇	❀
69	ㄊㄢˇ	423	389	385	377	319	265	228	226	194	169	112	74	ㄊㄢˊ

錫	鐋	蹚	湯	❀	碳	炭	歎	撐	探	嘆	❀	袒	毯	忐
440	439	405	219	ㄊㄤ	282	233	198	151	143	61	ㄊㄢˋ	373	203	117

帑	儻	倘	❀	醣	螗	螳	膛	糖	棠	搪	塘	堂	唐	❀
103	24	19	ㄊㄤˇ	427	368	367	335	305	85	147	72	55		ㄊㄤˊ

❀	騰	謄	滕	藤	籐	疼	滕	❀	趟	燙	❀	躺	淌	曭
ㄊㄥˊ	475	388	367	359	303	264	222	ㄊㄥˋ	401	238	ㄊㄤˋ	407	216	170

騠	題	隄	醍	蹄	緹	稊	提	堤	啼	❀	銻	踢	梯	剔
474	465	455	427	404	315	290	146	72	58	ㄊㄧˊ	434	408	183	33

裼	涕	替	惕	悌	弟	屜	嚏	剃	倜	❀	體	❀	鵜	鯷
375	214	171	122	120	111	97	64	32	19	ㄊㄧˋ	477	ㄊㄧˇ	487	484

❀	桃	挑	❀	餮	❀	鐵	帖	❀	貼	帖	❀	銻	逖	趯
ㄊㄠˊ	286	140	ㄊㄠ	470	ㄊㄧㄝ	440	103	ㄊㄧㄝˇ	395	103	ㄊㄧㄝˋ	434	416	401

跳	糶	眺	❀	窕	挑	❀	齠	髫	迢	調	苕	笤	條	佻
403	306	275	ㄊㄧㄠˇ	293	140	ㄊㄧㄠˊ	497	478	413	385	344	297	184	15

舔	腆	殄	忝	●	闐	畋	田	甜	恬	填	●	添	天	●
338	333	200	117	ㄊ一ㄢˊ	446	260	259	258	119	73	ㄊ一ㄢˊ	216	77	ㄊ一ㄢ

霆	蜓	筳	廷	庭	婷	停	亭	●	聽	汀	廳	●	硯	覎
456	364	298	109	107	84	19	8	ㄊ一ㄥ	327	206	109	ㄊ一ㄥ	459	378

塗	圖	凸	●	禿	●	聽	●	鋌	艇	町	珽	梃	挺	●
72	67	30	ㄊㄨ	288	ㄊㄨ	327	ㄊ一ㄥ	435	40	260	253	184	141	ㄊ一ㄥ

●	菟	吐	兔	●	土	吐	●	途	菟	荼	突	涂	徒	屠
ㄊㄨㄛ	350	47	25	ㄊㄨ	67	47	ㄊㄨ	416	350	347	293	215	114	97

馱	陀	酡	跎	紽	砣	沱	橐	坨	佗	●	託	脫	拖	托
472	447	426	402	310	280	211	190	69	12	ㄊㄨㄛ	380	332	138	133

●	推	●	魄	析	拓	唾	●	橢	妥	●	鼉	鼉	鴕	駝
ㄊㄨㄟ	143	ㄊㄨㄟ	481	180	136	58	ㄊㄨㄛ	193	81	ㄊㄨㄛ	495	494	487	473

暾	吞	●	糰	摶	團	●	湍	●	退	蛻	●	腿	●	頹
170	48	ㄊㄨㄢˊ	306	150	67	ㄊㄨㄢ	220	ㄊㄨㄟ	414	364	ㄊㄨㄟ	334	ㄊㄨㄟ	465

同	僮	仝	●	通	痌	恫	●	褪	●	豚	臀	屯	囤	●
47	22	10	ㄊㄨㄥ	415	264	119	ㄊㄨㄥ	376	ㄊㄨㄣ	392	336	97	66	ㄊㄨㄣˊ

統	筒	桶	捅	●	銅	酮	筒	童	瞳	潼	洞	桐	瞳	彤
309	297	183	141	ㄊㄨㄥˊ	433	426	346	295	277	226	12	181	170	112

ㄋㄚˊ 那 22　哪 56　ㄋㄚˇ 拿 140　挐 138　南 40　ㄋㄚˋ 那 422　ㄋㄚ　[ㄋ]　痛 265　慟 125　ㄊㄥˊ

ㄋㄞ 呢 52　ㄋㄜˇ 訥 381　ㄋㄜˊ 哪 56　ㄋㄚˇ 鈉 431　那 422　衲 373　納 308　捺 144　娜 83　吶 50　內 26

吶 52　ㄋㄠˋ 內 26　餒 469　ㄋㄟˇ 鼐 494　耐 325　奈 78　ㄋㄞˋ 迺 414　氖 204　妳 82　奶 80　乃 4

南 40　ㄋㄡˋ 耨 326　ㄋㄠˋ 鬧 480　淖 218　ㄋㄠˇ 腦 334　瑙 254　惱 123　ㄋㄠˊ 鐃 440　猱 248　橈 193　撓 151

曩 170　ㄋㄤˇ 囊 65　ㄋㄤˊ 嫩 86　ㄋㄣˋ 難 54　赧 399　腩 334　ㄋㄢˋ 難 54　男 260　楠 187　喃 59

ㄋㄧˊ 鯢 483　霓 456　泥 209　怩 119　尼 95　妮 81　呢 52　兒 25　倪 19　ㄋㄥˊ 能 331　ㄋㄤˋ 齉 496

捏 140　ㄋㄧㄝˋ 逆 14　膩 435　睨 276　溺 222　泥 209　暱 169　匿 39　ㄋㄧˇ 禰 287　旎 162　擬 155　妳 82　你 13

醷 497　臲 451　鑷 442　鎳 438　躡 407　臬 337　聶 327　糱 306　涅 215　隉 196　攝 155　孽 88　ㄋㄧㄝˋ 囁 65　捻 144

忸 117　牛 243　ㄋㄡˇ 妞 81　ㄋㄡˇ 溺 222　尿 96　ㄋㄧㄠˇ 鳥 485　裊 374　蔦 355　娘 85　ㄋㄧㄠˇ 嫋

Phonetic index (ㄋ／ㄌ sections)

拈	●	黏	鯰	鮎	粘	拈	年	●	拗	●	鈕	紐	狃	扭
17	ㄋㄧㄢˊ	492	484	482	304	137	105	ㄋㄧㄠˇ	138	ㄋㄧㄡˇ	431	308	246	134

娘	●	您	恁	●	念	廿	唸	●	輾	輦	碾	撵	撚	捻
83	ㄋㄧㄤˊ	121	120	ㄋㄧㄢˋ	117	109	57	ㄋㄧㄢˇ	410	409	282	154	151	144

寧	佞	●	擰	●	聹	甯	獰	檸	寧	嚀	凝	●	釀	●
92	12	ㄋㄧㄥˊ	153	ㄋㄧㄥˇ	327	259	249	195	92	64	29	ㄋㄧㄥˋ	428	ㄋㄧㄤˋ

娜	哪	●	怒	●	弩	努	●	駑	帑	奴	●	甯	濘	擰
83	56	ㄋㄨㄛˋ	118	ㄋㄨˇ	111	35	ㄋㄨˊ	473	103	80	ㄋㄨˋ	259	228	153

穤	濃	噥	儂	●	暖	●	諾	糯	懦	喏	●	難	那	挪
292	277	63	23	ㄋㄨㄢˇ	168	ㄋㄨㄛˋ	386	306	128	59	ㄋㄨㄛˊ	455	422	141

【ㄌ】	讉	虐	瘧	●	女	●	女	弄	●	釀	農	膿
	387	360	266	ㄋㄩㄝ	80	ㄋㄩ	80	110	ㄋㄨㄥ	428	412	335

蠟	落	臘	腊	瘌	剌	●	喇	●	剌	●	邋	拉	啦
370	351	336	333	267	33	ㄌㄚ	59	ㄌㄚˇ	33	ㄌㄚˊ	421	136	ㄌㄚ

來	●	了	●	肋	樂	捋	垃	勒	●	咯	●	啦	●	辣
15	ㄌㄞˊ	6	˙ㄌㄜ	328	128	141	69	36	ㄌㄜ	54	ㄌㄛ	56	ㄌㄚ	411

擂	嫘	●	勒	●	賴	賚	籟	睞	癩	瀨	厲	●	萊	淶
152	86	ㄌㄟˋ	366	ㄌㄞˋ	398	398	303	275	268	230	43	ㄌㄞˊ	348	218

淚 215 ／ ✿ ㄌㄟ ／ 誄 384 ／ 蕾 357 ／ 耒 325 ／ 累 309 ／ 磊 282 ／ 壘 75 ／ 儡 24 ／ ✿ ㄌㄟ ／ 雷 455 ／ 鐳 440 ／ 羸 322 ／ 罍 319 ／ 縲 316

姥 83 ／ 佬 14 ／ ✿ ㄌㄠ ／ 醪 428 ／ 癆 267 ／ 牢 244 ／ 撈 151 ／ 嘮 62 ／ 勞 36 ／ ✿ ㄌㄠ ／ 撈 151 ／ ✿ ㄌㄠ ／ 類 465 ／ 酹 426 ／ 累 309

妻 84 ／ 嘍 61 ／ 僂 22 ／ ✿ ㄌㄡ ／ 摟 149 ／ ✿ ㄌㄡ ／ 落 351 ／ 絡 311 ／ 烙 234 ／ 澇 227 ／ 潦 226 ／ 勞 36 ／ ✿ ㄌㄠ ／ 老 324 ／ 潦 226

嫠 84 ／ ✿ ㄌㄢ ／ 露 457 ／ 陋 448 ／ 鏤 439 ／ 漏 224 ／ ✿ ㄌㄡ ／ 簍 301 ／ 摟 149 ／ 塿 73 ／ ✿ ㄌㄡ ／ 髏 477 ／ 螻 368 ／ 樓 191 ／ 摟 149

攬 155 ／ 懶 128 ／ ✿ ㄌㄢ ／ 闌 446 ／ 鑭 442 ／ 讕 391 ／ 襤 377 ／ 蘭 360 ／ 藍 358 ／ 籃 303 ／ 瀾 231 ／ 欄 196 ／ 爛 160 ／ 攔 154 ／ 嵐 100

稂 290 ／ 硠 281 ／ 瑯 255 ／ 琅 252 ／ 狼 246 ／ 榔 188 ／ 廊 108 ／ ✿ ㄌㄤ ／ 爛 240 ／ 瀾 231 ／ 濫 229 ／ ✿ ㄌㄢ ／ 覽 378 ／ 纜 319 ／ 欖 196

怔 118 ／ ✿ ㄌㄥ ／ 冷 29 ／ ✿ ㄌㄥ ／ 薐 357 ／ 稜 290 ／ 楞 187 ／ ✿ ㄌㄤ ／ 浪 213 ／ ✿ ㄌㄤ ／ 朗 173 ／ ✿ ㄌㄤ ／ 鋃 435 ／ 郎 423 ／ 螂 366

籬 303 ／ 璃 255 ／ 狸 247 ／ 耮 245 ／ 犂 245 ／ 犁 241 ／ 灕 223 ／ 漓 223 ／ 梨 184 ／ 喱 59 ／ ✿ ㄌㄧ ／ 哩 55 ／ ✿ ㄌㄧ ／ 楞 187 ／ 愣 123

俚 17 ／ ✿ ㄌㄧ ／ 鴷 493 ／ 黎 492 ／ 麗 491 ／ 鸝 490 ／ 驪 476 ／ 離 455 ／ 鼇 430 ／ 醨 428 ／ 狸 393 ／ 蠡 370 ／ 蜊 364 ／ 罹 320 ／ 縭 317

例	[ㄌㄧˋ]	鯉	里	醴	邐	裡	蠡	禮	理	澧	浬	李	娌	哩
15		482	429	428	422	374	370	287	253	228	214	175	84	55
櫪	櫟	栗	曆	戾	慄	壢	唳	吏	厲	勵	力	利	儷	俐
196	195	182	169	131	125	75	57	47	43	37	35	31	24	17
蒞	莉	荔	糲	粒	笠	立	礫	礪	癘	痢	琍	瀝	沴	歷
353	347	344	306	304	296	295	284	284	268	265	253	230	212	199
劣	列	冽	[ㄌㄧㄝˋ]	咧	[ㄌㄧㄝˇ]	倆	[ㄌㄧㄚˇ]	麗	鬲	靂	隸	酈	詈	蠣
35	31	29		54		17		491	480	458	452	425	382	370
寮	寥	嘹	僚	[ㄌㄧㄠˊ]	咧	[˙ㄌㄧㄝ]	鬣	邋	躐	裂	獵	烈	洌	捩
92	92	62	22		54		479	421	406	374	249	234	212	144
廖	[ㄌㄧㄠˋ]	蓼	瞭	了	[ㄌㄧㄠˇ]	鐐	遼	聊	繚	療	獠	燎	潦	撩
108		355	277	6		440	420	326	317	267	249	239	226	151
硫	瘤	留	琉	瀏	流	榴	旒	劉	[ㄌㄧㄡˊ]	溜	[ㄌㄧㄡ]	瞭	料	撂
280	267	261	252	230	212	190	162	35		222		277	160	150
憐	廉	帘	奩	[ㄌㄧㄢˊ]	餾	陸	遛	溜	六	[ㄌㄧㄡˋ]	綹	柳	[ㄌㄧㄡˇ]	騮
127	108	103	79		470	449	419	222	26		313	180		475
楝	斂	戀	[ㄌㄧㄢˋ]	臉	[ㄌㄧㄢˇ]	鰱	鐮	連	蓮	聯	簾	璉	濂	漣
188	159	129		335		484	440	415	354	327	302	255	227	224

鄰	磷	痲	琳	燐	淋	林	嶙	ㄌㄣˊ	鏈	鍊	練	煉	激	殮
305	283	266	253	239	216	177	100		439	437	314	236	231	201

蕳	吝	ㄌㄣ	稟	懍	廩	凜	ㄌㄣˇ	麟	鱗	霖	鄰	遴	轔	臨
359	48		290	127	109	29		491	485	456	424	420	411	336

魉	兩	倆	ㄌㄤ	量	踉	茛	良	糧	梁	涼	梁	ㄌㄤ	躏	賃
481	26	17		430	403	347	340	306	305	215	183		407	396

圖	凌	伶	ㄌㄥ	拎	ㄌㄥ	量	輌	踉	諒	涼	晾	兩	亮	ㄌㄤ
66	29	14		138		429	409	403	385	215	168	26	8	

陵	鈴	蛉	菱	苓	舲	聆	翎	羚	綾	笭	玲	凌	泠	櫺
449	432	363	348	340	340	326	321	321	312	297	251	218	212	196

廬	ㄌㄨˋ	嚕	ㄌㄨ	另	令	ㄌㄥˊ	領	嶺	ㄌㄥˇ	齡	鴿	鯪	靈	零
109		64		46	10		464	100		497	486	483	458	456

滷	櫓	擄	ㄌㄨˇ	鸕	鱸	顱	鑪	轤	蘆	臚	鱸	盧	爐	瀘
225	195	152		489	485	466	411	411	359	336	319	272	240	230

蓼	鏉	祿	碌	璐	潞	漉	戮	六	ㄌㄨˋ	鹵	魯	虜	碌
355	303	285	281	256	228	218	130	26		490	482	361	283

ㄌㄨㄛˋ	捋	囉	ㄌㄨㄛˋ	麓	鹿	鷺	露	陸	錄	逯	轆	路	賂	角
	141	65		491	490	489	457	449	436	417	411	403	397	379

裸	贏	蓏	●	騾	鑼	鏍	邐	蠃	蘿	羅	籮	玀	囉
375	369	354	ㄌㄨㄛ	475	442	439	421	369	368	359	321	303	250

（囉 65）

●	囉	●	駱	雒	酪	落	絡	珞	犖	烙	濼	潦	洛	●
ㄌㄨㄢ	65	ㄌㄨㄛ	474	454	426	351	311	252	245	234	230	225	213	ㄌㄨㄛ

侖	●	掄	●	亂	●	卵	●	鸞	鑾	臠	灤	孌	圝	孿
15	ㄌㄨㄣ	142	ㄌㄨㄣ	6	ㄌㄨㄢ	42	ㄌㄨㄢ	490	442	336	231	155	100	88

欒	朧	矓	嚨	●	論	●	輪	論	綸	淪	掄	崙	圇	倫
196	173	170	64	ㄌㄨㄣ	386	ㄌㄨㄣ	410	386	313	217	142	99	67	19

衖	弄	●	隴	攏	壟	●	龍	隆	聾	籠	窿	曨	瓏	瀧
371	110	ㄌㄨㄥ	452	154	75	ㄌㄨㄥ	497	451	328	303	294	278	257	230

鋁	褸	縷	旅	捋	履	屢	婁	呂	侶	●	驢	閭	櫚	●
434	376	312	162	141	97	97	84	49	16	ㄌㄩ	476	445	195	ㄌㄩ

●	〔圖〕	略	掠	●	鑢	綠	率	濾	氯	慮	律	壘	●
ㄌㄚ		261	142	ㄌㄩㄝ	441	312	250	229	205	126	114	75	ㄌㄩ

疙	歌	攔	戈	哥	咯	割	●	價	●	尬	●	軋	●	嘎
263	198	153	129	55	34		ㄍㄜ	23	ㄍㄚ	95	ㄍㄚ	408	ㄍㄚ	61

蛤	葛	膈	翮	格	挌	噶	嗝	咯	假	●	鴿	閣	胳	肐
364	351	334	323	182	140	64	61	54	20	ㄍㄜ	487	445	331	329

個		蓋	葛	合	各	個		鬲	骼	革	隔	閤	閣	鎘
18	ㄍㄜˋ	353	351	48	47	18	ㄍㄜˇ	480	477	459	451	445	445	438
鈣	蓋	漑	概	丐		改		賅	該	垓		鉻	箇	各
431	353	220	188	2	ㄍㄞˋ	156	ㄍㄞˇ	396	382	70	ㄍㄞ	433	300	47
攪	搞		鼛	高	膏	羔	糕	篙	睪	皋	咎		給	
155	147	ㄍㄠˇ	495	478	334	321	305	301	276	270	52	ㄍㄠ	311	ㄍㄟˇ
	鉤	溝	枸	句	勾		誥	膏	告		鎬	縞	稿	槁
ㄍㄡˇ	432	221	178	47	37	ㄍㄡ	385	334	49	ㄍㄠˋ	438	315	291	189
購	詬	覯	構	搆	媾	夠	垢	句	勾		苟	笱	狗	枸
398	383	378	189	148	85	76	70	47	37	ㄍㄡˋ	344	297	246	178
感		肝	竿	疳	甘	泔	柑	杆	干	尷	坩	乾		遘
124	ㄍㄢˇ	328	296	264	258	212	179	175	105	95	69	5	ㄍㄢ	419
根		贛	灨	榦	旰	幹		趕	稈	澉	橄	桿	敢	擀
181	ㄍㄣ	399	231	190	164	106	ㄍㄢˋ	401	290	227	193	183	158	153
杠	扛	崗	岡	剛	亢		茛	艮	亘	亙		艮		跟
176	133	100	98	33	7	ㄍㄤ	346	340	7	7	ㄍㄣˋ	340	ㄍㄣˇ	402
庚		鋼	槓	杠	戇		港	崗		鋼	肛	罡	缸	綱
106	ㄍㄥ	436	189	176	129	ㄍㄤˋ	218	100	ㄍㄤˇ	436	329	320	319	313

更	●	鯁	髖	頸	耿	綆	梗	埂	●	賡	耕	羹	粳	更
171	《	483	477	464	326	312	184	70	《	398	325	322	305	171

韋	觳	舺	蛄	菇	菰	箍	沽	家	孤	姑	呱	咕	估	●
411	410	379	362	350	349	299	210	90	88	82	51	51	12	《

股	罟	穀	瞽	牯	滑	沽	汩	古	●	骨	●	鴣	骨	鈷
329	320	291	277	274	222	210	208	45	《	477	《	487	477	431

固	告	僱	估	●	鼓	鵠	鵠	骨	鈷	穀	賈	谷	詁	蠱
66	50	23	12	《	495	489	487	476	431	410	396	391	382	370

颳	蝸	聒	瓜	栝	括	呱	刮	●	顧	雇	錮	痼	梏	故
467	366	326	257	183	139	51	32	《	466	453	436	266	184	157

蟈	渦	堝	喎	●	詿	褂	罣	掛	卦	●	寡	剮	●	鴰
368	219	72	62	《	384	375	320	143	41	《	92	34	《	487

螺	粿	猓	槨	果	●	馘	號	摑	幗	國	●	鍋	郭	過
366	305	247	191	176	《	471	361	149	104	67	《	437	423	418

歸	圭	傀	●	怪	●	枴	拐	●	乖	●	過	●	餜	裹
199	68	21	《	118	《	179	137	《	5	《	418	《	470	375

鬼	軌	詭	簋	癸	晷	●	龜	鮭	閨	邽	規	皈	瑰	珪
480	408	383	302	269	168	《	497	482	445	423	370	255	252	252

矜	瘝	棺	官	冠	倌	ㄍㄨㄟ	鱖	跪	貴	櫃	桂	會	匱	ㄍㄨㄟ
278	267	185	89	28	17		485	403	395	195	181	172	39	

灌	摜	慣	冠	卝	ㄍㄨㄢ	館	莞	管	ㄍㄨㄢˇ	鰥	關	觀	莞	綸
231	150	125	28	3		469	346	299		484	446	378	346	313

光	ㄍㄨㄤ	棍	ㄍㄨㄣ	絲	衰	緄	滾	ㄍㄨㄣˇ	鶻	貫	觀	罐	裸	盥
24		186		483	373	313	223		490	394	379	319	286	273

恭	弓	工	宮	功	共	公	供	ㄍㄨㄥ	逛	ㄍㄨㄤˋ	獷	廣	ㄍㄨㄤˇ	胱
120	110	101	91	35	27	26	14		416		249	109		331

共	供	ㄍㄨㄥˇ	鞏	汞	拱	共	ㄍㄨㄥˋ	糞	躬	觥	蚣	肱	紅	攻
27	14		460	206	139	27		497	407	379	362	329	307	156

珂	稞	柯	ㄎㄜ	咯	卡	ㄎㄚˇ	喀	哈	咔	咖	ㄎㄚ	ㄎ	貢
251	185	179		54	41		58	54	52	51			394

殼	咳	ㄎㄜˊ	髁	顆	頦	軻	蝌	蚵	苛	窠	稞	科	磕	瞌
202	53		477	466	464	408	366	362	343	294	290	288	282	276

緙	溘	恪	客	嗑	可	剋	刻	克	ㄎㄜˊ	軻	渴	坷	可	ㄎㄜˇ
315	221	120	90	60	45	33	32	25		408	220	69	45	

愒	ㄎㄞˋ	鎧	豈	楷	愷	慨	剴	凱	ㄎㄞˇ	開	揩	ㄎㄞ	鍇	課
124		438	391	187	123	123	34	29		443	145		436	385

佝 ● 口 ● 摳 ● 靠 銬 犒 ● 考 烤 拷 ● 愲

ㄎㄡˊ　ㄎㄡˊ　ㄎㄡ　　　　ㄎㄠ

佝 14　口 45　摳 149　靠 59　銬 33　犒 245　考 324　烤 234　拷 139　愲 125

坎 侃 ● 龕 看 戡 堪 勘 刊 ● 釦 蔻 扣 寇 叩

ㄎㄢˇ　　　　　　　ㄎㄢ

坎 69　侃 15　龕 497　看 274　戡 130　堪 72　勘 36　刊 31　釦 431　蔻 355　扣 133　寇 91　叩 46

康 ● 肯 懇 墾 啃 ● 闞 瞰 看 ● 砍 檻 嵌 崁

ㄎㄤ　　　　　ㄎㄣˇ　　　ㄎㄢˋ

康 107　肯 329　懇 128　墾 78　啃 57　闞 447　瞰 277　看 274　砍 279　檻 195　嵌 100　崁 99

硜 坑 吭 ● 炕 抗 伉 亢 ● 骯 ● 扛 ● 糠 慷

ㄎㄥ　　　　　ㄎㄤ　ㄎㄤ　ㄎㄤ

硜 281　坑 68　吭 48　炕 232　抗 134　伉 10　亢 7　骯 477　扛 133　糠 306　慷 125

酷 褲 袴 矻 庫 譽 ● 苦 ● 骷 窟 枯 哭 ● 鏗

ㄎㄨ　　ㄎㄨˇ　　　　ㄎㄨ

酷 426　褲 376　袴 374　矻 279　庫 107　譽 65　苦 343　骷 477　窟 294　枯 179　哭 55　鏗 439

● 闊 蛞 擴 括 廓 ● 跨 胯 ● 垮 ● 誇 夸 ●

ㄎㄨㄛˋ　　　　　ㄎㄨㄚˋ　　ㄎㄨㄚˇ　　ㄎㄨㄚ　　ㄎㄨㄚ

闊 445　蛞 364　擴 154　括 140　廓 108　跨 403　胯 332　垮 70　誇 383　夸 78

窺 盔 ● 膾 筷 獪 澮 檜 會 快 塊 劊 儈 ● 蒯

ㄎㄨㄟ　　　　　　　　　　　ㄎㄨㄞˇ

窺 294　盔 272　膾 336　筷 298　獪 249　澮 228　檜 194　會 172　快 117　塊 73　劊 35　儈 23　蒯 354

● 跬 傀 ● 魁 馗 逵 葵 睽 暌 揆 奎 夔 ● 虧

ㄎㄨㄟˇ　　　ㄎㄨㄟˊ　　　　　　　　　ㄎㄨㄟ

跬 403　傀 21　魁 481　馗 471　逵 417　葵 350　睽 276　暌 168　揆 145　奎 79　夔 76　虧 361

● 款 ● 寬 ● 鎮 餽 蕢 簣 潰 歸 憒 愧 喟 匱

ㄎㄨㄢˇ　ㄎㄨㄢ　ㄎㄨㄢ

款 197　寬 92　鎮 471　餽 470　蕢 356　簣 302　潰 299　歸 199　憒 127　愧 125　喟 59　匱 39

Block 1

閫	綑	梱	捆	悃	壸	ㄎㄨㄣ	鯤	髡	裩	琨	混	昆	崑	坤
445	312	183	140	121	75		483	478	376	254	217	165	99	69

Block 2

曠	壙	ㄎㄨㄤ	誆	狂	ㄎㄨㄤ	誆	筐	眶	框	匡	ㄎㄨㄤ	睏	困	ㄎㄨㄣ
170	74		385	245		383	297	275	181	39		275	66	

Block 3

控	ㄎㄨㄥ	恐	孔	倥	ㄎㄨㄥ	箜	空	倥	ㄎㄨㄥ	鑛	廓	䫴	礦	況
142		120	87	17		300	292	17		441	425	396	284	209

Block 4

ㄏㄜ	訶	喝	呵	ㄏㄜ	哈	ㄏㄚˊ	蝦	蛤	ㄏㄚ	哈	ㄏㄚ		空
	382	58	51		54		366	364		54			293

Block 5

紇	禾	盒	盍	渴	涸	河	核	曷	害	嗑	和	合	劾	何
307	288	277	271	220	217	209	181	171	90	60	52	48	36	12

Block 6

嚇	喝	和	何	ㄏㄜ	龢	鞨	闔	閤	闍	貉	褐	蠍	蓋	荷
64	58	52	12		498	461	446	445	444	395	375	367	353	347

Block 7

醯	海	ㄏㄞˇ	餀	頦	還	孩	ㄏㄞˊ	嗨	咳	ㄏㄞ	鶴	赫	賀	荷
428	214		477	464	421	88		60	53		488	400	395	347

Block 8

壞	嚎	嗥	ㄏㄠˊ	蒿	嚆	ㄏㄠ	黑	嘿	ㄏㄟ	駭	氦	害	亥	ㄏㄞ
74	64	61		352	64		492	62		474	205	90	8	

Block 9

鎬	皓	瀬	浩	昊	好	ㄏㄠˇ	郝	好	ㄏㄠˊ	豪	蠔	號	濠	毫
270	270	231	215	165	80		423	80		392	370	361	229	203

候 ● 吼 ● 篌 猴 喉 侯 ● 齁 ● 顥 鎬 號 耗

候 19　●（ㄡˇ）50　篌 301　猴 248　喉 59　侯 16　●（ㄡˊ）496　●（ㄡˊ）　顥 466　鎬 438　號 361　耗 325

幹 寒 含 函 ● 鼾 頇 酣 蚶 憨 ● 逅 後 后 厚

幹 106　寒 91　含 50　函 30　●（ㄢˊ）496　鼾 463　頇 425　酣 363　蚶 127　憨 ●（ㄢ）　逅 415　後 114　后 48　厚 42

捍 扞 憾 悍 和 ● 罕 喊 ● 韓 邯 邢 涵 汗 翰

捍 141　扞 133　憾 127　悍 121　和 52　●（ㄢˇ）　罕 320　喊 58　●（ㄢˊ）　韓 461　邯 423　邢 422　涵 217　汗 206　翰 190

● 痕 ● 頷 銲 菡 翰 玲 焊 瀚 漢 汗 旰 旱 撼

●（ㄣˊ）264　痕 ●（ㄣˊ）464　頷 435　銲 350　菡 323　翰 253　玲 234　焊 230　瀚 224　漢 206　汗 164　旰 164　旱 152

● 行 沆 ● 頏 行 航 桁 杭 吭 ● 恨 ● 狠 很

●（ㄥˊ）371　行 209　沆 ●（ㄤ）463　頏 371　行 339　航 189　桁 176　杭 48　吭 ●（ㄤˊ）119　恨 119　●（ㄣˇ）246　狠 114　很

忽 呼 乎 ● 橫 ● 衡 蘅 珩 橫 桁 恆 ● 哼 亨

忽 117　呼 51　乎 4　●（ㄨˊ）92　橫 ●（ㄥˊ）760　衡 52　蘅 92　珩 83　橫 19　桁 ●（ㄥˊ）5　恆 5　哼 8

猢 狐 湖 槲 斛 弧 壺 囫 和 ● 嫭 滹 欻 戲 惚

猢 248　狐 246　湖 219　槲 192　斛 160　弧 11　壺 75　囫 66　和 52　●（ㄨˊ）89　嫭 389　滹 225　欻 197　戲 131　惚 122

滸 唬 ● 鶻 鶘 鵠 鬍 餬 醐 縠 蝴 葫 胡 糊 瑚

滸 225　唬 57　●（ㄨˊ）89　鶻 489　鶘 488　鵠 487　鬍 479　餬 470　醐 467　縠 479　蝴 366　葫 350　胡 300　糊 305　瑚 254

嘩 化 ● 護 笏 瓠 滬 扈 戽 戶 怙 互 ● 虎 琥

嘩 62　化 38　●（ㄨˋ）　護 390　笏 296　瓠 225　滬 225　扈 132　戽 131　戶 119　怙 7　互 ●（ㄨˇ）　虎 360　琥 253

化	劃	⚛	驊	豁	譁	華	猾	滑	嘩	劃	划	⚛	華	花
38	34	ㄏㄨㄚˊ	476	391	389	348	248	222	62	34	31	ㄏㄨㄚ	348	342
或	惑	壑	和	⚛	火	夥	伙	⚛	活	⚛	話	華	畫	樺
130	122	74	52	ㄏㄨㄛ		232	76	10	213	ㄏㄨㄛˊ	383	348	262	193
⚛	和	年	⚛	霍	臛	鑊	貨	豁	蠖	穫	禍	蔖	獲	濩
ㄏㄨㄞ	52	40	ㄏㄨㄞ	456	454	441	394	391	370	292	287	279	249	229
灰	暉	揮	戲	恢	徽	墮	⚛	壞	⚛	踝	淮	槐	懷	佪
232	168	146	131	119	116	74	ㄏㄨㄞ	75	ㄏㄨㄞˊ	404	217	190	128	114
悔	⚛	迴	蛔	茴	洄	回	⚛	麂	隳	輝	詼	禕	恗	翬
121	ㄏㄨㄟˊ	414	363	345	213	66	ㄏㄨㄟ	492	452	410	383	376	362	323
燴	會	晦	慧	惠	彙	彗	卉	匯	⚛	恗	虫	燬	毀	會
240	172	167	126	123	112	112	40	39	ㄏㄨㄟˇ	362	361	240	202	172
⚛	驥	貛	謹	獲	歡	⚛	賄	諱	誨	蟪	蕢	蕙	繪	穢
ㄏㄨㄢ	476	394	391	250	198	ㄏㄨㄟˋ	396	387	385	369	357	356	317	292
幻	宦	奐	喚	⚛	緩	⚛	鬟	鐶	鍰	還	繯	環	桓	寰
106	90	79	59	ㄏㄨㄢˇ	315	ㄏㄨㄢˊ	479	471	437	421	318	256	181	93
渾	⚛	闇	菫	昏	惛	婚	⚛	逭	豢	瘓	煥	漶	換	患
220	ㄏㄨㄣ	445	351	164	123	84	ㄏㄨㄢˋ	417	392	266	236	220	146	121

徨	凰	●	荒	肓	慌	●	諢	涃	渾	混	●	魂	餛	琿
115	29	ㄏㄨㄤ	344	328	125	ㄏㄨㄤ	387	222	220	217	ㄏㄨㄣ	481	470	254

●	黃	隍	遑	蟥	蝗	簧	篁	磺	皇	璜	煌	潢	湟	惶
ㄏㄨㄤ	492	451	419	369	366	302	300	283	270	256	236	227	220	123

弘	宏	●	轟	薨	烘	淘	哄	●	晃	●	謊	晃	恍	幌
111	89	ㄏㄨㄥ	411	357	234	220	54	ㄏㄨㄥ	166	ㄏㄨㄤ	388	169	119	104

閧	蕻	●	哄	●	鬨	鴻	閎	訌	虹	紘	紅	洪	泓
480	357	ㄏㄨㄥ	54	ㄏㄨㄥ	492	487	440	361	308	307	212	211	

機	期	幾	稘	屐	姬	奇	基	嘰	几	其	乩	●	丩
193	173	106	100		963	883	781	713	639	297	275	ㄐㄧ	

觭	肌	羈	羇	績	箕	笄	積	稽	磯	畿	畸	璣	犄	激
379	328	321	321	316	299	296	291	281	262	262	252	246	244	228

吃	吉	及	即	亟	●	齏	齎	饑	飢	雞	迹	蹟	跡	譏
48	47	44	42	7	ㄐㄧˊ	496	496	471	468	465	415	405	402	389

瘠	疾	汲	殛	極	楫	棘	擊	揖	急	岌	寂	嫉	唧
267	263	208	201	187	185	185	155	146	130	118	91	91	56

擠	戢	幾	己	●	鶺	革	集	輯	藉	蕺	蒺	級	籍	笈
153	130	106	102	ㄐㄧˇ	489	459	453	410	358	358	303	303	296

悸	忌	寄	季	妓	劑	冀	伎	(ㄐㄧˋ)	鹿	踦	脊	給	濟
122	116	91	88	81	35	27	19		490	404	331	311	228

跽	記	計	覬	薺	薊	繼	繫	紀	稷	祭	濟	暨	既	技
403	380	380	378	358	357	318	317	307	291	286	228	169	163	134

枷	家	嘉	加	傢	佳	伽	(ㄐㄚ)	齊	鯽	髻	驥	騎	霽	際
180	190	161	135	121	114	113		496	483	479	476	474	457	451

蛺	莢	浹	戛	夾	(ㄐㄚˊ)	迦	跏	貑	袈	葭	茄	笳	痂	珈
365	346	215	130	78		413	402	393	373	352	343	297	264	251

價	假	(ㄐㄚ)	鉀	賈	舺	胛	甲	岬	夏	假	(ㄐㄚ)	頰	鋏	袷
23	20		432	396	340	336	260	98	76	20		464	435	374

(ㄐㄝˊ)	階	街	結	皆	揭	接	嗟	偕	(ㄐㄝ)	駕	賈	稼	架	嫁
	450	371	310	270	146	142	62	20		473	396	291	178	85

癤	潔	櫛	楬	桀	桔	杰	擷	捷	拮	截	孑	劫	傑	偈
268	226	194	188	182	181	177	154	142	139	130	87	35	21	19

解	姊	姐	(ㄐㄝˇ)	鮚	頡	詰	訐	羯	絜	結	節	竭	碣	睫
379	82	82		484	464	358	382	321	310	318	295	298	282	275

咬	交	(ㄐㄠ)	誡	解	藉	芥	疥	界	玠	戒	居	借	介	(ㄐㄝ)
53	7		384	379	358	342	263	260	251	130	96	18	9	

鮫	驕	郊	跤	蛟	蕉	茭	膠	礁	燋	焦	澆	椒	教	嬌
482	476	423	403	363	356	346	335	283	239	235	226	186	158	86

矯	嶠	皎	狡	湫	攪	姣	勦	僥	佼	⊙	嚼	⊙	鷦
279	270	270	246	221	155	82	37	34	22	ㄐㄠˇ	65	ㄐㄠˊ	489

覺	窖	珓	校	教	叫	⊙	餃	鉸	蹻	角	腳	繳	絞	筊
378	293	252	181	157	46	ㄐㄠ	468	433	406	379	333	318	310	298

久	⊙	鳩	鬮	赳	糾	湫	樛	揪	啾	九	⊙	醮	轎	較
ㄐㄡˇ 4		485	480	400	307	221	192	146	59	5	ㄐㄡˋ	428	411	409

舅	臼	究	疚	柩	救	廄	就	咎	⊙	韭	酒	玖	灸	九
338	337	292	263	179	158	108	95	52	ㄐㄡ	461	425	250	232	5

牋	煎	濺	湔	淺	殲	戔	尖	姦	奸	堅	兼	⊙	鷲	舊
243	236	210	218	216	210	130	95	80	80	71	27	ㄐㄧㄢ	489	338

儉	⊙	鶼	鰜	轞	間	蒹	菅	艱	肩	縑	緘	箋	監	犍
ㄐㄧㄢˇ 23		488	484	461	444	353	350	340	329	315	314	299	272	245

鹼	謇	錢	臉	襉	繭	簡	筧	瞼	減	檢	柬	撿	揀	剪
490	475	436	365	333	332	308	287	219	214	118	175	143	143	33

艦	腱	箭	監	濺	澗	漸	毽	檻	建	劍	僭	健	件	⊙
340	333	300	272	230	227	224	203	199	109	35	22	20	11	ㄐㄧㄢˋ

斤	巾	今	ㄐㄧㄣ	餞	間	鑒	鑑	鍵	踐	賤	諫	見	薦	荐
160	102	9	❋	470	444	441	441	434	404	397	387	377	357	346

謹	緊	瑾	槿	儘	僅	ㄐㄧㄣˇ	金	肕	襟	衿	筋	禁	矜	津
388	312	256	192	223	221	❋	430	379	376	373	298	286	278	212

贐	覲	藎	縉	禁	盡	燼	浸	晉	搢	妗	噤	ㄐㄧㄣˋ	饉	錦
399	378	358	318	286	272	214	146	166	148	81	63	❋	470	436

韉	豇	薑	繮	疆	漿	江	殭	將	姜	僵	ㄐㄧㄤ	靳	進	近
461	392	357	318	262	225	206	204	94	82	223	❋	460	417	413

ㄐㄧㄤ	降	醬	絳	漿	彊	強	將	匠	ㄐㄧㄤˇ	講	蔣	獎	槳	ㄐㄧㄤˋ
❋	448	428	311	225	112	111	111	94	❋	388	355	248	191	❋

ㄐㄧㄥ	鯨	鷩	青	菁	莖	荊	經	精	睛	涇	晶	旌	兢	京
❋	483	476	458	348	344	345	311	305	275	217	162	162	25	8

痙	獍	淨	敬	徑	境	勁	ㄐㄧㄥˇ	頸	陘	警	景	憬	儆	井
265	249	217	158	114	73	36	❋	464	447	390	167	126	23	6

据	拘	居	且	ㄐㄩ	竟	靜	靚	靖	鏡	逕	請	脛	競	崢
145	138	96	2	❋	462	465	458	488	436	415	325	395	295	295

掬	局	ㄐㄩ	駒	雎	鋸	車	裾	蛆	菹	罝	痀	疽	狙	沮
144	96	❋	473	474	455	437	305	375	363	350	264	266	246	211

蹻	筥	舉	筥	矩	沮	櫸	枸	咀	◉ ㄐㄩˇ	鞠	踘	菊	橘	桔
405	346	338	299	278	211	196	179	51		460	403	349	192	181

瞿	炬	沮	據	据	拒	懼	巨	句	劇	具	俱	倨	◉ ㄐㄩˋ	齟
277	273	211	152	145	136	129	101	47	34	27	18	18		497

◉ ㄐㄩㄝ	撅	噘	◉ ㄐㄩㄝ	颶	鋸	鉅	遽	踞	距	足	詎	苣	聚	柜
	151	63		467	435	432	421	404	402	401	382	343	327	289

獗	爵	爝	炔	決	橛	攫	掘	抉	崛	孓	嚼	噱	厥	倔
249	241	241	233	207	193	155	142	134	99	86	64	64	43	18

駃	钁	蹻	蹷	譎	訣	角	覺	蠼	蕨	腳	絕	矍	玦	珏
473	442	406	406	389	381	379	378	356	334	310	328	251	251	

倦	◉ ㄐㄩㄢˇ	捲	卷	◉ ㄐㄩㄢ	鵑	鐫	身	涓	捐	娟	◉ ㄐㄩㄢˋ	倔	◉ ㄐㄩㄝ	駃
17		142	42		487	440	407	214	141	83		18		486

◉ ㄐㄩㄣ	龜	鈞	軍	鞍	均	君	◉ ㄐㄩㄣˋ	雋	絹	眷	狷	悁	圈	卷
	498	431	408	271	69	49		453	311	275	247	121	67	42

迥	窘	炯	◉ ㄐㄩㄥˇ	烏	◉ ㄐㄩㄥˋ	駿	雋	郡	菌	竣	濬	浚	峻	俊
413	293	233		131		474	453	423	349	295	214	199	199	16

漆	淒	沏	欺	棲	栖	柒	戚	慼	悽	妻	七	◉ ㄑㄧ	
224	217	208	197	188	183	180	126	121	81	1			

琪	淇	歧	棋	枝	期	旗	旐	崎	岐	奇	其	俟	（ㄑㄧˊ）	萋
253	216	199	186	177	173	163	162	99	98	78	27	16		348

跂	祇	蟿	薪	薺	其	臍	者	慕	祺	祇	祈	祁	畦	琦
402	373	370	360	358	350	336	324	313	286	285	284	284	261	254

豈	綮	綺	稽	杞	啟	乞	（ㄑㄧˇ）	齊	麒	鰭	騏	騎	頎	踦
391	313	313	291	175	157	55		496	491	484	474	464	404	404

磧	砌	泣	汽	氣	棄	揭	憩	妻	契	器	企	丕	（ㄑㄧˋ）	起
283	279	209	207	204	184	146	127	81	78	63	12	7		400

切	（ㄑㄧㄝ）	洽	褐	恰	（ㄑㄧㄚ）	卡	（ㄑㄧㄚˇ）	掐	（ㄑㄧㄚˋ）	鑿	迄	跂	訖	緝
31		213	188	119		41		145		495	412	402	380	314

鍥	謙	篋	竊	砌	挈	愜	妾	切	（ㄑㄧㄝˊ）	且	（ㄑㄧㄝˇ）	茄	伽	（ㄑㄧㄝˊ）
437	388	300	295	279	139	123	81	31		2		343	13	

瞧	樵	橋	憔	喬	僑	（ㄑㄧㄠ）	鍬	蹺	蹺	繑	磽	橇	敲	（ㄑㄧㄠ）
277	193	193	127	59	23		437	406	406	317	284	193	158	

誚	翹	竅	撬	峭	俏	（ㄑㄧㄠˇ）	愀	悄	巧	（ㄑㄧㄠˋ）	趙	譙	蕎	翹
385	324	294	151	99	16		123	120	101		401	389	356	324

毬	囚	仇	（ㄑㄧㄡ）	龜	鶖	鰍	鞦	邱	蚯	秋	丘	（ㄑㄧㄡˊ）	鞠	讎
203	65	9		498	488	484	460	423	363	289	2		460	389

嵌	千	仟	⚛	糗	⚛	酋	道	迹	裘	虬	球	犰	泅	求
100	40	10	ㄑㄧㄢ	306	ㄑㄧㄡˇ	425	419	416	375	361	252	245	211	206

乾	⚛	騫	韆	阡	鉛	遷	謙	芊	籤	簽	牽	搴	扦	愆
6	ㄑㄧㄢˊ	475	461	447	432	420	388	341	303	302	244	148	133	124

遣	譴	繾	淺	⚛	黔	錢	鉗	鈐	虔	箝	犍	潛	掮	前
419	390	318	216	ㄑㄧㄢˇ	443	435	431	410	360	299	245	226	145	33

親	衾	欽	侵	⚛	蒨	茜	芡	縴	歉	欠	塹	倩	⚛	鏈
378	373	197	16	ㄑㄧㄣ	353	346	342	17	198	96	73	17	ㄑㄧㄢˋ	495

撤	⚛	寢	⚛	覃	蟓	芹	秦	禽	琴	擒	懃	噙	勤	⚛
152	ㄑㄧㄣ	92	ㄑㄧㄣˇ	377	361	341	289	288	254	153	128	63	37	ㄑㄧㄣˊ

彊	強	⚛	鏹	鏘	鎗	蹌	蜣	腔	羌	槍	搶	將	⚛	沁
112	111	ㄑㄧㄤˋ	439	439	405	366	332	321	190	147	94	94	ㄑㄧㄤ	208

⚛	蹌	嗆	⚛	鏹	襁	搶	彊	強	⚛	蔷	牆	爿	檣	戕
ㄑㄧㄥ	405	61	ㄑㄧㄤ	439	376	147	111	111	ㄑㄧㄤˇ	357	242	242	194	130

晴	擎	情	⚛	鯖	頃	青	輕	蜻	烴	清	氰	氫	卿	傾
167	151	121	ㄑㄧㄥˊ	482	462	450	409	365	235	216	205	205	42	22

嶇	屈	區	⚛	親	罄	祭	磬	慶	⚛	頃	請	⚛	黥	檠
100	96	39	ㄑㄩ	378	319	313	283	126	ㄑㄧㄥˋ	462	385	ㄑㄧㄥˇ	493	194

葉	瞿	璩	渠	劬	❀	驅	軀	趨	蛆	蛆	胠	祛	毆	曲
3	2	2	2	3	ㄑㄩ	4	4	4	3	3	3	2	2	1
5	7	5	1	5		7	0	0	6	6	3	8	0	7
6	7	6	9			5	7	1	4	3	1	5	2	1

缺	❀	闋	趣	覷	去	❀	麒	曲	娶	取	❀	麴	麯	衢
3	ㄑㄩㄝ	4	4	3	4	ㄑㄩ	4	1	8	4	ㄑㄩ	4	4	3
1		4	0	7	3		9	7	4	4		9	9	7
9		6	1	8			7	1	4	4		1	1	2

❀	鵲	雀	闕	闋	觳	碻	爵	榷	怯	卻	❀	瘸	❀	闋
ㄑㄩㄢ	4	4	4	4	3	2	2	1	1	4	ㄑㄩㄝ	2	ㄑㄩㄝ	4
	8	5	4	4	7	8	4	8	1	2		6		4
	8	3	6	6	9	2	1	9	8			7		6

醛	踡	詮	蜷	荃	筌	痊	泉	權	拳	惓	卷	全	❀	圈
4	4	3	3	3	2	2	2	1	1	1	4	2	ㄑㄩㄢˊ	6
2	0	8	6	4	9	6	1	9	3	2	2	6		7
8	4	3	5	6	8	4	1	6	9	3				

群	❀	逡	❀	勸	券	❀	綣	甽	甽	犬	❀	鬈	顴	銓
3	ㄑㄩㄣ	4	ㄑㄩㄣ	3	3	ㄑㄩㄢˇ	3	2	2	2	ㄑㄩㄢˊ	4	4	4
2		1		7	2		1	6	6	4		7	6	3
2		6					4	0	0	5		9	6	3

兮	❀		怾	蚩	筇	窮	瓊	煢	❀	芎	穹	❀	裙
2	ㄒㄧ		4	3	2	2	2	2	ㄑㄩㄥˊ	3	2	ㄑㄩㄥˊ	3
6			0	6	9	9	5	3		4	9		7
			3	4	8	4	6	7		1	3		4

歔	樨	棲	栖	析	曦	晰	晞	攜	悉	希	嬉	奚	嘻	吸
1	1	1	1	1	1	1	1	1	1	1	8	7	6	5
9	9	8	8	7	7	6	6	5	2	0	6	9	2	0
7	3	6	3	6	0	7	7	5	1	2				

螅	蜥	膝	羲	窸	稀	禧	皙	犧	犀	熹	熙	烯	溪	淅
3	3	3	3	2	2	2	2	2	2	2	2	2	2	2
6	6	3	2	9	9	8	7	4	4	3	3	2	2	1
7	5	5	2	4	0	7	0	5	5	9	5	2	2	7

濕	檄	昔	惜	息	席	媳	❀	蠵	鼷	醯	蹊	谿	西	蟋
2	1	1	1	1	1	8	ㄒㄧˊ	4	4	4	4	3	3	3
2	9	6	2	2	0	5		9	3	2	0	9	7	6
9	4	4	2	0	3			5	0	8	5	1	7	8

洒	洗	徙	屣	喜	●	隰	錫	覡	襲	裼	蓆	腊	習	熄
213	212	115	97	58	ㄒㄧˊ	452	436	378	377	375	352	333	323	237

穸	禊	矽	潟	汐	歙	戲	夕	係	●	鰼	嬉	菥	蒠	璽
293	287	279	227	206	198	130	76	17	ㄒㄧˋ	484	369	355	352	256

假	俠	●	蝦	瞎	呀	●	閘	餼	隙	烏	翕	繫	細	系
20	16	ㄒㄧㄚˊ	366	276	50	ㄒㄧㄚ	480	471	451	333	217	309	307	307

下	●	黠	霞	遐	轄	瑕	狹	狎	柙	暇	挾	峽	呷	匣
ㄒㄧㄚˋ 1	ㄒㄧㄚˊ	493	457	418	410	254	246	246	180	168	140	99	51	39

絜	斜	協	偕	●	蠍	蝎	歇	楔	些	●	罅	廈	夏	嚇
311	160	400	200	ㄒㄧㄝ	369	367	197	187	7	ㄒㄧㄚˋ	119	108	76	64

械	懈	屑	契	卸	●	血	寫	●	鮭	頡	鞋	邪	諧	脅
184	127	97	79	42	ㄒㄧㄝˇ	371	93	ㄒㄧㄝˊ	482	464	460	422	387	331

●	邂	謝	解	褻	蟹	薤	綫	燮	瀣	瀉	渫	洩	泄	榭
ㄒㄧㄝˋ	421	388	379	376	369	358	311	240	230	229	221	213	211	190

驍	霄	銷	逍	蕭	簫	硝	瀟	消	梟	栩	宵	嚻	哮	削
476	454	434	416	355	302	280	233	214	184	180	191	665	553	333

肖	笑	校	效	孝	嘯	●	筱	曉	小	●	姣	●	鴞	魈
329	296	180	157	87	63	ㄒㄧㄠˇ	299	169	94	ㄒㄧㄠˊ	82	ㄒㄧㄠ	487	481

嗅	ㄒㄡ	潃	朽	宿	ㄒㄡ	鬏	饈	脩	羞	咻	修	休	ㄒㄡ	醮
60		226	174	91		479	471	332	321	54	19	11		426

遛	掀	先	仙	ㄒㄢ	鏽	袖	臭	繡	绣	秀	琇	溴	岫	宿
169	144	25	10		440	373	337	317	312	288	253	222	98	91

絃	癇	涎	弦	嫻	嫌	唌	咸	ㄒㄢˊ	鮮	銛	躚	纖	私	祅
309	267	215	111	86	85	55	53		482	434	407	318	288	285

蘚	筅	癬	獮	燹	洒	洗	ㄒㄢˇ	鹹	閒	閑	銜	賢	痃	舷
360	300	268	250	240	213	213		490	44	443	43	397	363	339

見	覓	腺	羨	縣	線	現	獻	憲	ㄒㄢˋ	鮮	顯	險	跣	蜆
377	348	384	321	315	314	253	249	127		482	466	450	403	365

訢	薪	莘	芯	炘	歆	欣	昕	新	心	ㄒㄣ	餡	霣	陷	限
381	356	347	342	233	197	197	165	161	116		470	457	450	448

篩	緗	箱	相	湘	廂	ㄒㄤ	爨	囟	信	ㄒㄣˋ	馨	鑫	鋅	辛
356	315	300	273	219	108		428	66	15		472	442	324	411

想	享	ㄒㄤˇ	降	詳	翔	羊	祥	庠	ㄒㄤˊ	驤	香	鑲	鄉	襄
124	8		448	382	332	321	286	107		476	472	424	424	376

項	鄉	象	相	橡	鄉	巷	嚮	向	像	ㄒㄤˋ	饗	餉	響	鄉
463	424	392	273	193	170	102	64	47	22		471	469	462	424

邢	行	硎	滎	形	型	刑	ㄒㄧㄥˊ	騂	興	腥	猩	星	惺	ㄒㄧㄥ
422	371	280	223	112	70	31		474	338	333	248	166	123	

于	ㄒㄧㄥˋ	行	興	杏	悻	性	幸	姓	倖	ㄒㄧㄥˇ	醒	省	擤	ㄒㄩ
6		371	338	175	121	118	105	82	17		427	274	154	

余	ㄒㄩˊ	鬚	須	需	訏	虛	胥	稰	盱	歔	戌	墟	噓	吁
14		479	463	456	380	361	330	291	273	129	98	74	62	47

恤	序	婿	卹	勖	ㄒㄩˋ	詡	許	糈	煦	栩	咻	休	ㄒㄧㄡ	徐
120	106	85	42	36		384	381	305	236	181	51	11		114

嗅	ㄒㄩˋ	戴	項	酗	蓄	續	緒	絮	畜	潊	洫	勗	旭	敘
64		471	463	425	352	318	313	310	261	226	213	171	164	157

亘	ㄒㄩㄝ	穴	削	ㄒㄩㄝ	鱈	雪	ㄒㄩㄝˇ	鷽	趐	褶	學	ㄒㄩㄝ	靴	薛
7		292	32		485	455		489	403	376	8		459	357

玄	漩	旋	懸	ㄒㄩㄢ	軒	諼	諠	蠉	萱	瑄	暄	暖	宣	喧
250	223	162	128		408	387	387	369	351	255	168	168	90	58

絢	眩	珣	炫	渲	泫	楦	旋	ㄒㄩㄢˇ	選	烜	ㄒㄩㄢˇ	還	璿	璇
311	274	253	233	219	212	186	162		420	234		421	256	255

循	峋	尋	ㄒㄩㄣˊ	醺	薰	葷	獯	燻	熏	曛	勳	勛	ㄒㄩㄣ	鑱
115	99	94		428	358	351	249	240	237	170	37	37		439

巽	孫	❀ㄒㄩㄣ	鱘	馴	巡	詢	蟳	蕁	荀	珣	燖	潯	旬	撏
102	88		485	472	413	383	369	356	345	252	239	227	164	151

汹	匈	凶	兇	兄	❀ㄒㄩㄥ	馴	遜	迅	訓	訊	蕈	汛	殉	徇
208	38	30	25	24		473	419	412	380	380	355	207	200	114

枝	支	吱	只	卮	之	❀ㄓ	〔业〕	雄	熊	❀ㄒㄩㄥ	訩	胸	洶
177	155	50	46	41	4			453	237		381	332	213

值	❀ㄓˊ	鳷	隻	蜘	芝	脂	胝	肢	織	祇	知	汁	氏	梔
18		486	453	365	341	331	330	329	317	285	276	206	204	184

❀ㄓˇ	躑	跖	質	蟄	職	縶	直	殖	植	擲	摭	拓	姪	執
	406	402	398	368	327	317	273	201	186	154	150	137	83	71

芷	紙	祇	衹	沚	止	枳	旨	指	抵	抵	徵	址	咫	只
342	308	285	284	209	190	180	163	139	138	136	116	65	54	46

滯	治	桎	智	摯	忮	志	厔	幟	峙	制	❀ㄓˋ	觶	酯	趾
224	210	183	168	149	117	116	112	105	99	32		494	426	401

誌	製	蛭	致	至	膣	置	緻	窒	稚	秩	知	痣	痔	炙
384	375	363	337	337	322	321	314	290	293	289	278	265	264	233

查	扎	喳	❀ㄓㄚ	鷙	騺	雉	陟	遲	輊	躓	贄	質	豸	識
180	132	59		489	475	454	449	420	409	407	398	393	393	389

字	頻	字	頻	字	頻	字	頻	字	頻	字	頻	字	頻
ㄓㄚ 鮓	482	眨	275	**ㄓㄚˇ** 閘	444	鍘	437	紮	309	劄	300	炸	233
札	174	扎	132	**ㄓㄚˊ** 鱸	496	渣	219	楂	188				
哲	55	**ㄓㄜˊ** 遮	420	蟄	368	折	133	**ㄓㄜ** 詐	382	蚱	363	炸	233
榨	189	柵	179	搾	147	咤	54	吒	48	乍	4		
者	324	堵	71	**ㄓㄜ** 適	420	轍	411	謫	409	褶	388	蜇	376
磔	364	晢	283	摺	167	折	149	懾	133	慴	129	慴	126
ㄓㄞˊ 齋	496	齊	496	摘	149	**ㄓㄞ** 著	349	**ㄓㄜ** 鷓	489	這	415	蔗	354
浙	214	柘	180	**ㄓㄜˇ** 赭	400	褶	376						
朝	173	晁	167	昭	165	招	136	**ㄓㄠ** 責	394	祭	286	柴	180
寨	92	債	21	**ㄓㄞ** 窄	293	**ㄓㄞˇ** 翟	323	宅	89				
櫂	195	棹	185	旐	162	召	45	兆	25	**ㄓㄠ** 爪	241	沼	210
找	135	**ㄓㄠˇ** 著	349	**ㄓㄠˊ** 鼂	494	釗	430	著	349				
賙	398	舟	339	粥	304	洲	212	州	101	啁	57	周	52
ㄓㄡ 趙	401	詔	382	肇	328	罩	320	笊	296	照	236	炤	234
紂	307	箍	302	皺	271	晝	167	宙	90	咒	51	胄	28
ㄓㄡˇ 肘	328	帚	103	**ㄓㄡˊ** 軸	408	妯	82	**ㄓㄡ** 週	416				
鱔	485	饘	471	霑	457	邅	421	詹	383	覘	377	瞻	277
沾	210	氈	204	旃	162	占	62	佔	13	**ㄓㄢ** 胄	330	綢	315

綻	站	湛	棧	暫	戰	占	佔	❀	輾	斬	嶄	展	❀
312	295	219	185	169	130	41	13	ㄓㄢˋ	410	272	161	100	ㄓㄢˇ 97

箴	禎	砧	真	甄	珍	溱	榛	椹	楨	斟	偵	❀	顛	蕆
300	286	280	274	258	251	223	189	189	187	160	20	ㄓㄣ	466	360

❀	軫	診	縝	稹	疹	昣	枕	❀	鍼	針	貞	蓁	臻	胗
ㄓㄣˇ	408	382	315	291	264	261	176	ㄓㄣ	437	390	394	353	337	331

樟	彰	張	❀	鴆	震	陳	陣	鎮	酖	賑	枕	朕	振	圳
192	113	111	ㄓㄣˋ	486	456	449	449	438	425	397	176	173	140	68

帳	仗	丈	❀	長	漲	掌	❀	麈	鱆	章	蟑	璋	獐	漳
104	10	1	ㄓㄤˇ	443	224	144	ㄓㄤˋ	491	485	462	368	255	248	223

正	掙	怔	徵	征	崢	❀	障	長	賬	脹	瘴	漲	杖	幛
199	143	118	116	119	99	ㄓㄤˋ	451	441	393	333	267	224	175	104

掙	幀	❀	整	拯	❀	錚	鉦	諍	蒸	箏	睜	癥	猙	爭
143	104	ㄓㄥˋ	159	139	ㄓㄥˇ	436	433	386	353	299	276	268	247	241

硃	珠	洙	驫	楮	株	朱	侏	❀	鄭	證	証	症	正	政
280	252	213	196	195	182	174	15	ㄓㄨ	424	389	382	298	198	156

舳	築	筑	竺	竹	燭	朮	❀	銖	豬	諸	誅	蛛	藷	茱
340	301	298	296	296	240	174	ㄓㄨˊ	433	393	386	383	363	359	345

住	●	塵	貯	矚	煮	渚	挂	屬	囑	主	●	逐	躅	蠋
12	ㄓㄨ	490	395	278	235	217	136	97	65	4	ㄓㄨˇ	415	406	369

註	蛀	著	苧	紵	粥	箸	筯	祝	炷	注	柱	杼	助	佇
381	362	349	342	310	304	299	299	285	234	209	179	178	35	12

啄	卓	勺	●	棹	桌	捉	●	爪	●	撾	抓	●	駐	鑄
56	40	37	ㄓㄨㄛ	185	181	141	ㄓㄨㄛ	241	ㄓㄨㄚ	153	135	ㄓㄨㄚˇ	473	441

著	茁	繳	琢	焯	灼	濯	濁	涿	泜	權	斲	斫	擢	拙
349	343	318	253	232	229	228	218	215	195	161	160	154	137	

綴	惴	墜	●	錐	追	椎	●	拽	●	跩	●	鐲	酌	踔
312	123	74	ㄓㄨㄟ	436	414	185	ㄓㄨㄟ	139	ㄓㄨㄞ	403	ㄓㄨㄞˇ	441	425	404

譔	篆	撰	傳	●	轉	囀	●	顓	耑	磚	專	●	隊	贅
389	300	150	21	ㄓㄨㄢ	410	65	ㄓㄨㄢˇ	465	325	283	94	ㄓㄨㄢ	451	398

椿	妝	●	準	准	●	迍	諄	肫	窀	屯	●	饌	撰	賺
191	80	ㄓㄨㄤ	221	29	ㄓㄨㄣˇ	413	386	293	97		ㄓㄨㄣ	471	411	398

蠡	終	盅	忪	忠	中	●	狀	撞	戇	壯	僮	●	裝	莊
368	310	271	118	117	3	ㄓㄨㄥ	246	150	129	75	22	ㄓㄨㄤ	374	347

重	種	眾	仲	中	●	踵	腫	種	塚	冢	●	鐘	鍾	衷
429	291	275	11	3	ㄓㄨㄥ	404	340	290	73	28	ㄓㄨㄥ	440	437	373

匙	❀	鴟	魑	螭	蚩	絺	癡	痴	嗤	吃	❀
38	ㄔ	487	481	368	362	312	297	268	266	60	48

齒	豉	褫	恥	尺	呎	侈	❀	馳	遲	踟	治	池	持	弛
496	392	376	119	95	49	15	ㄔ	472	420	403	210	206	139	111

杈	插	差	叉	❀	飭	赤	翅	熾	斥	敕	彳	啻	叱	❀
176	145	101	44	ㄔㄚ	468	399	323	238	60	158	113	58	46	ㄔ

❀	車	詫	衩	岔	刹	❀	茶	碴	槎	查	搽	察	❀
ㄔㄜ	407	382	372	98	32	ㄔㄚ	345	282	190	180	147	92	ㄔㄚ

❀	釵	拆	差	❀	轍	澈	撤	掣	徹	坼	❀	扯	尺	哆
ㄔㄞ	431	138	101	ㄔㄞ	411	258	448	144	116	69	ㄔㄜ	135	95	54

潮	朝	晁	巢	嘲	❀	鈔	超	抄	勦	❀	剿	❀	豺	柴
226	173	167	101	62	ㄔㄠ	431	400	134	37	ㄔㄠ	369	ㄔㄞ	393	180

籌	稠	疇	愁	惆	儔	仇	❀	搊	抽	❀	炒	吵	❀	矗
303	290	262	124	122	24	9	ㄔㄡ	148	137	ㄔㄡ	232	50	ㄔㄠ	494

❀	攙	摻	❀	臭	❀	醜	瞅	丑	❀	儵	酬	躊	雔	綢
ㄔㄢ	155	150	ㄔㄢ	337	ㄔㄡ	276	276	2	ㄔㄟ	483	206	406	390	313

產	劇	❀	饞	鑱	讒	蟾	蟬	纏	禪	澶	潺	孱	嬋	單
259	34	ㄔㄢ	471	442	390	369	368	318	287	228	227	86	86	59

晨	忱	宸	塵	●	琛	抻	嗔	●	屖	懺	●	闡	鑱	諂
167	177	91	73	ㄔㄣ	254	145	61	ㄔㄣ	322	128	ㄔㄢ	447	439	386

趁	讖	襯	疢	櫬	●	磣	●	陳	辰	諶	臣	湛	沉	沈
400	390	377	263	196	ㄔㄣ	283	ㄔㄣ	449	412	388	336	219	207	207

嫦	嚐	嘗	償	倘	●	鯧	菖	猖	昌	娼	倡	倀	●	齔
85	64	61	24	19	ㄔㄤ	483	350	247	164	84	18	18	ㄔㄤ	496

唱	倡	●	氅	昶	敞	廠	場	●	長	裳	萇	腸	徜	常
57	18	ㄔㄤ	203	166	158	109	72	ㄔㄤ	442	375	350	333	115	104

丞	●	鐺	鎗	蟶	稱	瞠	琤	檉	槍	撐	●	鬯	暢	悵
2	ㄔㄥ	441	438	369	291	277	254	194	190	150	ㄔㄥ	480	169	121

醒	誠	裎	程	盛	澄	橙	晟	承	成	懲	埕	城	呈	乘
427	383	375	290	276	226	192	165	135	129	128	70	70	49	5

滁	櫥	廚	儲	●	齣	初	出	●	稱	秤	●	騁	逞	●
223	195	108	24	ㄔㄨ	497	372	30	ㄔㄨ	291	289	ㄔㄥ	474	416	ㄔㄥ

●	褚	處	礎	楚	楮	杵	●	雛	除	鋤	鉏	躕	蜍	芻
ㄔㄨ	375	360	284	187	177	177	ㄔㄨ	454	449	432	405	365	342	

歜	啜	●	戳	●	抓	●	黜	觸	處	絀	矗	畜	搐	怵
198	57	ㄔㄨㄛ	131	ㄔㄨㄛ	135	ㄔㄨㄞ	493	379	360	309	278	261	148	118

垂		炊	吹		踹	揣		搋		齪	逴	輟	綽
69	ㄔㄟˊ	232	50	ㄔㄟ	404	146	ㄔㄞ	148	ㄔㄞ	497	417	409	312

船	椽	傳		穿	川		陲	鎚	錘	箠	槌	搥	捶
339	188	21	ㄔㄨㄢˊ	293	101	ㄔㄨㄢ	451	438	436	300	190	188	145

純	淳	屯	唇		椿	春		釧	串		舛	喘		遄
308	215	97	56	ㄔㄨㄣˊ	189	165	ㄔㄨㄣ	430	3	ㄔㄨㄢˋ	339	58	ㄔㄨㄢˇ	419

	牀	床	幢		窗	瘡	囪	創		蠢		鶉	醇	脣
ㄔㄨㄤˊ	242	106	105	ㄔㄨㄤ	293	267	66	34	ㄔㄨㄤˋ	370	ㄔㄨㄣˇ	488	427	332

蟲	虫	崇		衝	舂	沖	憧	忡	充		憃	創		闖
368	361	99	ㄔㄨㄥˊ	372	337	207	127	117	24	ㄔㄨㄥ	125	34	ㄔㄨㄤˇ	446

淫	施	師	屍	尸	失			銃	衝		寵		重
222	162	103	96	95	77	ㄕ		433	372	ㄔㄨㄥˋ	93	ㄔㄨㄥˇ	429

蒔	石	時	提	拾	實	十	什		詩	蝨	虱	蓍	獅	濕
354	279	166	146	140	92	40	8	ㄕˊ	383	366	361	354	248	229

仕	事	世		駛	豕	矢	屎	始	史	使		鰣	食	蝕
9	6	2	ㄕˋ	473	392	278	96	82	14	14	ㄕˇ	484	467	365

示	氏	柿	是	拭	恃	弒	式	市	室	士	噬	嗜	勢	侍
284	204	178	165	139	119	110	110	102	90	75	64	60	37	14

48

匙 399	◉ ㄕˋ	飾 468	釋 429	適 419	逝 415	軾 409	貰 396	識 389	諡 387	誓 385	試 383	視 378	舐 338	筮 298
傻 222	◉ ㄕㄚˇ	啥 58	◉ ㄕㄚˊ	鯊 483	鎩 440	裟 374	莎 346	紗 308	砂 279	痧 265	煞 237	沙 207	殺 201	◉ ㄕㄚ
◉ ㄕㄜˊ	蛇 362	舌 338	折 133	它 89	◉ ㄕㄜˇ	賒 397	畬 262	奢 79	◉ ㄕㄜ	霎 456	煞 237	殺 201	歃 198	◉ ㄕㄚ
◉ ㄕㄞ	麝 491	赦 399	設 381	葉 351	舍 338	社 284	涉 214	歙 198	攝 155	拾 140	射 93	◉ ㄕㄜ	舍 338	捨 144
筲 299	稍 290	燒 238	梢 183	捎 141	◉ ㄕㄠ	誰 386	◉ ㄕㄟ	殺 201	曬 170	晒 166	◉ ㄕㄞˋ	色 341	◉ ㄕㄞˇ	篩 301
紹 309	捎 141	少 94	哨 55	召 46	劭 35	◉ ㄕㄠ	少 94	◉ ㄕㄠˋ	韶 462	芍 341	杓 176	勺 37	◉ ㄕㄠˊ	躺 340
授 143	壽 75	售 557	受 45	◉ ㄕㄡ	首 471	弄 145	手 132	守 89	◉ ㄕㄡˇ	熟 238	◉ ㄕㄡˊ	收 156	◉ ㄕㄡ	邵 422
笞 297	珊 251	煽 237	潸 226	杉 178	搧 148	扇 132	山 98	姍 82	刪 31	◉ ㄕㄢ	綬 313	瘦 267	獸 249	狩 246
擅 152	撣 152	扇 131	單 59	◉ ㄕㄢˇ	陝 449	閃 443	摻 150	◉ ㄕㄢˇ	髟 478	跚 402	衫 372	芟 341	舢 339	羶 322

參	信	伸	⊛ ㄕㄣ	鱣	鱔	鄯	贍	訕	膳	善	繕	禪	疝	汕
43	15	13		485	485	424	399	380	335	321	317	287	263	206

哂	⊛ ㄕㄣˇ	神	甚	什	⊛ ㄕㄣˊ	身	詵	莘	紳	砷	申	深	娠	呻
53		285	258	8		407	384	347	309	280	260	217	84	51

商	傷	⊛ ㄕㄤ	蜃	葚	腎	甚	滲	椹	慎	⊛ ㄕㄣˋ	瀋	沈	審	嬸
56	22		364	352	332	258	225	189	124		229	207	93	86

升	勝	⊛ ㄕㄥ	裳	⊛ ˙ㄕㄤ	尚	上	⊛ ㄕㄤˋ	賞	眴	上	⊛ ㄕㄤˇ	觴	湯	殤
40	36		375		95	1		398	166	2		379	220	201

剩	乘	⊛ ㄕㄥ	省	⊛ ㄕㄥˇ	繩	澠	⊛ ㄕㄥˊ	陞	聲	笙	甥	生	牲	昇
34	5		274		317	228		449	327	259	258	254	244	165

疋	殊	樗	樞	梳	書	攄	抒	姝	俞	⊛ ㄕㄨ	賸	聖	盛	勝
262	20	192	191	181	171	154	135	8	17		398	326	272	36

⊛ ㄕㄨˇ	贖	菽	秫	淑	孰	塾	叔	⊛ ㄕㄨˊ	輸	蔬	荼	舒	紓	疏
	399	348	288	216	88	74	44		410	354	347	339	309	263

恕	庶	墅	倏	⊛ ㄕㄨˋ	鼠	黍	蜀	藷	薯	署	糬	暑	數	屬
120	108	74	20		495	492	364	359	357	320	306	168	159	97

⊛ ㄕㄨㄚˇ	刷	⊛ ㄕㄨㄚ	述	豎	術	署	籔	澍	漱	樹	束	曙	數	戍
	32		413	392	371	320	303	227	224	193	170	170	159	129

衰 372 ｜ 摔 149 ｜ 〈ㄕㄨㄛ〉 ｜ 鑠 441 ｜ 碩 282 ｜ 爍 240 ｜ 槊 190 ｜ 朔 173 ｜ 數 159 ｜ 搠 148 ｜ 妁 80 ｜ ●〈ㄕㄨㄛ〉 ｜ 說 384 ｜ ●〈ㄕㄨㄚ〉 ｜ 耍 325

栓 182 ｜ 拴 140 ｜ ●〈ㄕㄨㄛ〉 ｜ 說 384 ｜ 稅 289 ｜ 睡 276 ｜ ●〈ㄕㄨㄟ〉 ｜ 水 205 ｜ ●〈ㄕㄨㄟ〉 ｜ 蜶 368 ｜ 率 250 ｜ 帥 103 ｜ ●〈ㄕㄨㄞ〉 ｜ 甩 259 ｜ ●〈ㄕㄨㄞ〉

霜 457 ｜ 雙 554 ｜ 瀧 230 ｜ 孀 87 ｜ ●〈ㄕㄨㄤ〉 ｜ 順 463 ｜ 舜 339 ｜ 瞬 277 ｜ ●〈ㄕㄨㄣ〉 ｜ 楯 189 ｜ 吮 50 ｜ ●〈ㄕㄨㄣ〉 ｜ 涮 216 ｜ ●〈ㄕㄨㄢ〉 ｜ 閂 443

饒 471 ｜ 蟯 368 ｜ ●〈ㄖㄠ〉 ｜ 熱 238 ｜ ●〈ㄖㄜ〉 ｜ 若 343 ｜ 惹 124 ｜ 喏 59 ｜ ●〈ㄖㄜ〉 ｜ 日 163 ｜ ●〈ㄖˋ〉 ｜ ｜ ●〈ㄕㄨㄤ〉 ｜ 爽 242

●〈ㄖㄢ〉 ｜ 肉 328 ｜ ●〈ㄖㄡ〉 ｜ 糅 237 ｜ ●〈ㄖㄡ〉 ｜ 鞣 460 ｜ 蹂 404 ｜ 內 287 ｜ 柔 145 ｜ 揉 145 ｜ ●〈ㄖㄡ〉 ｜ 繞 317 ｜ ●〈ㄖㄠ〉 ｜ 擾 154 ｜ ●〈ㄖㄠ〉

稔 290 ｜ 忍 117 ｜ ●〈ㄖㄣ〉 ｜ 壬 75 ｜ 任 11 ｜ 仁 8 ｜ 人 8 ｜ ●〈ㄖㄣ〉 ｜ 苒 344 ｜ 染 178 ｜ 冉 27 ｜ ●〈ㄖㄢ〉 ｜ 髯 478 ｜ 燃 239 ｜ 然 235

餁 468 ｜ 靷 461 ｜ 靮 459 ｜ 靭 408 ｜ 認 384 ｜ 衽 373 ｜ 紉 309 ｜ 紐 307 ｜ 恁 120 ｜ 妊 83 ｜ 刃 30 ｜ 任 110 ｜ 仞 110 ｜ ●〈ㄖㄣ〉 ｜ 荏 345

●〈ㄖㄨ〉 ｜ 仍 9 ｜ 扔 133 ｜ ●〈ㄖㄥ〉 ｜ 讓 390 ｜ ●〈ㄖㄤ〉 ｜ 壤 75 ｜ 嚷 64 ｜ ●〈ㄖㄤ〉 ｜ 穰 292 ｜ 禳 287 ｜ 瓤 257 ｜ 攘 154

溽 223 ｜ 洳 213 ｜ 入 26 ｜ ●〈ㄖㄨ〉 ｜ 汝 206 ｜ 女 80 ｜ 乳 5 ｜ ●〈ㄖㄨ〉 ｜ 蠕 370 ｜ 茹 345 ｜ 濡 229 ｜ 孺 80 ｜ 如 80 ｜ 嚅 64 ｜ 儒 23

注音	字 (頁碼)
● ㄖㄨㄟˇ	蕊 356　蕤 356
● ㄖㄨㄛˋ	蒻 353　若 343　篛 301　弱 111　偌 20
● ㄖㄨˇ	辱 412　褥 376　蓐 353　縟 315
ㄖㄨㄥˊ	嶸 100　容 91
● ㄖㄨㄣˋ	閏 443　潤 227
● ㄖㄨㄢˇ	阮 447　軟 408
● ㄖㄨㄟˋ	銳 434　芮 342　睿 276　瑞 254　汭 209　叡 45
冗 28	● ㄖㄨㄥˊ 鎔 437　蠑 370　融 367　蓉 352　茸 345　羢 322　絨 310　狨 246　熔 237　溶 221　榕 190　榮 189　戎 129
ㄗ	觜 396　資 396　諮 386　茲 345　緇 313　粢 304　滋 220　淄 218　孳 88　孜 87　姿 82　咨 53　● ㄗ
● ㄗˊ	訾 384　紫 310　籽 304　滓 221　梓 183　子 87　姊 82　仔 9　● 齜 497　齊 496　齏 494　髭 479　錙 436　輜 410
● ㄗㄚˊ	雜 454　砸 280　咱 54　● ㄗㄚ 匝 39　● ㄗㄚˇ 子 87　● ㄗˋ 自 337　眥 275　漬 223　恣 120　字 87　● ㄗㄞ
ㄗㄞ	栽 182　哉 53　● ㄗㄞˇ 崽 165　仄 9　● ㄗㄜˋ 賾 399　責 394　簀 302　澤 228　柞 179　擇 152　嘖 62　咋 53　則 33
● ㄗㄠ	遭 420　糟 306　● ㄗㄟˊ 賊 396　● ㄗㄞˋ 載 409　在 68　再 27　● ㄗㄞˇ 載 409　崽 100　宰 90　● ㄗㄞ 災 232
● ㄗㄠˋ	譟 390　竈 295　阜 269　皂 269　燥 240　灶 232　噪 63　● ㄗㄠˇ 蚤 362　藻 359　澡 227　棗 185　早 163　● ㄗㄠˊ 鑿 442

驟 476　揍 145　奏 79　【ㄗㄡˋ】　走 400　【ㄗㄡˇ】　騶 475　陬 450　鄹 425　鄒 424　諏 388　緅 386　【ㄗㄡ】　造 416　躁 406

【ㄗㄢˋ】　螫 440　贊 399　讚 391　【ㄗㄢˇ】　趲 401　昝 166　攢 155　【ㄗㄢˊ】　楱 305　咱 54　偺 19　【ㄗㄢ】　篡 302　【ㄗㄢ】

增 74　【ㄗㄥ】　藏 355　葬 351　臟 336　奘 79　【ㄗㄤ】　髒 477　賍 399　臧 336　臢 336　【ㄗㄤ】　譖 389　【ㄗㄣˇ】　怎 119

組 309　祖 285　俎 17　【ㄗㄨˊ】　鏃 439　足 401　族 162　卒 40　【ㄗㄨ】　租 289　【ㄗㄥˋ】　贈 399　【ㄗㄥ】　曾 71　憎 126

柞 179　怍 119　座 107　坐 69　做 20　作 13　【ㄗㄨㄛˇ】　左 101　佐 12　【ㄗㄨㄛˊ】　昨 165　作 13　【ㄗㄨㄛˋ】　阻 448　詛 382

【ㄗㄨㄢˋ】　鑽 442　【ㄗㄨㄟˋ】　醉 427　蕞 356　罪 320　晬 168　最 28　【ㄗㄨㄟˇ】　嘴 63　【ㄗㄨㄟ】　咋 448　酢 426　胙 331　柞 285

從 115　宗 89　【ㄗㄨㄥ】　圳 68　【ㄗㄨㄣ】　鱒 485　遵 420　樽 192　尊 94　【ㄗㄨㄣˊ】　鑽 442　揝 147　【ㄗㄨㄣˇ】　纘 318　纂 318

【ㄘ】　縱 316　綜 312　粽 305　從 115　【ㄗㄨㄥˇ】　總 316　傯 22　【ㄗㄨㄥ】　鬃 479　蹤 405　縱 316　棕 185

玼 252　此 199　【ㄘˇ】　辭 412　詞 381　茲 345　祠 285　磁 281　瓷 157　慈 124　【ㄘ】　骴 477　雌 264　疵 264　差 101

猜	❀	策	測	惻	廁	冊	側	❀	擦	❀	次	刺	伺	❀
247	ㄘㄞ	297	220	123	108	27	20	ㄘㄜ	153	ㄘㄚ	197	32	13	ㄘ

菜	❀	采	踩	綵	睬	採	彩	❀	財	裁	纔	材	才	❀
350	ㄘㄞ	429	404	313	276	144	113	ㄘㄞ	394	374	318	175	132	ㄘㄞ

❀	贛	湊	❀	草	❀	漕	槽	曹	嘈	❀	糙	操	❀	蔡
ㄘㄢ	410	218	ㄘㄡ	345	ㄘㄥ	224	191	171	61	ㄘㄠ	306	152	ㄘㄞ	355

❀	粲	璨	燦	摻	❀	慘	❀	蠶	殘	慚	❀	驂	餐	參
ㄘㄣ	305	256	240	150	ㄘㄢ	126	ㄘㄢ	370	200	125	ㄘㄢ	475	469	43

曾	層	❀	藏	❀	蒼	艙	滄	傖	倉	❀	涔	岑	❀	參
171	97	ㄘㄥ	358	ㄘㄤ	353	340	222		19	ㄘㄤ	215	98	ㄘㄣ	43

簇	猝	械	數	卒	促	❀	殂	徂	❀	麤	粗	❀	蹴	❀
301	247	192	159	40	16	ㄘㄨ	494	200	ㄘㄨ	491	304	ㄘㄨ	406	ㄘㄨㄥ

厝	❀	痤	❀	蹉	磋	搓	差	❀	醋	酢	蹴	蹙	趨	趣
43	ㄘㄨㄛ	265	ㄘㄨㄛ	405	282	147	101	ㄘㄨㄛ	427	426	406	405	401	401

❀	璀	洒	❀	衰	縗	摧	崔	催	❀	錯	銼	撮	措	挫
ㄘㄨㄟ	256	213	ㄘㄨㄟ	372	315	149	99	261	ㄘㄨㄛ	435	435	151	142	141

攢	❀	躥	攛	❀	萃	脆	翠	粹	瘁	焠	淬	毳	悴	啐
155	ㄘㄨㄢ	407	155	ㄘㄨㄟ	348	331	323	305	266	235	218	203	121	57

●	寸	吋	●	忖	●	存	●	皴	村	●	纂	竄	爨	●
ㄊㄨㄥ	93	47	ㄊㄨㄣ	116	ㄊㄨㄣ	87	ㄊㄨㄣ	271	175	ㄊㄨㄢ	301	294	241	ㄊㄨㄢ
●		琮	淙	從	叢	●	蔥	聰	璁	樅	從	囪	匆	
ㄙ		254	215	115	45	ㄊㄨㄥ	355	327	256	192	115	66	38	
似	伺	●	死	●	鷥	絲	私	澌	斯	撕	思	廝	嘶	司
13	13	ㄙˋ	200	ㄙˇ	489	310	288	271	161	151	110	109	63	46
飼	食	賜	肆	耜	笥	祀	涘	泗	巳	寺	姒	四	嗣	俟
468	468	397	328	325	297	284	215	211	102	93	82	65	60	16
嗇	●	颯	跂	薩	卅	●	灑	洒	撒	●	撒	仁	●	馺
60	ㄙㄜ	461	401	355	40	ㄙㄚ	231	213	151	ㄙㄚˇ	151	10	ㄙㄚ	473
賽	塞	●	鰓	腮	思	塞	●	謇	色	穡	瑟	澀	塞	圾
398	72	ㄙㄞ	484	334	118	72	ㄙㄞ	390	340	292	259	229	72	69
●	臊	燥	掃	●	掃	嫂	●	騷	艘	臊	繅	瘙	搔	●
ㄙㄡ	336	240	103	ㄙㄠˋ	143	85	ㄙㄠˇ	475	340	336	316	267	147	ㄙㄠ
三	●	嗽	●	藪	瞍	擻	嗾	叟	●	餿	颼	蒐	溲	搜
1	ㄙㄢ	61	ㄙㄡˋ	359	277	154	61	45	ㄙㄡ	470	453	323	223	147
顙	嗓	桑	喪	●	森	●	散	傘	●	參	叄			
466	60	ㄙㄤ	182	58	ㄙㄤ	185	ㄙㄣ	158	ㄙㄢˋ	158	21	ㄙㄢˇ	43	43

夙	塑	ㄙㄨ	俗	ㄙㄨ	酥	蘇	穌	甦	嗉	ㄙㄨ	僧	ㄙㄥ	喪	ㄙㄤ
76	72		16		426	359	292	259	65		22		58	

唆	些	ㄙㄨㄛ	速	訴	蓿	肅	素	粟	簌	窣	溯	數	愫	宿
55	7		415	382	355	328	307	304	301	294	221	159	125	91

些	ㄙㄨㄛ	鎖	索	瑣	所	ㄙㄨㄛ	蓑	莎	縮	簑	梭	挲	娑	嗦
7		437	307	255	131		353	346	315	301	184	142	83	60

穗	祟	碎	燧	歲	ㄙㄨㄟ	髓	ㄙㄨㄟ	隨	隋	ㄙㄨㄟ	雖	綏	睢	ㄙㄨㄟ
292	285	281	239	199		477		452	450		454	311	276	

飧	蓀	猻	孫	ㄙㄨㄣ	蒜	算	ㄙㄨㄢ	酸	痠	ㄙㄨㄢ	隧	邃	遂	術
468	358	248	88		353	299		265	265		452	421	418	371

鬖	竦	慫	悚	ㄙㄨㄥ	鬆	凇	松	忪	崧	ㄙㄨㄣ	筍	榫	損	ㄙㄨㄣ
327	295	126	120		479	216	176	118	100		298	189	147	

ㄛ	啊	ㄚ	阿	啊	ㄚ	頌	送	誦	訟	宋	ㄙㄨㄥ
	˙57		447	ㄚ57		463	414	384	381	89	

哦	俄	ㄜˊ	阿	疴	屙	婀	ㄛ	哦	ㄜˊ	喔	呵
56	17		448	266	97	84 ㄜ		56		58	51 ㄛ

噩	呃	厄	ㄜˋ	惡	噁	ㄜˊ	鵝	額	訛	蛾	蚵	莪	峨	娥
63	49	42		122	63		487	465	381	364	347	99	99	84

餓	颚	頞	阨	閼	鍔	鄂	過	軻	諤	萼	扼	愕	惡	堊
469	465	464	447	445	437	424	418	408	388	351	134	123	122	71

●	皚	癌	捱	●	挨	埃	唉	哎	哀	●	[ㄞ]	鴉	鼪
ㄞˇ	270	267	142	ㄞˊ	141	70	56	53	53	ㄞ		488	485

[ㄟ]	隘	艾	礙	璦	曖	愛	噯	乂	●	靉	薆	矮	欸
	451	341	284	256	170	124	64	4	ㄞˋ	458	359	279	197

聱	翱	獒	熬	敖	嗷	●	拗	坳	凹	●	[ㄠ]	欸	●
327	324	249	238	157	61	ㄠˊ	138	69	30	ㄠ		197	[ㄟ]

懊	奧	傲	●	襖	拗	媪	●	鼇	驁	鰲	廒	遨	警	螯
127	79	21	ㄠˇ	376	138	85	ㄠˇ	494	476	440	439	420	389	368

●	鷗	謳	甌	漚	毆	歐	嘔	區	●	[ㄡ]	澳	敖	拗
ㄡˇ	489	389	258	226	202	198	61	39	ㄡ		228	157	138

謳	菴	氨	庵	安	●	[ㄢ]	漚	嘔	●	藕	耦	嘔	偶
388	349	205	108	89	ㄢ		226	61	ㄡˋ	359	325	61	20

闇	豻	犴	桉	案	暗	按	岸	●	俺	●	鵪	鞍	陰	闇
446	393	245	183	182	168	139	98	ㄢˋ	18	ㄢˇ	480	460	450	446

骯	腌	●	[ㄤ]	嗯	摁	恩	●	[ㄣ]	黯
477	333	ㄤ		60	148	120	ㄣ		493

ㄤˊ
昂 165

ㄤˋ
盎 271

ㄦ

ㄦˊ
兒 25
而 325

ㄦˇ
洱 212
爾 242
珥 252
耳 326
邇 421
餌 469

ㄦˋ
二 6
貳 395

ㄧ

ㄧ
一 1
伊 10
依 14
咿 54
壹 75
她 80
揖 146
漪 225
禕 287
衣 372
醫 428

ㄧˊ
儀 23
台 46
咦 53
圯 68
夷 78
姨 82
宜 89
彝 112
怡 118
沂 209
洟 213
疑 263
痍 265
移 289
胰 331
荑 346
蛇 362
詒 382
貽 396
迆 412
迤 414
迻 415
遺 420
頤 465
飴 468

ㄧˇ
乙 5
以 9
倚 18
已 102
旖 163
椅 185
矣 278
艤 340
苡 344
蛾 364
蟻 369
踦 404

ㄧˋ
乂 4
亦 7
佚 14
佾 15
億 23
刈 31
噫 63
囈 65
奕 78
射 93
屹 98
弈 110
役 113
悒 121
意 124
憶 127
懌 128
懿 129
抑 135
挹 142
施 162
易 164
曳 171
毅 202
泄 211
洩 213
浥 215
溢 221
熠 238
異 261
疫 263
益 271
睪 276
縊 315
繹 317
義 322
羿 322
翌 323
翊 323
翼 324
翳 324
肄 328
臆 335
艾 341
薏 357
藝 359
蜴 365
衣 372
裔 374
詣 383
誼 385
譯 389
議 390
軼 408
逸 417
邑 422
鎰 438
食 468
驛 476

ㄧㄚ
丫 3
呀 50

● ㄚ 衙(371) 蚜(362) 芽(342) 牙(243) 涯(216) 枒(178) ● ㄚ 鴨(486) 鴉(486) 雅(453) 椏(186) 押(137) 壓(74) 啞(56)

● ㄛ 呀(50) ● ˙ㄚ 迓(413) 軋(407) 訝(381) 冴(377) 砑(279) 揠(147) 亞(7) ● ㄚ 雅(453) 疋(262) 氬(205) 啞(56)

冶(29) 也(95) ● ㄧㄝ 邪(422) 耶(326) 琊(252) 爺(242) 椰(188) 斜(160) 揶(147) ● 掖(142) 噎(62) ● ㄧㄝ 唷(55)

頁(462) 靨(459) 謁(387) 葉(350) 腋(332) 燁(239) 業(215) 曄(170) 掖(142) 射(93) 夜(76) 咽(53) ● ㄧㄝ 野(429)

堯(72) 僥(22) ● ㄧㄠ 邀(421) 要(377) 腰(373) 妖(87) 夭(77) 喲(58) 吆(48) 么(4) ● ㄧㄠ 睚(276) 崖(99) ● ㄞ(ˊ)

饒(470) 陶(450) 遙(419) 謠(388) 肴(329) 窯(294) 窰(293) 窕(255) 瑤(248) 猺(242) 爻(218) 淆(202) 殽(148) 搖(148) 姚(83)

鷂(488) 鑰(447) 要(377) 藥(359) 葯(352) 耀(324) 樂(191) 曜(170) ● ㄧㄠ 舀(337) 窈(293) 殀(200) 杳(176) 咬(52) ● ㄧㄠ

疣(263) 由(259) 猷(248) 猶(247) 游(218) 油(209) 尤(95) ● ㄧㄡ 輮(326) 攸(156) 憂(126) 悠(121) 幽(106) 優(24) ● ㄧㄡ

又(44) 佑(13) ● ㄧㄡ 黝(493) 酉(425) 羑(321) 牖(243) 有(172) 友(44) ● ㄧㄡ 魷(482) 郵(424) 遊(417) 蝣(367) 蚰(363)

咽	厭	❀ ㄧㄢ	貁	鈾	柚	誘	莠	祐	柚	有	幼	宥	囿	右
53	43		495	432	429	385	347	285	179	172	106	90	66	45

❀ ㄧㄢˊ	閹	關	醃	鄢	菸	胭	燕	煙	焉	淹	殷	慊	嫣	奄
	445	447	424	424	348	331	239	236	234	216	201	128	86	78

鉛	言	蜒	綖	簷	筵	研	炎	沿	櫩	延	巖	岩	妍	嚴
432	380	365	314	302	299	279	232	209	194	109	101	98	81	65

衍	眼	琰	演	淡	晻	掩	奄	兗	儼	偃	❀ ㄧㄢˇ	鹽	顏	閻
371	275	254	223	216	168	143	78	25	24	20		490	465	445

焰	灩	晏	彥	宴	堰	嚥	唁	咽	厭	俺	❀ ㄧㄢˋ	酁	魘	酀
235	231	166	113	91	72	64	55	53	43	18		495	481	424

❀ ㄧㄣ	鹽	驗	饜	雁	贗	豔	讞	讌	諺	硯	研	餤	燕	焱
	490	476	471	453	399	392	391	390	387	281	279	239	239	236

吟	❀ ㄧㄣˊ	音	陰	茵	絪	裀	瘖	湮	氤	殷	愔	姻	堙	因
50		461	451	345	311	287	261	219	205	201	125	83	72	66

癮	殷	嶾	引	尹	❀ ㄧㄣˇ	齦	霪	銀	鄞	誾	淫	寅	夤	垠
268	201	194	110	4		497	457	433	424	386	217	91	77	70

殃	央	❀ ㄧㄤ	飲	陰	蔭	胤	窨	噾	印	❀ ㄧㄣˋ	飲	靷	隱	蚓
200	77		468	450	354	330	294	108	41		468	460	452	362

蚌	羊	瘍	煬	烊	洋	楊	揚	徉	佯	●	鴦	鞅	秧	泱
364	321	266	236	234	212	187	146	114	14	一ㄤˊ	486	460	289	211

嚶	●	養	漾	樣	恙	快	●	養	癢	氧	仰	●	颺	陽
65	一ㄥ	469	223	190	120	118	一ㄤˇ	469	268	205	11	一ㄤ	467	450

楹	贏	●	鸚	鷹	鶯	英	膺	嬰	纓	瓔	瑛	櫻	應	嬰
187	86	一ㄥˊ	490	489	483	343	335	319	318	257	254	196	127	86

景	影	●	迎	贏	蠅	螢	縈	盈	瑩	營	熒	瀅	瀛	榮
167	113	一ㄥˇ	413	399	369	367	315	271	255	239	237	230		223

惡	巫	屋	坞	嗚	●	ㄨ	硬	映	應	●	郢	穎	潁
122	101	96	68	60	ㄨ		281	165	127	一ㄥˋ	423	292	225

浯	毋	梧	唔	吳	吾	亡	●	鎢	鄔	誣	烏	污	汙	於
215	102	184	145	149	148	7	ㄨˊ	438	424	384	234	206	206	162

武	搗	捂	忤	廡	嫵	午	侮	伍	五	●	齲	蜈	蕪	無
199	148	140	117	109	86	40	17	11	7	ㄨˇ	495	364	356	235

杌	晤	戊	惡	悟	寤	塢	勿	務	兀	●	鶩	迕	舞	悟
176	167	129	122	120	92	73	38	36	24	ㄨˋ	485	413	339	244

●	娃	●	蛙	窪	挖	媧	哇	●	鷟	鷟	霧	阮	誤	物
ㄨㄚ	83	ㄨㄚˊ	363	294	139	85	53	ㄨㄚ	488	474	457	447	384	244

喔	ㄨㄛ	我	ㄨㄛˇ	萬	窩	渦	倭	ㄨㄛ	哇	·ㄨㄚ	襪	袜	ㄨㄚ	瓦
58		129		352	294	219	19		53		377	374		257

偎	ㄨㄟ	外	ㄨㄞ	歪	ㄨㄞˇ	歪	ㄨㄞˋ	齷	臥	渥	沃	幹	握	幄
20		76		199		199		497	336	219	207	160	146	104

幃	帷	巍	圍	唯	危	ㄨㄟ	隈	逶	葳	萎	煨	渨	威	委
104	104	100	67	57	41		451	417	352	349	237	221	81	81

娓	委	偉	ㄨㄟˊ	魏	韋	闈	違	薇	維	為	濰	桅	惟	微
83	81	20		481	461	446	418	357	313	233	229	182	122	115

味	偽	位	ㄨㄟˋ	鮪	韡	韙	諉	葦	緯	瘻	瑋	猥	煒	尾
50	19	12		482	461	461	385	350	314	265	256	247	237	96

遺	譓	謂	衛	衛	蝟	蔚	胃	畏	為	渭	未	慰	尉	喂
420	390	387	372	372	366	355	330	260	233	219	174	126	93	58

頑	紈	玩	烷	完	丸	ㄨㄢ	豌	蜿	灣	彎	剜	ㄨㄢˇ	魏	餵
463	307	250	235	89	3		392	365	231	112	33		481	470

輐	菀	莞	脘	綰	碗	皖	琬	浣	晚	挽	宛	婉	娩	ㄨㄢˋ
409	350	346	332	312	281	270	255	215	167	141	90	84	84	

蚊	聞	紋	玟	文	ㄨㄣ	瘟	溫	塭	ㄨㄣ	腕	萬	惋	万	ㄨㄣ
362	327	308	251	159		226	267	73		332	288	121	2	

(ㄨㄤ)	汪	(ㄨㄤ)	紊	汶	文	抆	問	免	(ㄨㄣ)	穩	吻	刎 (ㄨㄣˊ)	雯
207		308	209	159	135	57	25		292	50	31		455

望	旺	忘	妄	(ㄨㄤ)	魍	罔	网	網	枉	惘	往	(ㄨㄤˇ) 王	亡
173	164	116	80	481	320	319	312	177	122	114	250	7

紆	瘀	淤	(ㄩ)	甕	罋	蓊	翁	嗡	(ㄨㄥ) 王
307	265	216		319	258	354	322	60	250

渝	歟	榆	於	揄	愚	愉	娛	好	俞	余	于	予	(ㄩˊ) 迂
220	198	187	161	147	124	123	83	81	17	14	6	6	412

蝓	虞	萸	與	臾	腴	竽	窬	禺	盂	畬	瑜	玗	狳	漁
367	361	348	338	337	333	396	294	287	271	262	255	250	247	225

噢	慪	予	(ㄩˇ) 齵	魚	餘	雩	隅	逾	輿	踰	諛	覦	衙
64	22	6	497	481	465	455	451	419	410	404	386	378	372

域	喻	(ㄩˋ) 齬	雨	語	與	羽	窳	禹	瑀	庾	嶼	宇	圄
71	59	497	455	384	338	322	294	285	255	100	100	89	66

玉	獄	燠	熨	煜	浴	毓	欲	昱	慾	愈	御	尉	寓	嫗
250	248	240	238	236	215	102	197	166	126	124	115	93	92	86

譽	諭	語	裕	蜮	蔚	芋	與	育	聿	粥	籲	禦	癒	瘀
390	387	384	375	365	354	341	338	329	328	304	304	287	268	266

兌	✿	約	日	✿	鷸	鬻	鬱	馭	預	雨	郁	遇	豫	谷
25	ㄩㄝˋ	307	171	ㄩㄝ	489	480	480	472	463	455	423	418	393	391

鉞	躍	越	說	粵	籥	燴	瀹	櫟	樾	樂	月	悅	嶽	岳
433	406	400	384	304	303	241	231	195	194	191	172	120	100	98

圓	圍	員	原	元	✿	鴛	鳶	淵	宛	冤	✿	龠	鷥	閱
67	67	55	43	24	ㄩㄢˊ	486	486	217	90	28	ㄩㄢ	498	489	445

✿	遠	✿	黿	轅	袁	緣	猿	爰	源	湲	沅	援	媛	垣
ㄩㄢˋ	419	ㄩㄢˊ	494	410	373	314	248	241	221	220	208	146	85	70

員	勻	云	✿	氳	暈	✿	願	院	遠	苑	瑗	愿	怨	原
56	37	6	ㄩㄣˊ	205	168	ㄩㄣˋ	46	41	419	34	25	125	119	43

暈	慍	孕	均	✿	隕	殞	允	✿	雲	芸	耘	紜	筠	昀
168	125	87	69	ㄩㄣˇ	451	201	24	ㄩㄣˊ	455	325	308	298	264	164

癮	灉	慵	庸	壅	傭	✿	韻	韞	醞	運	蘊	縕	熨	熅
268	231	126	107	74	21	ㄩㄥˋ	462	461	427	417	360	315	238	237

湧	泳	永	擁	恿	勇	俑	✿	饔	雝	雍	鏞	邕	蕹	臃
218	209	206	152	121	36	16	ㄩㄥ	471	454	453	439	422	358	335

用	佣	✿	踴	詠	蛹	甬
259	13	ㄩㄥˇ	404	381	364	259

一部

一 ㄧ 0畫 一部

(1)數目名，大寫是「壹」，阿拉伯數字寫作「1」。(2)事物的一部分：其中之一。(3)單個：一人、一隻。(4)全部、滿的：一身大汗。(5)相同的：一模一樣。(6)每、各：一班有五十人。(7)專、純：一心一意。(8)第一的：一流。(9)偶然、稍微：一不小心。(10)才、剛剛：老鼠一聽就懂。(11)另外的、又：一名耗子。(12)某一、一天：他一來了。(13)表示突然的動作或現象：高一呼。(14)姓。

丁 ㄉㄧㄥ 1畫 一部

(1)天干的第四位，用來表示次序的第四。(2)和地支相配，作為計算時日的代號：甲、乙、丙、丁……。(3)人口：人丁。(4)成年的男子：壯丁。(5)男孩子：丁卯。(6)僕人：家丁。(7)小。(8)遭到：丁憂。(9)方塊：肉丁。(10)姓。

丁 ㄓㄥ

(9)形容聲音的字：丁丁。

七 ㄑㄧ 1畫 一部

(1)數目名，大寫是「柒」，阿拉伯數字寫作「7」。

三 ㄙㄢ 2畫 一部

(1)數目名，大寫是「叁」，阿拉伯數字寫作「3」。(2)表示多數、多次：再三再四。(3)姓。

下 ㄒㄧㄚˋ 2畫 一部

(1)低的地方：山下。(2)次數的計算單位：打一下。(3)中、裡：言下之意。(4)由高處向低處降落：下毒手。(5)克服、攻下：攻下。(6)放入：下餃子。(7)做某種動作：下手、下筆。(8)生產：下蛋。(9)煮：下雨、下餃子。(10)投送：下帖。(11)退讓：僵持不下。(12)結束：下課。(13)低劣的：下等。(14)不妥的：下策。(15)次。(16)接在動詞後面，表示動作的繼續：下去、下來。(17)少於：不下十人。(18)說。對上司自稱的詞：下官。

丈 ㄓㄤˋ 2畫 一部

(1)計算長度的單位，一丈等於十尺。(2)對長輩的尊稱：姑丈。(3)測量：丈量。

上 ㄕㄤˋ 2畫 一部

(1)高處：上船、上山。(2)古代稱皇帝：皇上。(3)某方面：理論上。(4)升。(5)去某個地方：上街。(6)由低處往高處移動：上山。(7)進呈。(8)登載、上報：上班、上課、在規定的時間開始工作或學習。(9)塗抹、上藥：上刺刀、上刺刀。(10)安裝：上發條。(11)擦：上旋緊。(12)達到：上百人。(13)等級或品質高的：上等。(14)次序或時間在前面的。

上（續）的：【上集、上次】(15)階級或職位高的：【上級】(16)表示動作的發生或結束：【喝上兩杯】。注音符號的第三聲：上聲。

万 ㄨㄢˋ　一部　2畫
為「萬」的異體字。
ㄇㄛˋ　複姓：【万俟（ㄑㄧˊ）】。

丑 ㄔㄡˇ　一部　3畫
(1)十二地支的第二位(2)時辰名，指深夜一時到三點：【丑時】(3)戲劇中表演滑稽的角色：【小丑】(4)姓。

丐 ㄍㄞˋ　一部　3畫
(1)乞討的人：【乞丐】(2)請求：【丐取】。

不 ㄅㄨˋ　一部　3畫
(1)表示否定：【不好、不二價】(2)表示未定：【不日可成】(3)用在句末，表示疑問：【好不？來不？】(4)與「好」連用，表示加強語氣：【好不快活】。
ㄈㄡˇ　人名：【不準】。
ㄈㄡ　表示疑問，和「否」相通。
ㄈㄨ　花萼的蒂。

丙 ㄅㄧㄥˇ　一部　4畫
(1)天干的第三位，用來表示次序的第三：【丙等】(2)和地支相配，作為計算時日的代號：【丙寅】(3)第三順位的：(4)火的別稱：【付丙】(5)姓。

世 ㄕˋ　一部　4畫
(1)三十年為一世(2)人的一生：【一生一世】(3)父子相傳，一代叫一世：【五世同堂】(4)時代：【當世】(5)人間：【世間】(6)朝代：【世代】(7)一代傳一代的：【世交】(8)社會的、世界的：【世人】(9)和自己先輩有交情的人：【世伯】(10)姓。

丕 ㄆㄧ　一部　4畫
大的：【丕業、丕變】。

且 ㄑㄧㄝˇ　一部　4畫
(1)表示同時做兩件事：【且說且笑】(2)又：【你且不怕】(3)暫時：【既快且好】(4)還、尚：【死且不怕，何況困難】(5)將要、快要：【年且五十】(6)表示更深入的談話：【況且】(7)姓。

丘 ㄑㄧㄡ　一部　4畫
(1)小土堆：【沙丘、山丘】(2)墳墓：【丘墓】(3)姓。
ㄐㄩ　語尾助詞，沒有意義。

丞 ㄔㄥˊ　一部　5畫
(1)古代專門輔佐皇帝或主管處理事物的官：【丞相、縣丞】。(2)幫助、輔助。

一部 5～7畫 丟並

丟 ㄉㄡ 一部 5畫
(1)遺失：【筆丟了】。(2)拋、扔：【鉛筆丟不開】。(3)投送：【這件工作丟不開】。(4)放下、擱置：【丟掉】。(5)失去：【丟臉】。

並 ㄅㄧㄥˋ 一部 7畫
(1)同時、一起：【並立】。(2)靠在一起用：【手腦並用】。(3)用於否定詞前，表示輕微的反駁：【並非】。

丫 ㄧㄚ 一部 2畫
(1)長形物體上面分叉的地方：【樹丫】、【腳丫】。(2)將頭髮梳成雙髻，好像樹枝分歧。用來稱呼小女孩或女僕人：【丫頭】。

一部 2～6畫 丫中丱串

中 ㄓㄨㄥ 一部 3畫
(1)距離四方或兩端相等的位置：【中央】。(2)內部、裡面：【心中】、【山中】。(3)正在進行：【工作中】。(4)泛指某個地區的簡稱：【關中】。(5)泛指某個時間：【一生中】。(6)中國的簡稱：【國中、高中】。(7)中等的：【中學的】。(8)一半的：【中途】。(9)不高不低的：【中】。(10)不偏不倚的：【中立】。(11)居間介紹或協調的：

ㄓㄨㄥˋ
(1)達到、得到：【中獎】。(2)滿意：【中意】。(3)遭受：【中毒】。(4)應驗、恰好對上：【猜中】。

丱 ㄍㄨㄢˋ 一部 4畫
小孩子的髮辮綁成像兩個犄角的模樣；用來指兒童時代：【丱角】。

串 ㄔㄨㄢˋ 一部 6畫
(1)量詞，許多東西相連在一起：【一串】、【串(2)把東西連在一起：【連串、串(3)互相勾結：【串通】。(4)串門子：【客串】。(5)隨意往來：【串扮演：】

丶部 2～3畫 丸凡丹

丸 ㄨㄢˊ 丶部 2畫
(1)形狀小而圓的東西：【彈丸、肉丸、墨丸】。(2)量詞：【松丸】。(3)藥丸：(4)將物揉成丸形：【丸藥】。別稱：【丸藥】。

凡 ㄈㄢˊ 丶部 2畫
(1)人世間：【凡塵】。(2)大概、普通的：【平凡】。(3)總共：【全書凡八卷】。(4)平常的：【凡是、大凡、舉凡】。(5)皆、都：

丹 ㄉㄢ 丶部 3畫
(1)精煉配製的藥劑：【仙丹】。(2)紅色的：【丹楓】。(3)赤誠的：【丹心】、【丹心】。(4)礦石：【丹沙】。(5)姓。

3

主 ㄓㄨˇ 、部 4畫

(1)指邀請別人作客的人，與「客」相對：【主人】
(2)古代臣民對帝王的稱呼：【君主】
(3)教徒對神的稱呼：【佛主】、【真主】
(4)當事人：【失主】、【買主】
(5)財物或權力的所有人：【地主】、【物主】
(6)死人的牌位：【神主】
(7)負責：【主辦】
(8)作決定：【主戰】、【主和】
(9)以自身出發的：【主觀】
(10)最重要的：【主力】
(11)預示自然現象或吉凶的一種說法：【右眼跳主財】。

ノ部 ㄆㄧㄝˇ

乃 ㄋㄞˇ ノ部 1畫

(1)你的或你們的：【乃父】
(2)是：【乃失敗乃成功之母】
(3)才、於是：【乃...作罷】
(4)竟：【乃至、如此】
(5)只...
(6)發語詞：【乃能解其一，不能解其二】。

乂 ㄧˋ ノ部 1畫

(1)治平無事：【乂安】
(2)有才德的人：【俊乂】
(3)割草，是「刈」的本字。
ㄞˋ 懲戒：【懲乂】。

久 ㄐㄧㄡˇ ノ部 2畫

(1)經過的時間：【多久了】
(2)時間長遠：【長久】。

么 ㄧㄠ ノ部 3畫

(1)排行最小的子女：【么弟】
(2)「一」的俗稱
(3)最小的：【么...】
(4)【老么】

之 ㄓ ノ部 3畫

(1)文言文裡代替人、事、物的第三人稱代名詞
(2)文言文裡，用法相當於「的」的助詞，置之不理：【星星之火】
(3)往、到：【先生將何之？】
(4)用於句首、句中或句尾，無義：【總之】。

尹 ㄧㄣˇ ノ部 3畫

(1)古代的行政官名：【令尹】、【道尹】
(2)治理：【以尹天下】
(3)姓。

乍 ㄓㄚˋ ノ部 4畫

(1)忽然：【乍...】
(2)初、剛：【初來乍到】
(3)冷乍熱...

乏 ㄈㄚˊ ノ部 4畫

(1)欠缺、沒有：【乏味】、【貧乏】
(2)疲倦：【疲乏】。

乎 ㄏㄨ ノ部 4畫

(1)文言文裡的助詞，表示疑問或推測語氣，用法相當於「嗎」「呢」「吧」：【此為真理乎？】
(2)讚嘆或驚呼的語氣，用法相當於「啊」「呀」：【悲乎！】
(3)接在動詞後面，相當於「於」：【出乎意料】。

乒 ㄆㄧㄥ ノ部 5畫

(1)一種室內球類運動，也稱為桌球，在長方形的球桌中間加上網子，雙方...

乒 ㄆㄧㄥ　丿部　5畫
（1）形容槍聲、關門聲：【乒乓作響】（2）形容槍聲……【乒乓球】用球拍擊球，球落在對方的區域就算得分。

乓 ㄆㄤ　丿部　5畫
（1）……見「乒」連用，與「乒」字連用。

乖 ㄍㄨㄞ　丿部　7畫
（1）形容小孩子聽話、順從的：【乖孩子】
（2）性情古怪、偏激的：【乖僻】
（3）聰明、靈巧的：【乖巧】
（4）違背：【乖違】

乘 ㄔㄥ　丿部　9畫
（1）算法的一種，符號為「×」，用來求算某數的若干倍：【乘法】
（2）坐、搭乘：【乘車、乘船】
（3）利用、藉機：【乘便、乘機】
（4）姓。
ㄕㄥ
（1）車子的代稱，古代稱一車四馬為「一乘」
（2）古代記載歷史的書籍：【史乘】
（3）佛教的教派：【大乘、小乘】

乙部

乙 一ˇ　乙部　0畫
（1）天干的第二位，用來代表「第二」，可和地支相配，作為計算時日的代號：【乙丑】
（2）某人或某地的代稱：【乙方】
（3）勾改脫落的字：【塗乙】
（4）姓。

九 ㄐㄧㄡˇ　乙部　1畫
（1）數目名，大寫是「玖」，阿拉伯數字寫作「9」。
（2）形容很多：【九牛一毛】
（3）姓。
ㄐㄧㄡ　通「糾」。

也 一ㄝˇ　乙部　2畫
（1）同樣：【你去，我也去】
（2）去，在文言文裡表示說明、疑問、感嘆或停頓的語助詞：【張飛，三國時人也】【何也？】【非不能也，是不為也】【大道之行也，天下為公】

乞 ㄑㄧˇ　乙部　2畫
（1）請求、討取：【乞食】
（2）姓。

乩 ㄐㄧ　乙部　5畫
（1）一種占卜問疑的法術，求神降示吉凶的法術：【扶乩、乩童】。

乳 ㄖㄨˇ　乙部　7畫
（1）雌性哺乳類動物在生子之後，從乳房分泌出來哺育幼兒的汁液：【母乳】
（2）哺乳類動物胸部或腹部隆起的器官：【乳房】
（3）初生的、幼小的：【乳燕】
（4）滋生：【孳乳】

乾 ㄍㄢ　乙部　10畫
（1）去除掉水分：【乾肉】
（2）使空無一物：【乾杯】
（3）失去水分的，和「溼」相反：【乾枯】
（4）缺乏水分的：【乾燥】
（5）沒有血緣關係，只是拜認結成的親戚：【乾媽】
（6）空的、沒有作用的：【乾等】

（乾）(7)只、僅：【乾說不做】。(8)表面的、不真實的：【乾笑】。
ㄑㄧㄢˊ (1)易經八卦之一，代表「天」。(2)男性的代稱：【乾宅】。(3)姓。

亂 ㄌㄨㄢˋ 12畫 乙部
(1)禍患的事：【作亂】。(2)破壞：【搗亂】。(3)混淆：【以假亂真】。(4)沒有秩序和條理的：【混亂】。(5)騷擾不安的。(6)不安寧的：【心煩意亂】。(7)任意的：【亂跑】。

亅部

了 ㄌㄧㄠˇ 1畫 亅部
(1)明白：【了解】。(2)結束：【了結】。(3)實現：【了願】。(4)完全：【了結】。(5)語氣詞，放在動詞後面，表示可能或不可能：【辦得了】。(6)全然，多與「不」「無」連用：【了無起色】。

了 ㄌㄜ˙
(1)表示動作或變化已經完成的助詞：【下雨了】。(2)表示繼續或有新情況發生的助詞：【走了一段路】。(3)表示肯定的語氣：【他五歲了】。

予 ㄩˇ 3畫 亅部
(1)給：【給予】。(2)許可：【准予】。

予 ㄩˊ
通「余」，我：【予認為不可】。

事 ㄕˋ 7畫 亅部
(1)人的所作所為或自然界的一切現象：【萬事萬物】。(2)職業、工作：【謀事】。(3)變故、動亂：【出事了】。(4)量詞，器物一件稱「一事」。(5)做、從事：【無所事事】。(6)侍奉：【事親】。

二部

（儿部）

二 ㄦˋ 0畫 二部
(1)數目名，大寫是「貳」，阿拉伯數字寫作「2」。(2)兩樣、別的：【二心、不二價】。(3)次序排第二的：【二月】。

于 ㄩˊ 1畫 二部
(1)通「於」，文言文裡的助詞，後接動詞、名詞、形容詞，構成動詞：于、歸于。(2)通「吁」，嘆息：【長于短嘆】。(3)姓。

云 ㄩㄣˊ 2畫 二部
(1)說：【云云、人云亦云】。(2)語尾助詞，多無義：【云爾】。(3)姓。

井 ㄐㄧㄥˇ 2畫 二部
(1)為了汲取地下水而挖的深洞：【水井、油井】。(2)形狀像井的：【天井】。(3)家鄉：【離鄉背井】。(4)整齊的：【井井有條】。(5)周制以九百畝田為一井：【井田】。(6)姓。

互 ㄏㄨˋ ｜二部 2畫
彼此有關連：【互相】。

五 ㄨˇ ｜二部 2畫
(1)數目名，大寫是「伍」，阿拉伯數字寫作「5」。(2)姓。

亙 ㄍㄣ ｜二部 4畫
(1)從這一邊延長到那一邊：【綿亙】。(2)時間延續不斷：【亙古】。(3)姓。

亘 ㄒㄩㄢ ｜二部
「宣」的本字。通「亙」。

些 ㄒㄧㄝ ｜二部 6畫
(1)放在指示代名詞後面，表示多數：【這些】。(2)少：【些微】。(3)放在形容詞後面，表示一點點：【多些】。(4)放在《楚辭》裡的語助詞，沒有意義：【何為四方些】。

ㄙㄨㄛ 民族名：【麼些】。

亞 ㄧㄚˋ ｜二部 6畫
(1)亞細亞洲的簡稱，是世界五大洲之一：【亞洲】。(2)次一等的：【亞軍】。(3)次於：【亞於】。(4)連襟：【姻亞】。(5)開啟：【半亞朱扉】。

亟 ㄐㄧˊ ｜二部 7畫
(1)迫切、緊急：【亟需】、【亟待】。

ㄑㄧˋ 屢次：【亟求】。

亠部 ㄊㄡ

亡 ㄨㄤˊ ｜亠部 1畫
(1)逃走：【逃亡】。(2)失去：【亡失】。(3)毀滅：【亡國】。(4)死：【死亡】。(5)死去的：【亡夫】。

ㄨˊ 通「無」，沒有：【亡有】。

亢 ㄎㄤˋ ｜亠部 2畫
(1)高、高傲的：【高亢】。(2)極、很、過分：【亢強】。(3)星名，二十八星宿之一。(4)姓。

ㄍㄤ 脖子、喉嚨。

交 ㄐㄧㄠ ｜亠部 4畫
(1)朋友：【至交】。(2)相互的：【外交】。(3)相接的時候：【秋冬之交】。(4)相接的關係。(5)互相往來：【交往】。(6)相會：【交會】。(7)付給：【交貨、交付】。(8)互相的：【交互】。(9)跌倒：【跌了一交】，同「跤」。(10)跌動。(11)同時並作：【雷電交加】。買賣：【交易】。拜託人家做某事、交換。物配種：【交配】。

亦 ㄧˋ ｜亠部 4畫
(1)也：【人云亦云】。(2)又：【亦師亦友】。(3)襯托語氣：【不亦樂乎】。(4)姓。

亥 ㄏㄞˋ 亠部 4畫
(1)十二地支的最後一位(2)時辰名，指午後九點到十一點：【亥時】。(3)姓。

亨 ㄏㄥ 亠部 5畫
通達、順利：【萬事亨通】。
ㄆㄥ
同「烹」：【亨飪】。

享 ㄒㄧㄤˇ 亠部 6畫
(1)消受、受用：【享受】(2)供奉、祭祀：【享神】(3)設宴請客：【享客】(4)稱剛死者的年壽：【享年七十】。

京 ㄐㄧㄥ 亠部 6畫
(1)高聳的房子：【京觀】(2)首都：【京城】【京片子】(3)北京的簡稱：【京】(4)數目名，十兆為京，一說萬兆為京(5)大型倉庫：【困京】(6)大、齊：【莫與之京】(7)姓。

亭 ㄊㄧㄥˊ 亠部 7畫
(1)有屋頂而沒有牆壁的小型建築物，可以供人休息的：【涼亭】(2)路旁以營利為目的的簡單小屋子：【票亭】(3)高聳直立的樣子：【亭亭玉立】(4)妥貼：【亭當】。

亮 ㄌㄧㄤˋ 亠部 7畫
(1)閃光、發光：【燈亮、亮了】(2)表露、揭開：【亮相】(3)黑夜過去，天明了：【天亮】(4)光線強而清楚的樣子：【明亮】(5)聲音高而清楚的：【響亮】(6)人品清高：【高風亮節】。

人部

人 ㄖㄣˊ 人部 0畫
(1)天地間最具靈性和智慧的動物：【人類】(2)指成年人：【成人】(3)別人：【待人誠懇】(4)指人的品質、性格或名譽：【丟人】(5)泛指每個人：【人手一冊】(6)人才、人手：【缺人】(7)法律上指權利義務的主體：【自然人、法人】(8)泛指國籍：【美國人】(9)姓。

仁 ㄖㄣˊ 人部 2畫
(1)對人關心、同情、寬厚的思想感情：【仁愛】(2)有德的人：【仁人】(3)一種崇高的道德標準：【仁道】(4)果核的最內部、種子：【杏仁】(5)肢體動物硬殼內的肉：【蝦仁】(6)同「人」：【同仁】(7)感覺、知覺：【麻木不仁】。

什 ㄕˊ 人部 2畫
(1)古代軍隊十人組成的單位，二伍為什(2)數目名，同「十」：【什伯】(3)各式各樣的：【什錦】(4)姓。
ㄕㄣˊ
表示疑問，同「甚」：【什麼】。

行 ㄏㄤ　人部 2畫
孤獨，沒有依靠：【行行】。

仆 ㄆㄨ　人部 2畫
(1)向前傾斜跌倒：【仆倒】。(2)困頓：【顛仆】。(3)敗亡：【日以仆滅】。

仇 ㄔㄡ　人部 2畫
(1)敵對者：【仇人】。(2)怨恨：【仇恨】。(3)視為敵人：【仇視】。

仇 ㄑㄧㄡ　姓。

仍 ㄖㄥ　人部 2畫
(1)還是，和以前一樣：【仍然、仍舊】。(2)古國名：有…(3)經常：【頻仍】。(4)姓。仍氏。

今 ㄐㄧㄣ　人部 2畫
(1)現在，與過去、將來相對：【今昔】。(2)當前的：【今夏】。(3)姓。

介 ㄐㄧㄝ　人部 2畫
(1)有甲殼的水族動物：【介類】。(2)古代打仗時所穿的護身衣：【介冑】。(3)打…(4)通「芥」，小草：【一介不取】。(5)通「個」，量詞：【一介書生】。(6)古代引進，單位名：【一介】。(7)在兩者中間，居中接洽：【媒介、介紹】。(8)放在心裡：【耿耿於介、介意】。(9)正直不屈的：【狷介】。(10)特立獨行的、單獨的：【孤介】。(11)…(12)細小的：【纖介】。(13)姓。

仄 ㄗㄜˋ　人部 2畫
(1)古代稱四聲中的上（第三聲）、去（第四聲）、入（聲音短促的）為「仄聲」，和「平聲」相對。(2)狹窄的：【寬仄】。(3)心裡感到不安：【歉仄】。

以 ㄧˇ　人部 3畫
(1)原因：【有以也】。(2)用：【以誠待人】。(3)按照：【以次入座】。(4)認為：【為以為】。(5)因為：【不以得獎而驕傲】。(6)表示目的：【以待】。(7)因此、所以：【所以】。(8)用在方位詞前，表示時間、空間、數量的界限：【以前、以上、以東、以…】。(9)姓。

付 ㄈㄨˋ　人部 3畫
(1)量詞：一付中藥。(2)交給：【交付】。(3)支出金錢：【付款】。

仔 ㄗˇ　人部 3畫
(1)細心、當心：【仔細】。(2)負荷、負擔：【仔肩】。(3)編織物紋絲細密完美：【仔密】。(4)粵語稱幼小的東西為仔：【牛仔、豬仔】。

仕 ㄕˋ　人部 3畫
(1)官吏：【仕宦】。(2)做官：【學而優則仕】。(3)姓。

他 ㄊㄚ　人部 3畫
(1)第三人稱名詞，指你我以外的第三人：【你我他】。(2)別的：【他國人…】。

、他鄉、不作他想。

仗 ㄓㄤˋ 人部 3畫
(1)兵器的總稱：【兵仗】。(2)執兵器的儀隊：【儀仗】。(3)戰爭：【戰爭】。(4)打仗。(5)拿著：【仗劍而行】。【仗恃】：倚靠、憑藉。

代 ㄉㄞˋ 人部 3畫
(1)歷史的分期：【古代、近代】。(2)輩分，年紀相近的為一代：【世代】。(3)稱過去的朝代：【唐代】。(4)時代：【時代】。(5)繼承的人：【後】。(6)更換：(7)替：(8)姓。【代謝】。【代課】。

仟 ㄑㄧㄢ 人部 3畫
(1)數目字「千」的大寫：【壹仟貳佰】。(2)通「阡」，田間的小路：【仟陌】。元。

令 ㄌㄧㄥˋ 人部 3畫
(1)古代官名：【縣令】。(2)上級對下級的指示：【命令】。(3)季節：【夏令】。(4)詞牌、曲牌名：【如夢令】。(5)美好的：(6)使得：令人欽佩。(7)尊稱別人的親屬：【令堂】。(8)計算紙張的單位，五百張全開紙為一令。(9)姓。【巧言令色】。

仙 ㄒㄧㄢ 人部 3畫
(1)能長生不老的人：【仙人】。(2)詩風格特異或成就超凡出眾的人：【詩仙】。(3)形容超凡出眾的：【仙品】。(4)頌死者：【仙逝】。

仞 ㄖㄣˋ 人部 3畫
古代計算長度的單位，七尺或八尺為一仞。【萬仞高峰】。

仨 ㄙㄚ 人部 3畫
北方話，表示三個，後面不必加數量詞「個」：【仨人】。

全 ㄑㄩㄢˊ 人部 3畫
(1)同「同」：【全上】。(2)姓。

仿 ㄈㄤˇ 人部 4畫
即俗字「彷」。(1)效法：【仿效】。(2)學習、相似：人的模樣，相似：【仿佛】。(3)好像、相似：【仿佛】。摹仿。

伉 ㄎㄤˋ 人部 4畫
(1)配偶：【伉儷】。(2)通「抗」，抵擋：(3)強健的：【伉健】。(4)正直的：【伉俠】。儷、抵擋。

伙 ㄏㄨㄛˇ 人部 4畫
(1)在一起生活或工作的同伴：【伙伴】。(2)伙同。(3)計算人群的單位：【一伙】。(4)共同、聯合：【伙同】。(5)以前對被雇用的人的稱呼：計算人群的單位。(6)家用雜物：【傢伙】。飲食：【伙食】。

伊 ㄧ 人部 4畫
(1)第三人稱「他」或「她」：【伊人】。(2)他：(3)姓。伊始：【伊始】。

伕 ㄈㄨ 人部 4畫
文言助詞，剛剛：做粗重工作的人：【馬伕、挑伕】。

10

伍 ㄨˇ　4畫　人部
(1)數字「五」的大寫。(2)古代軍隊的最小單位，五人為一伍，現在用來指稱軍隊：〔入伍〕、〔退伍〕。(3)結伴在一起的：〔與牛為伍〕。(4)姓。

伐 ㄈㄚ　4畫　人部
(1)攻打、進攻：〔討伐〕。(2)砍：〔伐木〕。(3)誇耀自己：〔伐善〕。(4)做媒：〔伐柯〕。

休 ㄒㄧㄡ　4畫　人部
(1)停止：〔休會〕。(2)歇息：〔休息〕。(3)不要、禁止：〔休想〕。(4)古代丈夫主動與妻子解除婚約：〔休妻〕。(5)辭去官職：〔休官〕。(6)喜樂：〔休戚與共〕。(7)美善的：〔休德〕。(8)語尾助詞。(9)姓。
ㄒㄩˇ　通「咻」，呻吟聲。

伏 ㄈㄨˊ　4畫　人部
(1)時令名：〔三伏天〕。(2)臉向下趴著：〔伏地〕。(3)承認錯誤、承擔：〔伏罪〕。(4)隱藏起來、準備攻擊：〔埋伏〕。(5)承認，同「服」：〔伏輸〕。(6)屈服：〔降伏〕。(7)落下去、起伏：〔起伏〕。(8)隱藏不露的：〔伏筆〕。(9)姓。

仲 ㄓㄨㄥˋ　4畫　人部
(1)兄弟排行第二的：〔昆仲〕。(2)每季的第二個月：〔仲秋〕。(3)居中的：〔伯仲叔季〕。(4)兩方對立，處在中間協調公斷的：〔仲裁〕。(5)姓。

件 ㄐㄧㄢˋ　4畫　人部
(1)指計算事或物的單位：〔一件事〕。(2)可分組合成整體的個體；品、器具：〔零件〕、〔配件〕。(3)歷史上發生某種事情的個案：〔事件〕。(4)車輛、箱櫃、刀劍等所附的金屬飾物：〔什件兒〕。

任 ㄖㄣˋ　4畫　人部
(1)職責：〔責任〕。(2)承受：〔任勞任怨〕。(3)委派：〔任用〕。(4)相信：〔信任〕。(5)聽憑、由著：〔任由〕。(6)擔當：〔任職〕。(7)無論：〔任你怎麼說，我都不去〕。(8)姓。

仰 ㄧㄤˇ　4畫　人部
(1)抬頭向上：〔仰望〕。(2)佩服、敬慕：〔仰慕〕。(3)依賴：〔仰仗〕。(4)飲用：〔仰藥〕。(5)欽佩的樣子：〔高山仰止〕。(6)姓。

仳 ㄆㄧˇ　4畫　人部
〔仳離〕：指夫妻別離、分離，特別是指妻子被遺棄。

份 ㄈㄣˋ　4畫　人部
(1)指整體中的一部分：〔股份〕、〔份子〕。(2)量詞，一組或一件：〔一份報紙、一份禮物〕。

企 ㄑㄧˇ　人部　5畫
(1)指計畫經營的事業的：【企業】
(2)踮起腳尖：【企足】
(3)盼望：【企盼】
(4)計畫工作：【企畫】。

伎 ㄐㄧˋ　人部　4畫
(1)通「技」，技藝、才能：【伎藝】
(2)通「妓」，古代稱以歌舞為業的女子
(3)手腕、手段：【伎倆】。

位 ㄨㄟˋ　人部　5畫
(1)人或事物所在的地方：【位置】
(2)職務、等級、地位：【地位】
(3)指君主的身分地位：即位
(4)事物的固定分量：【單位】
(5)數目群的單位：【個位】
(6)指稱人的量詞：三位同學
(7)處在：【位於】。

住 ㄓㄨˋ　人部　5畫
(1)居留：【居住】
(2)歇宿：【住宿】
(3)停止、穩固：【住手】
(4)得到：【捉住】
(5)穩固：【記住】。

佇 ㄓㄨˋ　人部　5畫
(1)長久站著：【佇立】
(2)表示期待、盼望：【佇望】。

佗 ㄊㄨㄛˊ　人部　5畫
(1)通「駝」，負荷
(2)歪斜的
(3)人名，三國時的名醫：【華佗】。
ㄊㄚ　通「它」、「他」。

佞 ㄋㄧㄥˋ　人部　5畫
(1)才能：【不佞】謙說自己沒有才能
(2)用花言巧語奉承別人或巧辯：【佞奉】
(3)善於討好人的：【佞人】。

伴 ㄅㄢˋ　人部　5畫
(1)同在一起的人：【同伴】
(2)陪著人：【陪伴】。

佛 ㄈㄛˊ　人部　5畫
(1)古印度語「佛陀」的略稱
(2)佛教的簡稱
(3)佛教稱修行得道的人為「佛」，特別是指佛教始祖釋迦牟尼。
ㄈㄨˊ　通「彿」：【仿佛】。
ㄅㄧˋ　(1)通「弼」，輔佐(2)姓。

何 ㄏㄜˊ　人部　5畫
(1)什麼，表示疑問：【何人】
(2)怎麼、哪裡：【何敢】
(3)多麼：【何其不幸】
(4)姓。
ㄏㄜˋ　通「負荷」的「荷」。

估 ㄍㄨ　人部　5畫
(1)估量：【估計、估價】
(2)忖度：【估衣】。
ㄍㄨˋ　出售：【估衣】。

佐 ㄗㄨㄛˇ　人部　5畫
(1)輔助的人：【警佐】
(2)輔助、幫助：【輔佐】
(3)姓。

佑 ㄧㄡˋ ‖人部 5畫‖ 保護、扶助：【保佑、佑助】。

伽 ㄑㄧㄝˊ ‖人部 5畫‖ 翻譯外文常用的字：(1)梵語五十字母之一：【伽藍】。

佈 ㄅㄨˋ ‖人部 5畫‖ 通「布」(1)利用語言或文字傳達事情：【佈置】(2)安排、分佈：【分佈】(3)陳列、宣佈、散開：【公佈、散佈】。

伺 ㄙˋ ‖人部 5畫‖ (1)偵察：【窺伺】(2)守候：【伺機】。

伺 ㄘˋ 服侍：【伺候】。

伸 ㄕㄣ ‖人部 5畫‖ (1)把彎的拉直、短的拉長：【伸直、伸懶腰】(2)舒展：(3)表白、陳述：【伸冤】、長、陳述。

佃 ㄉㄧㄢˋ ‖人部 5畫‖ 向別人承租田地耕種，並且繳納田租的人：【佃農】。

佔 ㄓㄢˋ ‖人部 5畫‖ 同「占」(1)強取、據有：【佔領】(2)處在：【佔優勢】。

覘 ㄓㄢ 窺視，同「覘」。

似 ㄙˋ ‖人部 5畫‖ (1)相像：【似乎】(2)好像：(3)勝過：【一天好似一天】。

但 ㄉㄢˋ ‖人部 5畫‖ (1)只、僅：(2)不但、但願：【不但、但願】(3)只要、凡是、可是：【但能】(4)不過、(5)姓。說何妨節約就節約、但是。

佣 ㄩㄥ ‖人部 5畫‖ (1)通「傭」，受雇用的人：【佣人】(2)做生意時，付給中間介紹人的酬勞：【佣金】。

作 ㄗㄨㄛˋ ‖人部 5畫‖ (1)詩文書畫或藝術品：【作品、佳作】(2)大…(3)同「做」(4)…指所做的事情：【工作、作事】(5)創造、興起：【振作】(6)裝出：【裝腔作勢】(7)進行：(8)當成：(9)發生：【作媒、作曲】(10)認賊作父、自作自受：【瓦作、木作】(11)招惹、自找：【作戰】味的材料：【作料】、作踐、作摩、作料、調和食。

你 ㄋㄧˇ ‖人部 5畫‖ 指第二人稱代名詞：【你們】。

伯 ㄅㄛˊ ‖人部 5畫‖ (1)古代五等爵位中的第三等：【公、侯…】(2)稱父親的哥哥：【伯伯、伯父】(3)尊稱父親的朋友或朋友的父親：【伯父、世伯】(4)婦…伯子、男…

伯 ㄅㄛˊ 人部 5畫
……女稱丈夫的哥哥：【大伯】。(5)尊稱擅長某種才藝的人：【詩伯】。(6)兄弟排行最大的：【伯、仲、叔、季】。(7)通「霸」，周代諸侯的領袖。

低 ㄉㄧ 人部 5畫
(1)垂下去：【低頭】。(2)矮，和「高」相對：【低級】。(3)下等的：【低價】。(4)便宜的：【低空】。

伶 ㄌㄧㄥˊ 人部 5畫
(1)從事演藝工作的人：【伶人】。(2)孤獨的：【伶仃】。(3)聰明靈巧的：【伶俐】。(4)姓。

余 ㄩˊ 人部 5畫
(1)我：【余致力國民革命，凡四十年】。(2)通「徐」，安穩、遲緩的樣子：【余余】。(3)姓。子：【余子】。

佝 ㄎㄡˋ 人部 5畫
形容彎腰駝背的樣子：【佝僂】。

佚 ㄧˋ 人部 6畫
(1)過錯：【遺佚】。(2)通「佚」，散失：【佚失】。(3)通「逸」，逃跑的、隱居的：【佚民】。(4)隱居的：(5)不被人知道的：【佚名】。(6)通「逸」，安樂、放蕩的：【淫佚】。(7)散缺不全的：【佚文】。(8)姓。

佯 ㄧㄤˊ 人部 6畫
假裝：【佯裝】。

依 ㄧ 人部 6畫
(1)倚靠：【相依為命】、【依山傍水】。(2)按照：【依次】。(3)順從、同意：【依從】。(4)進、傍、靠：【依傍】、【依然】。(5)仍然：【依舊】。(6)姓。

侍 ㄕˋ 人部 6畫
(1)服侍或隨從他人的人：【侍從】、【侍候】。(2)伺候、隨從：【侍候】。(3)陪伴尊長：【隨侍】。(4)服侍：【服侍】。姓。

佳 ㄐㄧㄚ 人部 6畫
(1)美好的：【佳人】。(2)姓。

使 ㄕˇ 人部 6畫
(1)奉命到外國的官員：【大使】。(2)奉命到外國去執行任務：【出使】。(3)差遣：【使喚】。(4)用：【使用】。(5)令：【使人高興】。(6)放縱：【使性子】。(7)行、做：【使不得】。(8)假使，如果：【假使】。

佬 ㄌㄠˇ 人部 6畫
廣東人稱呼成年男子為佬，有時含有輕視、不尊敬的意思：【鄉巴佬、闊佬】。

供 ㄍㄨㄥ 人部 6畫
(1)犯人答覆審訊的話：【口供】。(2)給、準備東西給需要的人使用：【供給】。(3)被告在法庭上說出事實，認：【供認】。

供 ㄍㄨㄥˋ
(1)祭祖拜神的祭品：【供】。(2)奉獻：【供神】。(3)擺上

設：【桌上供著花瓶】。

例 ㄌㄧˋ 人部 6畫
(1)用來說明情況或作為依據的事物：【條例】
(2)規則：【以古例今】【例行公事】
(3)比照：【慣例】
(4)遵照規定的：
(5)姓。

來 ㄌㄞˊ 人部 6畫
(1)將到的日子：【來年】
(2)從別的地方到這裡，與「去」相對：【來往】
(3)做：【再來一次】
(4)將：
(5)表示大約估計的數字：【三十來歲】
(6)表示可能或不可能的：【我做不來】
(7)加在動詞後，拿筆來寫字：【惹出禍來】
(8)強調語氣的助詞：
(9)表示動作趨向的助詞，同「徠」。慰勞、安撫：【勞之來之】
(10)姓。

侃 ㄎㄢˇ 人部 6畫
(1)剛直的樣子：【侃然】
(2)和樂的樣子：【侃侃而談】
(3)從容不迫的樣子：

佰 ㄅㄞˇ 人部 6畫
(1)數目名，「百」的大寫，古時一百個錢為「佰」。
(2)

併 ㄅㄧㄥˋ 人部 6畫
(1)把兩件東西合在一起，同「并」：【合併】
(2)通「摒」，除去：
(3)通「並」：

侈 ㄔˇ 人部 6畫
(1)浪費：【奢侈】
(2)誇大不實在：【侈言】【侈論】

佩 ㄆㄟˋ 人部 6畫
(1)指衣服上的裝飾品：【佩玉】
(2)把東西繫掛在身上：【佩劍、佩玉】
(3)敬仰信服而常記在心：【敬佩】

佻 ㄊㄧㄠ 人部 6畫
(1)行為輕浮，不莊重：【輕佻、佻健(ㄐㄧㄢˋ)】
(2)偷盜。

侖 ㄌㄨㄣˊ 人部 6畫
反省；自我檢討：【肚子裡侖一侖】。

佾 ㄧˋ 人部 6畫
古代一種方陣排成的樂舞，八行八列，共六十四人：【八佾】。

侏 ㄓㄨ 人部 6畫
(1)矮小的：【侏儒】
(2)姓。

佼 ㄐㄧㄠˇ 人部 6畫
(1)通「姣」，美好的：【佼人】
(2)超凡出眾的：【佼佼者】

信 ㄒㄧㄣˋ 人部 7畫
(1)指傳達消息的函件：【信件】
(2)憑證、信物：【印信、信物】
(3)消息：【信息】
(4)不懷疑：【相信】
(5)憑據：【信手】
(6)誠實的：【信實】
(7)定期而來的：【信風】
(8)隨意：【信步】
真：【信然】果真：【此語信然】
ㄕㄣ 通「申」、「伸」。

15

侵 ㄑㄧㄣ 人部 7畫
(1)奪取屬於別人的東西：【侵占】。(2)出兵攻打別國：【侵略】。(3)漸進：【侵淫】。(4)姓。

侯 ㄏㄡˊ 人部 7畫
(1)古代五等爵位的第二等：【公、侯、伯、子、男】。(2)封建時代小國的君王：【諸侯】。(3)官宦人家：【侯門】。(4)姓。

便 ㄅㄧㄢˋ 人部 7畫
(1)指糞、尿等排泄物：【大便】。(2)有利的、順利、適宜的：【便利】。(3)減少麻煩：【便民】。(4)乘便。(5)平常的、簡單的：【便衣】。(6)形勢：【乘便】。就：說了便做：【便】。

ㄆㄧㄢˊ
(1)東西不貴：【便宜】。(2)身體肥胖：【大腹便便】。(3)姓。

俠 ㄒㄧㄚˊ 人部 7畫
(1)仗義勇為，抑強扶弱的人：【豪俠】。(2)義勇的：【俠義】。(3)姓。

俑 ㄩㄥˇ 人部 7畫
古代殉葬用的泥人或木頭人：【陶俑、兵馬俑】。

俏 ㄑㄧㄠˋ 人部 7畫
(1)容貌美好的：【俊俏】。(2)活潑頑皮的樣子：【俏皮】。(3)東西銷路好，可能會漲價，行情看俏：【俏成俏敗】。非常像。

保 ㄅㄠˇ 人部 7畫
(1)舊時地方自治的組織：【保甲】。(2)傭工、服務生：【酒保】。(3)替人擔負責任的制度：【保人、保】。(4)守衛、守護：【保護】。(5)維持：【保持】。(6)擔負責任：【保護責任】。(7)收存：【保存】。(8)姓。

促 ㄘㄨˋ 人部 7畫
(1)催迫：【催促】。(2)靠近：【促膝長談】。(3)形容時間很短：【短促】。(4)不安的：【侷促】。(5)迫切的：【迫】。

侶 ㄌㄩˇ 人部 7畫
指同伴：【伴侶】。

俘 ㄈㄨˊ 人部 7畫
(1)戰爭時被虜獲的敵人：【戰俘、人俘】。(2)捉住、擄獲：【俘獲】。

俟 ㄙˋ 人部 7畫
等待：【俟命】。複姓：【万(ㄇㄛˋ)俟】，意即等待。

俊 ㄐㄩㄣˋ 人部 7畫
(1)指才智品德過人的：【俊傑】。(2)才智超群的英俊：【英俊、俊哲】。(3)容貌美好的：【俊俏】。

俗 ㄙㄨˊ 人部 7畫
(1)一個地區的風土人情及習慣：【風俗】。(2)淺顯易懂的、趣味不高的：【俗語】。(3)平凡、通俗：【俗氣】。(4)流行的、通行的：【流俗】。(5)塵凡人間的：【俗念】。

【侮】ㄨˇ　人部　7畫
(1)侵略：【禦外侮】
(2)欺負、作弄：【侮慢】。
(3)態度傲慢的：【欺侮】

【俞】ㄩˊ　人部　7畫
(1)答應、允許：【俞允】。
(2)姓。
ㄕㄨ　神名：【俞兒】。

【俐】ㄌㄧˋ　人部　7畫
聰明靈活：【伶俐】。

【俄】ㄜˊ　人部　7畫
(1)國名：【俄羅斯】、【俄國】
(2)一會兒：【俄而、俄頃】。

【俚】ㄌㄧˇ　人部　7畫
粗俗的、通俗的：【俚語】、【俚歌】。

【俎】ㄗㄨˇ　人部　7畫
(1)古代祭祀時，用來放祭品的器具。
(2)切肉用的砧板：【刀俎】。
(3)姓。

【係】ㄒㄧˋ　人部　7畫
(1)綁，意同「繫」(2)關聯、關係。(3)是：【係屬事實】(4)牽涉：【干係】。

【倌】ㄍㄨㄢ　人部　8畫
(1)指茶樓、酒館、飯館裡的侍者：【堂倌、倌人】。(2)古代專管駕車馬的官。(3)妓女的別稱：【倌人】。

【倍】ㄅㄟˋ　人部　8畫
(1)同一數量重複相加：【倍數、五倍】。(2)更加：【倍受寵愛】。通「背」，事半功倍

【倣】ㄈㄤˇ　人部　8畫
照著做：【倣效】。效法：通「仿」，依倣。

【俯】ㄈㄨˇ　人部　8畫
(1)低頭向下：【俯首】(2)向下的：【俯視】(3)委屈、降低的：【俯就】(4)上對下的：【俯允】。

【倦】ㄐㄩㄢˋ　人部　8畫
(1)身心疲乏、困倦：(2)厭煩而生倦意：【倦怠】(3)疲憊的：【倦鳥知返】。

【倥】ㄎㄨㄥ　人部　8畫
無知的樣子：【倥侗】。急促忙碌的樣子：【倥傯】。

【俸】ㄈㄥˋ　人部　8畫
做官或做事的人所應得的薪資酬勞：【薪俸】。

【倩】ㄑㄧㄢˋ　人部　8畫
(1)古時候男子的美稱：【姊倩(姊夫的意思)】(2)美好的：【倩影】

【倖】ㄒㄧㄥˋ　人部　8畫
(1)特別受寵的：【倖臣】(2)意外得到成功或免去災害：【僥倖、倖免】。

【倆】ㄌㄧㄤˇ　人部　8畫
手段，技能：【伎倆】。
ㄌㄧㄚˇ　(1)兩個：【你們倆、哥兒倆】(2)不多、幾個：【多花倆錢】。

值 ㄓˊ ｜人部 8畫
(1)東西的價錢：【價值】。(2)數學上計算的結果：【平均值】。(3)輪流擔任職務：【值班】。(4)正好遇到：【此佳節】(5)東西和價錢相當、抵得上：【值多少錢？】。

借 ㄐㄧㄝˋ ｜人部 8畫
(1)經他人同意，暫時使用，或別人的財物，或將自己的財物暫時讓別人使用，用完後必須歸還：【借刀殺人】。(3)借錢(2)利用：【借鏡、借重】。

倚 ㄧˇ ｜人部 8畫
(1)依靠、依賴：【倚靠、倚賴】(2)倚門而立。(3)仗恃：【不偏不倚】(5)姓。偏、歪：【倚老賣老】(4)

倒 ㄅㄠˇ ｜人部 8畫
(1)跌躺下去：【跌倒、倒臥】(2)物體塌陷：【倒塌】(3)失敗、垮臺：【倒閉、倒臺】(4)更換、推翻：【倒

顛倒：【倒閣】。(5)上下或左右調換：【

倒 ㄅㄠˋ
(1)傾出：【倒水】。(2)扔掉：【倒垃圾】(3)向後退：【倒車】(4)相反的：【倒退、開倒、倒不卻、反而：【反倒、倒不(5)反倒、倒不(6)表示事情並不是那樣：如你說的倒簡單。

們 ㄇㄣ˙ ｜人部 8畫
水名：【圖們江】。
表示複數的詞尾，常用在名詞或代名詞後面：【我們、同學們】。

俺 ㄢˇ ｜人部 8畫
大的意思。
北方有些方言裡稱「我」為「俺」：【俺

倀 ㄔㄤ ｜人部 8畫
古時傳說中被老虎吃掉的人變的鬼，專門替老虎帶路去吃人：【為虎作倀】
（比喻幫助壞人作惡）

倡 ㄔㄤˋ ｜人部 8畫
帶頭發起，首先提出、提倡：【倡導、提倡】。
(1)通「娼」，妓女：【倡妓】。(2)古代表演歌舞的人：【倡優】。(3)通「猖」，狂妄的：【倡狂】。

倔 ㄐㄩㄝˊ ｜人部 8畫
強硬、固執的：【倔強】。

倔 ㄐㄩㄝˋ
脾氣大，言語粗魯直率的樣子：【他這個人很倔】。

倨 ㄐㄩˋ ｜人部 8畫
態度傲慢，不謙遜的：【倨傲】。

俱 ㄐㄩˋ ｜人部 8畫
(1)借、同：【俱……與生俱來】(2)
全部、都：【俱全、俱來】(3)姓。
面面俱到、萬事俱備

個 ㄍㄜˋ ｜人部 8畫
(1)數學名詞，十進位法的基本位：【個位】(2)量詞，人一位或物一件

個 人部 8畫
(1)【一個人、一個蘋果】(2)單一的：【個中滋味】(3)人的身材高矮：【個子】(4)單一的：【個中滋味】(5)此、這：【個中滋味】 自己：【自個兒】。

候 ㄏㄡˋ 人部 8畫
(1)事物的狀況：【氣候、症候】(2)時間、時節：【時候、節候】(3)等待：(4)看望、問好：【問候】(5)診斷：【候脈】

倘 ㄊㄤˇ 人部 8畫
(1)如果、假使。同「儻」：【倘若、倘使】。通「徜」，徘徊：【倘佯】

修 ㄒㄧㄡ 人部 8畫
(1)興建：【修建】(2)整理：【修飾】(3)學習和鍛鍊：【研習：【自修】(4)修繕：【修養】(5)編寫：【修書】(6)削剪：【修鉛筆、修指甲】(7)細長的：【修長】(8)姓。

倭 ㄨㄛ 人部 8畫
身材矮小的人種，是中國古時候對日本人的稱呼：【倭奴、倭寇】。

倪 ㄋㄧ 人部 8畫
(1)事情的起頭、頭緒：【端倪】(2)姓。

俾 ㄅㄧ 人部 8畫
(1)使：【俾能自立】(2)益。

倫 ㄌㄨㄣˊ 人部 8畫
(1)人與人之間的正常關係：【人倫】(2)道理：【語無倫次】(3)條理、次序：【倫理】(4)同類、物類：【無與倫比】(5)匹配、比較：(6)姓。

俳 ㄆㄞˊ 人部 8畫
(1)古代的雜戲人員的稱呼：【俳優】(2)古代對演藝人員的稱呼：(3)詼諧可笑的：【俳諧】

倉 ㄘㄤ 人部 8畫
(1)儲藏糧食或貨物的地方：【倉庫】(2)急忙的：【倉促】(3)姓。

倜 ㄊㄧˋ 人部 8畫
(1)豪爽大方、不受拘束：【倜儻】(2)高遠的：【偶然】。

俺 ㄢˇ 人部 9畫
指北方人稱「我」、「我們」，同「咱」：【俺們】

偽 ㄨㄟˇ 人部 9畫
(1)欺騙(2)假的、不真實的：偽裝、虛偽(3)不合法的：偽政權。詐

停 ㄊㄧㄥˊ 人部 9畫
(1)止住、不動：【停止】【停電】(2)中斷：(3)安置：【停車】(4)排解糾紛：【調停】

偈 ㄐㄧ 人部 9畫
佛家所唱的詞句，多為頌詞。一偈，多為頌詞。四句為一偈
ㄐㄧㄝˊ (2)雄健的樣子：疾馳的樣子。

假 ㄐㄧㄚˇ　人部 9畫
(1)借、利用：【借假】
(2)不真實的：【虛假】
(3)如果：【假使】
(4)姓。

假 ㄐㄧㄚ　休息的日子：【休假】。

ㄍㄜˊ　通「格」。

ㄒㄧㄚˊ　通「遐」。

偃 ㄧㄢˇ　人部 9畫
(1)通「堰」，防水的土堤。
(2)仰面倒地：【偃臥】
(3)停止：【偃兵】
(4)收起、藏起：【偃旗息鼓】。

偌 ㄖㄨㄛˋ　人部 9畫
(1)這麼、那麼：【偌大】
(2)姓。

做 ㄗㄨㄛˋ　人部 9畫
(1)從事某種工作或者是活動：【做事】
(2)製造：【做衣服】
(3)擔任、當：【做官】
(4)舉辦：【做生日、當】

偉 ㄨㄟˇ　人部 9畫
(1)大、壯：【偉大】
(2)超出平常的：【魁偉】
(3)姓。

健 ㄐㄧㄢˋ　人部 9畫
(1)強壯：【健壯】
(2)善長：【健談】
(3)態度莊嚴穩重：【穩健】

偶 ㄡˇ　人部 9畫
(1)雕塑的人像：【木偶】
(2)配偶、伴侶：【配偶】
(3)雙數的、成對的：【偶數】
(4)恰巧、不經常的：【偶然、偶遇】
(5)姓。

偎 ㄨㄟ　人部 9畫
親熱的靠著：【依偎】

偕 ㄒㄧㄝˊ　人部 9畫
(1)共同、一起：【偕同】
人名：【馬偕（加拿大人，對臺灣醫療貢獻良多）】。

偵 ㄓㄣ　人部 9畫
暗中察看：【偵察】。

側 ㄘㄜˋ　人部 9畫
(1)傾斜、偏著身體的：【側身】
(2)旁邊的：【側邊】
(3)偏的：【側重】

偷 ㄊㄡ　人部 9畫
(1)竊取別人的東西：【偷竊】
(2)暗中把小東西拿走：【偷取別人的東西】
(3)抽出時間：【偷閒】
(4)苟且、偷生
(5)刻薄的：【刻薄】
(6)暗地裡、私下：【偷聽】
敷衍：【偷生】

偏 ㄆㄧㄢ　人部 9畫
(1)不正的、歪的：【偏旁】
(2)不公平的：【偏房】
(3)非正式的：【偏房】
(4)出乎意料的：【偏不湊巧】
(5)表示相反的意思：【偏偏】
【偏心】

倏 ㄕㄨˋ　人部 9畫
急速的：【倏忽】。

20

傢 ㄐㄚ 人部 10畫
(1)指一切日用器具：【傢具】。(2)對人輕蔑的稱呼：【傢伙】。

傍 ㄅㄤ 人部 10畫
臨近：【傍晚】。靠近、依附：【依山傍水】。

傅 ㄈㄨˋ 人部 10畫
(1)傳授技藝的人：【師傅】。(2)姓。

ㄈㄨ
通「敷」，塗抹：【傅粉】。

備 ㄅㄟˋ 人部 10畫
(1)裝置、設施：【設備】。(2)預防：【戒備】。(3)具有：【具備】。(4)齊全的：【完備】。(5)充分的：【備加辛苦】。

傑 ㄐㄧㄝˊ 人部 10畫
(1)才能出眾的：【豪傑】。(2)特別優秀的：【傑作】、【傑出】。(3)才能或成就高超的人。

傀 ㄎㄨㄟˇ 人部 10畫
(1)偉大的：【傀偉】。(2)怪異的：【傀異、傀奇】。(3)【傀儡】：演戲用的木頭人，比喻受人操縱的人。

傖 ㄘㄤ 人部 10畫
鄙視的人：【傖父】。

傘 ㄙㄢˇ 人部 10畫
(1)用來擋雨或遮太陽的器具，用防水的布或油紙製成，有柄可開合：【降落傘】、【雨傘】。(2)像傘的東西。(3)姓。

傭 ㄩㄥ 人部 11畫
僕役、受雇做事的人：【女傭、傭工】。

債 ㄓㄞˋ 人部 11畫
(1)欠人家的錢：【債務】。(2)虧欠人家而尚未報答的恩惠或事物：【人情債】。

傲 ㄠˋ 人部 11畫
(1)自大而看不起人的樣子：【傲慢】。(2)不屈服的：【傲骨】。

傳 ㄔㄨㄢˊ 人部 11畫
(1)交、轉達：【傳話】。(2)授與：【傳授】。(3)散布：【傳染】。(4)令人來：【傳喚】。(5)命令：【傳令】。(6)世代相承的：【傳人】。(7)表達得很像的：【傳神】。【傳奇】：古典小說或戲劇的一種。

ㄓㄨㄢˋ
(1)解釋經義的書：【左傳】。(2)記述個人生平事蹟的作品：【傳記】。

僅 ㄐㄧㄣˇ 人部 11畫
(1)少、不多：【僅僅、僅有】。(2)只、不過：【絕無僅有】。(3)大約：【士卒...】。

【僅萬人】。

傾　ㄑㄥ

人部11畫

（1）歪、斜：【傾斜】（2）倒：【傾倒】（3）出【傾酒】【傾陷】。（4）趨向：【傾向】（5）嚮往：【傾慕】（6）全部：【傾覆】（7）設計害人：【傾訴】。

催　ㄘㄨㄟ

人部11畫

（1）叫人趕快做：【催促】（2）使事物的產生或變化加快：【催生、催眠】。

傷　ㄕㄤ

人部11畫

（1）身體或東西受到的損壞：【內傷】（2）身體受到損壞的人：【遍地死傷】（4）冒犯、得罪：【傷人】（5）妨礙：【無傷大雅】（6）悲哀：【傷心】（7）因事故得病：【傷風】（3）損害：【出口傷人】。

傻　ㄕㄚˇ

人部11畫

（1）愚笨不聰明：【傻瓜】（2）忠厚老實而不狡猾：【傻呼呼的】（3）發呆的樣子：【嚇傻了】。

傯　ㄗㄨㄥˇ

人部11畫

匆忙急促的樣子：【倥傯】。

傴　ㄩ

人部11畫

駝背的：【傴者不僂】。

僂　ㄌㄡˇ

人部11畫

背的：（1）姓（2）屈曲的：【傴僂】（3）駝祖。

僧　ㄙㄥ

人部12畫

（1）飯依佛教，出家受戒的男子，即和尚：【僧侶】（2）姓。

僮　ㄊㄨㄥˊ

人部12畫

（1）通「童」，未成年的人：【僮子】（2）供人使喚的年輕僕人：【書僮、僮子】（3）中國少數民族之一，主要聚居在廣西、雲南：【僮族】（現在寫作「壯族」）。

僥　ㄐㄧˇ

人部12畫

（1）意外獲得利益或是免於不幸的事：【僥倖】（2）姓。

僥（ㄧㄠˊ）：古代傳說中的矮人族：【僬僥】。

僭　ㄐㄧㄢˋ

人部12畫

超過本分、職權或資格的人：【僭越】。

僚　ㄌㄧㄠˊ

人部12畫

（1）官吏：【官僚】（2）同事：【同僚】。

僕　ㄆㄨˊ

人部12畫

（1）供人使喚服勞役的人：【僕人、僕役】（2）自稱的謙虛用詞，常用在書信上（3）勞苦的樣子：【風塵僕僕】。

像　ㄒㄧㄤˋ

人部12畫

（1）人物的形象：【肖像】（2）模仿人物的外形而做成的作品：【畫像、神像】（3）相似：【他長得很像他爸爸】（4）譬如、舉例、引證所用的詞：【像他這樣做，一定不會成功】。

(5)似乎：【像要下雨了】。

僑 ㄑㄧㄠˊ 12畫 人部
(1)寄居外國的人：【華僑】(2)寄居、寄居異地的：【僑居】。(3)旅居、寄居：【僑商】。(4)姓。

僱 ㄍㄨ 12畫 人部
(1)出錢請人做事：【僱用】(2)租用：【僱車】(3)受人聘用的：【僱員】。

億 ㄧˋ 13畫 人部
(1)數目名，就是一萬萬。表示數目非常多：【億兆、億萬富翁】(2)通「臆」，推測：【億測】。(3)姓。

儀 ㄧˊ 13畫 人部
(1)舉止容貌：【儀容】(2)按程序進行的禮節：【儀式】(3)禮物：【賀儀】(4)測量、繪圖等可作準則的器具：【儀器】(5)愛慕、傾向：【心儀】。

僻 ㄆㄧˋ 13畫 人部
(1)偏遠的、不熱鬧的：【偏僻】(2)不常見的：【僻靜】。(3)性情古怪不合群的：【孤僻】(4)不正的：【邪僻】(5)不普通的：【生僻】(6)幽隱的。

僵 ㄐㄧㄤ 13畫 人部
(1)仆倒：【僵仆】(2)不靈活、僵化：【僵化】(3)雙方相持不下，硬：【僵持】。

價 ㄐㄧㄚˋ 13畫 人部
(1)東西所值的錢：【價錢】(2)人、事、物抽象的名望或價值：【身價】。(3)語尾助詞，相當於「地」：【震天價響】。

儂 ㄋㄨㄥˊ 13畫 人部
(1)江、浙一帶的方言，舊時常用於詩文、小說中，同「我」：【儂家】(2)上海一帶的方言，同「你」：【謝謝儂】(3)姓。

儈 ㄎㄨㄞˋ 13畫 人部
(1)替別人做買賣，從中抽取佣金的人，俗稱「掮客」：【市儈】(2)姓。

儆 ㄐㄧㄥˇ 13畫 人部
(1)通「警」，警戒：【儆戒無虞】(2)警醒：【儆醒】。

儉 ㄐㄧㄢˇ 13畫 人部
(1)節省不浪費：【節儉】(2)樸素不華麗：【儉樸】(3)姓。

儒 ㄖㄨˊ 14畫 人部
(1)有學問道德的人：【碩儒】(2)孔子和孟子的學說：【儒家】(3)矮小的人：【侏儒】。

儘 ㄐㄧㄣˇ 14畫 人部
(1)極盡、最：【儘可能】(2)任憑、不加限制：【儘管】。

儐 ㄅㄧㄣ 14畫 人部
(1)導引、接待：【儐相】。

人部

儔 ㄔㄡˊ　人部14畫
(1)伴侶：【儔侶】。(2)鸞類、類別：【儔類】。

優 ㄧㄡ　人部14畫
(1)舊時稱演藝人員：【優伶】。(2)美好的：【優勢】。(3)好的、上等的：【優裕】。(4)充足的：【優美】。

償 ㄔㄤˊ　人部15畫
(1)報酬：【報償】。(2)歸還：【償還】。(3)補足：【得不償失】。(4)滿足：【如願以償】。

儡 ㄌㄟˇ　人部15畫
(1)演戲用的木偶：【傀儡】。(2)敗壞：【傀儡】。

儲 ㄔㄨˊ　人部15畫
(1)即將繼承王位的人：【儲君】、【皇儲】。(2)把東西收藏存放起來：【儲藏】。

儷 ㄌㄧˋ　人部19畫
(1)配偶：【伉儷（夫婦）】。(2)成雙成對的：【儷影雙雙】。儷人。

儻 ㄊㄤˇ　人部20畫
(1)意外的：【儻來】。(2)通「倘」，如果：【儻使】。(3)不受拘束，豪爽大方：【倜儻】。

儼 ㄧㄢˇ　人部20畫
(1)莊重恭敬的樣子：【儼然】。(2)好像：【儼然】。

儿部　ㄖㄣˊ

兀 ㄨˋ　儿部1畫
(1)高聳而頂端平坦的：【突兀】。(2)獨：【兀立、兀坐】。(3)還是：【兀自】。

元 ㄩㄢˊ　儿部2畫
(1)中國朝代名：【元朝】。(2)貨幣的單位：【銀元】，通「圓」。(3)代數中表示未知數：【一元一次方程式】。(4)開始的：【元年、元旦】。(5)為首的、領導的：【元首】。(6)居正的：【元配】。(7)構成整體的：【單元】。(8)姓。

允 ㄩㄣˇ　儿部2畫
(1)答應、許可：【允許】、【允准】。(2)恰當的、適當的：【公允】、【允當】。(3)確實的：【允稱妥善】。(4)姓。

充 ㄔㄨㄥ　儿部4畫
(1)擔任：【充任】。(2)裝滿、塞滿：【充滿】、【充塞】。(3)假冒：【冒充】。(4)充當。(5)姓、量。

兄 ㄒㄩㄥ　儿部3畫
(1)哥哥：【兄長、兄弟】。(2)朋友之間的敬稱：【仁兄、老兄】。

光 ㄍㄨㄤ　儿部4畫
(1)物體本身發出或因反射而現出的明亮現象：【陽光】。(2)榮耀：【為國爭光】。(3)景色：【湖光山色】。(4)露出：【光著腳】。(5)用完：【花光】。

光 【ㄍㄨㄤ】儿部 4畫
(6)發展、顯揚：【發揚光大】。(7)明亮的：【光明】。(8)平滑的：【光滑】。(9)只：【光說不做】。(10)稱人來的敬詞：【光臨】。(11)姓。

兇 【ㄒㄩㄥ】儿部 4畫
(1)殺害人的人，同「凶」：【兇手】。(2)驚慌恐懼：【兇懼】。(3)強悍不講理的：【兇惡】、行兇。或事，同「凶」。

兆 【ㄓㄠˋ】儿部 4畫
(1)古代燒龜甲獸骨後所顯現的裂痕，用來預卜吉凶的。(2)事前顯示的跡象，預兆。(3)數目名，就是一萬億。(4)眾多的：【兆名】。(5)姓。

先 【ㄒㄧㄢ】儿部 4畫
(1)祖宗：【先祖】。(2)很重要、必須急著去做的事：【救人為先】。(3)時間或次序在前的：【先例】。(4)稱已死的人：【先父】。(5)首要的：【百善孝為先】。

兌 【ㄉㄨㄟˋ】儿部 5畫
(1)易經八卦之一，卦形是「三」，代表沼澤。(2)交換：【兌現、兌換】。(3)支出：【兌付】。
【ㄩㄝˋ】通「說」：【兌命】。

克 【ㄎㄜˋ】儿部 5畫
(1)國際制定的標準重量單位名，公克的簡稱。(2)制服：【克服】。(3)戰勝：【克復】。(4)節制：【克勤克儉、不克】。(5)能夠：【克己】。

免 【ㄇㄧㄢˇ】儿部 5畫
(1)逃避：【避免】。(2)不被某些事務所牽涉：【免】。(3)除去：【免除】。(4)不可：【閒人免進】。(5)姓。
【ㄨㄣˋ】通「統（ㄨㄣˋ）」，喪服。免禮、免疫。

兔 【ㄊㄨˋ】儿部 6畫
哺乳動物名，耳長尾短，跳得很快：【兔子、兔脫（比喻逃跑）】。

兒 【ㄦˊ】儿部 6畫
(1)小孩子：【兒童】。(2)父母稱子女，或子：【我兒、孩兒】。(3)年輕男子的自稱：【中華男兒】。女對父母的自稱。
【ㄋㄧˊ】通「倪」，姓。

兗 【ㄧㄢˇ】儿部 7畫
古代的九州之一，在今河北、山東一帶：【兗州】。

兜 【ㄉㄡ】儿部 9畫
(1)衣服等物的小口袋，可用來裝東西：【布兜】。(2)穿在胸腹前的衣物，可用來裝東西：【肚兜、圍兜】。(3)圍繞：【兜圈子】。(4)招攬：【兜售】。(5)把衣物弄成袋形，用來裝東西：【兜了一裙子的草莓】。

兢 【ㄐㄧㄥ】儿部 12畫
小心謹慎的樣子：【戰戰兢兢】。

入部

入 ㄖㄨˋ 入部 0畫
(1)古音中的第四聲，發音短促而急：【入聲】
(2)進，由外面到裡面：【入場】
(3)收進的錢、所得：【收入】
(4)參加組織，成為成員：【入學】
(5)到、達：【入夜】
(6)沉沒：【陷入】
(7)適合、切合：【入耳】
(8)隨便亂放：【鞋子不知入到哪裡去了？】
(9)私下把東西給人：【他人給我一個蘋果入】
(10)陷……一腳入到泥裡去了】

內 ㄋㄟˋ 入部 2畫
(1)裡面，和「外」相對：【內外】
(2)家務事：【女主內】
(3)對別人稱自己的妻子：【內人】
(4)裡面的：【內衣】
(5)熟悉的：【內行】。
內部組織的：【內職】。
ㄋㄚˋ 接受，同「納」：【接受，同「納」】。

全 ㄑㄩㄢˊ 入部 4畫
(1)使完整不受損害：【保全】
(2)整個的：【全家】
(3)都、皆：【全來了】
(4)完備的：【齊全】
(5)平安：【安全】
(6)姓。

兩 ㄌㄧㄤˇ 入部 6畫
(1)重量單位，一兩等於十錢：【兩】
(2)數目：【兩岸】
(3)成雙的、不同的：【兩回事】
(4)雙、少數的（不一定是二）：【兩個、少數】
(5)幾、一些：【過兩天】。
ㄌㄧㄤˋ 通「輛」，計算車子的單位：【一輛】。

八部

八 ㄅㄚ 八部 0畫
(1)數目名，大寫是「捌」，阿拉伯數字寫作「8」
(2)表示多方面，阿拉伯數字寫作：【四】
用在四聲或輕聲字前時，可讀ㄅㄚˊ

六 ㄌㄧㄡˋ 八部 2畫
(1)數目名，大寫是「陸」，阿拉伯數字寫作「6」。
(2)姓。
ㄌㄨˋ 古國名，今安徽省六安縣：【六安】。通「陸」：【八達】
(3)形容很亂：【亂七八】

兮 ㄒㄧ 八部 2畫
文言文的語助詞，沒有意義：【風蕭蕭兮易水寒……】。

公 ㄍㄨㄥ 八部 2畫
(1)祖父：【外公】
(2)丈夫的父親：【公公】
(3)古時五等爵位的第一等：【公、侯、伯、子、男】
(4)對年老的男子的稱呼：【張公】
(5)有關眾人的事：【辦公、治公】
(6)宣布：【公告】
(7)屬於大家共有的：【公物】
(8)雄性的：【公雞】
(9)沒有私心的：【公平】
(10)國際通用的：【公斤】。

共 ㄍㄨㄥˋ　八部 4畫

(1)一起：【共同】。(2)總計：【總計】、【共計】。(3)【中共】：共產黨的簡稱。

共 ㄍㄨㄥ

(1)通「拱」，兩手環繞胸前，表示尊敬：【共手】。(2)通「供」，給予：【共手】。(3)姓。

兵 ㄅㄧㄥ　八部 5畫

(1)打仗用的武器：【兵器】、【紙上談兵】。(2)戰事：【用兵】。(3)用武器攻打的軍人：【士兵】。(4)軍隊：【先禮後兵】。(5)屬於軍事的：【兵書】。

具 ㄐㄩˋ　八部 6畫

(1)器物：【器具】、【工具】。(2)才能：【才具】。(3)計算器物的單位：【一具電話】。(4)計：【工具】。(5)準備：【具備】、【備有】。(6)寫出來：【謹具薄禮】。(7)有形體且實際存在的：【具象】。(8)姓。

其 ㄑㄧˊ　八部 6畫

(1)第三人稱代名詞，他(它)、他們(它們)。(2)他的、他們的：【出其不意】、【順其自然】、【其貌不揚】、【正當其時】。(3)這、那：【尤其】、【極其】。(4)語末助詞。

其 ㄐㄧ

(1)人名：酈食其(ㄌㄧˋ ㄧˋ ㄐㄧ，漢代人)。表示疑問，放在語尾：【夜如何其】。

典 ㄉㄧㄢˇ　八部 6畫

(1)可以當作依據或模仿的標準：【字典】、【典範】。(2)儀式：【典禮】。(3)古書。(4)文中可以引用的故事：【典故】、【典型】。(5)主持、掌管：【典試】、【典獄】。(6)抵押：【典當】。(6)姓。

兼 ㄐㄧㄢ　八部 8畫

(1)合併：【兼併】。(2)同時擔任幾種工作：【兼任】、【兼差】。(3)同時涉及或具有幾方面的情況：【兼備】、【兼顧】。(4)姓。

冀 ㄐㄧˋ　八部 14畫

(1)河北省的簡稱。(2)希望：【希冀】、【冀望】。(3)姓。

冂部 ㄐㄩㄥ

冉 ㄖㄢˇ　冂部 3畫

(1)慢慢移動的樣子：【冉冉】。(2)姓。

冊 ㄘㄜˋ　冂部 3畫

(1)古代寫在竹片上串結而成的書，泛稱整本書：【畫冊】、【紀念冊】。(2)計算書的單位：【十冊好書】。(3)夾有繡花圖樣的紙本：【樣冊】。本書或簿本。

再 ㄗㄞˋ　冂部 4畫

(1)又一次：【再版】、【再三】。(2)持續、接下去：【再接再厲】。(3)更加：【再好也沒有了】。

冒 ㄇㄠˋ　冂部　7畫
(1)頂著，不顧一切去做：【冒著風雨】、【冒險犯難】。(2)假裝：【冒充】、【冒名】、【冒牌】。(3)言行輕率，侵犯到別人：【冒昧】、【冒犯】。(4)向上衝、散發：【冒煙】。(5)姓。
ㄇㄛˋ　冒頓（ㄉㄨˊ）人名，漢初匈奴領袖。

胄 ㄓㄡˋ　冂部　7畫
(1)古時大夫以上的官所戴的禮帽：【加冕】。古代戰士打仗時所穿戴的衣飾：【甲冑】。

冕 ㄇㄧㄢˇ　冂部　9畫
(1)【冠冕】(2)姓。

最 ㄗㄨㄟˋ　冂部　10畫
(1)極、尤、無比的：【最好】(2)姓。

冗 ㄖㄨㄥˇ　冖部　2畫
(1)沒有必要，多餘的：【冗員】(2)繁雜的：【冗雜】。

冠 ㄍㄨㄢ　冖部　7畫
(1)指帽子的：【王冠、衣冠楚楚】(2)形狀像帽子的東西：【雞冠】(3)姓。
ㄍㄨㄢˋ (1)古時男子二十歲時，所舉行的成人儀式：【冠禮】(2)首位、第一名：【技冠群倫】(3)最優秀的：【冠軍】(4)附加的：

冤 ㄩㄢ　冖部　8畫
俗字寫作「寃」(1)仇恨：【結冤】(2)被加上不該有的罪名、委屈的：【冤枉】(3)無辜而受刑罰的：【冤獄】

冥 ㄇㄧㄥˊ　冖部　8畫
(1)人死後所住的世界：【冥間】(2)和人死後有關的事物：【冥紙】(3)昏暗不明的：【晦冥】(4)愚昧的：【冥頑不靈】(5)深沉的：【冥想】。

冢 ㄓㄨㄥˇ　冖部　8畫
(1)高大的墳墓：【野冢】(2)山頂：【山冢】(3)排行最大的：【冢子】(4)偉大的：【冢宰（周代最大的官）】

冪 ㄇㄧˋ　冖部　14畫
(1)覆蓋器物的布巾。(2)數學上把一數自乘若干次的積數，例如：二次冪就是平方。

冬 ㄉㄨㄥ　冫部　3畫
(1)一年四季中的最後一季，國曆的十月到十二月，農曆的十月到次年二月：【冬季】(2)代表一年的時間：【好年冬】；(3)姓。

冰 ㄅㄧㄥ　冫部　4畫
(1)水在攝氏零度以下所凝結成的固體：【冰塊】(2)用冰塊或冰箱來防腐或

冰（續）　降低溫度：【冰凍】(3)像冰的東西：【冰糖】(4)寒冷的：【冰冷】(5)清高不俗的：【冰肌玉膚】(6)潔白：【冰心】(7)用冷淡的態度對待人：【冷冰冰的面孔】(8)姓。

冶 ㄧㄝˇ　冫部　5畫
(1)把金屬鎔化：【冶金、冶煉】(2)造就、訓練：【陶冶】(3)裝飾容貌：【妖冶、冶豔】(4)美麗的：【冶容】(5)姓。

冷 ㄌㄥˇ　冫部　5畫
(1)溫度低，與「熱」相反：【寒冷】(2)不熱情的：【冷淡】(3)寂靜的：【冷清】(4)生僻、少見的：【冷僻】(5)有理智的：【冷靜】(6)輕視，看不起：【冷笑】(7)突然，趁人不注意：【冷不防】(8)姓。

冽 ㄌㄧㄝˋ　冫部　6畫
寒冷：【凜冽、北風凜冽】。

凍 ㄉㄨㄥˋ　冫部　8畫
(1)含有膠質的食品遇冷而凝結成塊狀：【果凍】(2)受寒氣侵襲：【凍得發抖】(3)液體遇冷而凝結：【冷凍】(4)停止提取或支付存款：【凍結】(5)不暖的：【凍餃】(6)姓。

凌 ㄌㄧㄥˊ　冫部　8畫
(1)堆積的冰塊：【冰凌】(2)侵犯、欺侮：【欺凌】(3)升高：【凌空】(4)雜亂的：【凌亂】(5)逼近、接近：【凌晨】(6)姓。

准 ㄓㄨㄣˇ　冫部　8畫
(1)同意、許可：【准許】，是公文上的用語。(2)依據、按照：【准此】(3)決定：【准於某日公演】(4)比照、非正式的：【准尉】

凋 ㄉㄧㄠ　冫部　8畫
(1)枯萎：【凋謝】(2)衰敗：【凋敝、民生凋敝】。

凝 ㄋㄧㄥˊ　冫部　14畫
(1)受冷而由氣體變成液體或由液體變成固體：【凝結】(2)注意力集中：【凝神】。

凜 ㄌㄧㄣˇ　冫部　13畫
(1)寒冷的：【凜冽】(2)嚴肅可畏的樣子：【凜然、凜烈】。

几部 ㄐㄧ

几 ㄐㄧ　几部　0畫
矮小的桌子：【茶几】。

凰 ㄏㄨㄤˊ　几部　9畫
古代傳說中的一種吉祥鳥，雄的叫「鳳」，雌的叫「凰」：【鳳凰】

凱 ㄎㄞˇ　几部　10畫
(1)戰勝時所演奏的樂曲：【奏凱】(2)勝利：【凱旋】。

凳
ㄉㄥˋ 12畫 几部
指一種沒有扶手、靠背的椅子：【凳子、板凳、矮凳】。

凵部

凶 ㄒㄩㄥ 2畫 凵部
(1)殺害人的行為：【行凶】 (2)狠惡、不好的：【凶狠、凶惡、凶暴的、凶兆】 (3)不幸的、和「吉」相反：【凶年】 (4)嚴重的、屬害的：...農作物收成不好：...雨勢很凶...

凹 ㄠ 3畫 凵部
(1)物體某部分陷下或縮進：【凹進去】 (2)四周高、中間低的：【凹透鏡】 (3)凹入的地方：【鼻凹】

凸 ㄊㄨ 3畫 凵部
(1)周圍低、中間高的：【凸透鏡】 (2)漸漸凸...

出 ㄔㄨ 3畫 凵部
(1)從裡面到外面：【出面、出去】 (2)發生：【出產】 (3)生產、生長、支付：【出錢、支出】 (4)出...(5)顯露：【出界、出名】 (6)超過：【出眾】 (7)做某些事：【出席、出發】 (8)來到：【出席、孩...】 (9)發洩：【出怨氣、出主意】 (10)...出勤、...不出三年、出沒...子生下來：...出題、...

函 ㄏㄢˊ 6畫 凵部
(1)書信：【信函】 (2)盒子：【劍函】 (3)姓。

突起來：...凸著腮幫子...

刀部

刀 ㄉㄠ 0畫 刀部
(1)兵器：【刀劍】 (2)用鐵或鋼製成，用來菜一刀...切、割、削、剪刀 (3)計算紙張的單位，一百張叫一刀：【一刀稿紙】。

刁 ㄉㄧㄠ 0畫 刀部
(1)怪：【刁鑽】 (2)...(3)姓。刁猾、刁詐。

刃 ㄖㄣˋ 1畫 刀部
(1)刀口，最鋒利的部分：【刀刃】 (2)用刀劍殺人：【手刃仇敵】 (3)刀、劍的代稱：【利刃】。

分 ㄈㄣ 2畫 刀部
(1)長度名，一寸的十分之一 (2)重量名，一兩的十分之一 (3)面積名，一畝的十分之一 (4)幣制名，一角的十分之一 (5)角度名，一度的六十分之一 (6)時間名，一小時的六十分之一 (7)計算成績的單位：一百分 (8)節氣名：【春分】 (9)數學名詞 (10)差別：【分別】 (11)區隔開，和「合」相反：【分開】 (12)散發：【分配】 (13)分開：【分辨】 (14)由總機構分出來：【分公司】 (15)表示程度：【十分高興】

分 ㄈㄣ 刀部 2畫
(1)通「份」，數量單位，一組或一件：「二分禮物」。(2)名位、職責與權利的範圍：「職分、身分」。(3)整體中的一個單位：「部分、成分」。

切 ㄑㄧㄝ 刀部 2畫
(1)數學名詞，幾何學上直線與圓周，或圓與圓周在一點上相遇，稱為「切」。(2)用器具割斷：「切開、切點」。

切 ㄑㄧㄝˋ
(1)接近、符合：「切題」。(2)迫近、親近：「切近」。(3)密合、貼近：「切身、親切」。(4)急迫、求好心切：(5)務必：(6)實在：「切實」。磨：「切磋」。

刈 ㄧˋ 刀部 2畫
(1)鐮刀。(2)割：「刈草、刈麥」。

刊 ㄎㄢ 刀部 3畫
(1)書報雜誌的總稱：「月刊、週刊」。(2)書報的排印：(3)校、(4)發表、登載：「刊行」。刻：「刊石」。

列 ㄌㄧㄝˋ 刀部 4畫
(1)橫排叫列、直排叫行：「行列、列隊」。(2)布置安排：「列入」。(3)歸到某一類：「列國、列強」。(4)參加：「列席」。(5)眾多的：「列國」。(6)姓。刊登、刊載。

刑 ㄒㄧㄥˊ 刀部 4畫
(1)處罰罪犯的方法。(2)用殘暴的手段，摧殘人體的處罰：「用刑」。(3)殺：「死刑」。(4)法律的總稱、無期徒刑、合。

划 ㄏㄨㄚˊ 刀部 4畫
(1)撥動水流，讓東西前進：「划船」。(2)算：「划得來」。

刎 ㄨㄣˇ 刀部 4畫
指用刀割脖子自殺：「自刎」。

別 ㄅㄧㄝˊ 刀部 5畫
(1)種類、類別：「派別、類別」。(2)區分：「區別、辨別」。(3)分離：「告別、永別」。(4)用針使東西附著固定：「胸前別了一朵花」。(5)轉動：「別轉」。(6)另外的：「別人」。(7)特殊：(8)不要：「別走」。(9)別：「特別、別裁」。別過臉去。

判 ㄆㄢˋ 刀部 5畫
(1)古代官名：「判官」。(2)分辨、審判：「判別」。(3)決定是非曲直：「判刑」。(4)斷定：「裁判、判斷」。

利 ㄌㄧˋ 刀部 5畫
(1)好處、益處：「利益」。(2)利祿。(3)由本錢生出的子金：「利息、紅利」。(4)功能：「水利」。(5)有益於：「利人利己」。(6)見利忘義。(7)尖銳的：「利牙利齒」。(8)巧言善辯的：「伶牙利齒」。(9)吉祥的：「吉利」。(10)姓。方便：「便利」。鋒利、銳利。

刪 ㄕㄢ 刀部 5畫
(1)削去、刪去，把不好的或無用的去掉。削改、刪改，同「刪」。

刨 ㄅㄠˊ 刀部 5畫
(1)鉋「刨」頭。(2)削成碎。

刨 ㄅㄠˊ 刀部 6畫
(1)挖掘：【刨土】。(2)除去：【刨除】。屑狀：【刨冰】。

刻 ㄎㄜˋ 刀部 6畫
(1)時間單位，十五分鐘為一刻。(2)時候：【刻不容緩】。(3)用刀在物體上雕鏤：【刻印】。(4)限定：【刻日起程】。(5)忍受：【刻苦耐勞】。(6)深入：【刻骨】深刻。

券 ㄑㄩㄢˋ 刀部 6畫
(1)可以作為憑據的票：【入場券、禮券】。(2)具有價值，可以買賣、轉讓、抵押的票據：【債券、優待券】。

刷 ㄕㄨㄚ 刀部 6畫
(1)去除汙垢的用具：【牙刷】。(2)清除：【洗刷】。(3)塗抹：【刷油漆】。(4)印製：【印刷】。(5)淘汰：【你在決賽中被刷下來了】。(6)形容聲音：【刷刷作響】。(7)選擇：【刷選】。(8)顏色白裡帶青：【臉色刷白】。同「唰」。

刺 ㄘˋ 刀部 6畫
(1)頭部細長尖銳的東西：【魚刺、玫瑰刺】。(2)用尖的東西插入或穿過物體：【刺繡】。(3)名片、名帖：【名刺、投刺】。(4)殺害：【刺殺】。(5)譏笑：【諷刺】。(6)暗中打聽：【刺探】。(7)多話的：【刺刺不休】。

到 ㄉㄠˋ 刀部 6畫
(1)至、抵達：【到家】。(2)往：【到學校去】。(3)得著：【到手】。(4)普遍：【到處】。(5)周密的：【周到】。(6)放在動詞後，表示結果：【見到、說到】。(7)姓。

刮 ㄍㄨㄚ 刀部 6畫
(1)用刀口平削或用鋒利的東西在物體上摩擦：【刮鬍子、刮痧】。(2)通「颳」，大風吹襲：【刮大風】。(3)擦：【刮目相看】。(4)用非法的手段榨取財物：【搜刮】。

制 ㄓˋ 刀部 6畫
(1)一定的法度、規範、法制：【制度、制】。(2)限制。(3)限定、規定。(4)擬定：【制定、規定】。(5)抗拒：【抵制】。(6)處罰：【制裁】。(7)姓。管束：【制約】。父母的喪事：【守制】。

剁 ㄉㄨㄛˋ 刀部 6畫
(1)用刀砍斷：【剁雞頭】。(2)用刀細細的切：【剁肉】。

剎 ㄔㄚ 刀部 7畫
(1)名山古剎：佛教的寺廟。(2)指很短的時間：【剎那】(ㄋㄚˋ)。

剃 ㄊㄧˋ 刀部 7畫
用刀削去毛、髮：【剃頭、剃髮】。

削 ㄒㄩㄝˋ 刀部 7畫
(1)割：【削足適履】。(2)剝。(3)減奪：【削奪、削職】。(4)減弱、革除：國勢日削。(5)清瘦的：【瘦削】。

削 ㄒㄧㄠ
語音。用刀斜刮：【削鉛筆、刀削麵】。

前 ㄑㄧㄢˊ ｜7畫｜刀部
(1)直向進行：【勇往直前】。
(2)與「後」相反，次序或位置在先的：【前面、前途、前程】。
(3)過去的、未來的：【前輩、前科】。
(4)過去的：
(5)上一任的：【前任】。

刺 ㄘˋ ｜7畫｜刀部
用刀把東西切斷或割開：【刺破、刺開】。

刺 ㄌㄚˊ
…的聲音：【嘩刺刺、潑刺】。
(1)違背常情、不合事理：【乖刺】。
(2)表示聲音：【魚跳刺】。

剋 ㄎㄜˋ ｜7畫｜刀部
(1)通「克」，勝：【剋服】。
(2)限定、約束：【剋期、剋日】。
(3)剋星、剋扣。
(4)私自削減：【剋己、公剋己】。

則 ㄗㄜˊ ｜7畫｜刀部
(1)榜樣、標準：【則】。
(2)法度、規章、規則：【法則、規則】。
(3)計算分項或自成段落文字的單位名詞：【一則新聞、一則日記】。
(4)效法：【則天】。
(5)乃是，表示肯定判斷：【此則…小事也】。
(6)就，表示肯定：
(7)卻、反而，表示轉折或對作（對比）：【欲速則不達】。
(8)做作，表示：
(9)做聲：【不則聲】、則甚（做什麼）。
姓。

剖 ㄆㄡ ｜8畫｜刀部
(1)從中間割開：【解剖】。
(2)分析、辨明：【剖析】。

剜 ㄨㄢ ｜8畫｜刀部
用刀挖：肉補瘡：【剜肉補瘡】。

剔 ㄊㄧ ｜8畫｜刀部
(1)把骨頭上的肉刮下來：【剔骨頭】。
(2)把縫隙中的東西挑出來：【剔牙】。
(3)把不好的東西除去：【剔除】。
(4)理除毛髮：【剔頭】。

剛 ㄍㄤ ｜8畫｜刀部
(1)「柔」的相反，堅強：【剛直、剛強】。
(2)恰巧，才：【剛巧、他剛走】。
(3)時間過去不久：【剛才】。
(4)姓。

剝 ㄅㄛ ｜8畫｜刀部
(1)除去物體的外皮：【剝皮】。
(2)脫落：【剝落】。
(3)榨取：【剝削、剝奪】。

剝 ㄅㄠ
剝落、剝去外衣。
通「駁」，指顏色或事物雜亂：【斑剝】。

剪 ㄐㄧㄢˇ ｜9畫｜刀部
(1)兩刀刃交叉而成，用來截斷物品的器具：【剪刀、火剪、剪子】。
(2)形容像剪刀的器具：【火剪】。
(3)用剪刀把東西截斷：【剪布、剪草】。
(4)打穿：【在車票上剪個洞】。
(5)除掉：【剪除】。
(6)兩手在背後交叉：【倒剪雙手】。

副 ㄈㄨˋ　刀部 9畫
(1)計算成套器物的單位名詞：一副耳環、名副其實、一副春聯。
(2)相稱、符合：名副其實。
(3)助理的、第二的：副業、副產品。副理、副手。
(4)附帶的：副……

剮 ㄨㄚˇ　刀部 9畫
(1)古代處死犯人的一種方法，用刀慢慢割犯人的肉，直到犯人死掉為止，又稱「凌遲」：剮刑。
(2)刮去骨頭上的肉：剮骨。
(3)碰到尖銳的物體而被割破：衣服被釘子剮破了。

割 ㄍㄜ　刀部 10畫
(1)用刀切開、切斷：割草、割肉。
(2)分開、畫分：割讓。
(3)放棄：割讓、割愛。
(4)宰殺：割雞焉用牛刀。

剴 ㄎㄞˇ　刀部 10畫
切實合理：剴切。

創 ㄔㄨㄤˋ　刀部 10畫
(1)出於自己的構想、不是模仿的：首創、創造。
(2)開始、首先造做的：創始。
(3)創作、創舉、創業。
(4)初有：初創。

創 ㄔㄨㄤ
(1)傷：創傷。
(2)通「瘡」，瘡疤。

剩 ㄕㄥˋ　刀部 10畫
(1)餘下：只剩下一百元、剩菜、剩餘。
(2)多餘的：我……

剿 ㄐㄧㄠˇ　刀部 11畫
用武力消滅：剿匪、剿滅、剿平。

剷 ㄔㄢˇ　刀部 11畫
削除、割除、剷除、剷平。

剽 ㄆㄧㄠ　刀部 11畫
(1)搶奪：剽掠。
(2)竊取：剽竊。
(3)動作輕快敏捷：剽悍。

劃 ㄏㄨㄚˋ　刀部 12畫
(1)通「畫」，設計：籌劃、劃分。
(2)通「畫」，分開、分界、規劃：劃款、劃歸。
(3)調撥、匯寄金錢：劃撥。
(4)一致的：劃一。

劃 ㄏㄨㄚˊ
(1)用利器割破東西：劃開。
(2)用物體在平面上擦過：劃火柴。

劇 ㄐㄩˋ　刀部 13畫
(1)戲：話劇、喜劇。
(2)強烈、猛的：劇毒、劇烈、劇寒。
(3)繁雜的：繁劇。
(4)姓。

劈 ㄆㄧ　刀部 13畫
(1)用刀、斧等用具把東西破開：劈柴、劈頭就打、劈腿。
(2)正對準、朝著：劈頭、劈面而來。
(3)拉開：劈開、劈腿。
(4)雷電擊：雷劈。
(5)用力把東西分開：劈下樹枝、一劈兩半。

劉 ㄌㄧㄡˊ 刀部 13畫
(1)古代像斧的兵器。(2)姓。

劍 ㄐㄧㄢˋ 刀部 13畫
古代兵器，短柄，兩邊有鋒利的刀刃，中間有脊。

劊 ㄎㄨㄞˋ 刀部 13畫
(1)斬斷：【斬劊】、劊子手。(2)單位名詞，計算中藥的

劑 ㄐㄧˋ 刀部 14畫
(1)計算中藥的單位名詞：【一劑中藥】。(2)經過配製而成的東西：【消毒劑】(3)調和：【調劑】。

力部

力 ㄌㄧˋ 力部 0畫
(1)改變物體運動狀態的作用：【電力】(2)人體筋肉運動所產生的作用：【臂力、腕力】(3)一切事物所具有的效能或作用：【藥力、彈力】(4)由腦中所產生的作用：【智力】(5)出賣勞力的人：【苦力】(6)權勢：【權力】(7)才能：【才力】(8)積極的、努力的：【力戰、力爭】(9)務必、一定：【力求精確】(10)姓。

加 ㄐㄧㄚ 力部 3畫
(1)算法的一種，符號為「+」，把兩個或兩個以上的數目或東西合併在一起計算總和：【加法】(2)增添、更、勝過：【更加】(3)給予、安放：【加冕】(4)穿戴：【加害、嚴加管教】(5)增加：【增加】

功 ㄍㄨㄥ 力部 3畫
(1)對國家、社會或人們有貢獻的事：【功業】(2)事業、成就、效果：【功效、大功告成】(3)成績、功勞：【功績】(4)課業：【功課】(5)本領：【用功】(6)勤奮努力：【功力】

劣 ㄌㄧㄝˋ 力部 4畫
不好的、極壞的：【劣等、惡劣】

劫 ㄐㄧㄝˊ 力部 5畫
(1)不幸的事件：【浩劫、劫數】(2)尊取他人的財物：【搶劫】(3)災難的：【浩劫、劫難】

助 ㄓㄨˋ 力部 5畫
(1)幫忙、幫助、輔佐：【幫助、輔助】(2)有益、輔助：【助益】

努 ㄋㄨˇ 力部 5畫
(1)書法直筆的筆法，豎為努(2)用力：【努力】(3)翹起：【努嘴】

劬 ㄑㄩˊ 力部 5畫
勞累、辛苦：【劬勞】

劭 ㄕㄠˋ 力部 5畫
美好、高尚：【年高德劭】

劾 ㄏㄜˊ 力部 6畫
揭發他人的不法行為：糾劾。

勇 ㄩㄥˇ 力部 7畫
(1)形容人力氣大或膽量大：大勇、勇士。(2)敢作敢當：勇於認錯。(3)全力以赴：勇往直前。

勉 ㄇㄧㄢˇ 力部 7畫
(1)力量不夠仍然盡力去做或強迫別人去做不容易做或不願意做的事：勉強。(2)盡力、努力：勉力。(3)勸導、鼓勵：勉勵。(4)姓。

勃 ㄅㄛˊ 力部 7畫
(1)旺盛的：朝氣蓬勃、興致勃勃。(2)突然：勃然大怒。

勁 ㄐㄧㄥˋ 力部 7畫
(1)力氣、用勁：(2)使勁。(3)精神、情緒：起勁、幹勁、帶勁。(4)表情、態度：傻勁、沒勁、親熱勁。(5)堅強的：勁敵、勁旅。(6)猛烈的：勁風。

勒 ㄌㄜˋ 力部 9畫
(1)書法中橫的筆畫：(2)刻上記號：勒碑。(3)收住韁繩使馬停止：懸崖勒馬。(4)制馬行動的繩子。套在馬頭上，用來控制韁繩使馬停止：(5)強迫：
ㄌㄟ：用繩索捆住或套住，再用力拉緊：勒死、勒緊。

務 ㄨˋ 力部 9畫
(1)事情：事務、公務。(2)事、從事：務農。(3)專心做事：務本、務實。(4)一定、必須：務必。

勘 ㄎㄢ 力部 9畫
(1)核對文字以訂正錯誤：勘誤。(2)察看、探測：勘驗、勘察。(3)審問：勘問。

動 ㄉㄨㄥˋ 力部 9畫
(1)行為、動作：行動、動作。(2)行為、改變位置：移動。(3)使用：動腦筋。(4)開動。

勖 ㄒㄩˋ 力部 9畫
(1)勉勵：勖勉。也可以寫作「勗」，勖勉，勉勵：

勞 ㄌㄠˊ 力部 10畫
(1)出力做事：勞動。(2)受雇於人，為人工作者：勞工、勞駕。(3)辛苦、疲倦：勞苦、勞累。(4)煩擾、打擾：勤苦做事：勞擾。(5)辛苦、疲倦：任勞任怨、勞苦功勞。(6)姓。慰問：慰勞、勞軍。

勝 ㄕㄥˋ 力部 10畫
(1)風景優美的地方：名勝地、勝地。(2)占優勢、(3)超過、打敗對方：勝過、略勝一籌。(4)優美的：勝利、戰勝。優美的：勝地。

力部　10～18畫　勝勛募勦勤勢勳勵勸勖

勺部　1～2畫　勺勻勾

勝 ㄕㄥ
（1）擔當得起：「勝任」。
（2）承受得了：「美不勝收」。
（3）窮盡：「不勝」。
（4）喜不自勝：「喜不自勝」。

勛 ㄒㄩㄣ　10畫　力部
（1）大的功績，同「勳」：「功勛」。
（2）姓。

募 ㄇㄨ　11畫　力部
多方面徵收財物或召集人員：「募捐」、「募兵」。

勦 ㄐㄧㄠ　11畫　力部
（1）討伐、消滅：「勦平」、「勦匪」。
（2）ㄔㄠˊ　抄襲：「勦襲」。

勤 ㄑㄧㄣˊ　11畫　力部
（1）職務，在一定的時間內規定的工作：「內勤」、「勤務」。
（2）盡力去做，不斷的做：「勤勞」。
（3）常常：「勤於打掃」。
（4）誠懇、周到：「殷勤」。
（5）姓。

勢 ㄕˋ　11畫　力部
（1）權力、威力：「權勢」、「勢力」、「仗勢欺人」。
（2）由某種事物的力量所激發的動向：「火勢」、「風勢」。
（3）動作的狀態：「手勢」、「姿勢」。
（4）形狀、狀況：「地勢」、「情勢」。
（5）機會、時機：「乘勢追擊」。

勳 ㄒㄩㄣ　14畫　力部
是「勛」字，同「勛」。

勵 ㄌㄧˋ　15畫　力部
（1）努力、奮勉：「勵行」、「勵志」。
（2）勉勵、鼓勵：「振作」。

勸 ㄑㄩㄢˋ　18畫　力部
（1）拿道理說服人，使人聽從：「勸告」、「規勸」。
（2）勉勵、獎勵：「勸勉」。

勖
鼓勵、勉勵：「勖勉」。
姓。

勺 ㄕㄠˊ　1畫　勺部
（1）盛液體的器具：「湯勺」、「勺子」。
（2）容量單位，一公勺等於百分之一公升。
（3）姓。

勺 ㄓㄨㄛˊ
古時的樂舞名，相傳是周公所作：「誦詩舞勺」。

勻 ㄩㄣˊ　2畫　勺部
（1）抽出一部分給別人：「勻出一點空位讓別人坐」。
（2）平均：「均勻」、「勻稱」。
（3）姓。

勾 ㄍㄡ　2畫　勺部
（1）彎曲的東西，同「鉤」：「魚勾」。
（2）書法上末筆向上趯（ㄊㄧ），稱作「勾」。
（3）引起：「勾起回憶」。
（4）引誘：「勾引」、「勾搭」。
（5）串通：「勾通」。
（6）描繪：「勾勒」、「一筆勾去」、把這篇文章的好句子勾起來。
（7）由筆畫出鉤形符號，表示刪除或值得注意的做記號。
（8）在湯汁中調和太白粉、麵粉等，使湯汁變濃：「勾芡」。
（9）姓。

勾 ㄍㄡ 4畫 勹部
(1)通「搆」，伸手探取：【勾不著】。(2)辦理：【勾當】。

勿 ㄨ 2畫 勹部
表示禁止或勸阻：【請勿動手】。

包 ㄅㄠ 3畫 勹部
(1)裝東西的器具：【書包、皮包】。(2)一種用麵粉做成的食物：【包子、麵包】。(3)計算包裝物的單位：【包餅乾、三包鹽】。(4)負責、保證：【包辦、包你滿意】。(5)將東西裹起來：【包水餃、包紮】。(6)容忍：【包涵】。(7)總括、含有：【包括、包抄】。(8)四面圍攻：【包圍】。(9)約定專用的：【包廂、包車】。(10)姓。

匈 ㄒㄩㄥ 4畫 勹部
(1)「胸」在古文中寫作「匈」。(2)嘈雜不安的，同「洶、訩」：【匈匈】。(3)中國古代的北方民族：【匈奴】。(4)國名：【匈牙利】。

匆 ㄘㄨㄥ 3畫 勹部
急忙的樣子：【匆忙】。

匍 ㄆㄨˊ 7畫 勹部
見「匐」字。

匐 ㄈㄨˊ 9畫 勹部
以手著地爬行前進：【匍匐前進】。

匏 ㄆㄠˊ 9畫 勹部
(1)葫蘆的一種，果實比葫蘆大，可食用。外殼晒乾後可做水瓢。(2)古代的八音之一，指用匏做成的樂器，如笙、笙之類。

匕部

匕 ㄅㄧˇ 0畫 匕部
(1)古人舀取食物的器具，像現代人用的湯匙。(2)箭頭。(3)短劍、勺子之類：【匕首】、【匕箸】。

化 ㄏㄨㄚˋ 2畫 匕部
(1)習俗：【風化】。(2)指各種禮樂制度：【文化】。(3)天地生成萬物：【化育】。(4)改變：【化名、變化】。(5)教導使向善：【教化、感化】。(6)融解：【雪化了】。(7)向人乞討：【化緣】。(8)燒掉：【火化】。(9)表示轉變成某種性質或狀態：【綠化、自動化】。
ㄏㄨㄚ
乞丐：【化子】。

北 ㄅㄟˇ 3畫 匕部
(1)方位名，和「南」相對：【北方、北極、北回歸線】。(2)敗走的敵人：【追亡逐北】。(3)打敗仗、敗走的：【敗北】。(4)在北的：【北上、北伐】。(5)向北：通「背」，違背：【北苗】。

匙 ㄔˊ 9畫 匕部
(1)舀取流質食物的器具，俗稱「調羹」：【湯匙】。(2)姓。

匕部　9畫　匙

匙 ㄕ
開鎖的器具：【鎖匙、鑰匙】。

匚部 匚 ㄈㄤ

匝 ㄗㄚ　匚部 3畫
(1)環繞一圈稱「一匝」：【城三匝】。(2)滿、遍：【柳蔭匝地】。

匡 ㄎㄨㄤ　匚部 4畫
(1)改正：【匡正】。(2)幫助、救助：【匡助】、【匡救】。(3)姓。

匠 ㄐㄧㄤˋ　匚部 4畫
(1)有專門技術的工人：【木匠、鐵匠】。(2)指專精於某種技藝，而且有特殊成就的人：【畫壇巨匠】。(3)靈巧的：【匠心獨運】。

匣 ㄒㄧㄚˊ　匚部 5畫
藏東西的小箱子：【匣子、木匣】。

匚部　3～12畫　匝匡匠匣匪匯匱

匪 ㄈㄟˇ　匚部 8畫
(1)搶奪別人財物的人：【土匪、盜匪】。(2)不，表示否定：【獲益匪淺、夙夜匪懈】。

匯 ㄏㄨㄟˋ　匚部 11畫
(1)兩條或兩條以上的河流會合在一起：【匯合】(2)在甲地的金融機構或郵局交寄金錢，而在乙地憑單領取的過程：【匯款】。

匱 ㄍㄨㄟˋ
通「櫃」：【金匱】。

匱 ㄎㄨㄟˋ　匚部 12畫
缺乏：【匱乏】。

匸部 匸 ㄒㄧ

匹 ㄆㄧ　匸部 2畫
計算馬的單位：【一匹馬】。

匸部　2～9畫　匹匿區匾

匹 ㄆㄧˇ　又 ㄆㄧ　匸部 2畫
(1)計算布的單位：【一匹布】(2)配合、相配：【匹配】。(3)比得上、相當：【匹敵】(4)單獨的：【匹夫之勇、單槍匹馬、匹夫有責】。

匿 ㄋㄧˋ　匸部 9畫
(1)隱藏、躲避：【匿名、逃匿】。(2)通「慝」，心裡藏著惡意：【邪匿】。

區 ㄑㄩ　匸部 9畫
(1)特定的地域範圍：【區域】(2)地方自治單位，在縣、市以下分若干區：【大安區、城中區】。(3)分別：【區別、區分】。(4)微薄的、小或少：【區區小錢】。

匾 ㄅㄧㄢˇ　匸部 9畫
(1)圓形淺邊的竹器：【竹匾、針線匾】。(2)姓。横掛在門頂或廳堂前，上面刻寫

匾 ㄅㄧㄢˇ ｜匸部 9畫
大字的木板：【匾額、牌匾、橫匾】。

十部

十 ㄕˊ ｜十部 0畫
(1)數目名，大寫是「拾」，阿拉伯數字寫作「10」。(2)完全的：【十足、十全十美】。

千 ㄑㄧㄢ ｜十部 1畫
(1)數目名，百的十倍，大寫是「仟」。(2)比喻多數：【千方百計、千山萬水】。(3)姓。

午 ㄨˇ ｜十部 2畫
(1)地支的第七位。(2)時辰名，指上午十一點到下午一點的時候：【午時】。(3)日正當中的時候：【中午】。

•ㄏㄨㄥˊ 正午：【晌午】。

升 ㄕㄥ ｜十部 2畫
(1)容量單位，一公升等於十分之一公斗。(2)向上移動：【升旗】。務提高：【升級】。(3)等級或職...

卅 ㄙㄚˋ ｜十部 2畫
數目名，三十的合寫。

半 ㄅㄢˋ ｜十部 3畫
(1)二分之一：【一半、半數】。(2)中間的：【半山腰、半途】。(3)部分、不完全的：【半生不熟】。(4)姓。

卉 ㄏㄨㄟˋ ｜十部 3畫
(1)各種草的總稱：【花卉】。(2)姓。

卒 ㄗㄨˊ ｜十部 6畫
(1)古代對士兵的稱呼：【士卒】。(2)供人差遣的人：【販夫走卒】。(3)通「畢」，完成：【卒業】。(4)死亡，同「死」：【暴卒、病卒】。(5)最後、終於：【卒能成功】。

ㄘㄨˋ 通「猝」，急忙：【卒死】。

協 ㄒㄧㄝˊ ｜十部 6畫
(1)共同合作：【同心協力】。(2)輔助：【協助】。(3)和睦、融洽：【協和】。

卓 ㄓㄨㄛˊ ｜十部 6畫
(1)高超、不凡的：【卓越、卓見】。(2)直立的樣子：【卓立】。(3)姓。

卑 ㄅㄟ ｜十部 6畫
(1)比較低的地方：【卑下】。(2)輕視、自卑。下等：【卑賤、卑鄙】。(3)低劣、看不起：【卑視、自卑】。

南 ㄋㄢˊ ｜十部 7畫
(1)方位名，和「北」相對，和坐北朝南。(2)南方的：【南腔北調】。(3)向南走：【南下】。(4)姓。

ㄋㄚˊ 梵語的譯音，有合掌、叩頭、歸向、敬禮的意思：【南無（ㄇㄛˊ）】。

博 ㄅㄛˊ

十部 10畫

(1)賭財物：【賭博】。(2)換取、收取：【博取】、【博君一笑】。(3)多、豐富：【博古通今】、【地大物博】。(4)見識深廣：【淵博】。(5)姓。

卜部 ㄅㄨˇ

卜 ㄅㄨˇ

卜部 0畫

(1)古人燒龜甲，從燒出的裂紋來推斷吉凶禍福的先知禍福：【占卜】。(2)預測：【未卜先知】。(3)選擇：【卜居】。(4)姓。

卞 ㄅㄧㄢˋ

卜部 2畫

(1)急躁的：【卞急】。(2)姓。

卡 ㄎㄚˇ

卜部 3畫

(1)硬紙片，指卡片、聖誕卡，card的音譯：【卡片】。(2)熱量單位「卡路里」的簡稱：【二百卡】。(3)一種兒童喜歡的動畫影片：【卡通】。(4)堵塞不

卡 ㄑㄧㄚˇ

夾東西的用具：【卡子】

(1)卡住、魚刺卡在喉嚨裡。(2)在重要的地方設兵防守或政府收稅的機關：【關卡】。(3)夾東西的用具：【卡子】。(4)夾在兩物之間：【卡在中間】。(5)在重要的地方設兵防守或政府收稅的機關：【關卡】。(6)夾在兩

占 ㄓㄢˋ

看兆象推斷吉凶：【占卜】

占 ㄓㄢ

卜部 3畫

(1)通「佔」，據有、侵占：【占有】。(2)口授；作詩文時，在腦海裡先構想好，再用口唸出來，請別人書寫：【口占】、【自占】。

卦 ㄍㄨㄚˋ

卜部 6畫

古代占卜吉凶用的符號，相傳是伏羲氏所創，基本卦形有八個，以「—」及「- -」相配而成，後來演變為六十四卦：【八卦】。

卯 ㄇㄠˇ

卩部 3畫

(1)地支的第四位，子、丑、寅、卯。(2)時辰名，指早晨五點到七點：。(3)古代官署辦公時間從卯時開始，所以點名稱作「點卯」，回答稱作「應卯」，登記名字的本子稱作「卯冊」。(4)姓。

卮 ㄓ

卩部 3畫

(1)盛酒的器具：【酒卮】。(2)支離的：【卮言】。

印 ㄧㄣˋ

卩部 4畫

(1)用木、石、牛角、金屬等刻鑄的圖記：【印章、官印】。(2)事物留下的痕跡：【腳印、印象】。(3)把文字或圖像印在紙上：【印刷】。(4)契合、符合：【心心相印】。(5)驗證：【印證】。(6)姓。

危 ㄨㄟˊ

卩部 4畫

(1)傷害、損害：【危害】。(2)險、不安全：【危險、轉危為安】。惡不安全：【危險、轉危為安】

(3)高而險的樣子：【危樓】(4)端正：【正襟危坐】(5)人將死：【病危、臨危】(6)姓。

即 ㄐㄧˊ
卩部 5畫
(1)登上：【即位】(2)靠近：【若即若離】(3)當時或當地：【即日啟程、即席演講】(4)立刻、就：【立即、一觸即發】(5)是、就是：【色即是空】(6)假定、就算是：【即使、即或】。

卵 ㄌㄨㄢˇ
卩部 5畫
(1)鳥類、魚類、蟲類所生的蛋：【蟲卵、卵子】(2)成熟的雌性生殖細胞：【卵】。(3)俗稱男性生殖器官的睪丸為「卵」。

卷 ㄐㄩㄢˋ
卩部 6畫
(1)公文、文件：【卷宗、文件】(2)書籍的通稱：【書卷、手卷】(3)可以捲起來的書畫：【開卷有益】(4)考試時命題或作答所用的紙：【試卷】(5)計算書籍的單位，古代書籍都寫在竹片上，因此用「卷」當計算單位：【行萬里路，讀萬卷書】。(6)書的分篇：【卷上】。

卷 ㄐㄩㄢˊ
(1)通「捲」，把東西收藏起來。(2)彎曲：【卷髮、卷曲】。

卸 ㄒㄧㄝˋ
卩部 6畫
(1)解除、推脫：【卸職、推卸】(2)放下、拆：【卸貨、卸下行李】(3)拆下：【卸零件】(4)除掉：【卸妝】(5)安頓：【卸解】。(6)解：【卸衣】。

卹 ㄒㄩˋ
卩部 6畫
(1)通「恤」，憂慮。(2)憐惜、照顧：【體卹、憐卹、卹金】(3)救濟：【撫卹、卹金】。

卻 ㄑㄩㄝˋ
卩部 7畫
(1)推辭、不接受：【推辭、推卻】(2)後退：【退卻】(3)反倒：【大家都到了，主人卻沒來了】(4)還、再：【卻說】(5)表示轉折的語氣，相當於「但」、「可是」：【文章雖短，卻有力】(6)放在動詞後面，表示完結：【忘卻、了卻】。

卿 ㄑㄧㄥ
卩部 8畫
(1)古代的高級官名，位在大夫之上：【卿相、公卿】(2)古代君主對臣子的美稱：【卿家】(3)現代某些國家的官名：【國務卿】(4)丈夫對妻子的稱呼：【愛卿】(5)形容男女間親愛相處：【卿卿我我】(6)姓。

厂部 ㄏㄢˇ

厄 ㄜˋ
厂部 2畫
(1)困苦、災難：【困苦、困厄、厄運】

厚 ㄏㄡˋ
厂部 7畫
(1)扁平物體的表面和底面的距離，就是體積的高度：【厚度】(2)與「薄」相反的高度：【厚棉被】(3)大的、多的、深的、重的：【厚禮、厚利】、濃的：【厚酒】、【厚重】(4)優待、重...

視：【優厚、厚待】。

原 ㄩㄢ 8畫 厂部
(1)廣大而平坦的地方：【平原】。
(2)未加工的物品：【原料、原油】。
(3)根本、因由：【原因】。
(4)寬恕、諒解：【原諒】。
(5)最早的、原始的：【原地、原班人馬】。
(6)本來的：【原人】。
(7)姓。
通「愿」，忠厚、老實：鄉原。

厝 ㄘㄨㄛ 8畫 厂部
(1)中國南方人稱家或屋子為「厝」。
(2)停放棺材，等待下葬：【暫厝】。
(3)安置：【厝身】。

厥 ㄐㄩㄝ 10畫 厂部
(1)暈倒：【昏厥】。
(2)他的、那個：【大放厥詞】。
(3)姓。

厭 一ㄢ 12畫 厂部
(1)通「饜」，滿足：【貪得無厭】。
(2)很不喜歡、憎惡：【厭世、討厭】，只有在「厭厭」一詞讀一ㄢ，安和愉快的樣子：【厭厭】。

厲 ㄌㄧˋ 13畫 厂部
(1)疾病、瘟疫：【厲疾】。
(2)磨得銳利的、粗暴的：【秣馬厲兵】。
(3)猛烈的：【厲鬼、雷厲風行】。
(4)嚴格的：【厲行節約】。
(5)態度嚴肅認真：【正言厲色】。
(6)姓。
通「癩」，痲瘋病。

厶部

去 ㄑㄩˋ 3畫 厶部
(1)古音中的第三聲，相當於現在注音符號的第四聲。
(2)走：【還不快去？】
(3)從這裡到那裡，往：【去學校】。
(4)距離：【相去不遠】。
(4)除掉：【去除】。
(5)失掉：【失掉】。
(6)離開：【去職】。
(7)送、發出：【去信】。
(8)已經過去的：【去年】。
(9)放在動詞的前面或後面，表示某種情況：【自己去想辦法、吃飯去了】。
(10)姓。

叁 ㄙㄢ 9畫 厶部
「三」的大寫，同「參」。

參 ㄘㄢ 11畫 厶部
(1)加入：【參加】。
(2)拜訪、進見：【參見】。
(3)查驗：【參考、參閱】。
(4)高出的：【參天】。
(5)彈劾：【參劾】。
ㄕㄣ
(1)通「蔘」，藥名：【人參】。
(2)星宿名：【參星】。
(3)人名：【曾參】。
ㄘㄣ
「三」的大寫，同「叁」。
ㄙㄢ
不整齊的：【參差不齊】。

43

又部

又 ㄧㄡˋ 又部 0畫

(1)再、重複：「反覆」、「看了他又來了」、「看了又看」。(2)表示加強或加重的語氣：「他又不是不知道，為什麼不說呢？」(3)更進一層：「他的病又加重了」。(4)表示幾種情形同時出現：「又快又好」。(5)表示動作或分數：「一又二分之一」。(6)整數外再附加的分數。(7)表示轉折：「有事要問你，現在又忘了」。(8)剛才：「他剛回家，現在又跑出去了」。某個範圍外還有補充：「除了薪水，又多了獎金」。

叉 ㄔㄚ 又部 1畫

(1)上端有分歧的器具：「叉魚、魚叉」。(2)刀叉。(3)交錯：「交叉」。(4)用叉子挑或刺。用手卡住人的脖子。(5)分歧的，把他推開：「叉路」、「叉出門去」。(6)阻塞、卡住：「骨頭叉在喉嚨裡」。(7)分開、張開：「叉腿、叉開雙手」。

友 ㄧㄡˇ 又部 2畫

(1)彼此有交情、情投意合的人：「朋友」。(2)交情：「友誼」。(3)親愛和睦的：「友邦」。(4)親善的：「友愛、兄友弟恭」。有友好關係的。

及 ㄐㄧˊ 又部 2畫

(1)達到：「普及」。(2)及，比得上：「不及他聰明」、「我不及他」。(3)趁著：「及時」。(4)趕上：「來得及」。(5)推廣、努力：「老吾老，以及人之老」。(6)推及。(7)關連。(8)繼續：「兄終弟及」、「及至末世」。(9)連接詞，有「和」、「跟」、「與」的意思：「書及筆」。(10)姓。

反 ㄈㄢˇ 又部 2畫

(1)背叛：「反叛」。(2)造反。(3)類推、推及：「舉一反三」。(3)不贊成、對抗：「反對、反抗」。(4)自我省察：「反省」。(5)扭轉：「反敗為勝」。違背：「相反、反常」。(6)。(7)與「正」相對，方向顛倒：「反面、反穿」。(8)回、還。了，相對。(9)連接詞，表示意外：「反攻、反射」。(10)古代注音的方法：「反切」。翻案：「平反冤獄」。(11)。(12)慎重的樣子：「反反」。子：「反反」。

取 ㄑㄩˇ 又部 6畫

(1)用手拿東西：「取書」。(2)取信。(3)占有、接受：「分文不取」。(4)採用、選中：「取材」。(5)求得、獲得：「取火」。(6)自找：「自取滅亡」。(7)在動詞後面，表示動作的進行：「錄取」、「聽取」。笑：「取笑」。

叔 ㄕㄨˊ 又部 6畫

(1)父親的弟弟：「叔叔」。(2)稱呼和父親同輩而年紀較小的男子：「張叔叔、小叔叔」。(3)婦女稱丈夫的弟弟：「小叔」。(4)兄弟中排行第三的：「伯、仲、叔」。

、叔、季】

(6)姓。

(5)衰弱不強的:【叔世、

受 ㄕㄡˋ 6畫 又部

(1)收取:【收受、受禮】(2)接遭到、得到:【遭受、受苦】(3)忍耐:【忍受、受不了】。

叛 ㄆㄢˋ 7畫 又部

背離、作戰:【眾叛親離、反叛】

叟 ㄙㄡˇ 8畫 又部

年老的男子,俗稱「老頭兒】無欺、老叟】。

曼 ㄇㄢˋ 9畫 又部

(1)延長:【曼妙】(4)長而且廣。(2)曼聲、曼歌】(3)美好的:【和的:【輕歌曼舞】

叡 ㄖㄨㄟˋ 14畫 又部

聰明通達,同「睿」:【叡智】。

叢 ㄘㄨㄥˊ 16畫 又部

(1)聚集在一起的許多人或物(2)聚集:【叢生、叢書、叢集】(3)人語叢集在一起的:【叢書、叢集】(4)混雜的:【草木叢生】(5)姓。

口部 ㄎㄡˇ

口 ㄎㄡˇ 0畫 口部

(1)人與動物用來飲食、發聲的器官,也稱「嘴」:【口】(2)出入通過的地方:【門口】(3)器物內部與外面相通的地方:【瓶口、槍口】(4)計算人物的單位:【一口井、八口人】(5)破裂的地方:【缺口、傷口】(6)刀剪的鋒刃:【刀口】。

可 ㄎㄜˇ 2畫 口部

(1)同意、允許:【可以】(2)能夠:【可愛、可憐】(3)能夠:口氣:【】(4)牢不可破(5)表示疑問:【你可知道?】(6)表示強調的語氣:【你可真狠】(7)但是:【可是】(8)姓。

ㄎㄜˋ 古代中國北方各民族對領袖的稱呼:【可汗】。適合:【可】

古 ㄍㄨˇ 2畫 口部

(1)距離現在久遠的時代:【古往今來】(2)過去的:【古板】(3)不合潮流的:【古人】(4)純樸敦厚的:【古】(5)典雅的:【古典】(6)古

右 ㄧㄡˋ 2畫 口部

(1)表示方向、位置,與「左」相對:【左右】(2)方位名,指西方:【右位】(3)靠右邊走;尊貴的上位:【右】(4)姓。

召 ㄓㄠˋ 2畫 口部

(1)呼喚:【召喚、召見】(2)引起:【召禍、召租】。

45

召
ㄕㄠˋ　2畫｜口部
(1)古地名：【召陵】(2)詩經十五國風之一：【召南】(3)姓。

叮
ㄉㄧㄥ　2畫｜口部
(1)蚊蟲咬：【叮咬】(2)吩咐：【叮嚀】、叮囑。(3)形容金玉撞擊的聲音：【叮叮噹噹】。

叩
ㄎㄡˋ　2畫｜口部
(1)敲、擊：【叩門】(2)請問、慰問：【叩問】、叩安。(3)牽馬：【叩馬】(4)跪著行禮，額頭碰到地上，表示最高敬意：【叩頭】、叩謝。

叨
ㄊㄠ　2畫｜口部
(1)受、承蒙：【叨光、叨教】(2)自謙的話：【叨陪末座】。

叨
ㄉㄠ　2畫｜口部
話多嚕囌的樣子：【嘮叨】。

叼
ㄉㄧㄠ　2畫｜口部
用嘴銜住：【叼著香菸】。

司
ㄙ　2畫｜口部
(1)古代的官吏或官署名稱：【司馬、布政司】(2)中央政府機關的組織單位：【教育部社會教育司】(3)經商的一種團體，資本由多人集合而成：【公司】(4)掌管：【司法、職司】(5)姓。

叵
ㄆㄛˇ　2畫｜口部
不可：【叵測】、叵信、居心叵測。

叫
ㄐㄧㄠˋ　2畫｜口部
(1)稱呼、命名：【你叫什麼名字？】(2)呼喊：【呼叫、叫囂】(3)鳥獸蟲類發出的聲音：【雞叫】(4)招喚：【叫他早點回家】(5)被、受：【叫人給打傷了】(6)交待：【真叫人生氣】(7)使、讓：【叫車】。

另
ㄌㄧㄥˋ　2畫｜口部
(1)別的、特別的：【另外】(2)分開、不混合在一起：【另行通知】。

只
ㄓˇ　2畫｜口部
(1)僅僅：【只一家】(2)儘：【只管去】

只
ㄓ
(3)通「隻」，量詞：【一只鞋】。

史
ㄕˇ　2畫｜口部
(1)記載過去事跡的書籍，正史、通史：【史記】(2)古代掌管文書記錄的官員：【太史、左史】(3)姓。

叱
ㄔˋ　2畫｜口部
(1)大聲責罵：【叱責、怒叱】(2)大聲呼喝。

台
ㄊㄞˊ　2畫｜口部
(1)對人的尊稱：【台端】(2)「臺」的簡寫，臺灣簡稱「臺」。(3)「臺」的簡寫，數量單位：【一台冰箱】。

台
ㄧˊ
(1)我，古代稱自己為「台」(2)通「怡」，喜悅(3)姓。

句 ㄐㄩ　口部 2畫
(1)由兩個以上的詞或短語連接，而能表達完整意思的，叫「句」。語句【文句】：(2)量詞，語文或詩詞一組叫「句」。

《ㄡ
(1)數學名詞，直角三角形中直角旁的短邊叫「句」(2)彎曲而末端銳利、向內的東西，同「勾」：【魚句】(3)通「勾」：【句踐】(4)姓。

叭 ㄅㄚ　口部 2畫
(1)形容聲音的字：【叭叭】(2)一種樂器：【喇叭】。

吉 ㄐㄧˊ　口部 3畫
(1)福、善，美好的：【逢凶化吉】(2)順利的：【吉日、吉利、吉祥】(3)吉林省的簡稱(4)姓。

吏 ㄌㄧˋ　口部 3畫
(1)辦理公務的官員：【官吏】(2)姓。

同 ㄊㄨㄥˊ　口部 3畫
(1)和平、安樂的境界：【世界大同】(2)聚集在一起：【同年、同姓】(3)一樣的：【同享】(4)在一起：【同我一起走呀？】(5)和、與：【你同我一起走呀？】(6)小巷子：【胡同】(7)姓。

吊 ㄉㄧㄠˋ　口部 3畫
(1)懸掛：【吊鐘】(2)提取：【吊案、吊卷】。

吐 ㄊㄨˇ　口部 3畫
(1)東西從嘴巴或夾縫裡長出或露出：【蠶吐絲、吐出新芽】(2)說出來或露出：【吐露】

ㄊㄨˋ
(1)東西從胃裡或肺裡嘔出：【嘔吐、吐血】(2)被迫退還侵占的東西：【把你騙來的錢吐出來】。

吁 ㄒㄩ　口部 3畫
(1)嘆息：【長吁短嘆】(2)表示疑懼的聲音：【吁！你在胡說些什麼呀？】(3)氣喘吁吁：(4)姓。

吋 ㄘㄨㄣˋ　口部 3畫
稱「英吋」的簡稱，英、美等國家的長度單位，一吋大約等於二‧五四公分。

各 ㄍㄜˋ　口部 3畫
(1)每個、各國分別的：【各地、各國】(2)各自：【各奔東西】。

《ㄜ
和「自己」的意思一樣，用在「你自己」、「他自己」上：【自各兒】。

向 ㄒㄧㄤˋ　口部 3畫
(1)方位、目標：【方向】(2)對著、對著風：【向前】(3)接近：【向晚】(4)偏袒：【向著他、偏向】(5)趨向、意向：(6)傾向於某一方面(7)從來、一直：【向來、一向】

47

姓。

名 ㄇㄧㄥˊ 口部 3畫
(1)稱呼：人名、地名、國名。(2)計算人數的單位：三名學生。(3)聲望：名望。(4)等第、第一：第一名。(5)官職的封號：功名。(6)說出：莫名其妙、無以名之。(7)大多數人都知道的：名人、名著、名畫。(8)貴重的：名山。(9)大的：名牌。

合 ㄏㄜˊ 口部 3畫
(1)配偶：作之合。(2)閉上：合眼。(3)聚集：集合、會合。(4)相符：合身、合意。(5)配：合婚。(6)折算：一公尺合一百公分。(7)全部的：合計。(8)環繞著：合抱、合圍。(9)應該：理合如此。《ㄍㄜˇ容量單位，一公合等於十分之一公升。

吃 ㄔ 口部 3畫
(1)用嘴嚼吞食物：吃飯。(2)遭受：吃虧、吃驚。(3)吃飽。(4)吸：吃重、吃不消。(5)船舶浸入水中：這艘船吃水很深。(6)下棋或玩牌時，奪取對方的棋子或牌：吃力。(7)耗費：墨吃油。(8)侵吞：這筆錢被他吃了。ㄐㄧˊ說話不流利而常帶有重疊音，也叫「結巴」。

后 ㄏㄡˋ 口部 3畫
(1)君主的妻子：皇后。(2)上古時代稱君主為「后」：夏后氏。(3)管理土地的神，俗稱「土地公」：土后土。(4)通「後」：后土。(5)姓。

吆 ㄧㄠ 口部 3畫
俗字寫作「吆」。吆喝：大聲喊叫：吆喝。

吒 ㄓㄚ 口部 3畫
(1)神話中的人名：哪吒。(2)通「咤」。

咨 ㄗ 口部 4畫
(1)小氣、捨不得：咨嗇、咨恨。(2)愛惜：咨惜。

吭 ㄏㄤˊ 口部 4畫
咽喉：引吭高歌。ㄎㄥ吭聲：出聲、作聲：吭氣、悶不吭聲。

吞 ㄊㄨㄣ 口部 4畫
(1)嚥下去：吞藥丸。(2)侵占、沒收：侵吞、吞沒。(3)想說話又不敢說：吞吞吐吐。(4)忍受：吞聲。(5)姓。

吾 ㄨˊ 口部 4畫
(1)我：吾人。(2)我的：吾國、吾土吾民。(3)說話含糊：支吾。(4)姓。

否 ㄈㄡˇ　口部　4畫
(1)不是、沒有：【是否】
(2)不同意、反對：【否決、否定】
(3)通「嗎」，表示疑問：【你知道否？】
(4)要不然，不這樣就：【否則】

否 ㄆㄧˇ
(1)易經卦名：【否卦】
(2)壞：【否極泰來】
(3)貶斥：【臧否】。

呎 ㄔˇ　口部　4畫
一呎等於十二吋，英美等國計算長度的單位，大約等於○‧三○四八公尺。

吧 ㄅㄚ　口部　4畫
(1)通「罷」，語尾助詞
(2)表示指示或指使：【快去吧！幫個忙吧！】
(3)表示商量或請求：【給我吧！】
(4)表示允許：【好吧！】
(5)表示推測：【他大概不來了吧！】
(6)表示懷疑：【該不會下雨吧！】
(7)表示停頓：【去吧，不好；不去吧，也不好】
(8)表示放棄：【唉，算了吧！不好吧！】
供人喝酒的場所，是英文 bar 的音譯字：【酒吧】。

呆 ㄞˊ　口部　4畫
(1)傻、愚蠢，同「獃」：【呆子、呆板、呆頭鵝】
(2)不靈活、死板：【發呆】。

呃 ㄜˋ　口部　4畫
(1)氣從心胸往上逆衝所發出的聲音：【打呃】
(2)雞叫聲。

吳 ㄨˊ　口部　4畫
(1)古代國名，三國之一，由孫權建立：【吳國】
(2)姓。

呈 ㄔㄥˊ　口部　4畫
(1)下級對上級的一種公文：【呈文】
(2)顯露：【呈現、呈露】
(3)恭敬的奉上：【呈上、呈閱】

呂 ㄌㄩˇ　口部　4畫
(1)古代校正樂器聲音的器具：【律呂】
(2)姓。

君 ㄐㄩㄣ　口部　4畫
(1)封建時代一國之王：【國君、君王】
(2)封號：【孟嘗君】
(3)妻子稱呼丈夫：【夫君、太君】
(4)從前尊稱他人的母親：
(5)對人的尊稱：【諸君】
(6)有才德的賢人：【君子】
(7)姓。

吩 ㄈㄣ　口部　4畫
交代別人做事：【吩咐】。

告 ㄍㄠˋ　口部　4畫
(1)對大眾宣示的公文，通「誥」：【布告、通告】
(2)訴訟的兩方當事人：【原告、被告】
(3)用話或文字說明，使別人知道：【告訴、報告】
(4)請求：【告假、告退】
(5)提出檢舉或控訴：【告狀、控告】
(6)宣布某件事情完成：【告一段落】
(7)姓。

告 《ㄨ

古時一種祭祀禮儀：【告朔】。

勸說：【忠告】。

吹 ㄔㄨㄟ 口部 4畫

(1)合攏嘴脣，用力將氣呼出來：【吹口哨】。
(2)空氣流動或推進：【風吹雨打】。
(3)宣傳提倡。
(4)說大話、自誇：【吹牛】。
(5)事情失敗：【這件事吹了】。

吻 ㄨㄣˇ 口部 4畫

(1)說話的語氣：【口吻】。
(2)口邊、脣邊。
(3)用嘴脣接觸，表達親愛的意思：【接吻、親吻】。

吸 ㄒㄧ 口部 4畫

(1)用口或鼻把液體或氣體引入體內：【吸氣】。
(2)招引：【吸引】。
(3)收取、引取：【吸收、吸取】。

吮 ㄕㄨㄣˇ 口部 4畫

用嘴吸取：【吮吸】。

吵 ㄔㄠˇ 口部 4畫

(1)用言語爭執：【吵架、吵嘴】。
(2)聲音嘈雜：【吵鬧】。

吶 ㄋㄚˋ 口部 4畫

(1)大聲喊叫：【吶喊】。
(2)通「訥」，說話遲鈍、困難、不流利：【吶吶】。

吠 ㄈㄟˋ 口部 4畫

狗叫：【狗吠】。雞鳴狗吠。

吼 ㄏㄡˇ 口部 4畫

(1)猛獸叫：【獅吼】。
(2)大聲喊叫或發出大的聲響：【大吼一聲、北風怒吼】。

呀 ㄧㄚ 口部 4畫

(1)形容聲音的語調：【門「呀」的一聲開了】。
(2)驚嘆詞：【哎呀！】

呀 ˙ㄧㄚ

表示驚訝或肯定，用在語尾：【是呀！】

呀 ㄒㄧㄚ

吃驚的樣子：【呀然】。

吱 ㄓ 口部 4畫

形容聲音的字，多指小鳥或老鼠的叫聲：【吱吱叫】。

含 ㄏㄢˊ 口部 4畫

(1)東西放在嘴裡，不嚥下去：【含著糖】。
(2)藏在裡面：【含淚】。
(3)包容：【包含】。
(4)帶著某種意思、感情，不完全表露出來：【含笑、含羞】。
(5)古禮把珠玉放在死人嘴裡，叫「含」，也寫作「琀」。

吟 ㄧㄣˊ 口部 4畫

(1)詩歌名：【遊子吟】。
(2)聲調拉長，聲音抑揚頓挫的誦讀：【吟詩】。
(3)動物鳴叫：【蟬吟】。
(4)因病發出痛苦的嘆息聲：【呻吟】。
(5)聲調拖長：【低吟】。

味 ㄨㄟˋ 口部 5畫

(1)舌頭嘗東西所得到的感覺：【甜味、苦味】。
(2)鼻子聞東西所得到的感覺。

：【香味、臭味】(3)量詞，食物或中藥一種叫「一味」：【一味】(4)內心的感受或體會、研究：【趣味】(5)意義：【禪味】(6)體會、研究：【意味、玩味】。

呵 ㄏㄜ　口部　5畫
(1)生氣時大聲責罵：【呵責】(2)吹、吐：【呵氣】(3)吹氣使手溫暖：【呵手】(4)形容大聲笑：【笑呵呵】(5)表示驚訝的口氣：【呵！你可來了！】表示驚嘆的助詞，用在句尾：【這麼多花呵！】

咖 ㄎㄚ　口部　5畫
(1)「咖啡」的譯音，是一種黑褐色的飲料(2)「咖哩」的譯音，是一種辛香的調味料，可用來提神。

呸 ㄆㄟ　口部　5畫
爭吵時表示憤怒或鄙視的唾罵聲：【呸，憑你也配！】。

咕 ㄍㄨ　口部　5畫
形容聲音的字：【咕嚕、咕咕的叫聲】。

咀 ㄐㄩ　口部　5畫
含英咀華：(1)用牙齒咬細並磨碎食物：【咀嚼】(2)經玩味而加以理解。

呻 ㄕㄣ　口部　5畫
身心痛苦時發出的聲音：【呻吟】。

呷 ㄒㄧㄚ　口部　5畫
(1)吸飲、小口的喝：【呷一口】(2)鴨子的叫聲：【呷呷叫】。

咄 ㄉㄨㄛ　口部　5畫
(1)呵斥聲：【咄叱】(2)嘆息聲：【咄咄】。

咒 ㄓㄡ　口部　5畫
(1)佛教經書文體的一種：【大悲咒】(2)宗教迷信或巫術中用來驅鬼、除邪、治病的口訣：符咒、念咒(3)用惡毒、不吉祥的話罵人或求神降禍給別人：【詛咒】(4)發誓的話：【賭咒】。

咆 ㄆㄠ　口部　5畫
(1)發怒而吼叫：【咆哮】

呼 ㄏㄨ　口部　5畫
(1)把氣從口中吐出(2)大聲喊叫：【呼喊】(3)叫、喚：【呼喚】(4)稱謂、稱呼：【稱呼】(5)招引、直呼其名：【歡呼】(6)形容聲音：【呼朋引伴、北風呼呼的吹】(7)文言文中表示嘆息的語氣詞：【嗚呼】

咐 ㄈㄨ　口部　5畫
交代人做事：【吩咐】。

呱 ㄍㄨ　口部　5畫
(1)嬰兒的啼哭聲：【呱呱大哭、呱呱墜地】(2)形容聲音的字：【呱呱叫】。

呶 ㄋㄠˊ 口部 5畫
(1)喧嚷：【大聲喧嘩】。
(2)說話不停的樣子：【呶呶不休】。

和 ㄏㄜˊ 口部 5畫
(1)兩個以上的數加起來的總數：【和數】。
(2)日本的別名：【大和民族】。
(3)相處得好：【和睦、和氣】。
(4)連帶：【和衣而睡】。
(5)溫暖的：【和風】。
(6)親愛、友好。
(7)日本的：【和服】。
(8)溫順、不猛烈：【和順】。
(9)不分勝敗：【和局】。
(10)調解：【和解、和談】。
(11)姓。
ㄏㄨㄛˋ　混合調配：【用水和麵】。
ㄏㄨㄛˊ　氣候溫暖：【暖和】。
ㄏㄜˋ　聲音或詩詞的韻腳相應：【唱和】。
ㄏㄨˊ　通「胡」，打麻將時，牌張已湊成一副而獲勝：【和】。

咚 ㄉㄨㄥ 口部 5畫
(1)重東西掉下來的撞擊聲：【咕咚】。
(2)打鼓的聲音：【咚咚】。

呢 ㄋㄧˊ 口部 5畫
(1)毛織品的一種：【呢絨】。
(2)燕子的叫聲：【呢喃】。
˙ㄋㄜ
(1)表示疑問的語氣：【怎麼辦呢？】。
(2)表示確定的語氣：【還早呢！】。

周 ㄓㄡ 口部 5畫
(1)古代朝代名：【周朝】。
(2)環繞外圍的地域：【四周】。
(3)環繞外圍一圈叫「一周」。
(4)通「週」，一星期叫「一周」，一年叫「周年」。
(5)滿一年叫「周年」。
(6)接濟：【周濟】。
(7)完備：【周密】。
(8)全、都：【周身、眾所周知】。
(9)姓。

咋 ㄗㄜˊ 口部 5畫
咬住：【咋舌】。

命 ㄇㄧㄥˋ 口部 5畫
(1)一生中註定的遭遇：【命運】。
(2)生物生存的機能：【生命】。
(3)上級對下級的指示：【命令】。
(4)命題。
(5)取定、指定：【命名】。
(6)擊中：【命中】。
(7)認為：【自命不凡】。

咎 ㄐㄧㄡˋ 口部 5畫
(1)過失、罪過：【引咎辭職】。
(2)災禍：【咎由自取】。
(3)歸罪、追究責任：【既往不咎】。

咔 ㄎㄚ 口部 5畫
(1)大鼓。(2)姓：【咔陶(ㄊㄠˊ)】。形容聲音的字：【咔嚓】、「咔」的一聲切斷。

咬 ㄧㄠˇ 口部 6畫
(1)用牙齒夾住東西，或切斷弄碎東西：【咬一口】。
(2)吃：【咬東西】。
(3)誣告：【反咬一口】。
(4)咬住、咬斷：【咬麵包】。

(4)讀出字的音：【咬字清楚】(5)說話堅定，不再改變：【一口咬定】。

咬 ㄧㄠ 口部 6畫

鳥叫聲：【咬咬】。

哀 ㄞ 口部 6畫

(1)悲痛憂傷的情緒：【哀傷】
(2)同情、憐惜：【哀憐】
(3)追念死人：【默哀、哀悼】
(4)苦苦的：【哀求】
(5)姓。

咨 ㄗ 口部 6畫

(1)公文的一種，僅限用於總統和立法、監察兩院的公文往返：【咨文】
(2)通「諮」，商量：【咨詢】
(3)嘆息的聲音：【咨嗟】

哎 ㄞ 口部 6畫

(1)嘆息聲，表示哀傷惋惜：【哎！真想不到】
(2)表示驚訝或不滿的語氣詞：【哎呀、哎喲】。

哉 ㄗㄞ 口部 6畫

(1)表示疑問：【何足道哉？】
(2)表示感嘆：【嗚呼哀哉！】

咸 ㄒㄧㄢˊ 口部 6畫

(1)全、都：【老少咸宜】
(2)易經卦名之一
(3)姓。

咦 ㄧˊ 口部 6畫

表示驚訝或疑問的感嘆詞：【咦！這是怎麼一回事？】。

咳 ㄎㄜˊ 口部 6畫

(1)氣管黏膜受到痰或氣體的刺激而振動發出聲音：【咳嗽】
(2)用力排出梗塞在喉嚨中的異物，同「喀」：【咳痰、咳出】

咳 ㄏㄞ

(1)表示感嘆或驚疑：【咳聲嘆氣、咳！這怎麼辦？】
(2)表示惋惜或後悔：【咳！完了！】
(3)小孩子笑。

哇 ㄨㄚ 口部 6畫

(1)小孩子學說話的聲音、啼哭聲：【哇哇】
(2)形容很好：【哇！好】

哇 ㄨㄚ˙

語尾助詞，表示驚嘆：【哇】

哂 ㄕㄣˇ 口部 6畫

(1)微笑：【哂笑】
(2)譏諷：【哂納】

咽 ㄧㄢ 口部 6畫

口腔的深處，通食道和氣管的地方：【咽喉】。

咽 ㄧㄢˋ

吞下：【狼吞虎咽】。

咽 ㄧㄝˋ

聲音堵塞：通「嚥」，【哽咽】

咪 ㄇㄧ 口部 6畫

(1)放在詞尾，形容輕小：【笑咪咪】
(2)形容貓叫的聲音：【咪咪叫】。

品 ㄆㄧㄣˇ 口部 6畫

(1)人的德行：【人品、品德】
(2)物類的總稱：【物品、商品】
(3)古代官

品 ㄆㄧㄣˇ　口部 6畫
…吏的等級：【三品、九品】。物的等級：【上品、下品】。(5)種類：【品種】。(6)細辨滋味：【品茗】。(7)評量：【品評】。(8)吹奏樂器：【品簫】。(9)姓。

哄 ㄏㄨㄥ　口部 6畫
(1)眾人同時發出聲音：【一哄而散、哄堂大笑】。
ㄏㄨㄥˇ
(1)欺騙：【你別哄我，我可不上當】。(2)安撫小孩，使他乖順：【哄小孩】。

哈 ㄏㄚ　口部 6畫
(1)張口呼氣：【哈氣】。(2)身稍微向下彎：【哈腰】。(3)形容大聲笑：【哈大笑、哈哈】。(4)表示得意或滿意：【哈哈！我猜到了】。
ㄏㄚˇ
(1)毛長而密的小狗：【哈巴狗】。(2)姓。
ㄎㄚ
毛織品：【哈喇】。

咯 ˙ㄌㄛ　口部 6畫
表示肯定或語氣結束，同「了」：【當然咯】。
ㄍㄜ
形容聲音的字：【咯咯叫】。
ㄍㄜˊ
通「嗝」：【打咯兒】。
ㄎㄚˇ
(1)吐，同「咳」：【咯出來】。(2)咳嗽吐血：【咯血】。

咫 ㄓˇ　口部 6畫
(1)周代一咫等於八寸。(2)比喻極近：【咫尺、咫尺天涯】。

咱 ㄗㄢˊ　口部 6畫
北方人稱「我」為「咱」，稱「我們」為「咱們」。古典小說中稱「我」為「咱家」。

咻 ㄒㄧㄡ　口部 6畫
(1)形容聲音的字：【咻的一聲】。(2)病人呻吟的聲音：【噢咻】。

咩 ㄇㄝ　口部 6畫
羊叫的聲音：【小羊咩咩的叫】。

咧 ㄌㄧㄝˇ　口部 6畫
(1)嘴角向兩邊張開：【咧著嘴笑、齜牙咧嘴】。
˙ㄌㄧㄝ
(2)形容嬰兒哭：【瞎咧咧】。(3)亂說。用在句尾，相當「哪」、「啦」。

哆 ㄉㄨㄛ　口部 6畫
(1)形容聲音的字。(2)因為寒冷或害怕，身體發抖的樣子：【冷得打哆嗦】。
ㄔˇ
張口：【哆著嘴】。

咿 ㄧ　口部 6畫
形容聲音的字：【咿唔、咿啞】。

咤 ㄓㄚˋ　口部 6畫
(1)發怒時吼叫：【叱咤】。(2)吃東西時嘴裡…

出聲…【咤咤】。

哨 ㄕㄠˋ　口部　7畫
(1)用嘴唇吹氣發出的尖銳聲音：【呼哨】。
(2)能發出尖銳聲音的器物：【哨子】(3)巡邏、警戒、防守的崗位：【崗哨】【巡哨】(4)軍隊佈崗巡察：【巡哨】。

唐 ㄊㄤˊ　口部　7畫
(1)中國朝代名：【唐朝】。(2)中國的代稱：【唐人街、唐裝】。(3)說話或做事誇大：【荒唐】。(4)衝突、牴觸：【唐突】。(5)虛、空：【唐捐】(6)姓。

唁 ㄧㄢˋ　口部　7畫
慰問死者的家屬：【弔唁】。

唷 ㄧㄛ　口部　7畫
(1)表示疑問：【唷，真的嗎？】(2)表示驚嘆或驚訝：【唷，這麼多！】(3)表示痛苦：【哎唷，痛死我了！】。

哼 ㄏㄥ　口部　7畫
(1)躺在床上哼個不停或不滿、不屑：【哼！有什麼了不起】(2)低聲唱歌：【哼一首歌】(3)呻吟：【他哼……

哥 ㄍㄜ　口部　7畫
(1)弟妹對兄長的稱呼：【哥哥】(2)對同輩男子的尊稱：【老哥、林大哥】(3)同輩親戚比自己年齡大的男子：【表哥、堂哥】。

哲 ㄓㄜˊ　口部　7畫
(1)有賢德、有智慧的人：【先哲、聖哲】(2)智慧高、明事理的：【明哲】(3)明智的：【哲理】(4)姓。

唆 ㄙㄨㄛ　口部　7畫
(1)誘使別人做壞事：【唆使】(2)教唆(3)多話的樣子：【囉唆】。

哺 ㄅㄨˇ　口部　7畫
(1)餵食、哺育：【哺乳、哺育】(2)哺，嘴裡咀嚼著食物：【吐哺】。

唔 ㄨˊ　口部　7畫
(1)讀書吟哦的聲音：【咿唔】(2)表示允許或同意：【唔！有道理】(3)表示驚訝：【唔！真有這回事？】。

哩 ㄌㄧ˙　口部　7畫
(1)說話不清楚：【哩囉】(2)語尾助詞，表示肯定：【我才不去哩！】
ㄌㄧˇ 「英里」的省略字，英美長度單位，一哩大約等於一六○九．三一公尺。

哭 ㄎㄨ　口部　7畫
因傷心或痛苦而流淚出聲：【痛哭流涕】

員 ㄩㄢˊ　口部　7畫
(1)計算人的單位詞：【兩員大將】(2)在學校、公司等機關團體中工作的人：【職員、教員】(3)團體中的一份子：【團員】(4)土地的面積：【幅員】。

員　ㄩㄣˊ　口部
(1)增加：員于爾輻。(2)人名：伍員（即伍子胥）。

唉　ㄞ　口部　7畫
(1)答應聲：唉！我聽到了。(2)表示感傷或嘆息聲：唉！好人不長壽。(3)表示無可奈何：唉！只有這樣了。

哮　ㄒㄧㄠˋ　口部　7畫
(1)一種支氣管的病，俗稱「氣喘」：咆哮。(2)野獸吼叫：咆哮。(3)高聲呼叫：喘哮。

哪　ㄋㄨㄛˊ／ㄋㄚˊ／ㄋㄚˇ　口部　7畫
神話裡的人物：哪吒。
語尾助詞：這件事還沒完哪！
如何、怎麼：哪能。
(1)疑問或質問的詞：哪裡？(2)通「那」。

哦　ㄛˊ／ㄛˋ　口部　7畫
吟詠、吟唱：吟哦。

唧　ㄐㄧ　口部　7畫
小聲的說話：唧唧咕咕。
水或噴水的裝置：唧筒。(3)吸
(1)細小的聲音：唧唧。(2)形容蟲叫聲或

哦　ㄛˋ
表示疑問或驚奇、領會：哦！原來是你！哦！是真的嗎？
哦！原來是你！

唇　ㄔㄨㄣˊ　口部　8畫
人或動物口邊的周圍，同「脣」：嘴唇。

商　ㄕㄤ　口部　8畫
(1)做生意的人：布商、書商。(2)中國古代的朝代名：商朝。(3)兩數相除後所得的數：八除以二的商是四。(4)古代五音之一：宮、商、角、徵、羽。(5)星座名：商星。(6)討論：洽商。(7)姓。

啪　ㄆㄚ　口部　8畫
形容打擊、撞落的聲音：「啪」的一聲，他被打了一記耳光。

啦　ㄌㄚ　口部　8畫
表示聲音的字：嘩啦。
是「了啊」二字的連音，表示語氣完結而帶有感嘆的助詞：好啦！走吧！

啄　ㄓㄨㄛˊ　口部　8畫
(1)鳥類用嘴取食物：啄食。(2)書法中的短撇。

啞　ㄧㄚˇ　口部　8畫
(1)聲帶有毛病，不能發聲：啞巴。(2)發聲困難或不清楚：啞鈴、啞劇。(3)無聲的：啞然失笑。(4)形容聲音的字：啞啞吐哀音。

啞　ㄧㄚ
形容聲音的字：啞啞吐哀音。

啡　ㄈㄟ　口部　8畫
(1)麻醉藥品，有止痛和催眠的效果：嗎啡。(2)飲料名：咖啡。

啃　ㄎㄣˇ　口部　8畫
(1)用力咬東西：【啃骨頭】
(2)用功讀書：【啃書本】。

啊　ㄚ　口部　8畫
嘆詞。
(1)表示驚訝：【啊！是你！】
(2)表示疑問或反問：【啊！難道是你做的？】
(3)表示忽然明白：【啊！我知道了！】
(4)表示意外：【啊！失火了！】

ㄚ　語尾助詞：【真不錯啊！】

唱　ㄔㄤˋ　口部　8畫
(1)口裡發出歌曲：【小唱】
(2)大聲念：【唱名】
(3)通稱詩歌詞曲：【唱】

啖　ㄉㄢˋ　口部　8畫
(1)吃：【大啖一頓】
(2)誘使別人聽從自己：【啖以私利】
(3)姓。

問　ㄨㄣˋ　口部　8畫
(1)向人請教，請人解答：【詢問】
(2)慰勞：【慰問、問候】
(3)審訊：【審問、問案】
(4)理睬：【不聞不問】
(5)責備：【責問、問罪】
(6)向……：【問他要】。

唯　ㄨㄟˊ　口部　8畫
(1)只、獨、單：【唯一】
(2)謙恭答應的詞：【唯唯諾諾】。

啕　ㄊㄠˊ　口部　8畫
放聲大哭：【嚎啕大哭】。

啤　ㄆㄧˊ　口部　8畫
「啤酒」是一種以大麥為原料釀成的酒。是英文beer的音譯字。

唸　ㄋㄧㄢˋ　口部　8畫
通「念」，出聲誦讀：【唸書、唸經、唸咒】。

售　ㄕㄡˋ　口部　8畫
(1)賣出：【售一空、銷售、售價】
(2)實行、成功：【詭計得售】。

啜　ㄔㄨㄛˋ　口部　8畫
(1)喝、吃、嚐：【啜茗、啜粥】
(2)哭泣時抽噎的樣子：【啜泣】

唬　ㄏㄨˇ　口部　8畫
虛張聲勢、誇大事實來威嚇別人或騙人：【嚇唬、你少唬我！】

啣　ㄒㄧㄢˊ　口部　8畫
(1)通「銜」，用嘴含著：【啣一根煙】
(2)存在心裡：【啣冤】

唳　ㄌㄧˋ　口部　8畫
鳥類高聲叫：【風聲鶴唳】。

啐　ㄘㄨㄟˋ　口部　8畫
(1)吐：【啐一口痰】
(2)感嘆詞，表示鄙棄：【啐！你是什麼東西？】

啁　ㄓㄡ　口部　8畫
(1)形容鳥叫的聲音：【啁啾】
(2)嘲笑：【啁謳】。

啥 ㄕㄚ　8畫　口部
什麼：【你說啥?有啥說啥】。

唾 ㄊㄨㄛˋ　9畫　口部
(1)由口腔所分泌的消化液，俗稱「口水」：【唾液腺所分泌的唾液】(2)吐口水：【唾面自乾、唾手可得】(3)輕視、看不起：【唾棄】。

啻 ㄔˋ　9畫　口部
僅、只、但：【不啻】。

喀 ㄎㄚ　9畫　口部
(1)人名或地名的譯音字：【喀什噶爾】(2)嘔吐：吐了一口痰。(3)東西折斷的聲音：【喀吧一聲，樹枝斷了】(4)嘔吐的聲音：【喀血】(5)表示聲音的字：【喀】。

喧 ㄒㄩㄢ　9畫　口部
(1)大聲說話：【喧嘩】(2)吵鬧的：【喧賓奪主】(3)聲音大的：【鑼鼓喧天】。

喪 ㄙㄤ　9畫　口部
(1)有關安葬死者的事：【喪亡】(2)死亡：【治喪】(3)姓。

喪 ㄙㄤˋ　9畫　口部
(1)失去：【喪失、喪膽】(2)意志消沉：【喪氣、喪命】。

喊 ㄏㄢˇ　9畫　口部
(1)大聲呼叫：【呼喊】(2)叫：【你去喊他來】。

喝 ㄏㄜ　9畫　口部
(1)喝水、喝稀飯、喝飲料或吸食液體飲料或流體食物：通「飲」，吸食液體食物：【喝水】。

喝 ㄏㄜˋ　9畫　口部
(1)大聲責備：【喝責】(2)發怒而大叫：【大喝一聲】(3)表示不滿或驚訝：通「呵」：【你可來了！】。

喘 ㄔㄨㄢˇ　9畫　口部
(1)氣息：【氣喘】(2)呼吸急促：【喘如牛】(3)吐：【喘一口氣】。

喂 ㄨㄟˋ　9畫　口部
(1)招呼人的聲音，用來引起對方注意：【喂！請等一下】(2)接聽電話時，聲調也變為第二聲，常說「喂」。

喜 ㄒㄧˇ　9畫　口部
(1)美好吉祥的事：【喜事】(2)稱婦人懷孕：【有喜、害喜】(3)愛好、高興：【歡喜、好大喜功】(4)快樂、高興(5)姓。

啼 ㄊㄧˊ　9畫　口部
(1)鳥獸鳴叫：【雞啼、猿啼】(2)出聲號哭：【啼哭、哀啼】。

喔 ㄨㄛ　9畫　口部
形容公雞叫的聲音：(1)感嘆詞，表示領悟、了解：【喔！原來如此】(2)感嘆詞，表示驚異：【喔！真漂亮！】

喲 ㄧㄠ　9畫　口部
(1)感嘆詞，表示驚異：【喲！那可】(2)語尾助詞，加強語氣：【那可】

喲 ㄧㄛ　【口部】9畫
不一定喲！）。

喇 ㄌㄚ　【口部】9畫
(1)一種吹奏的樂器：喇叭。(2)蒙古、西藏地區流行的宗教是「喇嘛教」，他們稱和尚為「喇嘛」。(3)表示聲音的字：嘩喇。

喋 ㄉㄧㄝ　【口部】9畫
(1)通「蹀」，踐踏：喋血。(2)話多的樣子：喋喋不休。

喃 ㄋㄢ　【口部】9畫
(1)聲音細小而不停：喃喃自語。(2)燕子的叫聲。

喳 ㄓㄚ　【口部】9畫
(1)鳥雀的叫聲：吱吱喳喳。(2)古代清朝奴隸恭敬的答應聲：喳！奴才立即去辦。(3)形容低聲說話。

單 ㄉㄢ　【口部】9畫
(1)記事或記數目的紙張、帳張：名單、帳單。(2)用一層布帛製成的衣物：床單。(3)獨個：單人床、單身。(4)不複雜的：單純、簡單。(5)孤獨的：孤單、單獨。(6)薄弱的：單薄。(7)只有一層的：單衣。(8)奇數的，和「雙」相對：單號、單數。(9)只、僅：單說不做。

ㄕㄢ　(1)縣名，在山東省(2)姓。

ㄔㄢˊ　匈奴的君主：單于。

喟 ㄎㄨㄟˋ　【口部】9畫
嘆氣：喟嘆、喟然而嘆。

喚 ㄏㄨㄢˋ　【口部】9畫
(1)大聲呼叫：呼喚。(2)對聲音注意或聽到聲音而過來，使對方注意。

喻 ㄩˋ　【口部】9畫
(1)比方，舉例。(2)告訴，說明：曉喻。(3)知道、明白：家喻戶曉。(4)姓。

喬 ㄑㄧㄠˊ　【口部】9畫
(1)高大的：喬木。(2)改變成不一樣：喬裝。(3)姓。

喱 ㄌㄧˊ　【口部】9畫
英美等國的重量單位，一喱等於○‧○六四八克，也稱「英釐」。

啾 ㄐㄧㄡ　【口部】9畫
形容細小的鳥、蟲等叫聲：啾啾、唧啾。

喉 ㄏㄡˊ　【口部】9畫
俗稱「喉嚨」。介於咽頭和氣管之間，是呼吸器官的一部分。主要功能是發出聲音、防止異物進入氣管。

喏 ㄖㄜˇ　【口部】9畫
宋元小說中把「作揖」叫「唱喏」。(1)回答人呼喚的詞語，同「諾」：喏喏連聲。(2)含有指示的感嘆詞：喏！你的傘在這兒。

喵 ㄇㄧㄠ　9畫　口部
貓叫的聲音：【小貓喵喵叫】。

嗟 ㄐㄧㄝ　10畫　口部
(1)感嘆詞：【嗟乎】。
(2)嘆息：【嗟嘆】。

嗇 ㄙㄜ　10畫　口部
小器，該用的財物也捨不得用：【吝嗇】。

嗓 ㄙㄤ　10畫　口部
說話的聲音。
(1)喉嚨：【嗓子喊啞了】。
(2)嗓音、嗓門：【嗓音、嗓門】。

嗦 ㄙㄨㄛ　10畫　口部
(1)用嘴吸吮或用舌頭舔長條形的東西：【嗦手指頭】。
(2)顫抖的：【哆嗦】。

嗎 ㄇㄚ　10畫　口部
(1)表示疑問：【你知道嗎？】。
(2)表示反問：【是這樣的嗎？】。
【嗎啡】：一種麻醉品，一般人吸食或注射都會上癮，毒害很大……

嗜 ㄕ　10畫　口部
(1)喜好：【嗜好】。
(2)過度愛好而沉迷：【嗜酒如命】。

嗑 ㄎㄜ　10畫　口部
(1)用牙齒咬裂堅硬的東西：【嗑瓜子】。
(2)閒談，話多的樣子：【嗑牙】。
(3)吸食毒品……
(4)吸食毒品……
笑聲：【嗑然而笑】。
ㄏㄜ
易經卦名：【噬嗑】。

嗣 ㄙ　10畫　口部
(1)子孫：【子嗣、後嗣】。
(2)繼承：【嗣位】。
(3)從此以後：【嗣後】。
(4)姓。

嗤 ㄔ　10畫　口部
(1)譏笑：【嗤笑】。
(2)形容笑的樣子或形容笑聲：【嗤的一聲笑出來】。
(3)嗤的一聲，把紙張破裂的聲音：【嗤的一聲，把簿子撕破了】。

嗯 ㄣ　10畫　口部
(1)表示答應：【嗯！我們可以走了】。
(2)表示疑問：【嗯！有這回事？】。
(3)表示出乎意料之外或不以為然：【嗯！你怎麼還不走？那怎麼行？】。

嗚 ㄨ　10畫　口部
嗚叫、小孩嗚嗚的哭著，感傷的嘆息聲：【嗚呼！】。
(1)哭泣：【嗚咽】。
(2)形容聲音。
(3)汽笛聲……

嗡 ㄨㄥ　10畫　口部
(1)昆蟲振動翅膀的聲音：【蜜蜂嗡嗡的叫】。
(2)飛機嗡嗡的飛行的聲音：【飛機嗡嗡的飛過天空】。穿梭在花叢裡。

嗅 ㄒㄧㄡ　10畫　口部
用鼻子辨別氣味：【嗅一嗅】。嗅覺、……

嗨 ㄏㄞ　10畫　口部
(1)表示親切的招呼聲：【嗨！好久不見！真可……】。
(2)表示悔恨的嘆詞：……

惜!】。

嗆 ㄑㄧㄤ　10畫　口部
(1)因飲食太急，使水或食物進入氣管而引起咳嗽：【嗆到了！】(2)氣味刺激鼻腔，引起不舒服的感覺：【嗆鼻子】

嗥 ㄏㄠ　10畫　口部
(1)野獸吼叫聲：【狼嗥】(2)號哭：【嗥號】叫。

嗝 ㄍㄜ　10畫　口部
因為噎氣或吃得太飽，食道裡的空氣向上升，經過喉嚨發出聲音：【打嗝】。

嗔 ㄔㄣ　10畫　口部
(1)生氣或對人不滿，怪罪：【嗔怪】(2)怒，嬌嗔。

嘛 ㄇㄚ　11畫　口部
什麼，表示疑問或請求的語氣：【你要幹嘛?】。

ㄇㄚ
的語氣：【喇嘛】(2)表示決定的語氣：【快點走嘛！】。

嗾 ㄙㄡ　11畫　口部
指使別人做壞事：【嗾使】。

嘀 ㄉㄧ　11畫　口部
私底下低聲說話：【嘀咕】。

嘗 ㄔㄤ　11畫　口部
(1)用口舌辨別滋味：【嘗一嘗】(2)經歷：【嘗試】(3)試驗：【未嘗】(4)曾經：【飽嘗世事】。

嘈 ㄘㄠ　11畫　口部
形容聲音繁雜：【人聲嘈雜】。

嗽 ㄙㄡ　11畫　口部
(1)見【咳嗽】(2)用口吸取：【嗽飲】。

嘔 ㄡˇ　11畫　口部
吐：【嘔吐、作嘔】。

ㄡ
通「謳」，唱歌：【歌謳】。

ㄡ
故意惹人生氣：【嘔氣、你別嘔我】。

嘆 ㄊㄢˋ　11畫　口部
(1)因愁悶、悲傷而發出長聲：【嘆氣、感嘆】(2)因讚美而發出長聲：【讚嘆、嘆為觀止】

嘉 ㄐㄧㄚ　11畫　口部
(1)稱讚、許可：【嘉許、嘉勉】(2)美好的：【嘉言、嘉賓】(3)姓。

嘍 ㄌㄡ　11畫　口部
(1)強盜手下的小兵：【嘍囉】(2)表示語氣完結：【起床嘍！】

嘎 ㄍㄚ　11畫　口部
(1)東西折斷的聲音：【嘎吱】(2)鳥鳴聲或笑聲：【嘎嘎】。

嗷 ㄠ　11畫　口部
(1)形容飢民的哀號聲：【嗷嗷】(2)形容動物呼號聲。

嘖 ㄗㄜˊ　11畫　口部
(1)爭辯，許多人搶著說：【嘖有煩言】
(2)讚美聲：【嘖嘖稱奇】。

嘟 ㄉㄨ　11畫　口部
(1)形容聲音的字：【汽車喇叭嘟嘟的響】
(2)自言自語。翹起嘴脣：【嘟著嘴】
(3)【嘟囔、嘟囔】

嘓 ㄍㄨㄛˊ　11畫　口部
【嘓嘓】形容吞嚥食物的聲音或形容蛙叫的聲音：

嗶 ㄅㄧˋ　11畫　口部
【嗶】音譯詞。指一種斜紋的薄毛織品：【嗶嘰】。

嘩 ㄏㄨㄚ　ㄏㄨㄚˊ　12畫　口部
通「譁」，吵鬧：【喧嘩】。
形容聲音的字：【雨嘩啦嘩啦的下】。

嘮 ㄌㄠˊ　12畫　口部
話多的樣子：【嘮叨】。

嘻 ㄒㄧ　12畫　口部
歡笑的樣子或聲音：【笑嘻嘻】

嘹 ㄌㄧㄠˊ　12畫　口部
形容聲音清亮：【嘹亮】

嘲 ㄔㄠˊ　12畫　口部
(1)用言語取笑別人：【嘲笑】(2)鳥叫的聲音：【嘲啾】

嘿 ㄏㄟ　12畫　口部
(1)表示招呼或引起注意：【嘿！走吧！】(2)表示得意：【嘿！我的球打得不錯吧！】(3)表示驚嘆：【嘿！這太棒了！】

噓 ㄒㄩ　12畫　口部　ㄏㄨ　通「默」。
(1)慢慢的吐氣：【噓一口氣】
(2)說人家的好話：【吹噓】、(3)嘆息：【唏噓、長噓短嘆】(4)問候：【噓寒問暖】(5)發出不滿、反對的聲音：【噓！小聲點兒】(6)警告人安靜的詞：【噓！全場觀眾都噓他下臺】(7)表示鄙斥、反對的聲音：【噓！滾出去！】

噎 ㄧㄝ　12畫　口部
食物阻塞在咽喉，透不過氣來：【慢慢吃，別噎著了！】

噗 ㄆㄨ　12畫　口部
形容短促的出氣聲或笑聲：【噗哧一聲，笑了出來】

噴 ㄆㄣ　12畫　口部
ㄆㄣ火
(1)液體或氣體猛然的往外射出：【噴水、噴火】
(2)香氣濃厚四散：【香氣噴鼻】
ㄆㄣˋ
‧ㄅㄣ
「噴噴（‧ㄅㄣ）」就是「噴(ㄆㄣˋ)噴」。

嘶 ㄙ 口部 12畫
(1)馬鳴叫：【人喊馬嘶】。(2)鳥蟲鳴叫：【蟬嘶、雁嘶】。(3)形容聲音沙啞：【聲嘶力竭】。

嘯 ㄒㄧㄠ 口部 12畫
(1)撮口作聲：【其嘯也歌】。(2)長鳴：【虎嘯猿吟】。

嘰 ㄐㄧ 口部 12畫
(1)一種斜紋的薄毛織品：【嗶嘰】(2)小聲說話：【嘰嘰咕咕、嘰哩咕嚕】。

噁 ㄜˇ 口部 12畫
【噁心】想吐的感覺。

噘 ㄐㄩㄝ 口部 12畫
【噘嘴】將嘴唇翹起來。

嘴 ㄗㄨㄟˇ 口部 13畫
(1)「口」的通稱，動物吃東西的器官：【奶嘴】(2)器具尖形或突出的地形：【壺嘴、嘴巴】(3)尖形而突出的地形：【山嘴、沙嘴】(4)形容愛說話：【多嘴、快嘴】。

噙 ㄑㄧㄣˊ 口部 13畫
含著：【噙著淚水】。

噫 ㄧ 口部 13畫
(1)吃飽後，胃裡的氣向上冒而發出的聲音。(2)表示悲痛或嘆息的聲音。

噹 ㄉㄤ 口部 13畫
形容金屬器物撞擊的聲音：【叮噹】。【噹噹兒】

噩 ㄜˋ 口部 13畫
(1)不吉祥而驚人的：【噩夢、噩耗】。(2)愚昧無知的樣子：【渾渾噩噩】。

噤 ㄐㄧㄣ 口部 13畫
(1)閉口不出聲：【噤口、噤聲】。(2)因受驚或受寒而使身體顫抖：【寒噤、噤戰】。

噸 ㄉㄨㄣ 口部 13畫
(1)英國的重量名，一噸約二二四〇磅，合一〇一六·〇四八公斤(2)美國的重量名，一噸約二〇〇〇磅，合九〇七·一八五八公斤(3)計算船隻載貨的容積單位，每四十立方英尺是一噸。

噪 ㄗㄠˋ 口部 13畫
(1)吵鬧：【鼓噪】(2)蟲鳥大聲鳴叫：【蟬噪】。

器 ㄑㄧˋ 口部 13畫
(1)用具的總稱：【器具、武器】(2)生物體的構成部分：【器官】(3)才能：【大器晚成】(4)才能、度量：【才器、器量】(5)任用：(6)姓。

噥 ㄋㄨㄥˊ 口部 13畫
【噥噥】(1)輕聲說話的樣子：【噥噥細語】(2)口中發出模糊的聲音：【嘟噥、唧唧噥噥】。

噱　ㄐㄩㄝˊ　13畫　口部
令人發笑的：【噱頭】。笑聲：【令人發噱】。

噯　ㄞˋ　13畫　口部
(1)表示否定的感嘆詞：【噯！你別胡說了！】(2)表示感傷或痛惜的感嘆詞：【噯！真可惜！】。

噬　ㄕˋ　13畫　口部
吞：【吞噬】。咬：【噬臍莫及】(比喻後悔莫及)。

噢　ㄩˋ　13畫　口部
(1)形容病人痛苦的呻吟聲：【噢咻】(2)表示已經明白的感嘆詞：【噢！原來如此！】。

噶　ㄍㄜˊ　13畫　口部
【噶爾丹】。(1)西藏人常用來表示聲音的字(2)譯音字：【噶】。

嚎　ㄏㄠˊ　14畫　口部
放聲大哭：【嚎啕大哭】、【鬼哭神嚎】。

嚀　ㄋㄧㄥˊ　14畫　口部
再三交代，重囑咐：【叮嚀】。

嚐　ㄔㄤˊ　14畫　口部
通「嘗」，用舌分辨味道：【嚐一嚐】。

嚅　ㄖㄨˊ　14畫　口部
想說卻又不說的樣子：【囁嚅】(或「嚅囁」)。

嚇　ㄒㄧㄚˋ　ㄏㄜˋ　14畫　口部
怕：【恐嚇、威嚇】。用嚴厲的話或暴力使人害怕：【嚇一跳】。

嚔　ㄊㄧˋ　14畫　口部
鼻子受到刺激猛然出氣而發聲：【打噴嚔】。

嚆　ㄏㄠ　14畫　口部
呼叫：【嚆矢】(會發出聲音的箭，比喻事物的開端)。

嚕　ㄌㄨ　15畫　口部
(1)形容話多的樣子：【嚕囌】(同「囉嗦」)(2)形容喝水的聲音：【咕嚕咕嚕】。

嚮　ㄒㄧㄤˇ　15畫　口部
(1)歸向：【嚮往】(2)引導、帶領：【嚮導】(3)接近：【嚮午】(4)假設：【嚮使】。

嚥　ㄧㄢˋ　16畫　口部
(1)把食物吞下去：【吞嚥】(2)指人瀕死氣絕：【嚥氣】。

嚨　ㄌㄨㄥˊ　16畫　口部
咽喉：【喉嚨】。

嚷　ㄖㄤˇ　17畫　口部
(1)大聲喊叫：【大嚷大叫】(2)吵鬧：【吵嚷】。

【嚷】
。

【嚶】ㄧㄥ 17畫 口部
形容鳥叫聲：【嚶鳴、嚶嚶】。

【嚴】ㄧㄢ 17畫 口部
(1)尊稱父親：【家嚴、先嚴】
(2)軍中一種為維護國家安全，於全國或特定區域施以兵力戒備，解嚴的：【戒嚴、解嚴】
(3)認真、不放鬆的：【嚴格】
(4)凜寒的：【嚴霜、嚴冬】
(5)緊密的：【嚴密】
(6)緊急的：【嚴重】
(7)酷烈的：【嚴刑峻法】
(8)姓。

【嚼】ㄐㄧㄠ 17畫 口部
(1)用牙齒咬碎食物：【咀嚼】
(2)話太多令人討厭：【嚼舌、你別聽他窮嚼】
(3)動物反芻：【反嚼、倒嚼】

【嚳】ㄎㄨ 17畫 口部
中國古代傳說中的帝王，是黃帝的曾孫，是【帝嚳】。

【囁】ㄋㄧㄝ 18畫 口部
想說話而又不敢說出來的樣子：【囁嚅】。

【囀】ㄓㄨㄢ 18畫 口部
(1)鳥鳴：【清囀、黃鶯巧囀】。

【囂】ㄒㄧㄠ 18畫 口部
(1)吵鬧，嘈雜：【叫囂、喧囂】
(2)放肆、猖狂：【氣焰囂張】。

【囈】ㄧ 19畫 口部
說夢話：【囈語、囈語】夢話：【囈語】。

【囊】ㄋㄤ 19畫 口部
(1)裝東西的袋子：【行囊、皮囊、香囊】
(2)像袋子的東西：【囊括】
(3)包括、包羅：【囊括】
(4)姓。

【囉】ㄌㄨㄛ 19畫 口部
(1)多話的樣子：【囉嗦】
ㄌㄨㄛ 強盜的部下：【嘍囉】。
ㄌㄨㄛ 語尾助詞：【好囉、夠囉、出發囉】。

【囌】ㄙㄨ 20畫 口部
多話的樣子：【嚕囌】。

【囑】ㄓㄨ 21畫 口部
(1)吩咐、託付：【囑咐、叮囑】
(2)臨死前所交代的話：【遺囑】。

口部 ㄨㄟ

【四】ㄙ 2畫 口部
(1)數目名，大寫是「肆」，阿拉伯數字寫作「4」
(2)第四：【四年級、四更天】
(3)姓。

【囚】ㄑㄧㄡ 2畫 口部
(1)因犯罪而被關在監獄裡的人：【死囚、罪囚、囚犯】
(2)拘禁：【囚禁】。

因 ㄧㄣ
□部
3畫

(1)事情的起源、事出有因】(2)依照、根據：【原因】【因人成事、因材施教】(3)沿襲：【因循苟且、陳陳相因】(4)由於某種緣故：【因小失大、因病請假，得到這個職位】(5)經由：【我因他的引荐，得到這個職位】。

回 ㄏㄨㄟˊ
□部
3畫

(1)事情或動作的次數：【來過三回】(2)我說書的段落、小說的章節：【紅樓夢第二十六回】(3)宗教名：【回教】(4)種族名：【回族】(5)答覆：【回覆】(6)掉轉來：【回頭】(7)從別的地方歸來：【回家，一去不回】(8)對抗、還擊：【回手】(9)謝絕、退掉：【回絕】(10)通「迴」，曲折環繞：【回旋、回廊】。

囟 ㄒㄧㄣˋ
□部
3畫

嬰兒頭頂上，靠近前額有一處尚未密合而會跳動的腦蓋，也稱「囟門」、

囱 ㄘㄨㄥ
□部
4畫

「囪窩」，俗稱「性命塘」，爐灶上方出煙的通道：【煙囪】。

囵 ㄌㄨㄣˊ
□部
4畫

「囫」的古字。

困 ㄎㄨㄣˋ
□部
4畫

(1)包圍住：【把敵人困在城裡】(2)受環境或其他因素的限制，而陷在痛苦艱難中，為病所困：【困馬乏】(3)窮苦、缺乏：【貧困、窮困】(4)疲倦：【困倦】(5)艱難的：【困境、艱難】(6)被這個問題困住了：【困人】。

囤 ㄊㄨㄣˊ
□部
4畫

用竹蔑、荊條等編成，用來儲存米糧的小糧倉：【米囤、糧囤】。

囫 ㄏㄨˊ
□部
4畫

儲存、積聚：【囤貨、囤積】。整個的、完整的：【囫圇】。

固 ㄍㄨˋ
□部
5畫

(1)守持：【子守窮】(2)凝結：【凝固、穩固】(3)不知變通的：【頑固】(4)結實、堅牢靠：【堅固、穩固】(5)堅定、堅持：【擇善固執、固守陣地】(6)本來、本有：【固有】(7)堅硬、不變動：【固體、固定】(8)姓。

囹 ㄌㄧㄥˊ
□部
5畫

古代把監獄稱作「囹圄」或「囹圉」：【身陷囹圄】。

囿 ㄧㄡˋ
□部
6畫

(1)指飼養動物的園子：【鹿囿】(2)拘泥、局限：【囿於成見】。

圃 ㄆㄨˇ
□部
7畫

(1)種植蔬菜、瓜果、花草的地方：【花圃、菜圃、園圃】(2)場所：【學圃】(3)從事園藝工作的人：【老圃】。

圄 ㄩˇ
□部
7畫

監獄：【囹圄】。

66

圈 ㄑㄩㄢ 8畫 口部
(1)指外圓中空的東西：【花圈、橡皮圈、電影圈】。
(2)一定的地區、範圍：【文化圈】。
(3)量詞，一周為「一圈」：【慢跑一圈】。
(4)關住：把這塊地圈出重圍起來的地方。
(5)圍住：【把鴨圈起來】。
(6)用筆畫圓圈起來：【城圈兒、墳圈子】。
(7)四周有東西圍擋起來的地

ㄐㄩㄢˋ
飼養牲畜的柵欄：【豬圈】。

國 ㄍㄨㄛˊ 8畫 口部
(1)具有土地、人民、主權的政治團體：【民主共和國】。
(2)古代諸侯的封地：【侯國】。
(3)代表國家的：【國旗、國花】。
(4)本國的：【國貨、國產】。
(5)超出一般人之上的：【國色天香】。
(6)姓。

圇 ㄌㄨㄣˊ 8畫 口部
整個的、完整的：【囫圇】。

圍 ㄨㄟˊ 9畫 口部
(1)兩手合抱起來的長度：【樹粗八圍】。
(2)在四周擺列的圈子：【突圍而出】。
(3)環繞：【包圍、圍攻】。
(4)四周：【周圍、外圍】。

園 ㄩㄢˊ 10畫 口部
(1)種植蔬菜、花卉、瓜果的地方：【花園、菜園、果園】。
(2)供人休息遊覽的地方：【公園】。
(3)姓。

圓 ㄩㄢˊ 10畫 口部
(1)從中心到周圍每一點的距離都相等的環形：【圓形】。
(2)貨幣的單位，作「元」：【銀圓】。
(3)貨幣的名稱，也指圓形的：【拾圓】。
(4)補足不周全的地方：【自圓其說、圓謊】。
(5)完滿、周全：【圓滿】。
(6)形容聲音宛轉悅耳：【字正腔圓】。
(7)說話做事很周到，善於應付：【圓滑、圓通】。
(8)姓。

團 ㄊㄨㄢˊ 11畫 口部
(1)聚集成球狀的東西：【花團、紙團、棉團】。
(2)在一起工作或活動的一群人：【旅行團、代表團】。
(3)陸軍的編制，旅下為團，團下為營：【兵團】。
(4)計算圓形東西的單位：【一團毛線】。
(5)結合、聯合在一起：【團結】。
(6)圓形的：【團扇】。

圖 ㄊㄨˊ 11畫 口部
(1)表現出各種形狀、色彩的畫面：【地圖、插圖、圖畫】。
(2)計、打算：【企圖、宏圖】。
(3)謀求、策劃：【圖謀不軌、不圖名利】。

土部

土 ㄊㄨˇ 0畫 土部
(1)地面泥沙等混合物：【土壤】。
(2)疆域：【國土】。
(3)家鄉：【故土】。
(4)五

行之一：【金、木、水、火、土】。
(5)星球名：【土星】。
(6)本地的：【土產】。
(7)不合潮流的：【土裡土氣】。
(8)未開化的：【土人、土著】。
(9)姓。

圳 ㄓㄣˋ 土部 3畫
田間的水道，福建一帶稱灌溉水渠為「圳」。地名：【嘉南大圳、深圳（位於廣東省）】。

地 ㄉㄧˋ 土部 3畫
(1)人類萬物賴以棲息生長的場所：【大地】。
(2)土壤、耕地：【農地】。
(3)所處的位置或環境：【境地】。
(4)區域：【本地、地區】。
(5)見地、心地，意志所在：【見地、心地】。
(6)品質：【紅地白花的布】。
(7)質地、底子：【質地】。
(8)副詞語尾，有「忽然」的意思：【忽地、驀地】。

ㄉㄜ˙ 副詞語尾，就是「的樣子」：【慢慢地、悄悄地】。

在 ㄗㄞˋ 土部 3畫
(1)保存、生存、生活：【健在、留得青山在】。
(2)居住：【在鄉、在野】。
(3)依靠：【謀事在人、事在人為】。
(4)表示動作正在進行：【我在寫功課】。
(5)表示人或事物的位置：【我在公司裡】。
(6)表示事情的時間、地點、範圍：【在白天工作、在圖書館看書】。

圭 ㄍㄨㄟ 土部 3畫
(1)上尖下方的玉器。
(2)古代測量日影以定時間的器具：【圭臬】。

圬 ㄨ 土部 3畫
(1)塗抹泥灰的工具：【圬鏝】。
(2)塗刷牆壁。

圯 ㄧˊ 土部 3畫
橋：【圯上老人（就是古代在圯橋上給張良兵書的黃石公）】。

坊 ㄈㄤ 土部 4畫
(1)里巷：【街坊】。
(2)工作的地方：【染坊、磨坊】。
(3)古代為了表揚功德、名節及現代為了慶典所搭建的臨時建築物：【牌坊】。
(4)店鋪：【茶坊】。
(5)姓。
ㄈㄤˊ 通「防」，沿河或沿海修築的防水建築物：【堤坊】。

坑 ㄎㄥ 土部 4畫
(1)地面深陷的地方：【水坑】。俗稱廁所：【毛坑】。
(2)地道、坑道：【坑道】。
(3)活埋：【焚書坑儒】。
(4)陷害：【坑人、坑騙】。

址 ㄓˇ 土部 4畫
(1)地基：【地址、遺址】。
(2)處所：【地點、地址】。

坍 ㄊㄢ 土部 4畫
(1)土石崩落：【坍方】。
(2)建築物或高大的東西崩壞倒塌：【坍塌】。

均 ㄐㄩㄣ　土部　4畫
(1)等分不同數量的東西：把蘋果均分一下。
(2)相等、一致：力均勢敵。
(3)全、都：均可、均是。
(4)通「韻」。

坎 ㄎㄢ　土部　4畫
(1)地面低陷的地方。
(2)易經八卦之一，代表「水」，卦形是「☵」。
(3)姓。

圾 ㄙㄜ　土部　4畫
圾：廢棄物：垃圾。

坐 ㄗㄨㄛ　土部　4畫
(1)所在地：坐落。
(2)把臀部放在物體上：坐下。
(3)建築物背對的方向：坐北朝南。
(4)搭乘：坐車。
(5)觸犯法令而被判刑：坐法自斃。
(6)駐守某地：坐鎮。
(7)白白的、不費力氣的：坐享其成。

坏 ㄆㄟ　土部　4畫
(1)通「坯」，未經燒過的磚瓦陶器：一坏土。
(2)低的土堆：坏牆。
(3)用泥土填補空隙：坏牆壁。
(4)牆壁。

垃 ㄌㄜ　土部　5畫
垃：廢棄物：垃圾。

坷 ㄎㄜ　土部　5畫
(1)坎坷：形容地勢不平或人遭受挫折：坎坷。
(2)

坪 ㄆㄧㄥ　土部　5畫
(1)平坦的地方。
(2)地面積的單位名稱，一坪約合三‧三○五七平方公尺，臺灣測量土地面積的單位名稱，一坪等於六臺尺見方。
(3)日本測量土地面積的單位名稱。

坩 ㄍㄢ　土部　5畫
盛物的土器：坩堝（熔化玻璃或金屬的器具，用陶土燒成）。

坡 ㄆㄛ　土部　5畫
傾斜的地面：山坡、土坡。

坦 ㄊㄢ　土部　5畫
(1)寬而平：平坦。
(2)心地光明，沒有私念：坦白、坦蕩。

坤 ㄎㄨㄣ　土部　5畫
(1)易經八卦之一，代表「地」，卦形是「☷」。
(2)指婚姻中的女方：坤宅。
(3)柔順的：坤順。

坼 ㄔㄜ　土部　5畫
(1)破裂：地坼。
(2)分開：坼書。

坨 ㄊㄨㄛ　土部　5畫
圓形的塊狀物：秤坨。

坳 ㄠ　土部　5畫
低窪的地方：山坳。

垂 ㄔㄨㄟ　土部　6畫
(1)從上面直掛下來或掉落下來：垂簾。

垂涙、垂涎。(2)流傳：~名垂千古、永垂不朽。(3)將要：~垂老、垂死。(4)上級對下級或長輩對晚輩表示關懷：~垂念、垂愛、垂憐。(5)通「陲」，邊界。

型 ㄒㄧㄥˊ 土部 6畫
(1)製造器物所用的模子：~法式、血型。(2)樣式、種類：~模型、典型、體型、髮型。

垠 ㄧㄣˊ 土部 6畫
(1)界限、邊際，一望無垠。(2)水涯、河邊：~垠際。(3)姓。

垣 ㄩㄢˊ 土部 6畫
(1)低矮的牆：~城垣、短垣、斷垣殘壁。(2)城：~省垣（省城、省會）。(3)姓。

垢 ㄍㄡˋ 土部 6畫
(1)灰塵、油汙等髒物：~含垢忍辱、汙垢。(2)塵…通「詬」，恥辱：~垢辱、垢衣、蓬頭垢面。(3)骯髒的。

城 ㄔㄥˊ 土部 6畫
(1)古代圍繞一個地方的大圍牆，用來防守敵人：~城牆、萬里長城。(2)都市、範圍大、人口多，成為政治、經濟、文化中心的地方：~城市、京城。(3)姓。

垮 ㄎㄨㄚˇ 土部 6畫
(1)坍塌、倒下：~房子垮了、洪水沖垮河堤了。(2)輸、失敗：~敵人被打垮了、垮臺。

垓 ㄍㄞ 土部 6畫
(1)界限(2)荒遠的地方：~垓極、八荒九垓。(3)地名：~垓下。

垛 ㄉㄨㄛˇ 土部 6畫
(1)牆壁兩側或上面外突的部分：~城垛、門垛。(2)箭靶：~箭垛。
ㄉㄨㄛ (1)成堆的東西：~土垛、麥垛。(2)堆疊：~垛磚塊。

埋 ㄇㄞˊ 土部 7畫
(1)把人或動物的屍體葬入土中：~埋葬。(2)掩蓋住，不顯露出來：~埋伏、埋藏。(3)隱藏：~隱姓埋名。(4)有本事而沒有人知道：~埋沒。
ㄇㄢˊ 抱怨，說出怨天尤人的話：~埋怨。

埃 ㄞ 土部 7畫
(1)細微的塵土：~塵埃、土埃。

埂 ㄍㄥˇ 土部 7畫
(1)田邊高起的土堤或小路：~田埂。(2)用泥土築成的堤防：~堤埂。

埔 ㄅㄨˋ 土部 7畫
廣東、福建一帶稱河邊的沙洲為「埔」。閩南語稱庭院為「埔」。

埕 ㄔㄥˊ 土部 7畫
(1)閩南語稱庭院為「埕」：~稻埕（曬穀場）。(2)沿海養殖蟶類的田地：~鹽埕。

域 ㄩˋ

土部 8畫

（1）一定範圍內的地方：【區域】。（2）邦國：【域外、域中】。

堅 ㄐㄧㄢ

土部 8畫

（1）指盔甲之類的東西：【披甲、堅銳】。（2）敵兵強盛處：【攻堅】。（3）安定、牢固的：【堅果、堅實】。（4）結實、硬的：【中堅、堅硬】。（5）事的重心：【堅持】。（6）人或事的重心：【堅持】。（7）不動搖：【堅持】。

（8）盡力：【堅定、堅毅】。（9）姓。

兵強盛處：【堅其心】。確信：【堅信】。力：【堅持】。

塈 ㄒㄧˋ

土部 8畫

（1）白色的土：【塈粉】。（2）用堊壁。（3）不加塗飾的：【堊室】。

堆 ㄉㄨㄟ

土部 8畫

（1）積聚在一起：【土堆、雪堆】。（2）計算積聚物的量詞：【一堆土、三堆石頭】。（3）累積、聚集：積。

埠 ㄅㄨˋ

土部 8畫

（1）船隻停泊的地方：【港埠】。（2）通商有碼頭的城鎮：【商埠、外埠、埠口】。（3）通商的口岸：【外埠】。

埤 ㄆㄧˊ

土部 8畫

低窪潮溼的地方：【埤埨、埤益】。（1）低牆：【埤堄】。（2）增加：【埤益】。

埤 ㄆㄧˋ

低矮。

基 ㄐㄧ

土部 8畫

（1）建築物的底部：【地基、牆基】。（2）根本：【基本的：【基層】。（5）根本的：【基此理由】。（4）依據：【登基】。（6）姓。

根基、邦家之基：【基帝位：根本的：】。

堂 ㄊㄤˊ

土部 8畫

（1）正房大廳：【廳堂、堂屋】。（2）用來作某種用途的大房間：【公堂、食堂、禮堂】。（3）法庭：【一堂】。（4）量詞，課一節叫「一堂」。（5）尊稱別人的母親：【令堂】。（6）同祖父的親屬：【堂兄弟】。（7）盛大的：【堂皇】。

堵 ㄉㄨˇ

土部 8畫

（1）牆：【堵牆】。（2）計算牆的單位：【一堵牆】。（3）擋住、塞住水名：【堵水（在湖北省境內）】。（4）阻塞、堵塞：【堵住、堵塞】。（5）姓。

錢的別稱：【阿堵物】。

執 ㄓˊ

土部 8畫

（1）朋友、至交：【友執、至交】。（2）憑證：【執照】。（3）持、拿著：【執筆】。（4）掌管治理：【執政】。（5）捕捉、拘捕：【捉拿捕：】。（6）捉住、拘住：【固執、執拗】。（7）施行：【執行】。（8）頑固不知變通：【固執、執拗】。（9）姓。

堅持：【各執一詞】。

培 ㄆㄟˊ

土部 8畫

（1）在植物、堤岸等的根基上堆土：【培土：【培岸、培堤】。（2）栽種、養育：【栽培、培育、培植】。

坌 ㄅㄣˋ

土部 9畫

小土山：【培塿】。

堯 ㄧㄠˊ

土部 9畫

(1)中國傳說中上古時代的君王：【唐堯】。

(2)姓。

堪 ㄎㄢ

土部 9畫

(1)忍受：【難堪】、痛苦不堪。(2)可以、能夠：【堪稱美人】、不堪設想。

(3)姓。

堰 ㄧㄢˋ

土部 9畫

防水的土堤：【堰塞】。

堤 ㄊㄧˊ

土部 9畫

河邊防水的土石建築物：【堤防】、堤岸。

場 ㄔㄤˊ

土部 9畫

(1)寬廣平坦的空地：【商場】、操場、試場、廣場、辦。(2)事或聚會的地方：【會場】。(3)戲劇的一個段落：【三幕四場】。(4)事情從開始到結束的經過：【一場球賽、大鬧一場】。

堡 ㄅㄠˇ

土部 9畫

(1)用土石建造的小城，可作為防禦用：【堡壘】、城堡。(2)北方人稱村落為「堡」：【張家堡】。

報 ㄅㄠˋ

土部 9畫

(1)由某種原因而得到的結果：【報應、好報】。(2)傳送新聞、消息的文字或信號：【報紙、電報】。(3)消息：【情報】。(4)告訴：【通報】、報告、報答、報仇、報復。(5)向對方採取行動：【心有好報】。

埋 ㄧㄣ

土部 9畫

(1)土山。(2)填塞：【埋塞、埋井】。(3)埋沒：【埋沒、埋滅】。

堝 ㄍㄨㄛ

土部 9畫

盛物的土器：【坩堝】。

堞 ㄉㄧㄝˊ

土部 9畫

城上的矮牆。

塞 ㄙㄜˋ

土部 10畫

(1)阻隔不通：【阻塞、堵塞】。(2)充滿：【塞責】。

ㄙㄞ

(1)器皿上封住開口的東西：【瓶塞】。(2)填滿空隙、塞住：【肚子塞滿了】。

ㄙㄞˋ

邊境：【塞外】。(2)邊境險要的地方：【要塞、邊塞】。

(4)姓。(3)敷衍了事：【充塞】。

塑 ㄙㄨˋ

土部 10畫

(1)用泥土捏造成人或物的形狀：【雕塑、泥塑、塑造】。

塘 ㄊㄤˊ

土部 10畫

(1)堤岸：【河塘、池塘】。(2)水池、堤塘：【荷塘】。(3)浴室：【澡塘】。

塗 ㄊㄨˊ

土部 10畫

(1)通「途」，道路：【道聽塗說】。(2)汙泥：【泥塗、塗地】。(3)因刪改而抹去：【塗改】。(4)畫上顏色或油彩：【塗上顏色、塗抹】。(5)不明等：……

事理的：【塗炭】。(7)姓。糊塗。(6)困苦的：【

塚 业ㄨㄥˇ 10畫 土部
(1)高大的墳墓：古塚、荒塚。

塔 ㄊㄚˇ 10畫 土部
(1)一種尖頂、高而多層的佛教建築物：寶塔、燈塔。(2)高聳像塔形的建築物。(3)姓。

填 ㄊㄧㄢˊ 10畫 土部
(1)把空的地方塞滿：填滿。(2)在表格上按項目寫上所需文字：填表、填詞。補充：【填補】(3)(4)依譜作詞：填詞。

塌 ㄊㄚ 10畫 土部
(1)倒下來：倒塌。(2)凹下：塌鼻子。(3)下陷：塌陷。

塭 ㄩㄣ 10畫 土部
中國沿海一帶專作養魚用的魚池、池塘：【魚塭】。

塊 ㄎㄨㄞˋ 10畫 土部
(1)結聚成一團或呈固體的東西：冰塊、一塊。(2)計算東西數量的單位：一塊錢、一塊地。(3)平面的一片：一塊地。(4)計算錢的單位：一塊錢。

塢 ㄨˋ 10畫 土部
(1)村落中防禦盜匪的小城堡：村塢。(2)四面高而中央低的地方：花塢、山塢。(3)建築在水邊供停船、修船、造船的長方形大池子：船塢。

塵 ㄔㄣˊ 11畫 土部
(1)飛散的灰土：塵埃。(2)佛教、道教所指的現實世界：塵世、紅塵。(3)俗世：後塵。(4)事跡：塵世。(5)姓。

塾 ㄕㄨˊ 11畫 土部
古代設在大門旁的廳堂：(1)古代私人設立的教學場所、私塾：【東西】(2)私塾：東

境 ㄐㄧㄥˋ 11畫 土部
(1)疆界、邊界、地方：國境、區域：(2)環境：佳境、逆境。(3)遭遇的情況：順境、逆境。(4)程度、地步：漸入

墓 ㄇㄨˋ 11畫 土部
埋葬死人的地方：墳墓。

墊 ㄉㄧㄢˋ 11畫 土部
(1)襯在下面的東西：鞋墊。(2)把一種東西襯在另一種東西的下面：墊一張紙。(3)暫時替別人付錢：墊款。

塹 ㄑㄧㄢˋ 11畫 土部
(1)繞城的深河、深坑：深塹。(2)舊稱長江為天然的險阻：【天塹】。(3)

塿 ㄌㄡˇ 11畫 土部
小土山：培塿。

墅【ㄕㄨ】 11畫 土部
(1)田間的房舍【田墅】。(2)住宅以外，供作遊樂休閒的房舍：【別墅】。

墁【ㄇㄢ】 11畫 土部
(1)塗泥的用具：【墁刀】。(2)塗：【墁牆】。

墟【ㄒㄩ】 11畫 土部
(1)大的土堆：【土墟】。(2)荒廢的舊城：【墟城】。(3)村里、農村定期的臨時市場：【墟落】。(4)古代農村定期的臨時市場：【墟市】。

增【ㄗㄥ】 12畫 土部
(1)添加、加多。(2)【增逝】。

墳【ㄈㄣ】 12畫 土部
(1)埋葬死人高起的土堆：【墳】。(2)高的樣子：【墳】。

墜【ㄓㄨㄟ】 12畫 土部
(1)落下、掉下：【墜落】。(2)裝飾品：【墜子】。(3)掛在器物上的裝飾品：【墜子】、【河南墜子】。(3)曲調名：

墮【ㄉㄨㄛ】 12畫 土部
(1)落下：【墮落】。(2)通「隳」，毀壞。

墩【ㄉㄨㄣ】 12畫 土部
(1)土堆：【土墩】。(2)用厚大的泥石或木頭築成的基石：【橋墩】。(3)通「囤」，積藏。

壁【ㄅㄧ】 13畫 土部
(1)牆：【壁】。(2)高而直立的山崖：【壁】。(3)軍隊駐守的營壘：【壁壘】(4)姓。

墾【ㄎㄣ】 13畫 土部
(1)用土築成的高臺：【花壇】。(2)祀或典禮用的高臺：【祭壇】。(3)從事某種活動的團體的總稱：【文壇、體壇】。

壇【ㄊㄢ】 13畫 土部
翻土耕種開墾：【墾】。(1)用土築成的高臺：【花壇】。(2)祀或典禮用的高臺：【祭壇】。(3)

雍【ㄩㄥ】 13畫 土部
(1)堵塞：【雍】。(2)用培土或肥料培養植物根部：【培雍】。

壕【ㄏㄠ】 14畫 土部
(1)城下長形的深池：【城壕】。(2)在戰地挖掘的溝道，供軍隊藏身：【壕塹、壕溝】。

壓【ㄧㄚ】 14畫 土部
(1)由上往下施加重力：【壓】。(2)用權威壓制：【壓】。(3)擱置：【積壓】。(4)逼近：【大軍壓境】。禁止：【鎮壓】。

壑【ㄏㄨㄛ】 14畫 土部
(1)坑谷、溝塹、深溝：【溝壑】。(2)山中低窪的地方：【壑谷】。

壙【ㄎㄨㄤ】 15畫 土部
(1)墓穴：【壙】(2)郊野(3)入洞的：【壙遠】。通「曠」，空

【壘】ㄌㄟˇ 土部 15畫
(1)戰時防守用的建築：【堡壘】
(2)堆砌：【壘牆】
(3)姓。

【壘】ㄌㄩ
門神名：【鬱壘】。

【壞】ㄏㄨㄞˋ 土部 16畫
(1)毀損：【損壞】
(2)腐朽：【肉壞了】
(3)不好的：【壞人】
(4)極、非常：【氣壞了】。

【壟】ㄌㄨㄥˇ 土部 16畫
(1)墳墓：【丘壟】
(2)坑谷：【山壟】
(3)獨占：【壟斷】

【壢】ㄌㄧˋ 土部 16畫
(1)臺灣地名：【中壢】

【壤】ㄖㄤˇ 土部 17畫
(1)田中分界的高地：【田壟】
(2)鬆軟的泥土：【土壤】
(3)區域：【接壤】
(4)古代遊戲用的玩具：【擊壤】
(5)姓。
大地：【天壤】之別

【壩】ㄅㄚˋ 土部 21畫
(1)建築在河流中，用來攔截水流的建築物：【水壩】
(2)中國西南地區稱平原或平地為壩：【壩子】。

士部

【士】ㄕˋ 士部 0畫
(1)古代對讀書人的稱呼
(2)人的通稱：【女士】
(3)成年人：【男士】
(4)軍中的官階：上士、中士、下士
(5)古代的爵位：【士大夫】
(6)有學位或專才的人：【碩士】、【護士】
(7)姓。

【壬】ㄖㄣˊ 士部 1畫
(1)天干中的第九位：甲、乙、丙、丁、戊、己、庚、辛、壬、癸。
(2)奸佞：【壬人】
(3)姓。

【壯】ㄓㄨㄤˋ 士部 4畫
(1)強健、有力：【強壯】
(2)大、雄偉：【壯觀】
(3)增強：【壯聲勢】
(4)人的年齡，三十歲到四十歲的時期：【壯年】
(5)姓。

【壹】ㄧ 士部 9畫
(1)「一」的大寫：【壹仟】
(2)姓。

【壺】ㄏㄨˊ 士部 9畫
(1)口小腹大，用來盛液體的容器：【水壺】、【茶壺】
(2)古代的一種遊戲，把箭投進一個長頸瓶子：【投壺】

【壼】ㄎㄨㄣˇ 士部 10畫
(1)古代女子所住的房間，現在用來敬稱女子：【閨壼】。

【壽】ㄕㄡˋ 士部 11畫
(1)活的歲數很大：【長壽】
(2)生命：【壽命】
(3)年齡：【壽誕】
(4)壽辰、生日：【壽誕】
(5)您今年生前預製的葬具：【壽材】
(6)姓。

夂部

夏 ㄒㄧㄚˋ　夂部　7畫
(1)四季中的第二季，相當於國曆六、七、八月：【夏季】。(2)古時候把中國稱作「夏」：【華夏】。(3)中國朝代名：【夏朝】。(4)古時候體罰學生的木杖：【夏楚】。(5)姓。

夔 ㄎㄨㄟˊ　夂部　18畫
(1)古代傳說裡一種形狀像龍的獨腳怪獸。(2)古國名、地名：夔州（今四川奉節縣）。(3)姓。

夕部

夕 ㄒㄧˋ　夕部　0畫
(1)傍晚，太陽下山的時候：【夕陽】。(2)泛指晚上、夜晚：【一夕沒睡】。(3)某一天或很接近某種情況之前：【畢業前夕】。(4)姓。

外 ㄨㄞˋ　夕部　2畫
(1)「內」的相反，不屬於一個範圍內的：【門外】。(2)不是自己方面的，相對於「本」、「家」的：【外地】。(3)其他國家的：【外僑】。(4)妻子稱呼丈夫家的親戚：【外子】。(5)稱呼母親、姊妹這邊的親戚：【外婆、外甥】。(6)疏遠的：【外人】。(7)不是正式的：【外號、外加】。(8)對事情沒有經驗：【外行】。

多 ㄉㄨㄛ　夕部　3畫
(1)數量大、不少：【很多】。(2)有餘：【一百多人】。(3)不該有而有，不必有而加出來：【多話】。(4)超過，不必有而加出來：【多出來】。(5)很，非常：【多謝】。(6)大概：【多半】。(7)常常：【多讀、多寫】。(8)姓。

夙 ㄙㄨˋ　夕部　3畫
(1)早上：【夙夜】。(2)以前的：【夙願】。(3)積學而充實的：【夙儒】。

夜 ㄧㄝˋ　夕部　5畫
(1)晚上，從日落後到日出前的一段時間：【夜晚】。(2)姓。

夠 ㄍㄡˋ　夕部　8畫
(1)達到：【足夠】。(2)足、滿足：【夠了】。(3)膩、厭煩：【受夠了】。

夥 ㄏㄨㄛˇ　夕部　11畫
(1)結合成群的許多人：【大夥】。(2)商店裡雇用的人：【夥計】。(3)聯合起來：【合夥】。(4)年輕力壯的男子：【小夥子】。(5)很多：【獲益甚夥】。

夢 ㄇㄥˋ　夕部　11畫
(1)睡眠時，腦波受到內外刺激而引起的種

夢 ㄇㄥˋ 夕部 11畫
種思維活動或幻象：
不切實際的：【夢想】。做夢

夤 一ㄣˊ 夕部 11畫
(1)深：【夤夜】(2)攀附：【夤緣】。

大部

大 ㄉㄚˋ 大部 0畫
(1)與「小」相對，不小：【大】(2)年長的：【大妹】(3)數量多的：【大國】(4)程度深的、高的：【大紫、大學】(5)猛烈的：【大浪】(6)敬詞：【大名】(7)不平常的：【大紅】(8)很：【大不好】(9)約略：【大概】(10)經常：【大事】(11)再，指時間更前或更後：【大前天、大後年】(12)官名：【大夫】。

ㄉㄞˋ
大夫，醫生：【大夫】。

ㄊㄞˋ
通「太」，至上的：【大上皇】。

天 ㄊㄧㄢ 大部 1畫
(1)地球周圍的太空：【天空】(2)位置在頭頂的：【天棚】(3)地球自轉一周的二十四小時：【一天】(4)時節、春天、雨天：(5)不是人工的：【天然】(6)與生俱來的：【天資】(7)宗教中至善至美的地方：【天堂】(8)命運：【怨天尤人】(9)姓。

夫 ㄈㄨ 大部 1畫
(1)成年男子的稱呼：【匹夫】(2)從事體力勞動的人：【農夫】(3)男女結婚以後，男子叫夫，女子叫婦：【夫婦】。(4)姓。

ㄈㄨˊ
助詞，可當語首發語詞、語中、語末助詞。

太 ㄊㄞˋ 大部 1畫
(1)對婦人的尊稱：【太太】(2)對長輩或高貴的人的尊稱：【太爺】(3)極、過於：【太好】(4)海洋名：【太平洋】(5)大，表示不可能：【太空】(6)極大：【太空】(7)安寧的：【太平】(8)姓。

夭 一ㄠ 大部 1畫
(1)自然災害：【天夭】(2)草木茂盛美麗：【夭夭】(3)美好的：【夭嬌】(4)未成年而短命早死：初生的禽獸或草木。(5)古代形容：【桃之夭夭】

央 一ㄤ 大部 2畫
(1)懇求：【央求】(2)中間：【中央】(3)終：【夜未央】(4)色彩鮮明：【央央】

失 ㄕ 大部 2畫
(1)錯誤：【過失】(2)遺落、遺：【遺失】(3)放過、錯過；無、沒有：【失業】(4)找不到：【失手】(5)違背：【失約】(6)改變正常的狀態：【失常】(7)發生意外：【失事】(8)洩露：【失密】

夷 ㄧˊ　大部　3畫
(1)古時中國對東方未開化的種族的稱呼：【東夷】。
(2)泛指外國或外國人：【夷情】。
(3)臺灣省的古稱：【夷洲】。
(4)平安：【夷為平地】。
(5)剷平：【化險為夷】。
(6)消滅：【夷滅】。
(7)通「彝」，常理，
(8)通「怡」，喜悅的。

夸 ㄎㄨㄚ　大部　3畫
(1)通「誇」，指炫耀、說大話：【夸容】。
(2)奢侈：
(3)美好的：
(4)姓。

夾 ㄐㄧㄚ　大部　4畫
(1)把東西從兩旁箝住的器具：【夾子】。
(2)混合：【夾雜】。
(3)夾道：
(4)分在兩旁：【夾板】
(5)雙層的：
(6)從兩旁向中間圍過來：【夾擊】
(7)熱帶常綠灌木，葉子像竹葉，花嬌豔如桃，含有毒素：【夾竹桃】。

奉 ㄈㄥˋ　大部　5畫
(1)恭敬的送給或接受：【奉上】。
(2)恭敬的捧著：【奉茶】。
(3)侍候：【侍奉】。
(4)遵守：【奉行】。
(5)尊重、信仰：【信奉】。
(6)表示恭敬的詞：【奉告】。
(7)姓。
ㄆㄥ 通「捧」。

奇 ㄑㄧˊ　大部　5畫
(1)不平常的，很少見的：【奇觀】。
(2)驚訝：【驚奇】。
(3)非常的：【奇恥】。
(4)出乎意料之外的：【奇遇】。
(5)珍貴的：【奇石】。
(6)姓。
ㄐㄧ
(1)單數，與「偶數」相對，如一、三、五：【奇數】。

奈 ㄋㄞˋ　大部　5畫
(1)怎麼辦、怎樣：【無可奈何】、【怎奈】。
(2)對付：【奈何不了他】。

奄 ㄧㄢˇ　大部　5畫
(1)覆蓋：【奄有四方】。
(2)忽然：【奄忽】。
一ㄢˇ
(1)通「閹」，太監：【奄人】。
(2)通「淹」，停滯：【奄留】。
(3)氣息微弱的樣子：【奄奄一息】。

奔 ㄅㄣ　大部　5畫
(1)急跑：【奔跑】。
(2)逃走：【奔逃】、【奔走】。
(3)男女不舉行婚禮而私自結合：【私奔】。
(4)迅速的：【奔流】。
(5)投向、直往：【投奔】。

奕 ㄧˋ　大部　6畫
(1)高大的、美好的：【奕奕】。
(2)積累的：【奕世】。

契 ㄑㄧˋ　大部　6畫
(1)當作憑據的文件：【契約】。
(2)中國古代的種族：【契丹】。
(3)用刀刻的文字：
(4)朋友：【契合】。
(5)相合、相投：【契合】。
(6)老契。
(7)通「鍥」，用刀雕刻：【契舟求劍】。
(8)分別隔離：【契闊】。
(7)通「怯」，怯懦的：

契

ㄒㄧㄝˋ

人名，中國商朝的祖先。

奏

ㄗㄡˋ

6畫　大部

(1)古代臣子向君主進言或上書的意見：【面奏】。

(2)音樂高低抑揚的拍子：【節奏】。

(3)吹彈樂器：【奏樂】。

(4)發生、顯現：【奏功】、【奏效】。

(5)取得：【奏效】。

(6)陳述：【面奏】。

奎

ㄎㄨㄟˊ

6畫　大部

(1)星名，即文曲星：【奎宿】。

(2)與文事有關的：【奎運】。

奐

ㄏㄨㄢˋ

6畫　大部

(1)盛大的、眾多的：【美奐美輪】。

(2)文采鮮明的：【奐衍】。

(3)散漫的：

套

ㄊㄠˋ

7畫　大部

(1)計算成組事物的單位名詞：【一套茶具】。

(2)地形或河流曲折處：【河套】。

(3)陷害或籠絡人的計策：【圈套】。

(4)用繩子結成的東西：【繩套】。

(5)罩在物體外的東西：

(6)固定的格調：【老套】。

(7)應酬話：【客套】。

(8)罩上：【套上】。

(9)綁緊：【套手腳】。

書套

(10)用計謀問出事情真相：【套話】。

(11)獲取：【套利】。

奚

ㄒㄧ

7畫　大部

(1)為什麼：【奚不為政】。

(2)子奚僕役：【奚】。

獎

ㄐㄧㄤˇ

7畫　大部

(1)人名，唐朝的高僧，曾到印度去求取佛經：【玄奘】。

(2)壯大的、北方話指物體粗大：【身高腰奘】。

(3)

奢

ㄕㄜ

8畫　大部

(1)浪費、過分的：【奢望】、【奢侈】。

奠

ㄉㄧㄢˋ

9畫　大部

(1)用牲禮祭祀鬼神：【祭奠】。

(2)安置、建立：【奠定】。

奧

ㄠˋ

10畫　大部

(1)房子的西南角：【堂奧】。

(2)含義深，不容易了解：【奧妙】。

(3)精妙的、日月方：【深奧】。

(4)國名，奧地利的簡稱。

(5)通「燠」，暖和的：【奧】。

奪

ㄉㄨㄛˊ

11畫　大部

(1)搶、強取：【搶奪】、【剝奪】。

(2)削除：【奪門而出】。

(3)作決定：【裁奪】。

(4)衝過：【奪門而出】。

(5)暈眩：【光彩奪目】。

(6)爭先獲得：【奪標】。

奩

ㄌㄧㄢˊ

11畫　大部

(1)女子梳妝用的鏡匣。

(2)裝東西的小匣子：【粉奩】。

(3)女子陪嫁的衣物：

奮

ㄈㄣˋ

13畫　大部

(1)振動翅膀而飛起：【奮翅】。

(2)舉高：【奮臂高呼】。

(3)振作：【奮戰】。

(4)勇敢不怕死：

(5)姓。

女部

ㄋㄩˇ

女 ㄋㄩˇ ｜女部 0畫
(1)性別的一種，與「男」相對，女性的人：【女人】。(2)女兒：【小女】。(3)女性用的東西：【女裝】。(4)二十八宿之一：【女宿】。
ㄋㄩˋ 把女兒嫁人。
ㄖㄨˇ (1)通「汝」，你：【女知之乎？】(2)姓。

奴 ㄋㄨˊ ｜女部 2畫
(1)供人役使的人：【奴隸】。(2)女子自己的謙稱：【奴家】。(3)驅遣勞動：【奴役百姓】。

奶 ㄋㄞˇ ｜女部 2畫
(1)乳房。(2)乳汁：【牛奶】。(3)祖母：【奶奶】。(4)對主婦的尊稱：【少奶奶】。(5)哺乳：【奶孩子】。

妄 ㄨㄤˋ ｜女部 3畫
(1)胡亂的、狂亂的：【狂妄】。(2)無知的：【無知妄人】。(3)非分的：【妄想】。

奸 ㄐㄧㄢ ｜女部 3畫
(1)犯罪的事：【作奸犯科】。(2)和敵人勾結：【奸細】。(3)虛偽的、狡猾的：【奸詐】。(4)淫亂：【奸殺】。

妃 ㄈㄟ ｜女部 3畫
(1)帝王的配偶，地位次於「后」：【嬪妃】。(2)對女神的尊稱：【天妃】。
ㄆㄟˋ 通「配」。

好 ㄏㄠˇ ｜女部 3畫
(1)美好的、善的：【美好】。(2)完成：【做好】。(3)友愛：【友好】。(4)親善的：【好同學】。(5)很好、容易的：【好辦】。(6)可以、只好：【好，就這麼辦】。(7)表示同意或結束的語氣。(8)很：【好快】。
ㄏㄠˋ 喜愛：(1)喜歡做的事：【嗜好】。(2)【好學】。

她 ㄊㄚ ｜女部 3畫
女性的第三人稱代名詞。

如 ㄖㄨˊ ｜女部 3畫
一、通「伊」。
(1)依照：期完成、相似。(2)像：【如骨】。(3)比得上：【不如人】、【瘦如柴】。(4)到：【如廁】。(5)假使：【如果】。(6)姓。

妁 ㄕㄨㄛˋ ｜女部 3畫
介紹婚姻的人：【媒妁之言】。

妝 ㄓㄨㄤ ｜女部 4畫
(1)婦女的裝飾：【卸妝】。(2)女子出嫁時，隨身帶到夫家的東西：【嫁妝】。(3)修飾或打扮：【妝扮】。

妒 ㄉㄨˋ ｜女部 4畫
忌恨別人比自己好：【妒忌】、【忌妒】、【嫉妒】。

妨 ㄈㄤ ｜女部 4畫
(1)阻礙：【妨礙】(2)損害：【妨害】

妞 ㄋㄡ ｜女部 4畫
中國北方對女孩子的稱呼：【小妞、妞兒】。

姒 ㄙˋ ｜女部 4畫
稱自己已經去世的母親。先姒。

妙 ㄇㄧㄠˋ ｜女部 4畫
(1)精巧的：【巧妙】(2)神奇的：【妙用】(3)有趣的：【妙語】(4)美好的：【美妙】(5)年輕的：【妙齡】

妖 ㄧㄠ ｜女部 4畫
(1)指一切怪異反常，會害人的東西：【妖言】(2)荒謬、怪誕的：【妖言】(3)豔麗而不莊重：【妖豔】

妍 ㄧㄢˊ ｜女部 4畫
美麗：【妍麗】。

妤 ㄩˊ ｜女部 4畫
中國漢朝宮中的女官名：【婕妤】。

妗 ㄐㄧㄣˋ ｜女部 4畫
舅母。

妓 ㄐㄧˋ ｜女部 4畫
(1)古代以歌舞娛樂賓客的女子：【歌舞妓】。(2)出賣肉體的女人：【妓女】。

妊 ㄖㄣˋ ｜女部 4畫
女人懷孕：【妊娠、妊婦】。

妥 ㄊㄨㄛˇ ｜女部 4畫
(1)適當的：【妥當】(2)安穩：不妥的：【妥】(3)完成：【辦妥】(4)姓。

妾 ㄑㄧㄝˋ ｜女部 5畫
(1)古代女子謙稱自己：【臣妾、妾身】(2)男子續娶的女子，俗稱「姨太太」或「小老婆」：【三妻四妾】。

妻 ㄑㄧ ｜女部 5畫
男子正式而合法的配偶：【妻子】。
ㄑㄧˋ 以女妻之，把女兒嫁給他人。

委 ㄨㄟˇ ｜女部 5畫
(1)事情的結果：【原委】(2)託付：【委託】(3)推脫、推卸：【委卸】(4)捨棄：【委棄、委靡】(5)衰頹不振作：【委靡不振】(6)曲折的：【委婉】(7)姓。(8)確實的：【委實】
ㄨㄟ 敷衍：【委蛇】

妹 ㄇㄟˋ ｜女部 5畫
同父母所生，或親戚中年紀比自己小的女子：【妹妹、表妹】。

妮 ㄋㄧˊ ｜女部 5畫
(1)小女孩：【小妮子】(2)丫頭或侍女：【婢妮】。

姑　ㄍㄨ　女部　5畫
(1)年輕未出嫁的女子：【姑娘】。(2)稱父親的姊妹：【姑媽】。(3)丈夫的姊妹：【小姑】。(4)古代對丈夫的母親的稱呼：【翁姑】。(5)暫時如此：【姑且】。

姆　ㄇㄨ　女部　5畫
(1)幫人照顧或餵養小孩的婦女：【保姆】。(2)指成年且未婚的女性：【姆姆】。

姐　ㄐㄧㄝ　女部　5畫
(1)通「姊」，比自己年長的女子：【姐姐】。(2)對丈夫的兄嫂的尊稱：【小姐】。

姊　ㄗˇ　女部　5畫
同父母所生比自己大的女子：【姊妹】。【姊姊（ㄐㄧㄝ ㄐㄧㄝ，通「姐姐」）】。

姍　ㄕㄢ　女部　5畫
(1)通「訕」，譏笑：【姍笑】。(2)走路遲緩的樣子：【姍姍】。

始　ㄕˇ　女部　5畫
(1)最初、開頭：【開始】。(2)姓。(3)曾經：【未始不能】。才：【始能成功】。

姓　ㄒㄧㄥˋ　女部　5畫
(1)表明家族系統的字：【姓氏、姓名】。(2)姓。民眾：【百姓】。

妯　ㄓㄡˊ　女部　5畫
兄弟的妻子相互的稱呼：【妯娌】。

妳　ㄋㄞˇ　女部　5畫
用於女性的第二人稱代名詞。「嬭」的異體字。

姒　ㄙˋ　女部　5畫
(1)古代同一個丈夫的眾妾，相互間稱呼年長者為「姒」，年幼者為「娣」。

妲　ㄉㄚˊ　女部　5畫
(1)商朝紂王的妃子名叫妲己。(2)古代妯娌間相互的稱呼。

姜　ㄐㄧㄤ　女部　6畫
(1)姓：【姜太公】。

姘　ㄆㄧㄣ　女部　6畫
男女未經合法的婚姻關係而私自結合：【姘居】。

姿　ㄗ　女部　6畫
(1)樣子、體態：【姿態】。容貌：【姿色】。(2)氣質：【姿質】。(3)通「資」。

姣　ㄐㄧㄠ　女部　6畫
(1)美好的：【姣好、姣美】。(2)淫亂的意思。

姨　ㄧ　女部　6畫
(1)稱母親的姊妹：【姨媽】。(2)稱妻子的姊妹：【小姨子】。(3)妾的通稱：

姨
ㄧˊ

姨太太、細姨。

娃
ㄨㄚ
【女部】6畫
(1)小孩：【娃娃】。
(2)美貌的：【嬌娃】。

姥
ㄇㄨˇ
【女部】6畫
(1)老婦人：【老姥】。
(2)通「姆」，幫人照顧小孩的婦人。中國北方對外祖母的俗稱：【姥姥】。

姪
ㄓˊ
【女部】6畫
女子：
(1)通「侄」，稱兄弟的兒女：【姪子、姪女】。

姚
ㄧㄠˊ
【女部】6畫
(1)姓。
(2)美好的樣子：【姚冶】。

姦
ㄐㄧㄢ
【女部】6畫
(1)不正當的男女性行為：【奸詐】。
(2)邪惡：【姦邪】。
(3)強暴：【強姦】。通姦。

威
ㄨㄟ
【女部】6畫
(1)尊嚴：【尊嚴】。
(2)能使人害怕或服從的力量：【權威】。
(3)震驚：【威嚇】。
(4)使用壓力：【威脅】。聲威。天下。

姻
ㄧㄣ
【女部】6畫
(1)古代稱女婿的家屬為姻：【姻親】。
(2)指結婚的事：【婚姻】。
(3)因婚姻關係而成的親戚關係：【姻親】。外姻。

妹
ㄕㄨ
【女部】6畫
(1)美貌的女子：【名妹】。
(2)美麗：【妹麗】。

娑
ㄙㄨㄛ
【女部】7畫
(1)飄忽搖曳的樣子：【婆娑起舞】。
(2)鬆散、飄揚的樣子：【娑娑】。

娘
ㄋㄧㄤˊ
【女部】7畫
(1)母親：【爹娘】。
(2)稱年輕的女子：【大姑娘】。
(3)年長婦女的通稱。

娜
ㄋㄨㄛˊ
【女部】7畫
(1)柔美的樣子：【婀娜】。
(2)輕柔的樣子：【裊娜】。
外國女子名的譯音字：【安娜】。

娟
ㄐㄩㄢ
【女部】7畫
(1)清麗美好的：【娟秀】。

娛
ㄩˊ
【女部】7畫
(1)快樂、樂趣：【歡娛】。
(2)使人快樂：【自娛娛人】。

娓
ㄨㄟˇ
【女部】7畫
(1)說話久而不斷，或說話動聽的樣子：【娓娓道來、娓娓動聽】。

姬
ㄐㄧ
【女部】7畫
(1)古代對婦女的通稱：【妖姬】。
(2)古代對貌美婦女的通稱：【虞姬】。
(3)妾：【姬妾】。
(4)姓。

娠 ㄕㄣ 女部 7畫
懷孕：【妊娠】。

娣 ㄉㄧˋ 女部 7畫
(1)姊姊稱妹妹。(2)稱丈夫的弟弟的妻子：【娣婦】。

娩 ㄇㄧㄢˇ 女部 7畫
女人生孩子：【分娩】。
ㄨㄢˇ 嫵媚的：【婉娩】。

娥 ㄜˊ 女部 7畫
(1)美女：【宮娥】。(2)美好的：【娥眉】。

娌 ㄌㄧˇ 女部 7畫
兄弟的妻子間互相的稱呼：【妯娌】。

娉 ㄆㄧㄥ 女部 7畫
形容女子姿態輕盈美好的樣子：【娉婷】。

娶 ㄑㄩˇ 女部 8畫
婚禮過程中，男方把女方迎娶過來：【娶妻、娶親】。

婁 ㄌㄡˊ 女部 8畫
(1)星名，二十八星宿之一：【婁宿】。(2)姓。
ㄌㄩˇ 通「屢」，屢次。

婉 ㄨㄢˇ 女部 8畫
(1)溫和、和順：【委婉】。(2)美好的：【婉麗】。

婦 ㄈㄨˋ 女部 8畫
(1)女性的通稱：【婦女】。(2)已婚的女子：【少婦】。(3)妻子：【夫婦】。(4)兒子的妻子：【媳婦】。(5)與女性有關的：【婦道】。

婪 ㄌㄢˊ 女部 8畫
貪愛：【貪婪】。

婀 ㄜ 女部 8畫
姿態輕盈柔美的樣子：【婀娜】。

娼 ㄔㄤ 女部 8畫
妓女：【娼妓、娼婦】。

婢 ㄅㄧˋ 女部 8畫
(1)古代供人使喚的女子、奴婢：【婢女、奴婢】。

婚 ㄏㄨㄣ 女部 8畫
(1)有關婚嫁娶的事：【婚姻】。(2)女子嫁娶：【結婚】。

婆 ㄆㄛˊ 女部 8畫
(1)指年老的婦女：【老太婆】。(2)丈夫的母親：【婆婆】。(3)稱祖母輩的女性：【外婆】。(4)對從事某些職業的婦女的稱呼：【媒婆】。

婊 ㄅㄧㄠˇ 女部 8畫
妓女、娼妓：【婊子】。

婷 ㄊㄧㄥˊ 女部 9畫
女子美好挺拔的樣子：【娉婷】。

媚 ㄇㄟˋ　女部　9畫
(1)說好話討人喜歡：【諂媚】
(2)美好的：【嫵媚】
(3)溫柔可愛的：【春光明媚】

婿 ㄒㄩˋ　女部　9畫
(1)稱女兒的丈夫：【女婿】
(2)稱丈夫：【夫婿】

媒 ㄇㄟˊ　女部　9畫
(1)婚姻的介紹人：【媒人】
(2)在中間聯繫雙方的人或物：【媒介】

媛 ㄩㄢˊ　女部　9畫
(1)美女：【媛女】【嬋媛】
(2)指形貌美好的：【名媛】

媧 ㄨㄚ　女部　9畫
中國古代神話中的女神，相傳曾煉五色石補天：【女媧】

嫁 ㄐㄧㄚˋ　女部　10畫
(1)女子結婚：【出嫁】
(2)轉移：【嫁禍他人】

嫉 ㄐㄧˊ　女部　10畫
(1)妒恨別人比自己強：【嫉妒】
(2)痛恨：【嫉惡如仇】

嫌 ㄒㄧㄢˊ　女部　10畫
(1)可疑的地方：【避嫌】
(2)
(3)不滿意、厭惡：【嫌惡】
(4)懷疑：【猜嫌】

媾 ㄍㄡˋ　女部　10畫
(1)和好、和解：【媾和】
(2)連合、結成婚姻：【婚媾】
(3)人或動物雌雄交配：【交媾】

媽 ㄇㄚ　女部　10畫
(1)稱母親：【媽媽】
(2)對女性親屬長輩或對年老婦人的通稱：【姑媽、大媽】【老媽媽】

媼 ㄠˇ　女部　10畫
已婚婦女的尊稱：對於年老婦人的通稱：【媼】

媳 ㄒㄧˊ　女部　10畫
稱兒子、弟弟或者其他晚輩的妻子：【媳婦】【弟媳】

嫂 ㄙㄠˇ　女部　10畫
(1)稱兄長的妻子：【嫂嫂】
(2)稱同輩人的妻子：【表嫂】
(3)對老婦人的尊稱：【王嫂】【嫂夫人】

媲 ㄆㄧˋ　女部　10畫
美比得上：【媲美】

嫋 ㄋㄧㄠˇ　女部　10畫
(1)指柔弱纖細的樣子：【嫋娜】
(2)音調悠揚的樣子：【餘音嫋嫋】

嫡 ㄉㄧˊ　女部　11畫
(1)正式娶的第一位妻子：【嫡室】
(2)正妻所生的兒子：【嫡子】
(3)正宗的、血統最近的：【嫡親】【嫡傳】

嫦 ㄔㄤˊ　女部　11畫
人名，中國古代的神話人物，傳說她是后……

【嫦娥】羿的妻子，因為偷吃長生不老藥，而飛到月亮裡，變成仙女：【嫦娥】。

嫩 ㄋㄣˋ　11畫　女部
(1)初生柔弱的樣子：【嫩芽】。(2)閱歷少、不老練的：【嫩手】。(3)指食物柔軟、顏色淡薄的：【肉片炒得很嫩】、【嫩綠】。(4)

嫗 ㄩˋ　11畫　女部
(1)年老的婦女：【老嫗】。(2)婦女的通稱：【少嫗、村嫗】。

嫖 ㄆㄧㄠˊ　11畫　女部
輕捷的樣子：【嫖姚、嫖疾】。
男子花錢玩弄妓女：【嫖妓】。

嫘 ㄌㄟˊ　11畫　女部
【嫘祖】人名，古代黃帝的正妃，相傳是發明養蠶取絲：【嫘祖】。

嫣 ㄧㄢ　11畫　女部
(1)豔麗的：【嫣紅】。(2)柔媚的樣子：【嫣然一笑】。

嬉 ㄒㄧ　12畫　女部
玩耍、遊戲：【嬉戲】。

嫻 ㄒㄧㄢˊ　12畫　女部
(1)熟練：【嫻熟】。(2)沉靜、文雅：【嫻靜、嫻雅】。

嬋 ㄔㄢˊ　12畫　女部
指月亮：【嬋娟】。指女子姿態美好的樣子。古詩文裡也用來指月亮。

嫵 ㄨˇ　12畫　女部
美好可愛的樣子：【嫵媚】。

嬌 ㄐㄧㄠ　12畫　女部
(1)可愛的姿態：【撒嬌】。(2)美好、可愛的：【嬌美】。(3)柔弱的：【嬌生慣養】、【嬌氣】。(4)過分寵愛的：【嬌生慣養】。

嬈 ㄋㄧㄠˊ　13畫　女部
宛轉柔美的樣子：【嬈娜】。

嬴 ㄧㄥˊ　13畫　女部
(1)盈滿、有餘，同「贏」：【嬴利、嬴餘】。(2)得勝：【嬴餘】。(3)姓：嬴政（秦始皇）。

嬰 ㄧㄥ　14畫　女部
初生的小孩：【嬰兒、嬰孩】。

嬪 ㄆㄧㄣˊ　14畫　女部
(1)古代婦女的美稱。(2)古代的女官名：【嬪妃】。

嬤 ㄇㄚ　14畫　女部
(1)稱母親，同「媽」。(2)稱老婦人、奶媽，同「嬤嬤」。

嬸 ㄕㄣˇ　15畫　女部
(1)稱叔父的妻子：【嬸嬸】。(2)稱與父母同輩而年紀較輕的婦女。(3)妯娌間稱呼年紀較小的：【大嬸】、【小嬸】。

86

【嬬】。

【孀】
尸ㄨㄤ
17畫 女部
指死了丈夫的婦人、寡婦：【遺孀、孀居】。

子部

【子】
ㄗˇ
0畫 子部
(1)十二地支的第一位，可以用來表明時間：是指晚上十一點到次日凌晨一點。
(2)男兒：【子時】。
(3)後代：【子孫】。
(4)人的通稱：【女子】。
(5)古代尊稱有學識道德的人：【孔子】。
(6)植物的果實或動物的卵：【種子、烏魚子】。
(7)周代五等爵位中的第四等：【公、侯、伯、子、男】。
(8)夫妻互相的稱呼：【內子、外子】。
(9)微粒的東西：【原子、分子】。
(10)輩分小的稱：【子弟】。

【子】
ㄗˇ
名詞後綴：【桌子、孫子、筷子、車子】。

【孑】
ㄐㄩㄝˊ
0畫 子部
(1)蚊子的幼蟲：【孑孓】。
(2)孤獨的：【孑立】。
(3)姓。

【孓】
ㄐㄩㄝˊ
0畫 子部
蚊子的幼蟲：【孑孓】。

【孔】
ㄎㄨㄥˇ
1畫 子部
(1)小洞：【毛孔】。
(2)鳥名：【孔雀】。
(3)通「甚」很：【孔急】。
(4)通達的：【孔道】。
(5)姓。

【孕】
ㄩㄣˋ
2畫 子部
(1)哺乳類的動物腹中懷有胎兒：【懷孕】。
(2)培養：【孕育】。
(3)懷胎的：【孕婦】。

【字】
ㄗˋ
3畫 子部
(1)記錄語言的一種符號：【文字】。
(2)本名以外的另一個稱呼：字仲尼。
(3)發音：【字正腔圓】。
(4)愛：【字愛】。
(5)撫育。
(6)女子未嫁：【待字閨中】。
(7)姓。

【存】
ㄘㄨㄣˊ
3畫 子部
(1)活著、生存、還在：【生存】。
(2)寄放：【存放、存錢】。
(3)保有、居：【存疑、存心】。
(4)姓。
儲蓄。

【孝】
ㄒㄧㄠˋ
4畫 子部
(1)長輩死後的居喪期間中所穿的衣服：【戴孝】。
(2)居喪：【守孝】。
(3)盡心侍奉父母：【孝悌】。
(4)奉養父母：【孝順】。
(5)姓。

【孜】
ㄗ
4畫 子部
形容勤勉的樣子：【孜孜不倦】。

【孚】
ㄈㄨˊ
4畫 子部
(1)使人信賴、信任：【信孚】。
(2)信實的：【孚...】。
(3)鳥類孵蛋，同「孵」：【孚育】。

【孟】
ㄇㄥˋ
5畫 子部
(1)排行老大的：【孟兄】。
(2)古人按月令將每季分為孟、仲、季，孟是第一

孟（續）
……個月：【孟春】。(3)通「猛」，勇猛的，行為魯莽的：【孟浪】。(4)……
姓。

孤 ㄍㄨ　子部　5畫
(1)幼時失去父親或父母都去世的人：【孤兒】
(2)古代王侯的自稱：【孤王】
(3)單獨的：【孤獨】
(4)姓。

季 ㄐㄧˋ　子部　5畫
(1)三個月稱為一季：【春季】
(2)時期的：【雨季】
(3)古人按月令將每年一季分為孟、仲、季，季是最後一個月：【季春】
(4)兄弟排行最小的：【季父】（最小的叔叔）
(5)第三的……
(6)姓：【季軍】

孢 ㄅㄠ　子部　5畫
植物或低等動物的繁殖體。

孩 ㄏㄞˊ　子部　6畫
(1)幼童：【孩童】
(2)泛稱子女：【孩子】
(3)姓。

孫 ㄙㄨㄣ　子部　7畫
(1)子女所生的子女：【孫子】、【外孫】
(2)孫子以後的後代：【曾孫】
(3)姓。
ㄒㄩㄣˋ　通「遜」，謙虛和順：【謙孫】

孰 ㄕㄨˊ　子部　8畫
(1)誰、哪個：【孰是孰非】
(2)何、什麼：【是可忍，孰不可忍】。

孳 ㄗ　子部　9畫
(1)通「滋」，生長繁榮：【孳生】
(2)通「孜」，勤勉不息的樣子：【孳孳】

孱 ㄔㄢˊ　子部　9畫
(1)軟弱、虛弱的樣子：【孱弱】
(2)譏諷他人怯弱無能：【孱頭】

孵 ㄈㄨ　子部　11畫
鳥類伏在蛋上，使胚胎受熱而成長的過程，或蟲魚由產卵到出生而成長的過程：【孵化】。

學 ㄒㄩㄝˊ　子部　13畫
(1)實施教育的場所：【學校】
(2)有條理、有系統、有組織的知識：【學識】
(3)學習的人：【才學】
(4)數……才
(5)研習：【學習】
(6)模仿：【學鳥叫】。

孺 ㄖㄨˊ　子部　14畫
(1)孩童：【孺子】
(2)像小孩子般的：【孺慕】

孽 ㄋㄧㄝˋ　子部　17畫
(1)妾所生的兒子：【孽子】
(2)邪惡、禍害的因：【造孽】
(3)惡因……

孿 ㄌㄨㄢˊ　子部　19畫
雙胞胎，一胎生二子：【孿生子】

宀部 ㄇㄧㄢˊ

它 ㄊㄚ　宀部 2畫
山之石，可以攻錯。通「蛇」。
(1)指無生物的第三人稱代名詞。(2)那：【它日】。(3)姓。

宇 ㄩˇ　宀部 3畫
(1)屋簷、房屋：【屋宇】。(2)天地四方，所有的空間：【宇宙】。(3)儀表風度：【氣宇】。(4)器量：【眉宇】。

守 ㄕㄡˇ　宀部 3畫
(1)看管：【看守】。(2)遵行：【守法】。(3)防：【防守】。(4)等待：【守候】。(5)保持：【保守】。(6)品行、節操：【操守】。(7)古代的官名：【太守】。(8)通「狩」，打獵：【守獵】。姓。

宅 ㄓㄞˊ　宀部 3畫
(1)人住的房子：【住宅】。(2)墳墓：【陰宅】。(3)保有、存有：【宅心仁厚】。(9)姓。

安 ㄢ　宀部 3畫
(1)平靜、穩定：【安定】。(2)說話使人安定：【安慰】。(3)放在適當的位置：【安置】。(4)身體健康：【安康】。(5)怎能：【安能不管】。(6)緩慢的：【安步當車】。(7)存：【安什麼心】。(8)姓。

完 ㄨㄢˊ　宀部 4畫
(1)事情做成了：【完工】。(2)齊全：【完整】。(3)繳納：【完稅】。(4)沒有了：【完蛋】。(5)失敗的意思：【完了】。(6)用完了。姓。

宋 ㄙㄨㄥˋ　宀部 4畫
(1)中國的朝代名：【宋朝】。(2)古代國名。(3)姓。

宏 ㄏㄨㄥˊ　宀部 4畫
(1)深遠、廣大：【宏大】。(2)大而響亮：【宏亮】。(3)使其廣大：【恢宏】。(4)姓。

宗 ㄗㄨㄥ　宀部 5畫
(1)祖先：【祖宗】。(2)同一家祖族的：【同宗】。(3)派別：【正宗】。(4)主要的：【宗旨】。(5)單位名詞：【一宗貨品】。(6)學識技藝被大眾所敬仰的人：【文宗】。(7)尊崇：【宗仰】。(8)姓。

定 ㄉㄧㄥˋ　宀部 5畫
(1)安靜、安穩：【安定】。(2)確立、裁決：【決定】。(3)不變的：【定理】。(4)預約：【預定】。(5)不能超過：【限定】。(6)平息：【平定】。(7)必然：【一定】。(8)姓。

官 ㄍㄨㄢ　宀部 5畫
(1)在政府機關擔任公職的人：【官兵】。(2)屬於國家的：【官員】。(3)生物體的感覺器官：【器官】。(4)姓。

宜 ㄧˊ　宀部 5畫
(1)適合：【事宜】。(2)應該：【不宜遲】。(3)事情：【事宜】。(4)相安、和睦：【宜室宜家】。(5)姓。

宙 ㄓㄡˋ　宀部　5畫
(1)古往今來的所有時間：「宇宙」。
(2)「銀河」的代稱。

宛 ㄨㄢˇ　宀部　5畫
(1)相似、好像：【宛如】。
(2)曲折：【宛轉】。
(3)四面高、中央低的：【宛丘】。
(4)姓。
ㄩㄢ　漢朝時西域的國名之一：【大宛】。

宓 ㄇㄧˋ　宀部　5畫
(1)安靜：【靜宓】。
(2)姓。
ㄈㄨˊ　姓。

宕 ㄉㄤˋ　宀部　5畫
(1)拖延：【跌宕】。
(2)行為放縱，不受拘束。

宣 ㄒㄩㄢ　宀部　6畫
(1)公開發表：【宣布】。
(2)疏通：【宣洩】。
(3)發揚：【宣揚】。
(4)姓。

宦 ㄏㄨㄢˋ　宀部　6畫
(1)官吏：【宦途】、【宦海】。
(2)太監：【宦官】。
(3)官：【仕宦】。

室 ㄕˋ　宀部　6畫
(1)房間：【教室】。
(2)機關團體內的工作單位：【人事室】。
(3)妻子：【妻室】。
(4)朝代：【唐室】。
(5)姓。

客 ㄎㄜˋ　宀部　6畫
(1)與「主」相對，外來的人：【客人】。
(2)寄居在外地的人：【客居】。
(3)旅居、在外奔走的人：【旅客】。
(4)從事某活動的人：【政客】。
(5)量詞：一客牛排。
(6)姓。

宥 ㄧㄡˋ　宀部　6畫
(1)原諒、寬恕：【諒宥】。
(2)通「侑」，幫助。
(3)姓。

宰 ㄗㄞˇ　宀部　7畫
(1)古代官吏，輔佐天子處理國事：【宰相】。
(2)主持、管理：【主宰】。
(3)屠殺：【宰殺】、【宰割】。
(4)姓。

害 ㄏㄞˋ　宀部　7畫
(1)損傷、毀壞：【受害】。
(2)災禍、患難：【禍患】。
(3)關鍵的地方：【要害】。
(4)殺傷：【害命】。
(5)感覺：【害病】、【害喜】。
(6)產生：【害羞】。
(7)妨礙：【妨害】。
(8)有壞處的：【害蟲】。
通「曷」。

家 ㄐㄧㄚ　宀部　7畫
(1)親屬共同居住生活的處所：【家庭】。
(2)經營某種行業或具有某種身分的人：【農家】。
(3)尊稱有某種專門知識或技能的人：【畫家】。
(4)自稱或稱別人：【自家】、【人家】。
(5)數量詞：【三家工廠】。
(6)對人謙稱自己的長輩：【家母】。
(7)與家庭有關的：【家務】。
(8)在家中飼養種植的：【家畜】。
(9)姓。
《ㄨ　通「姑」，古代對女子的尊稱：【曹大家】。

宴 ㄧㄢˋ　宀部 7畫
(1)筵席：【宴席】(2)用酒食招待客人：【宴客】(3)安樂：【宴樂】。

宮 ㄍㄨㄥ　宀部 7畫
(1)古代帝王居住的地方：【皇宮】(2)神廟：【行天宮】(3)音律名，五音之一：宮、商、角、徵、羽。(4)學校：【黌（ㄏㄨㄥˊ）宮】(5)姓。

宵 ㄒㄧㄠ　宀部 7畫
(1)指晚上：【良宵】(2)通「小」，細小的：【宵小】。

容 ㄖㄨㄥˊ　宀部 7畫
(1)儀表面貌：【容貌】(2)事物所展現的狀態：【陳容】(3)裝、包含：【容納】(4)同意：【容許】(5)寬恕：【容忍】(6)裝飾：【女為悅己者容】(7)臉上的神情氣色：【愁容】(8)容許、或許：【容或】(9)姓。

宸 ㄔㄣˊ　宀部 7畫
(1)又大又深的房屋(2)帝王居住的地方，也作帝王的代稱：【紫宸、宸遊】。

寇 ㄎㄡˋ　宀部 8畫
(1)盜匪：【盜寇】(2)敵人、敵：【敵寇、入寇】(3)敵人前來侵略：【入寇】(4)姓。

寅 ㄧㄣˊ　宀部 8畫
(1)十二地支的第三位，用以計算年、月、日：(2)時辰名，凌晨三點到五點：【寅時】(3)姓。

寄 ㄐㄧˋ　宀部 8畫
(1)託付：【託寄】(2)依靠、依附：【寄生】(3)傳送、郵遞：【寄語、寄信】。

寂 ㄐㄧˋ　宀部 8畫
(1)佛家語，涅槃的意思，滅。(2)安靜沒有聲音：【寂靜】(3)孤單冷清：【寂寞】。

冥音：【寂靜】。

宿 ㄙㄨˋ　宀部 8畫
(1)停留、居住的地方：【住宿】(2)過夜：【夜宿】(3)前世的：【宿命】(4)(5)積久的：【宿疾】(6)博學的：【宿儒】(7)隔夜的：【宿醉】(8)一向的：【宿願】

ㄒㄧㄡˇ　夜、晚：【一宿】。

ㄒㄧㄡˋ　群星：【星宿】。

密 ㄇㄧˋ　宀部 8畫
(1)距離近、空間小：【緊密】(2)不使人知道的：【密室】(3)親近的：【親密】(4)仔細、周全的：【周密】(5)姓。

寒 ㄏㄢˊ　宀部 9畫
(1)嚴冷的冬季，「暑」的反義詞：【暑寒】(2)害怕：【膽寒】(3)很冷的：【寒冷】(4)貧窮的：【貧寒】(5)姓。

富 ㄈㄨˋ　11畫　宀部
(1)資源、財產：【財富】
(2)使財力充足：【富國強兵】
(3)多、充滿：【富翁：富】
(4)財產多的：【年富力強】
(5)壯盛的：【富有情感的】
(6)姓。

寓 ㄩˋ　9畫　宀部
(1)住的地方：【公寓】
(2)居住：【寓居】
(3)寄託：【寓意】
住。

寐 ㄇㄟˋ　9畫　宀部
睡眠：【假寐】。

寞 ㄇㄛˋ　11畫　宀部
冷清的、寂靜的：【寂寞、落寞】

寧 ㄋㄧㄥˊ　11畫　宀部
(1)女兒出嫁後回家探視父母是否安好：【歸寧】
(2)安定、安靜：【安寧、寧靜】
(3)情願：【寧可】
(3)姓。

寡 ㄍㄨㄚˇ　11畫　宀部
(1)婦女死了丈夫：【寡婦】
(2)古代君主、諸侯的自稱：【寡人】
(3)少數：【寡不敵眾】
(4)缺少：【優柔寡斷】

寢 ㄑㄧㄣˇ　11畫　宀部
(1)臥室：【寢室】
(2)古代帝王的墳墓：【陵寢】
(3)睡覺：【寢容】
(4)廢寢忘食
(5)姓。
相貌難看的：【貌寢】

寥 ㄌㄧㄠˊ　11畫　宀部
(1)稀少的：【寥若晨星】
(2)冷清的：【寂寥】
(3)空虛的：【寥廓】

實 ㄕˊ　11畫　宀部
(1)草木所結的果子或種子：【果實】
(2)事情的真相：【事實】
(3)使充滿：【充實】
(4)真的去做：【實行】
(5)真誠不虛假：【誠實】
(6)真確：【真確】
(7)富有的：【殷實】
(8)姓。
的：【實情】

寨 ㄓㄞˋ　11畫　宀部
(1)村落：【山寨、村寨】
(2)盜賊的窩巢：【盜賊李……山寨】
(3)防備盜匪的柵欄：【寨、賊寨】
安營紮寨。

寤 ㄨˋ　11畫　宀部
(1)睡醒：【寤寐】
(2)通「悟」，覺悟：【寤寤】

察 ㄔㄚˊ　11畫　宀部
(1)詳細審視：【審察、觀察】
(2)調查：【考察】
(3)姓。
詳細考核：【考察】

寮 ㄌㄧㄠˊ　12畫　宀部
(1)小屋子：【工寮】
(2)通「僚」，官吏：
(3)
(4)姓。
國家名：【寮國】

寬 ㄎㄨㄢ　12畫　宀部
(1)橫的距離：【長寬】
(2)脫下：【寬衣】
(3)饒恕：【寬恕】
(4)放鬆：【寬心】
(5)延緩：【寬限】
(6)氣量大的：【寬宏大量】
(7)廣闊的：【寬敞】
(8)富裕的：【寬裕】
(9)姓。

審　ㄕㄣˇ　宀部　12畫

(1)訊問：【審訊】(2)仔細研究分析：【審查】(3)知道：【不可不審】(4)詳細、周密的：【審慎】(5)姓。

寫　ㄒㄧㄝˇ　宀部　12畫

(1)用筆書寫或畫：【寫字、寫生】(2)描述、記錄：【寫實、寫景】。

寰　ㄏㄨㄢˊ　宀部　13畫

通「環」，全、廣大的地域：【人寰】(2)世界：【寰宇、寰球、寰海】。

寵　ㄔㄨㄥˇ　宀部　16畫

(1)妾的代稱：【內寵】(2)過分疼愛：【寵愛】(3)光榮的：【榮寵】(4)優渥的：【寵召】。

寶　ㄅㄠˇ　宀部　17畫

(1)珍貴的東西：【寶貝】(2)古代的錢幣：【元寶】(3)帝王的印璽：【御寶】(4)尊稱與君主、神佛相關的事物：【寶號】(5)尊稱別人的用詞：【寶劍、寶剎】(6)貴重的：【寶貴】(7)姓。

寸部　ㄘㄨㄣ

寸　ㄘㄨㄣˋ　寸部　0畫

(1)長度的單位名稱，一寸等於三公分(2)形容很小、很少、很短的：【寸心、寸草、寸陰】(3)碎亂而不連續的樣子：【柔腸寸斷】(4)姓。

寺　ㄙˋ　寸部　3畫

(1)古代官署名：【大理寺】(2)佛教的廟宇、和尚、尼姑住的地方：【寺廟、龍山寺、寺院、少林寺】。

封　ㄈㄥ　寸部　6畫

(1)計算書信、電報的單位：【一封信】(2)古代帝王把土地、官位分給臣子：【封侯】(3)古代帝王把土地、官位分給臣子(4)疆界：【封疆】(5)限制：【封好了信】(6)密合：【封合】(7)關閉：【自封、封鎖】故步自封。

射　ㄕㄜˋ　寸部　7畫

(1)發箭的技術和禮節，是中國古代的六藝之一：【禮、樂、射、御、書、數】(2)施放槍彈或弓箭：【射擊】(3)用壓力使液體從細孔中噴出來：【注射】(4)言語或文字暗示：【影射】(5)發出光、熱、電波：【光芒四射】(6)追求：【射利】。

射　ㄧ

古代音律名：【無射】

射　ㄧㄝˋ

(1)藥草名：【射干】(2)古代的官名：【僕射】

尉　ㄨㄟˋ　寸部　8畫

(1)古代的武官名：【太尉】(2)軍階的名稱

尉　ㄩˋ

(1)秦朝的官名：在校官之下：【尉官】(2)複姓：【尉遲】。

專 ㄓㄨㄢ 寸部 8畫
(1)把持、政：【專政】
(2)集中心力在一件事上的：【專心】
(3)獨自掌握和占有的：【專利】
(4)有特別學問或技能的：【專家】。

將 ㄐㄧㄤ 寸部 8畫
(1)做：【將事】
(2)拿：【將功折罪】
(3)慎重將事
(4)調養：【將養】
(5)就要、快要：【天將下雨了】
(6)又、且：【將信將疑】
(7)勉強的
(8)吃
用在動詞後面，表示動作開始：【將起來】

ㄐㄧㄤ
(1)軍階名：【上將、中將】
(2)軍官或武官：【將相、主將】
(3)技藝優良的人：【長跑健將】
(4)統率：【將兵】

尊 ㄗㄨㄣ 寸部 9畫
(1)稱別人的父：【令尊】
(2)計算銅像或大炮等東西的單位：【一尊銅像】
(3)敬重、尊敬、尊重：
的敬詞：【尊敬、尊重】
(4)稱人的敬詞：【尊夫人】
(1)形容聲音：【鼓聲將將】
(2)請求。

尋 ㄒㄩㄣ 寸部 9畫
(1)古代的長度名：一尋
(2)姓。
(3)找：【尋找】
(4)平常、普通：【尋常】
(5)頻繁：
(6)乞求：【尋禍】
(7)眼睛看來看去：
亂相尋
尋常不久
尋錢
尋溜

對 ㄉㄨㄟ 寸部 11畫
(1)成雙的人或物：
(2)向著：
(3)回答：
(4)適
(5)比較查核：
(6)互相交換：
(7)
(8)相敵的：
(9)連詞：
面對
對胃口
校對正確的：
對手
你說得對
合：對調
我對這件事感到滿意。

導 ㄉㄠ 寸部 13畫
(1)帶領、引導、指引：
(2)引導、指引：
(3)傳達：使事物暢通：【導電】
(4)引
疏導：【疏導】
導火線
起：

小部

小 ㄒㄧㄠ 小部 0畫
(1)壞人、沒有道德的人：【小人】
(2)妾的俗稱：嫁給人家做小
(3)輕視：【小看】
(4)不大的：【小河、小數目】
(5)年紀不多的：小孩
(6)排行在後面的：小兒子
(7)額外的：小費
(8)狹窄的：小心眼
(9)稍微：【小睡、小費】
(10)暫時：【牛刀小試】
輕的
多的
丟、遺失：

少 ㄕㄠ 小部 1畫
(1)欠缺、缺少：
(2)
(3)遺失：
(4)欠、負債的差：
(5)數量、小
(6)短時間的
(7)不是經常見到的
(8)表示禁止或警告的
皮包裡少了十塊錢
三比六少三
你少我一塊錢
兩數相比
少數
少傾、不多
少見多怪

94

小部

少 ㄕㄠˋ
語氣：【少廢話】。
(1)年紀輕的…【少女】(2)軍官的第三階…【少尉】(3)姓。

尖 ㄐㄧㄢ 小部 3畫
頂端、前端：【腳尖】(1)物體末端小而銳利的部分…【筆尖】
銳利的：【尖刀】(2)...
(3)旅途中的休息、飲食：...
(4)小而...
(5)靈敏的、最好的：...
(6)特出的、頂尖人物…耳朵尖...
(7)聲音高而細…尖嗓子...
(8)不厚道的：【尖酸刻薄】

尚 ㄕㄤˋ 小部 5畫
(1)尊崇、重視：【崇尚】(2)自尚
(3)崇高的：【高尚】(4)還、誇耀：...
(5)表示更進一層的連詞：【尚且】(6)姓。
尚未完成…【尚未完成】(3)…其功

尢部 ㄨㄤ

尤 ㄧㄡˊ 尤部 1畫
(1)惡劣的行為…以做效：...
(2)怨恨：【怨天尤人】
(3)特別的、突出的…【尤物】
(4)更…【尤其、尤甚】
(5)姓。

尬 ㄍㄚˋ 尤部 4畫
尷尬，見「尷」字。

就 ㄐㄧㄡˋ 尤部 9畫
(1)到、開始從事…【就學】(2)完成、
成就：【成就】(3)靠近：...
近、遷就：...
將要、成就：...
(4)趁著…就便：...立刻：...
(5)就...(6)...
(7)只有：…這件事就這樣做...
(8)表示肯定的：...
(9)表示堅決的：...
(10)配著…就著菜吃...
他知道了，就對了...
我就來…他就要走了...
(11)依照…【就我看來】。
不相信...

尷 ㄍㄢ 尤部 14畫
尷尬。
指事情不易處理，或指難為情、困窘：...

尸部

尸 ㄕ 尸部 0畫
(1)通「屍」，死人的身體，古代祭祀叫…
(2)活人扮成祖先的模樣，接受祭拜…
(3)空佔職位而不做事…【尸位素餐】
(4)姓。

尺 ㄔˇ 尸部 1畫
(1)計算長度的單位，一公尺等於一百公分的…【直尺】
(2)測量長度的工具，像尺的東西：【尺牘】
(3)...
(4)書信：【尺地】
(5)微小的：【鎮尺】
(6)...
規矩、規則：【繩尺】
中國傳統的音階符號之一…【工尺】

尼 ㄋㄧˊ 尸部 2畫
(1)信奉佛教，削髮出家修行的女性：【尼姑】
(2)阻止：【當路尼眾】
(3)姓。

95

局 ㄐㄩˊ　｜尸部　4畫
(1)賣東西的商店：【藥局、書局】。
(2)機關：【教育局、書局】。
(3)或團體中的單位進行的情況或結構：【時局、布局】。
(4)聚會：【飯局】。
(5)東西的一部分：【局部】。
(6)騙人的圈套：【騙局】。
(7)計算下棋或比賽次數的單位：【一局棋、第九局】。
(8)狹小的：【局促】。

屁 ㄆㄧˋ　｜尸部　4畫
(1)從肛門排出來的臭氣：【放屁】。
(2)用來罵人，指責文字或語言荒謬：【屁話】。

尿 ㄋㄧㄠˋ　｜尸部　4畫
(1)小便，是從腎臟經由尿道排出的液體：【尿尿】。
(2)排泄小便：【排尿】。

尾 ㄨㄟˇ　｜尸部　4畫
(1)鳥獸蟲魚的脊椎末梢突出的部分。
(2)計算魚的單位：【一尾魚】。
(3)事情的末了：【結尾】。
(4)動物交配。
(5)後面的：【尾聲、首尾、尾大不掉】。
(6)跟在後面的：【尾隨】。
(7)天上星宿的名稱：【尾宿】。
(8)姓。

屈 ㄑㄩ　｜尸部　5畫
(1)冤枉：【冤屈】。
(2)彎曲：【屈指】。
(3)認輸、折服：【屈就】。
(4)降低身分：【屈服】。
(5)改變志節：【屈節】。
(6)姓。

居 ㄐㄩ　｜尸部　5畫
(1)住的地方：【故居、遷居】。
(2)住：【居住】。
(3)在，處於：【居多、居中、居間】。
(4)占：【十居八九】。
(5)任：【居心】。
(6)存著：【居心】。
(7)儲存：【奇貨可居】。
(8)姓。
(9)表示疑問的語末助詞：【何居（為什麼）】。

屆 ㄐㄧㄝˋ　｜尸部　5畫
(1)回、次：【第一屆畢業生】。
(2)到：【屆時、屆期、屆滿】。

屎 ㄕˇ　｜尸部　6畫
(1)糞便：【狗屎】。
(2)眼、耳、鼻中的分泌物：【眼屎、耳屎、鼻屎】。

屋 ㄨ　｜尸部　6畫
(1)房子：【房屋】。
(2)房間：【裡屋、外屋】。

屍 ㄕ　｜尸部　6畫
人或動物死去的身體：【屍首、屍體】。

屏 ㄆㄧㄥˊ　｜尸部　6畫
(1)遮避的東西：【屏風】。
(2)遮避：【屏障】。
(3)遮擋、裱成長條形的字畫：【字屏、畫屏】。

屏 ㄅㄧㄥˇ
(1)拋開、除去：【屏除、屏棄】。
(2)停止、忍著：【屏息、屏氣凝神】。

展 ㄓㄢˇ　｜尸部　7畫
……展。

屐 ㄐㄧ　｜尸部　7畫
(1)木底的鞋：【木屐】。
(2)草鞋、屐履的通稱：【草屐】。

屙
ㄜ

8畫 尸部

(4)【屙】姓。

【屙】排泄、屙大便】。

屠
ㄊㄨˊ

8畫 尸部

(1)【屠夫】：宰殺牲畜的人：【屠宰】。

(2)【屠殺牲畜：【屠城】。

(3)大量殺害：

屜
ㄊㄧˋ

8畫 尸部

可存放東西：【抽屜】。

櫃子裡、桌子下附有可以抽出的小箱子，

屑
ㄒㄧㄝˋ

7畫 尸部

(1)粉末狀的細小東西：【木頭屑】。

(2)樂意、甘願：【不屑】。

(3)細碎的：【瑣屑】。

展
ㄓㄢˇ

7畫 尸部

(1)張開、舒放開：【展開、舒展】。

(2)事情繼續變化：【展覽】。

(3)陳列供人參觀：【展覽】。

(4)發展：【發展】。

(5)放寬、延遲：【展緩、展期、展延】。

(6)施展：【展望】。

(7)姓。

看：【展望】。

屬
ㄕㄨˇ

18畫 尸部

(1)生物分類上所用的等級、種、屬、科：

(2)階級：【層次分明的】。

(3)次序：【五層樓】。

(4)物體表面可以抹去或翻開的東西：【一層灰、一層薄膜、雲層】。

(5)重疊的：【重複的】。

(6)重複的：【層出不窮】。

層
ㄘㄥˊ

12畫 尸部

(1)計算高樓、寶塔或階梯的單位名詞：【上層社會】。

履
ㄌㄩˇ

12畫 尸部

(1)鞋子：【草履】。

(2)個人學業或事業上的：【履行】。

(3)走、踩：【如履平地】。

(4)實行：【履歷】。

經歷：【履歷】。

屍
ㄒㄧˊ

11畫 尸部

(1)鞋子：【敝屣】。

(2)拖著鞋走路：【曳屣】。

屢
ㄌㄩˇ

11畫 尸部

(1)一次又一次的、目的人：【屢次】。

(2)經常：【屢次】。

屯
ㄊㄨㄣˊ

1畫 屮部

(1)北方人稱村莊為「屯」：【屯聚】。

(2)儲存、聚集：【屯糧、屯聚】。

(3)軍隊駐守：【屯駐】。

ㄓㄨㄣ

(1)易經卦名之一：【屯險】。

(2)困頓、艱難：【屯險】。

(3)姓：【屯留】。

山西省縣名：【屯留】。

屬
ㄓㄨˇ

(1)專心注意：【屬目】。

(2)連：【相屬】。

(3)交代、叮嚀：【屬命】。

(4)寫作：【屬文】。

同「囑」：【屬命】。

中部
屮 ㄔㄜˋ

(1)同出一系，有血統關係的：【親屬】。

(2)同類的東西：【金屬】。

(3)同系，同類的東西：【部屬】。

(4)有管轄或統治關係的人：【所屬】。

(5)歸：【屬於】。

(6)用十二生肖記出生年：【我屬牛】。

(7)是，符合：【情況屬實】。

山部

山 ㄕㄢ　山部　0畫
(1)地層受到擠壓而突出陸地的部分：【高山】
(2)形狀像山的東西：【冰山】
(3)房屋兩側的牆：【山牆】
(4)帝王的墳墓：【山陵】
(5)山中的：【山洞】
(6)把門敲得山響。
(7)姓。

屹 ㄧˋ　山部　3畫
(1)山高聳的樣子：【屹屹】
(2)像山一樣直立不動：【屹立】

岐 ㄑㄧˊ　山部　4畫
(1)山名，一在陝西省，一在山西省：【岐山】
(2)高峻的：【岐峻】
(3)通「歧」，分叉的：【分歧】
(4)姓。

岑 ㄘㄣˊ　山部　4畫
(1)小而高的山。
(2)寂靜的：【岑寂】
(3)姓。

岔 ㄔㄚˋ　山部　4畫
(1)路歧、山分歧的地方或山分歧：【岔路】
(2)路：【岔路、出岔】
(3)插嘴、打斷談話：【打岔】
(4)互相讓開：【岔開】
(5)意外的事故或差錯：【岔子】
矛盾的：【你這話說岔了】。

岌 ㄐㄧˊ　山部　4畫
(1)山很高的樣子，像要倒下的樣子。
(2)十分危險的樣子：【岌岌可危】

岷 ㄇㄧㄣˊ　山部　5畫
(1)山名，在四川省：【岷山】
(2)水名，在四川省：【岷江】。

岡 ㄍㄤ　山部　5畫
(1)山脊：【山岡、山岡】。
(2)高岡：【高岡】。

岸 ㄢˋ　山部　5畫
(1)靠近江、湖、海等水邊的陸地：【河岸】
(2)碼頭：【靠岸】
(3)身體高壯的樣子：【偉岸】
(2)高傲的樣子：【道貌岸然】
(3)莊嚴
(4)

岩 ㄢˊ　山部　5畫
(1)高峻的山崖
(2)構成地殼的火成石質：【岩石、岩石】。

岫 ㄒㄧㄡˋ　山部　5畫
(1)山洞：【山岫、洞岫】
(2)峰巒：【峰巒、遠岫、雲岫】。

岱 ㄉㄞˋ　山部　5畫
泰山的別名，在山東省。

岳 ㄩㄝˋ　山部　5畫
(1)高大的山，同「嶽」：【山岳】
(2)稱呼妻子的父母親：【岳父、岳母】
(3)姓。

岬 ㄐㄧㄚˇ　山部　5畫
(1)伸入海裡的陸地前端：【岬角】
(2)兩山的中間。

峨 ㄜˊ
山部　7畫
【嚴刑峻法】嚴刑峻法。
【峨嵋】山高的樣子：【巍峨】。

峻 ㄐㄩㄣˋ
山部　7畫
(2)嚴厲的樣子：【峻嶺】。
(3)嚴厲的、苛刻的：
(1)高大而險要的：【高山峻嶺】。
(2)急切的：

峭 ㄑㄧㄠˋ
山部　7畫
壁】。
(3)連接兩大陸地的狹長地帶：【地峽】。
(1)山勢高立而危險的樣子：【峭立】。
(2)高山峻

峽 ㄒㄧㄚˊ
山部　7畫
峽】。
陸地中間的狹長海峽谷】。
(3)連接兩大陸地的狹長地帶：【臺灣海

岶 ㄒㄩㄣˊ
山部　6畫
(1)兩山夾著水道的地方：【兩大

峙 ㄓˋ
山部　6畫
「嶙峋」字。
【雙峰對峙、峙立】。

直立、聳立：

峻 ㄐㄩㄣˋ
用來比喻人生困苦：【崎嶇】。
大的：【崇山峻嶺】。

崎 ㄑㄧˊ
山部　8畫
(2)地面高低不平的樣子，可
(1)彎曲的河岸：
(4)姓。

崇 ㄔㄨㄥˊ
山部　8畫
(1)尊重、敬。
(2)重視：【崇高】。
(3)高、

崁 ㄎㄢˋ
山部　7畫
北)、南崁(桃園)、赤崁(臺
地：
【崁頂(臺

島 ㄉㄠˇ
山部　7畫
(1)島嶼、群島、小島。
山腳地帶，多用於地名：
水面的小塊陸
在海洋、河流或湖泊中高出

峰 ㄈㄥ
山部　7畫
同「峯」。(1)山脈的尖頂：
(2)突起
(3)對高
(4)最高
像山峰的東西：
級長官的稱呼：
境界：【登峰造極】。
【層峰】。【駝峰】。

崙 ㄌㄨㄣˊ
山部　8畫
山名：【崑崙山】。
高地，多用於

崔 ㄘㄨㄟ
山部　8畫
姓。

崩 ㄅㄥ
山部　8畫
時稱皇帝逝世：【駕崩】。
多用於山名：【崑崙山】。
(1)倒塌、崩潰。
(2)毀壞。
(3)古

崑 ㄎㄨㄣ
山部　8畫
曲一種。(2)高山，崑崙山：
(1)中國戲劇的一種：【崑

崢 ㄓㄥ
山部　8畫
角崢嶸】。
能突出。(2)比喻才
(1)山勢高峻的樣子：【頭

崖 ㄧㄞˊ
山部　8畫
邊：【懸崖】。
高而危險的山

崛 ㄐㄩㄝˊ
山部　8畫
起：【崛起】。
忽然高起或興

崗 《ㄤ 山部 8畫
通「岡」，山脊：【山崗】、【高崗】。
(1)值勤、守衛的地方：【崗位】、【崗哨】、【崗站】。

嵌 ㄑㄢ 山部 9畫
把東西鑲填入縫隙中，一般用於飾物上：【鑲嵌】、【嵌寶石】。
崁 ㄎㄢˋ
臺灣古地名：【赤嵌城】（位於臺南，也可寫作「赤崁」）。

嵐 ㄌㄢˊ 山部 9畫
瀰漫在山中的霧氣：【山嵐】、【朝嵐】、【曉嵐】。

嵋 ㄇㄟˊ 山部 9畫
山名，在四川省，是佛教、道教並稱為靈勝的地方：【峨嵋山】。

崽 ㄗㄞˇ 山部 9畫
(1)俗稱為外僑服勞役的中國人：【西崽】
(2)小動物。北方人常用來罵頑童：【崽子】。

嵇 ㄐㄧ 山部 9畫
(1)姓：【嵇康】（三國時的文學家，為竹林七賢之一）。
(2)山名：【嵇山】（一在河南省，一在安徽省）。

嵩 ㄙㄨㄥ 山部 10畫
(1)山名，在河南省，是五嶽中的中嶽：【嵩山】。
(2)高聳的樣子：【嵩高】。

嶄 ㄓㄢ 山部 11畫
(1)山峰高峻的樣子：【嶄然】。
(2)突出的：【嶄露頭角】。

嶇 ㄑㄩ 山部 11畫
形容山路不平，不好行走：【崎嶇】。

嶙 ㄌㄧㄣ 山部 12畫
山石重疊高聳的樣子，也用來形容人削瘦：【嶙峋】、【瘦骨嶙峋】。

嶼 ㄩˇ 山部 14畫
小島：【島嶼】。

嶺 ㄌㄧㄥˇ 山部 14畫
(1)山頂上有路可走的山：【山嶺】。
(2)山脈：【南嶺】。

嶽 ㄩㄝˋ 山部 14畫
(1)高大的山：【山嶽】、【五嶽】（泰山、嵩山、華山、恆山、衡山）。
(2)姓。

嶸 ㄖㄨㄥ 山部 14畫
很高大的樣子：【崢嶸】。

巍 ㄨㄟˊ 山部 18畫
山勢高峻：【巍巍】、【巍峨】。

巔 ㄉㄧㄢ 山部 19畫
(1)山頂：【山巔】。
(2)最高的：【巔峰】。
(3)下墜，同「顛」：【巔越】。

巒 ㄌㄨㄢˊ 山部 19畫
(1)連綿不斷的山峰：【山巒】。
(2)尖而小的山峰；山峰的通稱：【山巒】。

、峰巒】

【巖】 一ㄢˊ

山部
20畫

(1)陡峻的山崖：【千巖萬壑】。

(2)山洞：【巖穴】。

(2)小而尖的山：【岡巒】。

川部

【川】 ㄔㄨㄢ

川部
0畫

(1)河流的通稱：【高山大川】。

(2)四川省的簡稱：【平原、平地：【平川】。

(3)平原、平地：【平川】。

(4)經常、連續不斷的：【川流不息】。

(5)姓。

【州】 ㄓㄡ

川部
3畫

(1)通「洲」，水中的陸地：【沙州】。

(2)古代行政區的名稱，到民國時全部改為「縣」：【泉州】。

(3)姓。

【巢】 ㄔㄠˊ

山部
8畫

(1)鳥類、蟲類的窩：【鳥巢】。

(2)盜賊聚居的地方：【巢穴、匪巢】。

(3)姓。

工部

【工】 ㄍㄨㄥ

工部
0畫

(1)從事勞動生產的人：【工人、勞工】。

(2)做工於詩畫】。

(3)勞動的事：【做工】。

(4)擅長：【工於心計】。

(5)精巧細緻：【工

【巨】 ㄐㄩˋ

工部
2畫

(1)大：【巨大】。

(2)很多：【巨萬】。

(3)姓。

【巧】 ㄑㄧㄠˇ

工部
2畫

(1)技能：【技巧】。

(2)心思靈敏、技術高超：【巧妙】。

(3)聰明的：【靈巧】。

(4)虛偽的：【花言巧語】。

(5)剛好、恰巧】。

【左】 ㄗㄨㄛˇ

工部
2畫

(1)表示方向、位置，與「右」相反：【向左轉】。

(2)方位名，指東方：【江左】。

(3)違背、衝突：【意見相左了】。

(4)不正派的：【旁門左道】。

(5)差錯：【你想左了】。

(6)主張較急進激烈的份子：【左派】。

(7)姓。

巫部

【巫】 ㄨ

工部
4畫

(1)裝神弄鬼，替人求神鬼賜福或代神鬼發言的人：【女巫】。

(2)姓。

【差】 ㄔㄚ

工部
7畫

(1)數學中兩數相減所得的數：【差別】。

(2)缺失、錯誤：【誤差】。

(3)區別：【失之毫釐，差以千里】。

(4)缺少、尚：【差強人意】。

(5)尚、勉強：【差強人意】。

(6)缺少、不好的：【差點兒】。

(7)不好的：【成績很差】。

ㄔㄞ

(1)奉命辦的事：【出差】。

(2)被派遣做事的人：【郵差】。

(3)派遣：【差遣】。

ㄘ

(1)不整齊：【參差】。

ㄘㄨㄛ

(1)人名：【景差】。

(2)通「搓」，搓洗：【差沐】。

己部

己 ㄐㄧˇ
己部 0畫
(1)天干的第六位，用來代表號和地支相配，作為計算時日的代號：【甲、乙、丙、丁、戊、己】。可
(2)自己的代稱：【自己】。

已 ㄧˇ
己部 0畫
(1)停止：【爭論不已】。
(2)太、甚：【已甚】。
(3)既，表示過去的時間：【已往】、【已過分】；【已經】。

巳 ㄙˋ
己部 0畫
(1)地支的第六位：【子、丑、寅、卯、辰、巳……】。
(2)時辰名，指上午九點到十一點：【巳時】。

巴 ㄅㄚ
己部 1畫
(1)古代國名，在今四川省：【巴蜀】。
(2)因乾燥或溼稠而黏結的東西：【泥巴】。
(3)下頷：【下巴】、【嘴巴、尾巴】。(4)詞尾，無意義：【巴】。(5)氣壓的壓力強度單位：【毫巴】。(6)靠近：【巴在牆上不得】。(7)盼望：【巴】。(8)姓。

巷 ㄒㄧㄤˋ
己部 6畫
(1)大路旁較狹窄的街道：【巷子、窄巷】。(2)姓。

巽 ㄒㄩㄣˋ
己部 9畫
(1)易經八卦之一，卦形是「☰」，代表風。(2)卑順(3)通「遜」，謙讓。

巾部

巾 ㄐㄧㄣ
巾部 0畫
擦洗東西或包裹、覆蓋用的布：【毛巾、布】。

市 ㄕˋ
巾部 2畫
(1)集中做買賣的地方、場所的地方：【市場、夜市】。(2)人口密集，工商、文化發達的地方：【都市】。(3)行政區域的劃分：【院轄市、臺北市】。(4)購買：【市酒】。(5)姓。

布 ㄅㄨˋ
巾部 2畫
(1)棉、麻、毛及絲以化學纖維紡織品的總稱：【棉布】(2)安排、分散：【布置】、【分布】(3)宣告：【公布】(4)分

帆 ㄈㄢˊ
巾部 3畫
(1)掛在船桅上，藉著風力使船前進的布篷：【一帆風順】(2)船：【帆船】(3)用棉麻織成的厚粗布，可做船帆、帳篷、書包等：【帆布】。

希 ㄒㄧ
巾部 4畫
(1)期望：【望】(2)懇求：【尚希見諒】(3)通「稀」，少：【希奇】(4)國

102

希　名：【希臘】(5)姓。

帘【ㄌㄧㄢˊ】巾部 5畫
(1)從前酒店掛在門口當作招牌的旗幟：【酒帘】。(2)用布、竹、塑膠等材料做成，遮住門窗，使人無法看到室內或擋住陽光的用具：【窗帘】。

帚【ㄓㄡˇ】巾部 5畫
掃除塵土、垃圾的用具：【掃帚】。

帖【ㄊㄧㄝˇ】巾部 5畫
(1)簽署姓名的：【請帖】(2)從石刻或木刻上摹印下來的墨跡：【碑帖】(3)古代應試的試題：【試帖】(4)學習寫字或繪畫時所模仿的樣本：【字帖】(5)計算中藥的單位：【一帖藥】。
【ㄊㄧㄝ】(1)通「貼」。(2)姓。
【ㄊㄧㄝˋ】(1)通「貼」：【服帖】、妥帖、喜帖、應酬請柬、試帖、掃帚...

帕【ㄆㄚˋ】巾部 5畫
(1)用來擦手、擦臉的方形小巾：【手帕】(2)古代男子用來束髮的頭巾：【帕頭】。

帛【ㄅㄛˊ】巾部 5畫
(1)絲織品的總稱：【布帛】。(2)姓。

帑【ㄊㄤˇ】巾部 5畫
(1)公款、國帑：【公帑】、【國帑】(2)國家貯藏錢財的國庫：【府帑】、【帑藏】。
【ㄋㄨˊ】通「孥」，妻、子的合稱。

帝【ㄉㄧˋ】巾部 6畫
(1)君主、天子：【皇帝】(2)主宰宇宙的至上神：【上帝】。

帥【ㄕㄨㄞˋ】巾部 6畫
(1)軍隊中的最高將領：【統帥】(2)引導、統領：【帥師北伐】(3)俊美的：【帥氣：他長得很帥】(4)姓。

席【ㄒㄧˊ】巾部 7畫
(1)通「蓆」，用草莖編成可坐臥的墊子：【草席】(2)座位：【入席、出席】(3)職位：【教席】(4)宴會：【一席話、一席酒席】(5)單位詞：(6)姓。

師【ㄕ】巾部 7畫
(1)傳授知識、技能的人：【老師、教師】(2)有專門技藝的人：【律師、美容師】(3)軍隊：【出師】(4)軍隊的編制單位，三旅為一師，大約一萬人(5)榜樣：【前事不忘，後事之師】(6)效法：【師法、師古】(7)姓。

帶【ㄉㄞˋ】巾部 8畫
(1)用布或皮革做成，用來繫衣物的長條物：【皮帶、鞋帶、腰帶】(2)像帶子一般長條形的東西：【海帶、沿海一帶】(3)地區：【熱帶、地帶】(4)率領、引導：【帶領、帶路】(5)佩、掛、拿著：【佩帶、攜帶】(6)含著、現出、面帶：【面帶笑容】(7)連著、附著：【帶蓋的杯子】(8)加上、夾雜：【連說帶笑】

常 ㄔㄤˊ　巾部　8畫
(1)倫理：【五常】。(2)準則、規律：【常規、無常】。(3)一般的、普通的：【常識、常態】。(4)一定的：【常法】。(5)恆久不變的：【松柏常青】。(6)姓。(7)時時：【常常】。

帷 ㄨㄟˊ　巾部　8畫
(1)用布或尼龍等材料做成，張起來掛在床上，把內外分隔開的帳子：【帷帳、門帷】。(2)床帳。

帳 ㄓㄤˋ　巾部　8畫
(1)張掛起來遮蔽用的幔子：【蚊帳】。(2)露宿用的篷子：【營帳、帳篷】。(3)財務收支的數目：【記帳、欠帳】。

幅 ㄈㄨˊ　巾部　9畫
(1)布匹或紙張的寬度。(2)書畫：【全幅】。(3)文章或圖片所占的地方：【篇幅】，圖表的單位詞：【一幅畫】。(4)邊緣：【邊幅】。
ㄅ一　綁腿布。

帽 ㄇㄠˋ　巾部　9畫
(1)戴在頭上，用來保護頭部的用具：【帽子】。(2)形狀或功用像帽子的東西：【筆帽】。

幀 ㄓㄥˋ　巾部　9畫
(1)計算畫或圖片的單位，同「幅」：【一幀圖片】。(2)書籍的裝訂方法：【裝幀】。

幄 ㄨㄛˋ　巾部　9畫
帳篷、帷幄：【帷幄】。

幌 ㄏㄨㄤˇ　巾部　10畫
(1)帷帳、窗簾。(2)蒙騙別人的話或行為：【幌子】。

幛 ㄓㄤˋ　巾部　11畫
在布帛上題字，當作慶賀或弔唁的禮品：【喜幛、壽幛、祭幛】。

幣 ㄅ一ˋ　巾部　11畫
有標準價值，可以用來交易的東西，同「錢幣」：【金幣、貨幣、錢幣、紙幣】。

幕 ㄇㄨˋ　巾部　11畫
(1)覆蓋、遮蔽所用的布、綢、絲絨：【帷幕、銀幕】。(2)舞臺劇中的一個大段落叫一幕：【獨幕劇】。(3)事情的開始或結束：【開幕、閉幕】。(4)軍中或官署中聘請佐理軍政的人員：【幕僚】。
ㄇㄛˋ　通「漠」，沙漠。

幗 ㄍㄨㄛˊ　巾部　11畫
古代婦女的頭巾。常以「巾幗」作為婦女的代稱：【巾幗英雄】。

幔 ㄇㄢˋ　巾部　11畫
懸掛起來遮擋或隔離用的布、綢、絲絨等：【布幔】。

幢 ㄔㄨㄤˊ 巾部 12畫

(1)計算房屋的單位詞：【一幢樓房】(2)古代圓形的旗幟。

幟 ㄓˋ 巾部 12畫

(1)直幅長條作為標識的旗子：【旗幟】(3)記號：(2)派別：【獨樹一幟】。【標幟】。

幡 ㄈㄢ 巾部 12畫

(1)旗幟(2)通「翻」，變動。

幫 ㄅㄤ 巾部 14畫

(1)組織、團體：【幫會、幫派】(2)單位詞：【一幫人馬】(3)群或一夥：【一幫人】(4)陪同、附和：【幫腔】(5)中空物體旁邊豎起的部分：【鞋幫】。輔助：【幫忙、幫助】，

干部 《ㄢ

干 《ㄢ 干部 0畫

(1)盾牌，古代的一種兵器：【干戈】(2)古代以甲、乙、丙、丁、戊、己、庚、辛、壬、癸為十干，稱為「天干」，是記年的符號(3)不定的數目：【若干】(4)通「乾」，乾燥的食品：【豆干】(5)冒犯，干犯、干擾】(6)乞求：【干祿、干涉、干預】(8)相關的：【與你何干？】(7)參預、涉及：【干涉、干求、干擾】。

平 ㄆㄧㄥˊ 干部 2畫

(1)中國文字的讀音分為「平聲」和「仄聲」，平聲相當於現在的一聲和二聲(2)用武力征服、鎮壓：【平亂】(3)表面沒有高低凹凸的：【平坦】(4)相等、不分上下：【平手、平等】(5)普通的、經常的：【平時】(6)安寧的：【平靜】(7)溫和的：【平和】(8)姓。

ㄆㄧㄢˊ 分配均平：【王道平平】。

并 ㄅㄧㄥˋ 干部 3畫

(1)通「併」，合：【兼并】(2)通「屏」，顯：【平章百姓】通「采」，辨別而使明白彰。(1)通「餅」，并吞、并列。

ㄅㄧㄥ 古地名：【并州】。

年 ㄋㄧㄢˊ 干部 3畫

(1)計算時間的單位，地球繞行太陽一周叫【年紀、年齡】(2)人的歲數：【年紀、年齡】(3)人生所經歷的階段：【童年】(4)年節：【過年】(5)姓。

幸 ㄒㄧㄥˋ 干部 5畫

(1)福分、吉利：【幸福、榮幸】(2)過分的希望：【幸其成功】(3)寵幸：【幸愛】(4)高興：【慶幸】(5)古代帝王到達某地：【巡幸】(6)好在、好得很：【幸好、幸而免於難】(7)意外得到好處或免去災禍：【萬幸、幸免於難】(8)姓。

干部

幹 《ㄢˋ　干部 10畫
(1)動物的身體、軀幹：【軀幹】。
(2)事物的主要根本、主體：【主幹】、【骨幹】。
(3)事物的主要部分：【枝幹】、【樹幹】。
(4)做事的能力：【才幹】。
(5)事情：【幹苦工】。
(6)做：【幹線】、【幹部】。
(7)有才能的：【能幹】、【幹練】。
(8)有才...
(9)姓。

ㄏㄢˊ　木頭圍成的欄杆：【井幹】。

幺部

幻 ㄏㄨㄢˋ　幺部 2畫
(1)不尋常的變化：【變幻莫測】。
(2)不真實的：【幻想】、【幻影】。
(3)空洞的：【幻...】。

幼 ㄧㄡˋ　幺部 2畫
(1)小孩子：【扶老攜幼】。
(2)愛護：【幼吾幼以及人之幼（第一個「幼」字指愛護）】。
(3)年紀小：【幼小】、【幼...】
(4)初生的：【幼苗】、【幼稚】。
(5)淺薄、缺乏見識的：【幼...】。

幽 ㄧㄡ　幺部 6畫
(1)古代地名：【幽州】。
(2)陰間：【幽冥】、【陰...】。
(3)雅致的：【幽雅】、【幽美】。
(4)形容地方深遠、僻靜、陰暗的：【幽遠】、【幽寂】、【幽暗】。
(5)祕密的：【幽...】。
(6)深積在心中的：【幽情】、【幽會】。
(7)姓。

幾 ㄐㄧˇ　幺部 9畫
(1)數目不確定的，比較少的：【幾個人】、【幾本書】。
(2)問數目多少的疑問詞：【幾許】、【幾歲】。
(3)問時間的疑問詞：【幾時來的？】
(4)少：【幾...】

ㄐㄧ
(1)預兆：【幾兆】。
(2)少：【幾...】
(3)將近，差一點點：【幾...】

ㄐㄧ
(1)幾乎：【幾希】。
(4)姓。

广部

序 ㄒㄩˋ　广部 4畫
(1)古代學校名：【庠序】。
(2)次第：【次序】、【程序】。
(3)開頭的，在正式內容以前的：【序言、序幕】。

庇 ㄅㄧˋ　广部 4畫
(1)遮蔽：【庇蔭】。
(2)保護、庇護：【庇護、庇佑】。

床 ㄔㄨㄤˊ　广部 4畫
(1)供人睡覺的家具：【木床】。
(2)放置物品的架子：【墨床、琴床】。
(3)河流的槽狀底部：【河床】。
(4)計算被褥的單位詞：【一床棉被】。

庚 《ㄥ　广部 5畫
(1)天干的第七位，天干的第七位，用來代表「第七」，可和地支相配，作為計算時日的代號：【庚子】。
(2)年齡：【貴庚】。
(3)姓。

店 ㄉㄧㄢˋ　广部 5畫
(1)賣東西的地方：【書店】。
(2)旅館、商店...

：【客店、旅店】。

府 ㄈㄨˇ 广部 5畫
(1)處理國家事務的機關：【市政府】。(2)官方收藏文書、財物的地方：【府庫】。(3)舊時稱達官貴人的住宅：【王府】。(4)對別人籍貫、住所的尊稱：【府上、貴府】。(5)古代居於省縣之間的地方區域名：【開府】。(6)姓。

底 ㄉㄧˇ 广部 5畫
(1)器物最下面的部分：【鞋底】。(2)【井底】。(3)終點、盡頭：【基礎、根底】。(4)文書的原稿：【底稿】。(5)剩存的貨物：【存底】。(6)事情的根源：【底細】。(7)達到：【...】。(8)什麼，表示疑問：【干卿底事?】。通「的」，表示「所有」的意思：【我底書】。

庖 ㄆㄠˊ 广部 5畫
(1)廚房：【庖廚】。(2)君子遠庖廚】。廚師：【庖人、庖丁】。(3)姓。

庠 ㄒㄧㄤˊ 广部 6畫
周代學校的名稱：【庠序】。

度 ㄉㄨˋ 广部 6畫
(1)計算長短的標準：【度量衡】。(2)按照一定的標準畫分的單位：【角度、溫度、經度、長度、限度】。(3)一定的範圍或地點：【...】。(4)法則：【法度】。(5)氣量：【氣度、度量】。(6)舉止神情：【態度】。(7)經過：【...】。(8)計算次數的單位：【一年一度、度日如年】。(9)姓。
度 ㄉㄨㄛˋ
(1)考慮、猜測、測量：【量度、忖度】。

庫 ㄎㄨˋ 广部 7畫
(1)儲存物品的地方：【倉庫、水庫、書庫、車庫、火藥庫】。(2)姓。

庭 ㄊㄧㄥˊ 广部 7畫
(1)廳堂前的空地：【庭院】。(2)司法機關審理案件的場所：【法庭】。(3)泛稱家：【家庭】。(4)指廣大的地方：【大庭廣眾】。(5)不同：【大相逕庭】。

座 ㄗㄨㄛˋ 广部 7畫
(1)供人坐的位子、位置：【座位、底座、瓶座】。(2)墊在器物底部的東西：【...】。(3)計算高大、固定東西的單位詞：【一座山、一座橋】。(4)對人的尊稱：【鈞座、尊座】。(5)指方位或地點：【座落在學校旁】。(6)「星座」的簡稱：【大熊座】。

康 ㄎㄤ 广部 8畫
(1)安寧、平安：【安康、康健】。(2)平安、健康：【小康、康年】。(3)豐足：【...】。(4)寬闊、平坦：【康莊大道】。(5)姓。

庸 ㄩㄥ 广部 8畫
(1)功勞：【酬庸】。(2)須、用：【無庸細說】。(3)很平常的、技術不高明的：【平庸、庸才、庸醫】。(4)...。(5)適中：【中庸】。

庶 ㄕㄨˋ 广部 8畫
(1)古時稱平民：【黎庶】、【庶民】。(2)眾多：【富庶、庶物】(3)旁支的、旁系的：【庶子、庶出】(4)繁雜的：【庶務】。(5)差不多：【庶幾】。(6)姓。

庵 ㄢ 广部 8畫
(1)圓形的小茅屋：【茅庵、草庵】。(2)尼姑住的小寺院：【尼姑庵】。

庾 ㄩˇ 广部 8畫
(1)古代容量的單位，十六斗叫一庾(2)古代沒有屋頂的糧倉(3)姓。

廊 ㄌㄤˊ 广部 9畫
(1)屋簷下的通道，或屋上面有頂的狹長通路：【走廊、迴廊】。

厠 ㄘㄜˋ 广部 9畫
(1)大小便的地方：【廁所、茅廁】。(2)參加、加入：【廁身文壇】。

廂 ㄒㄧㄤ 广部 9畫
(1)正房兩邊的房子：【廂房、西廂】。(2)靠近城的地區：【城廂】。(3)邊、面：【這一廂情願】。(4)特別隔開的好座位：【包廂、車廂】。(5)像房子一樣被隔離的地方：【馬廂，養馬的馬棚。

廄 ㄐㄧㄡˋ 广部 9畫
(1)馬舍的屋舍：【廄】。

廉 ㄌㄧㄢˊ 广部 10畫
(1)操守高潔、不貪汙的：【廉潔、清廉】。(2)便宜的：【物美價廉】。(3)姓。

廈 ㄒㄧㄚˋ 广部 10畫
(1)高大的房屋：【大廈、華廈】。(2)房屋後面延伸出去可以遮蔽的部分：【前廊後廈】。(3)地名，在福建省：【廈門】。

廓 ㄎㄨㄛˋ 广部 11畫
(1)外形：【輪廓】。(2)掃蕩、清除：【廓清】。(3)開展、擴充：【開廓】。(4)廓清

廖 ㄌㄧㄠˋ 广部 11畫
(1)姓。

廕 ㄧㄣˊ 广部 11畫
(1)祖先護佑子孫的恩澤：【餘廕】。(2)遮蓋、保護：【庇廕】。

廢 ㄈㄟˋ 广部 12畫
(1)停止：【半途而廢】。(2)捨棄、廢除：【廢話、廢物】。(3)多餘的、沒有用的：【荒廢、廢止】(4)殘缺不全的：【殘廢】。

廚 ㄔㄨˊ 广部 12畫
(1)指烹調食物的地方：【廚房】。(2)通「櫥」，放物品的櫃子：【書廚、衣廚】。

廟 ㄇㄧㄠˋ 广部 12畫
(1)供奉神佛、祖先或紀念有功蹟的人的地方：【寺廟、宗廟】。

廝 ㄙ 12畫 广部
(1)僕役：小廝。(2)對人輕視的稱呼：這廝。(3)互相：廝混。(4)胡亂的：廝殺。

廣 ㄍㄨㄤˇ 12畫 广部
(1)廣東省、廣西壯族自治區的簡稱：兩廣。(2)物體的寬度：長十尺、廣二尺。(3)擴展：以廣見聞。(4)增加、寬：廣泛。(5)普遍的：推廣。(6)多：大庭廣眾。(7)寬闊的：廣場、廣闊。(8)姓。

廠 ㄔㄤˇ 12畫 广部
(1)使用機器製造或修理東西的工作場所：工廠、修車廠。(2)利用寬敞的地方來儲存或處理物品：水廠。(3)明代專管拘捕罪犯的機關：東廠。

廡 ㄨˇ 12畫 广部
指廊屋、大屋：千廡萬屋。

廩 ㄌㄧㄣˇ 13畫 广部
(1)米倉：倉廩。(2)供給：

龐 ㄆㄤˊ 16畫 广部
(1)臉、面孔：臉龐。(2)高大、龐大。(3)雜亂的：龐然。(4)姓。

盧 ㄌㄨˊ 16畫 广部
(1)粗陋的房子：茅廬。(2)姓。

廳 ㄊㄧㄥ 22畫 广部
(1)屋內的正堂：客廳、餐廳、會議廳。(2)可以容納許多人的房間：餐廳、會議廳。(3)省政府的官署名：教育廳。

廷 ㄊㄧㄥˊ 4畫 攴部
古代帝王發布政令、接見群臣和辦理政事的地方：朝廷。

延 ㄧㄢˊ 5畫 攴部
(1)伸長、拉長：延長、延醫。(2)招請：延聘。(3)牽連：禍延妻女。(4)把時間往後推移：延期。(5)姓。

建 ㄐㄧㄢˋ 6畫 攴部
(1)創立、設置：建校、建立。(2)提出：建議。(3)修築：建房子。(4)星名，北斗七星的第六顆星。(5)姓。

廿 ㄋㄧㄢˋ 1畫 廾部
數目名，二十：廿一世紀、廿四史。

弁 ㄅㄧㄢˋ 2畫 廾部
(1)古代武人戴的一種帽子：皮弁、爵弁。(2)武官：武弁。(3)放在最前面的：弁言。(4)急迫的：弁行。

弁 ㄅㄧㄢˋ
歡樂：【弁】。
：小弁（詩經篇名）。

弄 ㄋㄨㄥˋ 廾部 4畫
(1)用手拿著玩：【玩弄】(2)調、弄火 (3)整理、烹調：【弄飯、弄菜】(4)戲耍、行使：【弄手段、弄花樣】(5)攪擾：【弄得我心慌意亂】(6)搬運：【把垃圾弄走】(7)追究：【弄清楚】(8)取得：【弄來一筆錢】(9)國樂曲名：【梅花三弄】(10)演奏樂器：【弄笛】(11)遊戲、玩耍：【弄潮】。

ㄌㄨㄥˋ
通「衖」，小巷子。

弈 ㄧˋ 廾部 6畫
(1)圍棋：【弈聖】(2)博弈、弈棋】。
、弈棋】。下棋：【對弈

弊 ㄅㄧˋ 廾部 11畫
(1)害處、弊病、毛病：【弊病、流弊】(2)欺詐、蒙騙的行為：【作弊、舞弊】(3)壞的、破舊的：【弊車、舞弊】(4)疲倦的：【疲弊】。

弋部

弑 ㄕˋ 弋部 10畫
地位低的人殺了地位高的人：【弑君、弑父】。

式 ㄕˋ 弋部 3畫
(1)樣子：【樣式、款式】(2)式樣、規格或標準：【格式、公式】(3)典禮或大會進行的程序：【儀式、式微】(4)發語詞 (5)姓。

弓部

弓 ㄍㄨㄥ 弓部 0畫
(1)射箭或彈射用的器具：【弓箭、彈弓】(2)用來拉奏小提琴、胡琴的器具：【琴弓】(3)測量土地的單位，五尺為一弓 (4)有彈力，形狀像弓的東西：【棉花弓子】(5)彎曲的：【弓背】(6)彎曲的：【弓著身體】(7)姓。

弔 ㄉㄧㄠˋ 弓部 1畫
(1)古代計算銅錢的單位，一千個銅錢為一弔 (2)慰問死者的家屬：【弔問】(3)祭奠死去的人：【弔喪、弔祭】(4)懸掛：【弔著燈籠】

引 ㄧㄣˇ 弓部 1畫
(1)文體的一種，和「序」相似，但較為簡短：【引文】(2)拉牽：【引弓】(3)伸長、領導：【引頸、指引】(4)帶領、領來 (5)離開：【引退】(6)招來、惹起：【引起、引證、拋引 (7)用來作根據：【引證、引 (8)推荐：【荐引 (9)、磚引玉 旁徵博引：【引咎辭職 (10)長度單位 (11)姓。 承受：【一引（古代以十丈為一引）】

弘 ㄏㄨㄥˊ 2畫 弓部
(1)擴大：【弘揚】。(2)偉大、寬大：【弘圖】。(3)姓。
、弘願、弘旨】

弗 ㄈㄨˊ 2畫 弓部
(1)不定詞，不。(2)不往、弗聞、自愧弗如】：【弗

弛 ㄔˊ 3畫 弓部
(1)延緩、鬆懈：【鬆弛】。(2)舒緩、鬆弛】
、弛禁】
如】

弟 ㄉㄧˋ 4畫 弓部
(1)同胞中先出生的男子為兄，後出生的男子為弟。(2)學生：【小弟】。(3)稱年輕的同輩的自謙詞：【老弟】。(4)對同輩朋友的謙稱：【弟子】(5)姓。
子為弟
通「悌」，友愛兄弟：【孝弟】。

弦 ㄒㄧㄢˊ 5畫 弓部
(1)張在弓上的線：【弓弦】(2)通「絃」，琴
樂器上供人彈奏發音的線：【琴弦】
月亮半圓的時候，形狀像弦，故(4)

弧 ㄏㄨˊ 5畫 弓部
(1)木製的弓：【弧】(2)數學名詞。圓周上的任何一段曲線：【弧度】。(3)彎曲的、有曲線的：
古代一種利用機關來射箭的弓。
內不通過圓心的直線：(7)比喻妻子：(6)圓
：【續弦】(8)姓。
(5)直角三角形中直角的對邊：【上弦月、下弦月】
(3)鐘錶的發條：【錶弦】

弩 ㄋㄨˇ 5畫 弓部
(1)弓的末端。(2)平息、停止：【弭兵】

弭 ㄇㄧˇ 6畫 弓部
(3)姓。
消弭、弭患】
消除：【弭

弱 ㄖㄨㄛˋ 7畫 弓部
(1)身體不強壯或有疾病的人：【老弱婦孺】。(2)「強」的相反，衰敗、不強健：【衰弱、軟弱】(3)年紀小：【弱齡】(4)寫在分數或小數的
後面，表示不足、稍微小一點：【三分之一弱】。

張 ㄓㄤ 8畫 弓部
(1)計算物品的單位：一張紙、一張桌子、一張嘴。(2)展開、打開：【張口、張弓】(3)擴大：【虛張聲勢、誇大】(4)看：【東張西望】(5)誇大：【誇張】(6)布置、陳設：【開張】(7)商店開業：【開張】(8)姓。張燈結綵

強 ㄑㄧㄤˊ 8畫 弓部
(1)殘暴的人：【豪強】(2)健壯的人：【強健】(3)「弱」的相反，強壯、有力或有勢的：【強壯、強國】(4)粗暴、蠻橫：【強橫】(5)勝過、比較好：【你比我強、強悍】(6)程度高：【能力強】(7)有餘、多一點：【三分之一強】(8)盡力的：(9)姓。

ㄑㄧㄤˇ 逼使、壓迫：【強迫】。

ㄐㄧㄤˋ 固執、任性：【倔強】。

弼 ㄅㄧˋ 弓部 9畫
(1)矯正弓弩的器具。(2)輔助：【輔弼】。(3)矯正、過失：【匡弼】。

彆 ㄅㄧㄝˋ 弓部 11畫
執拗、不順、不合：【彆扭】。

彈 ㄉㄢˋ 弓部 12畫
(1)能發射鐵丸或石子的東西：【彈弓】。(2)由彈弓或槍炮所發射，具有殺傷、破壞作用的東西：【彈丸、槍彈、砲彈、炸彈】。(3)小圓球：【彈珠】。

彈 ㄊㄢˊ 弓部 12畫
(1)用手指撥弄：【彈琴】。(2)掉落：【男兒有淚不輕彈】。(3)用指尖把東西弄掉或振向遠方：【彈煙灰】。(4)提出別人的過失：【彈劾】。(5)把壓縮或緊縮的東西突然放開：【彈棉花】。

彊 ㄑㄧㄤˊ 弓部 13畫
(1)強勁有力的：【彊兵、彊弩之末】。(2)姓。

彊 ㄑㄧㄤˇ 通「強」，迫使：【彊借】。

彊 ㄐㄧㄤˋ 通「強」，固執、倔強。

彌 ㄇㄧˊ 弓部 14畫
(1)填補、補綴：【彌補、彌縫】。(2)遍、滿：【彌漫、彌月】。(3)更加：【欲蓋彌彰、老而彌堅】。(4)姓。

彎 ㄨㄢ 弓部 19畫
(1)把直的弄曲：【彎腰】。(2)開、拉：【彎弓】。(3)曲折不直的：【彎曲】。

彐部 ㄐㄧˋ

彗 ㄏㄨㄟˋ 彐部 8畫
(1)掃帚。(2)星名，接近太陽時，後面拖著長長的光芒，形狀像掃帚，又稱掃帚星：【彗星】。

彘 ㄓˋ 彐部 9畫
(1)古代對豬的稱呼。(2)姓。

彙 ㄏㄨㄟˋ 彐部 10畫
(1)把同類的東西聚集在一起：【彙合、彙集】。(2)類，相同的物類：【字彙、詞彙】。

彝 ㄧˊ 彐部 15畫
(1)古代盛酒的器具：【鼎彝】。(2)常道、一定的法則：【彝則】。

彡部 ㄕㄢ

彤 ㄊㄨㄥˊ 彡部 4畫
(1)紅色的：【彤雲、彤管】。(2)姓。

形 ㄒㄧㄥˊ 彡部 4畫
(1)地勢：【地形、圓形】。(2)樣子：【形狀】。(3)實體：【有形】。(4)表現：【形於色、喜形於色】。(5)比較、對照：【形】

【相形之下、相形見絀】。

彥　ㄧㄢˋ　6畫　彡部
(1)有才學的人：【碩彥、俊彥】。(2)才德優秀的人：【彥士】。(3)姓。

彬　ㄅㄧㄣ　8畫　彡部
(1)形容人的文雅：【文質彬彬、彬彬有禮】。(2)姓。

彩　ㄘㄞˇ　8畫　彡部
(1)指各種顏色：【五彩、彩虹】。(2)通「綵」，用綢、紙等紮成的裝飾品：【張燈結彩、中彩】。(4)讚美聲、獎品：【喝彩、掛彩】。(5)負傷、流血：【中彩、(6)精美、(7)光榮：【精采、多彩多樣的】。(8)有多種顏色的：【彩蝶】。

彫　ㄉㄧㄠ　8畫　彡部
(1)通「雕」，刻鏤：【彫刻、彫印】。(2)通「凋」，零落：【彫落、彫零】。(3)用彩畫裝飾的：【彫牆】。

彭　ㄆㄥˊ　9畫　彡部
姓。

彰　ㄓㄤ　11畫　彡部
(1)讚揚：【表彰】。(2)表示、表明、顯示：【彰示、彰明】。(3)姓。

影　ㄧㄥˇ　12畫　彡部
(1)人或物因擋住光線而投射成的陰暗形象：【影子】。(2)人或物在反射體中所現的形象：【攝影】。(3)人或物水中倒影：【影射】。(4)暗指某人某事：【影射】。(5)電影的簡稱：【影評】。(6)連帶發生作用：【影響】。(7)依照原樣：【影印】。

彳部

彳　ㄔˋ　0畫　彳部
(1)左腳向前走叫「彳」，右腳向前走叫「亍（ㄔㄨˋ）」：【彳亍（ㄔˋ ㄔㄨˋ）】。(2)小步走。

彷　ㄆㄤˊ　4畫　彳部
徘徊猶豫的樣子：【彷徨】。
ㄈㄤˇ　好像：【彷彿】。

役　ㄧˋ　4畫　彳部
(1)事件、戰爭：【戰役】。(2)為國家所出的勞力、所盡的義務：【兵役】。(3)士卒：【僕役】。(4)供使喚的人：【役使】。(5)使喚、差遣：【役使】。

彿　ㄈㄨˊ　5畫　彳部
像、大概相似：【彷彿】。

征　ㄓㄥ　5畫　彳部
(1)行、長征：【遠征、出征】。(2)出兵打仗，收取：【征收、征伐、征兵】。(3)通「徵」，收取：【征、征收】。

彼　ㄅㄧˇ　5畫　彳部
(1)第三人稱代名詞。(2)對方：【知己知彼】。(3)那，那個：【彼時】。

往 ㄨㄤˇ　5畫　彳部
(1)去：【往來】、【前往】。(2)向：【往前走】。(3)過去的、從前的：【往事】、【往日】。(4)常常：【往往】。

很 ㄏㄣˇ　6畫　彳部
非常、極：【很快】、【很乖】。

待 ㄉㄞˋ　6畫　彳部
(1)對付：【對待】(2)等待、守候：【等待】、【待客】、【守株待兔】(3)照顧、侍候：【接待】(4)將要：【正待出門】。

待 ㄉㄞ
(5)停留、逗留：【待不住】。

徊 ㄏㄨㄞˊ　6畫　彳部
(1)通「迴」、「回」，欲進不進的樣子：【徘徊】(2)盤旋、環繞的樣子：【徊翔】(3)留戀的樣子：【徊徨】。

律 ㄌㄩˋ　6畫　彳部
律：(1)法則、規律、法條：【規律】、【法律】(2)聲音的法則、節拍：【旋律】(3)詩的一種體裁：【律詩】(4)約束：【律己】(5)姓。

徇 ㄒㄩㄣˋ　6畫　彳部
(1)依從、順從：【徇私】(2)通「殉」，為某事犧牲：【徇情、徇節】。

後 ㄏㄡˋ　6畫　彳部
(1)子孫：【不孝有三，無後為大】(2)與「前」相對，背面的：【屋後】(3)與「先」相對，時間上較晚的：【後天、後日】(4)未來的、較晚的：【日後】(5)次序靠近末尾的：【排後】(6)姓。

徉 ㄧㄤˊ　6畫　彳部
徉：指悠閒的來回走動：【徜徉】。

徒 ㄊㄨˊ　7畫　彳部
徒：(1)同一類的人：【匪徒、賭徒】(2)同一派系或信仰的人：【信徒、黨徒】(3)學生、弟子：【學徒、門徒】(4)剝奪犯人自由的處罰：【有期徒刑】(5)步行：【徒步】(6)空的：【家徒四壁】(7)白白的：【徒手、老大徒傷悲、徒勞無功】(8)只、僅，但……

徑 ㄐㄧㄥˋ　7畫　彳部
(1)小路：【小徑、曲徑】(2)指圓周中通過圓心的直線：【直徑】(3)比喻達到目的的快捷的方法：【捷徑】(4)直接的：【徑行辦理】。

徐 ㄒㄩˊ　7畫　彳部
徐：(1)慢慢的：【徐行、徐徐、徐風】(2)姓。

得 ㄉㄜˊ　8畫　彳部
得：(1)獲取、取得、取到：【獲得、得獎】(2)適合、可以：【得體、得當】(3)能、可以：【不得亂跑、哭笑不得】(4)契合、滿意：【得意、洋洋自得】(5)等於：計算數目產生的結果：【三乘二得六】(6)遭受：【得了不少苦】

得 ㄉㄟˇ
應該、必須：【你得小心】。

得 ·ㄉㄜ
(1)表示可能，用在動詞後，或用在動詞和補語中間：【辦得到】
(2)用在動詞或形容詞後，表示結果或程度：【天氣晴朗得很】。

徙 ㄒㄧˇ　8畫　彳部
(1)遷移、移動：【遷徙、移徙】
(2)依順：【徙居】。

從 ㄘㄨㄥˊ　8畫　彳部
(1)跟隨：【跟從】
(2)依順：【順從】
(3)去做、參與：【從政】
(4)順
(5)聽信：【言聽計從】
(6)隨、隨處
(7)向來、從此、從今
(8)自、由：【力不從心】
(9)姓。

ㄗㄨㄥˋ
(1)跟隨服侍的人：【侍從】
(2)同謀的、附合的：【從犯】
(3)同宗的，比至親稍次的：【從父、從兄弟】

ㄘㄨㄥ
(1)不慌不忙：【從容不迫】
(2)充分、寬裕：【時間從容】。

同「縱橫」的「縱」。
同「蹤跡」的「蹤」。

徘 ㄆㄞˊ　8畫　彳部
形容走來走去不進的樣子，欲進不進的：【徘徊】。

御 ㄩˋ　8畫　彳部
(1)駕駛車、馬：【御者、御車、駕御】
(2)操縱：【御民】
(3)指和帝王有關的：【御前、御書、御事】
(4)姓。
統率、治理。

徜 ㄔㄤˊ　8畫　彳部
悠閒的來回走：【徜徉】。

徧 ㄅㄧㄢˋ　9畫　彳部
同「遍」
(1)一個動作從開始到結束的全部過程：【一徧】
(2)到處、全部：【徧身】
(3)表示沒有一處遺漏：【找徧了】。

復 ㄈㄨˋ　9畫　彳部
(1)變回原來的樣子：【復原、恢復】
(2)報復
(3)轉過去或轉回來
(4)回答：【答復、反復】
(5)收回失去的土地：【光復】
(6)又、再
同「覆」：【復仇】。

循 ㄒㄩㄣˊ　9畫　彳部
(1)依照、遵循、遵守：【循序漸進】
(2)守法依理的：【循吏】
(3)姓。

徨 ㄏㄨㄤˊ　9畫　彳部
猶豫不安的樣子：【徬徨、徬徨不安】。

微 ㄨㄟˊ　10畫　彳部
(1)細小：【微不足道】
(2)衰弱：【衰微】
(3)精深奧妙：【精微】
(4)卑賤、地位低：【卑微、微妙】
(5)深：【體貼入微】
(6)暗中：【微服出巡】
(7)稍、略：【稍微】
(8)姓。

徬 ㄆㄤˊ　10畫　彳部
徬徨，見「徨」字。

115

彳部

徬 ㄅㄤ
通「傍」，依附。

徹 ㄔㄜˋ 11畫 彳部
【徹夜】。
(1)貫通：底、寒風徹骨。(2)整個的

德 ㄉㄜˊ 12畫 彳部
【德惠】(1)恩
(2)道德、德
(3)信念、心意：同心同德(4)德國的簡稱(5)美善的：德政(6)姓。

徵 ㄓㄥ 12畫 彳部
(1)召集：徵集、徵兵(2)預兆、現象：徵兆
(3)公開要求：徵驗、徵信(4)證驗：徵稅(5)由國家收取：徵稅(6)姓

ㄓ
古代音樂中五音之一：宮、商、角、徵、羽

徽 ㄏㄨㄟ 14畫 彳部
(1)用來當標記的東西：徽章、校徽、國徽
(2)美好的：徽號。

心部 ㄒㄧㄣ

心 ㄒㄧㄣ 0畫 心部
(1)人和脊椎動物推動血液循環的肌性器官
(2)中央點、核心：中心、圓心
(3)重要部分：核心
(4)古人認為心主管思考，因此把心作為腦的代稱，用心
(5)情緒、情感：心裡煩悶
(6)思想、意念：存心、良心
(7)精神：身心健康
(8)物體的內部：空心。

必 ㄅㄧˋ 1畫 心部
(1)一定、務必：必定(2)必
姓。

忙 ㄇㄤˊ 3畫 心部
(1)做事、工作多、沒有空閒：忙碌(2)事情很急迫：急忙(3)急迫(4)趕緊：趕忙、連忙。

忖 ㄘㄨㄣˇ 3畫 心部
【忖量】(1)推測別人的想法：忖度(2)思考：忖量(3)姓。

忘 ㄨㄤˋ 3畫 心部
【忘量】(1)不記得：忘記(2)不注意、忽略：得意忘形。(3)姓。

忌 ㄐㄧˋ 3畫 心部
(1)人喪亡的日子：忌日(2)憎恨、厭惡：禁忌、厭忌(3)禁戒：禁忌(4)顧慮、害怕：顧忌、忌諱。猜忌、忌恨

志 ㄓˋ 3畫 心部
(1)通「誌」，記事的書或文章：三國志(2)想要有所作為的決心、意念：志向(3)有志竟成、志願(4)通「誌」，記載：執事以志其事(5)姓。

忍 ㄖㄣˇ 心部 3畫
(1)勉強承受：【忍耐、容忍】。
(2)殘酷、狠心：【殘忍、忍心】。

忒 ㄊㄜ 心部 3畫
(1)錯誤。
(2)太、甚、差：【這房子忒小、忒甚、忒煞】。
(3)變更。
時不忒。
形容聲音的字，例如風聲、鳥飛聲等：【忒愣愣、忒兒的】。

志 ㄓˋ 心部 3畫
真誠的心意。見「志」字。

忑 ㄊㄜˋ 心部 3畫
心神不定的樣子：【志忑不安】，見「志忑」字。

忱 ㄔㄣˊ 心部 4畫
真誠的心意：【熱忱、謝忱】。

快 ㄎㄨㄞˋ 心部 4畫
(1)古代拿犯人的衙役：【捕快】。
(2)稱心、高興、歡喜：【大快人心】。
(3)高興、快感、身體舒服：【快樂】。
(4)舒服：【痛快、心直口快】。
(5)爽直：【快刀、快車、跑得快】。
(6)鋒利的：【鋒利】。
(7)迅速的、與「慢」相反。
(8)將近：【快到了】。

忠 ㄓㄨㄥ 心部 4畫
(1)竭盡心力做事：【忠於職守】。竭盡心力做事正直的：【忠言逆耳】。忠誠不假的：【忠誠】。
(2)竭盡心力為人做事的美德：【盡忠】。
(3)
(4)真誠不假的：【忠誠】。
(5)姓。

忽 ㄏㄨ 心部 4畫
(1)不留心、沒有注意到：【忽視、忽略】。
(2)突然的：【忽然、忽冷忽熱】。
(3)姓。
疏忽。

念 ㄋㄧㄢˋ 心部 4畫
(1)想法：【念頭】。
(2)惦記：【懷念、念念不忘】。
(3)誦讀：【念書】。
(4)記：【念舊、不念舊惡】。
(5)姓。
懷想、記念。

忝 ㄊㄧㄢˇ 心部 4畫
(1)辱沒：【忝所生】。
(2)無
表示謙稱自己的詞：【忝為知己、忝為代表】。忝言文中，用來……平。

忿 ㄈㄣˋ 心部 4畫
怨恨、生氣：【忿恨、忿怒、忿忿不平】。

忮 ㄓˋ 心部 4畫
忌恨：【忮心】。【不忮不求】。

忸 ㄋㄧㄡˇ 心部 4畫
(1)通「狃」，習慣：【忸習】。
(2)慚愧、不好意思：【忸怩】。

忡 ㄔㄨㄥ 心部 4畫
憂愁不安的樣子：【忡忡、憂心忡忡】。

忤 ㄨˋ 心部 4畫
違背、不順從：【忤逆、忤逆不順】。

忪 ㄓㄨㄥ 心部 4畫：害怕的樣子：【忪忪】。剛睡醒的樣子：【睡眼惺忪】。

快（怏） ㄧㄤˋ 心部 5畫：不高興、不滿意：【怏然、不樂】。

怔 ㄓㄥ 心部 5畫：害怕的樣子：【怔忪】。通「愣」，發呆的樣子：【怔怔】。

怯 ㄑㄩㄝˋ 心部 5畫：(1)害怕、畏懼：【怯懦、畏怯】。(2)膽小的：【怯弱】。

怵 ㄔㄨˋ 心部 5畫：恐懼、害怕：【怵惕、怵目驚心】。

怖 ㄅㄨˋ 心部 5畫：驚慌害怕：【恐怖、驚怖】。

怪 ㄍㄨㄞˋ 心部 5畫：(1)迷信中的妖魔鬼怪：【妖怪、鬼怪】。(2)埋怨、責備：【怪罪】。(3)驚奇、奇異、特別：【見多識廣、大驚小怪】。(4)很、非常：【這首歌怪有趣的】。(5)奇異的：【怪事】。(6)姓。

怕 ㄆㄚˋ 心部 5畫：(1)畏懼、懼怕：【害怕、懼怕】。(2)表示擔心、猜測的語氣：【天這麼黑，怕要下雨了】。(3)或許、可能：……

怡 ㄧˊ 心部 5畫：(1)愉悅、快樂：【怡然、心曠神怡】。(2)姓。

性 ㄒㄧㄥˋ 心部 5畫：(1)人類天生的稟賦和氣質：【性情】。(2)事物原有的特質：【彈性】。(3)生物的雌雄的生理差別：【男性】。(4)生命：【性命】。(5)脾氣：【任性】。(6)範圍、功能、方式：【全國性、毒性、藥性】。(7)效……(8)生活的態度：【依賴性】。(9)與男女間肉慾有關的：【性病、性教育】。姓。

怒 ㄋㄨˋ 心部 5畫：(1)情緒、心中的氣憤：【憤怒、惱怒】。(2)文……(3)聲勢盛大的：【百花怒放】。(4)猛烈的、蓬勃的：【狂風怒號、怒潮澎湃】。

思 ㄙ 心部 5畫：(1)想、考慮：【思考】。(2)想念：【思念、思鄉】。(3)懷念：【相思】。(4)愛慕：……思、愁思：【文】。
ㄙㄞ　鬍鬚多的樣子：【于思】。

怠 ㄉㄞˋ 心部 5畫：(1)懶散不勤勞：【怠惰】。(2)不敬重：【怠慢】。

急 ㄐㄧˊ 心部 5畫：(1)迫切需要解決困難的情形：【急】。(2)救急：……(3)熱心去做某事：【急公好義】。(4)想要馬上達到目的而激動不安：……

心部

急 ㄐㄧˊ｜心部　5畫
(1)著急：【著急】(2)怎麼辦，如何：(3)替人擔憂：(4)匆促、迅速：【急速】(5)情況嚴重的：【急病】(6)突然發生的：【急事】

怎 ㄗㄣˇ｜心部　5畫
用在「怎麼」一詞，表示疑問，限用於口語。(1)如何：【怎樣、怎奈】(2)怎麼。

怨 ㄩㄢˋ｜心部　5畫
(1)仇恨：【恩怨、以德報怨】(2)責怪：【任勞任怨】。

怦 ㄆㄥ｜心部　5畫
(1)形容心跳的聲音：【心怦怦直跳】(2)心怦然：【怦然】。

怙 ㄏㄨˋ｜心部　5畫
(1)指父親：失怙(2)依靠：【無所依怙】(3)堅持：【怙惡不悛（指父母）】、怙恃。

怩 ㄋㄧˊ｜心部　5畫
忸怩：慚愧、不好意思：【忸怩】。

作 ㄗㄨㄛˋ｜心部　5畫
慚愧：【慚作】(1)慚愧的心情：(2)面無作色】。

恥 ㄔˇ｜心部　6畫
(1)羞愧的心：【無恥】(2)雪恥、國恥：(3)令人覺得羞辱的侮辱：恥笑。恥事。

恰 ㄑㄧㄚˋ｜心部　6畫
(1)合適：【恰當】(2)正巧：【恰巧】(3)剛剛：【恰恰】。

恨 ㄏㄣˋ｜心部　6畫
(1)懊悔的事：【懊悔】(2)仇怨：【遺恨】(3)心裡充滿埋怨、憤怒：【仇恨】(4)懊悔，對人懷有敵意、悔恨：恨事。【深仇大恨】。

恢 ㄏㄨㄟ｜心部　6畫
(1)回復原狀：【恢復】(2)擴大：【恢弘、擴大】(3)廣大、寬廣：【天網恢恢】。道。

恆 ㄏㄥˊ｜心部　6畫
(1)長久、永久：【永恆】(2)固定不變的：【恆星】(3)經常的：久。(4)姓。

恃 ㄕˋ｜心部　6畫
(1)指母親：失恃(2)依賴：依賴】、依靠。

恍 ㄏㄨㄤˇ｜心部　6畫
(1)神志迷糊不清：(2)領悟的樣子：【恍然大悟】(3)好像：【恍如、恍然】。

恫 ㄉㄨㄥˋ｜心部　6畫
(1)虛張聲勢恐嚇別人：【恫嚇（ㄏㄜˋ）】(2)恐懼：【恫恐隔世】。
ㄊㄨㄥ　病痛。

恬 ㄊㄧㄢˊ｜心部　6畫
(1)安靜、恬適：(2)恬靜、恬適：【恬靜】(3)心裡平靜、無動於衷不貪求名利：【恬淡】。

119

恬【ㄊㄧㄢˊ 心部 6畫】：【恬不知恥】。

恪【ㄎㄜˋ 心部 6畫】恭敬、謹慎：【恪守紀律、恪遵】。

恤【ㄒㄩˋ 心部 6畫】【體恤、憐恤】(1)救濟、恤金：【恤金】。(2)同情、憐憫：【恤】

恣【ㄗˋ 心部 6畫】(3)姓。放縱、不受拘束：恣情。【恣意、恣情】

恙【一ㄤˋ 心部 6畫】災禍、疾病、別來無恙、安然無恙：【別來無恙、安然無恙】。

恩【ㄣ 心部 6畫】(1)好處、情誼。(2)恩惠、施：【恩愛、恩惠、施】恩愛(3)姓。

息【ㄒㄧˊ 心部 6畫】(1)呼吸時，在鼻中進出的氣：【氣息】(2)消息、信息有關人或事的報導：【消息、信息】(3)存款所生的利錢：【利息】(4)兒女：【子息】(5)停止：【息】

恐【ㄎㄨㄥˇ 心部 6畫】(1)害怕：【恐懼】(2)威脅、恐嚇：【恐嚇】。(3)疑慮、擔心：【恐怕、惟恐】。(6)休憩：【休息】(7)姓。怒】

恕【ㄕㄨˋ 心部 6畫】(1)設身處地替別人著想的美德：【忠恕】。(2)原諒、不計較的客套話：【寬恕】。(3)請對方不要恕難從命：【恕難從命】

恭【ㄍㄨㄥ 心部 6畫】恭敬的：【恭敬】(1)恭敬、莊重、有禮貌的：(2)恭

恁【ㄖㄣˊ 心部 6畫】通「您」：【恁們】。(1)那麼、那樣：【恁大、恁地】(2)那：【恁時】(3)什麼：【恁】有恁話吩咐。候。

悌【ㄊㄧˋ 心部 7畫】(1)兄弟間互相敬重友愛：【孝悌】(2)和樂語

悅【ㄩㄝˋ 心部 7畫】(1)使身心感到舒適、愉快：【悅耳、悅目】(2)喜歡、愉快：【喜悅】(3)高興、女為悅己者容(4)姓。平易的樣子：【愷悌】

悖【ㄅㄟˋ 心部 7畫】(1)和事理相反或違背：【悖逆】(2)衝突、矛盾：【並行不悖】(3)通「勃」：【悖然大悟】。

悟【ㄨˋ 心部 7畫】(1)明白、覺醒：【領悟、覺醒、恍悟】(2)高興由迷惑而領會：【恍然大悟】。

悚【ㄙㄨㄥˇ 心部 7畫】害怕：【悚然】(1)毛骨悚然

悄【ㄑㄧㄠˇ 心部 7畫】(1)沒有聲音或聲音很低：【悄悄、低聲悄語】(2)憂愁的樣子：【悄然落淚】

悍 【ㄏㄢˋ】心部 7畫
(1)勇猛的：【短小精悍】
(2)凶惡不講理的：【凶悍】。

悔 【ㄏㄨㄟˇ】心部 7畫
(1)事後懊惱覺悟：【懊悔】
(2)改過。後悔。

恿 【ㄩㄥˇ】心部 7畫
誘惑人家或在一旁鼓動：【慫恿】。

患 【ㄏㄨㄢˋ】心部 7畫
患得患失。
(1)災難、災禍：【水患、災患】
(2)憂慮、防患未然。
(3)遭逢、遭遇：【患病】。

悉 【ㄒㄧ】心部 7畫
(1)知道：【得悉、獲悉】
(2)熟：【悉心】
(3)全部的：【悉數】
(4)姓。
照顧、竭盡。

悠 【一ㄡ】心部 7畫
(1)長久、遠：【悠久、悠遠】
(2)輕鬆自在的樣子：【悠然、悠閒】
(3)在空中擺動：【悠蕩】

您 【ㄋㄧㄣˊ】心部 7畫
「你」的敬稱，多用於對長輩或有名望地位的人。

悒 【一ˋ】心部 7畫
憂愁不安的樣子：【悒悒不樂】。

悁 【ㄐㄩㄢ】心部 7畫
(1)生氣、憤怒：【悁忿、悁恨】
(2)憂愁、忿恨的樣子：【悁悁】。

悃 【ㄎㄨㄣˇ】心部 7畫
真心誠意：【悃誠、悃款】
聊表愚悃。

惋 【ㄨㄢˇ】心部 8畫
(1)痛惜、嘆惜：【惋惜、惋嘆】
(2)驚嘆。

悴 【ㄘㄨㄟˋ】心部 8畫
(1)憂傷：【憔悴、愁悴】
(2)憂愁、消瘦困苦的樣子。

惦 【ㄉㄧㄢˋ】心部 8畫
心中掛念、惦記：【惦念、惦記】。

悽 【ㄑㄧ】心部 8畫
形容悲傷難過：
(1)悲切、悽慘：【悽愴、悽切】
(2)狀況、情況、內容。

情 【ㄑㄧㄥˊ】心部 8畫
(1)狀況、情形、行情：【情況、情形、行情】
(2)情況、內容：【情懷、熱情】
(3)男女之間的愛情：【愛情、談情說愛】
(4)趣味：【趣味、情趣】
(5)意念：【情意】
(6)因外界刺激所產生的心理作用：【情緒、七情六慾】
(7)情知不相干：【情理】
友誼，人與人交往的程度：【友情、交情】

悻 【ㄒㄧㄥˋ】心部 8畫
怨恨、生氣：【悻恨、悻悻然】。

悵 【ㄔㄤˋ】心部 8畫
(1)失意、失望：【悵恨、悵惘】
(2)懊惱：【悵然】。

惜 ㄒㄧ ｜ 心部 8畫
(1)珍愛：【惜愛、惜陰】。(2)【愛惜】，感到遺憾、可惜、惋惜。(3)憐愛：【憐香惜玉】。(4)捨不得：【痛惜】。(5)哀痛。

惘 ㄨㄤˇ ｜ 心部 8畫
【惘、迷惘】失志或不如意的樣子：【惘然、惘惘、悵惘】。

惕 ㄊㄧˋ ｜ 心部 8畫
謹慎、警覺的樣子：【戒惕、警惕】。

悼 ㄉㄠˋ ｜ 心部 8畫
悲傷的懷念的：【追悼、哀悼、悼念】。屬。

惆 ㄔㄡˊ ｜ 心部 8畫
失意、失望：【惆悵、惆惘】。

惟 ㄨㄟˊ ｜ 心部 8畫
(1)思想：【思惟】。(2)通「唯」，只、單單：【惟一、惟有、惟唯」、只】。(3)但是、不過：【景物依舊，惟人事已非】。(4)姓。

悸 ㄐㄧˋ ｜ 心部 8畫
因害怕而心跳加快：【悸慄、心有餘悸】。

惚 ㄏㄨ ｜ 心部 8畫
神志不清的樣子：【恍惚】。

惑 ㄏㄨㄛˋ ｜ 心部 8畫
(1)懷疑、不明白：【疑惑、大惑不解】。(2)使人迷亂：【迷惑、謠言惑眾】。

惡 ㄜˋ ｜ 心部 8畫
(1)壞的、不好的人或事：【惡人、罪惡】。(2)過失：【惡念】。(3)壞的、不好的：【惡耗】。(4)凶狠的：【惡霸、惡勢】。(5)醜陋的：【醜惡】。(6)粗劣的：【惡食惡衣】，舊惡、無惡不作、欺善怕惡。

惡 ㄜˇ
通「噁」，想嘔吐的感覺：【惡心】。

惡 ㄨˋ
(1)不和：【交惡】。(2)討厭：【厭惡】。(3)羞恥的：【羞惡】。好惡之心】。

惡 ㄨ
怎麼，同「烏」詞，表示驚訝。

悲 ㄅㄟ ｜ 心部 8畫
(1)哀傷的事：【含悲忍痛、悲從中來】。(2)感傷、哀痛：【悲傷、哀痛】。(3)憐憫、同情：【悲憫、悲天憫人】。(4)哀傷的：【悲歌、悲劇、悲傷、悲秋】。(5)淒厲的：【悲風】。

悶 ㄇㄣ ｜ 心部 8畫
(1)不舒暢的心情：【解悶】。(2)煩憂、不舒暢：【悶悶不樂、煩悶】。(3)密封不透氣：【把菜悶一悶】。

悶 ㄇㄣˋ
(1)密閉不透氣的：【悶葫蘆、悶雷】。(2)因氣壓低或空氣不流通引起的燥熱感覺：【悶熱、這天氣使人悶得慌】。(3)聲音不響亮或不作聲的樣子：【悶頭悶腦、悶聲不響】。

惠　ㄏㄨㄟˋ　心部　8畫
(1)恩德、好處：【恩惠、受惠、惠無窮】(2)賞賜、賜，表示尊敬的詞：【惠存、惠賜一票】(3)姓。

倦　ㄐㄩㄢˋ　心部　8畫　【倦念】
(1)懇切忠誠的樣子：【倦倦】(2)懇切的。

惛　ㄏㄨㄣ　心部　8畫　【惛懵】
迷亂不清、心惛意亂、惛

惇　ㄉㄨㄣ　心部　8畫　【惇惇】
誠實篤厚的樣子：【惇惇】

悱　ㄈㄟˇ　心部　8畫
(1)想說卻說不出來：【悱】(2)悲切
人的：【纏綿悱惻】。

愜　ㄑㄧㄝˋ　心部　9畫
滿足、快樂：【愜意、愜】

愣　ㄌㄥˋ　心部　9畫
(1)驚愕、發愣、不(2)呆
笨的：【愣頭愣腦】
由一愣

惺　ㄒㄧㄥ　心部　9畫
明白、醒悟：【惺悟、惺忪】

愕　ㄜˋ　心部　9畫
遇到沒想到的事，而感到驚嚇：【驚愕、愕然、愕視】。

惰　ㄉㄨㄛˋ　心部　9畫　【惰性】
(1)懶、不勤快：【懶惰、怠(2)惰】不易改變的：【惰性】。

惻　ㄘㄜˋ　心部　9畫
哀傷、悲痛：【悲惻、淒惻】

惴　ㄓㄨㄟˋ　心部　9畫　【惴恐】
憂愁、恐懼的樣子：【惴惴不安、惴慄、惴】

惶　ㄏㄨㄤˊ　心部　9畫　【倉惶】
(1)驚慌、害怕【驚惶、惶恐、惶】(2)急迫的：驚

惱　ㄋㄠˇ　心部　9畫　【惱恨】
(1)生氣、發怒：【惱火、惱怒】(2)煩悶：【苦惱、煩惱】(3)厭恨的：【惱恨】

愎　ㄅㄧˋ　心部　9畫
固執、自以為是：【剛愎自用】。

愎　復
愉　ㄩˊ　心部　9畫
高興、快樂：【愉快、愉悅、歡愉】

愀　ㄑㄧㄠˇ　心部　9畫
臉色變得嚴肅或不愉快：【愀然變色】
(1)氣憤、心中不平的樣子(2)憂傷的樣子：【愀然】

慨　ㄎㄞˇ　心部　9畫
(1)憤慨、悲憤慷慨(2)感嘆：【感慨、慨允、慨諾】(3)爽快、大方：【慷慨、慨】

123

愚 ㄩˊ｜心部　9畫
(1)自稱的謙詞：【愚兄】。(2)欺騙：【愚弄】。(3)不聰明、笨：【愚笨、愚蠢】。

意 一ˋ｜心部　9畫
(1)心裡的想法、願望：【意中人】。(2)主張、見解：【意見】。(3)事物流露出來的情趣或狀態：【醉意、秋意】。(4)推想、猜測：【意料、意外】。(5)表示意外的轉折連接詞：【不意】。(6)姓。

惹 ㄖㄜˇ｜心部　9畫
(1)招引、挑起：【招惹、惹事、惹人生氣、惹禍】。(2)挑逗：【拈花惹草】。

愁 ㄔㄡˊ｜心部　9畫
(1)憂傷不快樂的情緒：【憂愁、離愁】。(2)憂慮、煩悶：【愁雲慘霧】。(3)慘淡的：【愁容滿面】。(4)悲傷的：【愁面】。

愈 ㄩˋ｜心部　9畫
(1)越發、更加：【愈走愈快、愈來愈漂亮】。(2)通「癒」，病好了：【病愈】。

愛 ㄞˋ｜心部　9畫
(1)喜歡的人或物：【吾愛】。(2)恩惠：【遺愛】。(3)對人或事物有很深的感情：【愛父母、愛國家、愛哭、愛鬧】。(4)常發生某種行為。(5)相親相愛、親密：【愛人、愛情】。(6)憐惜、愛惜、愛護。(7)喜歡的：【愛】。

慈 ㄘˊ｜心部　9畫
(1)母親的代稱：【家慈、令慈】。(2)疼愛：【慈幼、慈愛】。(3)仁愛和善的：【慈祥、慈悲】。(4)姓。

想 ㄒ一ㄤˇ｜心部　9畫
(1)意念、念動：【妙想、念頭】。(2)懷念、惦記：【想念、朝思暮想】。(3)思考、動腦筋：【想辦法】。(4)推測、認為。

感 ㄍㄢˇ｜心部　9畫
(1)受到外界的刺激而引起的情緒反應：【感覺、感染】。(2)內心受到觸動而發、好感、有感而發、百感交集：【感動、感慨】。(3)受到、接觸到：感到。(4)對別人懷著謝意：【感謝】。(5)接觸光線而且發生變化：【感光】。

愆 ㄑ一ㄢ｜心部　9畫
(1)罪過、過失：【愆尤、罪愆】。(2)錯過、耽誤、蹉跎、荒廢：【愆期、愆滯】。

愒 ㄎㄞ｜心部　9畫
玩歲愒時：【愒日】。

愍 ㄇ一ㄣˇ｜心部　9畫
憐恤、同情：【愍恤】。

慎 ㄕㄣˋ｜心部　10畫
(1)小心、注意：【謹慎、小心】。(2)千萬、慎重。

吩咐告誡的話，和「勿」、「毋」連用：【服藥慎勿過量】
(3)、姓。

慌 ㄏㄨㄤ 心部 10畫
(1)忙亂、急迫：【慌忙、慌張、心慌】
(2)恐懼：【驚慌、恐慌】
(3)發昏：【悶得發慌】【慌意亂】

愾 ㄎㄞˋ 心部 10畫
(1)憤恨：【仇敵愾憤】同「愾憤」
(2)嘆息。

愠 ㄩㄣˋ 心部 10畫
怨恨、生氣：【愠怒、愠色】

愧 ㄎㄨㄟˋ 心部 10畫
羞恥、慚愧、難為情：【愧疚、愧色、面有愧色】

慄 ㄌㄧˋ 心部 10畫
因害怕或寒冷而發抖、戰慄：【寒慄、戰慄、慄慄】
列、慄慄。

愴 ㄔㄨㄤˋ 心部 10畫
悲傷、悲愴：【悽愴】

慇 ㄧㄣ 心部 10畫
殷勤（同「殷」）待人接物親切而周到：【慇勤】

態 ㄊㄞˋ 心部 10畫
(1)人或事物的形狀、神態、形態、姿態：【態】
(2)事情發展的情況：【事態】

愿 ㄩㄢˋ 心部 10畫
忠厚、誠懇：【愿而恭】

愫 ㄙㄨˋ 心部 10畫
真誠的情意：【情愫】

愷 ㄎㄞˇ 心部 10畫
(1)和樂的樣子：【愷悌】
(2)通「凱」，凱旋時所奏的音樂：【愷樂】

慷 ㄎㄤ 心部 11畫
(1)情緒激昂的樣子：【慷慨赴義】激昂、慷慨：【慷慨解囊】
(2)大方、不吝嗇：義。

慢 ㄇㄢˋ 心部 11畫
(1)輕視、侮辱：【侮慢、侮辱】
(2)驕傲、傲慢、怠慢：
(3)緩慢、走得很慢、速度不快、沒有禮貌：

慣 ㄍㄨㄢˋ 心部 11畫
(1)長久養成的習性：【習慣】
(2)縱容：【嬌生慣養】
(3)總是如此而變成自然的：【他慣愛捉弄人、司空見慣】
(4)放任的：
(5)習以為常的：慣養、依照慣例、壞。

慟 ㄊㄨㄥˋ 心部 11畫
過度悲傷、大哭：【哀慟、大慟、慟哭】悲慟。

慚 ㄘㄢˊ 心部 11畫
(1)羞恥、慚愧：【慚愧、不安】
(2)羞愧、羞愧的

125

：【面有慚色】。

慘 ㄘㄢˇ　11畫　心部
(1)悲哀、哀痛：【悲慘、哀痛】
(2)狠毒、慘：【狠毒、慘】
(3)程度嚴重：【慘敗】。
殘忍：【慘酷、慘無人道】。

慝 ㄊㄜˋ　11畫　心部
(1)邪惡，心中所藏的惡念：【邪慝、姦慝】。
(2)禍患：【隱慝】

慕 ㄇㄨˋ　11畫　心部
(1)思念、眷戀：【思慕】
(2)【仰慕、愛慕】
(3)嚮往、欽佩：【嚮往、欽佩】。

憂 ㄧㄡ　11畫　心部
(1)憂患：【內憂外患】
(2)指父母之喪：【丁憂】
(3)愁苦的：【憂愁】
(4)姓。

慧 ㄏㄨㄟˋ　11畫　心部
(1)聰明、慧黠：【智慧】。

慮 ㄌㄩˋ　11畫　心部
(1)計畫、打算：【人無遠慮，必有近憂】
(2)思考：【考慮、思慮】
(3)擔憂

、擔心：【憂慮、不足為慮】。

慰 ㄨㄟˋ　11畫　心部
(1)用言語或行為使人安心：【安慰、慰問、慰勞】
(2)表示心安：

慶 ㄑㄧㄥˋ　11畫　心部
(1)可喜可賀的事：【國慶、家慶】
(2)吉祥、福氣：【吉慶、嘉慶】
(3)祝賀
(4)姓。

慫 ㄙㄨㄥˇ　11畫　心部
鼓勵、唆使：【慫恿、慫動】
慫恿、慫。

慾 ㄩˋ　11畫　心部
想要獲得滿足的願望：【食慾】
慾望、慾念。

慼 ㄑㄧ　11畫　心部
通「戚」，憂愁：【憂慼】。

慵 ㄩㄥ　11畫　心部
懶：【慵懶、慵倦、慵來粧（微施脂粉）】。

悶、不舒暢：【憋悶、不舒暢】來。

憋 ㄅㄧㄝ　11畫　心部
(1)勉強忍住：【憋氣、憋了】
(2)憋得我透不過氣來。

慓 ㄆㄧㄠˋ　11畫　心部
敏捷勇猛的樣子：【慓悍】。

慴 ㄓㄜˊ　11畫　心部
害怕、震慴：【慴伏】。

憫 ㄇㄧㄣˇ　12畫　心部
(1)哀憐、同情：【憐憫、悲天憫人】
(2)憂

憎 ㄗㄥ　12畫　心部
討厭、厭惡：【憎恨、憎厭、憎惡】

憬 ㄐㄧㄥˇ　12畫　心部
忽然醒悟：【憬然醒悟、憬悟】

憚 ㄉㄢˋ　12畫　心部
害怕：【憚然、肆無忌憚、不憚辛勞】。

憧 ㄔㄨㄥ 12畫 心部
(1)對美好的事物嚮往：【憧憬】
(2)往來不定、搖曳不定：【人影憧憧】。

憤 ㄈㄣˋ 12畫 心部
(1)發憤圖強
(2)仇恨：【結私憤、洩憤、公憤】
(3)生氣、發怒所發作的情緒：【憤怒、氣憤、憤憤不平】。

憔 ㄑㄧㄠˊ 12畫 心部
【憔悴】臉色枯瘦沒有精神的樣子。

憐 ㄌㄧㄢˊ 12畫 心部
(1)疼愛、愛惜：【愛憐、憐愛、愛惜】
(2)同情、哀憫：【憐憫、可憐】。

憲 ㄒㄧㄢˋ 12畫 心部
(1)法令：【憲章、憲令】
(2)憲法的簡稱：【立憲、行憲、修憲、違憲】
(3)姓。

憑 ㄆㄧㄥˊ 12畫 心部
(1)證書、證據：【憑證、憑據】
(2)憑藉、憑仗
(3)依靠、把身體靠在東西上：【憑欄遠望】
(4)勞煩
(5)任隨、任憑：【任憑、憑君傳語】。

憩 ㄑㄧˋ 12畫 心部
休息，同「憩」：【休憩、遊憩、小憩】。

憊 ㄅㄟˋ 12畫 心部
疲倦：【疲憊、困憊】。

憨 ㄏㄢ 12畫 心部
(1)傻傻的：【憨笑、憨態、憨子】
(2)天真、純樸的：【憨直、憨厚】。

憒 ㄎㄨㄟˋ 12畫 心部
心智昏亂不明的：【昏憒、憒亂、憒憒】。

懍 ㄌㄧㄣˇ 13畫 心部
(1)恭敬而害怕的樣子：【懍然、懍懍】
(2)危險的樣子。

憶 ㄧˋ 13畫 心部
(1)想念：【相憶、長憶】
(2)想起、回憶：【回憶、憶起】
(3)牢記不忘：【記憶】。

懊 ㄠˋ 13畫 心部
(1)內心感到不痛快、悔恨、煩惱：【懊悔、懊惱、懊喪】
及。

憾 ㄏㄢˋ 13畫 心部
(1)不完滿的事。
(2)不完滿的、悔恨的：【遺憾、抱憾以終】。

懈 ㄒㄧㄝˋ 13畫 心部
懶散、怠惰：【鬆懈、懈怠、夙夜匪懈】。

應 ㄧㄥ 13畫 心部
(1)回答：【回應、應對、應答】
(2)同意、允許：【應允、有求必應】
(3)對付、面臨：【應付、應酬、隨機應變】
(4)接受：【應有盡有】
(1)該當：【應該、應有】
(2)料想、應該是：【想來應是、應非難事】。

應（續）

召、應試、應邀應】(6)符合、證實：【同聲相應】(8)姓。(7)供給：【供應】(5)供驗】

懂 ㄉㄨㄥˇ　心部 13畫
明白、了解：【懂事、懂得】

懇 ㄎㄣˇ　心部 13畫
(1)請求：【懇請、懇求】(2)心意真誠的：【誠懇、懇摯、懇切】

懃 ㄑㄧㄣˊ　心部 13畫
通「勤」，親切週到的：【慇懃】

懋 ㄇㄠˋ　心部 13畫
(1)勉勵：【懋勉】(2)盛大的：【懋典、懋績、懋德】

憺 ㄉㄢˋ　心部 13畫
畏懼：【憺畏】

懌 ㄧˋ　心部 13畫
喜悅的：【懌懌、欣懌、歡懌】

懦 ㄋㄨㄛˋ　心部 14畫
膽小軟弱的：【懦夫、懦弱、懦怯】

懣 ㄇㄣˊ　心部 14畫
(1)痛恨：【懣恨】(2)煩悶、憂悶：【懣悶】憤悶的：【懣悶】懣。

憪 ㄧㄢˊ　心部 14畫
沒有精神的樣子：【病憪】

懟 ㄉㄨㄟˋ　心部 14畫
怨恨：【怨懟】

懲 ㄔㄥˊ　心部 15畫
(1)處罰犯錯的人：【懲罰、懲戒】(2)警戒：【懲戒】嚴懲。

懶 ㄌㄢˇ　心部 16畫
(1)不勤快：【懶惰、懶散】(2)疲倦的樣子：【懶洋洋】(3)不想、不願意：【懶得出去、懶得理他】

懵 ㄇㄥ　心部 16畫
(1)無知、不明事理：【懵然、懵懵】(2)糊塗、不明白：【懵懂】

懷 ㄏㄨㄞˊ　心部 16畫
(1)胸前、在懷裡：【抱在懷裡】(2)躲藏著、藏著：【不懷好意、胸懷】(3)心中：【懷念、懷想】(4)想念：【懷念、懷想】(5)安撫：【懷柔政策】(6)肚子裡面：【懷胎、懷孕】耿耿於懷、豪情滿懷、存著、藏著、祖國。

懸 ㄒㄩㄢˊ　心部 16畫
(1)吊掛：【吊掛、懸首、懸空、懸壺】(2)掛念：【懸念、懸案】(3)沒著落的：【懸案】(4)距離大的、遠的：【懸殊】(5)憑空的、無所依據的：【懸想】懸念、懸想。

懺 ㄔㄢˋ　心部 17畫
(1)和尚、道士為人念經拜禱的法事：【拜懺】(2)內心悔悟：【懺悔】懺。

懼 ㄐㄩˋ 18畫 心部
(1)害怕、害怕的：【懼色】、【懼內】、【懼高症】、【懼怕】。(2)恐懼。

懾 ㄓㄜˋ 18畫 心部
(1)害怕：【懾服】、【懾鬼聲懾】。(2)威服。

懿 ㄧˋ 18畫 心部
(1)美好的：【嘉言懿行】、【懿德】。(2)姓。

戀 ㄌㄧㄢˋ 19畫 心部
(1)愛慕：【愛戀】、【初戀】、【戀人】。(2)掛念：【戀念】。(3)有情愛的：【戀人】。(4)留戀。

「四海」。

戇 ㄓㄨㄤˋ／ㄍㄤˋ 24畫 心部
愚笨而剛直：【戇直】。形容愚笨而剛直的人：【戇子頭】。

戈部

戈 ㄍㄜ 0畫 戈部
(1)古代的一種兵器：【干戈】、【枕戈待旦】。(2)姓。

戊 ㄨˋ 1畫 戈部
天干的第五位，用來代表「第五」，可和地支相配，乙、丙、丁、戊。用來計算時間：【甲】。

戎 ㄖㄨㄥˊ 2畫 戈部
(1)軍事、軍隊：【投筆從戎】。(2)兵器的總稱：【兵戎相見】。(3)古代西方的種族所用的：【戎矛、戎馬、戎功】，崇」，偉大的：【戎功】。(4)軍隊。(5)通「汝」。(6)姓。

戍 ㄕㄨˋ 2畫 戈部
(1)防守邊界的士兵(2)駐守邊界：【戍守、戍邊、衛戍】。(3)姓。

戌 ㄒㄩ 2畫 戈部
(1)地支的第十一位(2)時辰名，指下午七時至九時：【戌時】。

成 ㄔㄥˊ 2畫 戈部
(1)量詞，十分之一叫「一成」：【有八成】。(2)收穫、結果：【坐享其成】。(3)古代稱地方十里為「一成」：【有田一成】。(4)事情做好了，和「敗」相對的：【成功】。(5)可以、許可：【他成了！】(6)足夠：【成了！那可不成】(7)變為：【點石成金】。(8)達到一定數目：【成千上萬】。(9)幫助人達到目的之美：【成人之美】(10)完全的、全部的：【成天】(11)已經定形的、現成的：【成例】(12)已經做好的：【成品、成藥】(13)構成整體的：【成員、成分】(14)從前的、舊有的：【成見】(15)固定不變的：【一成不變】(16)生物生長到成熟的階段：【成人、成蟲】(17)姓。

我 ㄨㄛˇ 3畫 戈部
名詞，第一人稱代名詞，指自己：【我是中國...】

我

人】(2)自己的:【我家、我個人的看法】(3)中國、大公無我】(4)姓。

戒 ㄐㄧㄝˋ 戈部 3畫
(1)教徒必須遵守的規條:【戒律、十戒】(2)佛教的一種修養方式:【齋戒】(3)戴在手指上的裝飾品:【戒指】(4)防守、防備:【戒備、戒嚴】(5)勸告:【勸戒】(6)改掉不好的習慣:【戒煙、戒賭】

或 ㄏㄨㄛˋ 戈部 4畫
(1)有的,泛指某些人、事、物:【或老或幼】(2)不一定、也許:【或許、或者、或大或小】(3)表示不一定的連接詞:【你可以請小明或小華來玩。】

戕 ㄑㄧㄤ 戈部 4畫
傷害、殺害:【戕害、戕殺、自戕】

戔 ㄐㄧㄢ 戈部 4畫
淺小的:【戔戔】

戛 ㄐㄧㄚˊ 戈部 7畫
(1)古代的一種兵器。(2)敲打:【戛擊】(3)形容聲音突然停止:【戛然而止。】

戚 ㄑㄧ 戈部 7畫
(1)古代的一種斧兵器,就是大斧。(2)親屬:【親戚、外戚、休戚與共】(3)悲傷煩惱的:【憂戚】(4)姓。

戟 ㄐㄧˇ 戈部 8畫
古代的兵器,由矛和戈組合而成。兵】(3)姓。

戡 ㄎㄢ 戈部 9畫
平定、克服:【戡亂、戡定】

戢 ㄐㄧˊ 戈部 9畫
(1)收藏:【戢藏】(2)止息:【戢怒、戢止】

截 ㄐㄧㄝˊ 戈部 10畫
(1)量詞,一截叫一截(2)切斷:【截成兩段、截長補短、截取】(3)阻擋:【攔截、截獲、截習】(4)分明的:【截然不同、截然、攔截、截獲、截習】

戮 ㄌㄨˋ 戈部 11畫
(1)殺害:【殺戮、誅戮】(2)合力:【戮力合作】

戰 ㄓㄢˋ 戈部 12畫
(1)打仗的事:【赤壁之戰】(2)分出高下的:【比賽、競爭:【戰鬥、戰爭、愈戰愈勇】(3)挑戰】(4)比打仗:(5)害怕:(6)通「顫」,因害怕或寒冷而發抖:【戰慄、寒戰】(7)關於戰爭方面的:【戰車、戰術、戰馬、戰史】(8)用於打仗的:(9)姓。

戲 ㄒㄧˋ 戈部 13畫
(1)運用語言、動作等效果來表現故事的演出:【戲劇、歌仔戲】(2)泛指歌舞、雜技等表演:【馬戲】(3)指玩耍:【遊戲、玩耍、玩樂】(4)嬉遊、玩耍的事:【遊戲、嬉戲】(5)開玩笑:【玩笑】

戈部

戲 ㄒㄧˋ
、玩弄：【戲弄、調戲】。
「ㄏㄨ」感嘆詞，同「嗚呼」：【於戲】。
「ㄒㄧ」戲：【戲下】。
「ㄨ」通「麾」，旗子：

戴 ㄉㄞˋ 13畫 戈部
(1)把東西放在頭、臉、身體、手、用頭頂著：【戴帽子、戴眼鏡、戴手套】
(2)擁戴、愛戴
(3)尊敬、推崇：【不共戴天、披星戴月】
(4)姓。

戳 ㄔㄨㄛ 14畫 戈部
(1)圖章的一種：【郵戳、信戳】
(2)用尖銳的器具刺破東西：【戳破汽球、戳穿】。

戶部

戶 ㄏㄨˋ 0畫 戶部
(1)單扇的門：【門戶、夜不閉戶】
(2)總稱
(3)量詞，一家叫一戶：【住戶、千門萬戶、一家一戶、一戶人家】
(4)家庭的地位：【門當戶對】
(5)

房 ㄈㄤˊ 戶部 4畫
(1)人居住、休息的建築物：【房屋】
(2)房間、全體中分隔獨立的部分：【臥房、蜂房】
(3)家族的分支：【長房】
(4)二十八星宿之一
(5)姓。

戾 ㄌㄧˋ 戶部 4畫
(1)罪惡：【罪戾】
(2)凶殘的：【暴戾】
(3)違背、不順從：【乖戾、違戾】

所 ㄙㄨㄛˇ 戶部 4畫
(1)地方：【住所、各得其所】
(2)地方
(3)計算房屋的單位：【一所醫院】
方行政的基層組織：【鎮公所、衛生所】
事物的代名詞：【所見、所聞】
(4)指示、...棟叫一所
所愛】(5)和「為」、「被」合用，表示被動：【為人所恥、為人所愛】

戽 ㄏㄨˋ 4畫 戶部
(1)引水灌溉田地的農具：【戽斗】
(2)用戽斗引水：【戽水】

扁 ㄅㄧㄢˇ 5畫 戶部
(1)通「匾」，掛在門牆上題字的橫排：【扁額】
(2)物體寬而薄的：【扁平、壓扁】
(3)姓。
ㄆㄧㄢ 狹小的：【一葉扁舟】

扃 ㄐㄩㄥ 5畫 戶部
(1)門閂：【門扃】
(2)門戶、門：【門扃】
(3)關閉：【扃閉】
(4)明亮的、樣子：【扃扃】

扇 ㄕㄢˋ 6畫 戶部
(1)能使空氣流通而生風的器具：【扇子、電扇】
(2)可以開合的枝狀或片狀的東西：【門扇、隔扇】
(3)計算門窗的單位：【一扇門】

扇 ㄕㄢ

(1)通「搧」，搖動扇子或其他薄的東西，加速空氣流動、鼓動：【扇涼】(2)通「煽」，挑撥、鼓動：【扇動、扇惑】。

扈 ㄏㄨˋ 戶部 7畫

(1)從、役從：【扈從】待從：【扈從】(2)扈

【跋扈】強橫不講理。

(3)姓。

扉 ㄈㄟ 戶部 8畫

門扇一樣可以開合的東西：【扉、扉頁】。

(1)門扇：【門扉】(2)柴扉：比喻像竹門

手 ㄕㄡˇ 手部 0畫

(1)人體的上肢，肢的末端，包括掌、手心、拍手、手指部分：【手腳並用】(2)人體上

(3)從事某種工作或有某種技能的人：【水手、劊子手、選手、射手】(4)做事的人：【助手、人手】(5)技能、本領：【有兩手、露一手】(6)拿著、拿的：【人手一冊】(7)小巧而方便拿的：【手槍、手杖、手錶】(8)和手有關的：【手套、手札、手筆】(9)親自書寫的：【親手寫的、手抄、手植】(10)親自：

才 ㄘㄞˊ 手部 0畫

(1)能力、智慧：【才能、才氣】(2)才學：【天才、奇才、通才】(3)人的資質：【奴才】(4)只有：【他才五歲而已】(5)通「纔」，始：【你到現在才回家】剛剛：【我才來一會兒】(6)表示強調的語氣：【這才是真的】(7)姓。

扎 ㄓㄚ 手部 1畫

(1)刺入：【扎了一針】(2)鑽入：【扎在人群中、一頭扎進河裡】(3)廣闊的：【扎頭扎腦】(4)伸展的：【扎著雙臂】

扎 ㄓㄚˊ

(1)奮力支持、抵抗：【掙扎】(2)寒冷刺骨：【這塊冰凍得扎手】(3)通「紮」，纏縛：【將上衣扎在褲帶裡】(4)製、做：【這個燈籠是我親手扎的、扎紙人】

打 ㄉㄚˇ 手部 2畫

(1)敲擊、敲打：【打鼓、打鐘】(2)互相爭鬥：【打架、打仗】(3)摔、擲：【打破了】(4)編織：【打毛衣】(5)把碗：【打碗】(6)射、充、灌：【打針、打氣、打傘】(7)汲取、拿：【打水】和打信(8)注(9)別人互通消息：【打電話】(10)表示身體上的動作：【打哈欠、打滾】(11)計算：【精打細算】(12)寫出：【打草稿】(13)製造：【打井】(14)做：【打蠟、打掃】(15)從事：【打工】(16)自揭、雜(17)玩：【打秋千】(18)開：【打開窗簾、打開瓶蓋】掀、塗：【打蠟】(19)採取某種方法：【打前天起、打哪裡來】(20)買：【打一字、打油】(21)猜測：振作：【打起精神】(22)捕捉：【打魚、打獵】謎：【打一字】

計算物品的量詞,十二個叫「一打」。

扔 ㄖㄥ｜手部 2畫

(1)揮動手臂,把東西往外一扔。(2)丟棄、拋棄:【拋球、把破鞋扔了、亂扔紙屑】掉。

扒 ㄅㄚ｜手部 2畫

(1)用手剝開:【扒皮、扒橘子】。(2)用力脫掉:(3)抓著、攀著:【扒著欄杆】。

扑 ㄆㄨ｜手部 2畫

(1)攀登:【扑上山】(2)抓:【扑土】(3)用手或耙子把東西聚在一起:【扑手、扑竊】(4)偷別人身上的東西:療鞭打:【扑撻、扑打(ㄆㄨˇ)】。

托 ㄊㄨㄛ｜手部 3畫

(1)承放東西的器具:【槍托、茶托】(2)通【託】,請求別人代為處理事情:【托付、托運】(3)用手掌或其他東西把物體往上撐住:【托著茶盤、托著下巴】(4)從旁陪襯:【襯托、烘托】(5)寄放:【托兒所】(6)姓。

扛 ㄍㄤ｜手部 3畫

(1)用兩手舉起東西:【扛鼎】(2)兩個人或很多人共同抬一件東西:【扛行李、扛桌子】。

扛 ㄎㄤ｜手部 3畫

(1)用肩膀背負東西:【扛鋤、扛米】(2)負責:【扛槍、這件事他一個人扛下來了】。

扣 ㄎㄡ｜手部 3畫

(1)用來鉤結衣服,使不致散亂的東西:【鈕扣、袖扣、鞋扣】(2)鉤結住:【把門扣上、扣鈕扣】(3)強留下:【扣留、扣押】(4)從中減去:【扣除、扣款、打折扣】(5)覆蓋:【把碗扣在桌上】(6)敲、擊:【扣門、扣鐘】(7)戴上:【扣帽子】。

扞 ㄏㄢ｜手部 3畫

抓緊、防衛:【扞衛、扞格不通】。

扦 ㄑㄢ｜手部 3畫

(1)以竹、木、金屬製成的細長尖銳的東西:【牙扦、扦子】(2)實穿:用針扦住。法:可以用來刺穿或挑剔:

折 ㄓㄜˊ｜手部 4畫

(1)按成數減少,百分之幾的算法:【折扣】(2)弄斷:【折斷】(3)彎曲、轉變方向:【曲折、折腰、折回原路】(4)一個人還沒到成年就死了:【夭折】(5)換成:【折現】(6)摺疊:【折紙】(7)失敗、受阻撓:【損兵折將】(8)損失:【折損】(9)佩服:【折服、心折】翻轉、倒:【折筋斗、折騰】。

折 ㄓㄜ

(1)賠錢、虧損:【折本、折錢】(2)斷:【棍子折

折 ㄕㄜˊ

了】。

133

抄 ㄔㄠ 【手部 4畫】
(1)從側面或取較近的路線走：【抄小路】。
(2)將資料整理後寫下的、包抄：【抄寫】、【抄本】。
(3)沒收：【抄家】。
(4)姓。
(5)手拿、取：【抄起一根棍子】。
(6)姓。

扮 ㄅㄢˋ 【手部 4畫】
(1)化裝、裝飾：【打扮、裝扮】。
(2)臉部裝出的表情：【扮鬼臉】。
(3)充當、飾演：【扮演】。

技 ㄐㄧˋ 【手部 4畫】
專門的本領、手藝：【技能、技術、技藝】。

扶 ㄈㄨˊ 【手部 4畫】
(1)用手拉起倒下的人或物：【扶起來】。
(2)用手放在物體上，支撐著身體：【扶著欄杆】。
(3)照顧、幫助：【扶助】。
(4)姓。
ㄆㄨˊ 通「匍」：【扶匐】。

抉 ㄐㄩㄝˊ 【手部 4畫】
(1)挖出：【抉自】。
(2)挑選：【抉擇、抉選】。

抖 ㄉㄡˇ 【手部 4畫】
(1)身體顫動：【顫抖】。
(2)振動、發抖：【抖袖子、抖去身上的木蔥（捆成一長束的東西）、抖擻】。
(3)振作起精神顯達：【精神抖擻】。
(4)稱人突然發跡顯達：【他這幾年抖起來了】。
(5)全部倒出：【把事情全部抖出來】。

抗 ㄎㄤˋ 【手部 4畫】
(1)抵擋、防衛：【抵抗、抗拒】。
(2)拒絕、不接受：【抗命、抗拒】。
(3)對等：【分庭抗禮、抗衡】。
(4)舉起：【抗手稱臣】。

扭 ㄋㄧㄡˇ 【手部 4畫】
(1)用手緊握東西旋轉：【扭乾、扭緊】。
(2)身體擺動作態：【扭擺、扭扭】。
(3)回轉、掉轉：【扭轉、扭頭就走】。
(4)筋骨受傷：【扭了腰】。

把 ㄅㄚˇ 【手部 4畫】
(1)計算器物的單位：【一把米、一把剪刀、一把傘、一把剪刀】。
(2)握住、控制：【把舵、把方向盤】。
(3)看管、看守：【把關、把守】。
(4)掌管、控制：【把持】。
(5)抱著小孩大、小便：【把尿】。
(6)表示大的數量：【一個把月、丈把長】。
(7)將：【把書拿來、把門打開】。
ㄅㄚˋ 有柄的器具；器具上突出來便於手拿的地方：【刀把兒、槍把兒】。

扼 ㄜˋ 【手部 4畫】
(1)通「軛」，套在牛、馬的脖子上，用來牽引車輛的彎木。
(2)把守、控制：【扼守】。
(3)用力抓住、握緊：【扼腕、扼住脖子】。

找 ㄓㄠˇ　手部　4畫
【找錢】
(1)尋求、尋覓(2)退還多餘的錢(3)招惹：【自找麻煩】。

批 ㄆㄧ　手部　4畫
(1)量詞，把全體按先後分成幾部分，每一部分叫「一批」：一批貨、一批旅客(2)寫在文件或書籍上的評語：【眉批】(3)上級對下級的指示：【批示】(4)用手打：【批頰】(5)對錯誤或缺點進行評論：【批評、批判】(6)用較低的價格大量買進或賣出貨物：【批發】。

扳 ㄅㄢ　手部　4畫
(1)用力拉扯：【扳板機、扳轉】(2)扭轉劣勢：【扳回一分】。

扯 ㄔㄜˇ　手部　4畫
(1)撕開、拉：【扯破】(2)拉：【扯衣】(3)說：【胡扯、扯謊】(4)阻礙別人做事：【扯後腿】(5)隨便說、聊天：【東拉西扯】(6)把聲音放大：【扯開嗓門兒】。

投 ㄊㄡˊ　手部　4畫
(1)丟、拋擲：【投球】(2)跳入：【投河、投海】(3)選出某人或某事票：【投票】(4)遞送、寄：【投書、投信、投稿】(5)奔往、趨附：【投奔】(6)合得來：【情投意合】(7)加入、參加：【投考、投誠、投保、投資】(8)光線照射：【投射、投影】(9)姓。

抓 ㄓㄨㄚ　手部　4畫
(1)用手或爪子拿東西：【抓一把沙子】(2)捕捉：【抓小偷、老鷹抓小雞】(3)用指甲輕刮：【抓癢】(4)把握住：【抓重點、抓住機會】

抓子兒 ㄓㄨㄚˇ　4畫
一種兒童遊戲，把果核或石子放在手中，反覆擲接或接住。

抒 ㄕㄨ　手部　4畫
(1)表達、發表：【各抒己見、抒意、抒情】(2)發洩：【抒難、抒憤】(3)解除：

抑 ㄧ　手部　4畫
(1)壓制、制止：【壓抑、抑制】(2)低沉的、煩悶的：【抑鬱】(3)……：【抑強扶弱、抑揚頓挫】(4)還是、或是，表示選擇：【他是有事不來，抑或生病不來？】

承 ㄔㄥˊ　手部　4畫
(1)托著、接著：【承接】(2)負責：【承擔】(3)蒙受：【承教、承蒙你的招待】(4)繼續：【繼承、承繼】(5)迎合(6)姓。

抔 ㄆㄡˊ　手部　4畫
(1)雙手可以捧取東西的分量：【一抔土】(2)用手捧取東西：【抔飲】

抆 ㄨㄣˇ　手部　4畫
擦拭：【抆淚、抆拭】

抵 ㄓˇ　手部　4畫
(1)拍擊：▍抵掌▍。

拉 ㄌㄚ　手部　5畫
(1)牽引、挽、拉：▍拉手▍、▍拉車▍、▍拉拔▍。(2)糾合、聯絡：▍拉攏▍、▍拉感情▍。(3)排泄：▍拉肚子▍。(4)使樂器發出聲音：▍拉小提琴▍。(5)延長、拖長：▍拉長▍。(6)幫助：▍拉拔▍。(7)摧毀：▍摧枯拉朽▍、▍把時間拉長▍。(8)通「邋」，不整潔的：▍拉遢▍。(9)通「剌」，切、割。

拌 ㄅㄢ　手部　5畫
(1)調和、攪拌：▍拌勻▍。(2)爭吵：▍拌嘴▍。

挂 ㄓㄨ　手部　5畫
支撐：▍挂杖▍。

抿 ㄇㄧㄣ　手部　5畫
(1)用來刷頭髮的刷子：▍抿子▍。(2)輕輕的：▍抿著▍。(3)用嘴唇接合、合攏：▍抿著嘴笑▍。

拂 ㄈㄨˊ　手部　5畫
(1)清除灰塵的用具：▍拂塵▍。(2)擦拭、抹去：▍拂拭▍、▍拂去灰塵▍。(3)甩動：▍春風拂▍面。(4)輕輕擦過：▍拂袖▍。(5)違背、不順從：▍拂逆▍。(6)照顧：▍照拂▍。
ㄅㄛ　通「弼」，輔助的。

抹 ㄇㄛˇ　手部　5畫
(1)一線或一帶，叫『一抹』：▍一抹斜陽▍。(2)擦試物品的布塊：▍抹布▍。(3)擦、拭：▍塗抹▍、▍抹眼淚▍、▍抹藥▍、▍抹桌椅▍、▍抹油▍。(4)擦去：▍抹去零頭▍、▍抹煞事實▍。(5)除去、勾銷。(6)放、拉、轉：▍抹牆▍、▍拐彎抹角▍、▍抹下臉來▍。
ㄇㄛ (1)轉。(2)塗刷。

拒 ㄐㄩˋ　手部　5畫
(1)不接受：▍拒絕▍、▍婉拒▍。(2)抵禦、對抗：▍抗拒▍、▍拒敵▍、▍拒捕▍。

招 ㄓㄠ　手部　5畫
(1)技藝、方法、手段：▍招▍、▍妙招▍、▍耍招▍、▍絕招▍。(2)明顯的標幟：▍招牌▍。(3)舉手揮動叫人：▍招手▍、▍招呼▍。(4)承認罪過：▍招認▍、▍招供▍。(5)用考試或通知的方式使人來：▍招考▍、▍招生▍、▍招標▍。(6)引來：▍招蚊子▍、▍招惹▍、▍招禍▍。(7)戲弄、逗引。(8)姓。

披 ㄆㄧ　手部　5畫
(1)明白表示：▍披露祕聞▍。(2)打開、散開：▍披頭散髮▍、▍披覽▍。(3)挑除、散開：▍披荊斬棘▍。(4)將衣物搭、罩在肩背上：▍披衣▍、▍披掛▍、▍披著毛衣▍。

拓 ㄊㄨㄛˋ　手部　5畫
(1)開展、推廣、開拓：▍拓展▍、▍拓寬▍、▍開拓馬……

拓　路

(2)開墾：【拓荒、拓地】。

ㄊㄚ　通「搨」，用紙和墨將石器或器物上的字或圖形印下來：【拓本、拓印】。

ㄓ　通「摭」。

拔　ㄅㄚˊ　5畫｜手部

(1)用力抽、拉出來：【拔劍、拔刀、拔草】。

(2)吸出、超出、高出：【拔毒】。

(3)挑選、相助：【選拔、拔萃、拔擢】。

(4)攻下：【連拔】。

(5)出類：【出類拔萃】。

(6)動搖：【牢不可拔】。

(7)突出的、特出的：【突出五城】。

拋　ㄆㄠ　5畫｜手部

(1)投擲、扔：【拋球、拋擲】。

(2)丟下、捨棄：【拋頭顱，灑熱血】、【拋繡球】。

拈　ㄋㄧㄢ　5畫｜手部

用手指頭夾取東西：【拈香、拈花】。

ㄋㄧㄢˇ　用手指頭揉搓，同「捻」：【拈線、拈紙】。

抨　ㄆㄥ　5畫｜手部

用言語或文字來一一攻擊別人的詞：【抨擊】。

抽　ㄔㄡ　5畫｜手部

(1)引出、拉出：【抽水、抽絲、抽絲剝繭】。

(2)長出：【抽芽】。

(3)吸進：【抽煙】。

(4)鞭打：【抽打】。

(5)從全部中取出一部分：【抽稅、抽查】。

(6)收縮：【抽筋】。

(7)脫開：【抽身、抽空】。

(8)拔出：【抽出、抽刀】。

押　ㄧㄚ　5畫｜手部

(1)把財物交給對方作為擔保：【抵押、質押】。

(2)暫時把人拘禁起來：【押送、拘押、扣押】。

(3)跟隨看管：【押送、押運】。

(4)在公文、契約或簿冊上簽名、作記號，表示證據：【畫押】。

拐　ㄍㄨㄞˇ　5畫｜手部

(1)通「枴」，用來扶著走路的棍子：【拐杖】。

(2)用詐術誘騙：【誘拐、拐帶小孩、拐騙】。

(3)轉彎：【拐彎】。

(4)瘸腿走路的樣子：【他走起路來一拐一拐的】。

拙　ㄓㄨㄛ　5畫｜手部

(1)愚笨、笨拙、不靈巧：【拙見、拙劣】。

(2)自謙：【拙作、拙指】。

拇　ㄇㄨˇ　5畫｜手部

手指、腳上的大指頭：【大拇指】。

拍　ㄆㄞ　5畫｜手部

(1)樂曲的節奏：【節拍】。

(2)擊物的用具：【球拍、拍子、蒼蠅拍】。

(3)用手掌擊、打：【拍手、拍球、拍掌】。

(4)攝製電影或照相：【拍攝、拍電影、拍照】。

(5)把電報發送出去：【拍電報】。

抵　ㄉㄧˇ　5畫｜手部

(1)用手抵著、頂著、支撐：【抵住下巴、抵住門】。

(2)抗拒：【抗拒、抵拒、抵擋】。

(3)到達：【抵達】。

(4)價值相當、能充當、代替：【家書抵萬金、一個抵兩個用】。

(5)互不相欠：【抵銷】。

抵 ㄉㄧˇ 手部 5畫

(6) 通「牴」，衝突、觸犯：【觸犯】。
(7) 通「氐」，大略、大概：【大抵】。
(8) 賠償：【抵命、抵償】。抵不住。
(9) 禦擋：【抵擋】。

业 通「抵」，拍擊。

拚 ㄆㄢˋ 手部 5畫

拚個你死我活。
(1) 捨棄、不顧一切的做：【拚命】。
(2) 爭鬥。

抱 ㄅㄠˋ 手部 5畫

(1) 用手臂摟住：【環抱、擁抱、摟抱】。
(2) 胸襟、胸懷：【胸懷】。
(3) 心裡想著：【抱怨、抱憾、抱恨】。
(4) 孵蛋：【抱窩、抱小雞】。
(5) 養育：她已經抱娃娃了。

拘 ㄐㄩ 手部 5畫

(1) 逮捕、捉拿：【拘捕、捉拿】。
(2) 囚禁、拘拿：多寡不拘。
(3) 約束、限制：【拘禁】。
(4) 顧忌：【不拘大小、不拘小節】。
(5) 呆板不知變通：【拘泥】。

拖 ㄊㄨㄛ 手部 5畫

(1) 牽拉：【拖車、拖拽】。拖著沉重的腳步。
(2) 延遲：【拖延、推拖】。拖延著不回家。
(3) 垂在後面：小狗拖著尾巴到處跑，長髮拖地。

拗 ㄠˋ

(1) 固執、不順從：【執拗、拗脾氣】。
(2) 反抗：你和他拗些什麼？

ㄋㄧㄡˋ

不順從：他的脾氣真拗。

拗 ㄠˇ

折：【拗花、拗斷】。臺灣閩南語，表示歪曲事理。硬拗，不要拗了。

拆 ㄔㄞ 手部 5畫

(1) 把合在一起的東西分開：【拆開、拆散】。
(2) 毀壞：【拆房子、拆除、拆信】。

抬 ㄊㄞˊ 手部 5畫

(1) 向上舉起、仰起：【抬起、抬頭】。
(2) 用手或肩膀搬東西：【抬轎、抬桌】。
(3) 提高：【抬價】。

拎 ㄌㄧㄥ 手部 5畫

(1) 用手提著東西：【拎著行李、拎東西】。

拜 ㄅㄞˋ 手部 5畫

(1) 低頭拱手行禮，或是兩手伏地行禮：【拜年、跪拜、祭拜】。
(2) 祝賀：【拜壽】。
(3) 擔任某種職務：【拜將軍】。
(4) 封官職：【拜將、拜相、官拜】。
(5) 互相訪問：【回拜】。
(6) 恭敬的：【拜見、拜謝】。
(7) 姓。

拊 ㄈㄨˇ 手部 5畫

(1) 用手輕拍：【拊手、拊掌】。
(2) 通「撫」，撫慰：拊我愛我。

拏 ㄋㄚˊ 手部 5畫

通「拿」，拘捕：把他拏下。

挖 ㄨㄚ　6畫　手部

(1)掘:【挖洞】【挖取】。
(2)用手掏取:【挖耳垢】。
(3)掏耳垢的工具:【耳挖子】。

按 ㄢ　6畫　手部

(1)用手指向下壓:【按門鈴】。
(2)抑止、停止:【按兵不動、按下不提】。
(3)依照:【按時、按圖施工】。
(4)壓制:【按捺不住心頭怒火】。
(5)給書或文章做說明或評論:【按語、編者按】。
某種感覺:【按……】。

拽 ㄓㄨㄞˋ　6畫　手部

(1)拉、扯:【把門拽上、拽著衣角】。
(2)用力扔出:【把球拽出去、拽泥巴】。
(3)胳臂有毛病或受了傷,不能伸屈:【拽胳臂兒】。
(4)拖拉:【拽車】。
(5)牽引:【拽滿弓】。

拭 ㄕˋ　6畫　手部

擦、抹:【拭淚、拂拭】。揩拭:【擦拭】。

持 ㄔˊ　6畫　手部

(1)固守舊的事物:【保持】。
(2)扶助、幫助:【扶持、幫助】。
(3)拿、握:【主持、操持、持槍】。
(4)管理:【持家】。
(5)對抗、抵抗:【相持不下】。
(6)挾制:【劫持】。
(7)姓。

拮 ㄐㄧㄝˊ　6畫　手部

境況困難,錢財不夠用:【拮据】。

拯 ㄓㄥˇ　6畫　手部

援助、救助:【拯救、拯恤】。

指 ㄓˇ　6畫　手部

(1)手掌或腳掌前端分支的部位:【手指、拇指、腳趾】。
(2)對著、向著:【指示、指東說西、時針正指八點位】。
(3)提示:【指引、指示、指點】。
(4)依靠、仰仗:【指望、指靠】。
(5)斥責:【指責】。
(6)直立起來:【令人髮指】。

拱 ㄍㄨㄥˇ　6畫　手部

(1)兩手相合、表示恭敬:【拱手】。
(2)懷抱:【拱抱】。
(3)推、頂:【眾星拱月】。
(4)身體彎成弧形或是弧形的建築物:【拱腰、拱橋】。
圍繞:【眾星拱月】。
幼苗拱出土。

拷 ㄎㄠˇ　6畫　手部

用板子、棍棒來打:
(1)拷打:【拷打】。
(2)拷問:【拷問】。

拳 ㄑㄩㄢˊ　6畫　手部

握拳。
(1)五個手指向掌心握緊的形狀:【拳頭】。
(2)一種徒手的武術:【少林拳、太極拳】。
(3)彎曲的:【拳曲】。
(4)姓。

挈 ㄑㄧㄝˋ　6畫　手部

、扶老挈幼。
(1)提、舉:【提綱挈領】。
(2)帶領:【提綱挈領、挈帶】。

括 ㄍㄨㄚ　6畫　手部

(1)包含、總括:【包括、總括】。
(2)聚集:【搜括】。
(3)獲致:【囊括】。
搜求、聚集:【搜括】。

括 ㄍㄨㄛ　6畫　手部
靠近肛門、尿道等排泄口，有收縮和放鬆的功能：【括約肌】。

拾 ㄕˊ　6畫　手部
(1)數目中「十」的大寫。(2)撿取：【拾金不昧、拾紙屑】(3)收集、整理：【拾取、收拾】。
ㄕㄜˋ　通「涉」，一步一步的走踏：【拾級而上】。

拴 ㄕㄨㄢ　6畫　手部
(1)用繩子繫住：【拴馬】(2)把門扣住：【拴門】。

拼 ㄆㄧㄣ　6畫　手部
(1)將零碎的事物湊在一起：【拼湊、七拼八湊】(2)通「拚」，捨棄、不顧一切的去做：【拼命、拼死】。

挑 ㄊㄧㄠ　6畫　手部
(1)把東西擔在肩上：【挑水、挑夫】(2)挑選擇：【挑選、挑毛病】。
ㄊㄧㄠˇ　(1)撥動：【挑逗、挑琴】(2)引起：【挑撥】(3)引誘(4)用針穿：【挑花】。

拿 ㄋㄚˊ　6畫　手部
(1)用手握持東西：【拿刀、拿筷子】(2)取：【拿耗子、拿錢】(3)握：【拿主意、十拿九穩】(4)拘捕：【捉拿、拿獲】(5)用：【拿話哄人】(6)把、將：【拿白天當黑夜】

挌 ㄍㄜˊ　6畫　手部
鬥打、打擊：【挌鬥】。

挾 ㄒㄧㄚˊ　7畫　手部
(1)把東西夾在腋下：【挾泰山以過北海、挾書】(2)懷著、暗藏：【挾仇、持挾】(3)控制：【要挾】(4)通「夾」：挾書。

振 ㄓㄣˋ　7畫　手部
(1)通「震」，搖動：【振動】(2)奮發：【士氣大振、威振天下、振作】(3)興起：【振興】(4)舉起：【振臂一呼】(5)揮動：【振筆疾書】(6)姓。

捕 ㄅㄨˇ　7畫　手部
(1)古代緝拿壞人的官差。(2)捉拿、捉捕：【捕捉、緝捕】(3)巡捕、獵取：【捕獸】(4)姓。

捂 ㄨˇ　7畫　手部
(1)用手遮住：【捂住眼睛、捂著嘴巴】(2)密封起來，使不透氣：放在罈子裡捂起來、捂著被子。

捆 ㄎㄨㄣˇ　7畫　手部
(1)用手把東西綁在一起：【捆行李、捆柴、捆綁】(2)量詞，一束叫「一捆」，東西：【一捆木頭、一捆柴火】。

捏 ㄋㄧㄝ　7畫　手部
(1)用手指頭拈或夾住東西：【捏鼻子】(2)用手指頭搓揉：【捏麵人】(3)虛構、假造：【捏造事實】。

捉 ㄓㄨㄛ　7畫｜手部
(1)拿、握、作畫：【捉筆作畫】
(2)抓、拘捕：【捉捉、捉賊】
(3)戲弄：【捉弄】

挺 ㄊㄥˇ　7畫｜手部
(1)撐直、凸出：【挺胸】
(2)硬挺著做：
(3)堅持不屈、勉強支持：【筆挺、挺立】
(4)硬而直：【挺直、挺拔、英挺】
(5)特別突出的：
(6)很、甚：【挺好、挺用功的】

捐 ㄐㄩㄢ　7畫｜手部
(1)人民向政府繳納的稅金：【稅捐、房捐、教育捐】
(2)贈送財物給別人：【捐贈、捐款、捐獻】
(3)捨棄、犧牲：【為國捐軀】

挽 ㄨㄢˇ　7畫｜手部
(1)牽引、拉：【挽牛、挽舟】
(2)通「綰」，捲起來：【挽起袖子】
(3)設法使情況好轉或恢復原狀：【挽回、挽救、力挽狂瀾】

挪 ㄋㄨㄛˊ　7畫｜手部
(1)移動：【把椅子挪一下】
(2)把某種款項移作其他用途：【挪用、挪借】

挫 ㄘㄨㄛˋ　7畫｜手部
(1)失敗、不順利：【挫折、失敗、挫敗】
(2)屈辱：【挫辱】
(3)壓抑，使音調暫時停頓：【抑揚頓挫】
(4)按抑，使……屈折：【挫其銳氣】

挨 ㄞ　7畫｜手部
(1)依照、順著次序：【挨家挨戶、挨次坐】
(2)遭受：【挨打、挨餓】
(3)靠近：【挨肩並坐】
(4)拖延：【挨時間、挨到中午】

捎 ㄕㄠ　7畫｜手部
(1)順便傳達消息或帶東西：【捎信】
(2)輕拂過：【風從臉上捎過】

捎 ㄕㄠˋ
(1)雨向某方向灑落：【雨捎進來了！】
(2)灑水：【請你往水果上捎些水】
(3)退卻：
(4)窺伺：【用眼睛往後捎一捎】

捅 ㄊㄨㄥˇ　7畫｜手部
(1)刺、戳：【他被捅破了一刀】
(2)觸惹：【不要去捅蜂窩、捅心陰私】
(3)揭發：【捅樓子】

捍 ㄏㄢˋ　7畫｜手部
保衛、抵禦：【捍衛】

捌 ㄅㄚ　7畫｜手部
數目字，「八」的大寫，「捌佰元」。

捋 ㄌㄩˇ　7畫｜手部
(1)撫摸：【捋虎鬚】
(2)揉搓：【捋奶】
(3)用手順著摸過去：【把紙捋平、捋捋長髯】

捋 ㄌㄨㄛˋ
用手握住東西，向另一端輕輕滑動過去：【捋袖子、捋樹葉】。將環套著的東西取下。

挲 ㄙㄨㄛ ｜手部 7畫｜
用手搓撫:【摩挲】。

把 ㄅㄚˇ ｜手部 7畫｜
汲取:【把注】。

掠 ㄌㄩㄝˋ ｜手部 8畫｜
(1)指書法中由右上向左下的長撇,例如「才」字中的「丿」。(2)奪取:【掠奪】、【掠取】、【掠人之美】。(3)輕輕的擦過或拂過:【春風掠面】、【掠過】。(4)用手輕輕梳理:【掠掠鬢髮】。

控 ㄎㄨㄥˋ ｜手部 8畫｜
(1)告狀:【控告】、【控訴:指控】。(2)操縱:控制、遙控、控馭。

捲 ㄐㄩㄢˇ ｜手部 8畫｜
(1)量詞,計算成筒狀的東西、捲字畫、捲狀的東西:【一捲底片】。(2)彎轉成圓筒形:【春捲】、【蛋捲】、【菸捲】。(3)把東西彎轉成圓筒形:【捲簾】、【風捲殘雲】、【西風捲落葉】。(4)把東西吹起或裹住:【捲簾】、【風捲紙】。(5)聚斂:【捲款而逃】。(6)被牽連:【捲入謀殺案】。(7)收羅:【捲土重來】。

掖 一ㄝ ｜手部 8畫｜
(1)提拔、幫助。(2)旁邊的:【掖門】。塞藏:【把書掖在懷裡】。

掄 ㄌㄨㄣ ｜手部 8畫｜
(1)揮動:【掄刀】、【掄拳、掄個精、掄棍】。(2)浪費金錢。選擇、選取:【掄才】。

接 ㄐㄧㄝ ｜手部 8畫｜
(1)托住、承受:【接住、承受、接住球】。(2)連續、接近:【接住、承受、接續、接二連三】。(3)輪替、輪換:【接替、接攘、接替】。(4)靠近:【接近、接受、接近】。(5)收受:【接班、收、接電話】。(6)相迎:【接待、接近】。(7)連結:【接任】。(8)繼承。(9)碰著:【接骨、接電、接觸】。(10)繼承。

捷 ㄐㄧㄝˊ ｜手部 8畫｜
(1)勝利:【大捷、連戰皆捷、告捷、捷報、奏捷】。(2)戰勝:【捷足先登】。(3)快速的樣子:【迅捷、連捷、敏捷、捷足先登】。(4)姓。

捧 ㄆㄥˇ ｜手部 8畫｜
(1)張開兩隻手掌托著東西:【捧菜、捧著碗】。(2)支持、替人壯大聲勢:【捧場、你別捧我了】。

掘 ㄐㄩㄝˊ ｜手部 8畫｜
挖、穿鑿:【掘洞、掘井、發掘】。

措 ㄘㄨㄛˋ ｜手部 8畫｜
(1)安放、處置:【措手不及、手足無措】。(2)運用、籌措:【措施、籌措、措辦】。(3)計畫:【措置】、辦理:【措置】。

捱 ㄞˊ ｜手部 8畫｜
(1)忍受、遭受:【捱餓、捱罵】。(2)拖延。(3)靠近:【捱著媽媽打】。

捱時間、捱一天算一天）。

掩 ㄧㄢˇ ｜手部 8畫
(1)遮蓋：【掩人耳目、遮掩】。
(2)關閉：【掩門】。
(3)出其不意的：【掩殺、掩襲】。

掉 ㄉㄧㄠˋ ｜手部 8畫
(1)落下：【掉下來、掉眼淚】。
(2)落在後面：【掉隊】。
(3)減少、脫落：【掉色、掉毛】。
(4)遺失：【掉了車票】。
(5)替換：【掉換、掉包】。
(6)轉回：【掉頭就跑】。
(7)完成、去，用在動詞後面，表示動作完成：【吃掉、花掉、用掉】。

掃 ㄙㄠˇ ｜手部 8畫
(1)用掃帚除去塵土或汙物：【掃地、打掃】。
(2)消除、消滅：【掃蕩、掃盲、掃黑】。
(3)塗抹：【淡掃蛾眉】。
(4)迅速的掠過：【掃射、用眼睛掃一掃】。
(5)打消：【掃興】。
(6)全部：【掃數歸還】。

帚 掃地的用具：【掃把、掃帚】。

掛 ㄍㄨㄚˋ ｜手部 8畫
(1)量詞，成串的東西：【一掛香蕉、一掛鞭炮】。
(2)懸起、吊起：【懸掛、掛起風帆】。
(3)登記：【掛號、掛失】。
(4)想念、放在心上：【掛念、掛心、牽掛】。
(5)鉤住：【樹枝掛住衣服】。
(6)暫記：【掛帳】。
(7)懸著的：【掛鏡、掛圖】。
不足掛齒】

捫 ㄇㄣˊ ｜手部 8畫
撫摸：【捫心自問】。

推 ㄊㄨㄟ ｜手部 8畫
(1)從後面用力使東西向前移動：【推車、推開】。
(2)擴充、開展：【推展、推行、推廣】。
(3)選舉、選擇：【推選、公推】。
(4)判斷：【推測、推斷】。
(5)拒絕不去：【推辭、推辭不去】。
(6)佩服、擁護：【推崇】。
(7)推銷、推展。
(8)把過失或責任加在別人身上：【推諉、推卸】。
(9)挑除：【推陳出新】。
(10)往後延：【推遲】。

授 ㄕㄡˋ ｜手部 8畫
(1)給與、交給：【授權、授命】。
(2)教：【授課、教授、講授】。
(3)任命：【授官、授職】。
(4)獻出：授習。

命：姓。

掙 ㄓㄥ ｜手部 8畫
(1)用力支持：【掙扎】。
(2)用力擺脫：【掙脫、掙斷】。

掙 ㄓㄥˋ
(3)爭取：【掙面子】。
(4)努力賺取：【掙錢】。
脫、拉扯：【掙脫】。

探 ㄊㄢˋ ｜手部 8畫
(1)專門在暗中偵察實情的人：【偵探、密探】。
(2)尋找：【探求、探測】。
(3)訪問：【探訪、探問】。
(4)伸出：【探頭、探腦】。
(5)偵察：【刺探、試探、探口氣】。
(6)打聽、偵察：【探聽、探險】。
(7)嘗試：【試探】。

討 探討
望 探望、警探

探湯。

【採】ㄘㄞˇ 手部 8畫
(1)用手摘取：【採礦】、【採花】、【採摘】。
(2)開發、挖掘、選取：【採取】、【採訪】、【採用】。
(3)通「采」，尋找、搜集：【採集】。
(4)

【掬】ㄐㄩ 手部 8畫
(1)兩手併合著捧取：【掬取】、一把沙、掬起。
(2)表露在外：笑容可掬。

【排】ㄆㄞˊ 手部 8畫
(1)行列：【排列】、排、連、隊。
(2)牛排、豬排、排隊、排座位。
(3)整編次序。
(4)排開：【排開】、把眾人排開。
(5)消除：【排除】。
(6)預演：【排演】。
(7)拒斥：【排斥】。
(8)瘦的：排骨的簡稱：【排骨】。排列、排解：
ㄆㄞˇ
(1)一種搬家或載貨用的車：【排子車】。
(2)把鞋子撐大：好排。

以合乎某種形狀。

【掏】ㄊㄠ 手部 8畫
(1)伸手探取東西：【掏錢】、【掏腰包】。
(2)挖：【掏耳朵】、【掏洞】。

【掀】ㄒㄧㄢ 手部 8畫
(1)用手揭開：【掀窗簾】、掀被子。
(2)翻、翻騰、湧起：狂風把屋頂都掀了。
(3)吹、發動：掀起棒球的
(4)大規模的興起、發動：【掀起風暴】、【掀起熱潮】。

【捻】ㄋㄧㄢˇ 手部 8畫
(1)用紙或線搓成的條狀物：【紙捻兒】、線捻。
(2)用手指搓、揉：【捻紙】、捻線捻、捻鬍子。

【捩】ㄋㄧㄝ 通「捏」：【捏鼻子】。
ㄌㄧㄝˋ 扭轉：【轉捩】點。

布：【施捨】。

【捨】ㄕㄜˇ 手部 8畫
(1)放棄、拋棄：【捨棄】。
(2)、散捨。

【掣】ㄔㄜˋ 手部 8畫
(1)拉住：【掣肘】、扯住、牽制。
(2)抽取：

【掌】ㄓㄤˇ 手部 8畫
(1)手心、足心的中央部分，就是手和腳的手掌、腳掌。
(2)某些動物的腳底板：【熊掌】、【鴨掌】。
(3)用手掌擊打：【掌嘴】。
(4)用手握持控制：
(5)點燃：【掌燈】。
(6)主持、管理：【掌管】、掌門、掌舵。
(7)姓。

【捺】ㄋㄚˋ 手部 8畫
(1)書法的筆法之一，由左上往右下斜去，如「人」字的「ㄟ」：【捺手印】。
(2)用手指按下：
(3)抑制、壓住：【按捺不住】、捺著性子。

144

掇 ㄉㄨㄛˊ ｜手部 8畫
(1)拾取：【掇取】
(2)用雙手搬、端：【掇凳子】
(3)慫恿：【攛掇】

掐 ㄑㄧㄚ ｜手部 8畫
(1)把指甲折摘：【掐一朵花】
(2)用手指或指甲捏按：【掐脖子、掐他一掐】
(3)用拇指尖輕按別的指節來測度：【掐指一算】

据 ㄐㄩ ｜手部 8畫
困窘、缺錢用：【拮据】
ㄐㄩ 通「據」。

掮 ㄑㄧㄢˊ ｜手部 8畫
用肩扛東西：【掮行李】。

掰 ㄅㄞ ｜手部 8畫
用手把東西分開或折斷：【掰開、掰交情】。

掂 ㄉㄧㄢ ｜手部 8畫
(1)用手估量物品的輕重：【掂一掂這隻雞有多重、掂算】
(2)斟酌、思量、揣測：【掂量、掂對】。

抻 ㄔㄣ ｜手部 8畫
拉長：【抻長】橡皮筋愈抻愈長。

掱 ㄆㄚˊ ｜手部 8畫
扒手、偷取別人財物的人：【掱手】。

描 ㄇㄠˊ ｜手部 9畫
(1)照著樣子寫或畫：【描圖、描素】
(2)重複塗抹：【愈描愈黑】。

捶 ㄔㄨㄟˊ ｜手部 9畫
(1)用來敲打的器具：【鐵捶】
(2)通「搥」，敲、打：【捶背、捶打】。

揀 ㄐㄧㄢˇ ｜手部 9畫
(1)挑選：【挑揀、揀選：【揀取】
(2)通「撿」，把東西拾起來：【揀破爛】。

揩 ㄎㄞ ｜手部 9畫
(1)擦、抹：【揩汗、揩桌椅】
(2)塗抹：【揩地板、揩上亮光漆】

揉 ㄖㄡˊ ｜手部 9畫
(1)用手來回的擦或搓：【揉眼睛、揉搓】
(2)把直的弄成曲的，把曲的弄成直的：【矯揉】
(3)搓在一起：【揉成一團、揉麵】

揆 ㄎㄨㄟˊ ｜手部 9畫
(1)官員，古代稱宰相為首揆，近代用來稱內閣總理或相當於內閣總理的官職：【揆席】
(2)尺度：【以揆百事】
(3)推測、揣測：【揆度、揆情度理】
(4)管理。

揍 ㄗㄡˋ ｜手部 9畫
打：【揍他一頓】。

插 ㄔㄚ ｜手部 9畫
(1)扎進去：【把針插進血管、插頭插進...】
(2)栽種：【插秧】
(3)從中...插花

插 ㄔㄚ 手部 9畫
(1)插足、插嘴、插手。
加入：【插……】。

揣 ㄔㄨㄞˇ 手部 9畫
(1)估計、猜測：【揣測、揣摩】。
(2)把東西藏在懷裡：【把書揣好、揣著手】。

提 ㄊㄧˊ 手部 9畫
(1)書法中由下斜向上寫的筆畫，如「冰」字中的「冫」。
(2)一種舀取液體的器具：【油提】。
(3)垂手拿東西：【提水、提燈】。
(4)取出：【提名、提款】。
(5)標舉出：【提倡】。
(6)振作：【提神】。
(7)懸：【提心吊膽】。
(8)由下往上移：【提升、提褲子】。
(9)把時間往前挪：【提前】。
(10)摘錄出：【提要】。
(11)敘說：【重提往事】。
(12)用手提拿：【提溜】。
(13)小心防備：【提防】。
(14)姓。

ㄕˊ　銀的別名：【朱提】。

握 ㄨㄛˋ 手部 9畫
(1)量詞，一把稱為「一握」：【一握沙】。
(2)用手拿著或抓著：【握刀、握筆】。
(3)掌管：【握權】。

揖 ㄧ 手部 9畫
(1)古代一種拱手行禮的方式：【長揖】。
(2)拱手行禮：【作揖、打恭作揖】。
(3)謙讓：【揖讓】。
(4)邀請：【開門揖盜】。

ㄐㄧ　通「輯」，會合。

揭 ㄐㄧㄝ 手部 9畫
(1)高舉：【揭竿而起】。
(2)表露：【揭示、揭穿、揭開謎底】。
(3)掀開、掀起：【揭鍋蓋、揭瘡藥】。
(4)拉開、拉起：【揭幕】。
(5)撕下來：【揭起】。
(6)姓。

ㄑㄧ　撩起褲管或衣衫下襬走過淺水：【揭衣涉水】。

揮 ㄏㄨㄟ 手部 9畫
(1)搖動、舞動：【揮手、揮刀】。
(2)扇、灑：【揮扇、揮汗如雨】。
(3)用、灑：指揮、揮軍前進。
(4)發號施令：【指揮】。
散開：【揮發】。

援 ㄩㄢˊ 手部 9畫
(1)救助、救援：【援助、救援、支援】。
(2)用手向上攀附：【攀援高山】。
(3)引用、依照：【援例辦理、援筆】。
(4)拿起來：【援筆】。
(5)引荐：【舉賢援能】。

揪 ㄐㄧㄡ 手部 9畫
(1)用手扭住或抓住：【揪住】。

換 ㄏㄨㄢˋ 手部 9畫
(1)對調、交易、換：【交換、更改、換車、物換星移】。
(2)變換、更改、改變：【變換、換錢】。

摒 ㄅㄧㄥˋ 手部 9畫
(1)排除、除去：【摒除、摒斥】。
(2)收拾、整理：【摒擋行裝】。

揚 ㄧㄤˊ 手部 9畫
(1)把東西高高的舉起來：【揚帆、揚手】。
(2)稱讚、讚美：【宣揚、頌揚、揚言】。
(3)宣傳、宣揚：【表揚、揚名】。
(4)飄動：【揚鞭、飄揚：揚起灰塵】。
(5)掀起：【揚起】。
(6)得意的樣子：【掀起】。

【趾高氣揚、意氣揚揚，出眾的樣子…】、【其貌不揚】。(7)容貌。(8)姓。

揶 ㄧㄝˊ　手部 9畫
戲弄、嘲笑：【揶揄】。

揄 ㄩˊ　手部 9畫
(1)揮動：【揄刀】(2)稱讚、表揚：【揄揚】。(3)戲弄、嘲笑：

揹 ㄅㄟ　手部 9畫
把東西負在背上：【揹包袱】、【揹小孩】。

揠 ㄧㄚˋ　手部 9畫
拔起：【揠苗助長】。

搹 ㄜˋ　手部 9畫
(1)抓、捉持：(2)積聚：【搹籌】、【搹錢】。

搓 ㄘㄨㄛ　手部 10畫
兩手來回揉、擦：【搓湯圓】、【搓手】、【搓麻將】。

搾 ㄓㄚˋ　手部 10畫
用力擠壓物質，使它流出汁液：【搾甘蔗】、【搾汁、搾油、搾取】。

搞 ㄍㄠˇ　手部 10畫
(1)做、作：【搞定】、【你在搞什麼】、【搞得人心惶惶】。(2)從事：【搞電影】。(3)煩擾：【搞清楚】。

搪 ㄊㄤˊ　手部 10畫
(1)抵擋、應付：【搪塞】、【搪突】。(2)敷衍、應付。(3)用泥土等塗抹：【搪抹】。(4)觸犯。【搪風、搪瓷、搪飢】。

搭 ㄉㄚ　手部 10畫
(1)把東西支架起來：【搭棚】、【搭架子】。(2)配合、均勻：【搭配】。(3)連接：【搭腔、搭線】。(4)乘坐：【搭車、搭船】。(5)牽引：【勾肩搭背】。(6)姓。披、掛：把圍巾搭在肩上、把衣服搭在繩子上。

搽 ㄔㄚˊ　手部 10畫
塗抹、塗敷：【搽粉、搽藥】、【搽膏】。

搬 ㄅㄢ　手部 10畫
(1)移動位置：【搬動】。(2)遷移：【搬運】、【搬家】。(3)挑撥：【搬弄是非】。

損 ㄙㄨㄣˇ　手部 10畫
(1)減少：【損失】。(2)損壞、破壞：【損兵】。(3)傷害：【損傷】、【損人】。(4)損壽。(5)嘲諷、毒辣、殘忍：【這一招真損】。

搔 ㄙㄠ　手部 10畫
(1)用指甲輕抓：【搔癢】、【搔頭】。(2)通「騷」，擾亂：【內外搔動】。

搶 ㄑㄧㄤˇ　手部 10畫
(1)奪取：【搶劫】、【搶錢、搶球、搶先】。(2)爭著去做：【搶著往前走】、【搶修、搶購】。(3)刮掉或擦掉物體表面的一層：【搶破了皮】。迎著、逆著先的。碰撞：【呼天搶地】。

搜 ㄙㄡ　手部 10畫
(1)尋找、搜索：【搜求、搜索】。(2)搜查、檢查：【搜察】。

搖 ㄧㄠˊ　10畫　手部
(1)揮擺、擺動、擺動：【搖鈴、搖動、搖手】。(2)划動：【搖船】。(3)姓。

搗 ㄉㄠˇ　10畫　手部
(1)用杵捶打、舂擊：【搗米、搗藥】。(2)攪擾、破壞：【搗亂】。(3)攻擊：【直搗敵人的巢穴】。

搏 ㄅㄛˊ　10畫　手部
(1)用手撲打：【搏擊】。(2)雙方互相撲打、爭鬥：【搏鬥、肉搏】。(3)捕捉：【搏虎】。(4)跳動：【脈搏、搏動】。

搐 ㄔㄨˋ　10畫　手部
筋肉牽動、抽搐。

搆 ㄍㄡˋ　10畫　手部
伸長手臂來取東西：【他太矮，搆不到窗】。

摀 ㄨˇ　10畫　手部
（户。）
(1)遮住：【摀著眼睛】。(2)搗密、封起來：【摀著棉被哭】。

搥 ㄔㄨㄟˊ　10畫　手部
用拳頭或棍棒敲打，同「捶」：【搥打】。

搧 ㄕㄢ　10畫　手部
(1)搖動扇子或其他東西，加速空氣流動而生風：【搧扇子、搧風、搧耳光】。(2)用手掌擊打。(3)通「煽」，從旁鼓動，挑撥事端：【搧動】。

搋 ㄔㄨㄞ　10畫　手部
(1)藏起來。(2)用力揉：【搋手兒、搋麵】。

搨 ㄊㄚˋ　10畫　手部
通「拓」，把碑上或器物上的花紋或字形，用紙和墨摹印下來的冊本：【搨本】。

搯 ㄊㄠ　10畫　手部
(1)取出：【搯錢】。(2)叩擊。

搢 ㄐㄧㄣˋ　10畫　手部
(1)插著：【搢笏】。(2)振動：【搢鐸】。

搴 ㄑㄧㄢ　10畫　手部
(1)拔取：【搴旗】。(2)姓。

搊 ㄔㄡ　10畫　手部
(1)用手指撥弄絃樂器的絃：【搊琵琶】。(2)束緊：【搊帶】。

搠 ㄕㄨㄛˋ　10畫　手部
刺、戳：【搠了一刀】。

摁 ㄣˋ　10畫　手部
用手指按捺：【摁電鈴】。

撤 ㄔㄜˋ　11畫　手部
(1)免去、撤銷、除掉：【撤職】。(2)退離：【撤退、撤兵、撤回】。

摸 ㄇㄛ　11畫　手部
(1)用手輕輕接觸或撫摩：【觸摸、撫摩、摸臉】。(2)用手探取、尋找：【在口袋摸】。

摸 ㄇㄛ ｜手部 11畫

(1)用手探取、撫摩：摸一個銅板
(3)試探、探求：摸索、摸清行情
(4)偷看：偷雞摸狗
(5)試著了解：漸漸摸出一套方法
(6)在黑暗中行進：摸黑
(7)戲玩：摸八圈

撇 ㄆㄧㄝ ｜手部 11畫

(1)丟棄：撇清
(2)舀取浮在液體表面的東西：撇油、撇泡沫

ㄆㄧㄝˇ

(1)書法中向左斜掠或橫掠：撇的筆畫
(2)斜斜垂去：撇嘴。

摘 ㄓㄞ ｜手部 11畫

(1)用手取下來：摘花、摘帽子
(2)選取、挑選：摘要、摘錄、摘選
(3)借取：摘借、東摘西借
(4)舉發：摘奸、發伏

摔 ㄕㄨㄞ ｜手部 11畫

(1)用力往下扔：把帽子摔在地板上
(2)擺脫：摔開他
(3)跌倒：好不容易才摔倒、摔跤
(4)用力揮：

摟 ㄌㄡ ｜手部 11畫

(1)用不正當的手段貪取金錢：摟財、摟錢
(2)聚集、招攬金錢：摟柴火、摟聚
(3)招攬生意：摟生意
(4)撩起：摟起裙襬

ㄌㄡˇ

(1)用手臂環抱：摟抱
牽引的意思。

摺 ㄓㄜˊ ｜手部 11畫

(1)可以折疊的東西：奏摺
(2)用紙疊成、頁數固定的本子：摺子、摺尺、摺紙、摺手帕
(3)折疊：摺扇、摺飛機
(4)折疊式的：
(5)折疊的痕跡：

摑 ㄍㄨㄛ ｜手部 11畫

用手掌擊打人：摑耳光。

摧 ㄘㄨㄟ ｜手部 11畫

(1)折斷：摧折
(2)毀壞：摧殘、摧毀、摧枯拉朽。

摯 ㄓˋ ｜手部 11畫

(1)誠懇的：真摯、誠摯
(2)情感深厚的：摯友。

摹 ㄇㄛˊ ｜手部 11畫

(1)通「模」，仿效、照樣做：摹仿、臨摹
(2)照原來的樣子寫或畫：描摹。

摩 ㄇㄛˊ ｜手部 11畫

(1)接觸：摩肩接踵
(2)互相切磋學習：觀摩、揣摩
(3)迎合：
(4)用手搓擦或兩種東西互相貼緊來回移動：摩擦
(5)很接近的意思：摩天大樓
(6)用手撫慰：摩挲

摳 ㄎㄡ ｜手部 11畫

(1)用手指或細小的東西往較深的地方挖：

摳（續）「摳耳朵、摳鼻子」(2)提起：「摳衣」(3)往深處或狹窄的方面鑽研：「摳書本」(4)小氣，吝嗇：「這個人很摳、摳門兒」

摻 ㄔㄢ 11畫 手部　(1)混合，通「攙」，混：「摻假、果汁摻雜、摻了水」。 ㄕㄢ 曲調。

摭 ㄓ 11畫 手部　持握的意思。 ㄓㄜˊ 拾起、摭言、採摭：「拾、摭言、採摭」。

摶 ㄊㄨㄢˊ 11畫 手部　(1)將散碎的東西揉捏成一團：「摶沙、摶風」(2)摶飯。

摽 ㄅㄠ 11畫 手部　(1)通「標」，記號：「摽識」(2)指揮(3)擊打。 ㄅㄧㄠˋ 落下來：「摽梅」。 ㄆㄧㄠˋ 緊緊鉤連在一起：「摽梅」。摽著胳膊。

撂 ㄌㄧㄠˋ 11畫 手部　(1)放下：「撂下窗簾」(2)扔掉、拋棄：「他撂」(3)留下：「把下一句話就走了！把垃圾撂出去」(4)推…倒。

摜 ㄍㄨㄢˋ 11畫 手部　(1)扔掉、拋擲：「把花摜在地上」(2)摔跌倒。摜交。

撰 ㄓㄨㄢˋ 12畫 手部　(1)編寫、著述：「撰述、撰寫、撰稿」(2)…

撞 ㄓㄨㄤ 12畫 手部　(1)敲擊：「撞鐘、撞球」(2)撞擊、相碰：「撞車」(3)衝、闖：「橫衝直撞」(4)衝突、撞見：「頂撞、莽撞」。

撲 ㄆㄨ 12畫 手部　(1)用來拍拭的用具：「粉撲」(2)輕拍：「撲粉」(3)猛衝：「撲過來、相撲」撲去衣服上的灰塵(4)氣味熏人：「撲鼻」(5)捕捉：「撲蝴蝶」(6)附著：「花香撲鼻」。

播 ㄅㄛ 12畫 手部　(1)傳布、宣揚：「廣播、播音」(2)散布：「播種」(3)遷移：「播遷」。

撐 ㄔㄥ 12畫 手部　(1)支住、支持：「撐住大局、支撐」(2)抵住：「撐竿跳、撐傘」(3)張開：「撐開、撐船」(4)東西裝太滿或吃太飽：「撐破、撐飽」。

撫 ㄈㄨ 12畫 手部　(1)用手輕按或摸摸：「撫摸」(2)安慰、安撫：「撫劍、撫慰」(3)保護、照管：「撫養、撫育」(4)拍擊：「撫掌」(5)調弄：「撫琴」。

撚 ㄋㄧㄢˇ　12畫　手部
(1)用手指揉搓：【撚線、撚繩子、撚鬚】。
(2)彈奏琵琶的指法之一。

撈 ㄌㄠ　12畫　手部
(1)把物體從水中取出來：【撈魚、大撈一把】。
(2)以不正當的手段獲取：【撈一票、撈一筆錢】。

ㄌㄠˇ　指讓人討厭的東西：【撈什子】。

撥 ㄅㄛ　12畫　手部
(1)用手指挑弄或轉動、撥動：【撥電話、撥動琴絃、撥鬧鐘、撥雲見日】。
(2)推開或挑除：【撥開】。
(3)分發、調配：【調撥、撥款】。

撓 ㄋㄠˊ　12畫　手部
(1)擾亂、阻撓：【阻撓、阻礙】。
(2)屈服：【不屈不撓、百折不撓】。
(3)搔、抓：【撓著癢處】。
(4)捉住：【撓住他的袖子】。
(5)逃離：【撓者重罰】。

撮 ㄘㄨㄛ　12畫　手部
(1)容量單位，一公撮等於千分之一公升。
(2)兩三個手指頭所能拿取的分量：【一撮泥土】。
(3)用兩三個手指頭集、抓：【撮一些茶葉泡茶】。
(4)聚：【撮合】。
(5)摘要：【撮要】。
(6)量詞，叢：【一撮頭髮】。

撬 ㄑㄧㄠˋ　12畫　手部
(1)舉起：【撬腿而坐】。
(2)用尖尖的工具挑開：【撬著縫隙插入，用力把東西挑開：撬開大門、撬開罐頭】。

撕 ㄙ　12畫　手部
(1)用兩手使薄的東西裂開、撕破：【撕裂】。
(2)俗稱買布：【撕幾碼布做衣服、到布店去撕】。

撒 ㄙㄚ　12畫　手部
(1)放開、張開：【撒手、撒網、撒了個謊】。
(2)排泄：【撒尿】。
(3)要弄：【撒野、撒嬌】。
(4)姓。

ㄙㄚˇ　散布：【撒種子、把黃豆撒了一地】。

撩 ㄌㄧㄠˊ　12畫　手部
(1)挑逗、勾引：【撩撥、撩人】。
(2)整理：【撩在箱子裡】。
(3)灑水：【撩了他一眼、撩些水】。
(4)掀起：【把這塊布撩起來、在地上撩些水】。
(5)簾：【撩起窗簾】。
(6)瞥見。

撢 ㄉㄢˇ　12畫　手部
(1)拂去灰塵的用具：【雞毛撢子】。
(2)拂去灰塵，同「撣」。

ㄊㄢˋ　通「探」：【撢取】。

撅 ㄐㄩㄝ　12畫　手部
(1)翹起：【撅嘴、撅鬍子】。
(2)挖掘。

撏 ㄒㄩㄣˊ　12畫　手部
(1)拔除：【撏毛】。
(2)摘取：【撏取】。
扯。

撣 ㄕㄢ　手部 12畫
（1）拂去：【撣去】、他無力地撣著頭。
（2）民族名：【撣族】。

撳 ㄑㄧㄣˋ　手部 12畫
（1）用手按住：【撳門鈴、撳鈕】。
（2）垂下。

撻 ㄊㄚˋ　手部 13畫
（1）用鞭子或棍子擊打：【鞭撻、撻擊】。
（2）疾速的：【撻伐】。

擅 ㄕㄢˋ　手部 13畫
（1）專精、專長：【擅長、不擅言詞】。
（2）自作主張、任意獨行：【擅自作主、擅權、擅自】。

擁 ㄩㄥ　手部 13畫
（1）抱：【擁抱】。
（2）圍著：【擁膝長談】。
（3）持：【擁有】。
（4）通「壅」，被而臥。
（5）保護：【擁護】。
（6）聚集、阻塞：【許多人擁在這條馬路】。
（7）眾人一起向前跑：【一擁而上】。

擋 ㄉㄤˇ　手部 13畫
（1）攔阻：【擋風、擋太陽、擋駕】。
（2）遮住、阻：【擋不住、阻擋、兵來將擋】。
（3）抵抗。
（4）收拾：【摒擋行李】。

撼 ㄏㄢˋ　手部 13畫
（1）搖動、撼動：【搖撼、震撼、撼天撼地】。
（2）動搖：【微言撼之】。

據 ㄐㄩˋ　手部 13畫
（1）憑證、事物的證明：【證據、收據】。
（2）占有：【占領、占據】。
（3）占領、據有。
（4）按照：【根據、依據、憑藉、據理、據業】。
（5）姓。

擄 ㄌㄨˇ　手部 13畫
（1）用暴力搶奪：【擄掠、劫掠】。
（2）捉住：【擄獲】。

擇 ㄗㄜˊ　手部 13畫
挑選、選擇：【擇友、選擇】。

擂 ㄌㄟˊ　手部 13畫
（1）研磨、敲打：【擂藥、擂胡椒】。
（2）敲打：【擂鼓】。
（3）從前比賽武藝所擺設的臺子：【擂臺】。

操 ㄘㄠ　手部 13畫
（1）品行、作為：【操行、操守】。
（2）鍛鍊身心：【早操、體操】。
（3）把持、使用：【操刀、操作】。
（4）控制：【操縱】。
（5）從事：【重操舊業】。
（6）訓練，實體的方法：【軍事操演】。
（7）用某種語言或口音說話：【操南方口音】。
（8）勞費心力：【操勞、操心】。
（9）姓。

撿 ㄐㄧㄢˇ　手部 13畫
（1）通「揀」，拾取：【撿石頭、你丟我撿】。
（2）不應得到而得到：【撿便宜】。

擒 ㄑㄧㄣˊ 【13畫 手部】
捕捉、逮捕：【擒賊、擒拿、欲擒故縱】。

擔 ㄉㄢ 【13畫 手部】
(1)用肩膀挑東西：【擔水】。(2)負責、承當：【擔任、擔負、擔心、擔當、擔憂】。(3)牽掛、放不下：【擔心、擔當】。
ㄉㄢˋ
(1)重量單位，一百公斤等於一擔。(2)計算挑東西的器具：【扁擔】。的單位：【一擔米】。(3)比喻肩負的責任：【重擔】。

擎 ㄑㄧㄥˊ 【13畫 手部】
向上舉起、支撐：【擎起、擎天一柱】。(2)擎。

擊 ㄐㄧ 【13畫 手部】
(1)敲打、攻打：【鼓擊、擊掌】。(2)碰、撞擊。(3)接觸。(4)攻擊、接觸：【目擊】。襲擊。

擘 ㄅㄛˋ 【13畫 手部】
(1)大拇指，大如擘：【巨擘】。指特別優秀的人：【巨擘】。(2)比喻特。(3)分裂：【擘肌分理、擘開】。(4)處置分析：【擘畫】。

擗 ㄆㄧˇ 【13畫 手部】
捶胸：【擗摽】。擗踊。

搗 ㄉㄠˇ 【13畫 手部】
敲打：【搗鼓】。

擀 ㄍㄢˇ 【13畫 手部】
用手或棍棒把物體碾平、壓薄：【擀餃子】。

擠 ㄐㄧˇ 【14畫 手部】
(1)用力壓榨使東西排出、擠出：【擠牙膏、擠牛奶】。(2)用力插入縫裡：【擠進去】。(3)緊靠在一起：【擁擠】。(4)眨眼：【擠眉弄眼】。(5)排斥：【排擠】。

擰 ㄋㄧㄥˊ 【14畫 手部】
(1)絞轉：【絞毛巾】。(2)用手擰：他擰了我一下。(3)用力扭轉：【把螺絲釘擰緊】。
ㄋㄧㄥˇ
(4)聽錯、說錯：【把「竹竿」當成「豬肝」，是我聽擰了】。(5)意見不同：【兩個人愈說愈擰了】。
ㄋㄧㄥˋ
倔強、固執：【他的脾氣太擰了、擰性】。

擦 ㄘㄚ 【14畫 手部】
(1)抹拭的用具：【板擦、橡擦】。(2)拭、揩。(3)貼近：【擦身而過】。(4)刮、摩：【擦破皮】。(5)抹、塗敷：【擦拭、擦粉、擦汗、擦胭脂、擦玻璃】。

擬 ㄋㄧˇ 【14畫 手部】
(1)模仿：【擬古】。(2)模擬、比擬。(3)比方、打算、想：【擬一個計畫】。(4)事前設計、構想：【擬往日本旅遊、擬稿】。

擱 ㄍㄜ 【14畫 手部】
(1)安放、擱置、放置：【把錢擱在桌上】。(2)停頓：【擱淺、耽擱】。(3)添加：【在湯裡擱點味精】。

(5)容納：【屋裡擱不下這些東西】。

擯　ㄅㄧㄣˋ　14畫　手部
排斥、棄絕，通「摒」：【擯棄】。

搗　ㄉㄠˇ　14畫　手部
(1)用杵擊打：【搗藥、搗衣】，舂。通「擣」。(2)用手捏住鼻子，用力出氣，使鼻涕排擠出。

擤　ㄒㄧㄥˇ　14畫　手部
【擤鼻涕】。

擢　ㄓㄨㄛˊ　14畫　手部
提拔、擢用、拔擢：【擢升、擢拔】。

擾　ㄖㄠˇ　15畫　手部
(1)麻煩他人的客氣話：【叨擾、打擾】。(2)擾亂、破壞秩序：【擾亂】。

擴　ㄎㄨㄛˋ　15畫　手部
向外伸張、開展：【擴展、擴充、擴大】。

擲　ㄓˋ　15畫　手部
投、拋、扔：【投擲、擲標】。

攮　ㄋㄤˇ　15畫　手部
(1)槍：【攮出去】。(2)走、追趕：【攮】。

擺　ㄅㄞˇ　15畫　手部
不上他。(1)能夠來回搖動，而且有一定振幅的物體在搖動：【擺動、搖擺】。(2)搖動：【擺動、搖擺】。(3)陳列、放置：【擺設、擺闊、擺架子】。(4)故意賣弄：【擺闊】。(5)設法安排：【擺脫】。

擻　ㄙㄡˇ　15畫　手部
(1)振作、奮發：【振擻、抖擻】。(2)顫動的：【抖擻】。(3)用工具清除爐灶裡的灰燼：【把爐子擻一擻】。

攀　ㄆㄢ　15畫　手部
(1)抓住東西向上爬：【攀樹】。(2)拉住：【攀登】。(3)牽扯：【攀扯】。(4)和人接近、交往或拉交情：【攀親、高攀】。(5)摘、折：【攀折花木】。

擷　ㄐㄧㄝˊ　15畫　手部
採摘：【採擷】。

攄　ㄕㄨ　15畫　手部
發表、表現：【攄舒、攄誠】。

攏　ㄌㄨㄥˇ　16畫　手部
(1)聚集、靠近：【聚攏、攏總】。(2)梳理：【攏髮】。(3)靠攏、拉攏。

攔　ㄌㄢˊ　17畫　手部
阻擋、阻止：【攔擋、攔住、攔阻、攔截】。

攘　ㄖㄤˊ　17畫　手部
(1)排斥、排除：【攘外、攘除】。(2)侵奪：【攘羊、攘奪】。搶奪：【攘奪】。(3)偷取：【攘竊】。(4)拋散：【攘場】。(5)揮霍：【把家財攘光了】。(6)亂：【天下攘攘】別。

攙 ㄔㄢ　17畫｜手部
(1)牽扶：【攙扶】：我扶著奶奶過馬路。
(2)混雜：【攙雜】：在沙裡攙些石子。

攝 ㄕㄜˋ　18畫｜手部
(1)捕捉：【攝影】
(2)獵取：【攝取】
(3)吸取：【攝魂魄】
(4)代理：【攝政】
(5)管理、統攝：【攝生】
(6)保養：【攝養】
(7)撩起：【攝衣】
(8)姓。

攜 ㄒㄧ　18畫｜手部
(1)帶在身上：【攜帶】
(2)牽引、攜手：【攜手前進、攜款】
(3)拉：【攙下樓】

攛 ㄘㄨㄢ　18畫｜手部
(1)擲扔：
(2)引誘、慫恿：【攛掇、攛唆】

ㄋㄧㄝˋ　平安的。

攤 ㄊㄢ　19畫｜手部
(1)隨地陳列貨品來賣的地方：【地攤、水果攤】
(2)量詞，液體靜止在一處或溼物凝聚在一堆叫「一攤」：【一攤水、一攤泥】
(3)展開、平鋪開來：【攤開書本、攤開地毯】
(4)分擔、分派：【分攤、均攤】
(5)明白表示：把問題攤開來談
(6)烹飪法的一種，把糊狀物放在鍋裡煎成薄片：【攤蛋餅】

攣 ㄌㄨㄢˊ　19畫｜手部
手腳抽筋、彎曲而不能伸展：【痙攣】

攢 ㄗㄢˇ　19畫｜手部
(1)聚集、湊合：【攢聚】
(2)積聚、儲蓄：【攢錢】
ㄘㄨㄢˊ　皺、蹙：【攢眉】

攫 ㄐㄩㄝˊ　20畫｜手部
(1)鳥獸用爪子撲抓東西：【餓虎攫羊】
(2)搶奪、奪取：【攫取】、攫奪。

攪 ㄐㄧㄠˇ　20畫｜手部
(1)擾亂：【攪亂、攪局】
(2)打攪、擾攪：用器具調勻液

攪 《ㄠˇ
(1)通「搞」，做、幹、弄：【胡攪、瞎攪】
(2)造成：攪成今天的局面
(3)攙雜、混和：【攪拌、把沙或溼物等液體或鬆軟的物品攪勻、把兩件事攪在一起】

攬 ㄌㄢˇ　21畫｜手部
(1)用手臂抱住：【母親把孩子攬在懷裡】
(2)掌握、把持：【獨攬大權】
(3)招徠、引進：【招攬生意】
(4)搜羅：【延攬人才、招攬、攬勝】
(5)牽：【攬彎】

支部

支 ㄓ　0畫｜支部
(1)量詞：一支軍隊、二十支紗、六十支光的燈泡。
(2)「地支」的簡稱：中國農曆把子、丑、寅、卯、辰、巳、午、未、申、酉、戌、亥等十二個字，總稱為「地支」。

支 ㄓ

和「天干」相配，作為計算時日的代號。(3)分配、指揮：「支配、支使」。(4)維持、受得住：「不支」。(5)領取：「支薪水」。(6)叫人離開：「把他支走」。(7)付錢、打發：「支付」。(8)支起帳篷。(9)支撐起：「支援」。(10)分散：「支離」。(11)由總體分出來的：「支流、支店」。(12)姓。

收 ㄕㄡ 攴部 2畫

(1)農作物成熟後採割回家，叫「收穫」，簡稱「收」：「秋收、豐收」。(2)整理：「收拾、收信、收禮」。(3)接受、索取：「收帳」。(4)要、索取：「收費、收工」。(5)結束：「收工」。(6)獲得：「收穫」。(7)買：「收購」。(8)取回原來屬於自己的東西：「收回」。(9)聚集、合攏：「收攏」。(10)拘捕：「收押」。(11)收容、納：「收容」。(12)控制：「收心、收住腳、收一班學生、收不住腳」。(13)吸：「吸收」。(14)擺、增：「把錢收好、收藏」。

改 ㄍㄞˇ 攴部 3畫

(1)發動、更改、更換、改動：「改變、改動、改...」。(2)糾正、革除不良事物，使變好：「改正、悔改、改邪歸正」。(3)姓。

攻 ㄍㄨㄥ 攴部 3畫

(1)軍隊用武力攻擊打敵人、進攻：「圍攻、攻擊」。(2)專門研究、學習的：「攻讀、專攻」。(3)指責別人的缺失，駁斥別人的議論。(4)琢磨而攻之：「攻玉」。(5)姓。

攸 ㄧㄡ 攴部 3畫

(1)和「所」的用法相同，表示聯繫的作用：「性命攸關」。(2)遼遠的樣子：「攸攸」。(3)姓。

放 ㄈㄤˋ 攴部 4畫

(1)解除約束：「釋放、解放」。(2)安置、安放：「放在桌上」。(3)安：「放心」。(4)任意、不加管束：「放任、放肆」。(5)擴大、擴展：「放大、放寬」。(6)發出、射：「放光、放槍、放音樂」。(7)把人驅逐到遠方：「放逐、流放」。(8)開出：「百花齊放」。(9)趕牛羊到野外吃草：「放牛、放羊」。心花怒放。(10)放著正事不做。(11)捨棄、擱置：「放棄」。(12)壓抑、克制。(13)放輕腳步。借錢給別人：「放款」。糖加進去、攪和：「在牛奶裡放點糖」。

放 ㄈㄤˇ

(1)依照、依據：「放於利而行」。(2)至、到：「放乎四海」。(3)姓。

政 ㄓㄥˋ 攴部 5畫

(1)管理眾人的事：「政治、政事」。(2)國家某一部門主管的事務：「內政」。(3)家庭或團體的事務：「財政、郵政、家政、校政」。(4)古代的官名：

攴部　5～7畫　政故效敉啟敖救敗敏敘教

……鹽政、學政⑸通「正」，文字上的指正：【敬請斧政】⑹姓。

故 ㄍㄨˋ　攴部　5畫
⑴事情：【事故、變故】
⑵事情發生的原因：【故事、緣故】
⑶舊時的事物：【故宮、溫故知新】
⑷朋友、交情：【沾親帶故】
⑸死亡：【病故、已故】
⑹舊的：【故俗】
⑺以前的：【故居、故交】
⑻原來的、明知的：【故鄉】
⑼有意的：【故意、明知故犯】
⑽所以、因此：【他努力不懈，故能成功】

效 ㄒㄧㄠˋ　攴部　6畫
⑴功用：【功效、效力】
⑵模仿：【效法、仿效】
⑶貢獻：【效勞】

敉 ㄇㄧˇ　攴部　6畫
⑴安撫：【敉平、安定】
⑵安寧、安定：【敉亂、敉寧】

啟 ㄑㄧˇ　攴部　7畫
⑴書信用語，用在署名下面：【某某先生謹啟】
⑵文體的一種，內容比較簡短：【小啟、開啟】
⑶打開：【啟程、開啟】
⑷陳述、導引、開啟：【啟發、啟示、啟用】
⑸啟封：【啟開、開封】
⑹開始：【啟事、啟用】
⑺姓。

敖 ㄠˊ　攴部　7畫
⑴遊玩，同「遨」：【敖遊】
⑵姓。
通「傲」。

救 ㄐㄧㄡˋ　攴部　7畫
⑴援助、保護：【援救、救國、救拯】
⑵撲滅：【救火】

敗 ㄅㄞˋ　攴部　7畫
⑴打仗輸了或事情不成功：【成敗、赤壁之敗、敗敵隊】
⑵毀壞：【敗德、敗壞門風、敗事有餘】
⑶戰勝、打贏：【大敗敵隊】
⑷輸、不成功：【我敗給他了】
⑸腐爛、腐敗：【腐敗】
⑹衰落：【家敗人亡】
⑺凋落：【敗事】
⑻毀壞的：【葉殘花敗】
⑼凋殘的：【殘花敗柳、枯枝敗葉】

敏 ㄇㄧㄣˇ　攴部　7畫
⑴奮勉、努力：【勤敏】
⑵勤敏、工作、敏求：【敏求】
⑶聰明、反應快：【敏捷、敏銳】

敘 ㄒㄩˋ　攴部　7畫
⑴通「序」，放在全書前面，說明全書要點或撰寫經過的文字：【自敘】
⑵陳述或撰寫經過的文字：【敘述、敘事、記敘】
⑶發抒：【暢敘】
⑷聚會談話：【餐敘、小敘一番】
⑸按規定的等級授官職，或按勞績的大小給予獎勵：【敘獎、銓敘】
⑹姓。

教 ㄐㄧㄠˋ　攴部　7畫
⑴因思想、信仰相同而聚集在一起的團體：【佛教、基督教、回教】
⑵授業、指導、教導、教育：【授業、指導、教育】
⑶訓誨、指導：【教誨】
⑷指使：【教唆】
⑸使、讓：【誰教你來的？】

ㄐㄧㄠ
傳授知識技能：【教書】。

敝 ㄅㄧˋ 7畫 攴部
(1)破爛的：【破敝、敗壞】。
(2)自謙的用語，稱與自己有關的事物：【敝人、敝姓、敝校、敝公司、敝衣】。

敕 ㄔˋ 7畫 攴部
(1)帝王的詔書、命令：【敕令、敕封】。
(2)道士用符咒驅使神、鬼的命令：【念咒燒敕】。
(3)告誡、命令：【君臣相敕】。
(4)姓。

敢 ㄍㄢˇ 8畫 攴部
(1)有勇氣、有膽量：【敢問、敢請】。
(2)勇敢：
(3)表示冒昧的詞，推測的語詞，表示「也許」、「或者」：【敢是您走錯地方了】
(4)謙遜的詞，表示「不敢」的意思：【豈敢、敢不奉命】。

散 ㄙㄢˇ 8畫 攴部
(1)分開：【散場、妻離子散】
(2)消除、發散：【散熱】
(3)分布：【散布、解散、散播謠言、天女散花】
(4)解雇、解職：【遣散】
(5)排遣：【散心】。
(6)不緊密、不連續的：【鬆散】
(7)姓。

ㄙㄢˋ
(1)藥粉：【胃散、龍角散】
(2)零碎的、不連續的：【散裝、散工】
(3)閒職：【投閒置散】
(4)雜亂的：【散漫】
(5)分裂、解體的：【椅子散開了】

敞 ㄔㄤˇ 8畫 攴部
(1)張開、打開：【敞開門、敞開大衣】
(2)寬闊、沒有遮擋的：【敞亮、敞廳、寬敞、敞快】
(3)通「暢」。

敦 ㄉㄨㄣ 8畫 攴部
(1)修養、勉勵：【敦品勵學】
(2)勉勵：【敦勸】
(3)誠心誠意：【敦親睦鄰、敦睦邦交】
(4)忠厚的：【敦厚的】
(5)誠心誠意：【敦請、敦聘】
(6)厚重的樣子：
(7)姓。

ㄉㄨㄟ
古代盛食物的器具，由青銅製成。

敬 ㄐㄧㄥ 9畫 攴部
(1)禮貌待人：【敬禮、回敬】
(2)尊重：【尊敬、敬重、敬老尊賢】
(3)獻上：【敬酒、敬菜】
(4)謙恭：【恭敬】
(5)謙恭而慎重的：【敬上、敬啟】
(6)姓。

敲 ㄑㄧㄠ 10畫 攴部
(1)在物體上擊打，使發出聲音：【敲門】
(2)反覆思索探究：【推敲】
(3)強索財物：【敲詐、敲竹槓】

敵 ㄉㄧˊ 11畫 攴部
(1)仇人、敵人：【仇敵、敵人】
(2)仇
(3)抗拒：【萬夫莫敵、寡不敵眾】
(4)相當的、相等的、能力相當的人：【情敵、對手、勢均力敵】

敷 ㄈㄨ 11畫 攴部
(1)用手塗抹：【敷藥】
(2)布置、設置：【敷設、敷陳】
(3)陳述：【敷陳】
(4)足夠：【入不敷出】

158

數 ㄕㄨˇ　11畫 攴部
(1)計算：【數鈔票、數一數】(2)責備：【數落、數說】(3)比較上：【全班數他功課最好】。

數 ㄕㄨˋ
(1)計算東西多少的語詞：【整數、人數】(2)古代六藝之一：【禮、樂、射、御、書、數】(3)命運：【劫數】(4)若干、約略舉出的詞：【數年、數口之家、數十個】。

數 ㄕㄨㄛˋ
屢次：【數見不鮮、數諫不…】

數 ㄘㄨˋ
細密：【數罟】。

數 ㄙㄨ
念佛時拿在手中的珠串：【數珠兒】。

整 ㄓㄥˇ　12畫 攴部
(1)沒有零頭的數字：【一千元整】(2)使事物有秩序、有條理：【整隊、整頓】(3)治理、把壞的東西修好或把亂的東西收好：【整理、整肅、整人、儀容】(4)使人吃苦頭：【整…好好整他一下】(5)有秩序、不雜亂：【整齊、整潔】(6)完全的：【完整無缺】(7)全部的：【整套、整個】。

斂 ㄌㄧㄢˇ　13畫 攴部
(1)收集、聚集：【收斂、斂財】(2)約束、不放鬆：【收斂、斂跡】(3)收起、收住：【斂容、斂足】。

斃 ㄅㄧˋ　13畫 攴部
死：【斃命、槍斃】。

文部

文 ㄨㄣˊ　0畫 文部
(1)記錄語言的符號。古代稱獨體的象形、指事為「文」，如日、月等；合體的會意、形聲為「字」，如「文字、甲骨文、江、河」等。(2)集合組織許多字，所組成的篇章。文言文的簡稱：【文章、作文】(3)(4)量詞，古代稱一枚錢為一文：【一文不值】(5)儀式、禮節、制度：【繁文縟節】(6)自然界的現象：【天文、人文】(7)外表：【文質彬彬】(8)刺染花紋、圖案：【文身】(9)溫和不猛烈的：【文火】(10)談吐優雅有修養：【斯文、文靜、溫文】(11)非軍事的，和「武」相對：【文官、文職】(12)有學識的：【文人】(13)姓。(14)掩飾、修飾：【文過、文…】

斑 ㄅㄢ　8畫 文部
(1)點點的痕跡：【雀斑】(2)一小部分：【可見一斑】(3)頭髮斑白：【頭髮斑白】(4)顏色混雜不純、色澤豔麗的：【斑爛】

斐 ㄈㄟˇ　8畫 文部
顯著或有文彩的樣子：【斐然成章、斐然成績】。

斕

ㄌㄢ　文部 17畫

斕：色澤鮮麗、有文采的：【斕斑】。

斌

ㄅㄣ　文部 8畫

斌：通「彬」，文質兼備的樣子：【文質彬斌】。

斗部 ㄉㄡˇ

斗

ㄉㄡˇ　斗部 0畫

(1)容量單位，一斗等於十升，(2)有柄，口大底小的方形器具，用來量米或其他東西(3)形狀像斗的器具：【漏斗、煙斗】(4)狹小的：【斗室】(5)龐大的：【斗膽】(6)姓。

料

ㄌㄧㄠˋ　斗部 6畫

(1)可供製造的物質：【原料】、(2)可供使用或飲用的物品：【飲料、作料】、(3)詩文、談話的題材：【笑料、詩料】(4)專供禽畜吃的食物：【飼料、草料】(5)東西的分量：【單料、雙料】(6)有某種發展可能的人：【他不是讀書的料】(7)猜測、估量、預測、估量：【不出所料、預料】(8)照顧、處理：【料理、照料】

斜

ㄒㄧㄝˊ　斗部 7畫

(1)位置、方向等不正、歪的：【斜坡、斜眼、斜著身子】(2)不正當的：【斜門歪道】。

ㄧㄝˊ　限於「斜谷」（谷名，在陝西）一詞。

斛

ㄏㄨˊ　斗部 7畫

(1)一種口大底小的量器(2)姓：【斛律、斛斯】。

斟

ㄓㄣ　斗部 9畫

(1)把茶、酒倒入杯子裡：【斟酒、自斟自酌】(2)仔細考慮：【斟酌】。

斡

ㄨㄛˋ　斗部 10畫

(1)運、旋、轉：【斡旋】。

斤部 ㄐㄧㄣ

斤

ㄐㄧㄣ　斤部 0畫

(1)古代用來砍伐樹木的斧頭：【斧斤】(2)重量單位，有公斤、臺斤、市斤等：【半斤八兩】(3)姓。

斥

ㄔˋ　斤部 1畫

(1)排除、同性相斥、推斥、拒絕：【排斥】(2)責罵：【斥責、痛斥、申斥】(3)反對、辯駁：【駁斥】(4)充滿的：【充斥、外貨充斥市場】(5)偵察、探測：【斥候】。

斧

ㄈㄨˇ　斤部 4畫

(1)砍樹木的工具：【斧頭】(2)古代的一種兵器：【斧鉞】(3)費用：【資斧】。

斫

ㄓㄨㄛˊ　斤部 5畫

(1)大鋤頭(2)砍、柴：【斫樹、斫伐】砍樹：【斫樹、斫伐】。

斬 ㄓㄢˇ　7畫　斤部

(1)砍頭的刑罰：【問斬】：(2)砍斷、切斷：(3)斬斷、砍斷：斷絕：斬首、快刀斬亂麻。【斬釘截鐵】。

斯 ㄙ　8畫　斤部

(1)通「此」，指示代名詞，表示這個、這【斯人、生於斯長於斯】(2)這裡：【我欲仁，斯仁至矣】則、那麼：(3)姓。

新 ㄒㄧㄣ　9畫　斤部

(1)新疆維吾爾自治區的簡稱(2)新的事物：除舊布新(3)改進，使更好：革新、日新又新(4)與「舊」相對：新衣服、新學期、新芽、新產品(5)剛與「舊」相對：(6)剛開始的：剛結婚時有關的一切人事：新娘、新房(7)罕見的、不平常的(8)最近、剛剛：新奇(9)姓：新來的同學。

斲 ㄓㄨㄛˊ　11畫　斤部

砍：【斲木】。

斷 ㄉㄨㄢˋ　14畫　斤部

(1)把東西切開、割斷：【斷水、裁斷】(2)隔絕、不連接：【斷絕邦交、藕斷絲連】(3)停止：【斷奶、斷煙、斷酒】(4)決定：【當機立斷、診斷】(5)戒除：(6)絕對的：【絕對】無此理。

方部

方 ㄈㄤ　0畫　方部

(1)四個角都是直角的四邊形：長方形、平方、正方形(2)數目自乘的積：平方(3)古人以為天是圓的，地是方的，所以稱地為「方」：【家住何方、地方】(4)處所、區域、位置：【東方、地方】(5)做事的一邊或一面：辦法、步驟：【對方】(6)做事的步驟、辦法(7)藥單：【藥方】方法、祕方、千方百計(8)量詞：一方匾額(9)正當、正在：【血氣方剛、方才】(10)四邊形的：【方桌】(11)某一地區的：【方言】(12)品行好、正直的：【賢良方正】(13)正當、正在：(14)剛才：【方才】(15)才：(16)姓。

ㄆㄤˊ　通「傍」。

於 ㄩˊ　4畫　方部

(1)在：【生於】(2)與、和：【於事無補】(3)對於：【遷於臺中】(4)到、向：【青出於藍】(5)向：【見笑於人、贈書於你】(6)給：(7)自、從：【我到何】(8)放在動詞後面，表示被動：【見笑於人，甲敗於乙】(9)放在形容詞後面，表示比較，有超過：【五大於三，表示苛政猛於虎】(10)連詞【於是】：(11)連詞，表示「因」【因為】：由於(12)姓。

ㄨ　通「嗚」。

於　ㄨ　4畫　方部

ㄨ：通「嗚」，古文中的感嘆詞：【於乎】。

施　ㄕ　5畫　方部

ㄕ：(1)實行、施工：【施行】、【施工】、【無計可施】(2)給予：【施給】、【施捨】(3)添加：【施肥】(4)發布：【發號施令】(5)發揮：【施展】(6)誇張：【施勞】(7)姓。

一ˋ：延長：【施於子孫】。

旁　ㄆㄤˊ　6畫　方部

ㄆㄤˊ：(1)側邊：【旁門】、【兩路旁】(2)另外的：【旁人】(3)分出的：【旁支】(4)側邊的：【旁邊】(5)其他的、廣泛的：【旁求俊彥】(6)姓。

ㄅㄤˋ：通「傍」，臨近。

旅　ㄌㄩˇ　6畫　方部

ㄌㄩˇ：(1)出門在外作客的人：【旅客】、【行旅】(2)泛稱軍隊：【軍旅】(3)軍隊的編制，古代以五百人為一旅，民國以後以兩個團為一旅，現在只有裝甲旅等獨立單位(4)出外到別處去作客：【旅行】、【旅遊】(5)為旅客所設的：【旅社】、【旅館】(6)共同、隨著的：【旅進旅退】(7)姓。

旄　ㄇㄠˊ　6畫　方部

ㄇㄠˊ：古代軍旗之一，竿頂繫著犛牛尾毛的旗子。

ㄇㄠˋ：通「耄」、「眊」，八、九十歲的老人。

旂　ㄑㄧˊ　6畫　方部

古代一種紅色有彎柄的旗子，上面畫有龍，並繫上鈴鐺作為裝飾。

旃　ㄓㄢ　6畫　方部

(1)古代一種有彎柄的旗子(2)姓。

族　ㄗㄨˊ　7畫　方部

(1)有血統關係的親屬：【家族】、【宗族】(2)泛稱同姓的人：【同族】、【宗族】(3)人種：【漢族】、【滿族】(4)生物的類別：【水族】(5)聚集在一起的種類：【水族】(6)姓。聚集的：【族生】、【族居】

旋　ㄒㄩㄢˊ　7畫　方部

ㄒㄩㄢˊ：(1)繞著轉動：【盤旋】、【迴旋】(2)回來、歸來：【凱旋】(3)不久、很快的：【旋即離開】

ㄒㄩㄢˋ：(1)打轉的、轉圈的：【旋轉】、【旋風】(2)溫酒：【旋酒】

旌　ㄐㄧㄥ　7畫　方部

(1)古代一種用羽毛裝飾的旗子：【旌旗】(2)尊稱他人的行蹤：【行旌】(3)表彰：【以旌其功】(4)姓。

旎　ㄋㄧˇ　7畫　方部

柔媚的樣子：【旖旎】

旒　ㄌㄧㄡˊ　8畫　方部

(1)古代旗子上面垂下來的彩帶：【旌旒】(2)古代禮冠前後垂下的珠玉：【冕旒】。

旐　ㄓㄠˋ　8畫　方部

(1)旗子的一種，上面畫有龜蛇的圖案，用…

來避邪。(2)出殯時為棺柩引路的旗子。

【旗】ㄑㄧˊ 方部 10畫
(1)將布、紙、塑膠等畫上圖案,套在竿上的:【國旗】、【軍旗】,作為標識的東西:旗。
(2)清朝滿洲軍隊的編制及滿族的戶口編制,分為正黃、鑲黃、正白、鑲白、正紅、鑲紅、正藍、鑲藍等八旗。
(3)清朝時蒙古、青海的行政區域,相當於現在的「縣」:【盟旗】。
(4)屬於滿族的:【旗袍】。
(5)姓。

【旖】ㄧˇ 方部 10畫
【旖旎】柔媚的樣子。

【旛】ㄈㄢ 方部 14畫
(1)旛旗的通稱。
(2)旗面狹長而下垂的旗子。

【既】ㄐㄧˋ 无部 5畫
(1)動作或事情已經過去:【既成事實】、【既往不究】。
(2)連詞,常和「且」、「又」、「也」連用,表示兩種情況同時出現:【既高且胖、既聰明又美麗】。
(3)姓。

日部

【日】ㄖˋ 日部 0畫
(1)太陽:【日出】、【旭日】。
(2)一晝夜:【日夜】、【往日】,地球自轉一周為一日,有二十四小時。
(3)白天:【日班】。
(4)指一段時間:【來日】。
(5)特定的一天:【生日】。
(6)季節:【夏日】。
(7)日本的簡稱:【中日之戰】。
人名:【金日磾(ㄉㄧ)】(西漢時的大臣)

【旦】ㄉㄢˋ 日部 1畫
(1)天剛亮的時候:【枕戈待旦】。
(2)早晨:【旦夕、旦暮】。
(3)(某一)天:【一旦、元旦】。
(4)傳統戲劇中扮演女子的角色:【花旦、老旦】。
(5)姓。

【早】ㄗㄠˇ 日部 2畫
(1)天亮的時候:【早操】、【早點】。
(2)晨間的、清早、早晨。
(3)還沒到預定的時間:還早呢!來早了!
(4)先前的:【早春】、【早期作品】。
(5)剛開始的:早就決定了!
(6)晨間互相打招呼的話:【早安】。
(7)事先、(8)提前的:【早熟、早婚】。

【旨】ㄓˇ 日部 2畫
(1)帝王的命令或詔書:【聖旨】。
(2)意思、意義:【宗旨、意旨】。
(3)美味的食物:【甘旨】。

旬　ㄒㄩㄣˊ　日部　2畫

(1)每十天為一旬，每個月分上、中、下三旬：【旬日、旬刊】。(2)每十歲為一旬：【八旬老母】。

旭　ㄒㄩˋ　日部　2畫

(1)早晨剛昇起的太陽：【旭日東昇】。

旱　ㄏㄢˋ　日部　3畫

(1)長久不下雨：【旱災】、【乾旱】。(2)缺水的、乾涸的：【旱田、旱稻】。(3)陸地的：【旱路】。

旰　ㄍㄢˋ　日部　3畫

(1)傍晚、日落的時候：【旰食】、【宵衣旰食】。(2)茂盛的樣子：【旰旰】。

明　ㄇㄧㄥˊ　日部　4畫

(1)視覺：【失明】。(2)朝代名。(3)陽世：【幽明】。(4)表面：【晦明】。(5)幽明永隔的。(6)與死亡、信仰有關的：【神明】、【明器】。(7)發光、明亮的：【天色未明】。(8)懂得、了解：【深明大義】。(9)清楚：【明白、深明】。(10)次、下一個：【明天、明年、明月】。(11)乾淨的、整潔的：【窗明几淨】。(12)光亮的：【明鏡】。(13)光潔乾淨的。(14)有智慧的、領悟力高的：【聰明】。(15)有顯著的：【明顯、明效】、【明察】。(16)公開的：【有話明說】。(17)姓。

昀　ㄩㄣˊ　日部　4畫

(1)日光。(2)日出。

旺　ㄨㄤˋ　日部　4畫

(1)興盛的：【興旺、旺季、旺盛】。(2)猛烈：【火很旺】。(3)姓。

昔　ㄒㄧˊ　日部　4畫

(2)夜晚，往昔，同「夕」：【今非昔比】。(3)過去的、從前的：【昔日、昔人、昔年】。

昏　ㄏㄨㄣ　日部　4畫

(1)傍晚、太陽快下山的時候、黃昏的時候：【黃昏】。(2)迷惑：【昏於小利】。(3)失去知覺、不省人事：【昏了過去】、【昏迷不醒】。(4)光線暗的、不明的：【昏天暗地】。(5)模糊不清的、不明事理的：【昏君、昏庸】。(6)糊塗的、迷亂的：【老眼昏花】。(7)迷亂的、不明事理的：【利令智昏】。

易　ㄧˋ　日部　4畫

(1)《易經》的簡稱：【易經】。(2)平安：【居易】。(3)交換：【交易】。(4)變換：【變易】。(5)簡單的、不困難的：【容易、易名、易地】。(6)和氣的：【平易近人】。(7)姓。更換：【以物易物、移風易俗、知難行易】。

昌　ㄔㄤ　日部　4畫

(1)興盛的：【昌盛、昌隆】。(2)美好、適當的：【昌言、昌辭、昌明】。(3)姓。

昆　ㄎㄨㄣ　日部　4畫
(1)哥哥：【昆仲】、【昆哥】。(2)眾多的：【昆蟲】。

昂　ㄤˊ　日部　4畫
(1)向上仰、高舉：【昂首】、【昂然】。(2)精神、情緒高漲：【昂揚】、【激昂】。(3)物價高：【昂貴】。
振奮、情緒高漲、慷慨激昂、物價奇昂。

昊　ㄏㄠˋ　日部　4畫
(1)天空：【昊天】、【蒼昊】。(2)姓。

昇　ㄕㄥ　日部　4畫
(1)太陽上升，同「升」：【旭日東昇】。(2)由下向上登進：【高昇】、【晉昇】。(3)姓。

昕　ㄒㄧㄣ　日部　4畫
早晨太陽快出來的時候：【昕夕】。

晟　ㄕㄥˋ　日部　4畫
過了中午，太陽西斜的時候：【日晟】、晟。
暑。

春　ㄔㄨㄣ　日部　5畫
(1)一年四季的第一季，是農曆的一月到三月，國曆的三月到五月：【春季】。(2)一年。(3)生機：【妙手回春】。(4)男女間的感情：【少女懷春】、【春情】。(5)關於春天的：【春雨】、【春風】。(6)關於男女之間情愛的：【春愁】。

昨　ㄗㄨㄛˊ　日部　5畫
(1)今天的前一天：【昨日】、【昨天】。(2)往日、過去的：【昨非】。(3)前一天的：【昨夜】、【昨晚】。
覺今是而昨非。

昭　ㄓㄠ　日部　5畫
(1)古代宗廟的排列位置，始祖廟在中間，左邊稱「昭」，右邊稱「穆」：【昭穆】。(2)明白顯著的：【昭示】、【昭然】。(3)彰顯：【昭彰】。(4)洗刷冤情：【昭雪】。(5)姓。
以昭炯戒、惡名昭彰。

映　ㄧㄥˋ　日部　5畫
(1)太陽的亮光。(2)餘光、夕映。(3)光線反射：【照映】、【反映、映射、輝映、倒映】。

昧　ㄇㄟˋ　日部　5畫
(1)指日出前，天將明而未明的時候：【昧旦】。(2)隱藏起來：【拾金不昧】。(3)冒著：【昧死上奏】。(4)昏暗不明的：【幽昧、昏昧、愚昧】。(5)糊塗不明理的：【暧昧、蒙昧】。
昧著良心。

是　ㄕˋ　日部　5畫
(1)對、正確：【正是】、【正確】。(2)【積非成是】。(3)指示代名詞，通「此」：【是可忍，孰不可忍？】(4)表示肯定的判斷：【這本書是我的】，與「非」相反。(5)正好、正合：【正是時候】。(6)此、這：【由是】。(7)所有的、任何的：【是人、是花，我都喜歡】。(8)正確的、對的：【自以為是】。(9)好、表示答應的詞：【是，我馬上去做】。(10)指示一種目的或對象的詞。
表示「這」、「此」：事情：【國是】。

165

昱 ㄩˋ　日部　5畫：
(1)日光。(2)照耀。(3)明亮的樣子：昱昱。

昚 ㄕㄣˋ　日部　5畫：
姓。

昶 ㄔㄤˇ　日部　5畫：
白天的時間長。

昴 ㄇㄠˇ　日部　5畫：
通「炳」，明亮的意思。

星 ㄒㄧㄥ　日部　5畫：
(1)宇宙中會發光或反射光的天體：恆星、行星、衛星。(2)在影藝界、體育界中有名的人物：影星、歌星、球星、明星、童星。(3)細碎、微小的：零星、星火、星星之火可以燎原。(4)細碎的東西：油星、水點、星星。(5)白色的：星鬢。(6)散布羅列的：星羅棋布。(7)快速的：星馳。(8)姓。

是　日部　5畫：
唯利是圖、唯命是從……(11)姓。

晌 ㄕㄤˇ　日部　6畫：
估計時間的詞：半晌。(1)正午：晌午。(2)片刻、約略：半晌、一會兒。

時 ㄕˊ　日部　6畫：
(1)過去、現在、未來的持續，一直到無限的：時間。(2)季節，和「空間」相對：四時風光、四時八節。(3)計算時間的單位，一小時是六十分鐘。(4)古人把一天分為十二個時辰：時辰、子時、午時。(5)一段期間：此一時彼一時、當時。(6)一個特定的朝代：宋時、明時、當時。(7)朝代：宋時。(8)準時。(9)機會、當前的、當代的：時機、失時、時事、時弊、時賢。(10)常常：時常、時時。(11)有時候：時而來時而去。(12)姓。好時壞、時而來時而去。

晉 ㄐㄧㄣˋ　日部　6畫：
(1)朝代名：晉朝。(2)山西省的簡稱。(3)春秋時代的國名。(4)通「進」，前往：晉見、晉謁、晉階、晉升。(5)姓。

晏 ㄧㄢˋ　日部　6畫：
(1)天空晴朗無雲：天清日晏。(2)遲、晚：晏雲。(3)安逸：晏居。(4)晚：晏起。

晃 ㄏㄨㄤˇ　日部　6畫：
(1)光芒閃耀，使人看不清楚：陽光晃得我眼睛睜不開。(2)形影閃動，一下子就過去了：窗外的人影一晃就不見了。(3)明亮的樣子：亮晃晃的一把刀。(4)姓。
ㄏㄨㄤˋ：(1)搖動。(2)一閃而過，表示時間過得很快：一晃已經半年了。(3)搖晃、晃動。(4)晃頭晃腦。

晒 ㄕㄞˋ　日部　6畫：
(1)把東西放在陽光下，使其乾燥：晒衣服、日晒雨淋。(2)攝影後把底片浸過藥水，放在有光的地方，使其顯影：晒底片。

166

晁 ㄔㄠˊ
日部 6畫
姓。

ㄓㄠ
通「朝」，清晨。

晟 ㄕㄥˋ
日部 6畫
明亮的、熾盛的。

晝 ㄓㄡˋ
日部 7畫
(1)白天：【白晝】(2)、【長晝】

晚 ㄨㄢˇ
日部 7畫
姓。
(1)夜間，日落以後：【夜晚】、昨晚
(2)晚上：【晚上】
(3)末期，較後的時期、階段：【晚年、晚春】
(4)後來的：【晚生、晚輩】
(5)後輩的：【晚娘】
(6)遲、來晚了：【相見恨晚】
(7)較後的：【大器晚成】。

晤 ㄨˋ
日部 7畫
見面、會晤：【會晤、晤面、晤談】。

晦 ㄏㄨㄟˋ
日部 7畫
(1)農曆每月的最後一天
(2)昏暗、黑夜：【昏晦、晦暗】
(3)昏暗，不明顯：【風雨如晦、晦暗】
(4)倒楣，運氣不好：【今天真晦氣】

晨 ㄔㄣˊ
日部 7畫
(1)早上太陽剛出來的時候：【清晨、早晨】
(2)太陽剛出來的景象、早晨：【晨霧、晨風】

晞 ㄒㄧ
日部 7畫
(1)天將亮時的日光：【晨晞】
(2)在太陽下晒：【晞曜】。

晢 ㄓㄜˊ
日部 7畫
明白的：【昭晢】。

普 ㄆㄨˇ
日部 8畫
(1)存在的層面很廣大，而且是全面的：【普天下、普渡眾生、普遍、普選】
(2)姓。

晰 ㄒㄧ
日部 8畫
明白、清楚：【明晰】。

晴 ㄑㄧㄥˊ
日部 8畫
(1)天空中雲很少或沒有雲的好天氣：【晴空、新晴、秋晴、初晴】
(2)天空明朗的：【晴空萬里】
(3)清朗的：【雨過天晴】

晶 ㄐㄧㄥ
日部 8畫
(1)「水晶」的簡稱，是一種透明有閃光的礦石
(2)凝結的透明物體：【結晶、晶體】
(3)光彩、明亮的樣子：【亮晶晶、晶瑩】

景 ㄐㄧㄥˇ
日部 8畫
(1)可供欣賞的風光：【美景、風景】
(2)日光：【春和景明】、景象
(3)情況：【晚景淒涼、景況】
(4)仰慕：【景仰】
(5)姓。

ㄧㄥˇ
物的形影，陰影，同「影」：【景印】。

暑 ㄕㄨˇ ｜日部 8畫

【暑】(1)炎熱的夏天氣名：大暑、小暑。(2)熱氣：避暑、暑熱。(3)夏天的節氣：暑來暑往、酷暑、寒暑。(4)炎熱的：暑氣逼人、暑熱。

智 ㄓˋ ｜日部 8畫

【智】(1)才識、見識：大智若愚、智者。(2)謀略、計畫：智謀、鬥智。(3)聰明而深明事理的：明智、智慧。(4)姓。

晾 ㄌㄧㄤˋ ｜日部 8畫

【晾】把東西放在太陽底下或通風的地方，使它乾燥：晾乾、晾衣服、晾一晾。

晷 ㄍㄨㄟˇ ｜日部 8畫

【晷】(1)日影、日光：焚膏繼晷。(2)時間：日無暇晷。(3)古代用日影測定時刻的儀器：日晷、立晷、晷測影。

晬 ㄗㄨㄟˋ ｜日部 8畫

【晬】嬰兒滿百日或滿週歲：晬盤、百晬。

晻 ㄢˇ ｜日部 8畫

【晻】昏暗的：晻。通「暗」，昏。

暖 ㄋㄨㄢˇ ｜日部 9畫

【暖】(1)使冷的變成溫熱的：暖酒、暖身、暖暖。(2)溫度不冷也不熱：暖和、暖壽、暖壺、暖鋒、暖流、暖氣。

ㄒㄩㄢ　暖姝，柔順的樣子。

暉 ㄏㄨㄟ ｜日部 9畫

【暉】(1)陽光：春暉、落日餘暉、暉映。

暇 ㄒㄧㄚˊ ｜日部 9畫

【暇】(1)空閒：閒暇、無暇、餘暇、空暇、暇顧及。(2)從容：自暇自逸。

暗 ㄢˋ ｜日部 9畫

【暗】(1)昏黑，指不光明的事物或情況：棄暗投明。(2)昏黑不明的：天色暗了、黑暗、暗房、柳暗花明。(3)不公開的：暗號、暗疾、暗事。(4)偷偷的、不使人知道：暗自高興、暗示、暗殺。

暈 ㄩㄣ ｜日部 9畫

【暈】(1)昏厥、失去知覺：暈倒。(2)迷糊、迷亂：頭暈。(3)頭腦發昏、神志昏亂：暈頭暈腦、暈船、暈車。神智不清的：忙暈了頭、暈頭暈腦。

ㄩㄣˋ

【暈】(1)太陽和月亮周圍的光環：日暈、月暈。(2)光體四周模糊的光影：燈暈、霞暈、紅暈、酒暈。(3)色澤周圍模糊的部分。(4)皮膚傷處沒有破口，而呈現紅色狀態：血暈。

暄 ㄒㄩㄢ ｜日部 9畫

【暄】(1)指一切應酬話：寒暄。(2)溫暖、暖和的：暄暖、春日暄和、暄風。通「暄」。

暌 ㄎㄨㄟˊ ｜日部 9畫

【暌】離別：暌違、日月相暌。

啓 ㄑㄧˇ　日部　9畫
(1)勉勵：【啓作勞】
(2)強……【不強】
……橫的
畏死。

暢 ㄔㄤˋ　日部　10畫
(1)通達：【暢其流】
(2)不能盡訴：【文……】
(3)通達、暢達、沒有阻礙的：
(4)繁茂的：【枝葉暢盛】
(5)舒適愉快的：【舒暢、身心酣暢】
(6)盡情的：【暢飲、暢談、暢行無阻】
(7)姓。
（例：筆流暢）

暨 ㄐㄧˋ　日部　10畫
(1)到達：【暨】
(2)和、及、同：【張先生暨夫人】

暝 ㄇㄧㄥˊ　日部　10畫
(1)光線昏暗、幽暗的：【暝暗、暝濛】
(2)日落、黃昏：【天已暝、暝色】
(3)日夜晚。

暮 ㄇㄨˋ　日部　11畫
(1)傍晚、太陽快下山的時候：【日暮黃昏】
(2)傍晚的：【暮色、暮春】
(3)時間將盡的：【暮年】
(4)衰頹沒有生氣：【暮氣沉沉】
（例：暮鼓晨鐘、薄暮、歲暮）

暴 ㄅㄠˋ　日部　11畫
(1)空手搏鬥：【暴虎馮河】
(2)毀壞、不愛惜：【自暴自棄】
(3)凶狠、殘酷的：【殘暴、暴徒、暴行】
(4)突然的、意外的：【暴病、暴斃、暴風雨】
(5)急驟的、猛烈的：【暴脾氣】
(6)姓。

（暴） ㄆㄨˋ
(1)通「曝」，晒：【一暴十寒】
(2)顯露：【暴露、暴露】

暫 ㄓㄢˋ　日部　11畫
(1)短時間：【短暫、暫停】
(2)姑且：【暫且】

暱 ㄋㄧˋ　日部　11畫
(1)親近、親密的：【暱狎】
(2)親……【暱稱】

暹 ㄒㄧㄢ　日部　12畫
(1)日光升起
(2)國名，是泰國的舊稱：【暹羅】

曆 ㄌㄧˋ　日部　12畫
(1)推算年、月、日、季節的方法：【曆法】
(2)記載年、月、日、節氣的書冊：【農曆、國曆、黃曆、日曆】
曆數。

曉 ㄒㄧㄠˇ　日部　12畫
(1)天剛亮的時候：【破曉、拂曉】
(2)懂、知道、明白：【知曉、曉喻、曉暢軍事】
(3)告知：【曉諭】
(4)公布：【揭曉】
(5)嫻熟：【曉風殘月、曉霧】
(6)清晨的：【曉風殘月】
通曉、洞曉

曇 ㄊㄢˊ　日部　12畫
(1)遮蔽天空的雲氣：【彩曇】
(2)植物名：【……】雲氣。

曇花（花白色微黃，花朵大，夜間開花，幾小時後就凋謝）。

暾 ㄊㄨㄣ 日部 12畫
早晨剛出來的太陽。

瞳 ㄊㄨㄥ 日部 12畫
天色將明未明的樣子：【瞳瞳】。

曄 一ㄝ 日部 12畫
(1)光明的樣子：【曄曄】。(2)興盛、繁盛的樣子：【炳曄】。

曏 ㄒㄧㄤ 日部 12畫
【曏者】：(1)明白：【曏今故】。(2)通「向」，從前。

曙 ㄕㄨ 日部 13畫
天剛亮時的：【曙光、曙色】。

曖 ㄞˋ 日部 13畫
昏暗不明的：【暮雲曖曖、幽曖、曖昧】。

曜 一ㄠˋ 日部 14畫
(1)日光。(2)日、月、火、水、木、金、土七個星球稱為「七曜」，一個星期中的七天，例如「土曜日」代表星期六，「火曜日」代表星期二。(3)光明的樣子：【曜曜】。

矇 ㄇㄥˊ 日部 14畫
日光昏暗不明的樣子：【矇矇】。

曛 ㄒㄩㄣ 日部 14畫
(1)夕陽的餘暉：【夕曛】。(2)黃昏：【餘曛、曛黃】。

曝 ㄆㄨˋ 日部 15畫
在陽光下晒：【曝晒、一曝十寒】。

曠 ㄎㄨㄤˋ 日部 15畫
(1)荒廢、缺失：【曠日廢時、曠課】。(2)空闊的、寬廣的：【曠野、空曠】。(3)心胸開闊的、曠達：【心曠神怡】。(4)姓。

曨 ㄌㄨㄥˊ 日部 16畫
日光昏暗不明的樣子：【曈曨】。

曦 ㄒㄧ 日部 16畫
太陽光：【晨曦、朝曦、曦軒、曦月】。

曩 ㄋㄤˇ 日部 17畫
從前的、過去的：【曩者、曩昔】。

曬 ㄕㄞˋ 日部 19畫
同「晒」，現少用。「曬」是「晒」的異體字。

曭 ㄊㄤˇ 日部 20畫
晦暗的樣子：【曭朗】。

曰部 ㄩㄝ

曰　ㄩㄝ　曰部 0畫

(1)說：【子曰】、【俗曰】。
(2)稱為、叫做：【稱
春夏秋冬曰「四季」。

曲　ㄑㄩ　曲部 2畫

(1)養蠶用的器具。
(2)拐彎的地方：【河曲】、【山曲】。
(3)偏遠隱僻的地方：【曲方

曲　ㄑㄩˇ
(4)隱情、心聲：【衷曲】。
(5)偏邪：【心曲】。
(6)折彎：【曲直】。
(7)不直的、彎的：【曲線】、【歪曲】。
(8)不正當的：【邪曲】。
(9)不明顯而有變化的：【曲折】。
(10)宛轉而委求客氣：【曲意求全】。
(11)不正確的態度處理事情：【曲解】、【曲斷】。
(12)劇情曲折

曳　一ˋ　曳部 2畫

(1)音樂或歌唱：【歌曲】、【編曲】。
(2)中國韻文的一種，分為散曲、劇曲兩種。
(3)歌的調子：【曲高和寡】。
姓。
拖拉、牽引：【棄甲曳兵】、【曳車】、【率曳】。
樹影搖曳生姿。

更　ㄍㄥ　更部 3畫

(1)又、再：【更上一層樓】。
(2)愈發、更加：【更愈】。

更　ㄍㄥ
漂亮、更生氣、更加、更好。
(1)從前計算時間的單位，把晚上七點到第二天凌晨五點，分為五更，每兩個小時一更，五點，打更、三更半夜。
(2)改變：【更換】、【更代】。
(3)經歷：【更歷】。
(4)輪流：【更替】。
(5)姓。

曷　ㄏㄜˊ　曷部 5畫

(1)通「何」，為什麼：【曷故】。
(2)通「盍」，何不：【時日曷喪？】。

書　ㄕㄨ　書部 6畫

(1)有文字或圖畫的冊子：【教科書、參考書】。
(2)信件：【家書、書信】。
(3)字體：【楷書、草書、行書】。
(4)【尚書】。
(5)「尚書」的簡稱。
(6)造字的方法：【六書】。
(7)記載：【大書特書】。
(8)用筆寫字：【書寫】。
(9)姓。

勗　ㄒㄩˋ　勗部 7畫

(1)勉勵：【勗勉、勗勵】。

曹　ㄘㄠˊ　曹部 7畫

(1)古代訴訟時，原告和被告兩方稱為兩曹。
(2)古代官署分職辦事的部門，現在稱為兩造辦事的部門。
(3)等輩、們：【吾曹、爾曹、汝曹】。
(4)同、一致。
(5)姓。

曾　ㄗㄥ　曾部 8畫

(1)從自己算起，前三代或後三代的：【曾祖父、曾孫】。
(2)姓。

曾　ㄘㄥˊ
(1)曾經，發生過、經歷過的：【他曾當過老師】。

替　ㄊㄧˋ　替部 8畫

(1)衰敗、隆替、廢壞、興替。
(2)取代、替換：【代替、交替、替換】。
(3)代理：為：【我們都替你高興】。

會 ㄏㄨㄟˋ 日部 9畫

(1)為一特定目的而成立的團體或組織：【婦工會】、【海基會】(2)多數人的聚集處：【集會】、【紀念會】、【里民大會】(3)都會、省大城市或行政中心：【都會】、【省會】(4)民間自由組織的經濟互助小團體，具有儲蓄、社教作用：【互助會】(5)時機：【機會】、【逢其會】(6)集合在一起：【會合】、【會適】(7)相見：【會晤】、【會談】(8)領悟、了解：【會意】、【體會】(9)付錢：【會帳】、【會鈔】(10)可能：【他不會不知道、會不會】(11)能夠：【這個理想必會實現】。

ㄏㄨㄟˊ：(1)片刻：【一會兒】(2)時候：【這會兒不冷了】。

ㄎㄨㄞˋ：(1)統計：【會計】(2)姓。

ㄍㄨㄟˋ：地名或山名，在浙江：【會稽】。

月 ㄩㄝˋ 月部 0畫

(1)月球，是地球的衛星，繞著地球運行，本身不發光，能反射太陽光，俗稱「月亮」。(2)計算時間的單位，一年分為十二個月：【歲月】(3)時間、光陰：【歲月】(4)形狀或顏色像月亮的：【月餅、月琴、月眉】(5)姓。

有 ㄧㄡˇ 月部 2畫

(1)天、某：【有一天】(2)「無」的相反，表示存在、發生：【有一棵樹、事情有了變化】(3)表示掌握、持存：【富有、有錢、有勢】(4)豐富：【富有】(5)表示比較或預估：【他有你這麼高嗎？這棵樹有三公尺高】(6)用在人或時間前，表示一部分：【有人贊成、有時下】(7)用在動詞前面，表示加強語氣：【有勞大駕、有請、有周雨】(8)故意：【有心、有意】(9)多，表示時間久或年齡大：【有年】(10)爺爺已有了年紀：(11)通「又」，連接於整數和餘數之間：【他今年五十有六了。】

ㄧㄡˋ（又）

服 ㄈㄨˊ 月部 4畫

(1)衣裳的總稱：【禮服、衣服】(2)制(3)穿著：【喪衣服】(4)藥劑的量詞：【功服、有服在身】(5)藥劑的量詞：【三服藥方】(6)佩戴：【服劍、服喪】(7)欽佩：【佩服】(8)吃：【服藥、服方】(9)習慣、做事：【服役、服勤】(10)順從：【服從、內服】(11)駕御：【水土不服】承認：【服罪】聽從、服從：【服牛乘馬】

朋 ㄆㄥˊ 月部 4畫

(1)友人，和自己的志向、興趣一樣的人：【朋友、良朋、朋儕、有朋自遠】

方來、(2)相比：【碩大無朋】(3)共同、一致：【朋心合力】(4)成群、結黨：【朋黨、朋比】(5)姓。

朔 ㄕㄨㄛ ｜月部 6畫
(1)農曆每月初一為「朔日」：【朔望】(2)開始：【朔方】(3)北方：【朔日】(4)姓。、朔風】

朕 ㄓㄣˋ ｜月部 6畫
(1)古代自稱「我」為「朕」，自秦始皇開始，「朕」成為皇帝的自稱：(2)預兆、事情預先顯出的現象：【朕兆】

朗 ㄌㄤˇ ｜月部 6畫
(1)明亮的：【明朗、晴朗、朗】(2)聲音響亮的：【朗誦、朗讀、朗聲】、豁然開朗】

望 ㄨㄤˋ ｜月部 7畫
(1)心願：【心願】(2)名譽：【德高望重、名望】(3)農曆每月十五日：【望日、朔望】(4)向遠處或高處看：【望天】(5)心中盼著、期待：【瞭望、眺望、希望、渴望、盼望】(6)慰問、訪問：【探望、拜望】(7)仰望、將近：【望七之年】(8)向、將近：【望前看、望後】(9)往、向：(10)姓。

期 ㄑㄧ ｜月部 8畫
(1)時、日：【期日、星期、婚期、假期】(2)計算分期事物的量詞：【這是第三期的月刊】(3)約定的時間：【後會有期、如期赴約、過期不候】(4)限度、界限：【遙遙無期、萬壽無期、期頤之年、活一百歲叫「期」】(5)約會、約定：【不期而遇】(6)約會、約定：【期待、期望】。(7)希望：

ㄐㄧ
(1)一周年：【期年】(2)「期服」的簡稱。「期服」是穿一年的喪服。

朝 ㄓㄠ ｜月部 8畫
(1)早晨：【朝夕、朝夕改】(2)日：【朝】(3)有...、今朝有酒今朝醉】

ㄔㄠˊ
(1)古代君主聽政、辦事的地方：【朝廷、上朝】(2)君主統治的時代：【漢朝、唐朝】(3)古代臣下觀見君主：【朝見、朝聖】(4)教徒到遠處去參拜神明：【朝聖、朝拜】(5)向、對：【朝南、朝北】

生氣、有活力的：【朝氣】(4)早晨的：【朝露、朝陽】(5)姓。

朦 ㄇㄥˊ ｜月部 14畫
(1)欺騙：【朦騙】(2)月色昏暗、模糊不清：的樣子：【月色朦朧、燈光朦朧】

朧 ㄌㄨㄥˊ ｜月部 16畫
(1)月色：【朦朧、朧明】(2)月光皎潔明亮的樣子：

木部

173

木 ㄇㄨˋ ｜木部 0畫

(1)樹木的通稱：木、
(2)供製造器物或建築的木材：檜木、檀香木、
(3)棺材：棺木、行將就木、
(4)五行之一：金木水火土、
(5)行星名：木星、
(6)用木頭製成的：木箱、
(7)呆板、不靈活的：木頭木腦、
(8)失去知覺的：麻木、凍木了、
(9)老實質樸的：木訥、
(10)姓。

朮 ㄓㄨˊ ｜木部 1畫

植物名。多年生草本植物，白色的根可以做成藥，通稱「白朮」。

本 ㄅㄣˇ ｜木部 1畫

(1)草木的根或莖：草本、木本、
(2)事物的根源：一本、
(3)基礎：基本、
(4)計算書籍的量詞：一本書、
(5)書籍：書本、
(3)母金、原有的資金：本錢、賠本、血本無歸、
宋刻本、字畫都可以稱「本」：碑帖、拓本、奏本、精裝本、
(6)根據、憑著：各本良心、一本初衷、
(7)自己的：本鄉、
(8)最先的、原來的：本意、本國、本性、英雄本色、本來的、
(9)現在的：本日、本校、
(10)主要的、中心的：本日公休、
(11)姓。

未 ㄨㄟˋ ｜木部 1畫

(1)地支的第八位：
(2)時辰名，指下午一點到三點：
(3)沒有：未完、前所未有、
(4)通「不」、「非」、「弗」：未必、未知可否、
(5)今後、將來：未來。

末 ㄇㄛˋ ｜木部 1畫

(1)東西的尾端、尖梢：梢末、刀錐之末、末端、
(2)不重要的事物：本末倒置、捨本逐末、
(3)碎屑：煙末、粉末、
(4)事情的結束：末了、
(5)最後的：末日、敬陪末座、
(6)衰微的：末世、
(7)小的、輕淺的：末技、
(8)戲曲行當的一種，通常扮演中老年男子：生旦淨末丑、
(9)姓。

札 ㄓㄚˊ ｜木部 1畫

公文、薄木板：簡札、札子。
(1)書信：信札、書札、
(2)信：
(3)古代寫字用的、古代下行的公文：札子。

朱 ㄓㄨ ｜木部 2畫

(1)紅色：朱、
(2)紅色的：朱門、
(3)姓。

朵 ㄉㄨㄛˇ ｜木部 2畫

(1)計算花或團狀物的量詞：一朵花、一朵白雲、
(2)植物的花或苞：花朵、
(3)動：朵頤。

˙ㄉㄨㄛ　人的耳：耳朵。

朽 ㄒㄧㄡˇ ｜木部 2畫

(1)腐敗的東西：朽木、
(2)摧枯拉朽、
(3)消、壞、爛：腐朽、
(4)衰老：老朽、
(5)腐敗的：年朽髮落、
散、磨滅：聲光不朽、永垂不朽、

木　(6)衰老的：【老朽、衰朽】。

朴　ㄆㄨˊ　木部　2畫

通「樸」，質樸：【朴厚、素車朴船】。植物名。落葉喬木，葉橢圓而尖，果實可以吃，樹皮和花可以做成藥，木材可以製成器具。

ㄆㄠˊ　姓。

束　ㄕㄨˋ　木部　3畫

(1)量詞，物品一綑或一紮叫「一束」：【一束花】(2)捆、綁、紮：【束縛、束髮】，把腰束緊(3)限制、管教：【約束、束手束腳】(4)姓。

李　ㄌㄧˇ　木部　3畫

(1)植物名。落葉喬木，花白色，果實圓形，有紫紅、青綠、黃色，味道酸甜：【李樹、瓜田李下】(2)姓。

杏　ㄒㄧㄥˋ　木部　3畫

(1)植物名。落葉喬木，葉橢圓形，花淡紅色，果實黃色，可食用。種子可以吃，也可以作藥：【杏仁、杏樹】(2)

材　ㄘㄞˊ　木部　3畫

(1)木料：【木材】(2)可以製造物品的原料：【材料、藥材、器材、鋼材】(3)通「才」，才能：【材幹】(4)資質：【因材施教、人材】

村　ㄘㄨㄣ　木部　3畫

(1)鄉人聚集的地方：【鄉村、村莊、村落】

杜　ㄉㄨˋ　木部　3畫

(1)植物名，也叫作「甘棠」，落葉喬木，葉橢圓而大，花白色，果實酸甜，可以食用：【杜梨】(2)關閉：【杜門】(3)堵塞、阻絕：【杜絕、杜禍】(4)私造，隨意捏造：【杜撰、杜酒】(5)姓。

杖　ㄓㄤˋ　木部　3畫

(1)走路時，用來扶持身體的棍子：【拐杖、手杖】(2)棍子的通稱：【木杖、棍杖、拿刀弄杖、擀麵杖】(3)古代的一種刑罰，用木板打屁股：【杖刑、杖期】(4)喪禮中所用的孝棒：【苴杖】(5)拿、持：【杖劍、杖策】

杞　ㄑㄧˇ　木部　3畫

(1)植物名。落葉灌木，枝條可以編製成箱、籃、筐等器具：【杞柳、枸杞】(2)古代周朝的國名：【杞人憂天】。

杉　ㄕㄢ　木部　3畫

植物名。常綠喬木，樹幹高而直，葉針狀，木材堅固耐用，而且紋路直，有鋸齒，是常用的建築材料：【杉木、杉條】。

杆　ㄍㄢ　木部　3畫

(1)較細的圓木條或像木條的東西：【杆子】(2)用竹、木、鐵、石等製成像棍子的遮擋物：【欄杆、旗杆、電線杆】(3)器物上像棍子的細長部分：【筆杆】。

杠 ㄍㄤ 木部 3畫
(1)床前的橫木：「床杠」。
(2)小橋：「杠橋」。
(3)用竹木製成的竿子。
、杠梁：扛重物或拴門的粗棍子，通「槓」同「槓」：「木杠」。

杌 ㄨˋ 木部 3畫
(1)方形而沒有靠背的矮凳：「杌子」。
(2)不安的樣子：「杌隉」。

杓 ㄅㄠ 木部 3畫
(1)北斗七星柄部的三顆星名：「斗杓」。
通「標」，拉開。

杈 ㄔㄚ 木部 3畫
(1)樹木歧出的枝：「樹杈」、「杈子」。
(2)叉形的農具或漁具：「木杈」。

東 ㄉㄨㄥ 木部 4畫
(1)方位名，太陽升起來的方向：「東西南北、東方」。
(2)主人：「房東、股東」。
(3)位於東方的：「東方」。
(4)由東方來的：「東流、大江東去」。
(5)東洋。
(6)姓。

果 ㄍㄨㄛˇ 木部 4畫
(1)植物所結的水果：「水果、漿果、結果、果實」。
(2)事情的結局或成效：「成果、自食惡果、因果報應」。
(3)佛家指善惡的因果：「果報」。
(4)實踐成為事實：「果斷」。
(5)填飽：「果腹」。
(6)態度堅決的：「果斷」。
(7)果然、的確，和預料的情況相符合：「果然、果真」。
(8)最後、終於：「如……」。
(9)假如、若是：「如果」。
(10)姓。
、不果來。

杳 ㄧㄠˇ 木部 4畫
(1)幽暗、深遠的：「深杳、杳杳、杳茫」。
(2)寂靜的樣子：「杳然、杳無音信、杳無影、杳無蹤、毫無消息：「杳如黃鶴」。
(3)無影……

杭 ㄏㄤˊ 木部 4畫
(1)杭州市的簡稱：「上有天堂，下有蘇杭」。
(2)姓。

枋 ㄈㄤ 木部 4畫
(1)植物名，就是「檀木」。

枕 ㄓㄣˇ 木部 4畫
(1)睡覺時頭部所墊的東西：「枕頭、竹枕」。
(2)通「軫」，火車鐵軌下面的橫木：「枕木、車枕」。
ㄓㄣˋ、
(1)用東西墊頭：「枕戈待旦、曲肱而枕之」。
(2)靠近：「北枕長江」。

松 ㄙㄨㄥ 木部 4畫
(1)植物名。種類很多。常綠喬木。葉針狀，木材的用途很廣，整年不變色、不落葉：「蒼松、黑松、喬松」。
(2)姓。

析 ㄒㄧ 木部 4畫
(1)解釋、說明、道理：「析疑、分析、解析」……

析 ㄒ一
木部 4畫
(1)分開、離散：【分崩離析】
(2)分開、離散：【析產、析薪】
(3)姓。

枇 ㄆ一／
木部 4畫
植物名。常綠喬木，葉長橢圓形，花白色，橘黃色的果實味美多汁，可作治咳化痰的藥：【枇杷、枇杷膏】

杷 ㄆㄚ／
木部 4畫
(1)農家收麥時所用的器具。(2)植物名：【枇杷、杷】

杷 ㄅㄚ
通「筢」。

枝 ㄓ
木部 4畫
(1)樹幹旁邊生長出來的細條：【枝幹、樹枝】
(2)計算桿狀東西的量詞：【一枝筆、一枝花】
(3)比喻瑣碎不重要或旁生的事：【橫生枝節】
(4)姓。

枝 ㄑ一
通「跂」，比喻多餘無用途的東西：【枝指】。

林 ㄌ一ㄣ／
木部 4畫
(1)叢聚在一起的樹木：【樹林、森林、山林】
(2)同類的人或物聚集的地方：【藝林、士林、君子之林、林立、林林總總】
(3)姓。

杯 ㄅㄟ
木部 4畫
(1)盛飲料的器具：【酒杯、茶杯、舉杯邀明月】
(2)競賽優勝的獎品，形狀像杯子：【獎杯、冠軍杯】
(3)量詞：【一杯酒、一杯羹】

杰 ㄐ一ㄝ／
木部 4畫
(1)才智特出的人，同「傑」：【杰人、俊杰、豪杰】
(2)出色的、優異的：【杰出、杰作】

杵 ㄔㄨ／
木部 4畫
(1)舂米的棒槌：【舂杵、杵臼】
(2)搗衣的木棒：【衣杵、藥杵】
(3)搗碎藥材的器具。(4)戳、刺：【用手指杵他一下】。

板 ㄅㄢ／
木部 4畫
(1)片狀的木材：【木板、板牆】
(2)一切平而扁的板狀物品：【墊板、玻璃板】
(3)音樂的節拍：【板眼、黑板、板著臉】
(4)臉上沒有笑容：【呆板、古板】
(5)少變化、不活潑：【行板】
(6)姓。

枚 ㄇㄟ／
木部 4畫
(1)量詞：【一枚別針、一枚硬幣】
(2)古代行軍時，士兵嘴裡含著一根像筷子的小木棍，用來防止士兵說話：【銜枚疾走】
(3)一個一個的：【不勝枚舉】
(4)姓。

枉 ㄨㄤ／
木部 4畫
(1)邪曲的人：【舉直錯諸枉】
(2)曲解、違反：【貪贓枉法】
(3)彎曲的、不正的：【枉矢、矯枉過正】
(4)受委屈：【冤枉】
(5)白費、勞而無功：【枉費工夫、枉費心機】。

枒 ㄚ ｜木部 4畫
(1)植物名，就是「椰子樹」。(2)樹枝歧出的樣子：【枒杈、枒枝】。

杼 ㄓㄨˋ ｜木部 4畫
【機杼】。古代織布機上用來疏理緯線的一種器具：

杪 ㄇㄠˇ ｜木部 4畫
(1)樹枝的末梢：【林杪】(2)年、月、季節的末尾：【杪秒】：【歲杪】。(3)細微的，同「秒」：【杪小】

柿 ㄕˋ ｜木部 5畫
植物名。落葉喬木，葉橢圓形，開黃白色花，果實扁圓，味道甜美，可以食用：【柿子、柿餅】。

染 ㄖㄢˇ ｜木部 5畫
(1)男女間不正當的關係：【他們兩人有染】(2)用顏料使東西沾上顏色：【染布、染髮】(3)在畫上著色、落墨：【渲染、染翰】(4)感受到(5)、沾上：【感染、傳染、沾染】、沾上：【感染、傳染、沾染】。

柔 ㄖㄡˊ ｜木部 5畫
溫柔、柔和，不堅硬、不強烈的，與「剛」、「硬」相對：【柔弱、柔軟】。(1)和順的人或事物：【柔克以剛】(2)柔以克剛(3)溫和與

某 ㄇㄡˇ ｜木部 5畫
(1)不指明的人、地、事物的代稱：【某人、某地、某事】(2)知道名稱但不說出：【張某、李某】(3)自稱的代名詞：【這不是我張某人會做的事】

ㄇㄟˊ 「梅」的本字。

柬 ㄐㄧㄢˇ ｜木部 5畫
(1)通「簡」，信件、請帖：【請柬、書柬：【柬帖】(2)國名：【柬埔寨（現在稱「高棉」）】。

架 ㄐㄧㄚˋ ｜木部 5畫
(1)放置或支撐東西的用具：【書架、衣架】(2)支撐或供植物攀附的棚子：【瓜架、瓜棚豆架】(3)在物體內部有支撐作用的骨幹：【骨架】(4)事情的結構：【架構】(5)計算有整套機件東西的量詞：【一架飛機、一架機關槍】(6)爭吵、打鬥的：【勸架、打架】(7)搭建、打起：【架橋鋪路】(8)把人劫走：【綁架】(9)承受、抵擋：【招架不住】(10)攙扶：【架著病人走】(11)虛構、捏造：【架空裝點】

枸 ㄍㄡˇ ｜木部 5畫
ㄍㄡ (1)植物名。落葉灌木，掌狀複葉，開白花，果實圓，果實紅色，可當作藥材：【枸杞】。
植物名。落葉灌木，莖有刺，開淡紫色花而黃，可作藥，也稱「枳」：【枸橘】(2)彎曲的。

178

枸 ㄐㄩ ｜木部 5畫
【枸櫞】：植物名。常綠小喬木，葉圓形，有香氣，可作藥。俗稱「佛手柑」或「香櫞」。

柱 ㄓㄨˋ ｜木部 5畫
(1)支撐房子的粗木頭：【柱子、石柱】。
(2)支撐：【支柱】。
(3)形狀像柱子的東西：【橋柱、冰柱、水柱】。
(4)琴瑟上繫絃的木條：【膠柱鼓瑟】。

柵 ㄓㄚˋ ｜木部 5畫
用竹木鐵條編結成的籬笆或圍牆：【柵欄、木柵、籬柵】。

柩 ㄐㄧㄡˋ ｜木部 5畫
裝著屍體的棺材：【靈柩、引柩】。

柯 ㄎㄜ ｜木部 5畫
(1)植物名。常綠喬木，木質堅硬，可供建築或製造家具：【柯樹】。(2)樹枝：【枝柯】。(3)斧頭的柄。(4)姓。

柄 ㄅㄧㄥˇ ｜木部 5畫
(1)器物上可用手持拿的部分：【刀柄、斧柄、金柄】。(2)植物的花葉和枝莖相連的部分：【葉柄】。(3)計算有柄的東西的量詞：【一柄刀】。(4)言語或行為成為別人談論的資料：【笑柄、話柄】。(5)權力：【權柄】。(6)操持：【柄政】。(7)姓。

枯 ㄎㄨ ｜木部 5畫
(1)乾涸，失去水分：【乾涸、乾枯、海枯石爛】。(2)草木乾死：【枯井、枯木】。(3)草木乾黃，枯樹、枯萎的樣子。(4)草木乾死的樣子：【枯槁】。(5)形容人乾瘦的：【枯坐、枯瘦】。(6)沒有生氣的樣子：【枯燥】。(7)貧乏的：【遍索枯腸】。

柏 ㄅㄛˊ ｜木部 5畫
(1)植物名。常綠喬木，葉小，前端尖銳，冬天也不凋零，木質堅實，可供建築用：【扁柏、龍柏、側柏】。(2)姓。

柑 ㄍㄢ ｜木部 5畫
植物名。常綠灌木或小喬木，葉長卵形，味美多汁：【椪柑、柑橘、蜜柑】，開白花，果實圓形，金黃色：【金柑】。

枴 ㄍㄨㄞˇ ｜木部 5畫
行走時用來支撐身體的手杖：【枴杖、枴棒、木枴】。

柚 ㄧㄡˋ ｜木部 5畫
(1)植物名。常綠喬木，葉大而厚，開小白花，果實大而圓，帶酸味：【柚子、葡萄柚】。(2)落葉大喬木，紋理美觀，堅硬耐久，是製造家具、船艦的好材料：【柚木】。

柞 ㄗㄨㄛˋ ｜木部 5畫
植物名。落葉喬木，葉卵形，四周呈鋸齒狀，可餵蠶，木質堅硬，可做梳子：【柞木、柞蠶】。
ㄗㄜˋ 除去樹木：【柞木翦棘】。

柳 ㄌㄧㄡˇ 木部 5畫
(1)植物名。落葉喬木或灌木，枝條柔韌，葉子狹長，種子有毛，會隨風飄散：【柳樹】【柳枝】。(2)棺車：【柳車】。(3)像柳枝或柳葉般細長的：【柳腰】、【柳眉】。(4)姓。

查 ㄔㄚˊ 木部 5畫
(1)檢驗、考察、驗證：【查字典、調查、查核、查戶口】。(2)姓。

柘 ㄓㄜˋ 木部 5畫
(1)植物名。落葉灌木，枝幹直，葉尖厚，可餵蠶：【柘桑】。(2)姓。

枷 ㄐㄧㄚ 木部 5畫
(1)古代套在罪犯脖子上的刑具，引申為難以解脫的負擔：【枷鎖】(2)擱置衣物的家具或衣架：【椸枷】

柢 ㄉㄧˇ 木部 5畫
樹根，引申為基礎：【根深柢固、根柢】。

枰 ㄆㄧㄥˊ 木部 5畫
棋盤，多指圍棋棋盤：【棋枰】。

枹 ㄈㄨˊ 木部 5畫
(1)鼓槌，同「桴」(2)植物名。落葉喬木，葉周圍有鋸齒，木材可製器具。

柝 ㄊㄨㄛˋ 木部 5畫
(1)古代巡夜人用來報更、警盜的木梆子：【梆柝】(2)開拓：【柝極】。

柒 ㄑㄧ 木部 5畫
(1)植物名，就是漆木(2)數目名，「七」的大寫：【柒佰元】。

柙 ㄒㄧㄚˊ 木部 5畫
(1)關猛獸或押解罪犯的牢籠：【虎柙】(2)裝衣服的木箱，同「匣」：【匣柙】。(3)劍匣。

枵 ㄒㄧㄠ 木部 5畫
(1)中心空虛的樹根或樹幹：【枵槁】(2)飢餓的：【枵腹】。

枳 ㄓˇ 木部 5畫
植物名。常綠灌木，枝多刺，開白花，秋天結果實，味道酸苦，可作藥：【枳實】。

柴 ㄔㄞˊ 木部 6畫
(1)供燃燒用的木片或枯樹枝：【火柴、打柴】(2)點火用的小木棒：【火柴】(3)木製的：【柴車草屏】(4)粗陋的：【柴車】(5)衰瘦乾枯的：【柴毀骨立】(6)柴門。通「寨」，柵欄。

校 ㄒㄧㄠˋ 木部 6畫
(1)研究、傳授學問的地方：【學校、軍校】(2)我國軍階名稱，分上、中、少三級，是將之下、尉之上的中級軍官：【上校】(3)學校

的：【校刊】、【校長】、【校園】（4）姓。
ㄐㄧㄠˋ（1）通「較」，比較：【校量】（2）查對、訂正：【校對】。
、校正、校勘】。

核 ㄏㄜˊ 木部 6畫
（1）果實中堅硬的部分，用來保護果仁：【果核】（2）事物的重心：【核心】（3）通「覈」，詳細審察：【考核】、核對、核算】。

框 ㄎㄨㄤ 木部 6畫
（1）門窗四周用來固定的架子：【窗框、門框】（2）器物周圍可嵌住東西的外架：【鏡框、相框、眼鏡框、門框】（3）在文字、圖片周圍加上線條：【把這段文章框起來了】。（4）限制：【被他的想法框住了】。

桓 ㄏㄨㄢˊ 木部 6畫
（1）植物名。葉似柳葉，皮黃白色（2）留連不進：【盤桓】（3）姓。

根 ㄍㄣ 木部 6畫
（1）植物莖下長在土裡的部分，可以固定植物，吸收養分：【樹根】（2）物體的底部：【根柢、禍根、牆根】（3）事物的本源：【根本、根除】（4）計算細長東西的量詞：【一根棍子、一根頭髮】（5）佛家稱眼、耳、鼻、舌、身、意為「六根」（6）數學方程式未知數的值：【平方根】（7）澈底的：【根本、根除】（8）姓。

桂 ㄍㄨㄟˋ 木部 6畫
（1）植物名。常綠喬木，分肉桂、巖桂兩種。肉桂可作藥，巖桂就是桂花樹（2）廣西省的簡稱，也就是桂花樹（3）姓。

桔 ㄐㄧㄝˊ 木部 6畫
植物名。多年生草本，開紫色或白色花。根可以作藥，有止咳、袪痰的功用：【桔梗】。

栩 ㄒㄩˇ 木部 6畫
（1）植物名，葉喬木，葉大是「柞木」，就是「柞櫟」，又叫「柞櫟」：【栩栩如生】（2）生動活潑的樣子：【栩栩如生】（3）姓。

ㄐㄩˊ 通「橘」，水果名。

桐 ㄊㄨㄥˊ 木部 6畫
（1）植物名。落葉喬木，葉大色花，開白色或紫色花，木質輕，而且不生蛀蟲，可以用來製琴或箱子：【梧桐、油桐】（2）姓。

梳 ㄕㄨ 木部 6畫
（1）整理頭髮的用具：【梳子、髮梳】（2）整理頭髮：【梳洗、梳妝、梳頭、梳髮】。

桌 ㄓㄨㄛ 木部 6畫
（1）一種有支柱、有平面，用來放置物品、吃飯、寫字的器具：【書桌、飯桌、桌子】（2）計算酒席的量詞：【訂十桌酒席】。

【栗】ㄌㄧˋ 木部 6畫

(1)植物名。落葉喬木，葉長圓形，果實叫「栗子」，外有硬殼，可食。(2)地名：【苗栗】。(3)通「慄」，恐懼：【栗栗】。(4)姓。

【案】ㄢˋ 木部 6畫

(1)古代一種裝飲食的木盤：【舉案齊眉】。(2)長方形的桌子：【案頭、書案】。(3)關連的事件：【賄賂案】、(4)和法律有關的事件：【辦案、破案】。(5)提出計畫、辦法等的文件：【提案、腹案】。(6)已經成為規定的文書，或論定的訴訟文件：【有案可查】。

【桑】ㄙㄤ 木部 6畫

(1)植物名。落葉喬木，葉卵形，可以養蠶。木材可以製造器具，果實叫「桑甚」，可食(2)種桑養蠶的事：【以農桑為業】(3)姓。

【栽】ㄗㄞ 木部 6畫

(1)植物的幼苗：【樹栽子】。(2)種植：【栽花、栽樹、栽種】。(3)加上罪名：【栽贓】。(4)跌倒：【栽跟斗】。(5)失敗：【栽在他的手裡】。

【格】ㄍㄜˊ 木部 6畫

(1)方形的框或方格紙：【方格紙】。(2)一定的標準式樣、法度：【格式】。(3)人品、風度、及格、合格：【人格、品格】。(4)文法用語：【主格、品格】。(5)架子的一層或藥水瓶上的刻度：【格子】。(6)阻礙、隔閡：【格格不入】(7)改定、更、殺：【格殺勿論】(8)門、殺、(9)(10)可做為法則的：【格言】。(11)姓。推究：【格物窮理】正：【格君心之非】

【桃】ㄊㄠˊ 木部 6畫

(1)植物名。落葉喬木，葉寬，春天開白色、紅色花，果實叫「桃子」，酸甜多汁，可食：【蟠桃】(2)像桃花的：【桃樹】(3)粉紅色，引申為男女間情愛的事：【桃色新聞、桃花運】(4)地名：【桃園】。(5)姓。

【株】ㄓㄨ 木部 6畫

(1)露出地面的樹根：【守株待兔】、【根株】。(2)計算植物的量詞，同「棵」：【一株樹】。

【桅】ㄨㄟˊ 木部 6畫

(1)豎立的船舶甲板上的長桿子，可以用來掛帆、懸旗、裝設無線電等：【桅檣、桅杆】。

【栓】ㄕㄨㄢ 木部 6畫

(1)器物上可以開關的活門：【門栓、水栓、木栓】、【消防栓】。(2)瓶塞：【瓶栓、水栓】。

【桀】ㄐㄧㄝˊ 木部 6畫

(1)雞棲息的小木椿(2)才智特出的人：【俊桀】(3)人名，夏朝末年的一位暴

桀（續）：（4）殘暴的：【桀黠】。（5）君姓：【夏桀】。

栝 ㄍㄨㄚ　木部6畫：（1）植物名，就是「檜木」。（2）箭的末端：【箭栝】。

桁 ㄏㄥˊ　木部6畫：（1）屋上的横木：【桁楊】。（2）古代加在罪犯頸上或腳上的大型刑具：【桁楊】。

栖 ㄒㄧ　木部6畫：（1）通「棲」，鳥栖於樹子上。（2）居住：【栖身之所】。（3）忙碌不安的樣子：【栖栖】。

桎 ㄓˋ　木部6畫：（1）古代用來拘繫犯人的刑具：【桎梏】。（2）閉塞之所。

桉 ㄢ　木部6畫：植物名。常綠喬木，樹皮和葉可以治療瘧疾，也稱「油加利樹」。

梆 ㄅㄤ　木部7畫：（1）戲曲腔調名：【河南梆子】。（2）古代巡更或號召群眾時所敲擊的木器或竹器：【梆子、敲梆】。

梁 ㄌㄧㄤˊ　木部7畫：（1）架在柱上，支撐屋頂的横木：【棟梁、餘音繞梁】。（2）橋：【橋梁、津梁】。（3）物體中間高起成長條形的部分：【鼻梁、脊梁】。（4）朝代名。（5）姓。

梵 ㄈㄢˋ　木部7畫：（1）古代印度的文字：【梵文】。（2）與佛教有關的：【梵宇、梵音】。（3）姓。

梯 ㄊㄧ　木部7畫：（1）便利人升降攀登：【梯山航海】。（2）漸進的階段：【階梯】。（3）電梯的設備：【雲梯、電梯】。（4）一層層向上排列，形狀像樓梯的：【梯田】。

梢 ㄕㄠ　木部7畫：（1）樹枝的末端：【樹梢】。（2）指風在林梢、喜上眉梢。（3）事物的末尾、盡頭：【船梢】。（4）竿子。

梓 ㄗˇ　木部7畫：（1）植物名。落葉喬木，葉卵形，開淡黃色花，木材可供建築或製造器具、雕刻印書的木板：【付梓】。（2）故鄉的代稱：【桑梓】。（3）兒子的代稱：【喬梓】。（4）姓。

桿 ㄍㄢˇ　木部7畫：（1）長竿。（2）細長像棍子的器物：【槍桿、筆桿】。（3）計算竿狀東西的量詞：【一桿槍】。

桶 ㄊㄨㄥˇ　木部7畫：（1）圓柱形的容器：【桶子、飯桶、汽油桶】。

梱 ㄎㄨㄣˇ　木部7畫：豎立在門中間的短木，也就是門檻。

梧 ㄨˊ 木部 7畫

(1)植物名。落葉喬木,葉大,開白色或紫色花,木質輕,而且不生蛀蟲,可以用來製造器具:【梧桐樹】。(2)支架:【梧鼎】。(3)身材高大的:【魁梧】。

梗 ㄍㄥˇ 木部 7畫

(1)植物的莖或枝:【菠菜梗】、【荷葉梗】。(2)正直的:【梗直】。(3)阻塞:【梗塞】、【梗阻】。(4)挺直:【梗著脖子】、【從中作梗】。(5)強硬的:【強梗】。(6)大略的情況:【梗概】。

械 ㄒㄧㄝˋ 木部 7畫

(1)武器:【械、軍械】。(2)繳。(3)刑具。(4)器物、用具的總稱:【機械】、【器械】。用武器打鬥:【械鬥】。

梃 ㄊㄧㄥˇ 木部 7畫

(1)棍棒。(2)通「莛」,量詞:【十梃甘蔗】。

棄 ㄑㄧˋ 木部 7畫

(1)拋離、放棄、捨去:【拋棄】、【廢棄】。(2)拋去。(3)白費、忘記:【前功盡棄】。

梭 ㄙㄨㄛ 木部 7畫

(1)古代織布機上用來牽引橫線的橢圓形工具:【梭子】、【梭杼】。(2)來往不斷:【梭巡】、【穿梭】。

梅 ㄇㄟˊ 木部 7畫

(1)植物名。落葉喬木,開白色或淡紅色花,果實球形,味道酸,可食:【梅樹】、【梅花】、【梅子】。(2)節候名:【梅雨】。(3)姓。

梔 ㄓ 木部 7畫

植物名。常綠灌木,葉橢圓形,開白色花,香氣濃烈,果實可作黃色染料:【梔子】、【梔子花】。

條 ㄊㄧㄠˊ 木部 7畫

(1)細而長的樹枝:【柳條】。(2)長而細的東西:【紙條】、【麵條】、【鍊條】。(3)計算細長東西的量詞:【一條繩子】、【三條魚】。(4)秩序、脈絡:【有條不紊】。(5)文書的款目:【條目】、【憲法第一條】、【條文】。(6)分項列舉的:【條列】、【條舉】。(7)姓。

梨 ㄌㄧˊ 木部 7畫

(1)植物名。落葉喬木,開五瓣白花,果實圓大,味美多汁,木材可做木刻、印刷等用途:【梨樹】、【水梨】、【酪梨】。(2)姓。

梟 ㄒㄧㄠ 木部 7畫

(1)鳥名。就是「鴟鴞」。性凶猛,晝伏夜出,捕食鳥、鼠等小動物:【毒梟】、【私梟】。(2)凶陰、古代刑法之一,把人頭懸掛起來:【梟首示眾】。(3)橫強的人:【梟橫】。(4)凶猛、凶悍的:【梟雄】。(5)姓。

梏 ㄍㄨˋ 木部 7畫

木製的古代刑具之一:【桎梏】。

桴 ㄈㄨˊ 木部 7畫
(1) 小木筏或竹筏：【乘桴浮於海】。(2) 鼓槌。

棠 ㄊㄤˊ 木部 8畫
(1) 植物名。落葉喬木，葉卵形，開白色花，果實酸甜，可以作藥，又稱「棠梨」、「杜梨」。(2) 姓。

棺 ㄍㄨㄢ 木部 8畫
(1) 裝斂屍體的器具：【棺木】。

棕 ㄗㄨㄥ 木部 8畫
(1) 植物名。常綠喬木，樹幹直立，沒有枝條，葉呈常狀分裂，基部的棕毛強韌耐溼，可以製成繩子、刷子等：【棕櫚】。(2) 用棕製成的：【棕帚】。(3) 棕色的，褐色的：【棕褐色的毛】。

森 ㄙㄣ 木部 8畫
(1) 許多高聳的樹林叢生在一起的：【森林】。(2) 幽暗陰冷的樣子：【陰森森】。(3) 整飭的樣子：【森列】。(4) 眾多的：【森森】。(5) 姓。【門禁森嚴】。

棘 ㄐㄧˊ 木部 8畫
(1) 植物名。灌木或小喬木，葉多刺，果實很小，味酸，也就是「酸棗樹」。(2) 泛稱有刺的植物：【荊棘】。(3) 哺乳類動物身上尖硬的刺，如刺蝟、豪豬等動物：【棘刺】。(4) 姓。

棗 ㄗㄠˇ 木部 8畫
(1) 植物名。落葉灌木或小喬木，品種很多，開黃綠色小花，果實橢圓，熟後是暗紅色，味道甜美，可食：【棗樹】。(2) 棗樹的果實：【棗紅色】。(3) 暗紅色的：【棗紅色】。

椅 ㄧˇ 木部 8畫
(1) 有靠背可坐的器具：【椅子】。(2) 植物名，就是「山桐子」。落葉喬木，葉圓末端尖，開黃色花，木材可作細巧的器具：【椅樹】。

棟 ㄉㄨㄥˋ 木部 8畫
(1) 房屋的正梁：【棟梁】。(2) 計算房屋的量詞：【一棟大廈】。(3) 姓。

棵 ㄎㄜ 木部 8畫
計算植物的量詞，同「株」：【一棵樹】。

棹 ㄓㄨㄛˋ 木部 8畫
可以放置物品、吃飯、寫字的器具，同「桌」：【方棹】。(2) 划船的長槳：【鼓棹前進】。(3) 姓。

椎 ㄓㄨㄟ 木部 8畫
(1) 敲擊的工具：【鐵椎】。(2) 構成脊柱的短骨：【脊椎骨】。(3) 敲、打：【椎擊】。(4) 形狀像椎的：【椎髻】。

棧 ㄓㄢˋ 木部 8畫
(1) 堆積貨物的地方：【棧房、棧橋】。(2) 旅館：【客棧】。(3) 養牲畜的柵欄：【馬棧】。(4) 用竹木架起的：【棧道、棧橋】。(5) 姓。

棒 ㄅㄤˋ ｜木部 8畫
(1)棍子：【棍子、球棒、木棍】(2)長條形的東西：【棉花棒、冰棒】(3)用棍棒擊打：【當頭一棒】(4)指身體好、技術高、能力強：【他的身體很棒、她的舞跳得很棒】

棲 ㄑㄧ ｜木部 8畫
(1)休息的地方：【棲所】(2)居住、停留：【棲身、棲息】。

棣 ㄉㄧˋ ｜木部 8畫
(1)植物名。落葉灌木，開白色花，葉針形，果實像櫻桃，也有常棣、唐棣、白棣等品種(2)通「弟」，賢弟也可寫成「賢棣」。

棋 ㄑㄧˊ ｜木部 8畫
(1)一種可供娛樂、鬥智的用具：【象棋、星棋、圍棋、跳棋】(2)下棋用的：【棋盤、棋譜】(3)像棋一樣的：【星羅棋布】。

棍 ㄍㄨㄣˋ ｜木部 8畫
(1)棒：【木棍、棍子、棍棒】(2)俗稱無賴之徒：【惡棍、賭棍、棍徒】

植 ㄓˊ ｜木部 8畫
(1)栽種：【種植、植樹】(2)樹立、建立：【培植】(3)樹立、建立、培育：【扶植、植基、植黨營私、植人才】

椒 ㄐㄧㄠ ｜木部 8畫
(1)植物名。草本的或木本的植物性味道有刺激或種子有辣椒、青椒等，木本的有胡椒、花椒；草本的有辣椒、青椒等(2)姓。

棉 ㄇㄧㄢˊ ｜木部 8畫
(1)植物名。草棉、木棉兩種。草棉通稱為「棉花」，果實成熟後會裂開，種子上面有毛，可以用來紡紗或做棉絮，除去棉毛的種子可以榨油。木棉果實的纖維可以做枕心、墊褥等(2)棉製的：【棉被、棉心、棉布】(3)通「綿」，薄弱的：【棉薄、聊盡棉力】。

棚 ㄆㄥˊ ｜木部 8畫
用竹、木、蘆葦等材料，搭成的棚架或小屋，可以遮蔽陽光、風雨：【涼棚、草棚、竹棚】。

椏 ㄧㄚ ｜木部 8畫
(1)樹枝：【椏杈、樹椏】(2)向旁歧出的樹枝：【椏枝、樹椏】

楮 ㄔㄨˇ ｜木部 8畫
(1)植物名。落葉喬木，葉卵形。樹皮是造紙的原料(2)紙的代稱：【楮墨】(3)紙幣：【萬楮】(4)俗稱祭祀用的冥錢：【楮錢】(5)姓。

棻 ㄈㄣ ｜木部 8畫
有香味的木頭。

椪 ㄆㄥˋ ｜木部 8畫
水果名，就是「椪柑」，為柑類的一種。

186

業 一ㄝˋ 木部 9畫
(1)社會上的各種工作：【業種】、【工業、商業】(2)工作：【職業、就業】(3)財產：【產業】(4)古代書冊的版本：【祖業】(5)學習的內容或過程：【學業、修業】(6)大事：【偉業、創業】(7)佛教名詞，惡因、同「孽」：【業力】(8)從事於：【業農、業商】(9)既然、已經：【業已、業經】。

楚 ㄔㄨˇ 木部 9畫
(1)植物名。落葉灌木，新莖莖圓形褐色，古人拿來做小杖打人，也稱「牡荊」(2)古代國名，戰國七雄之一(3)刑杖，古代教師處罰學生用的戒尺：【夏楚】(4)痛苦：【痛楚、苦楚】(5)清晰、整齊：【清楚、一清二楚】(6)姓。

楷 ㄎㄞˇ 木部 9畫
(1)典範、法式：【楷模】(2)正體書法的一種，筆畫平直，又稱「真書」、「正書」：【楷書、楷體】。

楊 一ㄤˊ 木部 9畫
(1)植物名。落葉喬木，和柳很像，但是枝葉向上挺，果實成熟時有白絮四處飛散。有山楊、白楊、黃楊等許多品種(2)姓。

楨 ㄓㄣ 木部 9畫
(1)植物名。常綠灌木，葉卵形，質厚而有光澤，開白色花，木材可供建築、造船用(2)比喻賢良的人才：【楨幹】。

楫 ㄐㄧˊ 木部 9畫
(1)划船用的槳：【舟楫】(2)划船。

楠 ㄋㄢˊ 木部 9畫
植物名。常綠喬木，可高十餘丈。葉長橢圓，開淡綠色花，果實紫黑色，木材堅硬芳香，是建築的好材料：【楠木】。

楓 ㄈㄥ 木部 9畫
植物名。落葉喬木，葉如掌狀而有三個裂口，邊緣有鋸齒，春天開黃褐色小花，秋季變紅色，果實球形：【楓林樹】。

楹 一ㄥˊ 木部 9畫
(1)廳堂前的大柱子：【楹柱】(2)計算房屋的量詞：【有屋三楹】、【楹聯】。

榆 ㄩˊ 木部 9畫
(1)植物名。落葉喬木，葉橢圓形，開淡綠帶紫色花，果實扁圓，稱「榆莢」或「榆錢」，木材可供建築用：【榆樹】(2)姓。

楞 ㄌㄥˊ 木部 9畫
(1)物體的緣角，通「稜」：【有楞有角】(2)發呆：【發楞】，通「愣」。

楔 ㄒㄧㄝ 木部 9畫
(1)門兩旁的木柱：【門楔】(2)插在木器縫

楔 ㄒㄧㄝ 木部 9畫

隙中的小木片：【木楔】(3)小說、戲曲的引言或序幕：【楔子】(4)西元前三千多年蘇美人的文字，刻在磚、石、泥板上面，筆畫像釘頭或箭頭：【楔形文字】。

極 ㄐㄧˊ 木部 9畫

(1)地軸的南北兩端：【兩極】(2)最……(3)南極、北極……高點、頂點：【登峰造極】(2)磁力發生最強的兩點：【正極、負極、陰極、陽極】(4)帝位：【登極】(5)邊境：【四方八極】(6)窮盡：【極目】(7)窮盡處：【極品、極峰】(8)最好、最高或最重的：【極刑】(9)甚、很、十分：【極了、極遠、極重要】。

椰 ㄧㄝˊ 木部 9畫

植物名。常綠喬木，產在熱帶地方，枝幹很硬，內層有大量汁液，清涼美味解渴。種子可以榨油，果皮外的纖維可以結網，葉片可以覆蓋屋頂，木材可以製造器具：【椰子樹】。

榔 ㄌㄤˊ 木部 9畫

(1)植物名。常綠喬木，果實綠色或撐大……使牙齒變黑、禦寒作用，常食用會……有提神、禦寒作用，身體機能衰退：【檳榔】(2)錘子：【榔頭】。

概 ㄍㄞˋ 木部 9畫

(1)人的舉止、風度、節操：【氣概】(2)景象、情況：【勝概】(3)總括、一律：【一概、概括】(4)齊：【並概青雲】(5)一切：【概不負責】(6)大略的：【概況、概論、概算】。

楣 ㄇㄟˊ 木部 9畫

(1)門上的橫木：【門楣】(2)門第。

椽 ㄔㄨㄢˊ 木部 9畫

(1)裝在屋梁上面，用來承受屋面和瓦片的木條：【屋椽、椽子】(2)計算房屋的單位。

楦 ㄒㄩㄢˋ 木部 9畫

(1)木製的鞋子模型：【楦頭】(2)用楦頭填塞鞋子……(3)用紙或乾草等填塞空隙：【楦鞋子】快把裝瓷器的箱子楦滿。

楝 ㄌㄧㄢˋ 木部 9畫

植物名。落葉喬木，葉為羽狀複葉，開淡紫色花，果實橢圓如鈴，俗稱「金鈴子」，木材可供建築用。

楬 ㄐㄧㄝˊ 木部 9畫

作標記用的小木椿。古代在音樂快結束時，用來止樂的樂器。

楂 ㄓㄚ 木部 9畫

植物名，就是「山楂」。落葉小灌木，果實圓而紅，味道酸，可食。

棰 ㄔㄨㄟˊ 木部 9畫

(1)鞭子：【棰子】(2)敲、打：【棰馬】，同「搥」。

椿 ㄔㄨㄣ 木部 9畫
(1)植物名，也稱「香椿」。落葉喬木，嫩葉可食，木材可以製器具。(2)父親的代稱：【椿庭、椿萱】

椹 ㄕㄣ 木部 9畫
(1)桑樹的果實，同「葚」：【桑椹、紫椹】
ㄓㄣ (2)樹身上長出的菌類。(3)砧板，切東西時墊在下面的板子，同「碪」：【椹板】

楯 ㄕㄨㄣˇ 木部 9畫
(1)欄杆的橫木：【楯軒】(2)欄杆。(3)通「盾」，作戰時保護身體的武器：【楊楯】

榻 ㄊㄚˋ 木部 10畫
低而狹長的床，泛指床：【臥榻、竹榻、病榻】。

槓 ㄍㄤˋ 木部 10畫
(1)扛東西用的粗棍子：【槓子、木槓、鐵槓、單槓、雙槓】(2)一種運動器材：

構 ㄍㄡˋ 木部 10畫
(1)詩作：【佳構、華構】(2)結構大廈：【華構】(3)組織：【結構】(4)建造：【構築】(5)構造：【構造、架構】(6)創造、運用：【構思、構圖】(7)設計、謀畫：【構陷】

榛 ㄓㄣ 木部 10畫
(1)植物名。落葉灌木或小喬木，葉互生，開黃褐色花，果實叫「榛子」，果仁可食，木材可製造器具：【榛榛、榛莽、榛蕪】(2)草木叢生的樣子：

榷 ㄑㄩㄝˋ 木部 10畫
(1)植物名，就是「枳樹」。(2)賦稅：【榷茶、榷利、雜榷】(3)專利、專賣：【商榷】(4)商討、議論：【商榷】

榫 ㄙㄨㄣˇ 木部 10畫
為使兩件器物接合，而特製的凹凸部分。凸出的部分叫「榫頭」，凹進的部分叫「榫眼」。

榨 ㄓㄚˋ 木部 10畫
通「搾」，用力壓取：【榨取】(1)壓取汁液的器具：【榨床、甘蔗榨、榨油、】(2)

槁 ㄍㄠˇ 木部 10畫
(1)凋萎的、乾枯的：【槁木死灰】(2)形容枯槁。

榜 ㄅㄤˇ 木部 10畫
(1)公開張貼出來的告示或名單：【放榜、榜帖、榜首】(2)行為的模範：【標榜】(3)相互表揚：【榜樣】
ㄅㄥ (1)使舟前進：【榜舟】(2)鞭打：【榜掠】

榮 ㄖㄨㄥˊ 木部 10畫
(1)茂盛：【欣欣向榮】(2)光耀：【引以為榮】(3)好的聲譽：【殊榮、虛榮、繁榮】(4)顯赫、顯耀：【榮宗耀祖】(5)開花(6)興盛的：【...】

榮
【ㄖㄨㄥˊ】
(7)光耀的樣子：【榮升、榮任、榮歸】(8)姓。

榴
【ㄌㄧㄡˊ】
木部　10畫
植物名，俗稱「石榴」。落葉灌木，五月開紅花，果實球狀，內有許多小粒種子，可食，根和樹皮可以做驅蟲劑。

槐
【ㄏㄨㄞˊ】
木部　10畫
植物名。落葉喬木，開黃白色蝶形花，內蓄可製染料。果實長莢形，黑種子，可以做藥，木材可當建築材料和製造家具。

槍
【ㄑㄧㄤ】
木部　10畫
(1)古代用來刺擊的長矛：【長槍】(2)發射子彈的武器：【手槍、機關槍、步槍】(3)用法和形狀都像槍的器物：【水槍、噴槍】(4)長筒形的東西：【菸槍】(5)姓。

【ㄔㄥ】
欃（ㄔㄢˊ）槍，就是彗星。

榭
【ㄒㄧㄝˋ】
木部　10畫
平臺上搭建的屋子，大都供遊樂、表演用。

榕
【ㄖㄨㄥˊ】
木部　10畫
植物名。常綠喬木，樹枝向四方擴張，而且有下垂的氣根，木材可製器具：【榕樹】

槌
【ㄔㄨㄟˊ】
木部　10畫
(1)敲打的用具：【木槌、棒槌】(2)通「搥」，敲打：【槌鼓】

槃
【ㄆㄢˊ】
木部　10畫
(1)盛放物品或盛水的器具，同「盤」(2)迴旋：【槃旋】：【槃桓】(3)才情宏高的樣子：【槃槃大才】。

榧
【ㄈㄟˇ】
木部　10畫
植物名。常綠喬木，外形像杉，果實稱為「榧子」，炒熟後可食，木材有香氣，是很好的建築材料。

榦
【ㄍㄢˋ】
木部　10畫
通「幹」，就是樹的根部上端，直立在地面上的部分：【樹榦】。
【ㄏㄢˊ】
井口的柵欄：【井榦】。

槎
【ㄔㄚˊ】
木部　10畫
(1)通「桴」，用竹木編成的筏：【泛槎、浮槎】(2)通「杈」(3)通「權」，砍伐。

槊
【ㄕㄨㄛˋ】
木部　10畫
古代的兵器，也就是長矛：【劍槊、矛槊】

橐
【ㄊㄨㄛˊ】
木部　10畫
(1)裝東西的袋子(2)冶鑄用的風箱：【橐籥】。

素
【ㄙㄨˋ】
木部　10畫

樣
【ㄧㄤˋ】
木部　11畫
樣：(1)形狀、相貌：【模樣、花樣】(2)式樣：【三樣水果、樣樣都好】(3)種類：(4)模式、標準：【圖樣、字樣】

木部 11畫　樣模樓椿樞標樊槳樂槽槨

樣品、榜樣】。

模 ㄇㄛˊ 【木部 11畫】
(1)榜樣、標準：【模範】。(2)楷模、法式：【模範、楷模】。(3)製造器物的標準型器：【模子、模型】。(4)物的形狀、樣子：【模樣】。(5)姓。仿傚，照著別人的樣子去做：【模仿、模寫、模擬】。

樓 ㄌㄡˊ 【木部 11畫】
(1)兩層以上的房屋：【高樓大廈、樓房】。(2)一種高起的建築物：【炮樓、城門樓子】。(3)茶館、酒店、歌廳、舞廳等遊樂場所：【青樓】。(4)計算房屋層數的量詞：【三樓】。(5)姓。

椿 ㄓㄨㄤ 【木部 11畫】
(1)一頭插入地下的木棍或石柱：【木椿、橋椿】。(2)計算事情的量詞：一椿事】。

樞 ㄕㄨ 【木部 11畫】
(1)門上的轉軸：【戶樞、門樞】。(2)事物的重要部分：【中樞、樞紐、樞務】。(3)中心部分：【中樞、樞府】。(4)政要機構：【中樞府】。(5)姓。

標 ㄅㄧㄠ 【木部 11畫】
(1)樹木的末梢。(2)事物的表面：【治標不如治本】。(3)記號、符號：【商標、音標、標點符號】。(4)目的：【目標、標的】。(5)一定的準則、規格：【標準】。(6)旗幟，表示競賽中優勝的獎勵品：【錦標、奪標】。(7)一批工程或商品的投標、招標。(8)表明、顯示：【標明、標價】。

樊 ㄈㄢˊ 【木部 11畫】
(1)籠子：【樊籠】。(2)通「藩」，籬笆：【樊籬】。(3)姓。

槳 ㄐㄧㄤˇ 【木部 11畫】
(1)划船的用具，裝置在船旁，短小的稱「槳」，粗長的稱「櫓」：【木槳、船槳】。

樂 ㄌㄜˋ 【木部 11畫】
(1)讓人愉快的事：【樂子】。(2)聲色：【找樂】。(3)愛好：【樂於助人】。(4)喜悅、快活：【快樂、不亦樂乎】。(5)姓。
另讀 ㄩㄝˋ (1)和諧而有節奏感的聲音：【音樂、奏樂、樂曲】。(2)弦樂：【樂器】。(3)六藝之一：【詩、書、禮、樂、射、御、書、數】。(4)六經之一：【詩、書、禮、樂、易、春秋】。(5)姓。
另讀 ㄧㄠˋ 愛好：【知者樂水，仁者樂山】。

槽 ㄘㄠˊ 【木部 11畫】
(1)放飼料餵養牲口的器具：【馬槽、豬槽】。(2)用來裝東西的大形器具：【酒槽、水槽】。(3)器物兩邊高而中間凹下的部分：【在窗框上挖個槽兒】。(4)河道：【河槽】。

槨 ㄍㄨㄛˇ 【木部 11畫】
套在棺材外面的大棺材。

樅 ちㄨㄥ 木部 11畫
(1)植物名，又稱「冷杉」。常綠喬木，葉子細長扁平，結的毬果橢圓形，木材可以作為造紙、建築的材料。(2)姓。

榭 ㄏㄨ 木部 11畫
植物名。落葉喬木，葉大，木材堅實，可以製造器具及枕木。

樛 ㄐㄧㄡ 木部 11畫
(1)纏繞盤結：【樛結】。(2)通「摎」，樹枝向下屈曲的：【樛木】。

槿 ㄐㄧㄣ 木部 11畫
植物名，即「木槿」。落葉灌木，葉卵形，開紫紅或白色花，可供觀賞。

樟 ㄓㄤ 木部 11畫
植物名。常綠喬木，葉卵形，開黃綠色小花，木質堅固細緻，有香氣，可以製樟腦，用來防蟲：【樟樹】。

樗 ㄕㄨ 木部 11畫
(1)植物名，又稱「臭椿」。落葉喬木，樹皮粗，木質低劣，葉子有臭味。(2)比喻無用的：【樗材】。

槭 ちㄨ 木部 11畫
植物名。落葉喬木，開暗紅色小花，秋天時葉子變成紅色，木材可作製或銅製酒器、木製的方向...

樽 ㄗㄨㄣ 木部 12畫
盛酒用的器具：【移樽就教】、【樽俎】。

橙 ㄔㄥ 木部 12畫
(1)植物名。落葉喬木，開白色花，和橘子相似，果實圓形，稱「橙子」，味道酸甜，果皮可作藥。(2)像橙子的顏色：【橙色】。

橫 ㄏㄥ 木部 12畫
(1)東西（或左右）稱為「橫」，南北（或上下）稱為「縱」，和直、豎、縱相反：【橫梁】、【橫渡太平洋】、【橫剖面】、【橫刀】、【橫隊】。(2)縱橫天下、橫過馬路。(3)書法中由左向右放平的物體：橫。(4)把直立的物體橫放。(5)東西向的：橫。(6)平著、成橫的、橫放、橫的：【橫放】、【橫陳】。(7)直的、橫的交錯在一起：【縱橫】、【雜草橫生】。(8)反正：【橫豎沒有辦法】。(9)不順情理的：【橫加阻攔】。(10)姓。

橫 ㄏㄥˋ
(1)凶惡不講理：【蠻橫、專橫】。(2)意外不尋常的：【橫財】、【橫禍】。(3)不正當的：死、橫禍。

橘 ㄐㄩ 木部 12畫
植物名。落葉喬木，開白色花，果實圓形，叫「橘子」，紅色或黃色，酸甜多汁，可食。果皮、種子可作藥。

樸 ㄆㄨ 木部 12畫
(1)植物名。落葉喬木，開淡黃色花，果實尚未黑色，木材可以製成家具。(2)尚未

樸

加工的木材(3)自然的本性，真實而不浮華的：【返樸歸真】(4)單純實在、不浮華的：【樸素、儉樸】(5)篤厚的：【樸實】。

樺 ㄏㄨㄚˋ　木部　12畫

植物名。落葉喬木，樹皮白色，容易剝離：【樺木】

樹 ㄕㄨˋ　木部　12畫

(1)有樹幹的植物，也就是木本植物的總稱：【樹木、樹林】(2)種植、栽培、建立：【十年樹木、百年樹人】(3)建立：【樹立】。

橄 ㄍㄢˇ　木部　12畫

植物名。常綠喬木，葉子卵形或橢圓形，可以生吃，果實翠綠，長橢圓形，也可以做成蜜餞。種子可榨油，木材可以製成器具：【橄欖】

橢 ㄊㄨㄛˇ　木部　12畫

狹長的：【橢圓形】。

橡 ㄒㄧㄤˋ　木部　12畫

植物名(1)落葉喬木，樹幹直而細長，樹皮或折斷枝條、葉片，都會流出白色的乳汁，可以用來製造橡膠：【橡膠樹】(2)落葉喬木，又叫「櫟樹」，樹皮又粗又厚，木材沒有什麼用處：【橡樹】

橋 ㄑㄧㄠˊ　木部　12畫

(1)高架在河面或交通要道上，便於行人、車輛通行的建築物：【橋梁、鐵橋、陸橋】(2)姓。

橇 ㄑㄧㄠ　木部　12畫

(1)古代在泥地上行走時所乘坐的工具(2)在冰雪上滑行的工具：【雪橇】

樵 ㄑㄧㄠˊ　木部　12畫

(1)木柴(2)砍柴的人：【樵夫】。

機 ㄐㄧ　木部　12畫

(1)「機器」的通稱：【電視機、冷氣機】(2)「飛機」的簡稱：【直昇機、客機】(3)事物的關鍵：【樞機】(4)事情的先兆或可能性：【危機】(5)時宜、際會的：【投機、時機】(6)事情發生的原因：【動機、時機】(7)生命機能：【有機體】(8)重要的、有祕密性的：【機密】(9)靈巧的：【機巧、機智、機靈】。

橈 ㄋㄠˊ　木部　12畫

(1)彎曲的木頭：【棟橈】(2)曲折：【橈曲】(3)冤枉：【冤橈】(4)散亂：【橈散】(5)船槳，也可指船：【停橈】

橛 ㄐㄩㄝˊ　木部　12畫

(1)木樁：【木橛】(2)馬口中所銜的橫木(3)門中豎立作為阻隔的短木：【門橛】(4)一小段木頭：【一橛木頭】

樨 ㄒㄧ　木部　12畫

植物名，即「桂花」。常綠小喬木，葉橢圓形，開白色或黃色花，香氣濃郁。

樾 ㄩㄝˋ　木部　13畫
(1)兩棵樹相交而形成的樹蔭：【清樾、樾蔭】。(2)成蔭的路樹：【道樾】。(3)姓。

檀 ㄊㄢˊ　木部　13畫
植物名。落葉喬木，有黃檀、白檀兩種，葉長卵形，木材堅實而帶有香味，可製器具，也可做香料，國畫用的暗紅色。

檔 ㄉㄤˋ　木部　13畫
(1)器物上的橫木或邊框：【橫檔】。(2)存放、保存的文件或資料案卷用的櫥架：【歸檔】。(3)分類：【查檔】。(4)計算事情的量詞：【這檔子事兒】。(5)汽車變速器的俗稱：【挑檔】、【換檔】。(6)遊藝節目的計算單位：【院線檔期】。

檄 ㄒㄧˊ　木部　13畫
(1)古代用來調兵、徵召或聲討敵人等的官方文書：【傳檄、羽檄、檄文】。(2)沒有枝葉的樹木。

檢 ㄐㄧㄢˇ　木部　13畫
(1)查驗、查看：【檢查、檢定、臨檢】。(2)約束、收斂：【行為不檢、檢點、檢束】。(3)姓。

檜 ㄍㄨㄟˋ　木部　13畫
植物名。常綠喬木，葉子像鱗片，木材質地細密，有香氣，是製傢俱和建築的好木料。

櫛 ㄐㄧㄝˊ　木部　13畫
(1)梳子、篦子的總稱：【櫛髮、梳櫛】。(2)梳頭：【櫛沐】。(3)排列得很密集：【櫛比林立】。(4)剔除：【櫛垢】。

檣 ㄑㄧㄤˊ　木部　13畫
帆船上掛風帆的桅杆：【帆檣、危檣】。

檐 ㄧㄢˊ　木部　13畫
(1)屋頂向外伸出的部分：同「簷」。(2)覆蓋物體的邊緣或突出的部分：【帽檐】。

檗 ㄅㄛˋ　木部　13畫
植物名。落葉喬木，果實黑色，莖的内皮黃色，可作染料，也稱「黃檗」、「黃柏」。

檠 ㄑㄧㄥˊ　木部　13畫
(1)矯正弓弩的器具：【弓檠、檠枻】。(2)燈架：【燈檠】。

檉 ㄔㄥ　木部　13畫
植物名。落葉小喬木，葉細如絲，枝條可編筐籃，枝葉可作藥，也稱「觀音柳」、「西湖柳」。

櫸 ㄐㄩˇ　木部　13畫
植物名。落葉喬木。矯正彎曲木材的器具：【櫸柳】。

檳 ㄅㄧㄣ　木部　14畫
植物名。常綠喬木，樹幹上有明顯的環節，果實放入口中嚼食，有提神的作用，但是常吃會使牙齒變黑。

且會使人食慾減退、身體機能變弱：【檳榔】。

檳

ㄅㄧㄣ

木部
14畫

植物名(1)一種和槐樹很像的植物,葉子是黃色的,又稱「黃槐」(2)常綠小喬木,果實橢圓形,淡黃色,皮厚,有香味,果汁很酸,可以當飲料:【檸檬】。

檬

ㄇㄥ

木部
14畫

植物名(1)果實橢圓形,淡黃色,皮很厚,有香味,果汁很酸,可以當飲料:【檸檬】(2)落葉灌木,樹皮黃綠色,枝條有稜角、有刺,枝葉可以做燃料、肥料:【檸條】。

檸

ㄋㄧㄥ

木部
14畫

植物名(1)常綠小喬木,果實橢圓形,淡黃色,皮厚,有香味,果汁很酸,可以當飲料:【檸檬】(2)落葉灌木,樹皮黃綠色,枝條有稜角、有刺,枝葉可以做燃料、肥料:【檸條】。

櫃

ㄍㄨㄟˋ

木部
14畫

(1)存放東西的方形或長方形的器具,有蓋或有門:【櫃子、衣櫃、櫥櫃、書櫃】(2)商店與顧客交易或取款、付款的長臺:【櫃臺、售貨櫃】。

檻

ㄐㄧㄢˇ

木部
14畫

(1)圈養獸類的欄、柵欄:【獸檻】:圈檻(2)窗欄、書欄、櫥窗、欄櫃】。

櫂

ㄓㄠˋ

木部
14畫

(1)划船用的長槳的器皿。
(2)船的代稱:【鼓櫂前進】。
通「棹」(1)划船用的長槳(2)船的代稱:【鼓櫂前進】。

檯

ㄊㄞˊ

木部
14畫

通「臺」,桌子:【書檯、講檯】。

檮

ㄊㄠˊ

木部
14畫

(1)古代傳說中時的四凶之一的惡人,是舜時的四凶之一【檮杌】。
(2)無知的樣子:【檮杌】。

檳

ㄅㄧㄣ

木部
15畫

(1)木頭做的小匣子:【木檳】(2)木櫃。

櫥

ㄔㄨˊ

木部
15畫

收藏衣物、東西的櫃子,前面有門:【衣櫥、書櫥、櫥櫃】。

橺

ㄌㄩˊ

木部
15畫

植物名(1)常綠喬木,枝幹高而直,沒有分枝,集中在枝幹頂端,又,葉子大,木材堅硬,可製器具或扇骨,又稱「棕櫚」(2)喬木,材堅硬,可製造器具的樹:【花櫚木】或「花梨木」。

櫚

ㄌㄩˊ

木部
15畫

划水使船前進的器具,比「槳」粗大:【櫓】。搖櫓、船櫓。

櫟

ㄌㄧˋ

木部
15畫

(1)植物名,就是「橡樹」,落葉喬木,樹皮粗厚(2)欄杆:【重櫟】。地名:【櫟陽(在陝西省)】。

櫧

ㄓㄨ

木部
15畫

通「楮」,植物名。常綠喬木,木材堅實。

195

，可作舟、車、棟梁。

櫜　【揭櫜】
木部 15畫
(1)栓住牲口的小木椿，標誌用的小木椿

櫳 ㄌㄨㄥ
木部 16畫
鳥獸的籠架或柵欄：【櫳檻】。

槻
木部 16畫
(1)窗戶：【簾槻】(2)房舍：【房櫳】

欐 ㄌㄧ
木部 16畫
(1)通「櫪」，就是「櫪樹」(2)馬槽：【馬欐、槽欐】(3)夾手指的刑具：【欐梳】。

槷 ㄋㄧㄝ
木部 16畫
(1)樹木被砍伐後，又再長出的枝條，同「櫱」……櫱」：【萌櫱】(2)姓。

櫻 ㄧㄥ
木部 17畫
植物名(1)落葉喬木，春天開白色或淡紅色花，木材可作器具：【櫻樹】、【櫻桃】(2)「櫻桃」的簡稱。

欄 ㄌㄢ
木部 17畫
(1)飼養家畜的圈欄：【牛欄】、【馬欄】(2)具有攔擋作用的東西：【欄杆、危欄、倚欄】(3)報章雜誌上按內容、性質劃分的版面：(4)集中張貼海報、公告、報紙等的地方：【布告欄】(5)一種體育專欄

櫺 ㄌㄧㄥ
木部 17畫
(1)窗戶上的格子：【窗櫺】(2)屋檐、屋櫺(3)欄杆上的格子：【翼櫺】

欅 ㄐㄩ
木部 17畫
植物名。落葉喬木，樹皮粗硬，葉長卵形，可供建築及製造器具，木質堅細，開淡黃綠色花：【欅柳】。

權 ㄑㄩㄢ
木部 18畫
(1)古代的秤錘：【權量】(2)應該獲得的利益：【權利、選舉權】(3)在職責範圍內支配和指揮的力量：【職權、權力、權威】(4)不依照常規而能隨機應變的情況：【權變】(5)稱重、估量：【權衡輕重、權衡】(6)姑且：【權且】(7)姓。

欖 ㄌㄢ
木部 21畫
植物名。常綠喬木，開白色花，果實翠綠而……外形尖長，可以生吃，也可以做成蜜餞，種子可以榨油：【橄欖】。

欠部

欠 ㄑㄧㄢ
欠部 0畫
(1)債務：【欠債】(2)向別人借財物還沒有還清，或買了貨物還沒有付

欠 ㄑㄧㄢˋ 　欠部

…錢：【欠債、欠帳】(3)疲累的時候，自然張嘴舒氣，體稍向前彎曲：【呵欠】(4)身體稍微向前移動：【欠身】(5)不夠、缺少：【欠缺】(6)含有否定的意思，但比「不」委婉：【欠佳、欠安】

次 ㄘˋ 　2畫　欠部

(1)等第、名次、順序：【次序、次第】(2)出外停留、修習的處所：【旅次】(3)量詞，事情一回叫「一次」：【番兩次】(4)中間：【胸次】(5)第二的：【次子、次日、次等的】(6)比較差的：【次貨、次等】(7)副的：【次長】(8)姓。

欣 ㄒㄧㄣ 　4畫　欠部

(1)快樂的、喜悅的：【欣喜、欣悅】(2)生機旺盛的：【欣欣向榮】(3)歡欣鼓舞

欲 ㄩˋ 　7畫　欠部

(1)通「慾」，貪心不滿足的念頭：【利欲薰心、情欲】(2)想要、期望：【欲望：隨心所欲、欲罷不能、欲蓋彌彰。】(3)將要：【山雨欲來、搖搖欲墜。】

欷 ㄒㄧ 　7畫　欠部

抽咽聲：【歔欷、涕欷】

欸 ㄞˇ 　7畫　欠部

表示承諾或嘆息：【欸！我一定去。】欸秋冬之緒風。乃

款 ㄎㄨㄢˇ 　8畫　欠部

(1)錢財：【款項、存款、現款】(2)法規條文中分列的項目：【第三十條第二款】(3)式樣：【款式、款識】(4)器物上的刻字：【下款、落款】(5)書畫上的題名：【款識】(6)招待：【相款、款客】(7)敲、叩：【款門】(8)空洞的：【款言、款留】(9)誠懇的、殷勤的：【款待】(10)緩慢的：【款步、款款】

欺 ㄑㄧ 　8畫　欠部

(1)說假話騙人、詐騙：【欺詐、自欺欺人】(2)侮辱、壓迫：【欺侮、欺負、仗勢欺人】(3)昧著良心：【欺心】

欽 ㄑㄧㄣ 　8畫　欠部

(1)君主時代對皇帝行事的尊稱：【欽定、欽佩、欽命】(2)敬仰、恭敬：【欽仰、欽敬】(3)姓。

欻 ㄏㄨ 　8畫　欠部

(1)快速的，同「忽」：【欻、欻吸】(2)形容聲音：【欻的一聲】

歇 ㄒㄧㄝ 　9畫　欠部

(1)停止：【歇業】(2)休息：【歇息、歇一會兒、歇宿】(3)住：(4)竭盡：【氣歇】(5)睡眠：【歇了】

歆 ㄒㄧㄣ 　9畫　欠部

羨慕：【歆羨】

欠部

歃 ㄕㄚ 欠部 9畫

用嘴吸取：【歃血為盟】。

歌 ㄍㄜ 欠部 10畫

(1)詩體的一種：【長恨歌】。(2)配合樂章而歌曲、山歌、高歌一曲、載歌載舞、歌頌。(3)吟唱：

歉 ㄑㄧㄢ 欠部 10畫

(1)愧疚的心情：【歉意、歉疚】。(2)心裡過意不去的：【歉收、歉歲】。(3)不足的：【歉收】。

歐 ㄡ 欠部 11畫

(1)「歐羅巴洲」的簡稱：【西歐、北歐】。(2)姓。、歐洲。

歎 ㄊㄢ 欠部 11畫

同「嘆」(1)因心裡苦悶而發出呼聲：【歎息、長吁短歎】。(2)讚美：【歎賞、歎為觀止】。(3)姓。、歎

歔 ㄒㄩ 欠部 12畫

用鼻子吸氣：【歔欷】。

歙 ㄒㄧ 欠部 12畫

張口呼氣或由鼻孔呼氣：【歙歙】。

歟 ㄩˊ 欠部 12畫

縣名，在安徽省。

歠 ㄔㄨㄛˋ 欠部 14畫

(1)語末助詞，表示疑問或反問，等於白話文中的「呢」、「嗎」：【子非三閭大夫歟】。(2)語助詞，表示讚嘆，等於白話文中的「啊」、「吧」：【狗歟偉歟！】。

歠 ㄔㄨㄛˋ 欠部 15畫

連續飲用：【歠粥】。

歡 ㄏㄨㄢ 欠部 18畫

(1)男女稱所愛的對象：【新歡、所歡】。(2)新歡、所歡：【活潑(3)快樂的：【歡樂、歡欣、歡度】。(4)愉悅的：【歡虎兒】。、歡送、歡度】。

止部

止 ㄓˇ 止部 0畫

(1)人的舉動威儀：【舉止、儀止】。(2)停止、停息、行人止步。、休止】。(3)禁阻、攔阻：【禁止、制止】。(4)到、來臨：【蒞止】。(5)寧靜的：【心如止水】。(6)僅、只：【不止、止是有：【不止此數】。(7)姓。

正 ㄓㄥˋ 止部 1畫

(1)嫡妻：【正妻】。(2)修訂錯誤：【訂正、修正、改正】。(3)治罪：【正法】。(4)整理：【正其衣冠】。(5)釐清辨別：【正名】。(6)與「歪」相對，不偏不斜的：【正門、正中】。(7)純粹不雜的：【純正、正紅色】。(8)整數的：【壹仟元正】。(9)與「反」相對：【正面、正文】(10)與「副」相對：【正比

198

正（續）
⑪與「負」相對：「正電、正數」
⑫合於法度規矩的：「正道、正途」
⑬品行好的：「正人君子」
⑭恰好：「正好、正中下懷」
⑮表示動作在進行中：「球賽正在進行中」
⑯姓。

ㄓㄥ　農曆一月：「正月」。

此 ㄘˇ　止部　2畫
(1)與「彼」相對，這、這個：「此人、此時」
(2)這樣：「如此這般、因此」
(3)「厚此薄彼」

步 ㄅㄨˋ　止部　3畫
(1)行走時兩腳前後的距離：「走一步、五十步笑百步、腳步」
(2)程度、地步：「進步、退步」
(3)情況：
(4)做事的程序：「步驟」
(5)運道：「國步維艱」
(6)走路：「安步當車、步行、徒步、散步」
(7)追隨：「步其後塵」
(8)走路的：「步兵、步卒」。

武 ㄨˇ　止部　4畫
(1)兵、軍事：「偃武修文」
(2)技藝、功夫：「練武」
(3)與「文」相對，勇猛善於作戰的：「武將、武士」
(4)勇猛的：「勇武、威武、英武」
(5)不講理的：「武斷」
(6)姓。

歧 ㄑㄧˊ　止部　4畫
(1)從大路分岔出去的：「歧路」
(2)不公平的、不一樣的：「歧視、歧途、歧路、分歧、歧見」。

歪 ㄨㄞ　止部　5畫
(1)偏向一邊：「歪著頭」
(2)誣賴人：「他竟然把這件事歪到我身上」
(3)暫時倒臥著休息：「在沙發上歪一會兒」
(4)傾斜不正的：
(5)不正當的：「歪風、歪話、歪斜、歪主義」
ㄨㄞˇ　扭傷：「歪了腳」。

歲 ㄙㄨㄟˋ　止部　9畫
(1)年，時間的算法：「歲歲平安、歲入、歲首」
(2)計算年齡的單位：「九歲」
(3)時光：「歲不我與、歲月」
(4)姓。

歷 ㄌㄧˋ　止部　12畫
(1)經過：「經歷、來歷、歷代、歷盡千辛萬苦」
(2)已經過去的：「歷來、歷史、歷代」
(3)清晰明白的：「歷歷在目」
(4)遍及、盡：「歷覽、歷觀」
(5)姓。

歸 ㄍㄨㄟ　止部　14畫
(1)回來：「回國、歸國、歸來」
(2)歸還：「完璧歸趙、歸還、歸寧」
(3)女子出嫁：「于歸、眾望所歸」
(4)依附：「歸化、歸附」
(5)把所有事情推到別人身上：「歸功、歸罪」
(6)屬於：「這件事歸你處理」
(7)姓。
ㄎㄨㄟˋ　通「饋」，贈送。

歹部

歹 ㄉㄞˇ 0畫 歹部

【歹徒、不知好歹】
(1)壞事：【非作歹】。
(2)不好的、壞的：【為非作歹】。

死 ㄙˇ 2畫 歹部

(1)失去生命：【死亡、死生】。
(2)為某事而犧牲生命：【死節】。
(3)斷絕：【死心】、死了。
(4)無知覺的：【睡死】。
(5)呆板不靈活的、不通達的：【死板、死腦筋】。
(6)不通的、不通達的：【死水、死巷】。
(7)不可改變的：【死規矩】。
(8)無法挽救的。
(9)絕對不相容的：【死敵】。
(10)被判處死刑的：【死囚】。
(11)已經失去生命的：【死人】。
(12)拚命的：【死守】。
(13)非常：【怕死了】。
(14)堅決的：【死不承認】。
(15)固定的：【釘死了】。

歿 ㄇㄛˋ 4畫 歹部

死亡：【病歿】。

殀 ㄧㄠ 4畫 歹部

(1)通「夭」，少壯而死：【殀壽】。
(2)遭災禍：【殀禍】。

殃 ㄧㄤ 5畫 歹部

(1)危害、殘害：【禍國殃民】。
(2)遭受禍害。

殆 ㄉㄞˋ 5畫 歹部

(1)通「逮」，等到、及。
(2)危險的：【危殆、思而不學則殆】。
(3)疲倦的：【疲殆】。
(4)將近、幾乎：【死亡殆盡、殆近、殆不可得】。

殂 ㄘㄨˊ 5畫 歹部

死亡：【崩殂、殂逝】。

殄 ㄊㄧㄢˇ 5畫 歹部

(1)浪費、糟蹋：【暴殄天物】。
(2)盡、窮盡：【殄滅、殄難】。

殊 ㄕㄨ 6畫 歹部

(1)古代砍頭的罪刑：【殊死】。
(2)不同的：【殊途同歸】。
(3)特別的、異常的：【殊功、殊效、殊遇、殊榮】。
(4)拼死的：【殊死的、殊死戰】。
(5)非常：【殊念】。

殉 ㄒㄩㄣˋ 6畫 歹部

(1)以人或物陪葬：【殉葬】。
(2)為了某種理想或目的而犧牲生命：【殉國、殉職、殉情】。

殍 ㄆㄧㄠˇ 7畫 歹部

餓死的人：【野有餓殍】。

殘 ㄘㄢˊ 8畫 歹部

(1)毀壞、傷害、摧殘：【殘害、傷害、摧殘】。
(2)不完整的：【殘缺、殘本、斷簡殘篇】。
(3)剩餘的、將盡的：【殘年、風中殘燭】。
(4)凶惡、狠毒：【殘酷、殘暴、殘冬、殘】。

殖 ㄓˊ ｜歹部 8畫
(1)通「植」，栽種：【墾殖】。(2)姓。
【生殖、繁殖、養殖】、孳生繁衍：【生殖、繁殖、養殖】。(3)姓。

殛 ㄐˊ ｜歹部 9畫
誅殺、殛斃：【殛死】。

殞 ㄩㄣˇ ｜歹部 10畫
死亡、殞命、香消玉殞：【殞沒】。

殤 ㄕㄤ ｜歹部 11畫
(1)未成年而死亡叫「殤」。十六歲到十九歲死稱為「長殤」，十二歲到十五歲死稱為「中殤」，八歲到十一歲死稱為「下殤」。(2)為國事而死：【國殤】。

殫 ㄉㄢ ｜歹部 12畫
竭盡、殫述：【殫精竭慮】。

殮 ㄌㄧㄢˋ ｜歹部 13畫
(1)為死人沐浴、換衣、飯含，再放入棺材的儀式：【大殮、小殮】等。(2)把死人放入棺材裡：【裝殮、入殮】。

殭 ㄐㄧㄤ ｜歹部 13畫
動物死後遺體不腐朽的：【殭屍、殭蠶】。

殯 ㄅㄧㄣˋ ｜歹部 14畫
(1)人死後入棺停柩而未葬：【殯殮】。(2)把裝著死人的棺材，送去火化或安葬：【出殯】。

殲 ㄐㄧㄢ ｜歹部 17畫
殲盡、滅絕：【殲滅】。

殳部

段 ㄉㄨㄢˋ ｜殳部 5畫
(1)指事物、時間、長度等可分截的各部分：【段落、分段、地段、一段情、一段歌詞】。(2)姓。

殷 ㄧㄣ ｜殳部 6畫
(1)朝代名，即商朝。(2)盛大的、深厚的：【殷實、殷商、殷勤】。(3)富足的：【殷憂、殷厚、殷商、殷勤】(4)姓。
ㄧㄢ 形容巨大的雷聲：【殷其雷】。
ㄧㄢˇ 紅黑色的：【殷紅】。

殺 ㄕㄚ ｜殳部 7畫
(1)用刀劍或其他武器使人或動物去失生命：【殺人放火、宰殺、殺菌、殺雞】。(2)致死、消除：【殺菌】。(3)敗壞：【殺風景】。(4)戰鬥：【殺出重圍】。(5)說服使降低：【殺價】。(6)結束、完成，同「煞」：【殺尾、殺青】。(7)很、非常，同「煞」：【惱殺人、笑殺人】。
ㄕㄞˋ 衰敗：【隆殺】。
ㄕㄚˋ 通「煞」，極、非常。

201

殼 ㄎㄜ 8畫 殳部
物體堅硬的外皮：【蛋殼、地殼、龜殼】。

殽 ㄒㄠ 8畫 殳部
(1)通「肴」，魚肉菜等食物。(2)通「淆」，錯雜。

毀 ㄏㄨㄟ 9畫 殳部
(1)傷害、破壞：【毀容、銷毀、毀壞】。(2)誹謗、說別人的壞話：【詆毀、毀謗、毀譽參半】。

殿 ㄉㄧㄢ 9畫 殳部
(1)高大的廳堂：【佛殿、宮殿、寶殿】。(2)殿軍。(3)行軍時的後方部隊：【殿軍】。第三名：【冠軍、亞軍、殿軍】。

毅 ㄧ 11畫 殳部
意志堅定果決的：【毅力、堅、毅然決然、剛毅】。

毆 ㄡ 11畫 殳部
(1)擊打：【毆打、毆辱、毆擊、鬥毆】。(2)通「驅」。

毋部

毋 ㄨ 0畫 毋部
(1)通「無」，沒有：【毋後】。(2)不可、不要：【毋忘在莒、毋怠毋忽】。(3)姓。

母 ㄇㄨ 0畫 毋部
(1)媽媽，也稱「母親」。(2)對女性長輩的稱呼：【伯母、師母、姑母】。(3)根源：【失敗為成功之母】。(4)和「公」相對，雌性的：【母雞、母牛】。(5)原本的：【母校】。

每 ㄇㄟ 2畫 毋部
(1)整體中的任一個或一組的：【每一天、每三人】。(2)屢次、時常：【每戰必勝】。(3)凡是：【每逢、每每如此】。

毒 ㄉㄨ 4畫 毋部
(1)對生物體有傷害的東西。(2)惡瘡：【毒瘡】。(3)用毒物殺害：【毒害、毒老鼠、毒藥】。(4)怨恨：【下毒、毒恨】。(5)對生物體有害的：【毒品、毒物、毒藥】。(6)凶狠的：【狠毒、惡毒】。(7)屬害的：【太陽很毒】。

毓 ㄩ 8畫 毋部
ㄉㄞˋ 同「玳」：同「玳」。
ㄩˋ 同「育」：養育、產生。

比部

比 ㄅㄧ 0畫 比部
(1)數學上以甲數除以乙數，稱為甲數與乙數的「比」(2)國名，「比利時」的簡稱(3)動作：【連說帶比】(4)

202

比 ㄅㄧˇ 比部 0畫

較量：【比一比、無與倫比】摹擬、譬喻：【比方、比喻】比賽結果的表示方法：【比賽結果是六比三】(7)對著、向著：【用槍比著犯人】。

ㄅㄧˋ
(1)易經卦名 (2)古代地方組織以五家為「比」 (3)結黨：【朋比為奸】 (4)並列的：【比鄰】 (5)靠近、接連的：【比肩】 (6)最近、近來：【比來】。

ㄆㄧˊ
虎皮，也指老師的講席：【皋比】。

毗 ㄆㄧˊ 比部 5畫
(1)連接：【毗連、毗鄰】 (2)輔助：【毗輔】。

毖 ㄅㄧˋ 比部 5畫
(1)謹慎：【懲前毖後】 (2)辛苦。

毛 ㄇㄠˊ 毛部 0畫
(1)動植物或果實表皮所生的柔細絲狀物：【羊毛、毛髮、羽毛】 (2)生長植物：【不毛之地】 (3)錢幣的單位，一角叫「一毛」 (4)驚慌的：【嚇毛了、心裡發毛】 (5)粗糙的、未加工的：【毛坯、毛貨】 (6)幼小的、細小的：【毛丫頭、毛頭小子、毛驢】 (7)粗略的、粗心的：【毛毛雨、毛重、約數】 (8)輕率的、粗心的：【毛手毛腳、毛頭毛腦】 (9)瑣碎的：【毛舉細故】 (10)姓。

毫 ㄏㄠˊ 毛部 7畫
(1)細長的毛：【明察秋毫、絲毫】 (2)毛筆的代稱：【狼毫、揮毫】 (3)長度的單位，一毫等於十分之一 (4)在公制表中的千分之一：【毫克、毫米、毫升】 (5)極少、一點兒：【毫不在乎、毫無頭緒】 (6)姓。

毬 ㄑㄧㄡˊ 毛部 7畫
圓形成團的東西：【花毬、絲毬】。

毯 ㄊㄢˇ 毛部 8畫
鋪設用的棉毛織品：【毛毯、地毯、壁毯】。

毵 ㄙㄢ 毛部 8畫
鳥獸的細毛：【毵毛、毵毵】。

毽 ㄐㄧㄢˋ 毛部 9畫
一種健身玩具，用銅錢，錢孔中插羽毛，用皮或布裹著，玩的時候用腳連續向上踢，不使落地：【踢毽子】。

氂 ㄇㄠˊ 毛部 11畫
(1)氂牛，同「犛」：【氂牛】 (2)馬尾 (3)彎曲的毛。

氅 ㄔㄤˇ 毛部 12畫
(1)用鳥毛編成的外衣：【鶴氅】 (2)大衣、外衣：【氅衣】。

氈 ㄓㄢ 毛部 13畫

用粗毛和著膠汁壓合而成，可做墊褥或鞋、氈裘、毛氈、氈襪、帽的織物：【氈帽】。

氏部

氏 ㄕ 氏部 0畫

(1)姓的支系。中國古代姓和氏分用，「氏」是姓的分支。漢朝以後姓、氏互用而不分：【姓氏】。(2)古時朝代名：【有巢氏】。(3)古代世代相傳的官名：【太史氏】。(4)從前對婦人的稱呼：【王氏、張氏】。(5)對專家的尊稱：【釋氏、老氏】。(6)或名人的尊稱：【張氏兄弟】。

ㄓ

(1)古代西域國名：【月氏】。(2)漢朝稱匈奴君王的妻子：【閼氏】。

民 ㄇㄧㄣ 氏部 1畫

(1)人的通稱：【生民、民眾】。(2)組成國家的人、百姓：【人民、國民、公民】。(3)從事某種職業的人：【農民、漁民】。(4)非軍事的：【民航機、軍民一家】。(5)出於民間的：【民歌、民謠】。(6)與民眾有關的：【民防】。(7)姓。

氐 ㄉㄧ 氏部 1畫

(1)基礎，同「柢」。(2)總括，同「抵」：【大氐】。

氓 ㄇㄥ 氏部 4畫

中國古代少數民族。不務正業的無賴漢：【流氓】。

ㄇㄤ

古代稱百姓為「氓」。

气部

气 ㄑㄧ

氖 ㄋㄞ 气部 2畫

非金屬化學元素，是無色無臭的氣體，可用來作信號燈或霓虹燈。

氛 ㄈㄣ 气部 4畫

(1)氣的通稱：【妖氛】(2)對情境的感受：【氣氛】。

氟 ㄈㄨ 气部 5畫

非金屬化學元素，淡黃色氣體，有特別的臭味，是骨骼和牙齒中不可缺少的成分。少量的氟可以預防蛀牙，但過量會產生毒性。

氣 ㄑㄧ 气部 6畫

(1)物體的三態（固體、液體、氣體）之一，可以自由流散，沒有固定的形狀、體積，可以或動物的呼吸：【氧氣、空氣】。(2)人或動物的呼吸：【氣息】。(3)味道：【香氣、臭氣】。(4)憤怒：【忍氣吞聲】。(5)陰晴寒暖的自然現象：【氣候、天氣】。(6)人所表現的精神態度：【朝氣、勇氣】。

(7)人體機能的原動力：【元氣、血氣】(8)一陣：【胡鬧一氣】一派：【連成一氣】(9)的待遇或態度：【受氣】⑩難以忍受發怒而憤恨：【氣死我了】⑪使人

氧 ㄧㄤˇ ｜气部｜6畫
非金屬化學元素，以氣態分子 O_2 自然存在於空氣中。無色、無臭、無味，有助燃性，是動植物呼吸作用中不可缺少的氣體。

氨 ㄢ ｜气部｜6畫
非金屬化學元素，是氫和氮的化合物，俗稱「阿摩尼亞」，是無色有臭味的氣體，可直接作肥料、製炸藥、溶劑、冷凍劑等。

氦 ㄏㄞˋ ｜气部｜6畫
非金屬化學元素，是無色無臭的氣體，很輕，可以用來填充氣球、氣囊、潛水衣等。

氤 ㄧㄣ ｜气部｜6畫
雲煙瀰漫的樣子：【氤氳】。

氫 ㄑㄧㄥ ｜气部｜7畫
非金屬化學元素，是最輕的氣體，無色、無臭、無味，能自燃而不能助燃，燃燒時和氧化合成水。液態氫可做火箭中的高能燃料。

氮 ㄉㄢˋ ｜气部｜8畫
非金屬化學元素，無色、無臭、無味，不易和其他元素起化合作用，是動植物蛋白質的主要成分。

氯 ㄌㄩˋ ｜气部｜8畫
非金屬化學元素，是有惡臭的黃綠色氣體，毒性劇烈，可用來塑造漂白粉的、毒氣、染料、顏料、農藥等，也可作毒氣使用。

氰 ㄑㄧㄥˊ ｜气部｜8畫
碳、氮的化合物，無色的氣體，有劇毒，燃燒時發出青色火焰，所以通稱為「青氣」。

氙 ㄒㄧㄢ ｜气部｜10畫
非金屬化學元素，無色、無臭、無味，不能和其他元素化合，可作為電燈泡，或真空管的填充氣。

氳 ㄩㄣ ｜气部｜8畫
煙雲彌漫的樣子：【氤氳】。

水部

水 ㄕㄨㄟˇ

水 ㄕㄨㄟˇ ｜水部｜0畫
(1)氫氣和氧氣的化合物，是無色、無臭的液體，遇熱蒸發，遇冷結冰：(2)江、湖、海的總稱：【河水】(3)果汁：【橘子水】(4)太陽系的九大行星之一：【水星】(5)五行之一：【金、木、水、火

、土……(6)銀子的品質：【貼水】。(7)額外的利潤：【油水】。(8)姓。

永 ㄩㄥˇ 水部 1畫
(1)長久、久遠：【永久、永遠】、【永垂不朽】。(2)姓。

汁 ㄓ 水部 2畫
物體中所含的水分或液體：【果汁、乳汁】、墨汁、汁液。

汀 ㄊㄧㄥ 水部 2畫
水邊的平地，或河流中的小沙丘：【汀洲】、沙汀、長汀、汀濘。

氾 ㄈㄢˋ 水部 2畫
(1)水高漲而大量向外橫流：【氾濫】。(2)通「泛」，漂浮的：【氾】。(3)通「汎」，普遍的：【氾愛】。

求 ㄑㄧㄡˊ 水部 2畫
(1)希望得到他人的幫助：請求、求助、君子求諸己。(2)責備：【求人幫忙】。(3)尋找：【尋求】。(4)需要：【需求、供過於求、不求有功】。(5)希望：【】。(6)姓。

汝 ㄖㄨˇ 水部 3畫
(1)你：【汝輩、汝曹】。(2)姓。

汗 ㄏㄢˊ
古代西域國王的稱號：【可汗】。(2)姓。

汗 ㄏㄢˋ 水部 3畫
(1)由動物的皮膚毛孔所排泄出的液體：【流汗、汗水、汗腺】。(2)姓。

汙 ㄨ 水部 3畫
同「污」(1)汙垢、泥汙：【汙穢、汙濁】(2)弄髒：【汙染、汙損】(3)傷害的：(4)不清潔的：(5)不廉潔的：貪官汙吏。

污 ㄨ 水部 3畫
同「汙」。

江 ㄐㄧㄤ 水部 3畫
(1)大河的通稱：【江水、江河】。(2)古代稱「長江」為「江」(3)「江蘇省」的簡稱(4)水名：【松花江、珠江】(5)姓。

池 ㄔˊ 水部 3畫
(1)地上積水的坑洞、凹地：【水池、魚池】。(2)古代的護城河：【城池】(3)低平如池的地方：【金城湯池、城池】(4)儲存能量、液體的容器：【電池(5)姓。

汐 ㄒㄧ 水部 3畫
(1)海水的晚潮：【潮汐、海汐】。(2)臺灣地名：【汐止】。

汕 ㄕㄢˋ 水部 3畫
(1)市名，在廣東省：【汕頭】。(2)竹子編的捕魚工具(3)魚游水的樣子：【汕汕】、嘉魚，蒸然汕汕。

汞 ㄍㄨㄥˇ 水部 3畫
一種金屬元素，俗稱水銀，在常溫下為銀白色液體，有劇毒，使用在農藥、醫藥及工業方面，如溫度計。

氣壓計、水銀燈等。

汛 ㄒㄩㄣˋ　水部 3畫
(1)漲潮，定期而來的海水：【潮汛、春汛、秋汛】。(2)婦女的月經：【月汛】。(3)通「訊」，詢問：【汛地】。(4)通「汛」，灑：【汛掃】。

汎 ㄈㄢˋ　水部 3畫
(1)通「泛」，漂浮：【汎舟】。(2)通「氾」，大水漫溢的：【汎濫】。(3)英文的譯音，加在名詞前，表示全面的：【汎美】。(4)通「泛」，一般的、普通的：【廣汎、汎論】。(5)姓。

沒 ㄇㄛˋ　水部 4畫
(1)沉入水中：【沉沒、沒頂】。(2)隱藏：【埋沒】。(3)消滅：【出沒】。(4)掩：【積雪沒脛】。(5)扣收財物：【沒收】。(6)通「歿」，死亡：【沒世】。(7)一直到結束：【沒齒】。

沒 ㄇㄟˊ
(1)無：【沒有、沒事】。(2)未、不曾：【沒來】。

汽 ㄑㄧˋ　水部 4畫
液體受熱蒸發而得的氣體，即水蒸氣：【蒸汽】。

沈 ㄕㄣˇ　水部 4畫
姓。通「沉」。

沉 ㄔㄣˊ　水部 4畫
(1)沒入水中：【石沉大海、沉沒】。(2)迷戀：【沉迷、沉溺】。(3)下陷：【地基下沉】。(4)抑制，表示不高興：【沉住氣】。(5)改變臉色：【沉下臉來】。(6)謹慎、鎮定：【沉重、鎮定、沉著】。(7)深切的：【沉痛】。(8)重大的：【沉冤】。(9)壓迫不開朗的感覺：【天氣陰沉沉】。

沙 ㄕㄚ　水部 4畫
(1)非常細碎的石粒：【泥沙、飛沙走石】。(2)細碎的小顆粒：【金沙】。(3)水邊缺乏黏質的土地：【沙灘】。(4)挑揀選擇：【沙汰】。(5)聲音嘶啞：【沙啞】。(6)姓。

汪 ㄨㄤ　水部 4畫
(1)液體停聚在一處：【一汪秋水】。(2)形容很大很深的水：【汪洋大海】。(3)姓。

決 ㄐㄩㄝˊ　水部 4畫
(1)水沖破堤岸，到處流：【決口、決堤】。(2)打定主意：【決定、決心】。(3)裁決、判決：【裁決、判決】。(4)審斷。(5)處死：【槍決】。(6)斷定勝負：【一決勝負、決一死戰】。必然：【決無此理，決不後悔】。

沖 ㄔㄨㄥ　水部 4畫
(1)用水注入：【沖茶、沖牛奶】。(2)直向上飛：【一飛沖天】。(3)由上向下清洗：【沖涼、沖一個澡、沖洗】。(4)衝突、相忌、相抵觸：【相沖】。(5)破解厄運：【沖喜】。(6)姓。

沃 ㄨㄛˋ　水部 4畫
(1)灌溉：【水沃田】。(2)土地滋潤肥美：…

沃 ㄨㄛˋ 水部 4畫
…【肥沃、沃土】(3)姓。

沐 ㄇㄨˋ 水部 4畫
(1)洗頭髮用的米汁：【沐我】
(2)洗髮：【沐浴】
(3)蒙受：【沐恩】
(4)休息：【休沐】
(5)姓。

汰 ㄊㄞˋ 水部 4畫
(1)除掉：【淘汰、汰舊換新】
(2)過分的：【汰侈、生活奢汰】。

沌 ㄉㄨㄣˋ 水部 4畫
(1)天地還沒有形成前的景象：【混沌】
(2)愚笨無知的樣子：【沌沌】。

沛 ㄆㄟˋ 水部 4畫
(1)旺盛、力充沛：【精力充沛】
(2)顛沛流離困苦：【顛沛流離】
(3)姓。

汨 ㄇㄧˋ 水部 4畫
水名，發源於江西修水縣，西南流入湖南省境：【汨羅江】。

沁 ㄑㄧㄣˋ 水部 4畫
(1)水名，源山西省，注入黃河：【沁水】
(2)滲入：【寒風沁骨、傷口沁出血】
(3)透出：【沁出汗珠】

汲 ㄐㄧˊ 水部 4畫
(1)從井中打水：【汲水】
(2)吸收：【汲取營養、汲取經驗教訓】
(3)姓。

沅 ㄩㄢˊ 水部 4畫
水名，發源於貴州，東北流入湖南省，是湖南四大河之一：【沅江】。

汾 ㄈㄣˊ 水部 4畫
水名，在山西省，是黃河的第二大支流：【汾河】。

汴 ㄅㄧㄢˋ 水部 4畫
(1)古水名，黃河支流，在現在的河南省境
(2)河南省開封市的別稱：【汴水】。

汩 ㄍㄨˇ 水部 4畫
(2)形容水往上湧的樣子：【汩湧】。

沏 ㄑㄧ 水部 4畫
(1)用開水沖泡：【沏茶】
(2)用水撲滅燃燒
(3)把加有佐料的熱油澆在菜肴上物：【沏】

沓 ㄊㄚˋ 水部 4畫
(1)眾多的：【拖沓】
(2)做事不爽快
(3)重複的：【紛至沓來】。又寫作「遝」。

洶 ㄒㄩㄥ 水部 4畫
(1)又形容波濤的聲音：【洶洶】
(2)形容水往上湧的樣子：【洶湧】。

沔 ㄇㄧㄢˇ 水部 4畫
水名，在陝西省，就是漢水的上游。

汩 ㄍㄨˇ 水部 4畫
(1)淹沒、埋沒：【汩沒】
(2)水流的樣子、文思源源不絕：【汩汩】。

沆
ㄏㄤ

水部
4畫

(1)大水
的樣子：【沆瀁】。(2)水廣
大的樣子：【沆漭】。

沚
ㄓˇ

水部
4畫

水中的小塊陸
地：【于沼于沚】。

汭
ㄖㄨㄟˋ

水部
4畫

(1)水名，一在
江西省，向北
流入饒江；一在
山東省。(2)河水彎曲
的地方。

沂
一ˊ

水部
4畫

【沂水】
：【臨沂縣】。(2)地名，
山東省舊府名：(1)水名，發源
於山東省，南
流至江蘇省。

汶
ㄨㄣˋ

水部
4畫

【汶水】。
水名，在山東
省：

泣
ㄑㄧˋ

水部
5畫

(2)眼淚：【泣下如雨】。(1)只掉眼淚而
不出聲的哭：
【暗泣、哭
泣】。

注
ㄓㄨˋ

水部
5畫

(1)通「註」，
解釋或說明
古書。古代注解書
的方法之一：
【經注、注
解】。(2)賭博時所下
的財物：【賭注、一
注】。(3)量詞，事物一宗叫一
注：【一注買賣】。(4)灌入、注入
：【注射】。(5)心神集中在一點上：
【注目、全神貫注】。(6)必然：
【注定】。

泳
ㄩㄥˇ

水部
5畫

在水中游動：
【游泳】。

泥
ㄋㄧˊ

水部
5畫

(1)水和土混合
在一起的東西
：【泥土、芋
泥】。(2)
搗碎後調勻的東西
：【泥壁、泥金
泥】。(3)塗抹
：【泥壁、泥金
】。

汨
ㄋㄧˋ

(1)固執
不知變通：
【拘泥】。(2)停留不
進：【他泥
著不肯走】。

河
ㄏㄜˊ

水部
5畫

河：(1)水道的通稱
：【河流、運
河】。(2)「黃

油
一ㄡˊ

水部
5畫

(1)動物的脂肪
質煉製而成的
液體：【牛油
、豬油】。(2)植物的種子壓榨
的液體：【花生油
、沙拉油】。(3)礦物中提
煉出的液體：【汽油
】。(4)比喻不
屬於分內所有的小利益：
【揩油】。(5)用油塗抹
：【油腔滑調
、剛油漆的大門
】。(6)不誠懇
：【油油作雲
澤的樣子：】。(7)有光
澤的：【綠油油的稻田
】。(8)充盛

況
ㄎㄨㄤˋ

水部
5畫

(1)情形、
情況：【況
、情況】。(2)近
比喻：【以古
況今】。(3)表示更進一層意思的口
氣：【況且、何況
】。(4)姓。

沿
ㄧㄢˊ

水部
5畫

沿：(1)靠近：
【海沿】。(2)順著：
【沿街叫
賣】。(3)按照舊
有的習俗傳下去
習】。(4)水
邊：【河沿
】。

河」的簡稱：
天空中密集的星群
：【河套、河東
】。(3)
天空中密集的星群：【河漢、星河】。(3)

治 ㄓ 水部 5畫

(1)地方政府所在地：【省治】、【縣治】(2)管理、處理、改進：【治國】(3)研究：【治學】(4)診療、治療：【治病】(5)懲辦：【治罪】(6)整修：【治喪】(7)經營：【治產】(8)治水、治生有術、治本(9)政治清明安定：【治世】
(1)水名。(2)姓。

沽 ㄍㄨ 水部 5畫

(1)河名，河北省白河下游的別名：【沽河】(2)買：【沽酒】(3)出售、賣：【沽名釣譽】(4)釣取：【沽名釣譽】
待價而沽。
通「賈」。

沾 ㄓㄢ 水部 5畫

(1)浸溼、弄溼：【沾襟】(2)染上：【沾染】(3)憑藉他人的關係而得到好處：【沾光】(4)接觸：【滴酒不沾脣】
(5)接近：【說話不沾邊兒】(6)得意的樣子：【沾沾】

沼 ㄓㄠ 水部 5畫

(1)形狀彎曲的水池：【池沼】池沼：【沼澤】、【沼氣】。

波 ㄅㄛ 水部 5畫

(1)水受震動而生的起伏現象：【水波】、【波浪】(2)事情的變化：【風波】一波未平，一波又起。(3)流轉的眼光：【眼波】、【秋波】(4)彈性振動所產生的：【電磁波】(5)影響：【波及四鄰】、【一家失火，波及四鄰】(6)奔跑：【奔波】

沫 ㄇㄛ 水部 5畫

(1)水面上的水：【水沫】(2)唾液、口水：【口沫橫飛】。

泡 ㄆㄠ 水部 5畫

(1)浮在水面上含有空氣的球狀物，大的叫「泡」，小的叫「沫」：【氣泡】(2)表皮因受傷而凸出像球形的症狀：【腳起了泡】(3)用水沖浸：【泡茶】(4)拖延、耽擱：【泡蘑菇】(5)窮追歪纏：【泡妞】泡時間。

ㄆㄠ (1)量詞，屎尿一次或一灘：【一泡尿】(2)浸水(3)質地鬆軟的東西：【豆泡兒】鬆發的：【泡泡】

泛 ㄈㄢ 水部 5畫

(1)漂浮：【泛舟】(2)呈現：【泛紅】(3)不切實的：【泛論】(4)普及各方面的：空泛：【空泛】

法 ㄈㄚˇ 水部 5畫

(1)規律或命令：【法令】、【約法三章】(2)處理事情的方式或手段：【辦法】(3)可作模範的方式、規則：辦法(4)標準，可以模仿的：【效法】(5)道教的法術：【道士作法】(6)佛教稱一切事理叫法：【現身說法】、【佛法】(7)仿傚：【效法】(8)可做為規範的：【法帖】(9)屬於佛家的：【法號】(10)國名，法蘭西的簡稱，位在西歐：【法國】(11)姓。

【ㄈㄚ】

辦事的方式：【法子】。

泓【ㄏㄨㄥ】 水部 5畫

(1)古水名，現在的河南省在：【泓水之戰】。

(2)量詞，指靜止清澈的水：【一泓清水】。(3)水清的樣子：【泓澄】。

(4)水深廣的樣子：【潭水泓涵】。

沸【ㄈㄟ】 水部 5畫

(1)液體加熱，到一定的溫度，產生氣泡，翻滾起來：【煮沸、沸騰】。(2)大水湧起：【人聲鼎沸】。

海水沸出：【沸湯】。(4)滾燙的：

(5)沸騰湧起的樣子：【沸沸】。

沱【ㄊㄨㄛ】 水部 5畫

(1)水名，長江的支流，在四川省：【沱江】。(2)水勢盛大的樣子：【滂沱】。(3)流淚的樣子：

：澹（ㄉㄢ）沱，形容風光明媚，景色宜人。

沮【ㄐㄩ】 水部 5畫

(1)失意、頹喪：【沮喪】。(2)阻止：【沮格】。

(3)敗壞：【何日斯沮】。

沮【ㄐㄩ】

(1)水名，陝西、山東、湖北都有：【沮河】。(2)姓。

沮【ㄐㄩ】

低溼的地方：【沮洳】。

泗【ㄙ】 水部 5畫

(1)鼻涕：【涕泗】。(2)水名，泗水，在山東省。

泗【ㄙ】

：【泗水】。

泄【ㄒㄧㄝ】 水部 5畫

(1)洩露：【泄露】。(2)排出：【泄氣、泄憤】。

泄【ㄒㄧㄝ】

發洩：【發泄、泄憤】。

(3)發散：

泌【ㄇㄧ】 水部 5畫

(1)液體從細孔中滲出：【分泌】。

舒緩的：【泌泌】。

泌【ㄅㄧ】

水名，在河南省：【泌水】。

泅【ㄑㄧㄡ】 水部 5畫

游水：【泅水】。

泗【ㄙ】

。

決【ㄐㄩㄝ】 水部 5畫

(1)宏大深廣的樣子：【決決】。(2)雲氣

決【ㄩㄥ】 水部 5畫

(1)水游水：【泗泅】。

泊【ㄅㄛ】 水部 5畫

(1)湖沼：【湖泊】。(2)船靠岸：【停泊】。(3)安適不求名利

泊【ㄆㄛ】

停留：【飄泊】。(4)安適不求名利：【淡泊】。

泉【ㄑㄩㄢ】 水部 5畫

(1)地下湧出的水：【溫泉、山泉】。(2)陰間、地下：【黃泉、九泉】。(3)古傳稱錢幣為「泉」：【泉布】。(4)姓。

泰【ㄊㄞ】 水部 5畫

(1)國名，在中南半島，舊稱暹羅：【泰國】。(2)亨通：【否極泰來】。(3)對岳父的尊稱：【泰山】。(4)奢侈：【泰半】。(5)通「大」、「太」：【福體安泰】。(7)順適、(6)舒適：

安樂：【國泰民安】。(8)暢通：【天地交泰】。

泯 ㄇㄧㄣˇ
水部
5畫
消滅、喪失：【泯滅、泯沒】。

沴 ㄌㄧˋ
水部
5畫
災病、惡氣：【災沴、沴氣】。(1)通「伶」，以演戲為職業的人：【沴人】。

泠 ㄌㄧㄥˊ
水部
5畫
(1)清涼：【泠泠盈耳】。(2)聲音清脆悅耳：【泠泠盈耳】。(3)姓。(4)明白：【泠然冷靜】。

泔 ㄍㄢ
水部
5畫
洗米水：【泔水】。

法 ㄒㄧㄥˋ
水部
5畫
(1)水珠下垂：【花上露猶泫】。(2)流淚的樣子：【泫然淚下】。

洋 ㄧㄤˊ
水部
6畫
(1)地球上最廣大的水域：【太平洋】。(2)舊稱銀幣：【一塊大洋】。(3)俗稱外國為「洋」：【東洋、放洋】。(4)外國的：【洋人、洋貨】。(5)廣大而眾多的：【洋洋大觀】。

洲 ㄓㄡ
水部
6畫
(1)水中凸起可以居住的陸地：【沙洲、亞洲、美洲】。(2)地球陸地的區劃名稱：【亞洲、美洲】。

洪 ㄏㄨㄥˊ
水部
6畫
(1)大水、防洪：【洪水】。(2)大的：【洪福齊天】。(3)姓。

流 ㄌㄧㄡˊ
水部
6畫
(1)水的通稱：【河流】。(2)流派：【流派】。(3)等級、別：【一流、上流社會】。(4)派別。(5)指具有移動現象的水、空氣或物質：【氣流、寒流】。(6)液體移動：【奔流】。(7)留傳、散播：【流芳百世】。(8)放逐：【流放】。(9)淪落：【流為盜匪】。(10)沁出：【沁出】。(11)往來不定的：【流匪】。(12)沒有根據的：【流言】。(13)流雲：【流雲】。(14)漫無目標的：【流毒】。遍布的：【流毒】。

津 ㄐㄧㄣ
水部
6畫
(1)渡口，就是可以搭船過河的岸邊：【生津解渴】。(2)口水：【津津】。(3)交通要道：【津要】。(4)天津市省名，在雲南，又叫「昆明池」：【洱海】。

洌 ㄌㄧㄝˋ
水部
6畫
(1)清澈的：【清洌】。(2)寒冷：【洌風】。

洱 ㄦˇ
水部
6畫
湖名，在雲南省，又叫「昆明池」：【洱海】。

洞 ㄉㄨㄥˋ
水部
6畫
(1)洞穴：【山洞】。(2)穿破的衣服破了一個洞。(3)不切實際：【空洞】。(4)透澈：【洞悉、洞察】。

洗 ㄒㄧˇ
水部
6畫
(1)用水除掉汙垢：【洗衣】。(2)伸雪
山西縣名：【洪洞縣】。

洗 ㄒㄧㄢˇ ｜水部 6畫

冤屈、恥辱：【洗城】。(3)趕盡殺絕：【洗冤】。
(1)官名：【洗馬】。(2)姓。

活 ㄏㄨㄛˊ ｜水部 6畫

(1)生計：文為活、過賣活【活計】。(2)工作：【活】。(3)生存：好死不如賴活。(4)救命的：【活命的】。(5)有生命的：【活魚】。(6)不固定的：【活】。(7)生動不呆板的：【活】。(8)通靈的：【活佛】。(9)逼真的：【活像一隻老虎】。(10)靈巧的：【活用】(11)很、應：【活像】。活潑的。活用。活的。活像。

洽 ㄑㄧㄚˋ ｜水部 6畫

【融洽】(3)周遍的：【博洽】。(1)商量：【洽商】。(2)接洽。和諧、和睦：

派 ㄆㄞˋ ｜水部 6畫

派(2)西洋的一種點心食品：【檸檬派、蘋果派】(3)差遣：【派】。(1)人、事和學術的分支流別：【學派、黨派】、【派兵】。(4)分配：【輪派】。(5)斥責、派他的不是。員參加、派兵。派他的不是。

洶 ㄒㄩㄥ ｜水部 6畫

水勢很大：【洶湧、洶】

洛 ㄌㄨㄛˋ ｜水部 6畫

(1)水名，在陝西省：【洛水】、灑。(2)地名，在河南省：【洛陽】。(3)姓。

洒 ㄒㄧㄢˇ ｜水部 6畫

(1)散布，同「灑」。(2)自稱詞，就是「我」，通「洗」，用水清洗東西：【洒家】、洒掃。

洩 ㄒㄧㄝˋ ｜水部 6畫

(1)漏：【洩露】。(2)散布：宣(3)姓。

洩 ㄒㄧㄢ

高峻：【新臺有洒】。崇敬的樣子：【洒如】。

一 ㄧˋ

舒散和樂的，同「泄」：其樂洩洩。

洄 ㄏㄨㄟˊ ｜水部 6畫

(1)逆流而上：【溯洄】。(2)水盤旋迴轉的樣子：。

洫 ㄒㄩ ｜水部 6畫

(1)田間的小水道：【溝洫】。(2)護城河：【方梁石洫】。(3)水門：滿者洫之。(4)洩放：經城洫。

洙 ㄓㄨ ｜水部 6畫

水名，在山東省，泗水的支流。

洳 ㄖㄨˋ ｜水部 6畫

(1)水名，發源於河北省：【沮洳】。(2)潮溼的：

洟 ㄧˊ ｜水部 6畫

鼻涕：【垂洟】。

洳

浪 ㄌㄤˋ ｜水部 7畫

(1)大的水波：【海浪、波浪】。(2)因振動而起伏不定的東西：【聲浪、稻浪】。(3)放縱：【放浪形骸】。(4)飄。浪而起伏不定的東西。

泊不定的：【浪人】
（5）不真實的：
（6）水名，在湖北
省：【滄浪】（7）姓。

涕 ㄊㄧˋ 　水部 7畫

（1）鼻水：【涕
泗】（2）眼淚：【鼻
涕】。

消 ㄒㄧㄠ 　水部 7畫

（1）除去：【消
毒、消災】（2）消

【浪得虛名】

失：【消失】（3）溶化：
【煙消雲散】（4）
散失：【消遣】（5）打發時
間：【消遣】（6）需要：【不消你
說、只消二天】（7）消耗花費：
消費（8）享用：【無福消受】。

涇 ㄐㄧㄥ 　水部 7畫

河：【涇河】。

（1）水名，發源於
甘肅，流入陝西，再注入渭水湖。

浦 ㄆㄨˇ 　水部 7畫

（1）江浦、浦

口（2）姓。

入海的地方：
（1）水邊或河流
海里的簡稱，是計算海面距離的單位，英

浸 ㄐㄧㄣˋ 　水部 7畫

（1）把東西泡在
液體裡：【浸泡、浸漬】（2）

海 ㄏㄞˇ 　水部 7畫

（1）地球上的水
域，比洋小，未深多位於大陸邊
緣：【南海、東海、青海】（2）內陸的鹹
水湖：【海量】（3）很多的人或事
物聚在一起：【學海無涯、苦海無
邊、人山人海】（4）領（5）

浙 ㄓㄜˋ 　水部 7畫

（1）江名，即浙
江，在浙江省，東流入東海
（2）省名，即「浙江省」的簡稱。

涓 ㄐㄩㄢ 　水部 7畫

（1）細流：【涓
流】（2）選擇：【涓吉日】（3）
細微的：【涓塵】（4）清潔的：
【涓潔】。

浬 ㄌㄧˇ 　水部 7畫

美制一浬約等於一‧八五公里。

涉 ㄕㄜˋ 　水部 7畫

（1）徒步過河：
【涉水】（2）乘船渡水：
【涉水】（3）經歷：【涉
世】（4）牽連：【涉及刑案、牽
涉重洋】（5）姓。（6）通「蹀」、「喋」，踐踏前
行：【涉血】。

浮 ㄈㄨˊ 　水部 7畫

（1）漂在水面上
：【漂浮】（2）人浮
於世】（3）空虛、不切實際：
【浮躁】（4）不沉著：【浮土
表面的：【浮貼】（5）浮雲
附著而不固定的：【浮文
（6）飄流的：【浮貼】（7）

浚 ㄐㄩㄣ 　水部 7畫

（1）水名，在山
東省：【浚河】（2）疏
通或挖深水道：【浚溝渠
利】（4）大大的：【夙夜浚明】（3）榨取：【浚

浴 ㄩˋ　水部　7畫
(1)洗澡：【沐浴】（2）浸：【浴血】（3）姓。

浩 ㄏㄠˋ　水部　7畫
(1)廣大的：【浩大、浩劫】（2）繁多的：【浩如煙海】（3）姓。

浹 ㄐㄧㄚ　水部　7畫
(1)溼透：【汗流浹背】（2）包融：【浹萬物】（3）透過：【淪肌浹髓】之變。

涅 ㄋㄧㄝˋ　水部　7畫
(1)水名，一在山西省，一在河南省。(2)一種黑色染料。(3)染黑：【涅面、涅而不緇】。

浞 ㄓㄨㄛˊ　水部　7畫
【寒浞】：人名，是夏朝有窮國君后羿的宰相，羿後自立掌政，最後被少康消滅。

涔 ㄘㄣˊ　水部　7畫
(1)積水：【涔旱】（2）流下：【淚涔涔】。

涂 ㄊㄨˊ　水部　7畫
(1)道路：【涂五涂】(2)通「塗」，五溝。(3)姓。

浣 ㄏㄨㄢˋ　水部　7畫
(1)洗滌：【浣紗】(2)「浣」，一個月分上浣、中浣、下浣。古時候每十天沐浴一次，因此稱十日為「浣」。

涘 ㄙˋ　水部　7畫
水邊：【在河……】

浥 ㄧˋ　水部　7畫
(1)潤溼：【浥潤、浥溼】(2)渭城朝雨浥輕塵。

浯 ㄨˊ　水部　7畫
(1)水名，發源於山東省，入於濰水。(2)水名，在湖南祁陽縣，北入湘水：【浯溪】。

涎 ㄒㄧㄢˊ　水部　8畫
(1)口水：【垂涎三尺】(2)厚著臉皮：【涎著臉皮、涎皮賴臉】。

涼 ㄌㄧㄤˊ　水部　8畫
(1)風寒：【著涼、受涼】(2)國名，東晉十六國中有前涼、後涼、南涼、北涼、西涼：【五涼】(3)比喻失望、灰心：【涼了半截】(4)溫度低：【涼爽】(5)淡薄：【世態炎涼、淡涼】(6)姓。
ㄌㄧㄤˋ　放在通風處使溫度降低：【把茶涼一下】。

淳 ㄔㄨㄣˊ　水部　8畫
(1)濃厚的：【淳酒】(2)樸實：【淳樸】(3)偉大的：【淳耀敦大】。

淙 ㄘㄨㄥˊ　水部　8畫
【淙淙】：流水的聲音：【泉水淙淙】。

淚 ㄌㄟˋ　水部　8畫
眼中流出的液體：【淚珠、淚水】。

液 ㄧㄝˋ　水部　8畫
沒有固定形狀的流體物質：【血液、溶液】。

淡　ㄉㄢˋ　水部　8畫
(1)稀薄、不濃厚、清淡。
(2)不旺盛的：冷淡。
(3)態度不熱心：【淡季】。
(4)不鹹的：【淡水】。
(5)色淺的：【淡黃色】。

ㄧㄢ　若隱若現的樣子：【淡淡】。

淌　ㄊㄤˇ　水部　8畫
流下、流出：【淌淚】。

淤　ㄩ　水部　8畫
(1)沉澱的濁泥：【溝淤】。
(2)阻塞不流動的：【淤血】、【淤塞】、【淤積】。
(3)凝積不流通：【淤泥】。
(4)汙濁的：【淤泥】。

添　ㄊㄧㄢ　水部　8畫
增加：【添設】、【添補】、【增添】。

淺　ㄑㄧㄢˇ　水部　8畫
(1)不深、距離近：【淺海】、【淺灘】。
(2)才學不夠深厚：【淺見】。
(3)容易：
(4)交往不久：【交淺言深】。
(5)薄、不厚：【緣淺】。
(6)少量的：【淺嘗】。
(7)顏色淡的：【淺黃】。
淺顯、稍微的：【淺黃】。

ㄐㄧㄢ　水流急促的：【淺淺】。

清　ㄑㄧㄥ　水部　8畫
(1)朝代名，由滿族人建立，是中國最後一個王朝，被國父推翻。
(2)整理：【清掃】。
(3)除去：【清流】。
(4)潔淨：【清潔】、【清流】。
(5)公正廉明、美好的品德：【清廉】。
(6)寂靜：【冷清】。
(7)純粹的、單一的：【清一色】。
(8)明白的：【清楚】、【點清人數】。

淇　ㄑㄧ　水部　8畫
水名，在河南省：【淇水】。

淋　ㄌㄧㄣ　水部　8畫
(1)由淋球菌所傳染的泌尿器官的疾病：【淋病】。
(2)澆水：【淋浴】。
(3)溼透：【溼淋淋】。
(4)過濾：溼淋淋的樣子：【溼淋淋】。

涯　ㄧㄚˊ　水部　8畫
(1)水邊：【無津涯】。
(2)邊遠的地方：【學海無涯】。
(3)窮盡：【天涯海角】。

(5)被雨水澆溼：【渾身淋】、【過淋透了】。

淑　ㄕㄨ　水部　8畫
(1)改善、變化成美好的：
(2)善良、美好的：【淑世】。
(3)稱讚女人美好的品德：【賢淑】、【淑女】。

涮　ㄕㄨㄢˋ　水部　8畫
(1)沖洗：【涮杯子】。
(2)把生肉片等食物放入滾水裡燙一下就取出來蘸作料吃：【涮羊肉】。

淞　ㄙㄨㄥ　水部　8畫
江名，在江蘇省：【吳淞江】。

淹　ㄧㄢ　水部　8畫
大水滿過其他東西，浸沒：【淹沒】、【淹水】。

【凄】 水部 8畫 【淅】 水部 8畫 【淵】 水部 8畫 【混】 水部 8畫 【涸】 水部 8畫

涸 ㄏㄜˊ 水部 8畫

水乾枯：【涸枯】、【涸涸】：乾。

混 ㄏㄨㄣˊ 水部 8畫

(1)摻雜、混為一合：(2)敷衍魚：【冒充：【混談。(3)水不清澈的樣子，同「渾」：【混濁】(5)糊塗，不明事目混珠：(4)混日子苟且：【混珠：(6)雜亂的：【混亂】。理：【混球】

淵 ㄩㄢ 水部 8畫

淵博】。薄】(2)精深：淵、臨淵履(1)深水：【深

淅 ㄒㄧ 水部 8畫

(3)形容風聲、雨聲：南省：【淅水】(1)淘米水：

凄 ㄑㄧ 水部 8畫

風苦雨】凄冷的風：(2)通(1)寒冷的：【凄

ㄒㄩㄣ 古代的西戎國名：【混夷】。

淘 ㄊㄠˊ 水部 8畫

井】淘汰】(4)頑皮的：【淘氣】。(3)清除淤泥或汙穢：【淘(2)去除不好的：【淘(1)洗去雜質：【淘米

淫 ㄧㄣˊ 水部 8畫

淫婦】淫雨霏霏】(6)過甚的：(5)久而不止的：【淫威】(7)過度的：【淫奢】、【(4)行為放蕩的：【淫亂】、【賣淫】(3)沉溺：【淫湎】(2)迷惑：【浸淫其中】(1)不正當的男女關係：【富貴不能淫】

涵 ㄏㄢˊ 水部 8畫

涵澤】包涵、涵義】(4)沉浸：【涵泳】(3)水澤多：(2)包容：【橋涵】(1)通水的大洞、涵溝：【涵洞、

渚 ㄓㄨˇ 水部 8畫

地：【沙渚、(1)江渚、洲渚

「悽」，悲傷：【淒慘、淒愴】水中的小塊陸【淒慘】，悲傷：

淪 ㄌㄨㄣˊ 水部 8畫

(1)沉沒、陷下去：(2)淪為盜賊：(3)陷於不滅亡：【淪亡、淪喪】好的狀況：【淪落】

深 ㄕㄣ 水部 8畫

很深、深海、深井很深，非常：【深信、深得人緣久，非常：【深夜深了、年深月久奧的：【情深】(5)形容時間(3)濃厚的：【道理很深、題目太深精奧的：【很深、深海、深井(2)困難的、很久、晚：(4)形容時間(1)從上到下或從裡到外的距離很大：水

淮 ㄏㄨㄞˊ 水部 8畫

河南：【淮河】河南：發源於(1)京劇角色名，俗稱「花淮

淨 ㄐㄧㄥˋ 水部 8畫

淨】(7)全都：淨】(6)只：【淨說不做乾二淨】(5)純粹的：【淨重】(4)一無所有的：【淨淨面、洗淨、淨手】(3)清潔的：【淨面、洗淨、淨手】(2)洗清：【花遍地淨是落花。

217

淆　ㄒㄧㄠ　水部8畫
混雜錯亂：「混淆」、「淆亂」。

淄　ㄗ　水部8畫
(1)水名，在山東省：「淄水」。
(2)黑色的：「 」。

淀　ㄉㄧㄢ　水部8畫
涅而不淄。
(1)河名，即河北的大清河：「淀河」。
(2)淺的河流或湖泊的水域，染料的一種：「淀藍」。

淬　ㄘㄨㄟ　水部8畫
(1)打造刀劍時，燒紅後立即浸入水中，可增加硬度和強度、淬火：「淬其鋒」。
(2)浸染：「以藥淬之」。
(3)比喻發憤自勵、淬火：「淬礪」。

淩　ㄌㄧㄥ　水部8畫
(1)侵犯，同「凌」：「淩犯」。
(2)姓。

涿　ㄓㄨㄛ　水部8畫
(1)縣名，在河北省：「涿」。
(2)滴下的水滴：「一 」。

涿　。

淖　ㄋㄠ　水部8畫
(1)爛汙的泥：「泥淖」、「淖 」。
(2)柔和的：「淖 」。
(3)姓。

涤　ㄉㄨ　水部8畫
(1)水名，發源於江西，流入湖南：「涤水」。
(2)通「滌」，水慢慢滲下清的：「涤水」。
(3)水澄：「 」。

泖　ㄇㄠ　水部8畫
水名，在安徽省：「泖水」。

淼　ㄇㄧㄠ　水部8畫
水廣大貌：「淼淼」、「淼茫、淼漫」。

淶　ㄌㄞ　水部8畫
水名，發源於河北省。

港　ㄍㄤ　水部9畫
(1)海灣深曲處，可以停泊船隻的口岸：「港口、臺中港、花蓮港」。
(2)香港的簡稱：「港九地區、港澳同胞」。

游　ㄧㄡ　水部9畫
(1)江河的段落：「上游、中游、下游」。
(2)
(3)浮動的：「游移」。
(4)浮在水上向前移動：「游泳」。
(5)姓。
涵泳：「游於藝」。游俠：、游資。

湍　ㄊㄨㄢ　水部9畫
(1)水名，在四川省：「湍江」。
(2)洗刷，洗滌：「湍雪、湍洗」。

渡　ㄉㄨ　水部9畫
(1)坐船過河的地方：「渡口」。
(2)由這岸到那岸，越過、通過：「橫渡、渡江」。
(3)
(4)拯救：「普渡眾生」。
渡難關。

湧　ㄩㄥ　水部9畫
(1)水向上冒出：「文思泉湧」、「湧出」。
(2)像水一樣向上冒出：「風起雲湧」、「新愁湧上心頭」。

湊　ㄘㄡ　水部9畫
(1)聚集在一起：「湊合」、「湊 」。
(2)挨近、在一起。

湊 ㄘㄡˋ｜水部　9畫

(1)聚集、會合……(2)接近：【湊上去、湊前一步】(3)將就：【湊合著用】(4)碰巧：【湊巧。】

渠 ㄑㄩˊ｜水部　9畫

(1)人工挖掘的水道：【溝渠、渠道】(2)他、大的：【渠輩、渠等】(3)大的：【渠魁】(4)姓。

渥 ㄨㄛˋ｜水部　9畫

(1)用濃液塗抹、浸潤：【渥丹】(2)深厚的：【優渥、渥恩】

渣 ㄓㄚ｜水部　9畫

(1)物質提煉出汁液後剩下來的東西：【油渣、豆腐渣、渣滓】(2)塊狀的東西：【煤渣子】

減 ㄐㄧㄢˇ｜水部　9畫

(1)算數四則之一，扣除的意思，符號為「－」：【六減二等於四】(2)從全部中免除一部分：【減免學雜費】(3)降低程度：【減色、減刑、減弱】(4)姓。

湛 ㄓㄢˋ｜水部　9畫

(1)水名，在河南省：【湛水】(2)深厚、清澈：【湖水清湛、神志湛然】(3)清澄、清楚：【湛藍、技術精湛】(4)姓。

ㄔㄣ　通「沉」，沉沒。

湘 ㄒㄧㄤ｜水部　9畫

(1)地名，湖南省的簡稱：【湘黔鐵路】(2)水名：【湘江】。

渤 ㄅㄛˊ｜水部　9畫

(1)匯集大水的地方：【渤海】(2)海名，在中國東北，為山東半島環抱而成的海域：【渤海】

湖 ㄏㄨˊ｜水部　9畫

(1)匯集大水的地方：【洞庭湖、鄱陽湖】(2)湖北、湖南的簡稱：【湖廣】。

湮 ㄧㄣ｜水部　9畫

(1)埋沒：【湮沒、湮滅】(2)湮滅……堵塞，同「堙」

渲 ㄒㄩㄢˋ｜水部　9畫

(1)繪畫方法之一，在畫紙上墨或顏料後，用水筆淋擦，使色彩濃淡適宜：【渲染】(2)用語言、文字誇大事實：【渲染】

渭 ㄨㄟˋ｜水部　9畫

(1)水名，發源於甘肅省，經陝西省流入黃河：【渭河】。

渦 ㄨㄛ｜水部　9畫

(1)水急流旋轉形成中央較低的地方：【漩渦、酒渦】(2)臉頰上像漩渦的地方：【酒渦】

ㄍㄨㄛ　(2)水名，發源於河南省：【渦河】

湯 ㄊㄤ｜水部　9畫

(1)食物加水煮成的汁液：【蛋花湯、玉米湯】(2)熱水：【赴湯蹈火、見善如探湯】(3)中藥方劑之一：【

湯（續）

……四物湯】(4)姓。

ㄕㄤ 水流盛大的樣子：【江水湯湯】。

渴 ㄎㄜˇ　水部 9畫
(1)口乾想喝水：【口乾、解渴】。(2)迫切的：【渴望、渴念】。
楚越方言，水的反流為渴：【袁家渴記】。

湍 ㄊㄨㄢ　水部 9畫
(1)急流：【急湍、飛湍】。(2)水流急速的：【湍急】。

渺 ㄇㄧㄠˇ　水部 9畫
(1)微小的：【微渺、渺小】。(2)形容水勢盛大、範圍很廣、距離很遠：【浩渺、渺沔】。

測 ㄘㄜˋ　水部 9畫
(1)度量、計算：【測量、計算】。(2)了解：【測繪】。(3)推想：【預測、推測】。【人心難測】。

滋 ㄗ　水部 9畫
(1)繁殖、生長：【滋生、滋長】。(2)潤澤：【滋潤】。(3)感受：【心中的滋味】。(4)味道：【五穀不滋】。(5)成熟：【滋……】。(6)生、惹：【滋事】。

湃 ㄆㄞˋ　水部 9畫
波浪相激，水勢洶湧的樣子：【波濤澎湃、怒潮澎湃】。

渝 ㄩˊ　水部 9畫
(1)四川省重慶市的簡稱：【成渝鐵路】。(2)改變：【始終不渝、誓死不渝】。

渾 ㄏㄨㄣˊ　水部 9畫
(1)水不清：【渾水、渾濁】。(2)全部的：【渾身是汗、渾身發冷】。(3)糊塗分不清是非：【渾人、渾蛋】。
通「混」，雜亂的：【渾淆、渾天儀、渾元】。

渙 ㄏㄨㄢˋ　水部 9畫
離散、散漫：【人心渙散】。

溉 ㄍㄞˋ　水部 9畫
引水灌田：【灌溉】。

湄 ㄇㄟˊ　水部 9畫
水邊、河岸：【水湄、江湄、海湄】。

湲 ㄩㄢˊ　水部 9畫
水流動的樣子：【湲泓、潺湲】。

湓 ㄆㄣˊ　水部 9畫
(1)水名，在江西省：【湓水】。(2)水滿溢出：【湓溢】。

湎 ㄇㄧㄢˇ　水部 9畫
沉迷於酒：【沉湎、流湎忘本】。

湟 ㄏㄨㄤˊ　水部 9畫
水名，發源於青海省，經甘肅省。

淘 ㄊㄠˊ　水部 9畫
波浪相激盪的聲音。

220

湫 ㄐㄧㄡ　水部 9畫
(1)水名：【湫淵】。(2)積水的小池。

湫 ㄐㄧㄠ　低溼狹小的地方：【湫隘】。

渫 ㄒㄧㄝˊ　水部 9畫
(1)除去：【渫井】。(2)分散：【粟有所渫】。(3)汙濁的：【卑辱奧渫】。

湣 ㄨㄟ　水部 9畫
通「隈」，水流彎曲的地方。

溶 ㄖㄨㄥˊ　水部 10畫
東西在水中化開：【溶解】、【溶化、溶解】。形容水湧出來的樣子：【溶溶】。

滂 ㄆㄤ　水部 10畫
的樣子：【滂湃】。

溢 ㄧˋ　水部 10畫
(1)水滿而流出：【溢出】來。(2)過分的：【溢美、溢譽、溢惡】。

準 ㄓㄨㄣˇ　水部 10畫
(1)依據的法則、標準、準則：【水準】。(2)標準、準則。(3)程度：【水準】。(4)射箭的靶：【準的】。(5)人的鼻子：【準頭】。(6)使平正：【準平】。(7)正確的：【準此辦理】。(8)將要成為：【準新娘、準博士】。(9)一定：【他準會來、他準能完成】。(10)依照：【準此】。

溯 ㄙㄨˋ　水部 10畫
(1)逆流而上：【溯洄、溯水而上】。(2)回想、回憶：【回溯】。(3)探求本源：【追溯、溯源、不溯既往】。

滓 ㄗˇ　水部 10畫
(1)物品去除水分後剩下來的東西：【渣滓】。

溥 ㄆㄨˇ　水部 10畫
(1)通「浦」，水邊地。(2)普遍，普天之下：【溥天】。(3)廣大的：【溥博】。(4)、姓。

溥 ㄈㄨ　通「敷」：【溥被災害】。

源 ㄩㄢˊ　水部 10畫
(1)流水的出處：【水源】。(2)事物的根本：【根源、淵源】。(3)連續不斷的樣子：【源源不斷】。(4)姓。

溝 ㄍㄡ　水部 10畫
(1)田間的水道：【溝洫】。(2)平面上凹下去的一道長條痕跡：【車溝、用刀刻出的一道溝】。(3)通，使雙方融洽：【溝通】。

滇 ㄉㄧㄢ　水部 10畫
雲南省的簡稱。

滅 ㄇㄧㄝˋ　水部 10畫
(1)熄火、把火器、火撲滅：【熄滅、滅火】。(2)淹沒：【滅頂】。(3)除去：【消滅、滅絕】。(4)消逝：【幻滅、滅跡】。

溘 ㄎㄜˋ　水部 10畫
忽然、突然：【溘然、溘然長逝】。

溼 ㄕ 水部 10畫
(1)中醫的病名，因溼氣過大而致病：【溼風】。(2)沾上水：【衣服溼了】。(3)水分多的樣子：【潮溼、溼潤、溼淋淋】。

溫 ㄨㄣ 水部 10畫
(1)暖，不冷不熱：【溫水】。(2)溫泉、(3)稍微冷熱的程度：【體溫、低溫、溫酒】。(4)複習：【溫習】。(5)柔和、溫和、溫暖：【溫柔、溫和、溫暖】。(6)指人做事和：加熱使暖和：【溫故知新、溫習】。不爽快、不乾脆：【溫吞】。(7)姓。

滑 ㄏㄨㄚˊ 水部 10畫
(1)溜著走：【滑行、滑雪、滑水】。(2)跌倒：【滑了一跤】。(3)光潤而順溜：【光滑、滑溜溜的】。(4)狡詐不誠實：【滑頭滑腦】。
ㄍㄨˇ 有趣的：【滑稽】。

溜 ㄌㄧㄡ 水部 10畫
(1)一道、一股的走了：(2)通「遛」：【玉溜檐下垂】，屋頂上流下來的雨水，沒事而隨便走走：【溜達】。(3)通「遛」：他溜走了。…溜：【滑溜】。(4)瞟、看：【溜他一眼】。【溜之大吉、

滄 ㄘㄤ 水部 10畫
(1)通「蒼」，深水的顏色：暗綠色：【滄滄涼涼】。(2)寒、冷：【滄滄涼涼】。海、滄江。

滔 ㄊㄠ 水部 10畫
(1)瀰漫、充滿：【滔漫、白浪滔天、罪惡滔天、海】。(2)不絕的樣子：【浪滔滔】。滔滔不絕、

溪 ㄒㄧ 水部 10畫
山間的小河：【溪澗、溪水】。

溺 ㄋㄧˋ 水部 10畫
(1)沒入水中：【溺水、淹溺】。(2)沉迷：(3)過分而不當的：【溺愛】。
ㄋㄧㄠˋ (1)通「尿」，小便：【溺床】。(2)排泄尿水：【撒溺】。

溴 ㄒㄧㄡˋ 水部 10畫
非金屬元素，為暗紅色有毒的液體，有臭味，能侵蝕皮膚。

溟 ㄇㄧㄥˊ 水部 10畫
(1)古時稱「海」為溟：【北溟、東溟、南溟】。(2)幽暗的：(3)小雨連綿的：【溟濛、溟海、密雨溟沐】。

滕 ㄊㄥˊ 水部 10畫
(1)春秋時的國名。(2)縣名，在山東省。(3)姓。

溷 ㄏㄨㄣˋ 水部 10畫
(1)豬圈：【溷圂】。(2)通「圂」，廁所。(3)雜亂、混亂：【溷淆、溷濁】。

滎 ㄧㄥˊ 水部 10畫
(1)縣名，在河南省：【滎陽】。(2)縣名，在四川省：【滎經】。

溱 ㄓㄣ 水部 10畫
(1)水名，發源於河南省。(2)茂盛、盛多的樣子：【溱溱】。

滁 ㄔㄨˊ 水部 10畫
(1)水名，發源於安徽省，注入長江：【滁河】。(2)縣名，在安徽省。

溽 ㄖㄨˋ 水部 10畫
潮溼的：【溽暑】。

溲 ㄙㄡ 水部 10畫
(1)小便，尿：【溲尿】。(2)解小便：【解溲】。

漳 ㄓㄤ 水部 11畫
(1)水名，在福建省：【漳江】。(2)舊地名，就是現在福建省的龍溪縣：【漳州】。

演 ㄧㄢˇ 水部 11畫
(1)根據事理加以推演發揮：【演說、演練、演習】。(2)練習：【演練、演奏、演唱】。(3)當眾表演技藝：【表演、演義】。(4)不斷的發展、變化：【演化】。(5)按照程式練習或計算：【演算】。

滾 ㄍㄨㄣˇ 水部 11畫
(1)轉動、打轉：【滾動、翻滾、打滾、滾雪球】(2)沸騰：【水滾了！】(3)罵人的詞，趕人離開的意思：【滾開、你給我滾！】(4)水流盛大的：【滾滾、滾遼河、長江滾滾】(5)很、極：【滾燙的水、滾邊的水】

滴 ㄉㄧ 水部 11畫
(1)小水點：【小水滴、水滴】(2)量詞，液體一點一滴：【雨滴、汗滴】(3)液體一點一點往下掉落：【滴淚、滴眼藥水】(4)液體一點一珠掉落，一點叫一滴：【一滴水、一滴露水】(5)點水滴落的聲音：【滴里答拉】。

漩 ㄒㄩㄢˊ 水部 11畫
(1)旋轉的水流：【漩澴、漩流】(2)渦：【漩渦】。

漾 ㄧㄤˋ 水部 11畫
(1)水波搖動：【蕩漾】(2)液體溢出來：【缸裡的水漾出來了】

灕 ㄌㄧˊ 水部 11畫
(1)淋漓的樣子。(2)通「醨」，淺薄的：【風俗澆灕】。

漠 ㄇㄛˋ 水部 11畫
(1)廣大而沒有水草的沙地：【沙漠】(2)特指中國蒙古高原大沙漠：【漠南、漠北】(3)不關心的：【冷漠、漠視】(4)冷淡的：【漠然置之】

漬 ㄗˋ 水部 11畫
(1)積在物品上的汙垢或汙痕：【油漬、墨漬、茶漬】(2)浸泡在液體中：【漬病、水漬貨】(3)沾染：【浸漬】

漏 ㄌㄡˋ ｜水部 11畫

(1)古代計時的器具：【沙漏】。(2)從孔中或縫隙中流出或掉出：【屋頂漏水】。(3)洩露：【走漏風聲】。(4)逃避：【漏稅】。(5)遺落、脫落：【這一行漏了兩個字】。

漂 ㄆㄧㄠ ｜水部 11畫

(1)浮在水面上：【漂流、漂浮】。(2)流動不定：【漂泊】。

ㄆㄧㄠˇ 使物品潔白：【漂白】。

ㄆㄧㄠˋ 美麗的：【漂亮】。

漢 ㄏㄢˋ ｜水部 11畫

(1)種族名，中國五大民族之一：【漢族】。(2)成年男子：【漢子】。(3)水名，在湖北省：【漢水】。(4)天河：【銀漢、河漢】。(5)朝代名：【漢朝】。(6)漢族的：【漢語】。(7)「中國」的別稱：【漢字】。

滿 ㄇㄢˇ ｜水部 11畫

(1)種族名，中國五大民族之一：【滿族】。(2)驕傲得意：【自滿】。(3)到了一定的期限：【期滿、假期已滿】。(4)盈滿、充足：【客滿、滿地】。(5)全、遍：【滿天星斗、滿地】。(6)認為很好：【滿意】。(7)很、非常：【滿不在乎、他滿高興的】。(8)姓。

滯 ㄓˋ ｜水部 11畫

(1)停留：【滯他鄉】。(2)積久不流通：【滯銷、停滯】。

漆 ㄑㄧ ｜水部 11畫

(1)植物名。樹皮的黏汁可以做成塗料：【漆樹】。(2)各種塗料的總稱：【油漆】。(3)用漆塗抹：【上漆、漆桌椅】。(4)形容非常黑暗：【漆黑】。(5)姓。

漱 ㄕㄨˋ ｜水部 11畫

口：嘴裡含水沖盪：【盥漱、漱口】。

漸 ㄐㄧㄢˋ ｜水部 11畫

(1)事物的開端：【防微杜漸】。(2)慢慢的、一步一步的：【漸進、漸入佳境】。(3)流入：【西風東漸、東漸於海】。(4)浸染沾溼：【漸染、漸漬】。

漲 ㄓㄤ ｜水部 11畫

(1)水量增加：【漲潮】。(2)價格提高：【漲價】。

ㄓㄤˋ (1)體積增大：【豆子泡漲了】。(2)瀰漫：【煙塵漲天】。(3)多出：【漲出半尺布】。(4)充滿：【臉漲紅了】。

漣 ㄌㄧㄢˊ ｜水部 11畫

(1)風吹水面所產生的波紋：【漣漪、濯清漣而不妖】。(2)流淚的樣子：【漣漣】。

漕 ㄘㄠˊ ｜水部 11畫

(1)河渠：【河漕、溝漕】。(2)中國古代利用水道將各地的糧食運到京師：【漕運、漕米】。(3)姓。

【漫】 ㄇㄢ　水部　11畫
(1)水滿溢出來：【水漫出來了】。
(2)水漫出的。
(3)不受拘束的：【散漫】、【浪漫】。
(4)隨意的：【漫步】。
(5)長遠的：【路漫漫】。
(6)充滿、滿布：【漫天星斗】、【漫山遍野】。
(7)姓。

【漪】 一　水部　11畫
水面上的波紋：【漣漪】。

【漯】 ㄊㄚˋ　水部　11畫
(1)水名，古代黃河的支流，注入渤海：【漯河】。
(2)地名：【漯河（在河南省）】。

【澈】 ㄔㄜˋ　水部　11畫
(1)明白、領悟：【洞澈】、【澈悟】。
(2)首尾貫通，同「徹」：【澈底】、【貫澈】。
(3)水清見底的樣子：【清澈】。

【滬】 ㄏㄨˋ　水部　11畫
(1)上海市的簡稱：【淞滬鐵路】。
(2)水名，吳淞江的下游：【滬瀆】。

【漁】 ㄩˊ　水部　11畫
(1)捕魚：【漁獵】、【漁業】、【漁利】。
(2)用不正當的手段取得：【漁利】。
(3)姓。

【滲】 ㄕㄣˋ　水部　11畫
(1)液體慢慢的浸透或漏出：【滲透】。
(2)一種勢力逐漸侵入另一種勢力中：【滲入】。

【滌】 ㄉㄧˊ　水部　11畫
(1)洗：【洗滌】。
(2)去除：【滌除】。

【漿】 ㄐㄧㄤ　水部　11畫
(1)泛稱較濃的汁液：【血漿】、【果汁】、【豆漿】、【米漿】。
(2)食物中所含的汁液。
(3)衣服洗後用粉汁或漿米汁浸過，使衣服乾後可以平挺：【漿衣服】。

【滰】 ㄐㄩ　水部　11畫
通「糊」，黏稠的糊狀物：【漿糊】。

【滸】 ㄏㄨˇ　水部　11畫
(1)水邊；在河之滸：【水滸】。
(2)描摹伐木聲：【伐木滸滸】。

【漉】 ㄌㄨˋ　水部　11畫
(1)水慢慢的下滲：【滲漉】。
(2)滲出、滲漉：【溼漉漉】、【溼潤】。

【潁】 ㄧㄥˇ　水部　11畫
水名，源於河南，經安徽注入淮河：【潁河】。

【滷】 ㄌㄨˇ　水部　11畫
(1)濃稠的湯汁：【滷汁】。
(2)通「鹵」，用鹹汁調製食物：【滷蛋】、【滷牛肉】。

【滹】 ㄏㄨ　水部　11畫
水名，發源於山西省，東流為子牙河的上游，至天津入海：【滹沱河】。

潃　ㄒㄧㄡ　水部 11畫
淘米的水。

漵　ㄒㄩˋ　水部 11畫
漵水，水名，源於湖南省，北注入沅江，古名序水。

漚　ㄡˋ　水部 11畫
在水中長時間的浸泡：【衣服漚得都臭了】。

漚　ㄡ
(1)水泡：【浮漚】。
(2)通「鷗」，水禽名：【有好漚鳥者】。

潼　ㄊㄨㄥˊ　水部 12畫
(1)水名，發源於四川省，注入涪江。
(2)縣名，關名，在陝西省：【潼關】。

澄　ㄔㄥˊ　水部 12畫
(1)使清：【澄清】、澄清水質、澄清誤會。
(2)水靜，止而清澈：【澄澈】。

澄　ㄉㄥˋ
(1)過濾：【澄沙】。
(2)將水中的雜質沉澱：【澄沙】。

潑　ㄆㄛ　水部 12畫
(1)猛力傾倒：【潑水】、【潑油】。
(2)凶悍、蠻橫、不講理的：【潑婦】、【潑賊】。
(3)生動有活力的：【活潑】。

潦　ㄌㄠˇ　水部 12畫
(1)雨勢盛大。
(2)路上或溝中的積水：【泥潦】。
(3)通「澇」，被水淹沒：【比年水潦】。

潦　ㄌㄠˊ
(1)不整齊：【潦草】。
(2)不得意：【潦倒】。

潔　ㄐㄧㄝˊ　水部 12畫
(1)乾淨，不貪汙：【潔淨】、【整潔】、【廉潔】。
(2)乾淨：【潔身自好】。
(3)端正的，不苟且。
(4)修養保持。

澆　ㄐㄧㄠ　水部 12畫
(1)由上往下灌：【澆花】、【澆灌田】。
(2)灌溉。
(3)輕薄的：【澆風下黷】。

潭　ㄊㄢˊ　水部 12畫
(1)深水池：【龍潭虎穴】、【日月潭】。
(2)通「覃」，深的：【潭奧】。

潛　ㄑㄧㄢˊ　水部 12畫
(1)進入水中：【潛水】。
(2)躲起來、不露出來的：【潛藏】、【潛力】。
(3)偷偷的、祕密的：【同惡潛謀】、【潛逃】。

潸　ㄕㄢ　水部 12畫
(1)流淚的樣子：【潸然淚下】、【涕淚潸潸】。

潮　ㄔㄠˊ　水部 12畫
(1)海水受日月引力定期漲落的現象：【潮汐】。
(2)像潮水般洶湧起伏的情勢：【思潮】。
(3)水漲：【海水上潮】、【漲潮】。
(4)有一點溼：【潮溼】。

澎　ㄆㄥˊ　水部 12畫
水波聲：【澎湃】。

澎　ㄆㄥ
地名：【澎湖群島】。

潺 ㄔㄢˊ ｜水部 12畫
形容流水聲或雨聲：【潺潺】。流水聲【潺潺】、水聲【潺潺】。

潰 ㄎㄨㄟˋ ｜水部 12畫
(1)大水沖破堤防：【潰決】、【潰堤】。(2)腐爛：【潰爛】、【潰瘍】。(3)散亂：【潰散】。(4)突破：【潰圍】。

潤 ㄖㄨㄣˋ ｜水部 12畫
(1)利益：【利潤】。(2)修改、美化：【潤飾】、【潤色】。(3)使不乾枯：【潤喉】。(4)施予恩澤：【潤澤】。(5)報酬：【潤筆】。(6)有水分而不乾枯的：【潤澤】。(7)細膩光滑的：【潤澤】。

澗 ㄐㄧㄢˋ ｜水部 12畫
兩座山之間的流水：【山澗】、【溪澗】、【于澗】之中。

潘 ㄆㄢ ｜水部 12畫
(1)淘（ㄊㄠˊ）過米的水。(2)姓。

潢 ㄏㄨㄤˊ ｜水部 12畫
(1)積水池：【潢池】。(2)裝裱字畫或裝飾室內：【裝潢】。

澇 ㄌㄠˋ ｜水部 12畫
(1)雨水過多而造成災害：【澇災】。(2)被水淹沒：【十年九澇】、【莊稼澇了】。(3)大的波浪：【澇水】。(4)水名，在山西，注入汾水：【澇水】。

澈 ㄔㄜˋ ｜水部 12畫
(1)地名，在浙江省：【澈浦】。(2)洗滌：【澈手足】。(3)姓。

潟 ㄒㄧˋ ｜水部 12畫
含有鹽分或鹼性、不適宜耕種的土地：【潟鹵】。

潯 ㄒㄩㄣˊ ｜水部 12畫
(1)水名，在廣西壯族自治區：【潯江】。(2)水邊：【江潯】。

澍 ㄕㄨˋ ｜水部 12畫
(1)來得正是時候的雨水：【嘉澍】。(2)滋潤：【澍濡】。

澌 ㄙ ｜水部 12畫
(1)完全消滅：【澌滅】。(2)形容聲音散亂的：【澌澌】、【風雨澌澌】。

濂 ㄌㄧㄢˊ ｜水部 13畫
(1)水名，在江西省南部：【濂江】。(2)水名：【濂溪】，發源於湖南省。

澱 ㄉㄧㄢˋ ｜水部 13畫
(1)液體中下沉的渣滓：【沉澱】。(2)可作染料的藍色汁液，由藍葉製成的一種有機化合物：【澱粉】，俗作「靛」。(3)……：【澱粉】。

澡 ㄗㄠˇ ｜水部 13畫
清洗身體：【洗澡】。

濃 ㄋㄨㄥˊ ｜水部 13畫
液體或氣體中所含的某種成分比較多的……

【濃】ㄋㄨㄥˊ　水部 13畫
(1)……：【濃墨】
(2)形容味道、顏色、興趣等深厚：【濃妝】
(3)表示程度上很深：【興趣很濃、睡意正濃】。

【澤】ㄗㄜˊ　水部 13畫
(1)水流會合的地方：【沼澤、湖澤、深山大澤】
(2)恩惠：【恩澤、德澤】
(3)溼潤：【潤澤】
(4)汗水、口水：【手澤、口澤】
(5)氣味：【香澤襲人】
(6)光亮滑潤：【光澤】

【濁】ㄓㄨㄛˊ　水部 13畫
(1)不清潔的、不乾淨的：【混濁、汙泥濁水】
(2)混亂：【濁世】
(3)低沉粗重的：【聲音重濁、濁音】。

【澧】ㄌㄧˇ　水部 13畫
水名，一在河南省；一在湖南省：【澧水】。

【澳】ㄠˋ　水部 13畫
(1)可停泊船隻的天然港灣：【南方澳、澳灣】
(2)洲名，即「澳大利亞」的簡稱
(3)澳門的簡稱：【港澳】。

【激】ㄐㄧ　水部 13畫
(1)水流受阻礙而向上湧起、震動，衝起或加速：【激水、激起浪花、衝激】
(2)使感情衝動：【激於義憤】
(3)刺激
(4)有感而發、激劇的、強烈的：【激戰、激變】
(5)急
(6)姓。複姓：【激楚】

【澹】ㄉㄢˋ　水部 13畫
(1)通「淡」，淡薄的：【澹泊】
(2)辛苦的樣子：【慘澹經營】
複姓：【澹臺】。

【澠】ㄇㄧㄣˊ　水部 13畫
水名，縣名，在河南省：【澠河、澠池】。

【潞】ㄌㄨˋ　水部 13畫
(1)水名，發源於山東省：【潞河】
(2)水名，發源於察哈爾省：【潞河】。

【澮】ㄎㄨㄞˋ　水部 13畫
(1)田間水溝：【澮溝】
(2)水名，發源於山西省：【澮水】。

【澶】ㄔㄢˊ　水部 13畫
(1)古湖名，在河北省：【澶淵】
(2)縱逸的：【澶漫】。

【濘】ㄋㄧㄥˋ　水部 14畫
道路上淤積的汙水和爛泥稀糊的：【泥濘】。

【濱】ㄅㄧㄣ　水部 14畫
(1)水邊：【湖濱、河濱、海濱】
(2)臨近：【濱海】。

【濟】ㄐㄧˇ　水部 14畫
(1)水名，發源於河南省，山東省：【濟水】
(2)地名，山東省省會：【濟南】
(3)形容人多、盛大的樣子：【人才濟濟、濟濟一堂】
ㄐㄧˋ
(1)渡河，過河：【濟河、過河】
(2)救助：【救濟】
(3)助益：【無濟於事】。

濟一堂】。

濠 ㄏㄠˊ 14畫 水部
(1)通「壕」，古代的護城河：【城濠】、【濠溝】(2)戰場上挖的深溝：【戰濠】、【濠溝】(3)水名，在安徽省：【濠水】。

濛 ㄇㄥˊ 14畫 水部
(1)形容雨點細小：【濛濛細雨】。

濤 ㄊㄠ 14畫 水部
(1)大的波浪：【浪濤、波濤】(2)像海浪沖擊的聲音：【松濤】。

濫 ㄌㄢˋ 14畫 水部
(1)水太多而滿出來：【氾濫】(2)浮泛、不新鮮：【陳腔濫調】(3)過度、沒有限制：【濫用】(4)隨意、輕率：【濫伐、濫交】。

濯 ㄓㄨㄛˊ 14畫 水部
(1)洗：【洗濯】(2)山上沒有草木的樣子，引申為人的頭上光禿無髮：【童山濯濯】。

澀 ㄙㄜˋ 14畫 水部
(1)不潤滑、輪軸發澀，該上油了。(2)一種微苦、使舌頭感到麻木的味道：【苦澀、酸澀】(3)文字生硬難讀：【晦澀、文字生澀】。

濬 ㄐㄩㄣˋ 14畫 水部
(1)疏通或挖深水道：【疏濬、濬鑿、濬河、濬池、濬川】(2)深沉的：【濬哲】。

濡 ㄖㄨˊ 14畫 水部
(1)沾染：【耳濡目染】(2)浸、沾溼：【濡筆、濡溼】。

濰 ㄨㄟˊ 14畫 水部
(1)水名，於山東省，發源入渤海：【濰水】(2)縣名，在山東省：【濰縣】。

濮 ㄆㄨˊ 14畫 水部
(1)古水名：【濮水】(2)種族名，為西南夷之一：【百濮】。

濩 ㄏㄨㄛˋ 14畫 水部
(1)通「鑊」，烹煮東西用的大鍋(2)雨水從屋簷上向下流的樣子。

濕 ㄕ 14畫 水部
(1)通「溼」沾上水：【濕答答】(2)含水分多、潮濕、滿屋子的濕氣：【頭髮被淋濕了，衣服全濕透了】。
ㄒㄧ 低溼的地方。

瀉 ㄒㄧㄝˋ 15畫 水部
(1)水向下急流：【一瀉千里】(2)排泄：【上吐下瀉】。

瀋 ㄕㄣˇ 15畫 水部
(1)水汁：【墨瀋未乾】(2)遼寧省瀋陽市的簡稱。

濾 ㄌㄩˋ 15畫 水部
使液體或氣體，經過特殊裝置，除去所含的雜質：【過濾】。

瀆 ㄉㄨˊ 水部 15畫

(1)水溝：【溝瀆】。(2)大的河川，江、河、淮、濟為四瀆：【四瀆】。(3)輕慢、對人不尊敬：【冒瀆】、【褻瀆】。(4)打擾、煩擾：【干瀆】。(5)姓。

濺 ㄐㄧㄢ 水部 15畫

水流急速的樣子，水急流向四處飛散：【水花四濺】。【濺濺】的聲音：【黃河流水聲濺濺】。

瀑 ㄆㄨˋ 水部 15畫

(1)迅疾的：【瀑雨】（也可寫作「暴」雨）。(2)水流激像垂下的白布：【瀑布、飛瀑】。從山上懸崖陡坡傾瀉而下的流水，遠看好像垂下的白布：【飛瀑】。(3)姓。

瀏 ㄌㄧㄡˊ 水部 15畫

(1)水名，在江蘇省：【瀏河】(2)清涼的：【瀏若清風】。(3)快速而隨意的：【瀏覽】。

濼 ㄌㄨㄛˋ 水部 15畫

(1)水名，在山東省：【濼水】。(2)地名，在山東省：【濼口鎮】。

瀟 ㄒㄧㄠ 水部 16畫

(1)水名，在湖南省：【瀟水】。(2)形容風雨急驟的：【風雨瀟瀟】。(3)形容人爽朗、不拘束的水流：【瀟灑】。

瀨 ㄌㄞˋ 水部 16畫

(1)淺可見底的水流：【清瀨】。(2)水勢很急的河流：【急瀨、怒瀨】。

瀚 ㄏㄢˋ 水部 16畫

廣大的樣子：【浩瀚】。

瀝 ㄌㄧˋ 水部 16畫

(1)水滴或酒滴：【餘瀝】(2)雨聲：【淅瀝】。

瀕 ㄅㄧㄣ 水部 16畫

(1)水邊，同「濱」：【水瀕】(2)靠近、將近：【瀕海、瀕危】。

瀛 ㄧㄥˊ 水部 16畫

大海：【瀛海】。

瀘 ㄌㄨˊ 水部 16畫

(1)水名，在四川省：【瀘水】(2)縣名，在四川省：【瀘縣】。

瀧 ㄌㄨㄥˊ 水部 16畫

(1)水名：【瀧水】(2)地名，在江西省：【瀧岡】。(3)湍急的河流：【七里瀧】。(2)形容水聲：【瀧瀧】。

瀣 ㄒㄧㄝˋ 水部 16畫

露氣，夜間的水氣：【沆瀣】。

瀝 (續) (3)過濾：【瀝酒】(4)水往下滴：【把溼毛巾掛在架子上瀝乾】。

瀠（16畫 水部）：水流迴旋的樣子：【瀠洄】。

瀾 ㄌㄢˊ（17畫 水部）：(1)大的波浪：【狂瀾、推波助瀾】。(2)水滿的樣子：【瀾漫】。

瀰 ㄇㄧˊ（17畫 水部）：(1)分散雜亂的樣子：【狼藉（ㄐㄧ）瀰漫】，也是充滿的水。(2)水滿的樣子。煙霧濃密的意思：【煙霧瀰漫】。河水瀰漫。

瀲 ㄌㄧㄢˋ（17畫 水部）：(1)水邊。(2)水流盛滿的：【瀲灩】。

瀹 ㄩㄝˋ（17畫 水部）：(1)用水煮：【瀹茗】。(2)疏通水道：【疏瀹、瀹濟漯】。

灌 ㄍㄨㄢˋ（18畫 水部）：(1)用水澆：【灌溉、灌溉田】。(2)注入、灌，倒進去：【灌腸、百川灌河、把水瓶灌滿】。(3)錄音：【灌唱片】。(4)姓。

灃 ㄈㄥ（18畫 水部）：水名，在陝西省：【灃水】。

灉 ㄩ（18畫 水部）：(1)水名，在山東省：【灉水】。(2)潰決流出又再流入的河水：【灉沮會同】。

灑 ㄙㄚˇ（19畫 水部）：(1)把水潑散出來：【灑水】。(2)東西散落：【灑落】。(3)滴落：【灑淚】。(4)洗：【清灑】。(5)拋投：花生灑了一地。【灑網捕魚】。

灘 ㄊㄢ（19畫 水部）：(1)水邊的沙地或石地：【灘頭、海灘】。(2)沙。水淺多石而水流很急的地方：【險灘、急灘】。

灞 ㄅㄚˋ（21畫 水部）：水名，在陝西省，發源於……：【灞水】。

灝 ㄏㄠˋ（21畫 水部）：通「浩」，廣大的樣子。

灣 ㄨㄢ（22畫 水部）：(1)水流彎曲的地方：【河灣】。(2)海岸凹入可以停泊船隻的地方：【港灣、膠州灣】。

灤 ㄌㄨㄢˊ（23畫 水部）：水名，發源於察哈爾省，經熱河、河北，注入渤海：【灤河】。

灨 ㄍㄢˋ（24畫 水部）：水名，在江西省，也稱「贛水」：【灨江】。

灩 ㄧㄢˋ（28畫 水部）：(1)險灘名，在四川省瞿塘峽口：【灩澦堆】。(2)水滿溢的：【瀲灩】。

火部

火 ㄏㄨㄛˇ 火部 0畫
(1)物體燃燒時所發出的光與熱：〔火焰、失火〕(2)武器彈藥的總稱：〔軍火、火藥〕(3)五行之一：〔金木水火土〕(4)太陽系的九大行星之一：〔火星〕(5)中醫稱體內的熱：〔肝火〕(6)發怒、生氣：〔冒火、發火、他一火誰都不理了〕(7)紅色的、像火一樣的顏色：〔火紅的太陽、火腿〕(8)緊急的：〔十萬火急〕(9)姓。

灰 ㄏㄨㄟ 火部 2畫
(1)物體燃燒後所殘餘的粉狀物：〔灰燼、灰爐〕(2)塵埃：〔灰塵、灰頭土〕(3)「石灰」的簡稱：〔灰垢〕(4)臉、菸灰〕(5)淺黑色：〔灰色〕。消沉：〔心灰意冷〕

灶 ㄗㄠˋ 火部 3畫
用磚塊或石塊砌成，用來生火、煮食的設備：〔爐灶、鍋灶、火灶〕。

灼 ㄓㄨㄛˊ 火部 3畫
(1)燒、燙：〔灼傷〕(2)透澈、明白：〔真知灼見〕(3)明顯的：〔目光灼灼〕(4)灼花(5)明亮盛開的樣子：〔桃之夭夭，灼灼其華〕(6)急切的：〔焦灼〕

災 ㄗㄞ 火部 3畫
(1)泛指自然或人為所引起的事情：〔災區、災民〕(2)不幸的、火災、水災、旱災〕(3)遭受禍害的：〔無妄之災〕禍害：〔天災旱〕。

灸 ㄐㄧㄡˇ 火部 3畫
中醫的一種治療方法，用燃燒的艾絨灼烤患病部位或穴位，和扎針的治療法合稱為「針灸」。

炎 ㄧㄢˊ 火部 4畫
(1)身體因感染細菌或病毒而有發熱、腫痛等現象：〔發炎、腸炎、肝炎〕(2)天氣極熱的：〔炎熱、炎夏、炎陽炙人〕。

炕 ㄎㄤˋ 火部 4畫
(1)一種用磚塊或土坯砌成中空的長方形臥鋪，下面燒火，人睡在上面取暖的暖床：〔睡炕〕(2)用火烘烤：〔炕餅〕(3)乾燥、燠熱的：

炒 ㄔㄠˇ 火部 4畫
一種烹調法，把食物放在有適量油的鍋裡加熱，並不斷翻攪到熟為止：〔炒青菜、炒花生〕。

炊 ㄔㄨㄟ 火部 4畫
燒火煮飯菜：〔炊火、炊具、炊事、炊煙〕。

炙 ㄓˋ 火部 4畫
(1)燒烤：【炙肉】。(2)曬：【炙雨】、【曬日】。(3)比喻薰陶或影響：【親炙】、【薰炙】。

炔 ㄐㄩㄝ 火部 4畫
化學名詞，碳氫化合物的一類，最常見的是【乙炔】，也稱「電石氣」。

炘 ㄒㄧㄣ 火部 4畫
(1)炙熱的。(2)火光盛大的樣子：【炘炘】。

炫 ㄒㄩㄢˋ 火部 5畫
(1)強光照耀：【光彩炫目】。(2)誇耀：【炫耀】、【炫示】、【自炫】。

為 ㄨㄟˊ 火部 5畫
(1)動作、行為：【作為】、【行為】。
(2)做、行：【事在人為】、【為善最樂】。
(3)是：【失敗為成功之母】、【四海為家】、【指鹿為馬】。
(4)治理：【為政以德】、【禮讓為國】。
(5)當作。
(6)變成：【化整為零】。
(7)被、受：【不為利誘，不為所動】。
(8)與。
(9)表示詰問、感嘆的語尾助詞：【天下為何？】、【予無所謀】。

為 ㄨㄟˋ 火部 5畫
(1)幫助：【為虎作倀】、【為國爭光】。
(2)替：【不足為外人道也】。
(3)為。
(4)表示行動的目的、原因：【為正義而戰】。
(5)提示原因的連接詞：【為什麼】。

炳 ㄅㄧㄥˇ 火部 5畫
(1)點燃：【炳燭】。(2)閃耀：【炳煥】。(3)光耀顯著的樣子：【功業彪炳】、【炳蔚】、【炳著】。

炬 ㄐㄩˋ 火部 5畫
(1)火把：【火炬】、【目光如炬】。(2)蠟燭：【蠟炬】、【燭炬】。(3)用火焚燒：【付之一炬】。

炯 ㄐㄩㄥˇ 火部 5畫
(1)明亮的、光明的：【炯炯】。(2)明顯：【以昭炯戒】。

炭 ㄊㄢˋ 火部 5畫
(1)木材經過燃燒，除去氫、氧、雜質等，僅留下炭素，可用來當作燃料的物體：【木炭】、【黑炭】。(2)古代植物長久埋在地下，逐漸變化分解而成的固體燃料，也就是「煤」：【炭化】、【石炭】。(3)姓。

炸 ㄓˋ 火部 5畫
(1)用火藥等爆破：【炸橋】。(2)轟炸、爆破：【東西炸破了】。(3)激怒：【氣炸了】。

炸 ㄓㄚˊ 火部 5畫
烹調方法的一種，將食物投入多量的熱油中，直到焦黃熟脆：【炸雞腿】。

炮 ㄆㄠˋ 火部 5畫
(1)軍用武器，同「砲」：【火炮、槍炮】、【高射炮】。(2)爆竹：【鞭炮】、【炮煉、炮製】。(3)用火熬、灼、燙：【炮烙】。

炮 ㄆㄠˊ 火部 5畫
(1)燒烤：【炮肉】。

ㄆㄠ

烹調方法的一種，不放油或只用少量的油，乾炒食物：【炮牛肉】。

炷 ㄓㄨˋ 火部 5畫

詞：【炷香】。
(1)一炷香、一炷燭。
(2)細長東西的量詞。
(3)點燃。

炤 ㄓㄠˋ 火部 5畫

照耀，同「照」。

烊 ㄧㄤˊ 火部 6畫

(1)通「烊」，用火熔化金屬：【烊銅、烊錫】。
(2)因潮溼而溶化：【糖果放久了，都烊了】。
(3)商店晚上關門休息：【打烊】。

烘 ㄏㄨㄥ 火部 6畫

(1)用火烤乾溼物：【烘衣物】。
(2)烤火：【烘手、烘乾】。
(3)從周圍或旁邊渲染，使主體或重點更加明顯：【烘托、烘襯】。
(4)熱的樣子：【鬧烘】。
(5)熱烈的：【熱烘烘】。
火取暖。

烤 ㄎㄠˇ 火部 6畫

(1)利用火的輻射熱，慢慢燒熟食物：【烤肉、烤火、烤手】。
(2)用火取暖：【烤火】。
(3)用火烘乾：【烤乾】。

烙 ㄌㄠˋ 火部 6畫

(1)熨：【烙衣服】。
(2)使食物放在燒熱的器具上變熟：【烙餅】。
(3)用燒熱的金屬器物燒灼身體：【炮烙】。
鐵印燙在器物上：【烙印】。

烈 ㄌㄧㄝˋ 火部 6畫

(1)功業、功偉烈：【豐功偉烈】。
(2)餘烈：【威……】
(3)強猛的：【猛烈、烈火、興高采烈】。
(4)剛毅的：【貞烈、烈……】。
(5)為正義而犧牲生命的：【烈士】。
(6)酷毒的：【烈日、烈……】。
(7)聲勢浩大的：【熱烈】。
暑、烈女。

烏 ㄨ 火部 6畫

(1)「烏鴉」的簡稱。
(2)黑色的：【烏雲密布】。
(3)無：【化為烏有】。
(4)怎麼、哪裡：【烏能相提並論】。
(5)通「嗚」，感嘆詞，通常與「乎」連用：【烏乎哀哉】。
(6)姓。

烜 ㄒㄩㄢˇ 火部 6畫

(1)晒乾(2)顯著的：【烜赫】。

烹 ㄆㄥ 火部 7畫

(1)燒煮：烹調：【烹飪、烹調】。
(2)被殺：【狡兔死，走狗烹】。

焊 ㄏㄢˋ 火部 7畫

連接或修補金屬器物的方法：【焊接、焊……】

焉 ㄧㄢ 火部 7畫

(1)彼、之、它，指示代名詞：【眾好之，必察焉】。
(2)這裡、此：【心不在焉】。
(3)怎麼、哪裡：【塞翁失馬，焉知非福】。
(4)於：【自然存焉……】

天地之間，……助詞，同「然」：【心有戚戚焉】(5)語末助詞，表示決定或疑問，同「然」：【善莫大焉】(6)語末助詞，表示……熱的：

烽 ㄈㄥ 火部 7畫
(1)古代夜間以煙為信號的邊防警報系統：【烽火連天】(2)比喻戰亂：【夜舉烽】

烷 ㄨㄢˊ 火部 7畫
有機化學名詞，指具飽合鏈的碳氫化合物：【甲烷】。

烴 ㄑㄧㄥ 火部 7畫
化學名詞，是碳氫化合物的簡稱。

烯 ㄒㄧ 火部 7畫
有機化學中，代表不飽和的碳氫化合物：【乙烯、丙烯】。

焙 ㄅㄟˋ 火部 8畫
用微火烘烤乾：【焙茶、焙乾】。

焚 ㄈㄣˊ 火部 8畫
(1)燃燒：【焚燒、焚香】【玩火自焚】(2)乾：【焚風】。

焦 ㄐㄧㄠ 火部 8畫
(1)物品被燒烤後發出的臭味稱「焦」(2)著火的物體經火烤或油炸後，變黃變酥乾的：【焦黑、舌蔽唇焦】【烤焦、燒焦】(3)枯……(4)物……(5)急、憂慮，心焦：【焦慮、心焦】。

煮 ㄓㄨˇ 火部 8畫
把東西放在水裡烹熟：【煮麵、烹煮、水煮、煮沸】。

焰 ㄧㄢˋ 火部 8畫
(1)物體燃燒時發光發熱的部分：【火焰、火焰逼人】(2)氣勢很盛的：【氣焰】烈焰。

無 ㄨˊ 火部 8畫
(1)與「有」相對，空虛：【無中生有】(2)沒有：【毫無頭緒、有去無回、有始無終】(3)通「毋」，禁止：【無庸諱言】(4)不論：【事無大小，都由他去，無偏無私】(5)不……：【無記名】(6)未……：【無之……】
ㄇㄛˊ 佛家稱合掌行禮為「南無」。

然 ㄖㄢˊ 火部 8畫
(1)如此、這樣：【不盡然、不知其然】(2)是、對的：【不以為然】(3)但是、可是：【然而、然性情古怪】(4)轉折連接詞：【雖然她雖漂亮，然……】(5)形容詞或副詞的語尾助詞：【欣然、渾然、泰然、偶然】(6)姓。

焯 ㄓㄨㄛˊ 火部 8畫
(1)通「灼」，光明、明顯：【焯見、焯爍】(2)通「淖」……。

焠 ㄘㄨˋ 火部 8畫
(1)燒灼：【焠掌】(2)通「淬」，鑄造刀劍時，燒紅後立即浸入水中，取出再搥打，打造刀劍，使刀劍更堅固剛硬。

煩 ㄈㄢˊ 9畫 火部

【煩】(1)不怕煩的事：【不煩】(2)瑣碎的：【瑣碎的事：】請別人做事的敬詞：【煩您轉交】(3)雜亂的：【煩瑣、要言不煩】(4)悶的：【煩惱、煩慮、煩躁】。

煙 ㄧㄢ 9畫 火部

草的製成品：【鴉片】的簡稱。図(2)指山嵐、水氣、雲霧等氣體：【雲煙、暮煙、煙霧】(3)菸體：【香煙、抽煙】(4)菸(1)物質燃燒時所產生的氣體：【炊煙、煙囪】

煎 ㄐㄧㄢ 8畫 火部

苦的：【煎熬】(3)逼迫：【煎逼】(4)痛(2)熬乾汁液：【煎藥】：【煎魚、煎蛋】(1)烹調方法的一種，用少量的油烹熟食物

焱 ㄧㄢˋ 火部

焱的樣子：【焱焱】(1)火花(2)光彩

煤 ㄇㄟˊ 9畫 火部

黑色、堅硬、像石頭一樣的礦物質燃料：【煤炭、煤礦、煤球、煤層】。古代植物久埋於地下，經過長時間而形成

煉 ㄌㄧㄢˋ 9畫 火部

熬製藥石、藥材：【煉鋼、煉製、煉丹、煉藥】(3)用心琢磨，使字句精美簡潔：【煉字、煉句】。(1)用加熱等方法使物質變成堅韌或純淨：(2)中醫用火慢慢

照 ㄓㄠˋ 9畫 火部

相片：【近照、護照、玉照、執照、陽光普照】(4)光線投射：【照射、陽光照射】(5)有反光作用的東西：【攬鏡自照、照鏡子】(6)依據：模擬：【依照、仿照】(7)向著、對著：【照著靶心射擊】(8)知道、明白：【心照不宣】(9)看顧：【照顧】(1)陽光、殘照】(2)【夕照、(3)憑證：【照片、

煜 ㄩˋ 9畫 火部

(2)光明盛大的：【煜】(1)照耀、閃耀、光明的：【煜煜】

煬 ㄧㄤˊ 9畫 火部

(1)通「烊」，熔化金屬：【煬鐵、煬錫】(2)溫暖的：【春風和煬】

煦 ㄒㄩˋ 9畫 火部

(2)火勢猛烈的樣子。(1)暖氣：【煦煦】、煦日。光明的：【煦】

煌 ㄏㄨㄤˊ 9畫 火部

光明、光亮的樣子：【碧輝煌】。金光明、光亮的：【光明、

煥 ㄏㄨㄢˋ 9畫 火部

煥】。一新、煥發、樣子：【煥然煥】(1)光明的

照 (10)核對：【對照】(11)通「照應】(12)拍攝影像：【照會】(照應)、知：【照會、

煞 ㄕㄚˋ 火部 9畫
(1)凶神：【煞神】俗稱死神
(2)凶惡的：【煞星】
(3)凶惡：
(4)極、甚、非常：【煞費】苦心。煞有介事。
ㄕㄚ
(1)減除：【煞暑氣、煞溼氣】
(2)縛緊：【煞緊】把腰帶煞緊。
(3)結束：【煞尾】
(4)停住：【煞車】
(5)語助詞，同「啊」：【氣煞我也】。

煲 ㄅㄠ 火部 9畫
(1)廣東話稱鍋子為「煲」
(2)用小火烹煮食物：【雞煲飯】。

煢 ㄑㄩㄥˊ 火部 9畫
孤單的樣子：【煢子無依、煢獨】

煣 ㄖㄡˊ 火部 9畫
用火烘烤木材，使其彎曲：【煣木】

煨 ㄨㄟ 火部 9畫
(1)把食物埋在火紅的熱灰中燒熟：【煨地燒】火紅的熱灰中、煨瓜、煨栗子。
(2)用微火慢慢燒煮：【煨牛肉】。

煒 ㄨㄟˇ 火部 9畫
顏色紅而鮮豔的。

熔 ㄖㄨㄥˊ 火部 10畫
熔解、熔化、熔鑄。通「鎔」，用高溫把物質從固體化為液體的。

熙 ㄒㄧ 火部 10畫
(1)光明的：【熙天曜日】
(2)和樂的：【雍熙、熙熙】
(3)廣大眾多的樣子：【熙來攘往、熙熙攘攘】

煽 ㄕㄢ 火部 10畫
(1)搖動扇子，使火旺盛，同「搧」：【煽風點火、煽爐火】
(2)用言語或行動鼓動別人：【煽動、煽惑】

熊 ㄒㄩㄥˊ 火部 10畫
(1)哺乳類動物，身體肥大，四肢粗短，毛密而硬，一般是黑色，也有棕色的。寒帶地方有白熊，俗稱「狗熊」。
(2)光明的樣子：【熊熊烈火】
(3)姓。

熄 ㄒㄧ 火部 10畫
滅火：【熄火、熄燈、熄滅】。

熒 ㄧㄥˊ 火部 10畫
(1)眩惑、迷亂：【熒惑】
(2)光線微弱的樣子：【熒熒、熒燭】
(3)亮光閃爍的樣子：【熒熒、熒煌】

熏 ㄒㄩㄣ 火部 10畫
(1)用煙火烤燒食物：【熏雞】
(2)熏氣
(3)煙氣沾染味發散在東西上：【臭氣熏天、爐火熏天】
(4)感動：【他熏了我一頓】
(5)嚴厲斥責：
(6)溫和的：【熏風】
(7)毒氣傷人：【煤氣熏著了他】
(8)指人的氣味或聲勢惡劣，人人都知道：【不要被煤氣熏著了】。

熅 ㄩㄣˊ 火部 10畫
有濃煙而看不到火苗的：【熅火、熅熅】。

熟 ㄕㄨˊ ‖11畫‖火部

(1)農作物生長到可收成的程度：～瓜熟蒂落。
(2)事情發展到接近完成的階段：
(3)非常有經驗的：～手。
(4)不陌生的、認識的：～人、～手。
(5)加工過的：～熟石灰、熟鐵。
(6)食物煮到可以吃的狀態：～飯。
(7)深入精密的：～深思熟慮。
(8)詳細的：～熟睡、耳熟能詳、熟悉。

熬 ㄠˊ ‖11畫‖火部

(1)乾煎：～豬油。
(2)長時間煮：～米粥、熬藥。
(3)勉強支撐：～夜、熬下去、熬煮東西：～白菜、熬煮。
(4)用慢火熬。
(5)懊悶煩惱不高興：～錢包丟了，真叫人熬惱不高興、熬心。

熱 ㄖㄜˋ ‖11畫‖火部

理學名詞，是一種能量：～輻射。
(1)與「冷」相對，溫度高的：～冷熱。
(2)物：～輻射。
(3)使溫度升高：把菜熱一熱。
(4)溫度高的：～熱帶、熱氣。
(5)親切、誠懇的：～熱情、熱心。
(6)受歡迎的：～熱貨、熱門。
(7)急切想得到：～熱中、熱切。
(8)旺盛：～熱鬧、熱開。
(9)即刻的：～鐵趁熱打。
(10)姓。

熨 ㄩˋ ‖11畫‖火部

(1)藉熱力燙平衣服的用具：～熨斗。
(2)用烙鐵、熨斗把物品或衣服壓平：～熨衣服。

ㄩˋ
(1)事情辦妥：～熨貼。
妥切的：～熨帖。

熠 ㄧˋ ‖11畫‖火部

光亮的樣子：～熠熠、熠燿。

熾 ㄔˋ ‖12畫‖火部

(1)燒：～熾炭。
(2)火勢盛大的樣子：～熾熱。
(3)熱烈、旺盛的樣子：～熾烈、隆熾、旺熾。

熻煌，地名，同「敦煌」。

燉 ㄉㄨㄣˋ ‖12畫‖火部

(1)烹調方法的一種，把食物放在湯汁裡，再放進小火慢慢煮爛：～燉雞湯。
(2)把物品盛在碗或器皿中，再放水裡加熱：～燉酒、燉藥。

燙 ㄊㄤˋ ‖12畫‖火部

(1)被火或高熱灼痛或灼傷：～燙手、燙傷。
(2)用熱水或火使物體的溫度升高：～燙酒、燙菜。
(3)利用高溫改變物體的形態：～燙頭髮。
(4)極熱：～這碗湯很燙。

燒 ㄕㄠ ‖12畫‖火部

(1)身體溫度升高的病變：～發燒、高燒。
(2)「燒酒」的簡稱，烈性酒：～高粱燒。
(3)用火使東西著火：～燃燒、燒香。
(4)烹煮：～燒飯。
(5)譏諷別人得意忘形：～他發了點財，燒得誰也不認得了。
(6)烘烤：～燒餅、燒雞。

燈 ㄉㄥ ｜火部｜12畫
(1)發光照明的用具：【電燈】、【煤油燈】。
(2)佛教稱佛法為「燈」：【傳燈】。

燐 ㄌㄧㄣˊ ｜火部｜12畫
(1)一種化學元素，通「磷」。
(2)鬼火：【燐火、鬼燐】。

燕 ㄧㄢˋ ｜火部｜12畫
(1)鳥名。翅膀尖而長，尾巴分開像剪刀，春天飛向北方，秋天飛回南方，俗稱「燕子」。
(2)安適的樣子：【燕居】。

燕 ㄧㄢ
(1)古代國名，戰國七雄之一。
(2)河北省的簡稱。
(3)姓。

熹 ㄒㄧ ｜火部｜12畫
(1)微明的陽光：【熹微】、【晨熹】。
(2)光明的。

燎 ㄌㄧㄠˋ ｜火部｜12畫
(1)火把：【庭燎】。
(2)放火：【燎火】。
(3)烘烤：【燎衣】。
(4)明亮的樣子。
(5)焚燒。
(6)太靠近火而燒焦毛髮：【燎了頭髮】。
(7)皮膚燙傷後所起的水泡：【燎泡、燎漿泡】。
(8)延燒：【星星之火可以燎原】。

燃 ㄖㄢˊ ｜火部｜12畫
(1)燒：【燃柴、燃燈、燃放】。
(2)引火點著：【燃燒、燒起】。
(3)可供燃燒的：【燃料】。

燄 ㄧㄢˋ ｜火部｜12畫
(1)火光微燃的樣子。
(2)比喻氣勢：【氣燄】。

燜 ㄇㄣˋ ｜火部｜12畫
烹調方法的一種，把食物放在有水的鍋中，蓋緊鍋蓋，用小火慢慢燒煮，不使食物的味道散出：【燜肉】。

燔 ㄈㄢˊ ｜火部｜12畫
(1)焚燒。
(2)通「膰」，祭祀用的熟肉。

燖 ㄒㄩㄣˊ ｜火部｜12畫
(1)用熱水燙毛，使毛容易脫落：【燖雞】。
(2)用火把東西煮熟。

燁 ㄧㄝˋ ｜火部｜12畫
光彩奪目的樣子：【燁然】。

燋 ㄐㄧㄠ ｜火部｜12畫
(1)火把。
(2)通「焦」：【燋頭爛額、燋釜鬲】。
(3)急亂，同「焦」。

燧 ㄙㄨㄟˋ ｜火部｜13畫
(1)古代取火的器具：【鑽燧、木燧】。
(2)古代邊防、用來告警、傳遞訊息的煙火：【烽燧】。
(3)火把：【燧象】。

營 ㄧㄥˊ ｜火部｜13畫
(1)軍隊駐紮的地方、兵營：【軍營】、【安營紮寨】。
(2)國軍的編制之一，介於「團」與「連」之間：【步兵營】、【憲兵營】。
(3)從事某種活動的臨時編組：【夏令營】。
(4)謀求：【營利、營救】。
(5)辦理：【公營、民營】。
(6)姓。

【燮】ㄒㄧㄝˋ 火部 13畫
(1)調和：【燮理陰陽】。(2)姓。

【燥】ㄗㄠˋ 火部 13畫
(1)乾，缺乏水分：【乾燥、燥熱】。(2)焦急、不安的。方言，指細切的肉：【燥子】。

【燦】ㄘㄢˋ 火部 13畫
光彩鮮明、耀眼的樣子：【明燦、璀燦奪目、燦爛】。

【燭】ㄓㄨˊ 火部 13畫
(1)用蠟和油製成，用來點火發光的物品：【火燭、蠟燭】。(2)計算光度的單位：【燭光】。(3)照耀：【火光燭天】。(4)看透：【洞燭機先】。(5)姓。

【燬】ㄏㄨㄟˇ 火部 13畫
被火燒掉：【燒燬、焚燬、銷燬】。

【燴】ㄏㄨㄟˋ 火部 13畫
烹調方法的一種，混和湯汁烹煮，至湯少時再加以勾芡：【燴三鮮、燴牛肉】。

【燠】ㄩˋ 火部 13畫
(1)和暖的：【燠寒】。(2)撫慰病痛的聲音：【燠休】。(3)炎熱的：【燠暑、燠熱】。

【燻】ㄒㄩㄣ 火部 14畫
(1)烹調方法的一種，燃燒木屑、茶葉、穀物等東西，用燃燒的火煙烤熟：【燻魚、燻鴨】。(2)火煙上升：【煙火燻天】。

【燼】ㄐㄧㄣˋ 火部 14畫
燃燒後殘留下來的東西：【灰燼、餘燼、燭燼】。

【燾】ㄊㄠˋ 火部 14畫
通「幬」，覆蓋：【燾育】。

【燹】ㄒㄧㄢˇ 火部 14畫
戰火：【烽燹】。兵燹。

【爆】ㄅㄠˋ 火部 15畫
(1)烹調方法的一種，把食物放入滾油裡用猛火快炒：【蔥爆牛肉】。(2)炸裂：【爆炸、爆破】。(3)食物受到高熱而裂開：【爆米花】。(4)突然發生：【大戰爆發】。

【爍】ㄕㄨㄛˋ 火部 15畫
(1)通「鑠」，熔化金屬：【爍金】。(2)發光：【爍爍】。(3)光波閃動的樣子：【閃爍、爍爍】。

【爐】ㄌㄨˊ 火部 16畫
一種燃燒、炊事的設備：【爐灶、瓦斯爐、火爐】。

【爛】ㄌㄢˋ 火部 17畫
(1)食物因為水分過多或煮太熟而鬆軟：【腐爛、牛肉燉爛了】。(2)腐敗的：【腐爛、潰爛、海枯石爛、稀粥爛飯】。

（爛）(3)破舊的：【破銅爛鐵】(4)光明的樣子：【燦爛】(5)罵人的話，差勁、不好的：【他的生活很爛、這篇文章太爛了】(6)沒有秩序的：【一本爛帳】(7)極、過分：【爛熟、爛醉】

爔 ㄒㄧ ｜17畫｜火部
光明的樣子：【爔爔】

爝 ㄐㄩㄝ ｜17畫｜火部
小火把：【爝火】

爨 ㄘㄨㄢ ｜25畫｜火部
(1)爐灶(2)古代蠻族名，分布在雲南省。(3)燒火煮東西：【炊爨】(4)姓。

爪部

爪 ㄓㄠ ｜0畫｜爪部
(1)手指甲和腳指甲、指爪(2)腳爪動物的腳：【雪泥鴻爪、張牙舞爪】

爪 ㄓㄠˇ
(1)爪子(2)器物基座部分的腳：【這個茶盤有四個爪】。

爪 ㄓㄨㄚˊ
(1)動物的手腳：【爪子】。

爬 ㄆㄚˊ ｜4畫｜爪部
(1)爬行、著地而移動：【爬行、七坐八爬】(2)攀登：【爬山、爬樹】。

爭 ㄓㄥ ｜4畫｜爪部
(1)極力求取：【競爭、爭權奪利】(2)吵架、鬥嘴：【爭吵】(3)努力想得到或達成：【為國爭光】(4)搶先恐後、不相讓：【爭先恐後】。

爰 ㄩㄢˊ ｜5畫｜爪部
(1)改換：【爰田、爰居】(2)於是、因此，多在文言文中使用。(3)姓。

爵 ㄐㄩㄝˊ ｜13畫｜爪部
(1)古代銅製的酒器或禮器，形狀像雀，三條腿：【金爵】(2)君主國家對貴族或功臣所封的名位，中國古代有「公、侯、伯、子、男」五種爵位(3)姓。

爵 ㄐㄩㄝˊ
通「雀」。

父部

父 ㄈㄨˋ ｜0畫｜父部
(1)就是爸爸：【父親、父子】(2)稱呼家族或親友中的男性長輩：【祖父、伯父、叔父】。

父 ㄈㄨˇ
(1)通「甫」，古代對男子的美稱，例如稱管仲為「仲父」：【漁父】(2)對老年人的尊稱：【田父】(3)家族或親友中的男性長輩，例如稱伯伯、叔叔為「爸」。

爸 ㄅㄚˋ ｜4畫｜父部
(1)子女對父親的稱呼：【爸爸】(2)四川方言稱伯伯、叔叔為「爸」：【大爸、二爸】。

爹 ㄉ|ㄝ ｜父部 6畫

(1)子女對父親的稱呼：～、～娘。(2)對男性長者、老者的尊稱：老～。

爺 |ㄝˊ ｜父部 9畫

(1)祖父：～爺。(2)對父親的稱呼：王～。(3)對男性長者、老者的尊稱：老～、王～。(4)奴僕對所侍的男性尊稱：少～。(5)對神的敬稱：老天～、城隍～、灶王～。(6)古代的官員、財主的稱呼：大～。

爻部

爻 |ㄠˊ ｜爻部 0畫

八卦上的橫線稱為爻，每個卦由三個爻組成，斷開的兩段線「--」稱為陰爻。長的全線「一」稱為陽爻。

爽 ㄕㄨㄤˇ ｜爻部 7畫

(1)差錯、失誤：～約、屢～。(2)明白、明試：～不～。(3)舒服、愉快：～口、人逢喜事精神～、豪邁不拘的：豪～、爽直。(4)明朗的、清涼的：清～、秋高氣～、～朗。

爾 ㄦˇ ｜爻部 10畫

(1)第二人稱代名詞，你、你們：～虞我詐、非～之過、爾時。(2)你的、你們的：爾。(3)如此、這樣：爾日。(4)彼、那：不過爾爾。(5)語尾助詞，同「然」：莞爾、偶爾。

爿部

爿 ㄑ|ㄤˊ ｜爿部 0畫

整塊木頭切開，左半塊叫「爿」，右半塊叫「片」。

ㄅㄢ　竹爿、瓦爿、一爿。

牀 ㄔㄨㄤˊ ｜爿部 4畫

同「床」。

牆 ㄑ|ㄤˊ ｜爿部 13畫

用磚塊、石頭或水泥等所砌成的外圍或遮蔽物，用來支撐或防護：～壁、圍牆。

片部

片 ㄆ|ㄢˋ ｜片部 0畫

(1)整塊木頭切開，左半塊叫「爿」，右半塊叫「片」。(2)薄而扁平的東西：肉～、鐵～、刀～。(3)印有文字、圖案或可通信用的硬紙：名～、卡～、明信～。(4)計算薄而扁平或成面東西的單位：一～原野、三～餅乾、五～花瓣。(5)簡短的：隻字～語、～字。(6)短暫

的部分的：【片刻】(7)單方面的：【片面、片段】。

版　ㄅㄢˇ　片部　4畫
(1)印刷時所用的有文字或圖畫的底片：【製版、排版、鋅版、鋁版】
(2)書籍刊物印刷發行的次數：【初版、一版、再版】
(3)印報紙的頁次：【一版、初版、再版】
(4)報紙在報導內容上的區域分畫：【第一版】
(5)報紙發行時的區域分畫：【外版】
(6)古代築牆用的夾板：【牆版】
(7)古代臣子朝見君主時，手上所拿的手板。

牌　ㄆㄞˊ　片部　8畫
(1)用來說明或標幟用的看板或門牌：【告示牌、路牌、招牌、門牌】
(2)廠商的註冊商標：【國際牌電視、大同牌電鍋】
(3)一種娛樂用品，可作為賭具：【撲克牌、麻將牌】
(4)神主：【靈牌、神主牌】
(5)詞曲的調名：【曲牌】
(6)古代防衛用的武器：【盾牌、擋箭牌】。

牋　ㄐㄧㄢ　片部　8畫　同「箋」。

牒　ㄉㄧㄝˊ　片部　9畫
(1)古代用來寫字的竹片、木片或玉片，形狀小而薄，例如證牒、牒狀：【玉牒】
(2)官方的各種證明文件，證明和尚身分的叫「度牒」，證明血統關係的叫「譜牒、牒牒」
(4)姓。

牖　ㄧㄡˇ　片部　11畫
(1)窗戶：【戶牖】
(2)通「誘」，誘導、啟發：【牖民】。

牘　ㄉㄨˊ　片部　15畫
(1)古代寫字用的厚木片：【案牘勞形】
(2)書信：【尺牘】
(3)書籍：【簡牘】。

牙　ㄧㄚˊ　牙部　0畫
(1)動物口腔中有打斷、磨碎食物作用的器官，位於顎骨前排上：【牙齒、牙人】
(2)「象牙」的簡稱：【牙筷、牙扇】
(3)買賣間的介紹人：【牙商】。

牛　ㄋㄧㄡˊ　牛部　0畫
(1)哺乳類動物，體型大，頭上長一對角，力氣很大，性情溫順，可以幫人拉車、耕作，肉和乳水可供人食用，皮、骨、角可製成器具：【水牛、乳牛、黃牛】
(2)姓。

牟　ㄇㄡˊ　牛部　2畫
(1)獲取、牟取：【牟利、牟取】
(2)形容牛叫的聲音
(3)姓。
音ㄇㄨˋ　地名：【牟平（在山東省）】

牝 ㄆㄧㄣˋ　2畫　牛部
雌性的鳥、獸（雌性），和「牡」（雄性）相對：【牝雞、牝牛】。

牡 ㄇㄨˇ　3畫　牛部
雄性的鳥、獸（雄性），和「牝」（雌性）相對：【牡羊】。

牢 ㄌㄠˊ　3畫　牛部
(1)圈養牲畜的地方：【亡羊補牢】(2)監獄：【坐牢、監牢、牢獄】(3)古代祭祀用的成套牲畜。牛、羊、豬三牲稱「太牢」，羊、豬二牲稱「少牢」(4)堅固、耐久的：【牢固、記得牢、牢不可破】(5)姓。

牠 ㄊㄚ　3畫　牛部
第三人稱代詞，通常用來稱呼動物：【牠是一頭牛】。

牧 ㄇㄨˋ　4畫　牛部
(1)古代的官名：【州牧】(2)看守、放養牲畜：【牧羊、遊牧】(3)治理、管理：【牧民】(4)姓。

物 ㄨˋ　4畫　牛部
(1)存在於宇宙間的一切有形體的事物：【萬物、植物、動物】(2)我以外的人或環境或事：【待人接物】(3)外在的：【物換星移】(4)內容；只：【不特如此、非特】(5)專門的：【物望所歸、眾人物色】(6)尋求：【物色】。

牲 ㄕㄥ　5畫　牛部
(1)家畜的總稱：【牲畜、牲口】(2)三牲、祭祀用的牛、羊、豬等家畜：【犧牲】(3)罵人的話：【畜牲】。

牯 ㄍㄨˇ　5畫　牛部
(1)母牛(2)被割去生殖器的公牛。

牴 ㄉㄧˇ　5畫　牛部
(1)有角的獸類用角互相碰撞或頂觸：【牴觸】(2)衝突：【法律和命令相牴觸】。

特 ㄊㄜˋ　6畫　牛部
(1)雄性的牲畜(2)「特務」的簡稱：【赤特、防特】(3)與眾不同的：【特色、特派、特殊、特赦、獨特】(4)專門的：【特派】(5)但(6)姓。

牽 ㄑㄧㄢ　7畫　牛部
(1)用手拉著：【手牽手、牽牛】(2)閩南語稱夫妻：【牽手】(3)拖累、連帶：【牽累、牽連】(4)限制、拘束：【牽制、為世俗所牽】(5)姓。

犁 ㄌㄧˊ　7畫　牛部
(1)耕耘時用來翻土的農具：【犁耙】(2)用犁耕田：【犁田、鋤犁】(3)黑色的：【犁黑】。

牾 ㄨˇ　7畫　牛部
違背，同「忤」：【牾逆】。

犄 ㄐㄧ　8畫　牛部
獸類頭上的角：【犄角】。

犀 ㄒㄧ 8畫 牛部
(1)哺乳類動物，生活在熱帶，體型粗壯，鼻端有一隻或二隻角，四肢短，皮厚毛少，犀角可以作成珍貴的藥材：【犀牛】。(2)堅固銳利的：【犀利、犀銳】。

犁 ㄌㄧˊ 8畫 牛部
同「犁」。

犍 ㄐㄧㄢ 9畫 牛部
被割去生殖器的公牛。【犍為】（在四川省）地名。

犖 ㄌㄨㄛˋ 10畫 牛部
(1)雜色的牛。(2)【駁犖】、分明的。(3)明顯的：【犖犖大端】。

犒 ㄎㄠˋ 10畫 牛部
用酒食、財物等賞給有功勞的人：【犒費、犒軍、犒師、犒賞】。

犛 ㄌㄧˊ 11畫 牛部
哺乳動物，產於西藏，褐色長毛，有黑【犛牛】。

犢 ㄉㄨˊ 15畫 牛部
(1)小牛：【初生之犢不畏虎】。(2)【牛犢】。

犧 ㄒㄧ 16畫 牛部
(1)專供祭祀用，毛色純而不雜的家畜：【犧牲】。(2)捐棄：【犧牲打、犧牲】。

犬部 ㄑㄩㄢˇ

犬 ㄑㄩㄢˇ 0畫 犬部
(1)狗，哺乳類動物，嗅覺、視覺、聽覺都很敏銳，是普遍的家畜：【犬、獵犬、愛犬、牧羊犬】。(2)謙稱自己的兒子：【小犬】。

犯 ㄈㄢˋ 2畫 犬部
(1)有罪的人：【戰犯、囚犯】。(2)侵害：【侵犯、敵軍來犯】。(3)牴觸、違背：【犯法、眾怒難犯】。(4)發作：【犯病、老毛病又犯了】。(5)發生：【犯錯】。(6)值得：【犯不著】。

犰 ㄑㄧㄡˊ 2畫 犬部
哺乳類動物，除了尾部有長毛外，全身都披鱗片，頭尖眼小，嘴突出，夜晚才出來活動，用細長的舌頭捕食白蟻、蚯蚓等，簡稱「犰」：【犰狳】。

犴 ㄢˋ 3畫 犬部
(1)產於北方的一種野狗，擅長守護。(2)監獄：【獄犴】。

狂 ㄎㄨㄤˊ 4畫 犬部
(1)發瘋，瘋癲的病：【發狂、喪心病狂】。(2)誇大的：【狂言】。(3)猛烈的：【狂風、狂瀾】。(4)驕傲的：

縱情的：【狂歡、狂呼】(5)放蕩的：【狂妄、狂放】(6)快速的：【狂奔】(7)...(8)姓。

狄 ㄉㄧˊ ｜犬部 4畫
(1)古代北方的種族名：【北狄、夷狄】(2)姓。

狃 ㄋㄧㄡˇ ｜犬部 4畫
(1)習慣成見：【狃於習慣、成見】。

狀 ㄓㄨㄤˋ ｜犬部 4畫
態。(1)形態、樣子：【形狀、狀態】(2)情形、狀況：【病狀、狀況】(3)說明事情或記錄事件的文書：【陳狀】(4)證明的文件：【獎狀】(5)陳述、描寫：【不可名狀、不堪言狀】。

狗 ㄍㄡˇ ｜犬部 5畫
(1)哺乳類動物，視覺、聽覺、嗅覺都很靈敏，容易被訓練，能從事警戒、狩獵、救護等工作，也叫「犬」：【走狗】(2)比喻幫助做壞事的人：…

狐 ㄏㄨˊ ｜犬部 5畫
(1)哺乳類動物，形狀像狗，耳朵三角形，尾巴長，能分泌惡臭嚇走敵人，性情狡猾。晝伏夜出，捕食鳥、鼠等。毛皮可以製成衣物：【狐狸】(2)姓。(3)姓。

狙 ㄐㄩ ｜犬部 5畫
(1)猴子的一種，乘機襲擊：【狙擊、狙詐】(2)暗中埋伏，戲弄：…

狎 ㄒㄧㄚˊ ｜犬部 5畫
(1)親近而熱烈的：【相狎、狎昵】(2)玩弄，戲弄：【狎玩、戲狎】。

狒 ㄈㄟˋ ｜犬部 5畫
(1)哺乳類動物，身體形狀像猴，面貌像人又像狗，頭大，四肢粗壯。喜歡吃果實、樹根、昆蟲等。喜歡群居，多產於非洲中部：【狒狒】。

狩 ㄕㄡˋ ｜犬部 6畫
(1)指冬天打獵的事：【冬狩】(2)泛指打獵：【狩獵】(3)防守：【巡狩】。

狠 ㄏㄣˇ ｜犬部 6畫
(1)痛下決心：【狠下心來】(2)殘暴的：【心狠手辣、狠毒、狠心】。

狡 ㄐㄧㄠˇ ｜犬部 6畫
奸滑、不誠實的：【狡猾、狡詐】。

狨 ㄖㄨㄥˊ ｜犬部 6畫
(1)哺乳類動物，形狀像猴，很會爬樹，尾巴下垂，體形像狗，尾長，很像松鼠，頭圓，身上的黃色軟毛很珍貴，就是「金絲猴」。

狼 ㄌㄤˊ ｜犬部 7畫
(1)哺乳類動物，體形像狗，耳朵直立，性情凶暴。晝伏夜出，捕食小動物(2)姓。

狹 ㄒㄧㄚˊ ｜犬部 7畫
(1)窄、小、不寬闊的：【地狹人稠、狹窄】…

狹義】。

狽 ㄅㄟˋ ｜7畫｜犬部
傳說中的一種動物，和「狼」很像，但前腳很短，必須趴在狼身上才能走：【狼狽為奸】。

狸 ㄌㄧˊ ｜7畫｜犬部
哺乳類動物，形狀像「狐」，但比狐肥短，毛黑褐色，尾巴粗長。

狷 ㄐㄩㄢˋ ｜7畫｜犬部
(1)性情耿直急躁：【狷急】(2)耿直的：【狷介】

狴 ㄅㄧˋ ｜7畫｜犬部
狴犴（ㄢˋ），是傳說中像老虎的野獸，古代的獄門上常畫有狴犴的圖案，作為監獄的圖案，所以把「狴犴」作為監獄的另一種稱呼。

狳 ㄩˊ ｜7畫｜犬部
哺乳類動物，除了尾部有長毛外，全身都披鱗片，頭尖眼小，嘴突出，夜晚才出來活動，用細長的舌頭捕捉白蟻、蚯蚓等：【犰狳】。

猜 ㄘㄞ ｜8畫｜犬部
(1)疑、疑心：【猜疑、瞎猜、猜忌、猜謎語、猜測】(2)懷疑、預測。(3)推想、預測。

猛 ㄇㄥˇ ｜8畫｜犬部
(1)勇敢的：【猛士、猛將】(2)凶暴的：【猛烈、猛獸、猛虎】(3)劇烈的：【猛烈、猛雨】(4)急促的：【猛省、猛回頭】(5)快速的：【猛然、猛飛猛進】(6)突然(7)激烈的：【藥性太猛】(8)姓。

猖 ㄔㄤ ｜8畫｜犬部
(1)任意胡作非為：【猖獗】(2)狂妄自大的：【猖狂】。

猙 ㄓㄥ ｜8畫｜犬部
凶狠可怕的：【面目猙獰】。

猓 ㄍㄨㄛˇ ｜8畫｜犬部
(1)雲南、貴州一帶的土著：【猓玀】(2)長尾猴：【猓然】。

猝 ㄘㄨˋ ｜8畫｜犬部
(1)忽然、突然：【倉猝、猝然、猝死、猝不及防】。

猋 ㄅㄧㄠ ｜8畫｜犬部
(1)狗群快跑的樣子。(2)通「飆」，快速的：【猋風】

猶 ㄧㄡˊ ｜9畫｜犬部
(1)一種野獸，外形像猴子，生性多疑畏懼。(2)如同、好像：【雖死猶生、困獸猶鬥，何況是人】(3)疑惑：【猶豫】(4)還、仍：【記憶猶新】(5)尚且：【困獸猶鬥，何況是人】(6)姓。

猥 ㄨㄟˇ ｜9畫｜犬部
(1)混亂、繁雜：【猥雜】(2)鄙陋、下賤的：【卑猥、猥瑣】。

猩 ㄒㄧㄥ　犬部　9畫
(1)哺乳類動物，形狀像人，全身有紅褐色長毛，比猴子大，尾巴很短，前肢很長，可以直立行走：【猩猩】。
(2)紅色的：【猩紅色】。

猴 ㄏㄡˊ　犬部　9畫
哺乳類動物，種類很多，形狀像人，可以站立，會爬樹，動作靈敏，善於模仿。

猷 ㄧㄡˊ　犬部　9畫
(1)計畫、打算。(2)姓。(3)道理：【宏猷、嘉猷】。

猱 ㄋㄠˊ　犬部　9畫
(1)就是「獼猴」，體型小，善於攀爬。
(2)通「撓」，抓、搔：【心癢難猱】。

猢 ㄏㄨˊ　犬部　9畫
(3)混雜：【猢雜】。
猴類動物的通稱：【猢猻】。

獅 ㄕ　犬部　10畫
哺乳類動物，體型很大，生性凶猛，專食肉類。雄獅的頭頸有鬃毛，頭臉寬大，吼聲很大，有「萬獸之王」之稱。母獅頭臉較小，而且沒有鬃毛：【獅子】。

猿 ㄩㄢˊ　犬部　10畫
哺乳類動物，形狀像人，比猴子大，沒有尾巴，能坐能站，腳可以當手用，善於模仿。大猩猩、長臂猿、黑猩猩都屬於猿類。

猾 ㄏㄨㄚˊ　犬部　10畫
奸詐不誠懇的：
(1)狡猾、猾賊：【狡猾】。(2)擾亂。

獃 ㄉㄞ　犬部　10畫
(1)痴傻的，同「呆」：【獃氣】。
(2)獃頭獃腦。
(3)不活潑、不靈敏的：【發獃】。
出神的：【發獃】。

猻 ㄙㄨㄣ　犬部　10畫
猴類動物的總稱：【猢猻】。

猺 ㄧㄠˊ　犬部　10畫
(1)野獸名。
(2)種族名，分布在湖南、廣東、廣西及雲南、四川各省的深山裡，分為生猺、熟猺、白猺、黑猺等。

獄 ㄩˋ　犬部　11畫
(1)監禁犯人的地方：【監獄】。
(2)訴訟案件、官司、罪案：【冤獄、文字獄、獄訟】。
地方、入獄、監牢：【獄卒】。

獐 ㄓㄤ　犬部　11畫
哺乳類動物，形狀像鹿，比鹿小，但沒有犄角，毛皮柔軟，跑得很快，又叫「牙獐」。雄的有獠牙露出嘴外。

獎 ㄐㄧㄤˇ　犬部　11畫
(1)用來鼓勵、表揚優秀的人、事或物而給予的榮譽證件或財物：【獎狀、獎品、頒獎】。
(2)彩金：【中獎】。
(3)讚揚：【誇獎、嘉獎】。
(4)鼓勵：【獎掖、獎勵】。

獍 ㄐㄧㄥˋ 11畫 犬部：惡獸名，形狀像虎、豹，但比較小。傳說獍一生下來就把自己的母親吃掉，所以和「梟」（傳說梟也會吃母親）並稱，比喻不孝順的人：【梟獍】。

獒 ㄠˊ 11畫 犬部：大而凶猛的狗：【獒犬】。

獗 ㄐㄩㄝˊ 12畫 犬部：任意胡作非為、狂放橫行的：【猖獗】。

獠 ㄌㄧㄠˊ 12畫 犬部：(1)中國西南方的蠻族名。(2)凶惡的：【獠面】。妖怪、青面獠牙。

獨 ㄉㄨˊ 13畫 犬部：(1)年老而沒有子女的人：【鰥、寡、孤、獨】。(2)孤單的、一個的：【獨子、獨白、獨木橋】。(3)單一的、一個的：【獨行、獨到、獨唯一】。(4)僅、只：【不獨、唯獨】。(5)特異的：【獨出心裁】他沒來。(6)專斷的：【獨裁、獨斷獨行】。(7)姓。

獪 ㄎㄨㄞˋ 13畫 犬部：奸詐的、狡猾的：【狡獪】。

獲 ㄏㄨㄛˋ 14畫 犬部：(1)勞動的所得：【漁獲】。(2)能夠得到、採得：【獲取、獲勝、獲救】。(3)…：【不獲錄取】。(4)姓。

獰 ㄋㄧㄥˊ 14畫 犬部：凶狠可怕的：【獰惡、獰笑】。

獫 ㄒㄧㄢˇ 14畫 犬部：古代夏朝時北方的種族名，漢，也就是秦、漢時的匈奴：【獫狁】。

獷 ㄍㄨㄤˇ 15畫 犬部：(1)粗野的、凶悍的：【粗獷】。粗野凶悍的人：【獷悍】。

獵 ㄌㄧㄝˋ 15畫 犬部：(1)捕捉禽獸：【打獵、狩獵】。(2)追求、求取：【獵取、獵奇】。(3)和捕捉禽獸有關的：【獵人、獵槍、獵狗】。

獸 ㄕㄡˋ 15畫 犬部：(1)通稱有四條腿，全身長毛的脊椎動物：【獸性、獸慾、獸心】。(2)野蠻的：【野獸、禽獸、走獸】。

獺 ㄊㄚˇ 16畫 犬部：哺乳類動物，住在水裡，形狀像狗，但比較小，有水獺、旱獺、海獺三種。水獺的皮毛很珍貴，可以做皮衣、皮帽。

獻 ㄒㄧㄢˋ 16畫 犬部：(1)通「賢」，賢能的人：【野獻】。(2)古代莊嚴的典籍：【文獻】。(3)奉上、恭敬的贈與：【獻禮、獻花、貢獻】。(4)表演、表露：【獻唱】。(5)故意向人表露：【獻殷勤】。(6)姓。

獼 ㄇㄧˊ 17畫 犬部：哺乳類動物，猴子的一種，毛灰褐色，尾巴短，四肢像人的手，臉紅色的…

犬部

善於攀爬，採食野果、蔬菜等食物為生：【獼猴】。

獼 ㄇㄧˊ　犬部 17畫
哺乳類動物，頭長耳短，前肢爪特別長，適於挖土，夜間才出來活動。

獍 ㄐㄧㄥˋ　犬部 18畫
(1)中國西南的蠻族之一，也稱「獠獠」、

玃 ㄐㄩㄝˊ　犬部 19畫
(2)就是「豬」：【玃玃】。

玁 ㄒㄧㄢˇ　犬部 20畫
中國周代北方的蠻族，也就是秦、漢的匈奴：【玁狁(ㄩˇ)】。

玄部

玄 ㄒㄩㄢˊ　玄部 0畫
(1)天的別稱：【玄黃】(2)黑色的：【玄狐】、【玄黑】(3)微妙深奧的：【玄妙】(4)虛偽、不真實的：【玄虛】、【故弄玄虛】(5)不符合事實或與事實相差太遠的：【這話說得太玄了】(6)姓。

率 ㄕㄨㄞˋ　玄部 6畫
(1)模範、榜樣：【為人表率】(2)帶領、統領：【率領】、【率軍】(3)依循、隨著：【率性】、【率由舊章】(4)輕浮不慎重的：【輕率】、【草率】、【粗率】(5)坦白、豪爽的：【率直】、【率真】(6)大概：【大率如此也】(7)姓。

ㄌㄩˋ
(1)一定的能力或標準：【速率】、【效率】(2)比例中相比成的數：【年利率】、【百分率】。

玉部

王 ㄨㄤˊ　玉部 0畫
(1)古代指皇帝或一國的最高統治者：【國王、君王】(2)古代天子所封的高貴爵位：【諸侯王、王侯】(3)同類中最突出的：【花中之王、百獸之王、歌王】(4)最大的：【王蛇（蟒蛇）】(5)技藝超群的人：【拳王】(6)泛指國家的：【王法】(7)姓。古代指統治者取得天下而稱王：【王天下】。

玉 ㄩˋ　玉部 0畫
(1)一種溫潤有光澤的美石：【玉石、寶玉】(2)尊敬的詞語：【玉體、玉女、玉照】(3)像玉一樣美麗的：【玉容、玉貌】(4)漂亮的：【花容玉貌、錦衣玉食】(5)用玉製成的：【玉佛、玉盤】(6)珍貴的：【玉器】。

玗 ㄩˊ　玉部 3畫
美石。

玖 ㄐㄧㄡˇ　玉部 3畫
(1)像玉的淺黑色石頭：【瓊玖】(2)數目名，「九」的大寫。

玩 ㄨㄢˊ　玉部 4畫
(1)遊戲：【玩耍】(2)耍弄：【玩弄】(3)供

玩（續）

玩耍用的：【玩具、玩物】。
(4)可供觀賞、把玩的珍奇物品：【古玩、珍玩】。
(5)輕忽：【玩忽】。
(6)戲弄：【玩弄、玩世不恭】。
(7)欣賞：【玩月、玩味】。

珏 ㄐㄩㄝˊ ｜玉部 4畫
兩塊玉相合而成的玉器。

玠 ㄐㄧㄝˋ ｜玉部 4畫
通「珪」，一尺二吋的大圭。

玫 ㄇㄟˊ ｜玉部 4畫
(1)紅色的美玉。(2)植物名：玫瑰，落葉灌木，枝上有刺，花有多種顏色，香氣很濃，可以做香料：【玫瑰】。

玟 ㄇㄣˊ ｜玉部 4畫
(1)玉的紋路。(2)美石。

玦 ㄐㄩㄝˊ ｜玉部 4畫
(1)有缺口的佩玉，古時常用來送人，表示斷絕、永別。(2)射箭時戴在指頭上的扳指。

玷 ㄉㄧㄢˋ ｜玉部 5畫
(1)玉器上的斑痕、汙點：【有玷】。(2)人的過失或缺點：【玷辱】。(3)玷汙、侮辱：【玷汙名譽】。

珊 ㄕㄢ ｜玉部 5畫
一種腔腸動物所分泌的石灰質，形狀像樹枝，有紅、白等顏色，可以做裝飾品：【珊瑚】。

玲 ㄌㄧㄥˊ ｜玉部 5畫
(1)玉的聲音：【玲琅】。(2)物體精巧或形容人靈活敏捷：【玲瓏】。

珍 ㄓㄣ ｜玉部 5畫
(1)珠玉寶物：【稀世之珍、奇珍異寶】。(2)重視、寶貴的：【珍惜、珍視、珍品、珍本】。(3)美味的食物：【山珍海味】。(4)特別的、不常見的：【珍禽異獸】。(5)敝帚自珍。(6)特別鍾愛的：【珍藏】。

玻 ㄅㄛ ｜玉部 5畫
用白砂、石灰石、碳酸鈉等化學原料混合起來，經過高熱融解，再經冷卻後，變成透明或半透明的化學物。可以用來製造窗門、瓶等各種用具：【玻璃】。

珀 ㄆㄛˋ ｜玉部 5畫
古代松柏等植物的樹脂化石，顏色黃褐而且透明，可以製成飾品：【琥珀】。

玳 ㄉㄞˋ ｜玉部 5畫
玳瑁，是一種生長在海中的龜類，背甲黃褐色，光滑美麗，性情強暴，肉有強烈的臭味，可製成鈕扣、眼鏡框或裝飾品：【玳瑁】。

珂 ㄎㄜ ｜玉部 5畫
(1)像玉的美石。(2)馬勒上的裝飾品。(3)玉珂，海貝。

珈 ㄐㄧㄚ ｜玉部 5畫
古代婦女的飾物。

班 ㄅㄢ 玉部 6畫
(1)工作按時間分成的段落：早班、晚班。
(2)定時行駛的運輸工具：班機、班車。
(3)按性質或進度所編成的組別、甲班、乙班。
(4)升學班、就業班。
(5)舊時劇團的名稱：戲班子。
(6)軍隊編制的最小單位，屬於「排」之下，九人為一班。
(7)計算人或交通工具的單位：這班學生、下一班車。
(8)調動、分配職位：班師。姓。

琉 ㄌㄧㄡˊ 玉部 6畫
常作為建築材料：琉璃。用鋁和鈉的矽酸化合物所燒製成的釉料。

珮 ㄆㄟˋ 玉部 6畫
【玉珮】。通「佩」，古代繫在衣物上的玉製裝飾品。

珠 ㄓㄨ 玉部 6畫
(1)在蛤蚌殼內，由砂石和蚌的分泌物所結成的有光澤的小圓體，可以做為裝飾物：珍珠、真珠。(2)泛稱圓形的顆粒：彈珠、露珠、汗珠。

珞 ㄌㄨㄛˋ 玉部 6畫
(1)用珠玉做成的頸飾：瓔珞。(2)石頭堅硬的樣子：珞珞如石。

珪 ㄍㄨㄟ 玉部 6畫
(1)吉祥玉的一種，古代諸侯受封時，以此作為信物。(2)比喻美好的人品：珪璋。

珩 ㄏㄥ 玉部 6畫
古人佩掛在身上的玉，形狀像小磬。

珓 ㄐㄧㄠˋ 玉部 6畫
祭祀或祈禱時，丟在地上用來占卜吉凶的兩片器具，形狀像蚌殼：珓杯。

玼 ㄘ 玉部 6畫
(1)通「疵」，毛病、缺點：瑕玼。(2)物體鮮豔的樣子。

珣 ㄒㄩㄣ 玉部 6畫
玉名。

珥 ㄦˇ 玉部 6畫
(1)用珠玉做的耳飾：簪珥、珠珥。(2)日珥：日月周圍顯現的紅色光氣。(3)插戴：珥筆。

琅 ㄌㄤˊ 玉部 7畫
(1)像玉的美石：琅玕。(2)美好：琳琅。(3)金屬、玉石相擊的聲音，而響亮、清脆的聲音，也可解釋為刑具：琅璫。(4)姓。

琊 ㄧㄝˊ 玉部 7畫
【瑯琊】：古代郡名，在今山東省。

球 ㄑㄧㄡˊ 玉部 7畫
(1)美玉。(2)圓形的立體物：籃球、皮球。(3)指地球：環球、南半球、北半球。(4)球形的：球莖、球根、

252

理 ㄌㄧˇ 7畫 玉部
(1)物質組織的紋路：【紋理】、【肌理】。(2)事物的規律，多指自然科學而言：【物理】、【原理】。(3)本性：【天理】。(4)秩序、層次：【條理】、【合理】。(5)道義：【道理】。(6)對別人的言語行動所表示的態度：【不理睬】、【置之不理】。(7)整治、治事：【理家】、【管理】。(8)整治、整理：【理髮】、【整理】。(9)溫習書本：【理書】。

現 ㄒㄧㄢˋ 7畫 玉部
(1)「現金」的簡稱、付現：【現款、提現】。(2)顯露出：【顯現】、【曇現】。(3)當今、目前所有的：【現代】。(4)實有的、現在的：【現金、現款】。(5)當時的、即時的：【現做現吃、現買現賣】。(6)目前的：【現任】。

琍 ㄌㄧˊ 7畫 玉部
同「璃」。

珽 ㄊㄧㄥˇ 7畫 玉部
(1)玉製的笏，是帝王所拿的大圭。(2)通稱古代死人口中所含的珠玉、貝等。

玲 ㄌㄧㄥˊ 7畫 玉部
(1)一種美玉。(2)姓。

琇 ㄒㄧㄡˋ 7畫 玉部
俊美的：【琇瑩】。

琄 ㄒㄩㄢˋ 7畫 玉部
佩玉華麗的樣子：【琄琄】。

琺 ㄈㄚˋ 8畫 玉部
(1)用硼砂、石英等原料，加鉛粉、玻璃粉、錫金屬氧化物，塗在金屬表面，燒成像釉的塗料，俗稱「搪瓷」，作為裝飾及防鏽，牙齒表面具有白色光澤的一層硬質，可以保護牙齒：【琺瑯質】。(2)。

琪 ㄑㄧˊ 8畫 玉部
(1)一種美玉。(2)華美的：【琪殿】。(3)珍異的：【琪花瑤草】。

琳 ㄌㄧㄣˊ 8畫 玉部
(1)美玉：【琳瑯滿目】。

琢 ㄓㄨㄛˊ 8畫 玉部
(1)雕刻玉石，使成為器物：【玉不琢，不成器】。(2)推敲之辭：【琢句】、【錬字句】。

琥 ㄏㄨˇ 8畫 玉部
(1)用玉做成的虎形器物。(2)寶石名，是古代松、柏等植物的樹脂化石，呈黃褐色、透明：【琥珀】。(3)姓。

琵 ㄆㄧˊ 8畫 玉部
樂器名，用梧桐木製成，有四條或六條弦，用手撥弄琴弦，可發出獨特的樂音：【琵琶】。

琶 ㄆㄚˊ 8畫 玉部
樂器，是一種撥弦樂器，用梧桐木製成，下部橢圓，上部細長，有四根或六根弦，音色獨特：【琵琶】。

琴 ㄑㄧㄣˊ 玉部 8畫
(1)「古琴」的簡稱，演奏時左手按弦，右手撥彈，聲音清幽稱，如月琴、鋼琴、小提琴(2)弦樂器的總稱。(3)姓。

琨 ㄎㄨㄣ 玉部 8畫
美玉名：【琨、琨庭】。

琦 ㄑㄧˊ 玉部 8畫
(1)美玉(2)出眾的、奇特不凡的：【琦辭、琦行】。

琛 ㄔㄣ 玉部 8畫
珍貴的物品。

琤 ㄔㄥ 玉部 8畫
形容玉器的撞擊聲，也可形容琴聲或水聲。

琮 ㄘㄨㄥˊ 玉部 8畫
(1)古代用來祭地的方柱形玉器，中間有圓孔：【以黃琮禮地】(2)姓。

琰 ㄧㄢˇ 玉部 8畫
(1)美玉名(2)圭形的上端削成尖形的：【琰圭】。

琬 ㄨㄢˇ 玉部 9畫
(1)玉上的紅色(2)上端渾圓而沒有稜角的圭：【琬琰】。

瑕 ㄒㄧㄚˊ 玉部 9畫
(1)玉上的斑點：【白璧無瑕】(2)缺點、過失：【瑕疵、瑕瑜】。

瑚 ㄏㄨˊ 玉部 9畫
(1)古代宗廟祭祀時，用來盛穀物的禮器：【瑚璉】(2)一種腔腸動物所分泌的石灰質東西，形狀像樹枝，可以當裝飾品：【珊瑚】。

瑟 ㄙㄜˋ 玉部 9畫
(1)古代弦樂器，形狀像琴，本來五十弦，相傳黃帝改為二十五弦：【錦瑟、琴瑟】(2)鼓奏：【瑟師】(3)風聲，也可形容人因寒冷而發抖的樣子：【瑟瑟、瑟縮】。

瑞 ㄖㄨㄟˋ 玉部 9畫
(1)好的預兆：【祥瑞、瑞之氣】(2)用玉做成的信物(3)吉祥的：【瑞兆、瑞雪】(4)姓。

瑁 ㄇㄠˋ 玉部 9畫
(1)一種爬蟲類動物，屬龜類，黃褐色，背甲光滑美麗，性情強暴，肉有劇臭。可製成鈕扣、眼鏡框或裝飾品：【玳瑁】(2)古代天子接見諸侯時所拿的玉器。

琿 ㄏㄨㄤˊ 玉部 9畫
一種美玉。

瑙 ㄋㄠˇ 玉部 9畫
石英類礦物，光澤晶瑩，顏色美麗，可以製成裝飾品：【瑪瑙】。

瑛 ㄧㄥ 玉部 9畫
(1)透明像玉的美石(2)玉的光彩(3)比喻美德：【瑛瑤】。

瑜 ㄩˊ 玉部 9畫

(1)美玉：「瑾瑜」。(2)玉石上的光彩，比喻優點：「瑕不掩瑜」。(3)玉石上指靜坐思維而得道，後來成為印度哲學的一派：「瑜伽」。

瑯 ㄌㄤˊ 玉部 9畫

(1)通「琅」，美玉。(2)古郡名、山名：「瑯」。(3)一種塗料，可作為裝飾、防鏽用，俗稱「搪瓷」：「琺瑯」。

瑋 ㄨㄟˇ 玉部 9畫

珍奇的：「瑋術」。(2)寶、瑋石。

瑀 ㄩˇ 玉部 9畫

像玉的白石，可做佩飾的零件：「琚瑀」。

瑗 ㄩㄢˋ 玉部 9畫

中央有大孔的圓璧。

瑄 ㄒㄩㄢ 玉部 9畫

古代祭天所用的大璧。

瑤 ㄧㄠˊ 玉部 10畫

(1)美玉：「瓊瑤」。(2)用美玉做成的：「瑤函、瑤章」。(3)美好的：「瑤臺」。(4)比喻潔白的：「瑤池」。

瑣 ㄙㄨㄛˇ 玉部 10畫

(1)連環的玉相碰的微細聲音。(2)形容玉石相碰的：「瑣事」(3)細小的、零碎的：「瑣瑣碎碎」(4)姓。

瑪 ㄇㄚˇ 玉部 10畫

礦石的一種，是結晶石英、石髓及蛋白石的混合物，顏色美麗，光澤晶瑩，可以做裝飾品：「瑪瑙」。

瑰 ㄍㄨㄟ 玉部 10畫

(1)美石：「瓊瑰」。(2)植物名，落葉灌木，枝上有刺，花有多種顏色，香氣濃，可以做香料：「玫瑰」。(3)珍奇的：「瑰寶、瑰麗」。

瑩 ㄧㄥˊ 玉部 10畫

(1)光潔像玉的美石：「琇瑩」。(2)光潔透明的

璋 ㄓㄤ 玉部 11畫

(1)形狀像半個圭的長條形玉器，古代拿璋給男孩子當玩具玩，所以稱生男孩為「弄璋」(2)通「彰」，明亮：「晶瑩剔透」。

璃 ㄌㄧˊ 玉部 11畫

(1)用白砂、石灰石、碳酸鈉等化學原料所製成的化學物，透明或半透明，可製成窗、門等器物：「玻璃」。

璇 ㄒㄩㄢˊ 玉部 11畫

(1)美玉：「璇」(2)北斗星的第二顆星(3)古時華麗的：「璇宮、璇室」(4)古時測試天文的儀器：「璇機」。

璉 ㄌㄧㄢˇ 玉部 11畫

古代宗廟祭祀時，用來盛穀物的禮器：「瑚璉」。

瑾 ㄐㄧㄣ　11畫｜玉部
(1)美玉：【握瑜】（2）美德：【懷瑾】。

璀 ㄘㄨㄟ　11畫｜玉部
【璀璨】：（1）玉石光耀的樣子：【璀璨】（2）鮮明的樣子。瑾。

璁 ㄘㄨㄥ　11畫｜玉部
【璁瓏】：（1）像玉的美石（2）潔淨光亮的。

璜 ㄏㄨㄤ　12畫｜玉部
半圓形的佩玉。

璣 ㄐㄧ　12畫｜玉部
（1）不圓的珠子：【珠璣】（2）北斗星的第三顆星（3）測試天文的儀器：【璇璣】、【璇璣】。

璞 ㄆㄨˊ　12畫｜玉部
（1）還沒有經過琢磨的玉：【璞玉】（2）還沒有經過鍛鍊的劍（3）比喻人的天真純樸：【返璞歸真】。

環 ㄏㄨㄢˊ　13畫｜玉部
（1）平而圓，中間有圓孔的玉器，圓孔的半徑和周邊的寬度相等：【環佩】（2）泛指圓形而中間有孔的器物：【鐵環、花環】（3）圍繞一圈：【環島、環球】（4）四周的：【環境】（5）遍及四處的：【環遊】（6）姓。

璩 ㄑㄩˊ　13畫｜玉部
（1）環形的玉器（2）姓。

璦 ㄞˋ　13畫｜玉部
【璦琿】：（1）美玉（2）地名。

璧 ㄅㄧˋ　13畫｜玉部
（1）平而圓的玉製禮器，中間有圓孔，周邊的寬度是圓孔半徑的一倍：【白璧】（2）玉的通稱：【璧還】（3）歸還原物：【敬璧、璧謝】（4）美好的：【璧人】（5）像璧一樣圓的：【璧月】。

璨 ㄘㄢ　13畫｜玉部
（1）玉石亮麗耀眼的樣子：【璀璨】（2）明亮。

璐 ㄌㄨˋ　13畫｜玉部
美玉：【璐】。

璫 ㄉㄤ　13畫｜玉部
（1）耳飾：【耳璫】（2）金屬或玉石相擊的聲音：【琅璫】。

璽 ㄒㄧˇ　14畫｜玉部
（1）印章的通稱，秦朝以後專指帝王的印鑑：【玉璽、印璽、御璽、國璽】（2）姓。

璿 ㄒㄩㄢˊ　14畫｜玉部
（1）美玉：【璿瑰】（2）古時測試天文的儀器：【璿璣】。

瓊 ㄑㄩㄥˊ　15畫｜玉部
（1）美玉，就是瑪瑙：【瓊瑤】（2）美好的：【瓊漿、瓊樓玉宇】。

瓏 ㄌㄨㄥˊ 玉部 16畫

(1)古代求雨時所用的玉。(2)玉的聲音:【玲瓏】(3)物體精巧或形容人靈活敏捷:【玲瓏】。

瓔 ㄧㄥ 玉部 17畫

(1)像玉的美石:【瓔珞】(2)古人的頸飾。

瓜部

瓜 ㄍㄨㄚ 瓜部 0畫

草本蔓生植物,葉子是掌狀,有卷鬚。花多是黃色。果實有的可以生吃:【西瓜、木瓜】有的可以作為蔬菜:【冬瓜、苦瓜、黃瓜】小的瓜,比喻子孫:【瓜瓞綿綿】。

瓞 ㄉㄧㄝˊ 瓜部 5畫

小的瓜:【瓜瓞綿綿】。

瓠 ㄏㄨˋ 瓜部 6畫

(1)草本蔓生植物,葉子是掌狀,開白色花,果實長橢圓形,可以吃。果皮乾燥後,可以做成容器或舀水器具:【瓠子、瓠瓜】(2)姓。

瓢 ㄆㄧㄠˊ 瓜部 11畫

(1)瓠瓜對剖後製成的舀水器具或盛酒器:【瓢子】(2)形狀像勺子,可以舀水或盛東西的器具:【水瓢、湯瓢、飯瓢】(3)昆蟲名,種類很多,身體為半圓形,有臭味,背上有顏色鮮豔的斑點:【瓢蟲】。

瓣 ㄅㄢˋ 瓜部 14畫

(1)組成花朵的花片:【花瓣】(2)瓜果或球莖等有膜隔開,可以分開的部分:【蒜瓣、橘瓣】(3)計算葉片、果瓣的單位:【把蘋果分成四瓣】。

瓤 ㄖㄤˊ 瓜部 17畫

(1)瓜果內部的肉:【西瓜瓤】(2)糕餅點心內的餡:【月餅瓤兒、果瓤】(3)果仁:【核桃瓤兒】(4)物品的內部:【信瓤】

瓦部

瓦 ㄨㄚˇ 瓦部 0畫

(1)用陶土燒成的器物:【瓦盆、瓦罐】(2)蓋在屋頂上遮風雨的陶片:【瓦屋】(3)古代原始的紡錘,後來稱生女孩是「弄瓦」(4)「瓦特」的簡稱,電功率單位:【六十瓦】(5)…

瓷 ㄘˊ 瓦部 6畫

(1)用黏土、長石和石英粉混合製成的陶器,質地緊密細緻,可上釉彩:【瓷器、瓷磚】(2)用瓷製成的:【瓷器、瓷碗】。

瓶 ㄆㄧㄥˊ 瓦部 6畫

入口小、腹部大的長頸容器,可以盛液體、插花等:【花瓶、酒瓶、玻璃…

瓦部

瓶
。

瓿 ㄅㄡˇ 瓦部 8畫
（1）製造陶器：【瓿陶】。（2）表

甄 ㄓㄣ 瓦部 9畫
明：【甄明】、【甄大義】。（4）（3）審查選取：【甄試】、【甄選】。（4）姓。

甌 ㄡ 瓦部 11畫
：（1）盆、盂一類的瓦器。（2）杯子：【茶甌】、【金甌（金屬杯子，比喻完整的國土）】。（3）浙江省溫州的簡稱（4）姓。

甍 ㄇㄥˊ 瓦部 11畫
：屋脊，屋頂承瓦的橫梁。

甕 ㄨㄥˋ 瓦部 13畫
：（1）口小腹大的瓦製容器：【酒甕】。（2）姓。

盛液體的小甕，口圓腹深，同「罄」。

甘部

甘 ㄍㄢ 甘部 0畫
：（1）美味：【甘旨】。（2）順遂：【甘心情願的：【甘願】。（4）和悅的：【甘言、甘泉、甘如飴】。（5）樂意、甘拜下風、自甘墮落。（3）甜美的：

甚 ㄕㄣ 甘部 4畫
：（1）過度的、欺人太甚、甚至（3）超過】。（2）很、非常：【甚好、甚多他愛弟弟甚於愛自己】。疑問代名詞：【甚麼、甚事】。

甜 ㄊㄧㄢˊ 甘部 6畫
：（1）和「苦」相對，味道甘美的：【甜食、甜言蜜語】。（2）美好動聽的：【甜言蜜語】。（3）很熟、很安穩：【睡得好甜甜蜜】。

生部

生 ㄕㄥ 生部 0畫
：（1）「活」，與「死」相對：【生死有命、生死回生】。（2）一輩子：【一生、今生、來生】。（3）生計：【生活、生性】：【生性、眾生】。（4）生命：【喪生】。（5）泛指有生命的東西：【書生、諸生人的稱呼：【學生、老師稱弟子，或弟子自稱：【晚生、小生】。（9）曲中扮演男性的角色名：【生角、生行】。（7）老師對讀書（8）對人謙稱自己：【學生、晚生】。（10）出現：【發生、生男育女、老生常談】。（11）小生（12）成長、滋長：【生長於臺灣、育、產下：【生男育女、生長、生花妙筆】。（14）創新：【生出新花樣、生財有道、生聚教訓】。（13）培養、滋長：【生出新花樣（15）獲取：【生肉、生財有道】。（16）未（17）不（18）不熟：【生面孔、面生】。（19）未開化的：【生番】。（20）很、非常：【生怕、生恐、（16）煮熟的：【生肉、生菜】（17）不熟、（18）不熟（19）未（20）很（21）怎麼、怎生得黑、（22）副詞語尾：（23）生筆筆熟的：【熟練的：【生手、生面孔（21）怎麼、怎生得黑、好生走路、偏生、無意義：（23）語助詞，無意義：（22）副詞語尾，無意義：【好生走路、偏生】。（23）

生部　0～7畫　生產甥甦

姓。

產 ㄔㄢˇ　生部　6畫

(1)天然或人工製造的物品：【農產、水產】。(2)擁有的財富、土地、房屋等：【財產、動產、不動產】。(3)生下來：【產子、產卵】。(4)創造物質或精神財富：【增產】。

甥 ㄕㄥ　生部　7畫

姊妹的孩子：【外甥、甥女】。

甦 ㄙㄨ　生部　7畫

通「蘇」，從昏迷狀態中醒過來、死而復活：【甦醒】。

用部　0～7畫　用甩甬甫俑甯

用 ㄩㄥˋ　用部　0畫

(1)效果、效用、功用、作用：【效果、功用】。(2)使用、應用：【用兵、用家、用心】。(3)花費的錢財：【費用、家用】。(4)使用、應用：(5)吃、進食：(6)施行、實行：(7)花費、不用費心：(8)需要：(9)姓。

任用：【用人】。用飯、用茶：運用：【運用】。不用上學、不用費心：(4)理睬：【不用他】。

甩 ㄕㄨㄞˇ　用部　0畫

(1)任意拋棄：【甩掉】。(2)擺動：【甩尾巴、甩手榴彈】。(3)投擲：【甩手】。

甬 ㄩㄥˇ　用部　2畫

(1)古代的量器名，就是「斛」。(2)浙江省鄞縣的別稱。

甫 ㄈㄨˇ　用部　2畫

(1)古代稱讚男子的詞：【仲山甫】。(2)尊稱：【尊甫、臺甫】。(3)剛、剛才：【剛甫定】。(4)姓。

俑 ㄩㄥˇ　用部　4畫

(1)「不用」兩字的合音。(2)尊稱別人的詞：【尊甫、臺甫】。(3)剛、剛才：「甫」的合音。不用、不必：【不用、不必客氣】。

驚魂甫定、剛甫、剛才……

甯 ㄋㄧㄥˊ　用部　7畫

通「寧」，安靜：【安甯】。姓。

田部　0畫　田由

田 ㄊㄧㄢˊ　田部　0畫

(1)可以耕種農作物的地方：【農田、良田】。(2)土地的通稱：【田園、有田一成】。(3)「田賽」的簡稱，和「徑賽」合稱「田徑」：【田獲、田獵】。(4)打獵：(5)姓。

由 ㄧㄡˊ　田部　0畫

通「佃」，耕種。(1)原因：【事由、理由】。(2)經歷：【言不由衷】。(3)聽從：【由蘖】。(4)觀其所由、萌芽：(5)任憑、隨意：(6)遵循：【民可使由之】。信不信由你

259

由（續）
(7)自、從：【由上而下、由左而右】。
(8)因為，表示因果：【咎由自取、由此成仇】。

甲 ㄐㄧㄚˇ 【田部 0畫】
(1)天干的第一位，用來代表「第一」，可和地支相配，用來計算時日：【甲子】。
(2)臺灣計算土地面積的單位，一甲等於○‧九七公頃，約二‧九三四坪。
(3)手腳尖端由角質形成的硬殼：【指甲】。
(4)古代戰鬥中用來防護身體的衣服：【盔甲】。
(5)古代戶口的編制：【保甲】。
(6)古代用來保護內部的硬殼：【龜甲】。
(7)裝在外面、用來保護內部的鐵板：【裝甲】。
(8)假設的代名詞：【甲方、某甲】。
(9)超群出眾、居第一、最優秀的：【桂林山水甲天下、富甲一方、甲等、甲級】。
(10)鱉的別稱：【甲魚】。
(11)姓。

申 ㄕㄣ 【田部 0畫】
(1)地支的第九位。
(2)時辰名，指下午三點到五點。
(3)上海的簡稱。
(4)陳述、表明：【申明、申報、重申】。
(5)教訓、告誡：【申斥、三令五申】。
(6)姓。

甸 ㄉㄧㄢˋ 【田部 2畫】
(1)古代指京城郊外的地方：【京甸】。
(2)治理：【甸四方】。

男 ㄋㄢˊ 【田部 2畫】
(1)性別的一種，與「女」相對：【男性、男女平等】。
(2)兒子的代稱：【長男、次男】。
(3)兒子對父母的自稱。
(4)古代五等爵位中的第五等：【公、侯、伯、子、男】。
(5)姓。

町 ㄊㄧㄥˇ 【田部 2畫】
(1)田間的路：【町畦、町畷】。
(2)田地、田畝。
日本將工商區稱為「町」，如臺北的「西門町」。

畀 ㄅㄧˋ 【田部 3畫】
付與、交給、給予：【畀予】。

畖 ㄑㄩㄢˇ 【田部 3畫】
田間的小溝：【畖畝】。

畏 ㄨㄟˋ 【田部 4畫】
(1)害怕：【畏懼、畏怯、人言可畏】。
(2)恐懼、恐怖的：【視為畏途】。
(3)敬服、心服：【敬畏】。

界 ㄐㄧㄝˋ 【田部 4畫】
(1)土地的邊際，兩地相交的地方：【地界、省界、國界】。
(2)限定的範圍或地方：【以河為界】。
(3)以從事的行業或自然界事物的特性所作的區別：【電影界、學術界、動物界】。
(4)境域：【境界】。
(5)靠近、接連：【城市北界大河】。

畋 ㄊㄧㄢˊ 【田部 4畫】
(1)種植：【畋作】。
(2)打獵：【畋獵】。

畎 ㄑㄩㄢˇ 【田部 4畫】
(1)通「畖」，田間的小溝：【畎畝】。

畔 ㄆㄢˋ　田部　5畫
(1)田地的界線
(2)邊側、旁邊：【湖畔、江畔、河畔、道路】

畝 ㄇㄡˇ　田部　5畫
計算田地面積的單位，十丈平方為一畝。又一公畝等於一百平方公尺，或三十又四分之一坪。

畜 ㄔㄨˋ　田部　5畫
(1)泛稱禽獸：【牲畜、家畜、六畜興旺】
(2)人所馴養的禽獸：【畜牲】
ㄒㄩˋ　通「蓄」，積聚、飼養禽獸：【畜牧】(2)放牧

畚 ㄅㄣˇ　田部　5畫
用草或竹木所製成，用來盛土的器具：【畚箕】

留 ㄌㄧㄡˊ　田部　5畫
(1)停止在一個地方：【留校、留宿、停留】
(2)阻止、阻攔：【挽留】
(3)保存、保留：【保存、保留】
(4)專注：【留心、留意】
(5)接受、收容：【收留】
(6)【留扣、拘留】

畛 ㄓㄣˇ　田部　5畫
(1)田間的小路
(2)界限：【畛域】

略 ㄌㄩㄝˋ　田部　6畫
(1)計畫、計謀、戰略：【方略、計略】
(2)重點：【要點、史略、要略】
(3)才智：【才略】
(4)治理：【經略】
(5)雄才大略、佔領、奪取：【攻略、侵略】
(6)怠慢、忽略：【忽略】
(7)省去：【省略】
(8)簡要的：【簡略、略圖】
(9)簡省的：
(10)稍的：
(11)微的、大約的：【略知一二、略述、略論、略勝一籌】
(12)姓。

畢 ㄅㄧˋ　田部　6畫
(1)結束、終了：【完畢、畢業、畢役】
(2)全部、完全、一齊：【群賢畢至、原形畢露】
(4)姓。

畦 ㄑㄧˊ　田部　6畫
(1)計算田地面積的單位「一畦」，五十畝稱「一畦」
(2)整齊的小塊地，菜圃裡用土埂分成整齊的小塊地：【菜畦】
(3)姓。

異 ㄧˋ　田部　6畫
(1)不同：【異於常人、大同小異】
(2)分開：
(3)變故、災異、反常：
(4)特殊行為：
(5)驚訝：【詫異、訝異】
(6)別的、另外的：【異日、異地】
(7)奇怪的：【奇裝異服、異性】
(8)不同的：
(10)姓。

番 ㄈㄢ　田部　7畫
(1)次數：【三番兩次、數番】
(2)值勤：
(3)蠻族、外族的通稱：【生番、吐番】
(4)替換、調換、更替：【番代、更番、輪番】
(5)來自外族或外國的：【番邦、番茄、番薯】
ㄆㄢ　廣東省縣名：【番禺】。

261

畫 ㄏㄨㄚˋ｜田部｜7畫
(1)繪成的圖形，稱、對：【水彩畫、油畫】
(2)中國字的一筆叫「畫」：【「正」字有五畫】
(3)書法上的橫筆叫「畫」、區分、區畫、計畫、策畫：【畫一幅山水畫、畫餅充飢】
(4)分界的
(5)設計的：
(6)描繪、繪圖
(7)簽署：【簽署畫一】
(8)齊一的：
(9)姓。
整齊畫一、畫押。

畬 ㄩˊ｜田部｜7畫
(1)已經墾植三年的熟田(2)耕作。
ㄕㄜ
(1)中國西南的少數民族之一(2)火耕(3)姓。

畸 ㄐㄧ｜田部｜8畫
(1)偏頗：【畸重畸輕】(2)數的零頭：【畸零】
(3)通「奇」，怪異的：【畸形、畸戀】
(4)不正常的：【畸人】

當 ㄉㄤ｜田部｜8畫
(1)擔任、從事：【當老師、當歌星】
(2)主持、掌管：【當政、當家】
(3)承受：【不敢當、敢做敢當】
(4)相對、對等：【旗鼓相當、門當戶對】
(5)比作：【安步當車】
(6)在：【當局者迷、當面、當機立斷、當時】
(7)時值
(8)面對、逢
(9)眼前
(10)應該：【男兒當自強、應當】
(11)姓。
當務之急、當面。
ㄉㄤˋ
(1)詭計、圈套：【上當】
(2)抵押：【當舖、典當、押當、把手】
(3)看作、把正事當兒戲：【得當、適當】
(4)合適的：
錶當了。

畿 ㄐㄧ｜田部｜10畫
(1)京城近郊，古代稱國都近郊、近畿、京畿：【近畿】(2)古代王城周圍千里的區域。(3)姓。

疇 ㄔㄡˊ｜田部｜14畫
(1)田地：【平疇千里、田疇】(2)種類、範疇：【範疇】(3)從前、疇昔、疇日：(4)姓。

疆 ㄐㄧㄤ｜田部｜14畫
(1)國與國之間土地的界限、疆域、疆：【疆域、疆界】
(2)窮盡的：【萬壽無疆】

疊 ㄉㄧㄝˊ｜田部｜17畫
(1)量詞，堆積成的一個單位：【一疊信件、一疊子鈔票】
(2)一層一層往上堆砌、疊羅漢(3)摺：【疊衣服、疊被子】
(4)樂曲間歇以後，再彈奏一遍：【陽關三疊】
(5)一層一層的：【層巖疊嶂】
(6)由許多薄東西一層層堆積而成的厚東西：

疋部

疋 ㄕㄨ｜疋部｜0畫
腳。
ㄆㄧˇ
(1)通「匹」，計算布帛的單位：【一疋布】
(2)泛稱織物
ㄧㄚˇ
：布疋。通「雅」。

疏

ㄕㄨ ｜ 6畫 疋部

(1)開通：【通疏：疏導】(2)疏散、分散：【疏散】(3)粗心、不注意：【疏忽】(4)稀鬆的：【稀疏、疏落】(5)不熟識：【生疏】(6)不精熟的、淺陋的：【才疏學淺】(7)不親近的：【疏遠】(8)粗糙的：【疏食淡飯】(9)對古書的解釋：【十三經注疏】(10)古代臣子呈給皇帝的文書：【奏疏、上疏】(11)姓。

疑

ㄧˊ ｜ 9畫 疋部

(1)迷惑或不信：【半信半疑、懷疑】(2)猶豫不定、無法確定的：【遲疑】(3)難以確定的：【疑案】。

疒部

ㄔㄨㄤˊ

疔

ㄉㄧㄥ ｜ 2畫 疒部

皮膚腺體失調所生的毒瘡，常長在指尖、嘴唇或臉上，腫成小硬塊，非常疼痛：【疔瘡】。

疚

ㄐㄧㄡˋ ｜ 3畫 疒部

(1)長久治不好的病。(2)對自己的錯誤感到慚愧而難過：【歉疚、愧疚、內疚】。

疙

ㄍㄜ ｜ 3畫 疒部

(1)皮膚上長出或凸起的圓粒或凸起塊狀的東西：【冰疙瘩、麵疙瘩】(2)比喻想不通或解決不了的問題：【心存疙瘩】(3)形容塊狀或球狀的東西：【雞皮疙瘩】

疝

ㄕㄢˋ ｜ 3畫 疒部

病症。通常指腹腔內臟向外凸出或墜落等病症。腹股溝部，因小腸墜入陰囊而引起的疝，有劇烈的疼痛：【疝氣】。

疫

ㄧˋ ｜ 4畫 疒部

流行性或急性傳染病的總稱：【瘟疫】。

疤

ㄅㄚ ｜ 4畫 疒部

(1)傷口或瘡口痊癒後在皮膚上所留下的痕跡：【刀疤、瘡疤、疤痕】(2)器物上像疤一樣的痕跡：【銅疤】。

疥

ㄐㄧㄝˋ ｜ 4畫 疒部

一種病毒感染的皮膚病，多生在指縫、手腕、腋窩等部位，患處非常癢：【疥瘡】。

疢

ㄔㄣˋ ｜ 4畫 疒部

熱病：【疢疾】。

疣

ㄧㄡˊ ｜ 4畫 疒部

(1)皮膚腫瘤：【贅疣】(2)

疾

ㄐㄧˊ ｜ 5畫 疒部

(1)病：【宿疾、積勞成疾】(2)缺點、毛病：(3)憎恨、厭惡：【疾惡如仇、疾視】(4)疼痛：【痛心疾首】(5)急速的：【疾走、疾馳】(6)很快的：【疾風知勁草】

病

ㄅㄧㄥˋ ｜ 5畫 疒部

(1)身體受到細菌侵襲或內臟器官發生障礙而覺得不舒適的現象：【生病】

病 ㄅㄧㄥˋ — 疒部 5畫
(1)疾病的現象、有病的：【東亞病夫、病人】。
(2)缺點、瑕疵、弊端、害處：【患病、疵病、語病、害病、弊病】：毛病。
(3)患疾、身體不舒適。
(4)損害：【禍國病民】。
(5)生病：【他病了】。
(6)責備：【詬病】。
(7)不健康的、有病的。

症 ㄓㄥˋ — 疒部 5畫
症候、症狀。
(1)疾病的現象：【病症】。
(2)對症下藥。

疲 ㄆㄧˊ — 疒部 5畫
(1)勞累、困倦：【疲於奔命、疲力竭】。
(2)勞累而沒有精神的樣子：【疲勞、疲倦】。
(3)商品或有價證券交易情況不夠熱絡：【股市疲軟】。

疳 ㄍㄢ — 疒部 5畫
中醫指小孩子消化不良、營養失調的慢性病：【疳積】。

疼 ㄊㄥˊ — 疒部 5畫
(1)痛：【頭疼、肚子疼、疼痛】。
(2)關心而憐愛：【疼惜、心疼】疼愛：【疼惜】。
(3)捨不得、憐惜。

疹 ㄓㄣˇ — 疒部 5畫
是一種皮膚上起很多紅色小顆粒的症狀：【溼疹、風疹、麻疹、疱疹】。

疱 ㄆㄠˋ — 疒部 5畫
皮膚因濾過性病毒感染所引起的疾病，會起水泡狀的顆粒：【疱疹】。

痂 ㄐㄧㄚ — 疒部 5畫
傷口或瘡疥所凝結成的硬塊，好了以後就脫落：【結痂】。

疸 ㄉㄢˇ — 疒部 5畫
膽汁混入血液，而使皮膚和眼白部分呈現黃色的一種疾病：【黃疸】。

疽 ㄐㄩ — 疒部 5畫
中醫指一種局部皮膚腫脹、堅硬的毒瘡，在皮肉深處的稱「疽」：【癰疽】；在皮膚表面的稱「癰」。

痀 ㄐㄩ — 疒部 5畫
(1)【痀僂】背脊彎曲，就是「駝背」。

痕 ㄏㄣˊ — 疒部 6畫
(1)皮膚創傷痊癒後所留下來的疤：【刀痕、墨痕】。
(2)事物的印跡：【傷痕、淚痕、痕跡】。

痔 ㄓˋ — 疒部 6畫
因直腸下端的靜脈擴張、彎曲成瘤狀，而導致肛門疼痛出血的病症：【痔瘡、痔瘻】。

疵 ㄘ — 疒部 6畫
小毛病、小缺點：【瑕疵】。

痊 ㄑㄩㄢˊ — 疒部 6畫
病好了：【痊癒】。

痌 ㄊㄨㄥ — 疒部 6畫
通「恫」，疼痛的：【痌瘝】。

痍 ㄧˊ ｜疒部 6畫
創傷：【瘡痍】、【滿目瘡痍】。

痢 ㄌㄧˋ ｜疒部 7畫
因吃了不乾淨的食物，而引起感染的腸道急性傳染病。患者有發熱、腹痛、腹瀉等症狀：【痢疾】。

痛 ㄊㄨㄥˋ ｜疒部 7畫
（通「疼」）
（1）疾病或創傷所引起的苦楚：【牙痛、頭痛】
（2）憎恨：【痛恨】
（3）悲傷、哀痛：【悲痛、哀痛】
（4）怨恨所引起的傷心的：【痛心】
（5）憐惜：【痛惜】
（6）激底的、下決心的：【痛改前非】
（7）非常的、用力的：【痛打一頓】
（8）盡情的：【痛飲】

痣 ㄓˋ ｜疒部 7畫
皮膚因血管性變異，生出稍微突起的小圓斑點，有黑色、紅色、青色：【美人痣、硃砂痣】。

痙 ㄐㄧㄥˋ ｜疒部 7畫
肌肉不自主性的急劇收縮，有疼痛的感覺。起因通常是中樞神經系統的疾病、急性傳染病、過度疲勞等：【痙攣】。

痘 ㄉㄡˋ ｜疒部 7畫
（1）一種接觸傳染的急性疾病，俗稱「天花」。病發時，身上長滿斑點，然後變成像小豆子的水疱：【牛痘】。
（2）青春期因內分泌過旺，長在臉上的小脂肪球：【青春痘】。

痞 ㄆㄧˇ ｜疒部 7畫
（1）一種肝脾腫脹的病，患者腹部堅硬，摸起來像硬塊，稱為「痞塊」。
（2）作惡多端，為非作歹的人：【地痞】、【痞子】。

痧 ㄕㄚ ｜疒部 7畫
中醫指霍亂為「絞腸痧」、「弔腳痧」，白喉為「爛喉痧」，麻疹稱「痧子」。

痤 ㄘㄨㄛˊ ｜疒部 7畫
（1）一種皮脂腺的慢性感染病，常發生在青春期，因油脂分泌過多所引起，多生在臉部，就是「粉刺」：【痤瘡】。
（2）皮膚腫脹生膿：【痤疽】。

痠 ㄙㄨㄢ ｜疒部 7畫
（通「酸」）肌肉因過度疲勞或生病而引起痠痛無力的感覺：【痠疼】。

瘀 ㄩ ｜疒部 8畫
血液不通暢而凝滯在某一處：【瘀血】、【瘀傷】。

痰 ㄊㄢˊ ｜疒部 8畫
（1）由氣管或支氣管內的黏膜所分泌出來的黏液。
（2）喉管發炎時的分泌物：【止咳化痰】。

痲 ㄇㄚˊ ｜疒部 8畫
一種由痲瘋桿菌侵入皮膚黏膜及神經末梢，而引起的慢性傳染病。患者毛髮脫落，而引起四肢肌肉萎縮，手指……

痲　ㄇㄚˊ　疒部 8畫
通「痹」，肌肉或關節失去感覺，不能隨意活動的神經性疾病：【痲痹】。……彎曲，嚴重者會有臉變形、歪嘴及皮膚潰爛等症狀：【痲瘋】(2)由痲疹病毒所引起的傳染病，患者以小孩較多，有發燒、皮膚長紅點等症狀：【痲疹】(3)因天花而留下的痕印：【痲子】。

瘁　ㄘㄨㄟˋ　疒部 8畫
(1)疾病 (2)勞累：【心力交瘁】【鞠躬盡瘁】。

痱　ㄈㄟˋ　疒部 8畫
夏天常見的一種皮膚病，由於出汗過多，毛孔堵塞，而在皮膚上生出許多小紅點：【痱子】。

痹　ㄅㄧˋ　疒部 8畫
肢體受風寒、溼氣侵襲，而使肌肉或關節疼痛，並失去感覺的病症：【麻痹】。

痺　ㄅㄟˋ　疒部 8畫
雌性的鵪鶉。

痳　ㄌㄧㄣˊ　疒部 8畫
通「淋」，就是【淋病】，是一種淋病雙球菌感染的傳染病。患者有尿道發炎、化膿、尿中帶血等症狀：【痳病】。

痾　ㄜ　疒部 8畫
病：【沉痾】。

瘻　ㄌㄡˋ　疒部 8畫
一種肢體麻木、肌肉萎縮軟弱、不能活動的病變：【瘻痹】。

痴　ㄔ　疒部 8畫
(1)對某人或某事喜歡到極點，以致沉迷不能放棄的人：【情痴、書痴】(2)傻、呆傻的：【痴呆、痴傻】(3)瘋癲、痴情：【痴情、瘋痴】(4)迷惑：【痴迷】(5)發痴、痴心：【痴心】(6)空、白費：【痴想】。

痼　ㄍㄨˋ　疒部 8畫
(1)長期難治的病：【痼疾】(2)很難克服的惡習：【痼癖】。

瘧　ㄋㄩㄝˋ　疒部 9畫
被瘧蚊叮咬所感染的瘧疾病。患者會有陣發性的發冷和發燒，俗稱「打擺子」：【瘧疾】。

瘍　ㄧㄤˊ　疒部 9畫
(1)瘡、癤、疽等皮膚病(2)潰爛：【胃潰瘍】。

瘋　ㄈㄥ　疒部 9畫
(1)一種神經錯亂、精神失常的嚴重精神病：【瘋言瘋語】(2)顛狂的、言語失常的：【瘋言瘋語】(3)癱瘓：【瘋癱】。

瘓　ㄏㄨㄢˋ　疒部 9畫
肢體麻木而不能活動：【癱瘓】。

瘉　ㄩˋ　疒部 9畫
通「癒」，病好了：【痊瘉、病瘉】。

瘖　ㄧㄣ　9畫　疒部
喉嚨失常而不能夠說話：【瘖啞】。

瘌　ㄌㄚˋ　9畫　疒部
(1)頭部生瘡癬而使頭髮脫落的疾病：【瘌痢】。

瘩　ㄉㄚ　10畫　疒部
(1)皮膚上長出或凸起的圓粒(2)瘡疤：【疤瘩】。瘩背：長在背部的癰。

瘡　ㄔㄨㄤ　10畫　疒部
(1)皮膚上腫起或潰爛等病的總稱：【膿瘡】(2)外傷：【刀瘡】。

瘟　ㄨㄣ　10畫　疒部
(1)瘟疫、瘟病。一時流行的急性傳染病：【雞瘟】或動物的皮膚。

瘤　ㄌㄧㄡˊ　10畫　疒部
(1)動物的皮膚或身體組織中，增殖生成的腫塊：【肉瘤、腫瘤】(2)樹幹上的表面突起的部分：【樹瘤】。

瘦　ㄕㄡˋ　10畫　疒部
(1)體重減輕：【他最近瘦了】(2)纖細不豐滿的：(3)肉不帶脂肪的：【瘦肉】。

瘠　ㄐㄧ　10畫　疒部
(1)瘦弱的：瘦。(2)土質不肥沃：【瘠土】。

瘢　ㄅㄢ　10畫　疒部
(1)傷口痊癒後所留下的疤痕：(2)通「斑」，皮膚上的異常斑紋：【汗瘢、雀瘢】。

瘙　ㄙㄠ　10畫　疒部
疾病：搔癢。中醫所說的一種小孩子的病，像是出疹子：【瘙疹】。

瘴　ㄓㄤ　11畫　疒部
熱帶或亞熱帶的山林裡，因溼熱蒸發形成的毒氣，會使人生病：【瘴氣、瘴癘之氣】。

瘸　ㄑㄩㄝˊ　11畫　疒部
(1)腳跛的病：【瘸子】(2)腳起的樣子：一脚高一脚低，走路時不能平衡的樣子：【他的腿瘸了】。

癆　ㄌㄠˊ　12畫　疒部
(1)肺癆、癆症。由結核菌所引起的慢性傳染病，也稱「結核病」：【肺癆】(2)

療　ㄌㄧㄠˊ　12畫　疒部
(1)醫治：【醫治、療養】(2)(3)解除痛苦或困難：【療飢、療貧】。

癌　ㄞˊ　12畫　疒部
(1)一種惡性腫瘤，因細胞惡化而生成，對人體有害：【肝癌、胃癌、癌症】(2)比喻有害處的事物：【髒亂是都市之癌】。

癇　ㄒㄧㄢˊ　12畫　疒部
一種會忽然倒地，手腳抽搐、口吐白沫、……

癇 疒部 12畫
發出像羊豬叫聲般的病，俗稱「羊癲瘋」、「豬頭風」：【癲癇】。

癖 ㄆㄧˇ 疒部 13畫
(1)通「痞」，一種消化不良的病症(2)積久成習的特殊嗜好：【潔癖、怪癖】。

癘 ㄌㄧˋ 疒部 13畫
(1)惡瘡：【疥癘】(2)瘟疫、傳染病：【癘疫、疫疾、瘴癘】。

癒 ㄩˋ 疒部 13畫
通「愈」，病好了：【病癒、痊癒、癒合】。

癤 ㄐㄧㄝˊ 疒部 13畫
【癤子】。一種皮膚上的小膿瘡，多生在臉、頸、四肢、臀部等處。

癡 ㄔ 疒部 14畫
也可寫成「痴」字，見「痴」字。

癟 ㄅㄧㄝˇ 疒部 14畫
(1)物體表面凹下去，不飽滿：【乾癟、餓癟了、球癟了】(2)癟三，稱無聊的流氓。

癢 ㄧㄤˇ 疒部 15畫
(1)皮膚受到刺激而產生需要搔抓的感覺：【抓癢、隔靴搔癢】(2)想要實現某種願望或表現某種技藝：【技癢】。

癥 ㄓㄥ 疒部 15畫
(1)中醫指腹腔中結硬塊的病：【癥瘕、癥瘡】。(2)比喻病根或事情的困難所在：【癥結】。

癩 ㄌㄞˋ 疒部 16畫
(1)惡性傳染病，就是「痲瘋」：【癩瘡】(2)因生癬疥而使毛髮脫落的病：【癩痢】(3)惡劣的：【東西有好有癩】(4)像生了癩似的：【癩蛤蟆】。

癮 ㄧㄣˇ 疒部 17畫
一種成為習慣而不容易改掉的嗜好：【酒癮、煙癮、毒癮】。

癬 ㄒㄩㄢˇ 疒部 17畫
一種皮膚傳染病，因感染黴菌引起局部發癢，有的會產生白色鱗狀皮：【白癬、牛皮癬、頭癬】。

癰 ㄩㄥ 疒部 18畫
一種惡性腫瘡，皮膚和皮下組織化膿，有多個膿頭，局部會腫脹：【癰疽】

癲 ㄉㄧㄢ 疒部 19畫
一種精神錯亂，言行不正常的疾病：【瘋癲】。

癱 ㄊㄢ 疒部 19畫
由於神經機能發生障礙，使身體、手腳麻木，不能自由行動的病症：【癱瘓】。

癶部 ㄅㄛ

癸　ㄍㄨㄟˇ　4畫　癶部

(1)天干的第十位，代表「第十」，可和地支相配，作為計算時日的代號：「癸卯」。(2)月經：「癸水」。(3)姓。

登　ㄉㄥ　7畫　癶部

(1)攀援、從低處走到高處：「登山」。(2)成熟：「五穀豐登」。(3)記錄、刊載：「登載、登記、登報」。(4)考上：「登科」。(5)立即：「登時」。(6)姓。

發　ㄈㄚ　7畫　癶部

(1)量詞，箭一支或彈炮，子彈一枚叫「一發」，炮放一次也叫「一發」：「一發子彈、鳴禮炮二十一發」。(2)放射：「百發百中、發射」。(3)生長：「發芽」。(4)產生：「發動汽車」。(5)開動：「發動」。(6)開放：「發電」。(7)動身、啟程：「朝發夕至」。(8)散出：「百花怒發」。(9)送出：「發信、發電報、發錢」。(10)發洩：「發洩」。(11)派遣：「發兵」。(12)揭穿、揭露：「東窗事發」、「發奸摘伏」。(13)啟發、闡明：「發人深省」。(14)宣示、表達：「發言、發議論」。(15)顯現：「臉色發白」。(16)(發)脾氣。(17)姓。

白 部　ㄅㄞˊ

白　ㄅㄞˊ　0畫　白部

(1)顏色的一種，像霜雪一樣的顏色，是「黑」不分的「白」。(2)善、是：「黑白不分」。(3)戲劇中的對話：「對白」。(4)陳述、表達：「真相大白、稟白」。(5)明白、清楚：「天亮、不知東方之既白」。(6)色的。(7)不知東方之白。(8)乾淨的、清潔的：「白布、白花花」。(9)淺顯的：「坦白、淺白」。(10)直率的：「直率的」。(11)錯誤的：「白字、白話」。(12)哀喪的：「紅白帖」。(13)空無所有的、沒有加東西的：「白開水、白手起家」。(14)徒然：「白忙一場、白跑一趟」。(15)不付代價而享有的：「白吃白喝」。(16)(17)姓。

百　ㄅㄞˇ　1畫　白部

(1)數目字，十的十倍，大寫是「佰」。(2)眾多的：「百貨、百姓、百戰百勝、百聞不如一見」。(3)多次的：「百無禁忌」。(4)完全（省略）地名：「百色」（在廣東）。

皁　ㄗㄠˋ　2畫　白部

同「皂」，「皂」是現在常用的字。(1)用以去汙的用品：「肥皂」。(2)植物名，落葉喬木，果實刀形，汁液可以用來洗衣服：「皂莢」。

皂　ㄗㄠˋ　2畫　白部

(1)古代官府中的僕役：「皂隸」。(2)盛草餵牛馬的槽：「皂櫪」。(3)黑色的：「青紅皂白」。(4)除去汙垢的用品：「青皂、肥皂」。(5)黑色的：「皂衣、皂帽」。

的 ㄉㄜ˙ 白部 3畫
(1)人稱代名詞，表示「者」、「的人」：【做工的、唱歌的】(2)形容詞尾：【美麗的花、年輕的】(3)的⋯⋯表示所有格：【我們的國家、我的書包】(4)副詞的詞尾：【慢慢的走】(5)表示決定口氣的助詞：【這樣做是不可以的】。

ㄉㄧˋ
好的、這樣做是不可以的。

ㄉㄧˋ
(1)箭靶的中心：【眾矢之的】(2)想要達到的目標：【目的、準的】。的確、實在的、可靠的：【的確、的當】。

皆 ㄐㄧㄝ 白部 4畫
都、全：【大歡喜、皆知】(2)路人皆知。

皇 ㄏㄨㄤˊ 白部 4畫
(1)君王：【君王、皇帝】(2)女皇(3)大、偉大的：【皇皇】對神佛的一種稱呼：【玉皇大帝】(4)對祖先的敬稱：【皇天后土、堂皇】(5)姓。

皈 ㄍㄨㄟ 白部 4畫
通「歸」，虔誠的歸向宗教：【皈依】。

皋 ㄍㄠ 白部 5畫
(1)沼澤：【九皋】(2)近水邊：【江皋】(3)水田：【東皋】(4)姓。

皎 ㄐㄧㄠˇ 白部 6畫
(1)潔白光明的樣子：【皎潔】(2)姓。

皖 ㄨㄢˇ 白部 7畫
(1)安徽省的簡稱(2)姓。

皓 ㄏㄠˋ 白部 7畫
(1)明亮的：【皓月】(2)潔白的：【皓首、皓白】的。

晳 ㄒㄧ 白部 8畫
(1)白皙潔白：【白皙】(2)通「晰」，清楚明白：【明晳】。

齒。

皚 ㄞˊ 白部 10畫
潔白的樣子：【白雪皚皚】。

皜 ㄏㄠˋ 白部 10畫
潔白光明的樣子：【皜皜】。

皤 ㄆㄛˊ 白部 12畫
(1)豐盛的：【皤皤】(2)雪白的：【皤】然、白髮皤皤。

皦 ㄐㄧㄠˇ 白部 13畫
(1)玉石所發出的白光(2)潔白：【皦白】(3)潔白的：【皦潔】(4)清晰、明亮的：【皦皦】。

皮部

皮 ㄆㄧˊ 皮部 0畫
(1)動、植物的表層組織，具有保護等作用：【樹皮、獸皮】(2)薄片狀的東西：【豆腐皮、鐵皮】(3)表面，通常指面積或大小：【地皮】(4)包在物體外面的一層東西：【書皮、封皮】(5)食物放久後，變得⋯⋯

不鬆脆了：【這塊餅乾已經皮了】(6)用皮革製成的：【皮包、皮鞋】(7)小孩頑劣不聽話的：【頑皮、這孩子真皮】(8)膚淺的：【皮相】(9)姓。

皰 ㄆㄠˋ　5畫｜皮部
臉上的油脂或內分泌過多，使皮膚上生小疙瘩：【面皰】。

皴 ㄘㄨㄣ　7畫｜皮部
(1)國畫畫法的一種，用細筆堆疊描畫而成的。(2)皮膚上積存的汙垢：【幾天沒洗澡，身上都皴了】(3)皮膚因受寒冷或乾燥而破裂：【手腳都凍皴了】。

皸 ㄐㄩㄣ　9畫｜皮部
皮膚因寒冷或凍而裂開：【手腳都皸裂】。

皺 ㄓㄡˋ　10畫｜皮部
(1)擠緊：【皺眉】(2)皮膚因肌肉鬆弛而生的紋路：【皺紋】(3)物體因摺壓而生的摺痕：【皺褶、皺痕】。

皿部 ㄇㄧㄥˇ

皿 ㄇㄧㄥˇ　0畫｜皿部
一種口大底淺的容器，如碗、盤等的總稱：【器皿】。

盂 ㄩˊ　3畫｜皿部
用來裝液體的圓或固體物質的圓形容器：【鉢盂、痰盂】。

盈 ㄧㄥˊ　4畫｜皿部
(1)充滿：【笑聲盈耳、熱淚盈眶】(2)通「贏」，過多的、多餘的：【盈利、盈餘】(3)充滿的：【豐盈】。

盆 ㄆㄣˊ　4畫｜皿部
(1)口大底小，像籃子但比較深的容器，用來盛東西或洗東西：【臉盆、花盆】(2)形狀像盆的：【盆地】。

盃 ㄅㄟ　4畫｜皿部
(1)通「杯」，盛液體的容器：【酒盃】(2)競賽優勝的獎勵：【獎盃、金盃、銀盃】。

盅 ㄓㄨㄥ　4畫｜皿部
小杯子：【茶盅、酒盅】。

益 ㄧˋ　5畫｜皿部
(1)好處：【益處、利益、開卷有益】(2)助長、增加：【延年益壽、增益】(3)有利的：【益友、老當益壯】(4)更加的：【精益求精】(5)姓。

盍 ㄏㄜˊ　5畫｜皿部
(1)何不、為什麼不：【盍各言爾志、盍興乎來？】(2)姓。

盎 ㄤˋ　5畫｜皿部
(1)一種腹大口小的容器：【瓦盎】(2)音譯字，英美重量單位或容量單位：【盎斯】(3)洋溢：【綠意盎然】。

盔 ㄎㄨㄟ ‖ 6畫 皿部
(1)缽、盆一類的用具：【瓦盔】(2)用來保護頭部的帽子，用金屬或其他堅硬質料製成：【頭盔、鋼盔、盔甲】。

盒 ㄏㄜˊ ‖ 6畫 皿部
有底和蓋子，可以相合的容器：【鞋盒、餅乾盒、飯盒】。

盛 ㄕㄥˋ ‖ 6畫 皿部
(1)興旺的：【興盛、昌盛】(2)繁茂的：【繁盛、茂盛】(3)規模大的、隆重的：【盛會、盛況、盛典】(4)深厚的：【盛情】(5)豐富的：【盛饌、豐盛】(6)華麗的：【盛裝】(7)姓。
ㄔㄥˊ (1)用容器裝東西：【盛飯】(2)容納：【這籃子盛不下這麼多東西】

盜 ㄉㄠˋ ‖ 7畫 皿部
(1)搶劫他人財物的人：【盜賊】(2)強取、偷竊：【強盜、竊盜】(3)用非法的方式取得：【盜取、盜版】(4)掠奪，用非法的方式取得：【欺世盜名、盜印、盜版】(5)違法而隱祕的：【盜...】

盞 ㄓㄢˇ ‖ 8畫 皿部
(1)淺小的杯子：【酒盞】(2)計算燈的量詞：【一盞燈】。

盟 ㄇㄥˊ ‖ 8畫 皿部
(1)人與人或團體與團體之間的誓約：【結盟、同盟】(2)中國邊疆的行政區域劃分：【盟旗】(3)立約互相遵守：【盟誓】(4)有誓約關係的：【盟友、盟邦】。

盡 ㄐㄧㄣˋ ‖ 9畫 皿部
(1)竭力、全力：【盡力、盡其所能】(2)自殺而死：【自盡】(3)完、終止：【歲盡、春蠶到死絲方盡】(4)隱沒：【白日依山盡】(5)極、非常：【盡善盡美】(6)全部的：【應有盡有】(7)姓。

監 ㄐㄧㄢ ‖ 9畫 皿部
(1)拘禁犯人的地方：【監獄】(2)管理員：【舍監、監工】(3)視察、督導：【監察、監視】(4)拘禁：【監禁、拘禁】
ㄐㄧㄢˋ (1)古代官署名：【國子監】(2)宦官：【太監】(3)姓。

盤 ㄆㄢˊ ‖ 10畫 皿部
(1)一種扁而淺的盛物器皿：【茶盤】(2)形狀像盤子或具有盤的功用的東西：【羅盤、棋盤、杯盤狼藉】(3)買賣東西的價格：【開盤】(4)計算棋局的單位：【一盤棋、五盤】(5)旋繞：【盤繞、盤根錯節】(6)屈曲相交：【盤腿、盤膝而坐、蛇盤在樹幹上】(7)徘徊：【盤桓、盤旋】(8)清點：【盤點】(9)查問：【盤問、盤查】(10)轉讓：【把店盤給別人】(11)姓。

盧 ㄌㄨˊ ‖ 11畫 皿部
(1)黑色的：【盧弓】(2)姓。

盥【ㄍㄨㄢˋ】11畫　皿部
(1)盛水洗手的器具。(2)用水洗手、清洗：【盥洗、盥滌】。

盪【ㄉㄤˋ】12畫　皿部
(1)洗滌：【盪口、盪杯】(2)搖晃、搖動：【搖盪、震盪、盪秋千、盪舟】(3)空曠廣大的樣子：【盪盪】。

目部

目【ㄇㄨˋ】0畫　目部
(1)人和動物的視覺器官，俗稱「眼睛」：【目瞪口呆、眉清目秀】(2)細則。(3)名稱：【請問其目】(4)書籍前面用以檢索全書的條文：【目錄】(5)古代的官職：【吏目】(6)姓。(7)用眼睛示意：【范增數目項王】(8)用眼睛看：【以其目君】(9)用眼睛稱呼：【目為】(10)品評：【彥】。

盯【ㄉㄧㄥ】2畫　目部
(1)注視、直視的樣子：【兩眼直盯著他】(2)【盯睄（ㄇㄧㄥˊ）】。

盱【ㄒㄩ】3畫　目部
(1)張開眼睛：【盱盱】(2)通「訏」，廣大的。(3)憂慮：【盱憂】(4)姓。

盲【ㄇㄤˊ】3畫　目部
(1)眼睛看不見東西：【盲人】(2)對事情認識不清：【大風晦盲】(3)昏暗的：【盲動】(4)胡亂、不經考慮：【盲目】。

直【ㄓˊ】3畫　目部
(1)伸展。(2)枉而不偏斜、正：【直線】(3)抵，通「值」：【春宵一刻值千金】(4)縱的。(5)沒有私心：【直言】(6)不隱諱的。(7)毫無阻礙地：【直達車站】(8)只、僅。(9)逕自地：【直無由進之耳】(10)竟然：【姐夫直如此、直入坐】(11)呆視的樣子：【兩眼發直、掛心】(12)故意：【直墮其履圮下】(13)正：【愁看直北是長安】(14)即、就。(15)不：【真是無情也斷腸】(16)姓。停頓：【直下了兩天雨】

盾【ㄉㄨㄣˋ】4畫　目部
(1)古代作戰時用來遮擋敵人刀箭的武器：【盾牌、矛盾、鐵盾】(2)像盾形狀的裝飾品、紀念品、獎品等：【銀盾、金盾】。

相【ㄒㄧㄤ】4畫　目部
(1)交互、彼此：【互相、相持不下】(2)比較上，指一方對另一方：相差、相形見絀。(3)用於動詞，指一方對另一方的行為：【實不相瞞、另眼相勸】
【ㄒㄧㄤˋ】
(1)形貌、樣子：【相貌、貴相】(2)中國古代輔佐皇帝、總理國事的最高官吏：【宰相】(3)神情：【一臉慌張相】(4)情形：【真相大白】(5)察看：【相機而動、相命】(6)輔助：【相夫教子】。

眈 ㄉㄢ　4畫　目部
【虎視眈眈】。
(1)注視的樣子：【眈眈】。
(2)垂目

眇 ㄇㄧㄠˇ　4畫　目部
(1)瞎了一隻眼的：【眇目】。
(2)微小的：【眇小、眇身】。
(3)通「渺」，遼遠的：【眇然絕俗離世】。
(4)高遠的：【眇不知其所蹤】。
通「妙」，精微的：【眇論】。

眄 ㄇㄧㄢˇ　4畫　目部
(1)斜視：【眄視】。
(2)環顧：【流眄】、【眄庭柯以怡顏】。

眊 ㄇㄠˋ　4畫　目部
(1)通「耄」，年老的人：老眊。
(2)眼睛失神的樣子：【眸子眊焉】。
(3)關愛：【慈眊】。

盼 ㄆㄢˋ　4畫　目部
(1)看：【左盼右盼、顧盼】。
(2)眷顧、亦蒙恩
(3)想望：【盼望、盼著歸期】。
(4)期待、希望分明的樣子：【盼望】。
(5)眼睛黑白分明的樣子：【美目盼兮】。

眉 ㄇㄟˊ　4畫　目部
(1)眼上額下的細毛：【眉毛、眉開眼笑、柳眉】。
(2)通「湄」，水邊：【井之眉】。
(3)泛指位於事、物上端彎曲的部位：【書眉、眉月】。
(4)像眉般細長的：
(5)姓。

盹 ㄉㄨㄣˇ　4畫　目部
短時間的睡眠：【打盹兒】。

看 ㄎㄢ　4畫　目部
(1)閱讀：【看書、看報】。
(2)看辦：
(3)診治：【看病】。
(4)觀賞：【看戲、看熱鬧】。
(5)探訪、問候：
(6)對待：【看待】。
(7)注視：【他看著我、另眼相看】。
(8)以為：【我看回家比較好】。
估量：【看著

看 ㄎㄢˋ
(1)守護、監管：【看押】。
(2)看門、看家：【看門、看家】。

省 ㄕㄥˇ　4畫　目部
(1)古代官署名：【中書省、尚書省】。
(2)國家行政區域名：【福建省、浙江省】。
(3)節約：【節省、省吃儉用、省錢、節儉用、省時】。
(4)簡略的：【省稱】。

省 ㄒㄧㄥˇ
(1)檢討：【反省、反躬自省】。
(2)探望、問候：【晨昏定省】。
(3)知道：【不省人事】。
(4)明瞭、領悟：【覺省】。

眩 ㄒㄩㄢˋ　5畫　目部
(1)迷亂：【眩惑】。
(2)眼睛昏花而看不清楚：【頭暈目眩】。

眠 ㄇㄧㄢˊ　5畫　目部
(1)睡覺：【睡眠、不眠不休】。
(2)動物到了冬天不吃不動的現象：【冬眠】。
通「瞑」(ㄇㄧㄢˊ)。

真 ㄓㄣ　5畫　目部
(1)原來的樣子：【天真、返璞歸真】。
(2)人的自然本性：
(3)傳真、寫真：

誠實的：【真心、真話、不識廬山真面目】(4)誠、的確、實在：【真有其事、今天天氣真好】

眨 ㄓㄚ　目部　5畫
眼睛一開一閤：【眨眼】。

眼 ㄧㄢˇ　目部　6畫
(1)視覺器官：【眼睛】(2)孔穴：【針眼】(3)要點，事物的關鍵所在：【節骨眼兒】(4)音樂的節拍：【有板有眼】(5)望、看：【偷眼】

眶 ㄎㄨㄤ　目部　6畫
眼睛的四周：【眼眶、熱淚盈眶】。

眸 ㄇㄡˊ　目部　6畫
眼珠裡的瞳仁，也可用來指眼睛：【眸子、回眸一笑、明眸皓齒】。

眺 ㄊㄧㄠˋ　目部　6畫
(1)向遠處望去：【遠眺、眺望】(2)目不正視：【邪眺旁剔】。

眷 ㄐㄩㄢˋ　目部　6畫
(1)親屬：【眷屬】(2)家眷，關心、掛念、懷念：【眷戀、眷念、眷顧】(3)照顧：

眾 ㄓㄨㄥˋ　目部　6畫
(1)多數：【眾多、眾人】(2)多人，寡不敵眾：【眾口】(3)許多：【眾口鑠金、眾志成城、眾星拱月、觀眾】

眥 ㄗˋ　目部　6畫
(1)眼眶：【眼眥】(2)衣領交叉處：【衣眥】(3)怒目而視：【眥裂】

睏 ㄎㄨㄣˋ　目部　7畫
(1)睡覺、睏：【睏覺、睏一會兒】(2)疲倦想要睡：【睏得睜不開眼】。

睇 ㄉㄧˋ　目部　7畫
(1)斜著眼睛看、小視：【睇】(2)流盼：【含睇】。

睛 ㄐㄧㄥ　目部　8畫
眼珠：【目不轉睛、畫龍點睛】。

睫 ㄐㄧㄝˊ　目部　8畫
眼皮上下邊緣所生的細毛：【睫毛、目不交睫】。

睦 ㄇㄨˋ　目部　8畫
(1)和好、親近：【和睦、和親】(2)親厚：【敦親睦鄰、百姓親睦】(3)和順的：(4)姓。

睞 ㄌㄞˋ　目部　8畫
(1)特別顧念：【青睞】(2)看：【旁睞】(3)向左右兩邊看：【明眸善睞】

督 ㄉㄨ　目部　8畫
(1)具有監督及指揮權的官：【總督、都督】(2)中脈：【督脈】(3)催促：【催促、督促】(4)察看、管理：【監督】(5)督(6)責備：【督過】(7)率領：【督師】(7)姓。

275

睬　ㄘㄞˇ　目部 8畫
【不理不睬】回應、理會。

睜　ㄓㄥ　目部 8畫
【睜眼】睜目、睜目切齒而罵：【睜目】

睪　ㄍㄠ　目部 8畫
雄性動物生殖器的一部分，能產生精子：【睪丸】

睹　ㄉㄨˇ　目部 8畫
看見：【有目共睹、目睹、睹物思人】

睥　ㄅㄧˋ　目部 8畫
斜眼看人，表示瞧不起或不服氣：【睥睨】

睨　ㄋㄧˋ　目部 8畫
睨。斜著眼看：【睥睨】

睢　ㄙㄨㄟ　目部 8畫
(1)水名，發源於河南省虞城縣：【睢河】
(2)地名，在今河南省商邱縣南：【睢陽】
(3)任意：【恣睢】
(4)仰目上視的樣子：【萬眾睢睢】

睚　ㄧㄞˊ　目部 8畫
(1)眼睛的周圍：【睚眥】
(2)憤怒的瞪著：【睚眥】
(3)小怒小怨的：【睚眥必報】

睡　ㄕㄨㄟˋ　目部 9畫
(1)閉著眼睛休息：【睡覺】
(2)睡覺時用的：【睡衣】
(3)熟眠的：【睡獅】

睒　ㄕㄢˇ　目部 9畫
(1)張大眼睛注視：【睒睒】
(2)懷疑：【睒睒】
(3)張大眼睛合違、瞬離：【眾目睒睒】、【內自睒疑】

睿　ㄖㄨㄟˋ　目部 9畫
(1)聰明、通達事理：【睿智】
(2)有智慧。關於天子的：【睿旨】

瞅　ㄔㄡˇ　目部 9畫
看：【瞅了一眼】

瞄　ㄇㄧㄠˊ　目部 9畫
(1)眼睛看：【瞄了一眼】
(2)眼睛看準目標，注視著目標看：【瞄準】

瞎　ㄒㄧㄚ　目部 10畫
(1)眼睛看不見：【瞎子】
(2)眼睛瞎了：【瞎鬧】
(3)胡亂的、沒有根據的：【瞎鬧】

瞇　ㄇㄧ　目部 10畫
瞇眼。上下眼皮微閉但不碰到：【瞇眼】

瞌　ㄎㄜ　目部 10畫
疲倦時坐著或趴著小睡一會兒：【瞌睡】

瞑　ㄇㄧㄥˊ　目部 10畫
(1)閉上眼睛：【瞑目】
(2)眼睛昏花：【瞑眩】

瞢　ㄇㄥˊ　目部 11畫
【聾目瞢瞢】。頭暈、憤悶：【瞢眩】

瞑 ㄇㄧㄢˊ　通「眠」。

瞍 ㄙㄡˇ　10畫　目部
沒有眼珠的人：【瞽瞍、矇瞍】。

瞞 ㄇㄢˊ　11畫　目部
把真實情況隱藏起來，不讓別人知道：【瞞騙、隱瞞、瞞上欺下】。

瞠 ㄔㄥ　11畫　目部
張大眼睛看：【瞠目】。

瞟 ㄆㄧㄠˇ　11畫　目部
斜著眼睛看：【我瞟了他一眼】。

瞥 ㄆㄧㄝ　11畫　目部
(1)視線模糊、看不清楚的病眼。(2)很快的看一眼，大略過目一下：【一瞥、偷瞥、驚鴻一瞥、瞥見】。

瞢 ㄇㄥˊ　11畫　目部
(2)慚愧的：【瞢容】。(3)陰暗無光的樣子：【日月瞢瞢】。

瞢 ㄇㄥˋ　通「夢」。

瞬 ㄕㄨㄣˋ　12畫　目部
(1)短暫的時間：【瞬間、瞬息萬變】。(2)轉動眼珠：【瞬目、目不轉瞬】。

瞳 ㄊㄨㄥˊ　12畫　目部
(1)眼珠：【瞳子】。(2)眼珠中央的小孔：【瞳孔】。

瞪 ㄉㄥˋ　12畫　目部
(1)睜大眼睛看，表示不滿意：【瞪他一眼】。(2)睜眼直視，表示驚訝：【目瞪口呆】。

瞰 ㄎㄢˋ　12畫　目部
從高處往下看：【俯瞰、鳥瞰】。

瞧 ㄑㄧㄠˊ　12畫　目部
(1)看：【瞧一瞧、瞧見】。(2)偷看……熱鬧。

瞭 ㄌㄧㄠˇ　12畫　目部
明白、清楚：【明瞭、瞭解、瞭亮】。

瞭 ㄌㄧㄠˋ
在高處向遠方看：【瞭望、遠瞭】。

瞿 ㄑㄩˊ　13畫　目部
(1)長江三峽之一，在四川省：【瞿塘峽】。(2)姓。

瞿 ㄐㄩˋ
通「懼」，驚駭、害怕：【瞿然、心瞿】。

瞻 ㄓㄢ　13畫　目部
仰著臉向上或向前看：【瞻仰、瞻望、瞻前顧後】。

瞽 ㄍㄨˇ　13畫　目部
(1)瞎子，眼睛看不見東西的人：【瞽者】。(2)古代的樂工或樂官：【瞽說】。(3)不正確的……

瞼 ㄐㄧㄢˇ　13畫　目部
眼睛上下的軟皮，也就是「眼皮」：【眼瞼、兩瞼】。

目部

矇 ㄇㄥ 14畫 目部
(1)有黑眼珠而看不見東西的人：【矇人】。
(2)把東西蓋起來：【矇住眼睛】。
(3)模糊不清的樣子：【矇矓】。
欺騙：【矇騙、別矇人】。
(2)僥倖、猜測：【這次得獎全是矇的，這題被他矇著了。】

矍 ㄐㄩㄝ 15畫 目部
(1)老而強健的樣子：【矍鑠】。
(2)驚訝而注視的樣子：【矍然】。

矓 ㄌㄨㄥˊ 16畫 目部
模糊不清的樣子：【矇矓】。

矗 ㄔㄨˋ 19畫 目部
高聳直立：【矗立】。

矚 ㄓㄨˇ 21畫 目部
注意的看：【高瞻遠矚、矚目】。

矛部

矛 ㄇㄠˊ 0畫 矛部
古代的兵器之一，在長桿的一端裝有帶刃的鐵尖：【操弓執矛、矛盾】。

矜 ㄐㄧㄣ 4畫 矛部
(1)憐惜、憐憫：【矜惜、矜恤】。
(2)驕傲、自大自誇：【驕矜】。
(3)慎重、拘謹：【矜持】。
(1)通「鰥」，年老而沒有太太的人：【矜寡孤獨】。
(2)通「瘝」ㄍㄨㄢ，生病。

矢部

矢 ㄕˇ 0畫 矢部
(1)箭：【弓矢、無的放矢】。
(2)發誓：【矢志不移、矢誓】。
(3)姓。

矣 ㄧˇ 2畫 矢部
文言文中的語助詞，相當於「了」：【悔之晚矣、由來久矣】。

知 ㄓ 3畫 矢部
(1)見識、學問：【求知、知識】。
(2)交情、明白：【舊雨新知】。
(3)了解、明白：【知道、知法犯法、通知】。
(4)對人了解且有交情：【相知】。
(5)通告：【知會內政部】。
(1)智慧，同「智」：【大知若愚，好學近乎知】。
(2)姓。

矩 ㄐㄩˇ 5畫 矢部
(1)畫直角或方形用的曲尺：【矩尺】。
(2)法則、規則：【規矩、不踰矩、循規蹈矩】。

短 ㄉㄨㄢˇ 7畫 矢部
(1)過失、缺點：【護短、取長補短】。
(2)缺少、欠：【短少、短缺】。
(3)喪失：【令人氣短】。
(4)不長……

長的：【短外套、短刀】(5)矮：【五短身材】(6)不好的：【短處】。

矮 ㄞˇ ｜矢部 8畫
(1)身材短小的：【矮子】。(2)低的：【矮屋、矮牆、矮凳子】。

矯 ㄐㄧㄠˇ ｜矢部 12畫
(1)糾正、把彎曲的弄直：【矯正】(2)掩飾：【矯飾】(3)勇武、強健：【矯健】(4)虛偽的：【矯情】(5)假託：【矯命】(6)姓。

矱 ㄏㄨㄛˋ ｜矢部 14畫
尺度、標準：【榘矱、梨矱】。

石部

石 ㄕˊ ｜石部 0畫
(1)構成地殼的物質，由礦物集結而成的堅硬塊狀物：【石頭、岩石】(2)藥用礦物：【藥石無效】(3)古代八音之一，指用石器製造的樂器。(4)碑碣的統稱：【擊石拊石】(5)姓。(6)容量單位，十斗為一石：【十石米】。

矽 ㄒㄧ ｜石部 3畫
一種非金屬元素，褐色粉末或針狀板片狀的結晶體，是製造玻璃的重要材料。

矻 ㄎㄨ ｜石部 3畫
孜孜矻矻，勤勞、不斷努力的樣子。

砂 ㄕㄚ ｜石部 4畫
(1)細碎的石粒：【砂粒、飛砂走石】(2)形狀像砂粒的東西：【鐵砂、金砂】。

研 ㄧㄢˊ ｜石部 4畫
(1)細磨：【研墨、研成粉】(2)仔細探求事物的原理：【研討、研究】。
ㄧㄢˋ 磨墨的用具，同「硯」。

砌 ㄑㄧˋ ｜石部 4畫
(1)臺階：【臺砌】(2)堆疊：【砌磚頭、砌牆、雕欄玉砌】。
ㄑㄧㄝˋ 元時戲劇中，出場所用的布景等雜物的總稱：【砌末】。

砍 ㄎㄢˇ ｜石部 4畫
用刀斧把東西分開：【砍樹、砍柴、砍頭】。

砒 ㄆㄧ ｜石部 4畫
(1)化學元素「砷」的舊名：「砒霜」的簡稱。(2)「砒霜」，有劇毒。

砑 ㄧㄚˋ ｜石部 4畫
(1)光滑的石頭(2)碾壓使器物光滑：【砑光】。

砰 ㄆㄥ ｜石部 5畫
形容非常大的響聲：【砰砰、砰然作響】。

砧　ㄓㄣ　石部 5畫
(1)搗衣石：【砧石】
(2)捶、切東西時墊在下面的器具：【砧板、砧子】。

砸　ㄗㄚ　石部 5畫
(1)打破：【砸玻璃、砸碗】
(2)弄壞了：【事情弄砸了】
(3)用沉重的東西敲擊或搗築：【砸地基、砸核桃】
(4)沉重的東西掉落在物體上：【石頭砸了腳】。

砝　ㄈㄚ　石部 5畫
【砝碼】天平或磅秤上用來計算重量的標準器。

破　ㄆㄛ　石部 5畫
(1)裂開、不完整：【石破天驚、破裂】
(2)解析：【破題】
(3)毀壞：【破壞、家破人亡】
(4)攻下、擊敗：【破城、破敵】
(5)花費：【破費】
(6)劈開：【勢如破竹、破財消災】

砥　ㄉㄧˇ　石部 5畫
(1)細的磨刀石：【砥礪】
(2)磨練：【砥劍】

砭　ㄅㄧㄢ　石部 5畫
(1)古代治病用的石針。
(2)用石針刺病人的經穴
(3)刺入：【寒風砭骨】
(4)改過遷善：【痛下針砭】

砷　ㄕㄣ　石部 5畫
一種非金屬元素，由於晶體結構不同，呈現黃、灰、黑褐三種顏色。砷的化合物有毒，可以用來殺菌、殺蟲和作為醫藥。

砲　ㄆㄠˋ　石部 5畫
(1)古時用來發射石子，攻打敵人的兵器。
(2)打……通「炮」，軍用武器：【高射砲、大砲】。

砣　ㄊㄨㄛˊ　石部 5畫
秤錘的俗稱。

硫　ㄌㄧㄡˊ　石部 6畫
一種非金屬元素，是黃色結晶形固體，通稱「硫磺」。供製火藥、火柴、硫酸等。

硃　ㄓㄨ　石部 6畫
(1)一種深紅色的礦物顏料，是水銀和硫礦的天然化合物：【硃砂】
(2)紅色的：【硃印】。

硎　ㄒㄧㄥˊ　石部 6畫
磨刀石。

硝　ㄒㄧㄠ　石部 7畫
(1)礦物的一種，為白色透明的結晶體，可製火藥及玻璃。加少量在肉中可防腐，製香腸、火腿時常用：【硝石】
(2)用芒硝塗製毛皮，讓皮毛柔軟：【硝皮】。

硯 ㄧㄢˋ 石部 7畫
(1)用來磨墨的文具,通常以石頭做成的為主:【硯臺】。(2)古時指同學關係:【硯友】。

硬 ㄧㄥˋ 石部 7畫
(1)與「軟」相對,物體質地堅固不易破碎、堅硬的:【硬漢】、【堅硬】。(2)剛強的:【硬心腸】。(3)狠心的:【硬性規定】。(4)動作生硬的。(5)金屬鑄成的:【硬幣】。(6)不能改變的。(7)用強、勉強,不自然:【硬撐】。(8)不顧一切的:【硬幹】。

硠 ㄌㄤˊ 石部 7畫
(1)石頭相撞擊的聲音:【硠】。

硜 ㄎㄥ 石部 7畫
(1)通「硜」,石頭互相撞擊的聲音。(2)淺見的、固執的樣子:【硜硜】。

碎 ㄙㄨㄟˋ 石部 8畫
(1)裂、破裂:【破碎】、【粉碎】。(2)碎布,易碎。(3)細小的、不完整的:【碎片】、【瑣碎】。(4)說話囉唆煩瑣:【碎嘴】。

碰 ㄆㄥˋ 石部 8畫
(1)碰面、碰:【碰面】、碰。(2)撞擊:見。(3)試探:【碰運氣】。(4)偶然遇見:【碰見】。碰擊、手碰疼了。

碗 ㄨㄢˇ 石部 8畫
盛飯菜、湯水的器具:【碗盤】、【飯碗】。

碑 ㄅㄟ 石部 8畫
豎立的石塊,表面刻有文字,用來紀念事業、功績或作為標記,紀念碑:【石碑】、【碑文】。

碉 ㄉㄧㄠ 石部 8畫
用在射擊、瞭望等防禦工事上,主要用磚、石或其他建材築成的建築物:【碉堡】。

碘 ㄉㄧㄢˇ 石部 8畫
鹵素之一,是紫灰色的鱗片狀結晶,有金屬光澤,容易昇華,呈紫紅色蒸氣,易溶於酒精等有機溶劑:【碘酒】。

硼 ㄆㄥˊ 石部 8畫
(1)非金屬元素,是褐色粉末或淡黃色晶體,可用來製造合金、溫度計等:【硼砂】。

碌 ㄌㄨˋ 石部 8畫
(1)平凡:【庸碌】。(2)事務多而忙:【忙碌】、【勞碌】。(3)碌碡,農具名,圓柱形,用石頭做成,用來軋脫穀粒或軋平場院。

碇 ㄉㄧㄥˋ 石部 8畫
(1)繫船的石礅或鐵錨,和「矴」、「椗」相通。【下碇】。

磁 ㄘˊ 石部 9畫
(1)磁性,有吸引鐵、鎳、鈷等金屬的特性

磁 ㄘˊ 石部 9畫
(1)【磁鐵】。(2)通「瓷」，陶器的一種：【磁器】。

碧 ㄅㄧˋ 石部 9畫
(1)青綠色的美石。(2)青綠色的：【碧波、碧草如茵】。

碟 ㄉㄧㄝˊ 石部 9畫
(1)形狀較小較淺的盤子，大都用來盛醬油、小菜：【碟子】。(2)形狀像碟子的東西：【飛碟、電腦中記憶或儲存資料的用具：硬碟、光碟、隨身碟】。

碳 ㄊㄢˋ 石部 9畫
一種非金屬元素，是構成有機物的主要成分，在工業上和醫藥上用途很廣。

碩 ㄕㄨㄛˋ 石部 9畫
(1)大、壯大：【碩大無朋】。(2)大、壯碩、健康而佼好的：【碩大】。(3)通「石」，堅實的：【碩儒】。(4)學識廣博的：【碩交】。

碴 ㄔㄚˊ 石部 9畫
(1)碎屑：【碗碴兒】。(2)玻璃碴兒。(3)皮肉被碎片割破：【手被碴破了】。(4)小塊物：【煤碴子】。

碣 ㄐㄧㄝˊ 石部 9畫
碑石端刻有文字，頂端為半圓形的：【碑碣】。

磊 ㄌㄟˇ 石部 10畫
(1)大石頭：【磊塊】。(2)石頭很多的樣子：【磊落】。(3)心地光明：【磊磊】。

確 ㄑㄩㄝˋ 石部 10畫
(1)真實、的確：【確實、的確】。(2)堅固的：【確立】。(3)堅定的：【確信不疑】。(4)實在的：【確論】。

碾 ㄋㄧㄢˇ 石部 10畫
(1)把東西弄碎、壓平或使米穀去殼的工具：【碾米、碾路】。(2)滾動碾子去壓或磨。

磋 ㄘㄨㄛ 石部 10畫
(1)把骨、角磨製成器物：【如切如磋】。(2)商量討論：【磋商、磋磨】。

磅 ㄅㄤˋ 石部 10畫
(1)英制重量單位，一公斤約等於二點二磅：【兩磅奶粉】。(2)大秤：【地磅】。(3)用磅秤測量物體的重量：【磅體重】。
ㄆㄤˊ
雄偉浩大的：【磅礡】。

磕 ㄎㄜ 石部 10畫
(1)碰撞：【磕打】。(2)敲擊：【磕頭】。(3)咬：【磕瓜子】。

磐 ㄆㄢˊ 石部 10畫
(1)巨大的石頭：【磐石】，流連：【久磐京邑】。(2)通「盤」。

碼 ㄇㄚˇ 石部 10畫
(1)表示數字的符號、頁碼：【號碼】。(2)英

碼 ㄇㄚ˙ 10畫 石部

(1)制長度單位名，三呎為一碼。(2)算事物的單位詞，指一件事情或一類事物的單位：【兩碼子事】。(3)計數或用具：【砝碼】。

碌 ㄌㄨˋ 10畫 石部

(1)書法用字，向右下斜的一筆稱「磔」。(2)古時分裂罪犯肢體的酷刑。也稱「磔」。

磚 ㄓㄨㄢ 11畫 石部

(1)用黏土等燒成的長方形建築材料：【紅磚、空心磚】。(2)方形或長方形像磚塊的東西：【冰磚、茶磚】。

磬 ㄑㄧㄥˋ 11畫 石部

(1)古代用玉石做成的打擊樂器：【編磬】。(2)寺廟念經時所敲的銅缽，又叫「磬兒」。(3)通「罄」，空盡：【磬龜無腹】。

磨 ㄇㄛˊ 11畫 石部

(1)來回摩擦，使東西光滑或銳利：【磨光或磨刀】。(2)把東西研細：【磨藥、磨碎、磨粉】。(3)消除：【磨滅、百世不磨】。(4)拖延、耗時間：【磨】。(5)煩人的：【這娃兒真磨人】。

碯 ㄇㄛˊ 11畫 石部

(1)研磨用的工具：【石磨、水磨】。(2)磨麵。

磧 ㄑㄧˋ 11畫 石部

(1)淺水中的石堆。(2)沙漠：【磧北】。

磝 ㄙㄚ 11畫 石部

(1)夾雜在食物中或落入眼中的沙子：【飯中有磝】。(2)醜、不大方的：【磝】。

礦 ㄎㄨㄤˋ 12畫 石部

(1)礦物名，是氯化銨，成分色，有鹹味，無可供醫藥和工業用：【碯砂】。

就是「硫磺」，硫的通稱，是黃色的結晶體，易著火，可製火藥、火柴等，也可作藥品。

磷 ㄌㄧㄣˊ 12畫 石部

(1)非金屬元素，多以磷酸鹽的形態存在，可用來製造火柴、肥料、藥品等。有毒性，易燃燒。(2)「雲母」的別名。(3)「磷磷」水流石間的：【磷磷】。(4)扁薄的：【磨而不磷】。

磴 ㄉㄥˋ 12畫 石部

(1)用石頭鋪成的臺階：【石磴】。(2)量詞，臺階一級叫「一磴」。

磯 ㄐㄧ 12畫 石部

(1)水中露出的石堆或水邊突出的大石：【采石磯、燕子磯、釣磯】。

礁 ㄐㄧㄠ 12畫 石部

(1)隱現在海洋水面的岩石：【暗礁、礁石、珊瑚礁】。(2)障礙：【觸礁】。

磻 ㄆㄢˊ 12畫 石部

水名，在陝西省寶雞縣東南，相傳為周朝姜子牙釣魚的地方：【磻溪】。

石部

磻 ㄅㄛ　　維繫繳矢所用的石塊。

磽 ㄑㄧㄠ　石部　12畫　土質硬，不肥沃的：【磽薄、磽瘠、磽确】。

礎 ㄔㄨˇ　石部　13畫　(1)墊在柱子下面的石頭：【礎石】。(2)事情的根本：【基礎、礎業】。

礙 ㄞˋ　石部　14畫　(1)阻擋事情順利進行的人或事：【障礙】。(2)阻擋、妨害：【手礙腳、礙國、有礙公正】。(3)有礙觀瞻、礙

礪 ㄌㄧˋ　石部　15畫　(1)粗的磨刀石。(2)磨：【磨礪】。(3)通「勵」，鼓勵：【砥礪】。

礦 ㄎㄨㄤˋ　石部　15畫　蘊藏在地下，有待開採的自然物質：【煤礦、鐵礦、鈾礦】。

礬 ㄈㄢˊ　石部　15畫　礦物名，是半透明的結晶體，可供染色、製革、澄清汙水用，白色的叫「明礬」。

礫 ㄌㄧˋ　石部　15畫　小石子：【砂礫、瓦礫、礫石】。

礴 ㄅㄛˊ　石部　17畫　廣被、充塞：【磅礴】。

示部 ㄕˋ

示 ㄕˋ　示部　0畫　(1)宣告事情的文字：【告示】。(2)告訴、表明：【指示、示意】。(3)給人看：【示眾】。

社 ㄕㄜˋ　示部　3畫　(1)土地神或祭祀土地神的地方：【社稷、封土立社】。(2)有一定宗旨而結成的團體：【報社、詩社、出版社】。(3)早期臺灣原住民的基層社會組織：【番社】。(4)姓。

祁 ㄑㄧˊ　示部　3畫　(1)山名，是甘肅省和青海省的界山，在今陝西省澄城縣附近：【祁連山】。(2)秦國時代的地名，在今陝西省澄城縣附近。(3)非常的：【祁寒】。(4)姓。

祀 ㄙˋ　示部　3畫　祭拜：【祀天】。

祂 ㄊㄚ　示部　3畫　稱上帝或神的第三人稱代名詞。

祈 ㄑㄧˊ　示部　4畫　(1)請求：【祈求、敬祈】。(2)求神保佑、向神求福：【祈禱】。

祉 ㄓˇ　示部　4畫　幸福：【福祉】。

祇 ㄑ一　4畫　示部
(1)地神，後泛指神：【神祇】
(2)盛大的。
通「只」，但僅僅：【祇得】。

袄 ㄒ一ㄢ　4畫　示部
(1)波斯人創立的一種宗教，南北朝時傳入中國，也稱「拜火教」：【袄教】
(2)妖怪：【袄怪】

祟 ㄙㄨㄟˋ　5畫　示部
(1)鬼神所降的災禍、禍害：【鬼祟】。
(2)泛指鬼神的：【鬼祟祟】
(3)曖昧的：【鬼祟】

祖 ㄗㄨˇ　5畫　示部
(1)稱父母以上的直系親屬：【祖母、祖父】
(2)通稱歷代已死的長輩：【祖先、列祖列宗】
(3)事物或宗派的創始人：【鼻祖、佛祖】
(4)開始、創始的：【開始的】
(5)創始的：【萬物之祖】
(6)先人的：【祖籍、祖國】
(7)本源的：【祖師】
(8)推崇效

神 ㄕㄣˊ　5畫　示部
(1)指創造天地萬物、降禍福的主宰者：【天神、土地神】
(2)聖賢或受崇拜的人死後的精靈：【神明】
(3)心力、注意力：【失神、聚精會神】
(4)奧妙不可思議的、特別高超的：【神奇、神祕】
(5)不平凡的、特別高超的：【神童】
(6)表情、神情：【神情】
(7)姓。

祕 ㄇ一ˋ　5畫　示部
(1)隱密而不公開的：【祕密】
(2)稀有珍奇的：【祕本、祕籍】
(3)姓。
ㄅ一ˋ 國名：【祕魯】。

祇 ㄓ　5畫　示部
(1)恭敬：【慈子祇】
(2)恭敬的：【祇候】
光臨、祇請大安。敬的：【祇候】

祝 ㄓㄨˋ　5畫　示部
(1)祭祀時負責禮讚的人：【廟祝】
(2)祈禱：【祝福】
(3)恭賀、請求：【祝福、祝壽】
(4)斷絕：【祝髮】
(5)姓。

祐 一ㄡˋ　5畫　示部
神明保護、幫助：【保祐、神祐】。

祠 ㄘˊ　5畫　示部
供奉祖先、神或先賢烈士的廟：【祖祠、土地祠、忠烈祠、祠堂】。

祚 ㄗㄨㄛˋ　5畫　示部
(1)福氣：【福祚薄、衰祚薄、天祚明德】
(2)通「阼」，指帝位：【帝祚、國祚】
(3)年歲：【年祚、國祚】

祛 ㄑㄩ　5畫　示部
(1)除去、消除：【祛除、祛暑、祛痰、祛疑】
(2)祭鬼神以求除去災害：【祛災】。

祓 ㄈㄨˊ　示部　5畫
(1)消災求福的一種祭祀：【祓除】 (2)消除。

祔 ㄈㄨˋ　示部　5畫
(1)奉剛死者的牌位入祖祠的一種祭祀 (2)合葬，子孫的棺木葬在祖墳旁叫「祔葬」。

祥 ㄒㄧㄤˊ　示部　6畫
(1)福氣、吉利：【吉祥】 (2)和善：【慈祥】、【祥和】 (3)姓。

票 ㄆㄧㄠ　示部　6畫
(1)可作憑據、有價值或作用的紙張：【鈔票、選票、電影票】 (2)量詞，事物一宗叫一票：【一票貨、一票生意】 (3)稱受匪徒綁架的人：【綁票、肉票】 (4)客串的、非職業性的演戲人員：【票友】。
ㄆㄧㄠˋ 輕捷的：【票姚】。

祭 ㄐㄧˋ　示部　6畫
(1)拜鬼神或對死去的人表示哀悼、致敬的儀式：【家祭、公祭】 (2)對神明、祖先表示恭敬的禮節：【祭祖、祭祀】 (3)姓。
ㄓㄞˋ 姓。

祧 ㄊㄧㄠ　示部　6畫
(1)廟：【宗祧】 (2)繼承先代的：【承祧】。

祺 ㄑㄧˊ　示部　8畫
安泰、吉祥，常用在書信結尾時的祝頌語：【福祺、吉祺、敬頌文祺、順候時祺】。

祿 ㄌㄨˋ　示部　8畫
(1)福分、善：【福祿、天祿】 (2)薪水：【無功不受祿】 (3)利益：【俸祿】 (4)姓。

禁 ㄐㄧㄣˋ　示部　8畫
(1)古時稱帝王居住的地方：【宮禁】 (2)法令或習俗所不允許的事情：【忌禁】 (3)限制或阻止：【禁止】 (4)把人關起來：【囚禁、拘禁】
ㄐㄧㄣ (1)擔當、忍受：【弱不禁風】 (2)耐得住：【情不自禁】。

裸 ㄍㄨㄢˋ　示部　8畫
祭神時把酒灑在地上，請神降臨的禮儀。

禎 ㄓㄣ　示部　9畫
吉祥：【禎祥】。

福 ㄈㄨˊ　示部　9畫
(1)吉祥的事，富貴長壽的總稱：【幸福、福氣】 (2)古代婦女雙手扣合置於腰際的敬禮：【道個萬福】 (3)保祐：【福祐、福庇】 (4)幸運的：【福將、福星、福音】 (5)姓。

示部

禍 ㄏㄨㄛˋ　示部 9畫
(1)災害、不如意的事：【災禍】【禍臨頭】。(2)為害、損害：【禍國、惹禍、大禍】【禍國殃民】。

禊 ㄒㄧˋ　示部 9畫
在水邊舉行的一種驅除不祥的祭祀：【修禊、春禊、秋禊】。

禕 一　示部 9畫
美好有福氣。

禋 ㄧㄣ　示部 9畫
(1)古時天子升煙祭天的祭禮【禋祀】(2)升煙以祭天(3)誠心祭神。

禦 ㄩˋ　示部 11畫
抵抗、抵擋：【防禦、禦敵、禦寒】、禦侮。

禧 ㄒㄧ　示部 12畫
福、吉祥、喜慶：【年禧、恭賀新禧】。

禪 ㄔㄢˊ　示部 12畫
(1)佛法、佛道：【入禪】(2)梵語「禪那」的簡稱，指集中心意以思考真理的一種修行方法：【坐禪、參禪】【禪房、禪理、禪師】。(3)指佛教的一切事務：

禪 ㄕㄢˋ
(3)古時天子讓位給賢能的人：【禪讓】。

禮 ㄌㄧˇ　示部 13畫
(1)人類行為的法則，規範，也就是規規矩矩的態度：【禮法】(2)表示敬意或慶祝的一種儀式：【守禮、婚禮】(3)贈送給人的財物：【送禮、賀禮】(4)書名，周禮、儀禮、禮記合稱「三禮」(5)祭拜、頌經禮佛(6)以尊敬的態度待人：【禮賢下士】(7)姓。

禱 ㄉㄠˇ　示部 14畫
(1)向神祈求：【祈禱、禱祀】(2)祭祀：【禱告】(3)向人請求，常用在書信：【禱】是所至禱。

禰 ㄋㄧˇ　示部 14畫
(1)隨行的神主：【公禰】(2)亡父在宗廟中所立的神主：【入廟稱禰】。

禳 ㄖㄤˊ　示部 17畫
(1)古人向神祈求解除瘟疫疾病而舉行的祭祀：【禳解】(2)祭神以求消除災禍、禳災、禳禱】。

禸部

禸 ㄖㄡˊ　禸部 0畫
獸類踐踏的蹄痕，同「蹂」。

禹 ㄩˇ　禸部 4畫
(1)夏朝的開國君主，治洪水有功。(2)姓。

禺 ㄩˊ　禸部 4畫
(1)界域，一禺的地方。(2)指十禺的地方：【十禺】。

287

禺
(2)番（ㄆㄢ）禺：縣名，在廣州市的東南。(3)古傳說中青目長尾，似猴但體型較大的野獸。

萬 ㄨㄢˋ 内部 8畫
(1)數目名，千的十倍：【萬家財】。(2)比喻很多：【千山萬水、萬事萬物】。(3)極、很、絕對、必然的：【萬全、萬不可說、萬難成功】。(4)眾多的：【千變萬化】。(5)姓。

禽 ㄑㄧㄣˊ 内部 8畫
(1)鳥類的總稱：【家禽、飛禽】。(2)古時泛稱獸類：【終日不獲一禽】。(3)通「擒」，捕捉：【禽走獸】。(4)姓。

禾部

禾 ㄏㄜˊ 禾部 0畫
(1)穀類植物的總稱：【田禾、禾苗、禾稼】。(2)姓。

私 ㄙ 禾部 2畫
(1)財產：【家私、私產、私生活】。(2)人的生殖器官：【私處、女私、男私】。(3)偏愛：【私情、私貨、私暱】。(4)個人的：【私事、私下】。(5)不公開的：【私奔】。(6)祕密的：【偏頗的：私心】。(7)偏頗的：【私心】。(8)通「私」。(9)姓。

秀 ㄒㄧㄡˋ 禾部 2畫
(1)稻麥的穗或草木的花：【後起之秀、麥秀、穀秀】。(2)才智傑出的人：【南土之秀】。(3)天地間的靈氣：【靈秀、叢蘭欲秀】。(4)稻麥草木開花、出穗：【不秀】。(5)優良的：【優秀】。(6)美麗的：【清秀、山明水秀】。(7)文雅靈巧的：【秀氣】。(8)姓。

禿 ㄊㄨ 禾部 2畫
(1)頭上沒有毛髮：【禿頭、禿子】。(2)物體沒有尖端：【筆尖禿了】。(3)樹木沒有枝葉或山沒有樹木：【禿樹、禿山是禿的】。

秉 ㄅㄧㄥˇ 禾部 3畫
(1)容量單位，一公秉等於十公石。(2)拿著、握著：【秉燭、秉筆】。(3)按照：【秉公處理】。(4)掌管、主持：【秉政】。

秈 ㄒㄧㄢ 禾部 3畫
(1)早熟而米粒不黏的稻子，同「籼」：【秈稻】。

科 ㄎㄜ 禾部 4畫
(1)事物的類別：【文科、眼科、農科】。(2)公司、機關裡辦事的單位：【業務科、財政科】。(3)從隋唐到清朝末年，政府選取人才的條例名目：【登科】。(4)戲劇中的動作：【科白】。(5)法律條文：【科罪】。(6)水坑：【雨水盈科】。(7)論斷、判定：【作奸犯科】。

秒 ㄇㄧㄠˇ 禾部 4畫
(1)穀類種子上所長出的幼毛：【禾秒】。(2)

時間的計算單位，分的六十分之一：【讀秒】(3)圓周角度計算的單位，六十秒為一分，六十分為一度。

【秋】ㄑㄧㄡ 禾部 4畫
(1)四季之一，通常指農曆七、八、九月：【秋風、秋季】(2)年歲：【千秋萬世】(3)孔子所作的魯史：【春秋】(4)緊急時刻：【危急存亡之秋】(5)穀類成熟：【麥秋】(6)姓。

【秕】ㄅㄧˇ 禾部 4畫
(1)只有外殼而裡面是空的穀類果實：【秕子】，漏洞：【秕紕】。(2)不良的：【秕政】(3)通「紕」，謬誤：【秕謬】。

【秤】ㄔㄥˋ 禾部 5畫
(1)測定物體重量的器具，同「稱」：【磅秤】(2)用秤來計量物體輕重的工具：【秤】。

【秤】ㄆㄧㄥˊ
計量物體輕重的工具：【天秤】。

【秣】ㄇㄛˋ 禾部 5畫
(1)牲口的飼料：【糧秣】(2)餵牲口：【秣馬】。

【秧】ㄧㄤ 禾部 5畫
(1)初生的稻苗：【插秧】(2)植物幼苗：【魚秧】(3)魚苗：(4)出生不久的動物：【秧稻】(5)栽種：【秧稻】。

【秩】ㄓˋ 禾部 5畫
(1)次序、條理：【秩序】(2)十年叫一秩：【八秩誕辰】(3)官吏的職位：(4)常有的：【常秩】【爵秩】。

【租】ㄗㄨ 禾部 5畫
(1)田賦：【田租】(2)房子、東西借給人用，所收的代價：【房租】(3)出錢向人借東西、或把東西借給人用而收取代價：【租房子、出租汽車】。

【秦】ㄑㄧㄣˊ 禾部 5畫
(1)朝代名(2)陝西省的簡稱(3)陝

【秘】ㄇㄧˋ 禾部 5畫
同「祕」：(1)不讓人知道的、不公開的、不秘密、神秘、秘而不宣】

【秘】ㄅㄧˋ
國名：【秘魯】。

【秬】ㄐㄩˋ 禾部 5畫
黑色的黍，可以製酒。

【秫】ㄕㄨˊ 禾部 5畫
有黏性的高粱，可以釀酒。

【移】ㄧˊ 禾部 6畫
(1)遷徙、搬遷：【移民、遷移】(2)改變、動搖：【移風易俗、堅定不移】(3)傳遞：【移山、愚公移山】(4)姓。

【稅】ㄕㄨㄟˋ 禾部 7畫
(1)國家向人民徵收的金錢：【納稅、所得

稅、營業稅】(2)姓。

稈 ㄍㄢˇ 禾部 7畫
穀類植物的莖：【稻稈、麥稈】。

稍 ㄕㄠ 禾部 7畫
略微的：【稍微、稍等一下】。

程 ㄔㄥˊ 禾部 7畫
(1)道路、段落：【路程、送你一程】
(2)事物進行的步驟、順序：【議程、日程】
(3)標準、規章：【規程、章程】
(4)一定的進度或數量：【課程】
(5)姓。

稀 ㄒㄧ 禾部 7畫
(1)疏、不密：【稀疏、地廣人稀、月明星稀】
(2)薄而不濃的：【稀飯】
(3)極、很：【稀軟】
(4)不多、少有的：【人生七十古來稀】
(5)姓。

稃 ㄈㄨ 禾部 7畫
穀類的外皮：【麥稃、熬稃】。

稊 ㄊㄧˊ 禾部 7畫
(1)草名，結出的果實中有細米，不可以吃：【稊稗】
(2)樹木新生的嫩葉：【枯楊生稊】。

稂 ㄌㄤˊ 禾部 7畫
對禾苗有害的雜草：【稂莠】。

稜 ㄌㄥˊ 禾部 8畫
(1)物體兩面相交點所形成突起的角：【角、桌子稜】
(2)威嚴的樣子：【風采稜稜】。

稚 ㄓˋ 禾部 8畫
(1)年齡幼小的：【幼兒、童稚】
(2)年齡幼小或智能淺薄的：【幼稚】。

稠 ㄔㄡˊ 禾部 8畫
(1)濃密、眾多：【地廣人稠】
(2)濃厚的：【濃稠】。

稔 ㄖㄣˇ 禾部 8畫
(1)古時穀物一年收成一次，所以一年叫一稔：【三稔、不及五稔】
(2)熟悉：【素稔、熟稔】
(3)穀物成熟：【稔年、豐稔】
(4)豐收的：【豐稔】。

稟 ㄅㄧㄥˇ 禾部 8畫
(1)天賦的資質：【稟賦、異稟】
(2)承受：【稟受】
(3)下級對上級或晚輩對長輩報告：【稟告、稟白】
(4)通「廩」，穀倉。

稞 ㄎㄜ 禾部 8畫
一種耐寒耐旱的麥類，多生長在中國西北或西南高原，是藏族人民的主要食糧：【青稞】。

稗 ㄅㄞˋ 禾部 8畫
(1)一種和稻米很類似的一年生草本植物。
(2)細小的、瑣碎的、非正統的：【稗官、稗史】。

種 ㄓㄨㄥˇ 禾部 9畫
(1)植物的籽粒：【菜種、樹種】
(2)人類的族類：【黃種、白種】
(3)事物的……

種 ㄓㄨㄥˇ
類別：【品種】、【絕種】、【傳種】、
(4)生物的後代：
(5)量詞，事物一類叫一種：【兩種花、各種顏色】

種 ㄓㄨㄥˋ
(1)把植物的籽粒或秧苗根埋在土地裡，以求其生長繁殖：【種菜、種花】
(2)把疫苗注射入人體內，以預防疾病：【種牛痘】。
種子：

稱 ㄔㄥ　9畫　禾部
(1)人或東西的名號：【通稱、別稱】
(2)測量東西的輕重：【稱一稱】
(3)讚美、讚揚：【稱人之美】
(4)自居：【稱帝、稱雄】
(5)叫做、喚：【稱為、稱兄道弟】
(6)舉、發動：【稱兵作亂】
(7)說、表示：【稱病、人人稱快】

稱 ㄔㄣˋ
(1)相稱：【稱心、稱意、稱職】
(2)適合、相當於：【相稱】
(3)滿足、適合

稱 ㄔㄥˋ
(1)通「秤」，衡量輕重的工具：【磅稱】

稰 ㄒㄩ　9畫　禾部
成熟後所收穫的穀物：【稻穗】。

穀 ㄍㄨ　10畫　禾部
(1)農作物的總稱：【五穀雜糧】
(2)稻類的：【穀類】
(3)好、善：【穀旦】

稿 ㄍㄠ　10畫　禾部
(1)指完成而未經過整理的文章或繪畫：【草稿、底稿】
(2)尚未刊行的文章、底子：【投稿】
(3)計畫：【腹稿】

稼 ㄐㄚ　10畫　禾部
(1)農作物的總稱：【莊稼】
(2)耕種：【耕稼】
(3)栽種穀類植物：【稼穡】

稷 ㄐㄧ　10畫　禾部
(1)一年生草本植物，葉子細長，平行脈，莖稈高大，性硬而不黏，有紅、白兩種。
(2)古人認為稷是所有穀類中最重要的，所以把農官、穀神都叫做「稷」。
(3)國家的代稱：【社稷】。

稻 ㄉㄠˋ　10畫　禾部
一年生的禾本植物，是重要的糧食作物，種在旱地的稱「旱稻」，種在水田中的稱「水稻」。

稽 ㄐㄧ　10畫　禾部
(1)查考、查核：【稽考、稽查、無稽、有案可稽】
(2)計較、爭論：【反脣相稽】
(3)停留、拖延：【稽留】
(4)考察：【稽核】
(5)姓。

稽 ㄑㄧˇ
雙手先下拜而後叩頭至地：【稽首】。

稹 ㄓㄣˇ　10畫　禾部
(1)通「縝」，細密：【稹密、稹理】

積 ㄐㄧ　11畫　禾部
(1)數學上兩數或多數相乘的結果：【乘積】
(2)聚集、堆聚：【積穀防饑】
(3)儲存：【積存】
(4)長久的：【積弊】。

291

穎 ㄧㄥˇ　11畫｜禾部

(1)禾本科植物果實的末端：【果穎】(2)毛：【毛穎】(3)稻穎。(4)尖銳物的末端：【脫穎而出】。(5)聰敏：【穎慧、穎悟、聰穎】。

穆 ㄇㄨˋ　11畫｜禾部

(1)宗廟裡神位的排列次序，左邊是昭，右邊是穆：【昭穆】(2)溫和敬的：【溫穆】(3)恭敬的：【莊嚴肅穆】(4)靜默的：【穆然】(5)姓。

穌 ㄙㄨ　11畫｜禾部

【耶穌】(1)通「甦」，「甦」，從昏迷中醒過來：【復甦】。(2)基督教的神名：【耶穌基督】。

穗 ㄙㄨㄟˋ　12畫｜禾部

(1)植物上聚集成串的小花或果實：【稻穗】(2)用絲線或布結成下垂的裝飾品通稱「繐」：【帽穗、麥穗、花穗、穗子】。

穢 ㄏㄨㄟˋ　13畫｜禾部

(1)田裡的雜草：【荒穢】(2)骯髒的、不乾淨的：【汙穢、穢物】(3)不好的、醜惡的：【穢語、穢行、穢俗】。

穡 ㄙㄜˋ　13畫｜禾部

【稼穡】(1)指耕作方面的事：【農穡】。

穠 ㄋㄨㄥˊ　14畫｜禾部

【穠華】花木繁盛的樣子：【穠豔、穠華】。

穫 ㄏㄨㄛˋ　14畫｜禾部

(1)農產的收成：【一年三穫】(2)收割農作物：【收穫】。

穩 ㄨㄣˇ　14畫｜禾部

(1)妥貼、安當：【穩當、安穩】(2)可靠：【穩贏、穩操勝算】(3)一定：【十拿九穩】。

穰 ㄖㄤˊ　17畫｜禾部

(1)穀類植物莖裡白色柔軟的部分(2)果肉，同「瓤」：【棗穰】(3)收穫豐盛：【稠穰、天下穰穰】(4)繁盛的：【穰歲】(5)紛亂：【心緒紛穰、天下穰穰】。

穴部 ㄒㄩㄝˊ

穴 ㄒㄩㄝˊ　0畫｜穴部

(1)岩洞、地洞：【穴居】(2)動物的窩巢：【蟻穴、虎穴】(3)墓坑、墳洞：【墓穴】(4)洞孔、窟窿：【空穴來風】(5)人體經脈要害的地方：【穴道、太陽穴】。

究 ㄐㄧㄡ　2畫｜穴部

(1)深入探求事理：【研究、探究】(2)查問：【追究、既往不究】(3)推尋、表示結果：【究竟】。

空 ㄎㄨㄥ　3畫｜穴部

(1)天：【晴空】(2)佛教所說超越色相現實的

空 ㄎㄨㄥ
境界：【四大皆空】(3)虛無、沒有東西：【落空、撲空】(4)沒有東西的：【空箱子、空城子】(5)不切實際的：【空想、空房、空話】(6)徒然、白費：【空跑一趟、空歡喜】(7)姓。

ㄎㄨㄥˋ
(1)間隙：【間隙】(2)閒：【沒空、空兒】(3)窮困缺乏：(4)留出來待用：【空出時間、空出一個位置】(5)未加利用：【空地、空位】。

穹 ㄑㄩㄥ　3畫　穴部
(1)天空：【蒼穹】(2)中間隆起、周圍下垂的、很深的：【穹谷】、穹廬、穹隆。

穸 ㄒㄧ　3畫　穴部
墓穴：【窀穸】。幽穸。

穿 ㄔㄨㄢ　4畫　穴部
(1)通過孔穴：穿針引線。(2)著衣、著鞋：【穿衣、穿鞋襪】(3)物體損壞而有洞：【襪子穿了、鞋底穿了】(4)通過。

突 ㄊㄨ　4畫　穴部
(1)煙囪：【煙突】(2)曲突徙薪。(3)忽然：【突然】(4)突破、突圍。(5)急速的：【突飛猛進】。突然、突起：【突出、突變】、突破。比四周圍高：【突出】。

窆 ㄅㄧㄢˇ　4畫　穴部
墓穴：【窆穸】。

窄 ㄓㄞˇ　5畫　穴部
(1)狹、寬度小：【窄路、窄橋】(2)心胸狹：心胸不開朗、小心眼。裙子窄。

窈 ㄧㄠˇ　5畫　穴部
(1)形容女孩子美麗、端莊：【窈窕】(2)幽深的樣子：【窈然】。

窆 ㄅㄢˇ　5畫　穴部
把棺木埋在墓穴裡。

窒 ㄓˋ　6畫　穴部
(1)阻塞不通、阻礙：【窒礙、窒息】(2)壓抑：【懲忿窒欲】。

窕 ㄊㄧㄠˇ　6畫　穴部
通「姚」，美好的樣子：【窈窕】、形容女子端莊、美麗：【窈窕】。

窗 ㄔㄨㄤ　7畫　穴部
(1)建築物或車輛為了透光、通氣所開的洞口：【玻璃窗、窗戶】(2)求學讀書的處所：【同窗三年】。

窘 ㄐㄩㄥˇ　7畫　穴部
(1)難堪的、受窘的、窘迫：難堪的情況、窘困的、難為情、為情所窘。(2)難堪：【受窘】(3)難堪的、難為情：【窘境、窘色、窘態】。

窖 ㄐㄧㄠˋ　7畫　穴部
(1)用來收藏東西的地洞：【地窖】(2)將東西藏在地下室或地洞裡：【窖果子、窖藏】。

窟　ㄎㄨ　穴部　8畫
(1)動物潛藏的洞穴：【窟穴】。(2)人居住的土室：【匪窟、賭窟】。(3)壞人聚集的地方：【窟窿】。(4)坑洞

窣　ㄙㄨ　穴部　8畫
形容細碎的聲音：【窸窣】。

窠　ㄎㄜ　穴部　8畫
(1)蜂窠。(2)鳥獸或昆蟲居住的地方：【鳥窠、豬窠】。動物棲息的洞穴：【虎窠】。

窩　ㄨㄛ　穴部　9畫
(1)鳥獸或昆蟲居住的地方：【蜂窩、螞蟻窩、鳥窩、豬窩】。(2)人聚集或居住的地方：【賊窩、安樂窩】。(3)凹陷的地方：【酒窩、胳肢窩】。(4)計算動物的單位：【一窩小雞】。(5)藏匿犯人或贓物：【窩藏】。(6)弄彎：【把帽子窩圓】。

窪　ㄨㄚ　穴部　9畫
(1)低陷的地方：【水窪】。(2)凹陷的、深凹的：【窪地】。

窖　ㄐㄧㄠˋ　穴部　9畫
(1)地下室、地窖：【地窖】。(2)把食物或酒藏在地下：【窖藏】。

窨　ㄧㄣ　穴部　9畫
(1)門旁的小孔：【篳門圭窨】。(2)地下室：【窨室】。

窬　ㄩˊ　穴部　9畫
(1)穿窬之盜。(2)通「踰」，超越：【窬木方板】。(3)中空的。

窯　ㄧㄠ　穴部　10畫
(1)燒製陶瓷磚瓦的灶：【磚窯、瓦窯】。(2)開採煤礦的洞：【煤窯、窯洞】。(3)居住的山洞或土屋：【窯洞】。(4)可供(5)俗稱妓女。陶、瓷也稱為「窯」。

窮　ㄑㄩㄥˊ　穴部　10畫
(1)終極、盡頭：【辭窮、趣味無窮】。(2)貧苦的：【窮人、窮困】。(3)偏遠的：【窮鄉僻壤】。(4)終極的：【窮途末路】。

窰　ㄧㄠˊ　穴部　10畫
同「窯」。

窳　ㄩˇ　穴部　10畫
(1)衰弱的。(2)器物粗糙不精。(3)怠惰的：【窳劣、窳陋、窳民、窳農】。

窺　ㄎㄨㄟ　穴部　11畫
(1)偷看：【窺探虛實】。(2)偵察：【窺視】。

窸　ㄒㄧ　穴部　11畫
細碎而又斷斷續續的聲音：【窸窣】。

窿　ㄌㄨㄥˊ　穴部　12畫
孔穴：【窟窿】。

竄　ㄘㄨㄢˋ　穴部　13畫
(1)亂跑、亂逃奔：【流竄、亂竄、東奔西竄】。(2)指文字方面的修改更換：【竄改】。

竅　ㄑㄧㄠˋ　穴部　13畫
(1)孔穴：【七竅】。(2)事情的關鍵或要點：【竅門、訣竅】。

穴部

【訣竅、竅門】。

竇 ㄉㄡˋ　穴部　15畫
（1）孔穴、洞：【狗竇】（2）人體器官或組織裡凹入的地方：【疑竇叢生】（3）端倪：【鼻竇】（4）姓。

竈 ㄗㄠˋ　穴部　16畫
以磚石砌成，用來生火，做飯、烹煮的設備，同「灶」：【鍋竈】。

竊 ㄑㄧㄝˋ　穴部　18畫
竊盜（1）小偷：【小偷】（2）盜取：【失竊、慣竊】（3）用不正當的方法得到事物：【竊國、竊據】（4）偷偷的做，不讓人發現：【竊聽、竊笑】。

立部

立 ㄌㄧˋ　立部　0畫
（1）站著：【站立、立正】（2）直立、立刻（3）制定：【立法】（4）決定、訂定：【立志、立合同、立約】（5）設置：【立廟、公立】（6）建立：【立功】（7）豎起來：【立竿見影】（8）馬上：【立刻】（9）姓。

站 ㄓㄢˋ　立部　5畫
（1）中途停留的地方：【車站、火車站】（2）機關團體在各地設立的小單位：【服務站】（3）一種地區性的小型組織，可供聯絡或服務之用：【加油站、保健站】（4）直立、站著：【站立、站好、站著】。

竣 ㄐㄩㄣˋ　立部　7畫
完成、結束：【竣工】。

童 ㄊㄨㄥˊ　立部　7畫
（1）還未成年的人、小孩子：【兒童、童子、童言無忌】（2）僕役：【童工、童僕】（3）幼小的：【書童、童年】（4）不長草木的：【童山】（5）無知的：【童言、童蒙】（6）姓。

竦 ㄙㄨㄥˇ　立部　7畫
（1）通「悚」，懼怕：【竦懼】（2）恭敬：【竦聽、竦然起敬、毛骨竦然】。

竫 ㄐㄧㄥˋ　立部　8畫
（1）假造、杜撰：【竫言】（2）端正的、安坐：【立安坐】。

竭 ㄐㄧㄝˊ　立部　9畫
（1）用盡：【竭盡】（2）衰竭、衰敗：【衰竭】。

端 ㄉㄨㄢ　立部　9畫
（1）事情的起頭：【開端、事端】（2）事物、方面；橫木的兩端、一頭、一邊、一方面：【一端、變化多端】（3）開始：【筆端】（4）原因：【無端、端的】（5）用手捧著東西：【端茶、端盤子】（6）詳審、審視：【端詳】（7）正派：【品行不端、心術不端】（8）姓。惻隱之心，仁之端也。

競 ㄐㄧㄥˋ　立部　15畫
（1）比賽：【競賽、競選】（2）爭先：【競爭、競勝】。

【競相走告】。

竹部

竹 ㄓㄨˊ 竹部 0畫
(1)一種中空有節的植物：【孟宗竹、湘妃竹】。(2)一種樂器：【絲竹】。(3)簡冊：【罄竹難書】。(4)姓。

竺 ㄓㄨˊ 竹部 2畫
(1)「天竺」的簡稱，古代印度稱為「天竺」。(2)山名，在浙江省杭縣。(3)姓。

竿 ㄍㄢ 竹部 3畫
(1)竹幹：【竹竿】。(2)通「杆」，類似竹竿的東西：【旗竿】。

竽 ㄩˊ 竹部 3畫
古代樂器名，形狀像現在的笙。

笆 ㄅㄚ 竹部 4畫
(1)有棘的竹籬：【籬笆】。(2)用竹片或柳條編織成的器物：【笆斗、笆簍】。

笑 ㄒㄧㄠˋ 竹部 4畫
(1)因為欣喜而顯露出高興的表情或發出快樂的聲音：【微笑、哈哈笑】。(2)嘲諷、輕視：【嘲笑、五十步笑百步】。

笈 ㄐㄧˊ 竹部 4畫
書箱：【書笈】、負笈。

笏 ㄏㄨˋ 竹部 4畫
古代大臣朝見皇帝時所拿的手板：【玉笏】。

笄 ㄐㄧ 竹部 4畫
(1)古代人盤挽髮髻時所用的頭簪：【金笄】。(2)古代女子年滿十五歲、束髮插簪的習俗：【及笄】、玉笄。

笊 ㄓㄠˋ 竹部 4畫
【笊籬】用竹片、柳條或金屬絲編製成的，形狀像蜘蛛網的器具，用來在水裡撈東西。

笠 ㄌㄧˋ 竹部 5畫
(1)用竹葉或筍殼編成的帽子，用來防止日晒雨淋：【簑笠、斗笠】。(2)用來蓋東西的竹製器具：【笠蓋】。

笨 ㄅㄣˋ 竹部 5畫
(1)不聰明、愚笨：【笨伯、愚笨】。(2)不靈巧的：【笨重、笨拙、笨手笨腳】。

符 ㄈㄨˊ 竹部 5畫
(1)古代傳送命令時用來作憑證的東西。用竹、木、玉或金屬做成，分成兩半，雙方各拿一半，以便驗證：【兵符】。(2)事物的預兆：【祥符】。(3)標誌：【符號、音符】。(4)道士所畫的一種圖案：【畫符、護身符】。(5)相合、正確：【言行不符】。(6)姓。

笙　ㄕㄥ　竹部　5畫

(1)古代的管樂器：【笙歌】

笛　ㄉㄧˊ　竹部　5畫

(1)竹製的管樂器，有七孔。【橫笛】(2)汽

聲尖銳的發音器：【警笛、汽笛】

第　ㄉㄧˋ　竹部　5畫

(1)次序：【第一、等第】(2)古時稱有錢有科及第(3)府第：【府第】(4)姓。地位人家的屋子：舉時代考試及格的標準、落第】

答　ㄔ　竹部　5畫

用鞭、杖或竹板打：【鞭答】

笳　ㄐㄚ　竹部　5畫

古代的簧管樂器，漢朝時流行於北方：

筍　ㄙㄨㄣˇ　竹部　5畫

胡笳】。竹製的捕魚器，口大頸窄，腹大而長。

等　ㄉㄥˇ　竹部　6畫

竹或葦做成。(1)品級、次第：【等級、等第】(2)輩、類：【我等】(3)同樣、相同：【等候、相待】(4)同樣、相等】：【等號、相等】等長、等一下、相等】們：候、等

策　ㄘㄜˋ　竹部　6畫

(2)古代一種文體：【治安策】(1)古代用來記事的木片或竹片：【簡策】(3)

筒　ㄙ　竹部　5畫

竹片。古時候用來方形箱子，用具：【笤帚】。飯或放衣物的竹製的掃地用

笞　ㄊㄠ　竹部　5畫

(1)折竹做成的馬鞭(2)古時小孩學習寫字的策杖或封賜土地或封賜土地

笭　ㄗㄢ　竹部　5畫

竹籠子。

筆　ㄅㄧˇ　竹部　6畫

(1)書寫或繪畫的用具：【筆、毛筆、鉛筆】(2)書法中斜向上的筆畫(5)計畫、謀畫：【策畫】(6)古代皇帝以文書任命官位或封賜土地：【策封】(7)拱：【策馬】(9)姓。(8)驅使：【策馬】馬鞭：【執策前進】(4)書法中斜向上的筆畫(5)計畫、(2)一筆大數目(4)計算單位：寫：【一筆寫得不夠好(3)文字的描寫或議論書寫文字時的一畫：【這一筆寫(5)寫：(6)姓。

筐　ㄎㄨㄤ　竹部　6畫

柳條編成的盛物器具：【籮筐】

筒　ㄊㄨㄥˇ　竹部　6畫

器具：【郵筒、錢筒】古代盛物的方形器具：(1)竹筒(2)粗大的竹管。像竹筒中空的，通稱以竹片或

答　ㄉㄚˊ　竹部　6畫

(1)應對、回覆別人的問題：【答話、答別人的問題，回覆

297

答 ㄉㄚˊ 竹部 6畫
(1)回覆、相應:【問答題】(2)回報:【答禮、報答】。
ㄉㄚ (1)允許:【答應】(2)害羞的樣子:【羞答答】(3)姓。

筍 ㄙㄨㄣˇ 竹部 6畫
(1)竹類地下莖所長出的嫩芽:【竹筍】(2)【筍頭】:竹器、竹器的結構上凸起的部分

筋 ㄐㄧㄣ 竹部 6畫
(1)連接在骨肉中的韌帶:【牛筋、豬蹄筋】(2)具有韌性的物體:【橡皮筋】(3)肌肉所產生的能力:【筋疲力盡】(4)姓。

筏 ㄈㄚˊ 竹部 6畫
用木或竹編成,可渡水的工具:【木筏、竹筏】。

筑 ㄓㄨˊ 竹部 6畫
(1)古代一種樂器,和箏相似,有十三根弦,器,下面有枕木。演奏時左手按弦的一端,右手拿竹尺拍打弦,發出聲音:【擊筑】(2)貴州省貴陽市的簡稱(3)河流名,在湖北省【筑水】。

筌 ㄑㄩㄢˊ 竹部 6畫
捕魚的竹器:【得魚忘筌】。

筇 ㄑㄩㄥˊ 竹部 6畫
竹的一種,可以作枴杖,所以文言中稱竹杖為「筇」。

筊 ㄐㄧㄠˇ 竹部 6畫
(1)用竹皮編成的粗繩子(2)用竹或木做的占卜用具,也稱「杯筊」。

筷 ㄎㄨㄞˋ 竹部 7畫
吃飯的用具,是一雙長條形的物體,用來夾菜、扒飯:【一雙竹筷】。

節 ㄐㄧㄝˊ 竹部 7畫
(1)植物枝幹連接的地方:【竹節、松節】(2)動物骨骼相互連接的部位:【關節】(3)事務或文章的段落:【章節】(4)國定紀念日或習俗佳日:【青年節、雙十節】(5)事情的情形:【情節、細節】(6)人的操守、品行:【情操、節操】(7)法度準則:【禮節】(8)音樂的拍子:【音節、節拍】(9)古代使者所拿的信物:【符節】(10)時令:【節氣】(11)約束:【節制】(12)減省:【節省、限制】(13)姓。

筠 ㄩㄣˊ 竹部 7畫
(1)竹子外層的青皮:【翠筠】(2)竹子的別稱。

筮 ㄕˋ 竹部 7畫
古時候用著草占卜叫「筮」。

笆 ㄅㄚ 竹部 7畫
農家取草用的有齒竹器,也稱「笆子」。

筳 ㄊㄧㄥˊ 竹部 7畫
(1)紡紗的器具(2)小竹枝。

筧 ㄐㄧㄢˇ 竹部 7畫
(1)導水用的長竹管(2)竹名之一。

具。

筥 ㄐㄩ 竹部 7畫
一種用竹子編成，可以盛東西的圓形器具。

筊 ㄒㄠˊ 竹部 7畫
通「筱」，細小的竹子。

筋 ㄓㄨ 竹部 7畫
通「箸」，吃飯時挾菜的用具。

筲 ㄕㄠ 竹部 7畫
(1)古時一種竹編的容器，可以用來盛飯。(2)北方稱挑水的水桶為「水筲」，一桶水叫一筲水。

管 ㄍㄨㄢˇ 竹部 8畫
(1)用竹製成的樂器：【簫管】(2)圓柱形中空的物體：【水管、氣管】(3)用來計算管形東西的單位詞：【一管毛筆】(4)筆：【握管】(5)處理、辦理：【管理】(6)供給：【管吃、管住】(7)約束、教導：【管教】(8)干涉別人：【管閒事】(9)狹小的：【管見】(10)保證、準定：【我們管他叫老王】(11)把、將：【我……】(12)姓。

箕 ㄐㄧ 竹部 8畫
(1)去除米糠的圓形竹器：【簸箕】(2)收集垃圾泥土的用具：(3)星宿名：【南箕】(4)姓。

箋 ㄐㄧㄢ 竹部 8畫
(1)精緻的紙張：【錦箋】(2)泛稱信札：【信箋、便箋】(3)寫信或題辭用的紙：(4)注解：【箋注】

筵 ㄧㄢˊ 竹部 8畫
(1)古人坐在地上所鋪設的席子：【筵席】(2)酒席：【喜筵、壽筵】

算 ㄙㄨㄢˋ 竹部 8畫
(1)計畫：(2)核計、計數：【算帳】(3)謀畫：【老謀深算】(4)當作、計數：(5)承認、作罷、完結：【這件事還不能算完】【算了算了！別吵啦！】(6)姓。

箔 ㄅㄛˊ 竹部 8畫
(1)簾子：【簾箔、珠箔】(2)用竹子編成的養蠶器具：【蠶箔】(3)金屬薄片：【金箔、鋁箔】

箝 ㄑㄧㄢˊ 竹部 8畫
(1)挾東西的工具：【竹箝】(2)夾住、限制、約束：【箝制、箝口】。

箏 ㄓㄥ 竹部 8畫
樂器名，形狀像瑟，有五弦、十二弦、十三弦、十六弦等：【古箏、銀箏】

箸 ㄓㄨˋ 竹部 8畫
筷子。

箍 ㄍㄨ 竹部 8畫
(1)環繞器物的竹篾或金屬圈：【金箍、鐵箍】(2)圍束：【箍水桶、頭上箍著一條毛巾】。

箇 ㄍㄜˋ　竹部　8畫

(1)和「個」、「个」字通用。
(2)雲南省的縣名:【箇舊】。

箅 ㄅㄧˋ　竹部　8畫

墊在鍋底以便蒸熱食物的竹器，俗稱「箅子」。

箜 ㄎㄨㄥ　竹部　8畫

【箜篌】古樂器名，像瑟但比較小，有二十三弦。抱在懷裡，用手指或木片撥彈。

劄 ㄓㄚˊ　竹部　8畫

(1)通「札」，文書的一種。公文。
(2)量詞，舊時的一種，薄狀物一疊叫一劄:【一劄信箋】。

箱 ㄒㄧㄤ　竹部　8畫

(1)收藏物品的長方形器具:【皮箱】、【車箱】。
(2)火車、汽車容納乘客或貨物的部分:【車箱】。
(3)形狀像箱子的東西:【風箱】。
(4)商品的包裝單位，數量並不一致，如飲料二十四瓶叫一箱。

範 ㄈㄢˋ　竹部　9畫

(1)應該遵守的規則、法令:【規範】。
(2)好的榜樣:【模範】。
(3)值得學習的:【範例】、【範本】。
(4)界限:【範圍】。
(5)限制:【防範】。
(6)姓。

箭 ㄐㄧㄢˋ　竹部　9畫

(1)一種古代武器，要用弓發射出去:【弓箭】、【飛箭】、【暗箭】。
(2)一種細小可做箭桿用的竹子:【箭竹】。
(3)快速的:【箭步】、光陰似箭。

箴 ㄓㄣ　竹部　9畫

(1)縫衣的工具，同「針」。
(2)古代一種文章體裁，內容以勸戒為主:【箴規】、【箴言】、【箴銘】。
(3)勸告、勸戒:【箴規】。

篆 ㄓㄨㄢˋ　竹部　9畫

(1)中國文字的書體名:【篆書】、【大篆】、【小篆】。
(2)印章、印信:【接篆】。
(3)尊稱別人的名字:【臺篆】。

篇 ㄆㄧㄢ　竹部　9畫

(1)首尾完整的詩歌、文章:【詩篇】。
(2)一部著作可以分開的大段落:【篇章】。
(3)計算數量的語詞，通常用在詩歌、文章:【一篇文章】。

篁 ㄏㄨㄤˊ　竹部　9畫

(1)竹子的通稱:【修篁】。
(2)竹林:【幽篁】。

篋 ㄑㄧㄝˋ　竹部　9畫

小箱子:【篋】、【書篋】、【行篋】。

筅 ㄒㄧㄢˇ　竹部　9畫

用竹或其他植物的根所做的洗刷鍋碗用具，俗稱「炊帚」:【筅帚】。

箠 ㄔㄨㄟˊ　竹部　9畫

(1)馬鞭子。
(2)打。
(3)古時用杖打人的刑罰:【榜箠】。

篌 ㄏㄡˊ　竹部　9畫
箜篌，古樂器。

箬 ㄖㄨㄛˋ　竹部　10畫
竹子的一種，莖部中空細長，葉子寬大，竹筍可以食用，葉子可用來編織、包東西：【箬笠】。

篙 ㄍㄠ　竹部　10畫
(1)撐船用的竹竿：【竹篙】
(2)撐船的人：【篙夫】
(3)計算深度的量詞：【水有幾篙深？】。

簑 ㄙㄨㄛ　竹部　10畫
用草或棕櫚葉編成的防雨用具：【簑笠】。

築 ㄓㄨˊ　竹部　10畫
(1)建造、修建：【建築、小築】
(2)建築物：【建築】
(3)姓。
築路、建築房屋。

篤 ㄉㄨˇ　竹部　10畫
(1)忠實、誠實：【篤實、誠實】
(2)病情沉重：【病篤】
(3)專心、全心全意：【篤學、篤信】。

篡 ㄘㄨㄢˋ　竹部　10畫
(1)奪取：【篡奪】
(2)臣子奪取君主的權位：【篡位】
(3)姓。

篩 ㄕㄞ　竹部　10畫
(1)以竹、木等製成的器具，上面有許多小洞，可以留下要的東西而把不要的細碎東西漏下去：【篩子】
(2)植物運送養分的管道：【篩管】
(3)用篩子過濾物品：【篩選】。

篦 ㄅㄧˋ　竹部　10畫
(1)細齒的梳子，用竹片或牛骨等做成。
(2)梳頭：【篦髮】。

篚 ㄈㄟˇ　竹部　10畫
古時裝物品的方形或圓形竹器。

簇 ㄘㄨˋ　竹部　11畫
(1)箭矢前端鋒利部分。
(2)叢聚的：【花團錦簇、一簇鮮花】
(3)極新的：【簇新】
團狀物：【竹簇】。

簍 ㄌㄡˇ　竹部　11畫
(1)用竹子、荊條等編成的盛物器具：【油簍、字紙簍】
(2)量詞，計算竹籠等物器的單位：【一簍】。

篷 ㄆㄥˊ　竹部　11畫
(1)遮蔽陽光、風雨的設備，通常用竹席或薄片製成：【船篷、車篷】
(2)船帆，用帆布製成：【扯起篷來】。

篾 ㄇㄧㄝˋ　竹部　11畫
用竹子或蘆葦等的莖削成的薄片，用來編製東西：【竹篾】。

簌 ㄙㄨˋ　竹部　11畫
(1)繁密的樣子。
(2)細碎不斷的聲音：【竹林裡簌簌作響】
(3)紛紛落下來的樣子：【風動落花紅簌簌】【珠簌簌地掉下來】【淚簌簌地掉下來】。

篳 ㄅㄧˋ　竹部　11畫
用樹枝、荊條、竹子編成的遮攔物：【篳門篳戶】籬笆、竹篳等遮攔物。

簋 ㄍㄨㄟˇ　竹部　11畫
古時祭祀或請客時用來盛黍稷的器具。

簀 ㄗㄜˊ　竹部　11畫
用竹片編成的席子。

簧 ㄏㄨㄤˊ　竹部　12畫
(1)樂器裡振動發聲的薄銅片或竹薄片：【笙簧】。(2)器物上有彈力的機件：【彈簧、鎖簧】。

簪 ㄗㄢ　竹部　12畫
(1)別在頭髮上的一種飾物：【玉簪、扁簪】。(2)戴上、插上：【簪筆、簪花】。

簞 ㄉㄢ　竹部　12畫
(1)古時盛飯的圓形竹器。(2)圓形、有蓋的小箱子。

簣 ㄎㄨㄟˋ　竹部　12畫
竹製的盛土筐子：【功虧一簣】。

簫 ㄒㄧㄠ　竹部　12畫
竹製的單管吹樂器，聲音清幽，常用於獨奏或合奏：【洞簫】。

簡 ㄐㄧㄢˇ　竹部　12畫
(1)古時用來寫字的竹片：【簡冊、竹簡】。(2)信件：【手簡、書簡】。(3)挑選：【簡拔】。(4)減省：【簡略】。(5)不複雜的：【簡單】。(6)姓。

簟 ㄉㄧㄢˋ　竹部　12畫
用竹編成的席子：【竹簟】。

簾 ㄌㄧㄢˊ　竹部　13畫
(1)用布、竹子等做成，用來遮蔽門窗的物品：【門簾、竹簾、窗簾】。(2)從前店門前作為標誌吸引顧客的旗子：【酒簾】。

簿 ㄅㄨˋ　竹部　13畫
(1)記事或記帳的本子：【日記簿、作文簿】。(2)訴訟文書：【對簿公堂、帳簿】。
ㄅㄛˊ　同「箔」(1)簾子(2)用細竹或蘆草編成的養蠶器具：【蠶簿】。

簽 ㄑㄧㄢ　竹部　13畫
(1)通「籤」，標示記號的紙片：【標籤、簽條】。(2)親自寫上姓名或畫上記號：【簽名】。(3)用比較簡單的文字提出要點或意見：【簽呈】。

簷 ㄧㄢˊ　竹部　13畫
(1)屋頂向外伸出去的部分，用來遮蓋屋的邊緣或物體伸展出去的部分：【屋簷、房簷】。(2)遮蓋屋的邊緣：【帽簷】。

簸 ㄅㄛˇ　竹部　13畫
(1)用箕上下顛動，去掉糧食中糠粃、塵土等雜物。(2)搖動：【簸盪】。
ㄅㄛˋ　用來簸糧食或掃地時盛塵土的用具：【簸箕】。

籀 ㄓㄡ　竹部　13畫
先秦古字體的一種，即「大篆」。

籍 ㄐㄧˊ 14畫 | 竹部
(1)書本：【書籍】、【典籍】、【書籍】。(2)登記後的冊子：【戶籍】、【籍貫】、【祖籍】生長或久居的地方：【國籍】。(4)姓。

籌 ㄔㄡˊ 14畫 | 竹部
(1)計算數目的用具：【籌碼】、【籌算】。(2)計畫：【籌備】、【籌劃】：【酒籌】。(3)謀劃：【一籌莫展】。(4)計算、運籌帷幄、預籌資金。

籃 ㄌㄢˊ 14畫 | 竹部
(1)用籐條、竹片編織成的器具，有提手：【菜籃、花籃】。(2)籃球架上作為投球目標的框框：【投籃、籃板】。(3)姓。籃球架上作為投球目標的框框：用來裝東西：

藤 ㄊㄥˊ 15畫 | 竹部
(1)蔓生植物，有白藤、紫藤等多種，有的莖柔軟堅韌，可用來編織的植物：(2)指有葡萄藤】。匍匐莖或攀援莖或攀援莖的植物：【瓜藤】。

籔 ㄙㄡˇ 15畫 | 竹部
(1)古代的容量名，一籔等於十六斗(2)淘米

籟 ㄌㄞˋ 16畫 | 竹部
(1)用竹子編成做排簫(2)指一切聲音：【天籟、萬籟俱寂】。古代一種管樂器，後來叫

籠 ㄌㄨㄥˊ 16畫 | 竹部
(1)用竹子編成可以盛東西的器具：【蒸籠】括：【鳥籠、牢籠】。(3)包括：蓋東西的用具：(2)關禽獸或犯人的用具：籠罩住：【籠罩】(5)深而且有蓋的大竹箱。

籙 ㄌㄨˋ 16畫 | 竹部
(1)道家的祕密文字或符咒：【符籙】(2)簿冊：(3)古時天神所賜的符信：【圖籙】。(4)遮蓋、罩住：【鬼籙】

籤 ㄑㄧㄢ 17畫 | 竹部
(1)求神問卜用的竹片：【卜卦抽籤】(2)用來標明事務的小東西：【標籤、符信：】

籥 ㄩㄝˋ 17畫 | 竹部
(1)用竹子或木片所製成的尖細用品：【牙籤】。(2)古樂器名，同「龠」，形狀像笛，有的比笛短，三孔；有的比笛長，六孔或七孔。書籤】(3)用竹子或木片所製成的

籬 ㄌㄧˊ 18畫 | 竹部
(1)用竹子或樹枝編成的隔離物：在房子周圍用竹子或樹枝編

籮 ㄌㄨㄛˊ 19畫 | 竹部
(1)用竹子或柳條等編成的盛東西的器具：【籮筐】(2)量詞，商品十二打叫一籮：【三籮鉛筆】古代祭祀或宴會時用來裝果實、肉類的竹

籩 ㄅㄧㄢ 19畫 | 竹部
【籬笆、竹籬茅舍】。

籩 ㄅㄧㄢ 19畫 | 竹部
捉螃蟹的竹竹子編成，可用來捕魚、

籲 ㄩ ｜竹部 26畫
：【呼、告、請求】：【呼籲】。

米
米部

米 ㄇㄧˇ ｜米部 0畫
(1)穀物或去了皮的植物種子：【小米、花生米】。(2)粒狀像米的東西：【蝦米】。(3)公制長度單位，就是「公尺」：【百米賽跑】。(4)姓。

籽 ㄗˇ ｜米部 3畫
植物的種子：【菜籽】。

粉 ㄈㄣˇ ｜米部 4畫
(1)細小的碎末：【粉末】。(2)指化粧品：【粉末】、面粉、塗脂抹粉的食品：【通心粉】(4)塗抹：【粉刷】(5)讓東西完全破碎的：【粉身碎骨】(6)白色的：【粉蝶、油頭粉面】。

粗 ㄘㄨ ｜米部 5畫
(1)不細緻的：【粗布、粗茶】(2)不貴重的：【粗糧】(3)不周密的：【粗率、粗心大意】(4)圓形而大的：【樹幹很粗】(5)聲音重濁：【粗聲粗氣】(6)費力的：【粗活、粗工】(7)稍微的：【粗具規模】。

粑 ㄅㄚ ｜米部 4畫
像餅性的東西且具有黏性的：【糌粑】。

粒 ㄌㄧˋ ｜米部 5畫
(1)細小的固體：【米粒、麥粒】(2)表示數量的詞：【一粒米、三粒花生】。

粕 ㄆㄛˋ ｜米部 5畫
糧食的渣滓，例如米渣、酒渣或酒渣等：【糟粕】。

粘 ㄋㄧㄢˊ ｜米部 5畫
(1)用漿糊或膠把東西連在一起，同「黏」：【粘信封、粘貼】(2)姓。

粟 ㄙㄨˋ ｜米部 6畫
(1)穀類植物，俗稱「小米」，是中國北方的主要食物(2)泛稱糧食：【重農貴粟】(3)「俸祿」的代稱：【義不食周粟】(4)姓。

粥 ㄓㄡ ｜米部 6畫
稀飯：【稀粥、玉米粥】。
ㄩˋ　民族名：【葷粥】。
ㄓㄨ　粥粥，柔弱的樣子。

粢 ㄗ ｜米部 6畫
穀類的總稱，稻、麥、黍、粱、稷合稱「六粢」。

粵 ㄩㄝˋ ｜米部 7畫
(1)古代南方種族名，居住在今浙、閩、粵一帶，又稱「百粵」或「百越」(2)廣東省的簡稱(3)姓。

梁 ㄌㄧㄤˊ　米部 7畫
(1)穀類植物，所結的實就是「粟」，通稱「小米」，可以釀酒。
(2)古代稱品種特別好的穀子：【高粱】。
(3)指精美的食物：【膏粱、粱肉】。

粳 ㄍㄥ　米部 7畫
稻米。粳稻，稻子的一種，米粒叫做粳米。

粲 ㄘㄢˋ　米部 7畫
(1)精米。(2)笑：【博君一粲】。(3)鮮明的樣子。

粹 ㄘㄨㄟˋ　米部 8畫
(1)精華：【精粹】。(2)專一、純、不雜的：【純粹】。

粽 ㄗㄨㄥˋ　米部 8畫
用竹葉把糯米包成三角錐狀後，煮熟或蒸熟的食品，俗稱「粽子」。

精 ㄐㄧㄥ　米部 8畫
(1)經過挑選或提煉出來的純質物品：【糖精、精鹽】。
(2)神怪：【精怪：狐狸精】。
(3)靈氣、活力：【精神】。
(4)雄性動物生殖器所產生的一種液體：【精液】。
(5)擅長、精於：【精於醫術】。
(6)細密的：【精密、精緻】。
(7)優良的：【精兵】。
(8)聰明的：【精明】。
(9)表示數量、全數的意思：【輸得精光】。
(10)姓。

粼 ㄌㄧㄣˊ　米部 8畫
形容水、石等明淨、清澈的樣子：【波光粼粼】。

粺 ㄅㄞˋ　米部 8畫
精細的白米。

粿 ㄍㄨㄛˇ　米部 8畫
米做的食物：【碗粿、紅龜粿】。

糊 ㄏㄨˊ　米部 9畫
(1)用米、麥的粉加水調成的黏漿：【漿糊、芋糊】。
(2)黏稠的食物：【麵糊】。
(3)黏貼：【糊紙、糊起來】。
(4)通「餬」，餵食用。
(5)不清楚、不明白：【糊塗、模糊】。
(6)用麵粉調水而成的濃汁：【糊口】。
(7)草草了事：【糊弄】。
(8)黏合封閉：【把門縫糊上】。

糌 ㄗㄢ　米部 9畫
以炒熟的青稞等製成的粗麵粉，是西藏人的主食：【糌粑】。

糈 ㄒㄩˇ　米部 9畫
糧食、米麥的總稱：【餉糈】。

糕 ㄍㄠ　米部 10畫
用米粉、麵粉等製成的食品：【年糕、蛋糕】。

糖 ㄊㄤˊ　米部 10畫
(1)用甘蔗、甜菜等製成的甜性食品：【蔗糖、白糖】。
(2)由糖做成的食品：【糖果】。
(3)人體內產生熱能的主要物質：【葡萄糖】。

糒 ㄅㄟˋ　米部 10畫
乾糧。

糗 ㄑㄡˇ　米部　10畫
(1)炒熟的米、麥等穀物，古時當乾糧，加水食用。(2)尷尬的、不好意思的：【糗事】。

糢 ㄇㄛˊ　米部　11畫
不清楚：【糢糊】。(1)大餅。(2)通「模」，烤糢。

糠 ㄎㄤ　米部　11畫
鬆而不堅實：【糠蘿蔔】。(1)穀粒的外皮：【米糠】、【麥糠】。(2)質地變鬆。

糟 ㄗㄠ　米部　11畫
(1)製酒剩下的渣子：【酒糟】。(2)用酒糟醃漬食物：【糟魚】。(3)敗壞：【糟蹋】。(4)浪費：【糟蹋】。(5)形容事情辦得不好，或人能力差，或事情辦得不好：【他這次考試考得很糟】。(6)姓。

糙 ㄘㄠ　米部　11畫
【粗糙】。(1)只去掉殼的米：【糙米】。(2)不細緻的。

糜 ㄇㄧˊ　米部　11畫
(1)濃稠的稀飯：【肉糜】。(2)浪費、耗損：【糜費】。(3)爛：【糜爛】。(4)黍類。(5)姓。

糞 ㄈㄣˋ　米部　11畫
(1)動物的排泄物：【糞土】、【糞便】。(2)施肥：【糞地、糞田】。(3)掃除：【糞除】。

糧 ㄌㄧㄤˊ　米部　12畫
(1)穀類食物：【糧食】、【乾糧】。(2)有田地的人對國家所繳的稅：【納糧】。

糪 ㄅㄛˋ　米部　13畫
半生半熟的飯。

糳 ㄗㄨˋ　米部　13畫
米做成的食品：【麻糳】。

糯 ㄋㄨㄛˋ　米部　14畫
有黏性的稻米，可以釀酒或作糕點等食品：【糯米】，又叫「紅米」。

糰 ㄊㄨㄢˊ　米部　14畫
用麵粉或米粉做的圓球形食物：【湯糰】、【菜糰】。

糲 ㄌㄧˋ　米部　15畫
(1)糙米。(2)粗糙的：【糲食】。

糴 ㄉㄧˊ　米部　16畫
(1)買進糧食：【糴米】。(2)姓。

糵 ㄋㄧㄝˋ　米部　16畫
麥子經過浸泡後所生的芽，用來發酵的酵母：【麴糵】。

糶 ㄊㄧㄠˋ　米部　19畫
賣出糧食：【糶米】、【五月糶新穀】。

糸部

糸 ㄇㄧˋ　糸部　0畫
細絲。

系 ㄒㄧˋ　糸部　1畫
(1)有關係的事務：【水系】。
(2)大學裡的科別：【中文系、數學系】。
(3)家族的聯屬關係：【直系、旁系】。
(4)姓。

糾 ㄐㄧㄡ　糸部　2畫
(1)結繞在一起：【糾纏】。
(2)糾合、集合：【糾眾生事】。
(3)矯正：【糾正】。
(4)督察：【糾察、糾舉、糾彈】。
(5)檢舉、揭發：【糾舉、糾察】。
(6)姓。

紂 ㄓㄡˋ　糸部　3畫
(1)勒在馬臂上的皮帶。
(2)商朝最後一個君主的名字：【紂王】。

紅 ㄏㄨㄥˊ　糸部　3畫
(1)淺赤色：【青紅皂白】。
(2)商業上扣除開銷後的純利：【紅利】。
(3)使變紅：【紅了臉】。
(4)得寵、顯達：【他現在紅得很】。
(5)紅色的：【紅花、紅布】。
(6)成功的、成名的：【紅歌星、電視紅星】。
ㄍㄨㄥ　：通「工」，女人的縫紉事務。

紀 ㄐㄧˋ　糸部　3畫
(1)一百年為一紀：【二十世紀】。
(2)歲數：【年紀】。
(3)法度、規律：【紀律】。
(4)記載：【紀錄、紀年】。
(5)留著：【紀念】。
(6)姓。

紇 ㄏㄜˊ　糸部　3畫
(1)粗劣的絲。
(2)唐代西北的民族：【回紇】。

約 ㄩㄝ　糸部　3畫
(1)共同訂立、遵守的條文：【失約、契約、素約】。
(2)預先說定的事：【約會、有約在先】。
(3)管束、限制：【約束】。
(4)預先說定：【約定】。
(5)節儉：【節約、儉約】。
(6)邀請：【約他一同前往】。
(7)大概：【約計、約略】。
(8)姓。

紉 ㄖㄣˋ　糸部　3畫
(1)把線穿入針孔：【紉針】。
(2)縫補衣服：【縫紉】。
(3)佩服、深深感激（多用於書信）：【紉服、深深感激】。

紈 ㄨㄢˊ　糸部　3畫
輕細的白絹：【羅紈】。

紆 ㄩ　糸部　3畫
(1)旋繞：【縈紆、盤紆】。
(2)抑制：【紆尊降貴】。

素 ㄙㄨˋ　糸部　4畫
(1)白色的生絹：【素絹、素絲】。
(2)白色的：【素服】。
(3)事物的本質：【因素、元素】。
(4)樸實、不華麗：【素衣、樸素】。
(5)白色的：【素絹】。
(6)空：【尸位素餐】。
(7)蔬菜類的食物：【素菜、素食】。
(8)平常、向來：【素味平生、平素、素來】。

索 ㄙㄨㄛˇ　糸部　4畫
(1)粗繩子：【麻索、繩索】。
(2)尋找、搜求：【搜索、索取】。
(3)討取、要：【索取】。
(4)單獨的：【索居】。
(5)乾脆、直截了當、放手前進：【索性不幹】。
(6)姓。

紊 ㄨㄣˊ 糸部 4畫
雜亂：【紊亂】、【有條不紊】。

紛 ㄈㄣ 糸部 4畫
(1)擾攘、爭執：【排難解紛】。(2)很亂的：【大雪紛飛】。(3)眾多的樣子：【紛亂】。(4)姓。

紐 ㄋㄧㄡˇ 糸部 4畫
(1)器物的提柄：【門紐】。(2)通「鈕」，衣服的扣子：【衣紐】。(3)聯結的：【樞紐】。

紡 ㄈㄤˇ 糸部 4畫
(1)一種柔軟細緻的絲織品：【紡綢】。(2)把絲、麻、棉等纖維抽出來，製成紗線：【紡紗、紡織】。

紗 ㄕㄚ 糸部 4畫
(1)用棉、麻、絲等紡成的細絲：【棉紗】。(2)用紗織的有細孔的織品，輕薄又透明：【窗紗、紗布】。

純 ㄔㄨㄣˊ 糸部 4畫
(1)不含雜質的：【純白、純金】。(2)充分的、完全的：【純熟、純厚、純良】。(3)真誠不假的：【純真】。(4)全、都：【純屬虛構】。

紋 ㄨㄣˊ 糸部 4畫
(1)布帛上的文字或圖案：【花紋】。(2)皺痕：【皺紋】。(3)在皮膚上刺字、指紋、皺紋等：【紋身】。(4)陶、瓷、玻璃器物上的裂痕：【裂紋】。

納 ㄋㄚˋ 糸部 4畫
(1)放進來：【納入】。(2)接受：【採納、笑納】。(3)交錢：【納稅】。(4)享受：【納涼】。(5)忍住、耐住：【納悶】。(6)收容：【納著】。(7)交接：【結納】。(8)密密的縫：【納鞋底】。(9)姓。

紙 ㄓˇ 糸部 4畫
(1)用來寫字、繪畫、印刷、包裝等所用的物品，大部分用植物的纖維製造成：【色紙、面紙、衛生紙】。(2)計算文件的數量：【一紙公文】。(3)姓。

級 ㄐㄧˊ 糸部 4畫
(1)階梯：【十級臺階】。(2)等第、等級：【多級臺階、等級】。(3)階層：【班級】。(4)學校的班次：【二級】。(5)古代戰爭中或用刑時斬下的人頭：【首級】。(6)用數值來表示地震、風力強度的單位：【二級地震、八級風力】。

紕 ㄆㄧ 糸部 4畫
(1)布帛、絲織品等破壞散開：【線紕了、紕漏】。(2)出了差錯或漏洞：【紕漏】。(3)衣帽的邊緣。(4)裝飾。

紜 ㄩㄣˊ 糸部 4畫
多而雜亂的樣子：【紛紜】。

紘 ㄏㄨㄥˊ 糸部 4畫
(1)帽子上用來繫緊下巴的帶子：【朱紘】。(2)通「宏」、「弘」，廣大。

紓 ㄕㄨ 糸部 4畫

緩和、解除：【紓憂】、【紓難】。

紝 ㄖㄣ 糸部 4畫

(1)織布帛的絲線。(2)紡織，用絲線來織綢、緞、紗、絹等。

紮 ㄓㄚ 糸部 5畫

(1)量詞，東西一束叫「一紮」。(2)行軍後方：【紮營】(3)纏束：【紮纏】、【纏束】(4)駐紮、紮營：【屯駐下來：】綁：【包紮】、辮子、紮鞋子。

絆 ㄅㄢˋ 糸部 5畫

(1)勒馬的繩子：【羈絆】(2)阻攔：【絆倒】(3)走路時腳被擋住或纏住了一跤。

絃 ㄒㄧㄢˊ 糸部 5畫

(1)樂器上發聲的絲線。(2)比喻妻子：【續絃】。

紹 ㄕㄠˋ 糸部 5畫

(1)繼續：【紹續】(2)引見雙方：【介紹】(3)姓。

絀 ㄔㄨˋ 糸部 5畫

(1)通「黜」，貶斥、貶退：【罷絀】(2)不足、不夠：【經費支絀】相形見絀。

細 ㄒㄧˋ 糸部 5畫

(1)微小的：【細沙、細鹽、細菌】(2)很窄的：【細竹竿】(3)精緻、不粗糙的：【細緻、細瓷】(4)周到的：【細心、細布、細緻】。

統 ㄊㄨㄥˇ 糸部 5畫

(1)民主國家最高元首：【總統】(2)絲的線頭、傳統、系統、統政、統稱、統括：【血統、富紳】(3)一代一代傳承的關係：【傳統】(4)事務的連續關係：【統理、統兵】(5)總管：【統制】(6)總括：【統稱、統括】(7)合：【統一】(8)姓。

紳 ㄕㄣ 糸部 5畫

(1)古人束在腰間的大帶子：【垂紳】(2)指地方上有名望地位的人：【鄉紳】(3)舊時稱曾擔任過官職的人：【縉紳】。

組 ㄗㄨˇ 糸部 5畫

(1)絲帶(2)人事結合的單位：【小組】(3)量詞，計算東西的單位：【一組茶具、二組電池】(4)辦事的單位名：【總務組】(5)結合而成的：【華僑組團回國】(6)合成一套的文藝作品：【組詩、組曲】。

累 ㄌㄟˇ / ㄌㄟˋ 糸部 5畫

(1)積增：【累積】(2)重疊的：【累卵】(3)多年來的負擔：【累贅】(1)災難、憂患：【國累】(2)指家屬：【攜家帶累】(3)牽連：【牽累】(4)疲勞：【感覺好累】。

紼 ㄈㄨˊ 糸部 5畫
(1)大的麻繩。
(2)牽引棺材的繩索：【執紼】。

終 ㄓㄨㄥ 糸部 5畫
(1)結束：【有始有終】
(2)死亡：【送終】、【善終】
(3)從開始到結束的整段時間：【終日】、【終年】
(4)完畢：【曲終人散】
(5)到底、畢竟：【終究】
(6)姓。

紵 ㄓㄨˋ 糸部 5畫
麻的一種：【紵麻】。

紽 ㄊㄨㄛˊ 糸部 5畫
計算絲的單位，一紽為五絲：【素絲五紽】。

紱 ㄈㄨˊ 糸部 5畫
(1)繫官印的絲帶：【印紱】
(2)古代的一種服飾：【朱紱】。

絞 ㄐㄧㄠˇ 糸部 6畫
(1)用繩索勒死犯人的刑罰：【絞刑】
(2)量詞，用於紗、線等物：【一絞紗】、【一絞線】
(3)擰緊、扭結：【絞緊】

結 ㄐㄧㄝˊ 糸部 6畫
(1)用繩、線或帶子打成的結：【領結】、【蝴蝶結】
(2)表示保證或負責的文件事物：【切結】
(3)糾纏難解的：【結怨】
(4)聯合：【結盟】
(5)凝聚：【心有千千結】、【水結冰了】
(6)構成：
(7)建築：【結構】
(8)終了：【結束】、【結案】
(9)開花結果：【結果】
(10)姓。

結 ㄐㄧㄝ
(1)口吃：【結巴】
(2)堅固的：【結實】

絕 ㄐㄩㄝˊ 糸部 6畫
(1)斷絕：【絕交】
(2)中止：
(3)盡：
(4)完畢：【絕命】、【絕望】、【氣絕身亡】
(5)停止：【讚不絕口】、【絡繹不絕】
(6)沒有：【絕境】、【絕子絕孫】
(7)極、甚、獨一無二、出色：【絕妙】、【絕技】、【風景絕佳】
(8)必定的：【絕不延期】、【絕不通融】

絨 ㄖㄨㄥˊ 糸部 6畫
(1)表面上有一種柔細短毛的紡織品：【絲絨】、【呢絨】
(2)柔軟細小的毛：【鴨絨】

紫 ㄗˇ 糸部 6畫
(1)由藍、紅兩色調成的顏色：【萬紫千紅】
(2)姓。

絮 ㄒㄩ 糸部 6畫
(1)彈過後鬆散的棉花：
(2)白色而輕軟的花：【柳絮】、【花絮】
(3)把棉花鋪平，均勻的塞進布套裡：【絮被子】
(4)形容話很多的樣子：【絮絮叨叨】
(5)姓。

絲 ㄙ 糸部 6畫
(1)蠶吐的細線，是綢緞的原料：【生絲】
(2)纖細像絲的東西：【雨絲】、【絲絨】、【粉絲】
(3)絲織品的總稱：
(4)重量單位，十忽為一絲，十絲為一毫

為一毫，十毫為一釐，凡是弦樂器所奏的稱為「絲」：【絲竹並奏】(5)八音之一(6)綿延不絕的：【情絲】、【愁絲】(7)細微的：【一絲不苟】。

絡 ㄌㄨㄛˋ ∣6畫∣糸部
脈：【脈絡】、【經絡】(3)果實內的網狀纖維：【絲瓜絡】(4)聯繫：【聯絡】(5)用權術控制人：【籠絡】(6)包羅：【網絡古今】。
(1)勒住馬頭的皮帶(2)人體的血管和神經：

ㄌㄠˋ
用線或繩編成的小網，可以裝東西：【絡子】。

給 ㄐㄧˇ ∣6畫∣糸部
授與：【給獎、給與】(5)姓。(4)允許：【給假】(3)供應：【給水、自給自足】(2)薪水：【薪給】(1)軍公教人員的

ㄍㄟˇ
(1)把東西交付別人：【送給、我給他一本書】(2)與：【請把那本書借給】(3)替、為：【快給他道謝】(4)向：【給遞過來】

絢 ㄒㄩㄢˋ ∣6畫∣糸部
(1)美好的文采：【絢麗、絢爛】。(2)色彩華麗的：【絢麗、絢(5)被：【大伙都給他騙了】。

絳 ㄐㄧㄤˋ ∣6畫∣糸部
深紅色：【絳帳、絳唇、絳黛

絜 ㄒㄧㄝˊ ∣6畫∣糸部
(1)量度、衡度：【絜矩、絜大】(2)約長絜大】(2)通「潔」：自(1)絜之百圍(2)通「潔」：

綖 ㄒㄧㄝˋ ∣6畫∣糸部
(1)拴馬的繩子(2)繩索：【綖】(3)通「絏」(1)修整

絪 ㄧㄣ ∣6畫∣糸部
通「氤」，氣體充盛的樣子：【絪縕】。

經 ㄐㄧㄥ ∣7畫∣糸部
(1)織布機上的直線(2)通過南北兩極，與赤道成直道成直角的線：【經線】(3)中醫稱人體的脈絡：【經脈】(4)書籍：古人所寫有價值的書籍，常道稱人體的脈絡：...(5)持久不變的禮法：【天經地義】(6)宗教的典籍：【佛經、聖經】(7)專述某種技術的：【藥經、鳥經】(8)女子的月信：【月經】(9)親身從事：【經驗】(10)策畫：【經營、經商】(11)通過：【經過】(12)治理：【經國大業】(13)持久不變：【經常】(14)姓。

絹 ㄐㄩㄢˋ ∣7畫∣糸部
用生絲織成的帛：【絹布、素絹】。

綁 ㄅㄤˇ ∣7畫∣糸部
捆起來、綁在樹上：【綁住、綁

綏 ㄙㄨㄟ ∣7畫∣糸部
(1)上車時所拉的繩索：【執綏】(2)綏遠省的簡稱(3)安撫、使平定：【綏靖】(4)雙方交戰：【交綏】。

綑 ㄎㄨㄣˇ 糸部 7畫

（1）量詞，稱可以捆束的東西：【一綑報紙】。通「捆」。（2）綁住：【綑綁、綑紮、綑行李】。

緶 ㄍㄥˇ 糸部 7畫

繫在桶上，用來打水的繩子：【緶短汲深】。

條 ㄊㄠˊ 糸部 7畫

（1）絲帶、絲繩：【彩條、絲條】。（2）寄生蟲的一種，寄生在脊椎動物及人類的腸內：【條蟲】。

絺 ㄔ 糸部 7畫

細的葛布：【絺綌】。

綉 ㄒㄧㄡˋ 糸部 7畫

同「繡」。

綻 ㄓㄢˋ 糸部 8畫

（1）衣服脫線：【褲管綻線】。（2）裂開：【裂綻】。（3）開花：【綻了】、【綻放】。【皮開肉綻】

縮 ㄙㄨㄢ 糸部 8畫

（1）盤繞、繫結：【縮結、縮結】。（2）聯絡貫串：【縮統】。（3）捲：【縮髮、縮袖子】。（4）通：【控制：縮事】。

綜 ㄗㄨㄥ 糸部 8畫

（1）總合、聚集：【綜合、綜集】。（2）治理、總理：【綜理】。（3）起皺紋的：【綜複雜】。（4）織布機上的一種器具，使經、緯線可以交錯。

綽 ㄔㄨㄛˋ 糸部 8畫

（1）寬裕的：【綽綽有餘】。（2）姿態柔美的：【綽約仙子】。（3）外號：【綽號】。

綾 ㄌㄧㄥˊ 糸部 8畫

（1）比緞還要細薄的絲織品：【綾羅綢緞】。（2）用綾製成的：【綾扇】。

綠 ㄌㄩˋ 糸部 8畫

（1）像青草一樣的顏色：【綠草、綠油油】。（2）綠色的：【綠水、綠苔】。

緊 ㄐㄧㄣˇ 糸部 8畫

（1）急迫的事：【發緊、吃緊】。（2）事情急迫：【緊急】。（3）密實、牢固：【緊密、手頭很緊】。（4）經濟不寬裕，不放鬆：【管得很緊】。（5）嚴格、不放鬆：【緊靠】。（6）密而沒有空隙的：【緊抓不放】。（7）牢牢的：【緊緊抓住】。

綴 ㄓㄨㄟˋ 糸部 8畫

（1）用針線縫補：【補綴、綴補】。（2）連接：【連綴、綴句成章】。（3）裝飾、組合：【點綴】。

網 ㄨㄤˇ 糸部 8畫

（1）用繩、線等結成的捕魚或抓鳥器具：【魚網】。（2）多孔而形狀像網一樣的東西：【蜘蛛網、鐵絲網】。（3）像網狀分布周密、互有連繫的組織：【通訊網、發行網】。（4）捕捉：【網了一條魚】。（5）羅致、網羅人材：【網羅人材】。

312

綱 《ㄤ　糸部　8畫
(1)事物最主要的部分：【大綱】、【綱領】、【綱要】。(2)生物分類的第三級：【界、門、綱、目、科、屬、種】。(3)姓。

綺 【ㄑㄧˇ】　糸部　8畫
(1)織有花紋的絲織品：【綺羅】。(2)美麗的：【綺麗】。(3)姓。

綢 ㄔㄡˊ　糸部　8畫
一種細薄柔軟的絲織品：【紡綢】。

綿 ㄇㄧㄢˊ　糸部　8畫
(1)精純的絲絮。(2)形狀、質地像絲綿的：【石綿】、【海綿】。(3)延長不絕：【綿延】。(4)柔軟的：【綿力】。(5)薄弱的、柔軟綿綿的東西：【軟綿綿】。

綵 ㄘㄞˇ　糸部　8畫
(1)青色的絲帶。(2)各種顏色的絲綢：【張燈結綵】、【剪綵】。

綸 ㄌㄨㄣˊ　糸部　8畫
(1)釣竿上的絲線：【釣綸】。(2)青色的絲線，十根叫一綸，引申為規畫：【一綸】。(3)量詞，長條的絲線。(4)組合的絲線：【經綸】。(5)姓。

綸 《ㄨㄢ　糸部　8畫
用青色絲帶編織成的頭巾：【綸巾】。

維 ㄨㄟˊ　糸部　8畫
(1)繫東西的粗繩子。(2)綱目、綱紀：【四維】、條目。(3)纖細的物質：【纖維】。(4)繫、連結：【維繫】。(5)保全、維生、維持。(6)姓。

緒 ㄒㄩˋ　糸部　8畫
(1)絲線的頭。(2)思、心情：【愁緒】。(3)比喻事情的開端、開頭的：【緒言】、【緒論】。(4)事業：【緒業】。(5)前面的。(6)姓。

緇 ㄗ　糸部　8畫
(1)黑色：【緇衣】。(2)僧衣，也可作為僧侶的代稱。

緋 ㄈㄟ　糸部　8畫
紅色：【緋紅】、【兩頰緋紅】。

綹 ㄌㄡ　糸部　8畫
(1)量詞，長條的絲線，十根叫一綹。(2)量詞，頭髮、鬍鬚叫一綹。(3)繫荷包的絲線。(4)輕拂：【絡腮鬍子】。

緄 《ㄨㄣˇ　糸部　8畫
(1)繩索：【緄】。(2)用線織成的帶子：【緄】。(3)滾邊。

綦 ㄑㄧˊ　糸部　8畫
(1)鞋帶。(2)青黑色的：【綦巾】。(3)極、很：【希望綦切】。(4)姓。

綮 ㄑㄧˇ　糸部　8畫
筋骨交結處：【肯綮】。

綬 ㄕㄡˋ　糸部　8畫
古代官吏出巡時所用的載衣。古人繫物的絲帶：【印綬】、【紫綬】。

綖 ㄧㄢˊ　糸部　8畫
帽子前後垂下來的飾物。

綣 ㄑㄩㄢˇ　糸部　8畫
(1)形容情意纏綿，感情難分：【綣綣】。(2)纏繞狀。

綈 ㄊㄧˊ　糸部　9畫
(1)有花紋的絲織品，同「綾」。【綈子】。

締 ㄉㄧˋ　糸部　9畫
限制：【取締違規停車】。(1)結合、訂立：【締交、締約】。(2)約束、締立。

練 ㄌㄧㄢˋ　糸部　9畫
(1)柔軟潔白的熟絹：【白練、千匹練】。(2)熟悉、熟練：【熟練】。(3)反覆學習：【練習】。(4)經歷：【歷練】。(5)姓。

緯 ㄨㄟˇ　糸部　9畫
(1)編織物上的橫線，和「經」相對：【緯線】。(2)地球上和赤道平行的線，以赤道為準，分成南緯、北緯：【緯線】。(3)治理：【緯世、緯國】。(4)姓。

緻 ㄓˋ　糸部　9畫
精細：【精緻】。(1)細緻：【細緻】。(2)細密的。

緘 ㄐㄧㄢ　糸部　9畫
(1)書信：【緘札】。(2)封、閉口：【三緘其口、緘默】。

緬 ㄇㄧㄢˇ　糸部　9畫
(1)緬甸的簡稱：【滇緬公路】。(2)遙遠：【緬懷、緬想】。

緝 ㄑㄧ　糸部　9畫
(1)接續麻線：【緝麻】。(2)縫衣邊：【緝邊】。(3)搜捕、捉拿：【緝盜、緝私】。(4)一種縫紉的方法，一針一針細密的縫：【緝鞋口】。

編 ㄅㄧㄢ　糸部　9畫
(1)書籍：【續編】。(2)書中大於章的部分：【上編】。(3)計算書的量詞：【巨著一編】。(4)依照順序排列：【編排、編組、編班】。(5)交錯連結：【編蓆子、編織】。(6)編集、製作：【編輯、編劇】。(7)捏造：【編謊話來哄人】。(8)姓。

緣 ㄩㄢˊ　糸部　9畫
(1)原因：【緣故】。(2)自然在一起的情分：【緣分】。(3)佛教中的布施與募化：【化緣】。(4)關係：【血緣】。(5)攀登：【緣木求魚】。(6)沿著：【緣河而行】。(7)順著：【緣例】。(8)遵循：邊界：【緣界】。

緞 ㄉㄨㄢˋ　糸部　9畫
質地厚密，表面光滑而富有光澤的絲織品：【綢緞、緞子】。

線 ㄒㄧㄢˋ　糸部　9畫
(1)用絲、棉、麻做成的細長物：【線段、毛線】。(2)由兩點決定的圖形：【直線】。(3)交通路線的圖形：【山線、海岸線、航線】。(4)邊緣交界的地方：【線索】。(5)像線一樣細長的東西：【光線】。(6)研究事物的方法。(7)姓。

【緩】ㄏㄨㄢˇ 糸部 9畫
(1)放鬆：【緩一口氣】。(2)延緩：【緩刑】。(3)慢：【緩慢、緩行】、【緩期】。(4)遲。姓。

【緯】ㄨㄟˇ 糸部 9畫
編織物上的橫線。

【緲】ㄇㄧㄠˇ 糸部 9畫
(1)細微。(2)若隱若現的樣子：【縹緲】。

【緡】ㄇㄧㄣˊ 糸部 9畫
(1)古代串錢的絲線。(2)釣魚的絲線。(3)量詞，錢一串或一貫叫「一緡」。

【緹】ㄊㄧˊ 糸部 9畫
(1)橘紅色的絲。(2)橘紅色的：【緹幕】。(3)紅色的泥土。

【緗】ㄒㄧㄤ 糸部 9畫
(1)淺黃色的絲。(2)淺黃色的：【緗素】。

【縑】ㄐㄧㄢ 糸部 10畫
一種細而緊密的絲，一種很細的絲織品，可以用來寫字、畫。

【縊】ㄧˋ 糸部 10畫
用繩索繞緊脖子而死：【縊死】。自縊。

【縈】ㄧㄥˊ 糸部 10畫
環繞、縈繞：【縈懷】、【縈繞】。

【縛】ㄈㄨˊ 糸部 10畫
(1)綑綁：【束縛】、手無縛雞之力。(2)不自由：

【縣】ㄒㄧㄢˋ 糸部 10畫
地方行政區域單位，比省低一級：【新竹縣、嘉義縣】。

【縞】ㄍㄠˇ 糸部 10畫
(1)白色的生絹。(2)白色的：【縞衣綦巾】。

【縉】ㄐㄧㄣˋ 糸部 10畫
紅色的絲織品。

【縐】ㄓㄡˋ 糸部 10畫
(1)一種有皺紋的絲織品：【縐紗】。(2)緊縮，同「皺」：【縐眉】。

【縝】ㄓㄣˇ 糸部 10畫
(1)通「鬒」，黑髮。(2)細緻的：【縝密】。

【縟】ㄖㄨˋ 糸部 10畫
繁雜而瑣碎的：【繁文縟節】。

【縗】ㄘㄨㄟ 糸部 10畫
粗麻布做的喪服。

【綟】ㄌㄧˋ 糸部 10畫
(1)亂麻：【亂麻】。(2)通「蘊」，精深的：【精縕】。(3)黃赤色。

【縕】ㄩㄣ 糸部 10畫
(1)亂麻。(2)通「蘊」，精深的：【精縕】。(3)黃赤色。

【縮】ㄙㄨㄛ 糸部 11畫
(1)不伸開，或伸開又收回去：【縮手縮腳】。(2)減短、變小：【縮小、收縮】。(3)害怕退避：【畏縮】。(4)節省：【縮衣節食】。

績 ㄐㄧ
糸部 11畫
(1)事業、功業：【功績】、【豐功偉績】。(2)功效：【成績】。(3)把麻、棉用手搓揉成長條的形狀：【績麻】。

縷 ㄌㄩˇ
糸部 11畫
(1)細長的線：【一縷絲縷】。(2)泛指纖細像線條的東西：【香縷】、【一縷炊煙、一縷麻】。(3)計算長條物的單位：【一縷】。(4)連續不斷的：【離緒縷縷】。(5)詳細的：【縷述、條分縷析】。

縲 ㄌㄟˊ
糸部 11畫
指古時候用來綁罪犯的黑色繩子：【縲絏】。

繆 ㄇㄡˊ
糸部 11畫
籌劃經營：【綢繆】。

ㄇㄠˋ
姓。

ㄇㄡˋ
錯誤，同「謬」：【繆論】。

ㄇㄨˋ
通「穆」，宗廟的位次。

繃 ㄅㄥ
糸部 11畫
(1)形容嬰兒穿的束衣：【小兒繃】。(2)勉強加拘束：【繃著臉】。(3)緊撐：【衣服繃在身上】。(4)草草的縫上或用針別上：【繃被頭】。(5)用來包紮傷口的：【繃帶】。

ㄅㄥˇ
(1)忍受：【繃不住笑】。(2)板著：【繃著臉】。

ㄅㄥˋ
脹裂：【氣球繃了】。

縫 ㄈㄥˊ
糸部 11畫
用針線連綴：【縫補】、【縫補】。

ㄈㄥˋ
(1)針線連合的部分：【衣縫】。(2)空隙：【門縫】。

總 ㄗㄨㄥˇ
糸部 11畫
(1)聚合：【合】。(2)收束：【總髮】。(3)全部的：【總數】、【總店、總司令】。(4)負責領導的：【總的】。(5)一直都這樣：【他總是這樣】。(6)畢竟、終究：【總不答應】。(7)姓。

縱 ㄗㄨㄥˋ
糸部 11畫
(1)釋放：【擒故縱】、【縱虎歸山】。(2)放任、不加拘束：【放縱】、【縱容】。(3)放任、不燃放：【縱火】。(4)燃放、縱然：【縱使、縱然】。(5)即使：【縱身一躍：【縱身一躍跳起：】。(6)縱橫、縱橫：【縱隊、縱線】。

ㄗㄨㄥ
(1)地理上指南北方向，和「橫」相對：【縱貫鐵路、縱橫】。(2)直的、直線的：【縱橫、縱線】。

繅 ㄙㄠ
糸部 11畫
把蠶絲浸在熱水裡抽絲：【繅絲】。

繁 ㄈㄢˊ
糸部 11畫
(1)眾多的：【繁星滿天】。(2)熱鬧複雜的：【繁複】。(3)熱鬧興盛的：【繁盛】、【繁華】。(4)熱鬧興盛的：【繁盛】。(5)姓。

ㄆㄛˊ
姓。

ㄆㄢˊ
通「鞶」。

縹 ㄆㄧㄠˇ　11畫　糸部
(1)淡青色的絲織品：【縹細】
(2)淡青色：【縹緗】
(3)若隱若現的樣子：【縹緲】
【縹玉】

縻 ㄇㄧˊ　11畫　糸部
(1)牽引牛的繩索。
(2)籠絡牽制。
(3)牛的繩：【羈縻】

縭 ㄌㄧˊ　11畫　糸部
古代女孩子出嫁時，罩住臉部的紅巾。
【結縭（結婚）】

縴 ㄑㄧㄢˋ　11畫　糸部
(1)拉船前進或牽引牲畜的繩索：【拉縴】
(2)拴捆

縶 ㄓˊ　11畫　糸部
(1)馬足的繩索：【縶馬】
(2)拘禁：【縶】

織 ㄓ　12畫　糸部
(1)用絲、麻、毛線等編製成物品：【織布】
(2)構成：
(3)紡織、織毛衣、織布

繕 ㄕㄢˋ　12畫　糸部
：【組織】
(1)修補：【修繕】
(2)抄寫：【繕寫】

繞 ㄖㄠˋ　12畫　糸部
(1)纏：【纏繞】
(2)圍著轉動：【繞場一周】【繞道】

繚 ㄌㄧㄠˊ　12畫　糸部
(1)縫紉法的一種，用針線把布邊斜著縫起來，也叫「撩貼邊」
(2)圍繞：【繚繞】
(3)走彎曲、迂迴的路：
(4)姓。

繡 ㄒㄧㄡˋ　12畫　糸部
(1)刺有五彩花紋的絲織品：【湘繡】
(2)用針連結彩色絲線，在綢緞上刺繡有花紋的：【繡花】
(3)繡有花紋的：
(4)華麗的、優美的：【繡柱】【繡帳】
(5)姓。

繑 ㄑㄧㄠ　12畫　糸部
縫紉法的一種，將布邊捲起來，外面密縫，看起來很整齊：【繑邊】

繫 ㄒㄧˋ　13畫　糸部
(1)聯結：【聯繫】
(2)拴住：【繫馬】
(3)牽：【繫念】
(4)牽掛：【繫掛】
(5)身繫國家安危
拘禁：【繫獄】
涉、關係：
綁、打結：【繫鞋帶】

繹 ㄧˋ　13畫　糸部
(1)抽絲，引申為理出頭緒、推究事理的：【演繹】【尋繹】
(2)連續不斷的：【絡繹】

繩 ㄕㄥˊ　13畫　糸部
(1)用棉、麻、草或金屬製成的長條物：【草繩】【麻繩】
(2)規矩、法度：【準繩】
(3)糾正、約束：【繩之以法】
(4)姓。

繪 ㄏㄨㄟˋ　13畫　糸部
(1)作於絲絹上的畫：【錦繪】
(2)畫圖、作畫：【繪圖】
(3)描述、形容：【繪聲繪影】

繭 ㄐㄧㄢˇ　系部　13畫
(1)蠶將變成蛹時，吐絲結成的橢圓形物體：【蠶繭】。(2)手腳因過度摩擦而生的厚皮：【老繭】。

繮 ㄐㄧㄤ　系部　13畫
同「韁」(1)拴住牲口的繩子：【繮繩、脫繮】(2)牽絆：【老繮】。

繳 ㄐㄧㄠˇ　系部　13畫
(1)交付、交納：【繳費、繳納】(2)交還、繳回：【繳還】(3)迫使交出：【繳械】。
繳 ㄓㄨㄛˊ
繫在箭上的絲繩，用來射馬，射中可以拉住：【繳】。

繯 ㄏㄨㄢˊ　系部　13畫
(1)用繩索結成的圈，可套住東西：【投繯】(2)用繩圈絞死：【繯首】。

辮 ㄅㄧㄢˋ　系部　14畫
(1)把頭髮分束交叉編成長條形：【綁辮子】(2)比喻把柄：【抓住你的小辮子】。

繽 ㄅㄧㄣ　系部　14畫
繁盛紛亂的樣子：【繽紛】【五彩繽紛、繽紛花絮】。

繼 ㄐㄧˋ　系部　14畫
(1)承續、接連下去：【繼母、繼室】(2)隨後、接著：【繼往開來、前仆後繼】(3)隨後、後續的：【繼進】(4)姓。

纂 ㄗㄨㄢˇ　系部　14畫
(1)通「鬘」，婦女的髮髻：【纂兒】(2)編：【纂修】(3)姓。(4)編輯書籍：【編纂、纂輯】。

繾 ㄑㄧㄢˇ　系部　14畫
情意纏綿不忍分離的樣子：【繾綣】。

纏 ㄔㄢˊ　系部　15畫
(1)佛家稱「煩惱」的別名：【八纏】(2)環繞：【纏繞】(3)打擾：【糾纏】(4)應付：【難纏】(5)姓。

續 ㄒㄩˋ　系部　15畫
(1)連接下去：【連續、續假】(2)補綴：【絕長續短】(3)姓。

纖 ㄒㄧㄢ　系部　17畫
(1)泛稱精美細緻的絲織品，如繒、帛、羅。(2)細小的：【纖小、纖細】(3)姓。

纓 ㄧㄥ　系部　17畫
(1)帽帶：【帽纓】(2)穗狀的裝飾物：【紅纓槍】(3)繩子：【長纓】(4)纏繞：【纓絡】。

纔 ㄘㄞˊ　系部　17畫
(1)僅僅，只：【走了纔五分鐘】(2)剛剛：【剛纔】(3)表示強調的語氣：【方纔、剛纔，這纔是真的】。

纘 ㄗㄨㄢˇ　系部　19畫
承繼：【纘先烈之餘緒（繼續先烈未完成的志業）】。

纜 ㄌㄢˋ 糸部 21畫
(1)繫船的粗繩、繩索拴住：【解纜揚帆】。
(2)用繩索拴住：【纜舟】、【纜繩】。

缶部

缶 ㄈㄡˇ 缶部 0畫
(1)一種口小腹大的瓦器。(2)古時秦人用來敲擊的樂器：【擊缶而歌】。

缸 ㄍㄤ 缶部 3畫
(1)用陶土、瓷土做成的容器，圓形、口寬、肚大、底小：【米缸、水缸、汽缸、浴缸、菸灰缸】。(2)似缸的容器：【茶缸】。

缺 ㄑㄩㄝ 缶部 4畫
(1)物品破漏的地方：【缺口】。(2)事理不完善的地方、職位的空缺：【抱殘守缺】、【出缺】。(3)不夠、不足：【缺錢】、【缺貨】。(4)短少、不足。(5)不足的、短少。(6)不完美的：【缺額】、【缺點】。

缽 ㄅㄛ 缶部 5畫
(1)盛東西或研磨藥末的用具，形狀像小盆：【菜缽、飯缽】。(2)和尚、尼姑的飯碗：【沿門托缽】。

罄 ㄑㄧㄥˋ 缶部 11畫
(1)通「磬」，古代樂器名。(2)盡、用完：【告罄、罄其所有】。

罅 ㄒㄧㄚˋ 缶部 11畫
(1)裂縫：【石罅】。(2)指事情的漏洞、破綻或缺失的地方：【疏罅】。

罈 ㄊㄢˊ 缶部 12畫
肚大口小的瓦器或瓷器，可用來裝東西：【酒罈、菜罈、醋罈】。

甕 ㄨㄥˋ 缶部 13畫
陶器名：【酒甕】。

罌 ㄧㄥ 缶部 14畫
古時肚大口小的瓶子：【酒罌】。

罍 ㄌㄟˊ 缶部 15畫
古時一種酒器，形狀像壺，表面刻有雲雷紋的圖案。

罏 ㄌㄨˊ 缶部 16畫
(1)裝酒的容器。(2)通「爐」【金罏】，火罏。

罐 ㄍㄨㄢˋ 缶部 18畫
裝東西或取水用的器具：【藥罐、茶葉罐】。

网部

网 ㄨㄤˇ 网部 0畫
「網」的古字。

罕 ㄏㄢˇ　网部 3畫
(1)柄長網小的捕鳥器(2)稀少的:【罕見】(3)姓。

罔 ㄨㄤˇ　网部 3畫
(1)用來捕捉鳥獸蟲魚的網子:【罔罟】(2)冤枉人:【誣罔】(3)欺騙:【欺罔】(4)無、沒有:【藥石罔效】【罔顧人命】(5)不,表示否定:【罔不】

罘 ㄈㄨˊ　网部 4畫
捕捉野獸的網。

罟 ㄍㄨˇ　网部 5畫
捕魚獸的網。

罡 ㄍㄤ　网部 5畫
星名,就是北斗星,也稱「天罡」。

罝 ㄐㄩ　网部 5畫
捕捉野獸的網。

罣 ㄍㄨㄚˋ　网部 6畫
(1)過失:【罣誤】(2)阻礙:【罣礙】(3)通「掛」,牽掛:【罣念】

置 ㄓˋ　网部 8畫
(1)放:【放置】【本末倒置】(2)倒置、擱置:【設置】(3)購買、置產:【置產】(4)設立、創立、設置廢棄:【置之不理】

罩 ㄓㄠˋ　网部 8畫
(1)捕魚用的竹籠(2)遮蓋物體的器具:【籠罩、燈罩】(3)覆蓋:【籠罩】(4)紗罩、套:【在襯衫外再罩一件毛衣】

罪 ㄗㄨㄟˋ　网部 8畫
(1)犯法的行為:【犯罪】(2)過失:【陪罪】(3)痛苦、待罪:【受罪】(4)刑罰:【判罪】(5)責備(6)犯法的、有過失的:【治罪、罪犯】大惡極:【怪罪、罪犯】

署 ㄕㄨˇ　网部 8畫
辦公的地方:【公署、官署】(1)布置、安排:【部署】(2)暫時代理:【署理】(3)簽名、題字:【簽署】

罰 ㄈㄚˊ　网部 9畫
(1)犯法的人所受的處分:【罰款、罰站】(2)懲治、處分:【刑罰】

罵 ㄇㄚˋ　网部 10畫
(1)用惡毒難聽的話責備人:【責罵、咒罵】

罷 ㄅㄚˋ　网部 10畫
(1)停止:【罷工】(2)免去、解除:【罷免、罷職】(3)完成、完畢:【做罷】(4)感嘆詞,表示失望、說罷、不提也罷】(5)通「疲」,疲勞的:【罷於奔命】

罹 ㄌㄧˊ　网部 11畫
遭受、遇到:【罹難】

羅　ㄌㄨㄛˊ　罒部 14畫

(1)捕鳥的網：【張羅捕鳥】
(2)輕軟的絲織品：【綾羅綢緞】
(3)捕捉：【星羅棋布】
(4)分布：【星羅棋布】
(5)尋求：【羅致、搜羅人材】
(6)遭致：【羅以荼毒】
門可羅雀：【門可羅雀】
(7)姓。

羇　ㄐㄧ　罒部 17畫

(1)拴馬的籠頭的籠頭。
(2)拘束：【羇身】

羈　ㄐㄧ　罒部 19畫

(1)拴馬的籠頭。
(2)拘束：【放蕩不羈】
(3)捆綁、牽制：【執羈】
(4)通「羇」，寄居、離開家在外地生活：【羈旅】
(5)姓。
羈絆

羊　ㄧㄤˊ　羊部 0畫

(1)反芻偶蹄類家畜：【山羊、綿羊】
(2)…

通「祥」，吉祥：【吉羊如意】。
姓。

羋　ㄇㄧㄝˇ　羊部 2畫

羊叫的聲音。

姓。

羌　ㄑㄧㄤ　羊部 2畫

古時西方的種族名，舊稱「西戎」，現散居在甘肅省東南部和四川一帶，古地名，羌在今河南省。

羑　ㄧㄡˇ　羊部 3畫

傳說周文王曾被紂王關在這裡，羑里，古地名，在今河南省湯陰縣北邊。

美　ㄇㄟˇ　羊部 3畫

(1)指良好的品德：【完美】
(2)漂亮、內在美：【美】
(3)美利堅合眾國的簡稱、亞美利加洲的簡稱：【美國】
(4)選美：【選美】
(5)稱讚：【稱讚】
(6)修飾：【美化】
(7)漂亮的、好看的：【美女、美貌】
(8)好的：【美玉】

羔　ㄍㄠ　羊部 4畫

小羊：【羔羊】

羚　ㄌㄧㄥˊ　羊部 5畫

哺乳類動物，形狀像山羊又像鹿，角向後彎，毛灰黑色，性情溫馴，奔跑的速度很快：【羚羊】

羝　ㄉㄧ　羊部 5畫

公羊。

羞　ㄒㄧㄡ　羊部 5畫

(1)好吃的食物、珍羞：【珍羞】
(2)…
(3)恥辱：【羞辱】
(4)害羞、怕人笑的心理：【羞恥、羞愧、怕羞】
(5)使人感到恥辱或表情：【羞恥、羞愧、遮羞】
不好意思：【你別羞他了】
羞與為伍。

善　ㄕㄢˋ　羊部 6畫

(1)好事：【日行一善】、善良、善心
(2)精於、長於：【善戰】
(3)與人親近、友好：【親善】
(4)妥當處理：【善後】
(5)容易：【善忘、善變】

（善）(6)好的：【面善】(7)熟悉、親切：【善待】(8)厚重、(9)稱讚或感恩的語氣：【善哉】(10)姓。

羢 ㄖㄨㄥˊ 6畫 羊部
細的羊毛、駝毛等。

群 ㄑㄩㄣˊ 7畫 羊部
(1)同類的集合體：【羊群】(2)眾多的：【群經、群英、群島、群集】(3)聚攏的：【群居】

羨 ㄒㄧㄢˋ 7畫 羊部
(1)愛慕、欣羨：【愛慕、欣羨】(2)羨餘、剩餘、超過：【以羨補不足】(3)超過、超出：【臨淵羨魚，不如退而結網】(4)想要捉到魚…於五常。

義 ㄧˋ 7畫 羊部
(1)合理的事情、正義、意見：【正義、義見】(2)意思、意義：【字義、意義】(3)恩意：【義勇為】(4)情義：【情義】(5)恩…(6)義大利的簡稱、非親生的、假的：【義肢】、【義父、義子】(7)有志節的：【義士】(8)姓。

羯 ㄐㄧㄝˊ 9畫 羊部
(1)中國古代的北方民族，匈奴的一支，為五胡之一。(2)樂器名，古代的一種鼓，形狀像漆桶，用兩根棍子敲鼓：【羯鼓】(3)閹割了的公羊：【羯羊】

羲 ㄒㄧ 10畫 羊部
(1)中國傳統中的古帝王之名：【伏羲】(2)姓。

羸 ㄌㄟˊ 13畫 羊部
(1)瘦弱：【羸瘦】(2)疲倦的、弱的：【羸弱、羸兵、羸憊】。

羶 ㄕㄢ 13畫 羊部
羊身上所發出的腥臊氣味。

羹 ㄍㄥ 13畫 羊部
(1)調和肉菜等煮成的濃湯：【肉羹】(2)西加上太白粉、地瓜粉煮成，帶有黏性的濃湯：【魷魚羹】(3)拒絕人家上門：【閉門羹】

羼 ㄔㄢˋ 15畫 羊部
混雜在一起：【羼入】。

羽部

羽 ㄩˇ 0畫 羽部
(1)鳥類的毛：【羽毛】(2)指鳥類：【蟲羽】(3)五音之一：【宮、商、角、徵、羽】(4)箭尾部的毛：【箭羽】(5)姓。

羿 ㄧˋ 3畫 羽部
人的名字，傳說是有窮國的國君，善於射箭：【后羿】。

翁 ㄨㄥ 4畫 羽部
(1)年老的男子：【陳翁、老翁】(2)稱父親：【家翁】(3)指丈夫或妻子的父

親：【翁姑】、【翁婿】。(4)對人的尊稱：【仁翁】。(5)鳥名稱呼的一種：【信天翁】。(6)姓。

翅 彳　4畫　羽部
(1)鳥類或昆蟲的羽翼：【翅膀】、【插翅難飛】。(2)某些魚類的鰭：【魚翅】。

翌 一　5畫　羽部
次、下一個：【翌日】、【翌年】、【翌晨】。

習 ㄒㄧˊ　5畫　羽部
(1)一種慣以為常的行為：【惡習】、【積習難改】。(2)反覆演練、研究：【溫習】。(3)學、仿效：【習見、習聞】。(4)經常的：【習習】。(5)姓。

翎 ㄌㄧㄥˊ　5畫　羽部
(1)鳥類翅膀或尾巴上的長羽毛：【雁翎】,具有平衡飛行的作用：【箭翎】,(3)清代裝飾在官帽上的羽毛：【花翎】。孔雀翎。

翊 一　5畫　羽部
輔助：【輔翊】。

翔 ㄒㄧㄤˊ　6畫　羽部
(1)在空中來回的飛：【滑翔】、(2)通【飛翔】。(3)通「詳」,明確的：【翔實】,吉利的：【祥】。

翕 ㄒㄧ　6畫　羽部
(1)合、收斂：【翕張】,(2)和諧順暢的樣子：【翕然】。

翡 ㄈㄟˇ　8畫　羽部
(1)古書上指一種有紅毛的鳥：【翡鳥】,(2)硬玉,色彩鮮豔的天然礦石,紅色的為翡,綠色的為翠：【翡翠】。

翠 ㄘㄨㄟˋ　8畫　羽部
(1)青色羽毛的鳥：【翠鳥】。(2)鳥玉的名稱。(3)青綠色：【青翠】(4)【翡翠】。姓。

翟 ㄓㄞˊ　8畫　羽部
姓。長尾巴的野雞。

翩 ㄆㄧㄢ　9畫　羽部
(1)有彩色花紋的山雞：【翩翩】(2)奮力高飛,飛得很輕快：【翩翩】。高飛。

翬 ㄏㄨㄟ　9畫　羽部
(1)鳥類長而硬的羽毛(2)文章。高飛。

翦 ㄐㄧㄢˇ　9畫　羽部
(1)通「剪」,剪東西的用具(2)消滅：【翦】(3)攔截：【翦徑】。除

翰 ㄏㄢˋ　10畫　羽部
(1)鳥羽中的硬(2)文章、書信：【翰墨】(3)毛筆：【翰墨】(4)姓。札

翮 ㄍㄜˊ　10畫　羽部
(1)鳥羽中的硬(2)梗翅膀：【羽翮】【奮翮】。翮高飛。

翱 [ㄠˊ] 羽部 10畫
飛：〔翱翔〕。

翼 [ㄧˋ] 羽部 11畫
(1)鳥類或昆蟲的翅膀：〔蟬翼〕、〔兩翼〕。(2)鳥、飛機、軍隊、球隊的左右兩側：〔左翼〕、〔右翼〕。(3)輔助：〔輔翼〕。(4)姓。

翳 [ㄧˋ] 羽部 11畫
(1)眼珠上所生的白膜：〔眼翳〕。(2)掩蔽：〔翳日〕。

翹 [ㄑㄧㄠˊ] 羽部 12畫
(1)鳥尾上的長羽毛；古時婦女的首飾：〔翹首〕、〔翹足〕。(2)舉起：〔翹起〕。(3)傑出的、才能出眾的：〔鳳翹〕、〔翹楚〕。(4)一頭高起、突起：〔這塊木板兩邊都翹起來了〕。

翻 [ㄈㄢ] 羽部 12畫
(1)倒轉過來：〔翻身〕、〔翻車〕、〔人仰馬翻〕。(2)將某一種語言文字譯成另一種語言文字：〔翻書〕、〔翻譯〕、〔翻報紙〕。(3)掀動：〔翻山越嶺〕。(4)越過：〔翻臉〕。(5)作相反的改變：〔翻供〕。

耀 [ㄧㄠˋ] 羽部 14畫
(1)光彩：〔光耀〕、〔榮耀〕。(2)光線照射：〔照耀〕、〔耀眼〕。(3)誇示：〔炫耀〕、〔耀武揚威〕。(4)顯揚：〔光宗耀祖〕。

老部

老 [ㄌㄠˇ] 老部 0畫
(1)年紀大的人：〔老人〕、〔敬老、扶老攜幼〕。(2)對尊長的敬稱：〔陳老〕。(3)道家始祖老子的簡稱：〔老莊〕。(4)尊敬：〔老吾老以及人之老（第一個老字）〕。(5)熟：〔老於文學、老於世故〕。(6)加厚：〔老著臉皮〕。(7)年紀大的：〔老狗〕、〔老手、老練〕。(8)熟練的、有經驗的：〔這牛很老、的〕。(9)硬的：〔這牛肉太老了〕。(10)常往來的、時間久的：〔老顧客、老交情〕。(11)總是、常常：〔他老愛撒謊〕。(12)很、極：〔老早、老遠〕。(13)詞頭，沒有意義：〔老虎、老師、老李〕。(14)詞頭，加在兄弟姐妹排行之前：〔老大、老二〕。(15)姓。

考 [ㄎㄠˇ] 老部 0畫
(1)稱已死的父親：〔先考〕、〔皇考〕。(2)測驗：〔考試〕。(3)檢查：〔考察〕。(4)長壽。(5)考究、研究：〔考古、思考〕。

者 [ㄓㄜˇ] 老部 4畫
(1)人或事物的代稱：〔仁者、弱者、大者〕。(2)表示停頓的語氣。(3)姓。

耆 [ㄑㄧˊ] 老部 4畫
(1)老人的通稱，也專指六十歲至七十歲的人：〔耆老、耆宿〕。(2)姓。

老部（續）

耄 ㄇㄠˋ 老部 4畫
(1)八、九十歲的老人：【耄耋】(2)昏亂的：【耄思】。

耋 ㄉㄧㄝˊ 老部 6畫
七十歲以上的老人：【老耋】。

而部

而 ㄦˊ 而部 0畫
(1)至、到：【自南而北、自上而下】(2)用在形容詞或副詞後面，沒有意義：【忽而消失】(3)又、並且：【高而壯、物美而價廉】(4)但是、卻、表示轉折的連詞：【華而不淡】(5)則、就、表示因果關係：【唇亡而齒寒】(6)如果：【人而無信，不知其可】(7)只：【不患寡而患不均】。

耐 ㄋㄞˋ 而部 3畫
(1)才能：【能耐】(2)忍受：【吃苦耐勞、耐磨、耐用】(3)經久：【耐磨、不耐煩】

耑 ㄓㄨㄢ 而部 3畫
通「專」，特地：【耑送】。通「端」，事務的開始。

耍 ㄕㄨㄚˇ 而部 3畫
(1)遊戲：【玩耍】(2)施展、賣弄：【耍花樣、耍手段】(3)操縱、擺佈：【耍猴子】(4)舞動：【耍大刀】

耒部

耒 ㄌㄟˇ 耒部 0畫
(1)古代稱犁上的木把為「耒」(2)泛指耕作的器具：【耒耜】。

耘 ㄩㄣˊ 耒部 4畫
除草：【耕耘】。(1)鋤草：【耘草】。

耕 ㄍㄥ 耒部 4畫
(1)農具：【耕機】(2)用犁鬆土：【耕田】(3)比喻從事某種工作：【筆耕】。

耙 ㄅㄚˋ 耒部 4畫
(1)一種鋸齒形的農具，能使土塊細碎：【耙土】。(2)把泥土翻動：【耙犁】

耗 ㄏㄠˋ 耒部 4畫
(1)消息、死耗：【噩耗】(2)消費：【耗錢】(3)減損：【虧耗】(4)拖延、耗時間：【耗工夫、耗時間】。

耜 ㄙˋ 耒部 5畫
(1)挖土的耕具：【耒耜】(2)兩人並耕的農具。

耦 ㄡˇ 耒部 9畫
(1)兩人並耕：【耦耕】(2)兩人並耕的方式，引申指兩人(3)通「偶」，配偶：【齊大非耦】(4)姓。

耒部

耡 ㄋㄨˊ 耒部 10畫
(1)農具名，樣子像鋤頭，又像內彎的鑱子，可用來除草(2)除草：耕耡。

耰 ㄧㄡ 耒部 15畫
(1)農具名，古時用來打碎土塊，使地面平整的木槌(2)用土覆蓋種子而不輟。

耳部

耳 ㄦˇ 耳部 0畫
(1)人體或動物的聽覺器官：耳朵(2)裝在器物兩旁的把手：鼎耳(3)像耳朵的東西：木耳、銀耳(4)聽聞：耳熟能詳(5)而已、罷了，放在句末，表示限制的語氣，常用於文言文中：前言戲之耳(6)姓。

耵 ㄉㄧㄥ 耳部 2畫
耵聹腺的分泌物，俗稱耳垢：耵聹。

耶 ㄧㄝ 耳部 3畫
(1)父親：耶孃，通「爺」。(2)文言文的疑問詞，相當於「嗎」、「呢」：是耶，非耶！(3)表示感嘆時用：命耶！時耶！(4)用於譯音：耶穌、耶路撒冷。

耽 ㄉㄢ 耳部 4畫
(1)拖延：耽誤(2)耽溺、耽於聲色(3)快樂：和樂且耽。

耿 ㄍㄥˇ 耳部 4畫
(1)形容光明的樣子：耿耿(2)正直、有節氣：耿介、耿直(3)內心不安：憂耿、淒耿(4)姓。

聊 ㄌㄧㄠˊ 耳部 5畫
(1)歡樂、趣味：無聊(2)閒談：聊天(3)依靠、寄託：民不聊生(4)姑且、暫且：聊表心意、聊勝於無(5)姓。

聆 ㄌㄧㄥˊ 耳部 5畫
聽：聆聽、聆教。

聃 ㄉㄢ 耳部 5畫
(1)古國名，在今河南省開封市(2)通「耽」。

聒 ㄍㄨㄚ 耳部 6畫
聲音很吵鬧：聒噪。

聘 ㄆㄧㄣˋ 耳部 7畫
(1)請某人擔任職務：聘用(2)訪問：聘問(3)訂婚：聘禮、下聘(4)女兒出嫁：出聘。

聖 ㄕㄥˋ 耳部 7畫
(1)學問廣博、明白事理的人、人格非常高尚的人：先聖、聖人(2)在學問或技藝上有很高成就的人：詩聖、草聖、樂聖(3)賢的人：(4)君主的：聖旨、聖駕(5)關

於宗教的：【聖經、聖誕節】(6)姓。

聞 ㄨㄣˊ 8畫 耳部

(1)知識：【博聞、學多聞、友多聞】(2)消息：【奇聞、新聞、所聞、所見】(3)聽到：【聞到】(4)用鼻子嗅：【聞香、久聞大名、聞一聞】(5)傳布：【聞名】(6)聲譽、名譽：【聞聲、聞達、聞千里】(7)有好名譽的：...(8)姓。

聚 ㄐㄩˋ 8畫 耳部

(1)聚會、聚集：【聚人】(2)群集：【村落、鄉聚】(3)堆積、湊在一起：【聚沙成塔】(4)把財物收集起來：【聚斂】。

聯 ㄌㄧㄢˊ 11畫 耳部

(1)一種文體，兩邊的字數一樣，而且按照一定的音韻、排列方式組成：【對聯、春聯】(2)連接、結合：【聯合、兩姓聯婚、珠聯璧合】(3)通「連」，連續的：【聯任】(4)姓。

聰 ㄘㄨㄥ 11畫 耳部

(1)聽力：【失聰】(2)天資高：【耳聰目明、聰明、聰慧】(3)聽覺靈敏：【聰明、聰智力好】

聱 ㄠˊ 11畫 耳部

(1)話不順耳：【聱牙】。

聲 ㄕㄥ 11畫 耳部

(1)物體碰撞或摩擦所產生的音響：【聲音、聲色】(2)音樂：【犬馬有聲、鐘聲、琴聲】(3)言語：【不聲不響、名聲】(4)名譽：【名聲】(5)語音學的輔音，例如ㄅ、ㄆ、ㄇ(6)聲調的簡稱：【上聲、輕聲】(7)宣布、說出來：【聲明、聲討】(8)姓。

聳 ㄙㄨㄥˇ 11畫 耳部

(1)驚嚇：【聳人聽聞、危言聳聽】(2)直豎：【聳入雲霄、聳立、聳峙】。

職 ㄓˊ 12畫 耳部

(1)份內應該做的事：【天職、職責、盡職】(2)所從事的工作：【公職、職業】(3)職位的分類：【兼職、武職、文職、工職、商職】(4)職業學校的簡稱：【職工、商職】(5)屬下對上司的自稱：【職掌】(6)主管、掌理：【職掌】(7)因為：【職是之故】(8)姓。

聶 ㄋㄧㄝˋ 12畫 耳部

(1)附在耳邊小聲說話：【聶嚅】(2)姓。

聹 ㄋㄧㄥˊ 14畫 耳部

耳垢：【耵聹】。

聽 ㄊㄧㄥ 16畫 耳部

(1)用耳朵接受聲音：【聽演講、聽覺、聽話】(2)服從、不反抗：【聽從、聽候、聽信兒】(3)探問消息、不反抗：【打聽】(4)等候：【聽候】(5)姓。

聽 ㄊㄧㄥˋ

(1)任憑、順著：【聽天由命、聽其自然】(2)治理、管理：【聽政】(3)裁判、決定：...

327

聽訟】。

聲 ㄕㄥ 耳部 16畫

耳朵聽不見聲音…【聾子】。

聿 ㄩˋ 聿部 0畫

(1)「筆」的本字，寫字的工具。(2)文言文中句子開頭用的發語詞，沒有意義。(3)姓。

肆 ㄙˋ 聿部 7畫

(1)數目名，「四」的大寫。(2)市街：【市肆】。(3)鬧市、市集、店鋪的通稱：【茶肆、酒肆】。(4)盡力：【肆力】。(5)任意、放縱：【放肆、肆意】。(6)迅捷的：【狂風肆虐】。(7)姓。

肄 ㄧˋ 聿部 7畫

【肄業】、【肄習：學習】。

肅 ㄙㄨˋ 聿部 8畫

(1)書信用語，表示尊敬，端肅、謹肅。(2)整治、滅除：【整肅異己】(3)尊敬：【肅然、肅立】(4)認真、不開玩笑：【嚴肅、肅敬】(5)莊嚴的：【肅穆】(6)嚴苛的：【肅刑】

肇 ㄓㄠˋ 聿部 8畫

(1)開始：【肇始、肇端】(2)引起、惹起：【肇禍、肇事】(3)姓。

肉 ㄖㄡˋ 肉部 0畫

(1)人或動物接近皮膚部分的柔韌物質，也稱為「肌肉」(2)某些瓜果去皮核、剩下可吃的部分：【果肉、桂圓肉】(3)人的軀殼，相對是「精神」而言：【靈肉一致】。

肋 ㄌㄜˋ 肉部 2畫

形成胸腔的彎曲骨條，部分為軟骨所組成：【肋骨】。

肌 ㄐㄧ 肉部 2畫

(1)筋肉，人體和動物體內的一種組織，由許多肌纖維構成，也是可分成橫紋肌、平滑肌和心肌三種(2)皮膚：【肌如白雪】。

肝 ㄍㄢ 肉部 3畫

人和動物的消化器官，也是最大的腺體，主要功能是分泌膽汁、儲存養分、解毒、造血……：【肝】

肘 ㄓㄡˇ 肉部 3畫

(1)人的上下臂相接關節的部位：【捉襟見肘】(2)指動物的腿部：【豬肘子】。

肓 ㄏㄨㄤ 肉部 3畫

人體內心臟與橫膈膜間的部位。古人認為是藥力所無法達到的地方：【病

【入膏肓】。

肛 《ㄤ　3畫｜肉部
在直腸的末端，是排泄糞便的器官：【肛門】。

肚 ㄉㄨˋ　3畫｜肉部
(1)動物的腹部：【肚子】。(2)圓而凸起，像肚子的部分：【腿肚子】。
ㄉㄨˇ 動物的胃：【豬肚】。

肖 ㄒㄧㄠˋ　3畫｜肉部
(1)類似、相像：【酷肖】、【維妙維肖】(2)好、善：【不肖子】。(3)姓。

育 ㄩˋ　3畫｜肉部
(1)生養：【生育】(2)教化、教育：【培育】、【栽培】(3)姓。

肐 《ㄜ　3畫｜肉部
肩膀以下，手以上的部分，同「胳」：【肐臂】。

肺 ㄈㄟˋ　4畫｜肉部
人和高等動物的呼吸器官，左、右各一，有支氣管相連，在胸腔內，負責氧氣和二氧化碳的交換。

肥 ㄈㄟˊ　4畫｜肉部
(1)農田的滋養料：【水肥】、【堆肥】(2)含脂肪多的：【肥肉】、【肥胖】(3)施肥：【肥田】、【肥馬】(4)利益：【分肥】(5)肌肉豐滿的(6)土地養分充足：【肥沃】(7)姓。

肢 ㄓ　4畫｜肉部
(1)人的手和腳：【四肢】、【肢體】(2)鳥獸的翅膀和腳：【後肢】(3)軀幹：【肢解】。

肱 《ㄨㄥ　4畫｜肉部
手臂的第二節，從肘到腕，就是下臂：【曲肱而枕之】。

股 《ㄨˇ　4畫｜肉部
(1)大腿：【股肱】(2)事物的一部分：【合股】、【股份】(3)機關裡辦事的分支單位：【總務股】、【文書股】(4)量詞，氣味一陣叫一股：【一股香氣】(5)三角形中較長的直角邊。

肫 ㄓㄨㄣ　4畫｜肉部
鳥類的胃：【雞肫】。

肩 ㄐㄧㄢ　4畫｜肉部
(1)脖子與手臂連接的地方：【肩膀】、【並肩】(2)擔負、負起：【身肩重任】(3)姓。

肴 ㄧㄠˊ　4畫｜肉部
指魚、肉等煮熟的食物、菜肴、美酒佳肴】。

肪 ㄈㄤˊ　4畫｜肉部
動物體內的油脂：【脂肪】。

肯 ㄎㄣˇ　4畫｜肉部
(1)黏在骨頭上的筋肉(2)關鍵或要害的地方：【中肯】(3)允許：【首肯】(4)願意：【肯不肯】。

胄 ㄓㄡˋ 肉部 5畫
(1)後代子孫：【華胄、黃胄】(2)長子：【胄子】(3)姓。

胃 ㄨㄟˋ 肉部 5畫
(1)消化器官，形狀像口袋，上連食道，下接十二指腸，能分泌胃液，消化食物。(2)姓。

胚 ㄆㄟ 肉部 5畫
(1)初期發育的生物體：【胚芽】(2)植物種子所萌發的幼苗(3)初具形狀、但整體尚未完成的器物：【粗胚、陶胚】。

胖 ㄆㄤˋ 肉部 5畫
人體內脂肪多：【肥胖】。
胖 ㄆㄢˊ
【心寬體胖】安泰舒適：心寬體胖。

胥 ㄒㄩ 肉部 5畫
(1)古代辦理文書的小官：【胥吏】(2)全、都：【胥可、胥是、萬事胥備】

背 ㄅㄟˋ 肉部 5畫
(1)胸部的後面，從後腰以上到肩下的部分：【彎腰駝背、腰酸背痛】
(2)物體的反面或後部：【書背、刀背、手背、椅背、背面】
(3)違反：【違背、背約、背信】
(4)遠離：【離鄉背井】
(5)背誦、背書：默記臺詞
(6)以背部向著或靠著：【手氣很背】
(7)不順利：背道而馳
(8)方向相反：背山面海
(9)人死亡：【見背】
(10)聽覺不靈敏：【年老耳背】
背 ㄅㄟ
(1)負荷：【背書包】(2)負擔

胡 ㄏㄨˊ 肉部 5畫
(1)古時漢人對北方邊境或西域各族的稱呼：【胡人、五胡亂華】(2)古時稱外來的事物：【胡琴、胡椒、胡鬧】(3)胡亂、不明理的：【胡作非為】(4)為何、何故：【胡不歸】(5)姓。

胛 ㄐㄧㄚ 肉部 5畫
(1)人或哺乳動物背和兩臂相連接的部位，也稱「肩胛」。

胎 ㄊㄞ 肉部 5畫
(1)人或哺乳動物母體內的幼體：【胎兒、懷胎】(2)襯在器物內部的東西：【泥胎、輪胎】(3)事物的起源：【禍胎】

胞 ㄅㄠ 肉部 5畫
(1)構成生物體的基本單位：【細胞】(2)包裹胎兒的薄膜，通稱「胞衣」(3)同父母所生的：【同胞】(4)同一國籍人的自稱：【胞兄】。

胤 ㄧㄣˋ 肉部 5畫
後代、後世：【胤裔、胤嗣】

胝 ㄓ 肉部 5畫
通「胼」。手掌足底因摩擦所生的厚皮：【胼胝】。

胠 ㄑㄩ　肉部 5畫
(1)腋下。
(2)從旁打開：【胠篋】。

胗 ㄓㄣ　肉部 5畫
(1)鳥類的胃：【雞胗】。
(2)通「疹」。

胙 ㄗㄨㄛˋ　肉部 5畫
(1)祭祀所用的肉。
(2)通「祚」：【天胙】(降福)。
(3)姓。

胰 ㄧˊ　肉部 5畫
人或高等動物體內的腺體之一，在胃的後下方，形狀像牛舌，也叫「胰腺」。

脂 ㄓ　肉部 6畫
(1)動物體內或植物種子裡的油質：【脂肪】。
(2)舊時婦女的化粧品：【胭脂】。
(3)姓。

脅 ㄒㄧㄝˊ　肉部 6畫
(1)從腋下到肋骨盡處的部分、胸膛的代稱：【兩脅】。
(2)收斂、聳起：【脅肩諂笑】。
(3)逼迫：【威脅、脅迫】。

胱 ㄍㄨㄤ　肉部 6畫
【膀胱】泌尿器官，位於骨盆腔內，下通尿道，有貯尿、排尿的功能，伸縮性大，有貯尿的部分。

胭 ㄧㄢ　肉部 6畫
(1)通「咽」，咽喉。
(2)紅色脂粉，可作化妝品用：【胭脂】。

胴 ㄉㄨㄥˋ　肉部 6畫
(1)大腸。
(2)體腔，指胸腹部分的軀體：【胴體】常用來指女人的軀幹。

脆 ㄘㄨㄟˋ　肉部 6畫
(1)容易破裂或折斷的：【這餅乾很脆】。
(2)聲音清亮、俐落：【清脆、乾脆】。
(3)說話做事很痛快。

胸 ㄒㄩㄥ　肉部 6畫
(1)身體中脖子以下肚子以上的部分：【胸部、胸膛】。
(2)思想、見識、氣量：【心胸、胸有成竹】。

胳 ㄍㄜ　肉部 6畫
(1)腋下：【胳肢窩】。
(2)通「臂」：【胳膊】下肢，手腕以上的部分。

脈 ㄇㄞˋ　肉部 6畫
(1)動物體內的血管，可以流通血液、輸送養分：【動脈、靜脈】。
(2)樹葉內連貫分布成網狀分布的紋路：【葉脈】。
(3)成為一個系統：【山脈、礦脈】。
ㄇㄛˋ　通「眽」：【含情脈脈】。

能 ㄋㄥˊ　肉部 6畫
(1)本領：【才能】。
(2)可以：【能夠、不能借你錢】。
(3)力的本源：【核子能】。
(4)「能量」的簡稱。
(5)擅長：【能言善道】。
(6)能擔任重任的人：【選賢與能】。
(7)有能力的：【能者多勞】。

脊 ㄐㄧˇ　肉部 6畫
(1)人或動物背部中間的骨頭：【脊椎】。
(2)

中間高起的部分：【山脊】⑶屋頂傾斜面的交接處：【屋脊】。

胼 ㄆㄢˊ 肉部 6畫 手足因勞動過度而長出來的厚皮：【胼胝】。

胝。

胯 ㄎㄨㄚˋ 肉部 6畫 ⑴腰的兩側和大腿之間的部分：【腰胯】⑵披在肩上：

脫 ㄊㄨㄛ 肉部 7畫 ⑴取下、卸下：【脫帽】⑵離開：【脫險】⑶逃跑：【脫逃】⑷脫落：【脫皮、脫髮】⑸漏掉：【脫誤、這個地方脫了一個字】⑹除去衣服：【脫衣服】、不拘形式：【灑脫】⑺姓。

脯 ㄈㄨˇ 肉部 7畫 ⑴肉乾：【肉脯】⑵脫水製成的食品：【梅脯、杏脯】。胸部的肉塊：【胸脯】。 ㄆㄨˊ

脖 ㄅㄛˊ 肉部 7畫 頸部：【脖子】。

脣 ㄔㄨㄣˊ 肉部 7畫 ⑴人或某些動物嘴巴四周的肌肉：【嘴脣、脣亡齒寒】。

脩 ㄒㄧㄡ 肉部 7畫 ⑴乾肉條⑵古代學生拜見老師時拿成束的乾肉作見面禮，叫「束脩」，後來也把給老師的酬金叫「脩金」⑶通「修」，研習。⑷姓。

脘 ㄨㄢˇ 肉部 7畫 胃腔：【胃脘】。

脛 ㄐㄧㄥˋ 肉部 7畫 ⑴膝至腳踵的部分，俗稱「小腿」⑵正直的：【脛脛】。

脬 ㄆㄠ 肉部 7畫 膀胱：【脬脬】。

腎 ㄕㄣˋ 肉部 8畫 腎臟，俗稱腰子，位於腹腔後壁，左右各一，為新陳代謝中排泄廢物的器官。

腕 ㄨㄢˋ 肉部 8畫 ⑴手掌與前臂相連接可以活動的關節部分：【手腕】⑵管理：【鐵腕】。

腔 ㄑㄧㄤ 肉部 8畫 ⑴動物體內空的部分：【口腔、腹腔】⑵器物的中空處：【炮腔、腹腔】⑶樂曲的調子：【唱腔】⑷說話的口音：【南腔北調】。

腋 ㄧㄝˋ 肉部 8畫 肩與臂交接的地方，俗稱胳肢窩：【兩腋生風】。

腑 ㄈㄨˇ 肉部 8畫 ⑴人體內部器官的總名，中醫說胃、膽、三焦、膀胱、大、小腸是六腑⑵胸懷：【襟腑】。

脹 ㄓㄤˋ｜肉部 8畫
(1)皮膚因感染而引起的紅腫、疼痛：【腫脹】
(2)體積變大：【膨脹、冷縮熱脹】
(3)因食物或焦慮引起生理或心理不舒服的感覺：【肚子脹、頭昏腦脹】

腆 ㄊㄧㄢˇ｜肉部 8畫
(1)豐盛、豐厚（不腆之儀豐厚的禮品）
(2)凸起或挺起：【腆起胸膛】
(3)難為情的樣子：【腆腆】。脯、腆肚子。

脾 ㄆㄧˊ｜肉部 8畫
(1)人和高等動物的內臟之一，橢圓形，深紫色，在胃的左下側，有過濾血液、製造新血球及儲血等機能：【脾臟】
(2)性情：【脾氣】

腐 ㄈㄨˇ｜肉部 8畫
(1)古代割除男子生殖器官的刑罰：【腐刑】
(2)朽爛、敗壞：【腐爛】
(3)鬆軟敗壞的：【豆腐、腐儒】
(4)不通事理的：【腐】
(5)不振作的：【腐】

腊 ㄒㄧ｜肉部 8畫
「臘」字的簡寫。
乾肉：【腊肉】。

腌 ㄧㄢ｜肉部 8畫
汙穢、不清潔：【腌臢】

腴 ㄩˊ｜肉部 8畫
(1)胖、豐滿：【膏腴】
(2)肥沃：【豐腴之地】。

腓 ㄈㄟˊ｜肉部 8畫
(1)小腿後面肌肉突出的部分，俗稱「腿肚子」
(2)古時砍斷犯人腳的刑罰。

腱 ㄐㄧㄢˋ｜肉部 9畫
(1)連接肌肉和骨骼的一種組織，白色且富於韌性
(2)牛蹄筋，也指附著在骨上的肌肉：【肥牛之腱】。

腰 ㄧㄠ｜肉部 9畫
(1)肋骨下肚子左右和中間的地方：【彎腰】
(2)獸類或昆蟲軀幹的中間部分：【蜂腰】
(3)事物中間的地方：【山腰】
(4)腎臟：【腰子】
(5)和腰部有關的：【腰帶、腰圍、腰包】。

腸 ㄔㄤˊ｜肉部 9畫
(1)消化器官，從胃的下面到肛門，分為小腸、大腸
(2)情緒：【迴腸盪氣】。

腥 ㄒㄧㄥ｜肉部 9畫
(1)生肉：【腥肉】
(2)魚、肉等有臭味的氣味的：【腥風、血腥】
(3)血水的氣味：【血腥】。

腳 ㄐㄧㄠˇ｜肉部 9畫
(1)人或動物的身體最下部，和地面接觸、能支持身體的部分：【腳背、手腳靈活】
(2)東西的最下部：【山腳、桌腳】
(3)戲劇的演員：【旦腳、丑腳】
(4)舊時和搬運有關的：【腳夫】。

【腳色】。
ㄐㄩㄝ 戲劇的演員，同「角」：【腳色】。

腫 ㄓㄨㄥˇ 【肉部】 9畫 (1)粗厚的：【腫脹】(2)皮肉浮脹：【浮腫】、【紅腫】。

腼 ㄇㄧㄢˇ 【肉部】 9畫 害羞、慚愧的樣子：【腼腆】。

腹 ㄈㄨˋ 【肉部】 9畫 (1)位於胸腔下方，俗稱肚子：【捧腹】(2)心裡：【滿腹心事】(3)居中的位置：【山腹】(4)正面、前面：【腹背受敵】(5)內部：【腹地】(6)姓。

腺 ㄒㄧㄢˋ 【肉部】 9畫 生物體內起分泌或排泄作用的組織：【汗腺、淋巴腺】。

腦 ㄋㄠˇ 【肉部】 9畫 (1)人體中指揮全身知覺、運動和思考、記憶等活動的器官，是神經系統的主要部分(2)心思：【頭昏腦脹】、【樟腦、豆腐腦】(3)白色像腦髓的東西：【豆腐腦】。

腮 ㄙㄞ 【肉部】 9畫 面頰：【腮幫子、托腮沉思】。

腩 ㄋㄢˇ 【肉部】 9畫 嫩牛肉：【牛腩】。

膀 ㄅㄤˇ 【肉部】 10畫 (1)上臂靠近肩膀、臂膀：【膀臂、肩膀】(2)鳥類、昆蟲飛行的器官：【翅膀】。
ㄆㄤ 排泄器官之一：【膀胱】。
ㄆㄤˊ 皮肉浮腫的：【膀腫】。
ㄆㄤ 指男女間互相勾引：【吊膀子】。

膏 ㄍㄠ 【肉部】 10畫 (1)脂肪、肥油：【焚膏繼晷】(2)糊狀的東西：【牙膏】(3)中藥的藥劑：【膏藥】(4)恩惠：【膏澤】(5)辛勤工作而得到的成果：【民脂民膏】(6)把油加在車軸或機器等經常轉動的部分：【膏油】。
ㄍㄠˋ (1)潤滑：【膏車秣馬】(2)沾：【膏墨】。

膈 ㄍㄜˊ 【肉部】 10畫 人或哺乳動物體內的胸腔和腹腔之間的膜狀肌肉，也叫「橫膈膜」。

膊 ㄅㄛˊ 【肉部】 10畫 (1)上肢靠近肩膀的部分：【胳膊】(2)泛指上半身：【赤膊】。

腿 ㄊㄨㄟˇ 【肉部】 10畫 (1)人和動物用來走路、支持身體的部分：【小腿、左右腿】(2)器物體底下用來支持物體的部分：【桌腿】(3)用鹽醃過，風乾的豬腿：【火腿】。

膜 ㄇㄛˊ 【肉部】 11畫 (1)生物體內像薄皮，且有保護作用的組織

膜
：【腦膜、眼角膜】(2)像薄皮一類的東西：【竹膜、笛膜】(3)佛教徒拜佛的一種禮節，表示極端恭敬、虔誠：【頂禮膜拜】。

膝【ㄒㄧ】 肉部 11畫
(1)大腿和小腿相連的關節的前部：【膝蓋、屈膝】(2)姓。

膠【ㄐㄧㄠ】 肉部 11畫
(1)能黏合東西的物質：【橡膠、水、樹膠、黏膠】(2)用橡膠或塑膠做成的東西：【膠鞋】(3)姓。

膣【ㄓ】 肉部 11畫
女性生殖器官的一部分，也就是「陰道」。

膚【ㄈㄨ】 肉部 11畫
(1)人體的表皮：【皮膚、體無完膚】(2)表面的：【膚淺、膚見】。

膛【ㄊㄤ】 肉部 11畫
(1)胸腔：【胸膛】(2)器物中的中空部分：【炮膛】。

膘【ㄅㄧㄠ】 肉部 11畫
牲畜的肥肉，同「臕」：【膘滿肉肥】。

膳【ㄕㄢ】 肉部 12畫
飲食：【早膳、晚膳】。

膩【ㄋㄧ】 肉部 12畫
(1)油脂過多：【油膩】(2)汙垢：【塵膩、汙垢】(3)厭煩：【膩不膩、聽膩了】(4)黏親密的：【膩友】(5)細柔光滑：【細膩】。

膨【ㄆㄥ】 肉部 12畫
(1)變大：【膨脹】(2)擴大：【膨脹】。

臆【ㄧ】 肉部 13畫
(1)胸：【胸臆】(2)無根據的、主觀的：【臆測、臆斷】。

臃【ㄩㄥ】 肉部 13畫
肥胖：【臃腫】。

膿【ㄋㄨㄥ】 肉部 13畫
細胞因病菌侵入發炎後壞死分解而成的汁液，含大量的白血球、細菌、蛋白質、脂肪的混合物：【化膿】。

膽【ㄉㄢ】 肉部 13畫
(1)膽囊的通稱。(2)勇氣、膽量：【膽大心細】(3)某些器物內部，可以容納水、空氣等東西：【球膽】。

臉【ㄌㄧㄢ】 肉部 13畫
(1)面孔：【笑臉迎人、面臉兒】(2)面子：【有頭有臉、丟臉、門臉兒】(3)身價：【無臉見人】(4)某些物體的前部：【門臉兒】通「顏」。

膺【ㄧㄥ】 肉部 13畫
(1)胸膛：【義膺】(2)承當、接受：【膺選、榮膺勳章】(3)討伐、懲罰、打擊：【膺懲】。

臣部 0～11畫 臣臥臧臨

臂 ㄅㄟ ｜肉部 13畫
(1)從肩頭到手腕的部分:【胳臂】。(2)動物的前肢:【螳臂當車】。

膾 ㄎㄨㄞ ｜肉部 13畫
切得很細的肉。

臀 ㄊㄨㄣ ｜肉部 13畫
人體背後,大腿以上與腰相連的部分,俗稱「屁股」:【美臀】。

臊 ㄙㄠ ｜肉部 13畫
腥臭的氣味:【腥臊、羊臊】。
ㄙㄠˋ 羞愧:【害臊、臊得滿臉通紅】。

臍 ㄑㄧ ｜肉部 14畫
(1)胎生哺乳動物腹部中央的凹陷處,是出生時臍帶脫落的痕跡:【肚臍】。(2)螃蟹腹部下的硬甲殼,雄的尖形,雌的圓形。

臏 ㄅㄧㄣˋ ｜肉部 14畫
(1)膝蓋骨,也稱「臏骨」。(2)古代一種削去膝蓋骨的刑罰。

臘 ㄌㄚˋ ｜肉部 15畫
(1)農曆十二月:【臘月】。(2)經過醃烤或風乾的肉類食品:【臘肉、臘魚】。

臚 ㄌㄨˊ ｜肉部 16畫
(1)皮膚(2)陳列(3)傳達:【臚列、臚傳、臚唱】。

臟 ㄗㄤˋ ｜肉部 18畫
體腔內器官的總稱:【心臟、五臟六腑】。

臠 ㄌㄨㄢˊ ｜肉部 19畫
切割成塊的肉。

臢 ㄗㄚ ｜肉部 19畫
骯髒:【腌臢】。

臣部
臣 ㄔㄣˊ

臣 ㄔㄣˊ ｜臣部 0畫
(1)君主時代做官的人:【臣子】。(2)屈服:【臣服、臣於人】。(3)姓。

臥 ㄨㄛˋ ｜臣部 2畫
(1)躺下、趴下:【臥倒、臥室】。(2)睡覺:【臥具】。

臧 ㄗㄤ ｜臣部 8畫
(1)好、善:【臧否】。(2)收受賄賂,同「贓」:【臧】。(3)姓。

臨 ㄌㄧㄣˊ ｜臣部 11畫
(1)來到、到達:【居高臨下、親臨指導、歡迎光臨】。(2)對面、接近、將要:【臨別】。(3)照著他人的字畫書寫或繪畫:【臨帖】。(4)當……之時:【臨去秋波】。(5)姓。

自部

自 ㄗˋ
自部 0畫
(1)起源、根源：【其來有自】、【源自古代】(2)本身：【自己】、【自力更生】(3)當然的、一定的：【自能成功】、努力自能成功(4)從某個時刻開始：【自從你生病以後、自古至今】(5)主動的：【自願】(6)姓。

臭 ㄔㄡˋ
自部 4畫
(1)難聞的氣味：【臭味】(2)惡名、惡：【臭名、遺臭萬年】(3)罵、譏笑：【罵他一頓】
ㄒㄧㄡˋ
(1)氣味：【無聲無臭】(2)通「嗅」，聞。

臬 ㄋㄧㄝˋ
自部 4畫
(1)箭靶子：【箭臬】(2)標準、法度：【圭臬】。

至部

至 ㄓˋ
至部 0畫
(1)到：【至今、由始至終】(2)最親密的、最：【至友、至親好友】(3)最極的、最…：【至善至美】(4)到達某種程度：【至於】。

致 ㄓˋ
至部 3畫
(1)情趣、意態：【興致、意態】(2)給予、表示：【致病、致志】(3)集中力量、致力：【致力、致送、致謝】(4)招來：【招致】。

臺 ㄊㄞˊ
至部 8畫
(1)高而平的建築物：【陽臺、瞭望臺、燈臺】(2)器物的底座、築物：【燭臺、樓臺】(3)對人的敬稱：【兄臺】(4)燈臺(5)觀測天象或發送電訊的單位：【一臺機器】計算單位：【氣象臺、天文臺、電臺】(6)臺灣省的簡稱(7)姓。

臻 ㄓㄣ
至部 10畫
到、達：【日臻完善、漸臻佳境】。

臼部

臼 ㄐㄧㄡˋ
臼部 0畫
(1)舂米的器具，用石頭製成，樣子像盆：【石臼】(2)形狀像臼的東西：【臼齒】

臾 ㄩˊ
臼部 2畫
(1)很短的時間：【須臾】(2)姓。

舀 ㄧㄠˇ
臼部 4畫
用瓢、勺等取東西：【舀湯、舀水】。

舂 ㄔㄨㄥ
臼部 5畫
把東西放在臼裡搗去外殼或搗碎：【舂米、舂藥】。

舄 ㄒㄧˋ 臼部 6畫

鞋子：【複舄】

舅 ㄐㄧㄡˋ 臼部 7畫

(1)母親的兄弟：【舅舅】(2)妻子的兄弟。(3)古時妻子稱丈夫的兄弟：【小舅子】

與 ㄩˇ 臼部 7畫

(1)贈與、給：【贈與、與人方便】(2)跟、隨：【與日俱增】(3)推舉：【選賢與能】(4)交往：【相與甚歡】(5)等待：【時不我與】(6)和：【我跟與你】(7)姓。

與 ㄩˊ

和「歟」字相通，放在句尾。

與 ㄩˋ

參加：【與會人士】。

興 ㄒㄧㄥ 臼部 9畫

(1)流行：【興】(2)創辦：【興辦】(3)旺盛：【新興、興盛】(4)發動：【興工、興兵作亂】(5)姓。

興 ㄒㄧㄥˋ

(1)喜悅的情緒：【盡興】(2)喜悅：【高興】(3)詩經六義之一：【賦、比、興】。

舉 ㄐㄩˇ 臼部 10畫

(1)行為、動作：【壯舉、善舉】(2)考試：【中舉】(3)往上托、往上伸：【舉重、舉牌子】(4)興起：【舉兵】(5)推荐、推舉：【舉賢、推舉】(6)提出：【舉例】(7)全部、全：【舉國皆知、舉國歡騰】

舊 ㄐㄧㄡˋ 臼部 12畫

(1)指老交情或老朋友：【故舊】(2)不新的、過去的：【陳舊、舊報紙】(3)從前的、過往的：【舊日、舊事、舊文化】。

舌部 ㄕㄜˊ

舌 ㄕㄜˊ 舌部 0畫

(1)人和動物的嘴巴裡能辨別味道、幫助咀嚼、發音的器官，通稱「舌頭」(2)鈴或鐸內的錘：【鈴舌】(3)形狀像舌的物體：【火舌、帽舌】(4)姓。

舍 ㄕㄜˋ 舌部 2畫

(1)房屋、宿舍：【房舍、宿舍】(2)農(3)謙稱自己的家。古時軍隊走三十里稱一舍：【退避三舍】

舍 ㄕㄜˇ

通「捨」，丟棄、除去。

舐 ㄕˋ 舌部 4畫

用舌頭舔：【老牛舐犢、舐犢情深】

舒 ㄕㄨ 舌部 6畫

(1)伸展、展開：【舒展、舒眉展眼】(2)從容、緩慢的：【舒緩】(3)暢通的：【舒暢】(4)姓。

舔 ㄊㄧㄢˇ 舌部 8畫

用舌頭取食或接觸東西：【舔食、舔嘴唇、貓舔爪子】。

舌部 9畫 舖　舛部 0～8畫 舛舜舞　舟部 0～5畫 舟舢航舫般舨舵舷舶船

舖 ㄆㄨˋ　舌部 9畫
同「鋪」。

〔舛部〕

舛 ㄔㄨㄢ　舛部 0畫
(1)困厄、不順利：【命運多舛】。(2)錯誤：【舛誤、舛錯】。

舜 ㄕㄨㄣˋ　舛部 6畫
(1)通「蕣」，木槿的別名。(2)古時帝王的名字，本姓姚，名重華，因為非常孝順，所以堯將帝位禪讓給他，建國號虞，因此也稱為「虞舜」。(3)姓。

舞 ㄨˇ　舛部 8畫
(1)按一定韻律轉動身體，表演各種姿勢：【手舞足蹈】(2)揮動：(3)拿著東西跳舞：【芭蕾舞、土風舞】(4)玩弄：【舞文弄墨】(5)姓。【舞劇、舞獅】

〔舟部〕 ㄓㄡ

舟 ㄓㄡ　舟部 0畫
(1)船：【泛舟、逆水行舟】(2)姓。

舢 ㄕㄢ　舟部 3畫
小船：【舢舨】。

航 ㄏㄤˊ　舟部 4畫
(1)船在水中行駛：【航海】(2)飛機在空中或船飛行：【航空】(3)飛機或船所經過的路線：【航線】。

舫 ㄈㄤˇ　舟部 4畫
船：【石舫、遊舫、畫舫】。

般 ㄅㄢ　舟部 4畫
(1)種類：【十八般武藝】(2)樣、等：【這般人，不理他也罷】(3)一樣的：【她的臉像蘋果般紅】。

般 ㄅㄛ　舟部 4畫
流連，安樂：【般桓、般樂】。

般 ㄆㄛˊ　舟部 4畫
梵語，智慧：【般若】。

舨 ㄅㄢˇ　舟部 4畫
舢舨，一種只能坐幾個人的小船，也可寫成「舢板」。

舵 ㄉㄨㄛˋ　舟部 5畫
船上或飛機上控制航行方向的裝置：【掌舵、方向舵】。

舷 ㄒㄢˊ　舟部 5畫
船隻的左右兩邊：【船舷、左舷、右舷】。

舶 ㄅㄛˊ　舟部 5畫
航行海洋中的大船：【船舶、巨舶、海舶】。

船 ㄔㄨㄢˊ　舟部 5畫
(1)水上的交通工具：【帆船、輪船、水行……】。

乘船】(2)航空工具：【太空船】。

舳 ㄓㄨˊ 舟部 5畫
船尾掌舵的地方。

舲 ㄌㄧㄥˊ 舟部 5畫
有窗的小船。

舺 ㄐㄧㄚˊ 舟部 5畫
小船。

艇 ㄊㄧㄥˇ 舟部 7畫
(1)輕便的小船：【汽艇、遊艇】(2)可以潛到水裡的船艦：【潛水艇】(3)量詞，小舟一艘叫一艇。

艄 ㄕㄠ 舟部 7畫
船尾：【船艄】

艙 ㄘㄤ 舟部 10畫
(1)船或飛機中，分隔開來可以載人或裝東西的地方：【客艙、貨艙、船艙】(2)船艦內部的分層：【底艙】。

艘 ㄙㄡ 舟部 10畫
量詞，船一隻叫一艘：【兩艘船】。

艤 ㄧˇ 舟部 13畫
把船停靠岸邊：【艤舟】。

艦 ㄐㄧㄢˋ 舟部 14畫
大型的軍用戰船：【軍艦、航空母艦】。

艮部

艮 ㄍㄣˋ 艮部 0畫
易經八卦之一，代表「山」，卦形是「☶」。(1)堅韌不脆的：【艮蘿蔔】(2)耿直的：【性情很艮、說話太艮】。

良 ㄌㄧㄤˊ 艮部 1畫
(1)德行美善的人：【忠良】(2)身家清白的人：【逼良為娼】(3)妻子稱丈夫為「良」或「良人」(4)美好的：【良緣、良辰美景、優良】(5)天賦的、本能的、聖明的：【良知、良能】(6)優秀的、聖明的：【良師、良醫】(7)非常：【用心良苦】(8)確實、果然：【良如所言】(9)姓。

艱 ㄐㄧㄢ 艮部 11畫
(1)憂，指父母之喪：【丁艱】(2)困難、不容易的：【艱困、艱難】。

色部

色 ㄙㄜˋ 色部 0畫
(1)光線照在物體上，反映在眼裡的現象：【顏色、彩色】(2)臉上的表情：【和顏悅色、面有愧色】(3)情景：【景色、夜色】(4)質量：【姿色】(5)容貌：(6)成色、足色：種類：【貨色齊全、各色人物】(7)情慾：【好色】(8)訪求：【物色】

【色】ㄕㄞˇ
骰子，一種賭具：【色子】。

艸部 ㄘㄠˇ

艾 ㄞˋ　艸部　2畫
(1)草本植物，葉、莖點燃後可以驅蚊蠅，葉也可作藥物：【艾草】(2)美好，美好的女子稱艾：【少艾】(3)老年人，五十歲稱艾(4)停止，繼絕：【方興未艾】(5)姓。

一、悔恨自己的過錯而改正：【自怨自艾】

芒 ㄇㄤˊ　艸部　3畫
(1)多年生草本植物，莖、葉細長而尖，莖可作造紙原料：【芒草】(2)莖、葉、果實上面所生的一種細毛或絨刺：【稻芒、麥芒】(3)喬木果樹名：【芒果樹】(4)臺灣名產之一：【芒果樹】(5)刀劍最鋒利的部分，四射的光線：【光芒、鋒芒】(6)通「茫」，無知而迷亂的樣子：【芒然】(7)姓。

芋 ㄩˊ　艸部　3畫
(1)多年生草本植物，葉大呈心形，地下莖為塊狀，可以食用，俗稱「芋頭」(2)泛指馬鈴薯、甘藷等植物：【洋芋、山芋】。

芍 ㄕㄠˊ　艸部　3畫
芍藥，多年生草本植物，初夏時開花，有紅、白等色，大而美麗，可供觀賞，根可作藥。

芊 ㄑㄧㄢ　艸部　3畫
芊芊，草木茂盛的樣子。

芃 ㄆㄥˊ　艸部　3畫
芃芃，草木茂盛的樣子。

芎 ㄑㄩㄥ　艸部　3畫
芎藭，多年生草本植物，根可作藥。

芟 ㄕㄢ　艸部　4畫
(1)割草(2)除去、削除，同「刪」：【芟除、芟刪】。

芹 ㄑㄧㄣˊ　艸部　4畫
一年或二年生草本植物，莖中空，羽狀複葉，夏天開白花，有水芹、香芹、藥芹等多種，都可食用。

芳 ㄈㄤ　艸部　4畫
(1)花草的香味：【芳香】(2)比喻美好的名稱：【萬世流芳、流芳百世】(3)有香氣的：【芳草】(4)對人的敬稱：【芳名、芳齡】(5)姓。

芝 ㄓ　艸部　4畫
(1)菌類，寄生在枯樹上，古代當作珍貴的草：【靈芝】(2)通「芷」，香草：【芝蘭】(3)姓。

芙 ㄈㄨˊ　艸部　4畫
(1)荷花的別名：【芙蓉】(2)落葉灌木，花可供觀賞，也叫「木芙蓉」。

芭 ㄅㄚ 艸部 4畫
(1)草本植物，花白色，果實和香蕉相似但略短：【芭蕉】。(2)姓。

芽 ㄧㄚˊ 艸部 4畫
(1)植物初生的嫩苗：【豆芽】。(2)新芽。事物的開端：【萌芽】。(3)姓。

花 ㄏㄨㄚ 艸部 4畫
(1)植物的繁殖器官，也可供觀賞用的開花植物：【花木、開花結果】。(3)指美好的東西：【雪花、浪花】(4)指妓女或以色相賺錢的人：【姐妹花】。(5)線條和圖案：【花紋】(6)棉絮：【棉花】(7)痘：【天花】(8)用、耗費：【花費、花時間】(9)模糊不清：【眼花】(10)像花一樣美的：【花容月貌、花樣年華】(11)虛假的、不美的：【花言巧語】(12)比喻雜色的：【花貓】(13)比喻樣式：【花樣】(14)姓。人心不定而好玩樂：【他這人很花、花花公子】。

芻 ㄔㄨˊ 艸部 4畫
(1)餵養牲畜的草料：【芻秣】(2)牧養牲口：【芻牧】(3)割草(4)淺陋的：【芻議】。

芥 ㄐㄧㄝˋ 艸部 4畫
(1)一年或二年生草本植物，葉子可以作菜，種子小而有辣味，磨成粉可供調味及藥用：【芥菜】(2)比喻細小：【纖芥】(3)微賤的：【草芥】。

芬 ㄈㄣ 艸部 4畫
(1)花草的香氣：【芬芳】(2)姓。

芷 ㄓˇ 艸部 4畫
(1)蘭草的一種，根可作藥，香草名，白芷。

芯 ㄒㄧㄣ 艸部 4畫
(1)燈草的莖的中心潔白鬆軟，可以燃燈，俗稱「燈芯草」(2)物體的中心部分：【蠟芯、岩芯】(3)蛇的舌頭。

芡 ㄑㄧㄢˋ 艸部 4畫
(1)一年生水草植物，莖有刺，葉圓而大，夏天開紫色的花，果實叫「芡實」，可以吃。

芮 ㄖㄨㄟˋ 艸部 4畫
(1)古國名，在今陝西省朝邑縣南(2)草細微的樣子：【芮芮】(3)姓。

芸 ㄩㄣˊ 艸部 4畫
(1)多年生草本植物，有特殊香味，可作藥，也稱「芸香」(2)通「耘」，除草(3)眾多的樣子：【芸芸】(4)姓。

茱 ㄓㄨ 艸部 4畫
(1)【茱萸】，多年生草本植物，可以作藥。

苧 ㄓㄨˋ 艸部 5畫
(1)「苧麻」的簡稱，多年生草本植物，花綠色，莖叢生，莖皮纖維潔白有光澤，是紡織工業的重要原料。又稱「車前子」、「車前草」。

范 ㄈㄢˋ 〔艸部〕 5畫

姓。

茅 ㄇㄠˊ 〔艸部〕 5畫

【茅草】(1)草名，密生白色柔毛，莖、葉可供蓋屋、製繩等：【茅草】。(2)姓。

苣 ㄐㄩˋ 〔艸部〕 5畫

(1)萵苣，蔬菜名，葉子窄長沒有柄，可以吃。

苛 ㄎㄜ 〔艸部〕 5畫

(1)嚴厲刻薄的：【苛政、苛刻】。(2)瑣碎的、過分的、繁重的：【苛求、苛責】。(3)過分的：【苛捐雜稅】。(4)姓。

苦 ㄎㄨˇ 〔艸部〕 5畫

(1)五味的一種，和「甜」相對：【吃苦、同甘共苦、良藥苦口】。(2)難以忍受的：【難受的】。(3)感覺味道不好的：【苦於疾病】。(4)憂愁的。(5)難受的事：【憂苦】。(6)不容易做的：【苦差事】。(7)有苦味的：【苦茶、苦瓜】。(8)苦刑。

茄 ㄑㄧㄝˊ 〔艸部〕 5畫

(1)一年生草本植物，葉橢圓形，花紫色，果實長圓形，呈紫色，可食用：【茄子】。

茄 ㄐㄧㄚ

荷莖。

若 ㄖㄨㄛˋ 〔艸部〕 5畫

(1)好像：【大智若愚、旁若無人、欣喜若狂】。(2)趕得上、比得上：【未若】。(3)如果、假使：【若非、倘若】。(4)姓。

若 ㄖㄜˇ

般若，梵語，智慧的意思。

茂 ㄇㄠˋ 〔艸部〕 5畫

(1)草木盛多：【茂密、茂盛、根深葉茂】。(2)豐富美好的：【圖文並茂】。(3)優秀的：【茂材】。(4)姓。

苗 ㄇㄧㄠˊ 〔艸部〕 5畫

(1)初生的植物，秧苗或某些初生的動物：【花苗、樹苗、魚苗、愛苗、禍苗、疫苗】。(2)事情的開端。(3)有免疫作用的能殺死或抑制細菌使人體內能產生抗菌素：【疫苗】。(4)露出地面的能源：【礦苗】。(5)中國境內種族名，散布貴州、湘西一帶：【苗族】。(6)姓。

英 ㄧㄥ 〔艸部〕 5畫

(1)花：【落英繽紛】。(2)才能或智慧出眾的人：【精英】。(3)英國的簡稱。(4)姓。英尺。

茁 ㄓㄨㄛˊ 〔艸部〕 5畫

草木初生壯盛的樣子：【茁壯、茁芽】。

苜 ㄇㄨˋ 〔艸部〕 5畫

苜蓿，草本植物，一年生，花為紫色，果實為莢果，莖葉可食，可作飼料或肥料，俗稱「金花菜」。

苔 ㄊㄞˊ 〔艸部〕5畫
(1)隱花植物，綠色，根、莖、葉不明顯：「苔蘚、青苔」。(2)舌面所生的垢膩，由衰死的上皮細胞和黏液等形成：「舌苔」。

茉 ㄇㄛˋ 〔艸部〕5畫
常綠灌木，夏開小白花，初開花有香味：「茉莉」。

苒 ㄖㄢˇ 〔艸部〕5畫
(1)草茂盛的樣子：「苒苒」。(2)時光漸漸過去：「荏苒」。

苑 ㄩㄢˋ 〔艸部〕5畫
(1)養禽獸、種花木的地方：「上林苑、鹿苑」。(2)人物聚集的地方：「文苑、藝苑」。(3)姓。

苞 ㄅㄠ 〔艸部〕5畫
(1)花未開時，包著花朵的小葉片：「花苞」、「含苞待放」。(2)姓，同「包」。

苟 ㄍㄡˇ 〔艸部〕5畫
(1)草率、不認真：「一絲不苟、不苟言笑」。(2)姑且、暫且：「苟且、苟安、苟全」。(3)假使、假如：「苟能堅持，必有收穫」。(4)姓。

苽 ㄍㄨ 〔艸部〕5畫
草名：「薏苽」。

苻 ㄈㄨˊ 〔艸部〕5畫
(1)一種叢生的草，又叫「鬼目草」。(2)姓。

苕 ㄊㄧㄠˊ 〔艸部〕5畫
(1)蔓生草本植物，秋天開花，可作藥，也稱「凌霄花」、「紫葳」。(2)蘆葦的花，可以做掃帚，稱為「苕帚」。

苓 ㄌㄧㄥˊ 〔艸部〕5畫
(1)茯苓、豬苓。(2)香草名：「苓」。(3)散落，同「零」：「苓落」。

苯 ㄅㄣˇ 〔艸部〕5畫
化學名詞，通常是無色液體，有特殊氣味，可作燃料或溶劑。

茫 ㄇㄤˊ 〔艸部〕6畫
(1)形容遼闊久遠的樣子：「蒼茫、渺茫」。(2)空虛而看不清楚的樣子：「茫然、茫無頭緒」。(3)不知如何是好的：「茫然」。

荒 ㄏㄨㄤ 〔艸部〕6畫
(1)沒有開墾的：「荒地、拓荒」。(2)廢棄：「荒廢學業」。(3)通「慌」，急迫、忙亂：「兵荒馬亂」。(4)收成不好：「荒田、荒年」。(5)雜草滿地：「荒蕪」。(6)偏僻、冷落：「荒郊」。(7)非常缺乏的：「煤荒、石油荒」。(8)不合情理的：「荒謬、荒誕」。

荔 ㄌㄧˋ 〔艸部〕6畫
(1)常綠喬木，果皮有小顆粒突起，果實多汁，味道甜美，中間有核，又稱

「荔枝」、「離枝」(2)姓。

茸 ㄖㄨㄥˊ　艸部6畫
(1)草初生時細小柔軟的樣子：【綠草茸茸】
(2)鹿角：【鹿茸】
(3)細軟的毛：【茸毛】

荆 ㄐㄧㄥ　艸部6畫
(1)一種多刺的灌木：【披荆斬棘】、【負荆請罪】
(2)用荆木作成的刑杖：【拙荆】
(3)謙稱自己的妻子：
(4)姓。

草 ㄘㄠˇ　艸部6畫
(1)草本植物的通稱、草木：【花草】、【碧草】
(2)中國書寫體的一種：【草書】
(3)山野：【草莽】
(4)詩、文、畫的底稿：【草稿】、【草圖】
(5)用草編成的：【草鞋】、【草席】
(6)用草搭蓋的、尚未決定的：【草棚】、【草案】
(7)初步、
(8)粗率的：【潦草】、【草率】
(9)開始：【草創】
(10)姓。

茵 ㄧㄣ　艸部6畫
坐褥、墊子：【茵褥】、綠草如茵。

茴 ㄏㄨㄟˊ　艸部6畫
茴香，多年生草本植物，葉子羽狀分裂成線形，全株具強烈芳香，莖葉可作香料。

茱 ㄓㄨ　艸部6畫
茱萸，落葉喬木，有濃烈香味，果實可作食、藥，有吳茱萸、食茱萸、山茱萸三種。

茲 ㄗ　艸部6畫
(1)此、這個：【念茲在茲】
(2)年：【今茲】
(3)現在：【茲定於明日開會，表示時間】、【茲收到】
(4)姓。

茲 ㄘˊ
漢代西域國名：【龜茲】。

茶 ㄔㄚˊ　艸部6畫
(1)常綠灌木，葉子長橢圓形，嫩葉加工後就是茶葉：【茶樹】
(2)常綠喬木，花稱茶花，有紅、白等色，用來觀賞：【山茶】、【茶花】
(3)用茶葉製成的飲料的名稱：【奶茶】、【杏仁茶】
(4)某些飲料的名稱：【品茶】
(5)綠中帶黑的顏色：【茶色】
(6)姓。

茗 ㄇㄧㄥˊ　艸部6畫
專指茶的嫩芽，現在泛指喝的茶：【香茗】、【品茗】。

荀 ㄒㄩㄣˊ　艸部6畫
(1)周代國名之一，春秋時滅亡，在今山西省境內
(2)草名
(3)姓。

茹 ㄖㄨˊ　艸部6畫
(1)蔬菜的總稱
(2)相連的根：【茹毛飲血】
(3)吃：
(4)姓。

荏 ㄖㄣˇ　艸部6畫
(1)就是「白蘇」，一年生草本植物，果實可食，也可榨油
(2)柔弱、軟弱：【色厲內荏】。

荐 ㄐㄧㄢˋ　艸部 6畫
推舉、介紹：【舉荐】、【推荐】

茭 ㄐㄧㄠ　艸部 6畫
(1)餵牲口的乾草：【茭草】(2)形狀像筍，可以食用，又稱「茭白筍」。【茭白】

荃 ㄑㄩㄢˊ　艸部 6畫
(1)香草名(2)通「筌」，捕魚器：【得魚忘荃】

茜 ㄑㄧㄢˋ　艸部 6畫
多年生草本植物，莖呈方形，開花，根可以做顏料和藥。

茼 ㄊㄨㄥˊ　艸部 6畫
茼蒿，一年生草本植物，中空，開白花，黃色或白色。莖葉可以吃。

莄 ㄧ　艸部 6畫
(1)草本初生的嫩芽(2)割除的雜草：【芟荑】

莨 ㄌㄤˋ　艸部 6畫
多年生草本植物，生於低溼地區，莖葉均有細毛，花黃色，果實有毒。

莎 ㄙㄨㄛ　艸部 7畫
莎草，地下的塊莖叫「香附子」，可作藥。

莎 ㄕㄚ　艸部 7畫
(1)莎雞，蟲名，也叫「紡織娘」(2)當譯名，用於地名、人名等：【莎士比亞】

莞 ㄨㄢˇ　艸部 7畫
微笑的樣子：【莞爾】

莞 ㄍㄨㄢ　艸部 7畫
(1)水蔥，草本植物，多生在溼地，莖可編席子，又稱「席子」(2)姓。

莞 ㄍㄨㄢˇ　艸部 7畫
東莞，縣名，在廣東省。

荸 ㄅㄧˊ　艸部 7畫
荸薺，草本植物，長在水田裡，地下球莖圓形，可以吃，也叫「地栗」、「烏芋」、「慈姑」。

莢 ㄐㄧㄚˊ　艸部 7畫
(1)豆類植物的果實：【豆莢】(2)如莢狀的乾果、裂果：【榆莢】(3)姓。

莖 ㄐㄧㄥ　艸部 7畫
(1)植物的主幹，草本的稱「莖」，木本的稱「幹」(2)地下莖：【塊莖】(3)量詞，長狀物一根叫一莖：【數莖白髮、數莖小草】

莫 ㄇㄛˋ　艸部 7畫
(1)不可、不要：【閒人莫進】(2)不要：【莫不高興】(3)沒有：【莫測高深】(4)遲疑不能(5)姓。

莫 ㄇㄨˋ　艸部 7畫
日落、黃昏的時候，同「暮」。

莒 ㄐㄩˇ　艸部 7畫
(1)芋頭，塊莖可以吃(2)春秋時國名(3)莒縣，縣名，在山東省：【毋忘在莒】(4)姓。

346

莊 ㄓㄨㄤ ┃ 艸部
7畫

(1)田家村落：【村莊、村家】(2)別墅：【李家莊】(3)封建社會裡君主、貴族或地主等所占有的大片土地：【莊園】(4)稱規模較大或做批發生意的商店：【布莊、錢莊】(5)嚴肅、端正：【莊嚴、端莊】(6)姓。(7)四通八達的大路：【康莊】。

莓 ㄇㄟˊ ┃ 艸部
7畫

(1)薔薇科，結紅色果實，開白花，味酸甜：【草莓】(2)青苔：【莓苔】。

莉 ㄌㄧˋ ┃ 艸部
7畫

常綠灌木，夏開小白花，味清香：【茉莉】。

莠 ㄧㄡˇ ┃ 艸部
7畫

(1)一年生草本植物，像稻禾，常妨害稻禾生長，又稱「狗尾草」：【良莠不齊】(2)比喻壞人：【良莠不齊】(3)違反法紀、品行不良的：【莠民】。

荷 ㄏㄜˊ ┃ 艸部
7畫

(1)草本植物，生於水中，葉呈心形，根可供藥用。開白花或紅花，果實稱蓮子，地下莖為藕，都可以吃：【荷花】(2)國名，在歐洲西海岸，以填海成陸地聞名於世：【荷蘭】。

ㄏㄜˋ

(1)負擔：【重荷】(2)用肩扛負：【荷槍】(3)承受：【負荷】。

莃 ㄒㄧ ┃ 艸部
7畫

(1)木蘭科，常綠灌木，花瓣細長，黃白色(2)叢生的草：【魯莃、莃夫】(3)粗魯的：【莃樸】(4)姓。

荻 ㄉㄧˊ ┃ 艸部
7畫

(1)草本植物，橢圓，葉子常生長在水邊或原野，和「蘆」同類(2)姓。

茶 ㄔㄚˊ ┃ 艸部
7畫

(1)苦菜(2)指一種茅草的白花：【如火如荼】(3)毒害：【荼毒】。

ㄕㄨ

神荼，門神名。

莘 ㄒㄧㄣ ┃ 艸部
7畫

多年生草本植物，開紫色的花，葉呈心形，根可供藥用。(1)修長的樣子(2)眾多的樣子：【莘莘學子】(3)姓。

莪 ㄜˊ ┃ 艸部
7畫

莪蒿，草本植物，嫩葉可食，生在水邊。

荳 ㄉㄡˋ ┃ 艸部
7畫

通「豆」。豆類植物，果實成荳子：【荳蔻】。

荵 ㄖㄣˇ ┃ 艸部
7畫

蘆莖中的薄膜：【荵莖】。

莛 ㄊㄧㄥˊ ┃ 艸部
7畫

通「莛」，餓死的人：【餓莛】。

莨 ㄌㄤˋ ┃ 艸部
7畫

(1)藏莨，多年生草本植物，莖葉粗硬，可用來餵牲口，也稱「狼尾草」(2)莨菪（ㄉㄤˋ），多年生草本植物，

有毒，葉長橢圓形，開淡紫色鐘形的花朵，根可做頭痛或治療痙攣的藥劑。(3)薯莨，多年生草本植物，塊莖外皮紫黑色，肉黃紅色，汁可以用來染綢紗。

莧 ㄒㄧㄢˋ 【艸部】 7畫
莧菜，一年生草本植物，葉有青、紅兩色，開黃綠色的花，莖葉可以食用。

菩 ㄆㄨˊ 【艸部】 8畫
(1)可以編蓆子或蓋房屋的草。(2)菩提樹，桑科，常綠亞喬木：【菩提】(3)梵語，正覺的意思：【菩薩】。

萃 ㄘㄨㄟˋ 【艸部】 8畫
(1)聚集，也指聚在一起的人或事物：【萃集、出類拔萃】。(2)草叢生的樣子。

菸 ㄧㄢ 【艸部】 8畫
(1)枯萎：【菸萎】。(2)菸草，草本植物，葉子可製捲煙、煙絲。

萸 ㄩˊ 【艸部】 8畫
落葉喬木，有吳茱萸、食茱萸、山茱萸三種。

萍 ㄆㄧㄥˊ 【艸部】 8畫
(1)浮萍，水草名，葉子浮在水面，可作藥用。(2)漂泊不定的：【萍蹤】。

菠 ㄅㄛ 【艸部】 8畫
蔬菜名，葉子略呈三角形，根部紅色，葉嫩綠有甜味，含豐富的鐵質。

萋 ㄑㄧ 【艸部】 8畫
草茂盛的樣子：【萋萋】。

菽 ㄕㄨ 【艸部】 8畫
豆類的總稱。

菁 ㄐㄧㄥ 【艸部】 8畫
(1)韭華，俗稱「韭菜花」(2)草木茂盛的樣子：【菁菁】(3)事物的精粹：【菁華】。

華 ㄏㄨㄚˊ 【艸部】 8畫
(1)中國的簡稱：【華僑、華胄】(2)時光、時間：【年華、韶華】(3)化妝用的脂粉：【鉛華】(4)事物最精要的部分：【精華】(5)光輝、光彩、好看的：【月華】(6)繁榮、旺盛的：【榮華】(7)白色的：【華髮】(8)虛浮的：【虛華】(9)富有的：【豪華、華麗】

華 ㄏㄨㄚˋ 通「花」：【春華秋實】。

華 ㄏㄨㄚ (1)山名：【華山】(2)姓。

菱 ㄌㄧㄥˊ 【艸部】 8畫
一年生草本植物，生在池塘中，葉子浮在水面，花白色，果實有硬殼，可以吃：【菱角】。

萊 ㄌㄞˊ 【艸部】 8畫
(1)草名，葉香可吃，也稱「藜」(2)雜草：【草萊】(3)姓。

菴 ㄢ 【艸部 8畫】
(1)小草屋：【菴廬】。(2)通「庵」：【尼姑菴】。(3)菴藘（ㄌㄩˊ），多年生草本植物，葉子像菊，開淡褐色小花，子可作藥。

菰 ㄍㄨ 【艸部 8畫】
(1)蔬菜類植物，生在淺水裡，嫩葉可作菜，叫「茭白」。秋天結果實如米，稱「菰米」，可用來煮飯：【香菰、蘑菰】。(2)菌類植物，同「菇」。

萌 ㄇㄥˊ 【艸部 8畫】
(1)初出的嫩芽：【萌芽】。(2)比喻事務的開端：【杜漸防萌】。(3)事情的徵兆：【萌芽】。(4)草木初生：【萌發、萌芽】。(5)顯現、發生：【萌發、故態復萌】。(6)姓。

菌 ㄐㄩㄣˋ 【艸部 8畫】
(1)隱花植物，沒有葉綠素，寄生在土、木、石等物體上，種類很多，如香菇、靈芝等。(2)細菌的簡稱：【桿菌、黴菌】。

菲 ㄈㄟ 【艸部 8畫】
(1)菜名，葉紫紅色，花可吃，和「蕪菁」同類(2)微薄的：【菲薄、菲禮】。

菲 ㄈㄟ 【艸部 8畫】
(1)芳草茂盛：【芳菲】。(2)「菲律賓」的簡稱，是亞洲東南部的共和國。

菊 ㄐㄩˊ 【艸部 8畫】
草本植物，種類很多，秋末開花，可供觀賞或作藥：【菊花】。

萎 ㄨㄟ 【艸部 8畫】
(1)草木枯黃：【枯萎】。(2)人死：【哲人其萎】。(3)萎蕤（ㄖㄨㄟˊ），草名，可作藥，根莖可製澱粉。

萄 ㄊㄠˊ 【艸部 8畫】
葡萄，果類植物，蔓生，果實可食，亦可供釀酒。

著 ㄓㄨˋ 【艸部 8畫】
(1)編寫出來的作品、名著：【名著、大著、譯著】。(2)寫作：【編著、著書名】。(3)久居當地的人：【土著】。(4)明白、顯揚：【顯著】。(5)顯著：【著名】。

著 ㄓㄨㄛˊ
(1)穿戴：【穿著】。(2)象棋子或圍棋子下落、結果：【棋高一著】。(3)象棋子。(4)塗：【遍尋無著、不著邊際】。(5)接觸、連在一塊：【附著、膠著】。(6)著落。(7)差遣、命令。

著 ㄓㄠ
到達：【著陸】。

著 ㄓㄠˊ
(1)燃燒：【著火】。(2)表示中人計策：【他著了我的道了】。(3)用、動作完成了：【打著了、見著了】。(4)表示睡著了。

著 ㄓㄜ˙
(1)表示正在進行：【看著、聽著】。(2)發生、方法：通「招」。(3)表示狀況：【看著】。(4)表示命令或吩咐：【你給我記著！】。

著 ㄓㄠ
(1)受到：【著慌、著涼】。(2)通「招」。(3)表示命令或吩咐：【貼著標語、坐著、聽著】。

菅 ㄐㄧㄢ 艸部 8畫
(1)草名，葉細長而尖，莖可造紙。(2)根可作刷帚(2)比喻輕賤：【草菅人命】。

菜 ㄘㄞˋ 艸部 8畫
(1)蔬類植物的總稱：【蔬菜】、【川菜、高麗菜】、【白菜、炒菜】。(2)菜肴的總稱：【小菜】、【面有菜色】(3)青黃色：【菜色】(4)裝菜的竹製籃子：【菜籃】(5)不屬害的：【菜鳥】

菇 ㄍㄨ 艸部 8畫
菌類植物：【香菇、草菇】。

菔 ㄈㄨ 艸部 8畫
【萊菔】，蘿蔔的別稱(2)通「蔔」，蘿蔔的別名。

菡 ㄏㄢ 艸部 8畫
菡萏，荷花的別名。

萏 ㄅㄢ 艸部 8畫
菡萏，就是荷花。是蘿蔔。

菟 ㄊㄨˋ 艸部 8畫
(1)於（ㄨˋ）菟，古代楚國人稱老虎為「於菟」。(2)菟絲，一年生草本植物，沒有葉子，莖細長，可攀附其他植物而生長。夏天開淡紅色小花，子可作藥，也稱「菟絲子」。

菹 ㄐㄩ 艸部 8畫
(1)多水草的沼澤。(2)鹹菜、酸菜。

萁 ㄑㄧˊ 艸部 8畫
(1)豆類的莖：【煮豆燃豆萁】(2)野菜名，像蕨，可以食用。

菖 ㄔㄤ 艸部 8畫
菖蒲，多年生草本植物，葉長在水邊，氣味香濃，端午節那天，人們把它掛在門上。傳說可以避邪、防小人。葉子像劍，花淡黃色。

萇 ㄔㄤˊ 艸部 8畫
萇楚，蔓生植物，葉子狹長，果實味道很

菀 ㄨㄢ 艸部 8畫
紫菀，多年生草本植物，根細長，可以作藥。葉子和果實的形狀都很像桃樹，苦。

葵 ㄎㄨㄟˊ 艸部 9畫
(1)向日葵的簡稱，一年生草本植物，葉大，開黃色大花(2)姓。

葦 ㄨㄟˇ 艸部 9畫
(1)草名，又叫「蘆葦」(2)小船。

葫 ㄏㄨˊ 艸部 9畫
(1)大蒜的別稱，百合科，多年生草本植物(2)葫蘆，一年生蔓生草本植物，莖有卷鬚，開白花，果實形狀像大葫蘆，葉、蔓及地下莖都可食用，因來自西域，所以稱之為「葫」。

葉 ㄧㄝˋ 艸部 9畫
(1)植物管呼吸、蒸發等作用的器官：【楓

葉

葉、落葉歸根】(2)像葉子似的薄片：【百葉窗】(3)較長時期的分段：【二十世紀中葉】(4)輕小像葉子的：【一葉扁舟】(5)姓。

尸ㄜˋ 春秋時為楚國的城邑，現位於河南省：【葉縣】。

葬 ㄗㄤˋ　艸部　9畫

掩埋、埋葬：【葬花、埋葬】。

葛 ㄍㄜˊ　艸部　9畫

(1)多年生蔓草植物，莖細長，花紫、紅色，供食用及製漿糊，莖的纖維可以織成葛布。根可作藥，又可取出澱粉。(2)複姓：【諸葛】。

萼 ㄜˋ　艸部　9畫

花片狀輪生、托在花下部的綠色小片：【花萼】。

蒂 ㄉㄧˋ　艸部　9畫

瓜果和枝莖相連的部分：【瓜熟蒂落、根深蒂固】。

葷 ㄏㄨㄣ　艸部　9畫

(1)肉類食物：【葷菜】(2)蔥、蒜等帶刺激性的蔬菜(3)不雅的、粗俗的：【葷話】

ㄒㄩㄣ（ㄣˇ）古代種族名：【葷粥】。

落 ㄌㄨㄛˋ　艸部　9畫

(1)人所聚居的地方：【村落、部落】(2)文筆停頓的地方、地段：【段落】(3)掉下：【落雨、落花】(4)安置、住下：【落戶、落腳】(5)歸家、歸屬：【落價】(6)建築初成：【落成】(7)遺留在後面：【落選、落伍】(8)題字在後面：【落款】(9)剃掉：【落髮為尼】(10)稀疏散亂的樣子：【落款】(11)墜下(12)衰敗：【沒落】(13)的姓。【落花】

ㄌㄠˋ (1)跌、降：(2)得到：【管閒事，落不是】(3)得到：【鳥兒落在樹枝上】(4)剩餘：【這個月落了幾塊錢】落在樹枝上，除去開銷，還落了幾塊錢】

ㄌㄚˋ (1)遺忘：【東西落在車上、落了一個字】(2)跟不上：【落在後頭】

葡 ㄆㄨˊ　艸部　9畫

(1)【葡萄】木本植物，蔓生，莖有卷鬚，果實圓或橢圓，味甜或酸，可供釀酒：【葡萄】(2)國名，位於歐洲伊比利半島北部，與西班牙為鄰：【葡萄牙】。

董 ㄉㄨㄥˇ　艸部　9畫

(1)器物：【董】(2)督理事物的人：【古董】(3)姓。

萱 ㄒㄩㄢ　艸部　9畫

(1)多年生草本植物，也稱「忘憂草」，花晒乾後可供食用，叫「金針草」(2)母親：【萱堂】。

葩 ㄆㄚ｜9畫｜艸部
花朵:【奇葩】。

萹 ㄅㄧㄢ｜9畫｜艸部
萹竹,一年生草本植物,葉像竹葉,可作藥材。

葑 ㄈㄥ｜9畫｜艸部
植物名,就是「蕪菁」。

葭 ㄐㄧㄚ｜9畫｜艸部
(1)初生的蘆葦。(2)樂器名:通「笳」。(3)姓。

葸 ㄒㄧ｜9畫｜艸部
(1)害怕。(2)不高興:【葸畏】。

葚 ㄕㄣ｜9畫｜艸部
桑樹所結的果實,最初是青色,稍熟變為紅色,全熟時轉為紅黑色,可食,也稱「桑葚」、「桑椹」。

萵 ㄨㄛ｜9畫｜艸部
萵苣,一年生草本植物,菊科,葉無柄,抱莖,花黃色,莖可供食用。

葯 ㄧㄠ｜9畫｜艸部
(1)「芷」,就是「白芷」。(2)雄蕊頂端藏有花粉的部分。(3)「藥」的異體字。

葳 ㄨㄟ｜9畫｜艸部
(1)葳蕤,植物名,就是「萎蕤」。(2)草木茂盛的樣子。

蓖 ㄅㄧ｜10畫｜艸部
蓖麻,一年生草本植物,葉呈掌狀,種子可以榨油,可供工業和醫藥用。

蓉 ㄖㄨㄥ｜10畫｜艸部
(1)芙蓉的別名。(2)落葉灌木,花和葉是消腫解毒的外敷藥:【木芙蓉】。(3)城名,即「蓉城」,在四川省。

蒿 ㄏㄠ｜10畫｜艸部
(1)多年生草本植物,有青蒿、香蒿、白蒿等種類,都可作藥。(2)姓。

蓆 ㄒㄧ｜10畫｜艸部
通「席」,用草莖編成,可坐臥的墊子:【草蓆】。

蓄 ㄒㄩ｜10畫｜艸部
(1)儲存、積聚:【儲蓄】、【蓄水池】。(2)隱藏、不露:【含蓄】。(3)保留、培養:【蓄髮】、【養精蓄銳】。(4)存在心裡:【蓄意】。(5)姓。

蒲 ㄆㄨ｜10畫｜艸部
(1)多年生草本植物,長在水邊,葉細長,可用來編蒲席、蒲包、扇子。(2)菖蒲的簡稱,別稱「臭蒲」。(3)蒲柳,即「水楊」,為柳樹的一種。(4)姓。

蒙 ㄇㄥ｜10畫｜艸部
(1)蒙古的簡稱,也是種族名。(2)幼稚無知:【啟蒙】。(3)遮蓋:【蒙蔽】。(4)承受:【承蒙】。(5)遭遇:【蒙難】。(6)欺瞞:【蒙騙】。(7)缺乏知識:【蒙昧】。(8)姓。

蒜 ㄙㄨㄢˋ ｜艸部 10畫
蔬菜類食物，地下莖和葉有辣味，可供食用：【蒜頭】。

蓋 ㄍㄞˋ ｜艸部 10畫
(1)覆於容器上的東西：【瓶蓋】、【鍋蓋】。(2)人體內某些扁平的骨頭：【膝蓋】。(3)寢具：【捲鋪蓋】。(4)搭建、修造：【蓋房子】。(5)超過：【英勇蓋世】、【氣蓋山河】。(6)把圖章印在文件上：【蓋章】。(7)遮掩：【遮蓋】。(8)吹牛：【蓋仙】。

蓋 ㄍㄜˊ ｜艸部 10畫 通「盍」。
ㄍㄜˇ 姓。

蒸 ㄓㄥ ｜艸部 10畫
(1)水氣上升：【蒸發】。(2)在密閉容器裡靠水的熱氣使食物變熟：【蒸饅頭】、【蒸包子】。(3)眾多的：【蒸民】。

蓀 ㄙㄨㄣ ｜艸部 10畫
古代一種香草名，就是「荃」。

蓓 ㄅㄟˋ ｜艸部 10畫
含苞未開的花：【蓓蕾】。

蒐 ㄙㄡ ｜艸部 10畫
(1)聚集、蒐集：【蒐羅】。(2)春天打獵：【春蒐】。夏苗。

蒼 ㄘㄤ ｜艸部 10畫
(1)上天：【上蒼】。(2)青色的：【蒼天】、【蒼松翠柏】。(3)灰白的：【面色蒼白】。(4)衰老的：【蒼老】。(5)姓。

蒞 ㄌㄧˋ ｜艸部 10畫
到、臨：【蒞臨】、【蒞任】。

蓑 ㄙㄨㄛ ｜艸部 10畫
用草編成用來遮雨的衣服：【蓑衣】。

蒻 ㄖㄨㄛˋ ｜艸部 10畫
(1)初生的香蒲，可以織席。(2)荷莖在泥中白色的部分，俗稱「藕」。

蓐 ㄖㄨˋ ｜艸部 10畫
(1)草蓆，引申作臥具：【茵蓐】。(2)婦女生產：【坐蓐】。(3)姓。

蒹 ㄐㄧㄢ ｜艸部 10畫
尚未長穗的荻草：【蒹葭】。

蒺 ㄐㄧˊ ｜艸部 10畫
蒺藜，一年或二年生草本植物，多長在沙地上，葉形像羽毛，果實有刺，可作藥。

蒨 ㄑㄧㄢˋ ｜艸部 10畫
(1)草名，多年生草本植物，根黃花色，可提取染料，又可作藥。(2)草茂盛的樣子：【夏曄冬蒨】。(3)姓。

蓁 ㄓㄣ ｜艸部 10畫
(1)通「榛」，荊棘。(2)草茂盛的樣子：【蓁蓁】。(3)蓁椒，就是「辣椒」。

蒡 ㄅㄤˊ

艸部 10畫

有白毛，開紫花，嫩葉和根可以吃，種子可以作藥。牛蒡，二年生草本植物，葉呈心形，背面可以

蓊 ㄨㄥˇ

艸部 10畫

(1)草木茂盛的樣子(2)即蕹菜，俗稱「空心菜」。

蓍 ㄕ

艸部 10畫

(1)蓍草，一年生草本植物，高約六十至九十公分，葉如絲，開小黃花，果實黑褐色，像黍粒，可製香料，也稱「小茴香」。(2)古人用它的莖來占卜吉凶。

蒻 ㄕˋ

艸部 10畫

(1)蒻蘿，多年生草本植物，花白或淡紅，氣味芳辛，果實可食。(2)姓。(2)移植、栽種：【蒻花】。

蒯 ㄎㄨㄞˇ

艸部 10畫

(1)一年生草本植物，長在水邊，莖可以搓繩子或編蓆子，種子可食。(2)姓。

蔚 ㄨㄟˋ

艸部 11畫

(1)蔚為風氣，夏天開淡黃色的小花(2)興起：【蔚成大國】(3)顏色深的：【蔚藍】(4)有文采的：【雲蒸霞蔚】。

蔗 ㄓㄜˋ

艸部 11畫

(1)多年生草本植物，葉子呈楔形，料，榨汁後剩下的渣，可製糖製糖的主要原料，是

蔗 ㄓㄜˋ

艸部 11畫

熱帶和亞熱帶糖料作物，板、紙漿等：【甘蔗】。料、榨汁後剩下的渣，可製隔音

蓮 ㄌㄧㄢˊ

艸部 11畫

(1)多年生草本植物，生在淺水裡，葉圓而大，花有紅有白，在花托下結子地下莖稱「藕」，可食，也稱「荷」(2)佛家認為蓮是彌陀所居住的淨土，所以稱淨土為「蓮」。

蔚 ㄩˊ

(1)縣名，在察哈爾省(2)姓。

蔑 ㄇㄧㄝˋ

艸部 11畫

(1)侮辱：【誣蔑】(2)拋去：【蔑棄】(3)微小的：【蔑以復加】。蔑視】(4)無、沒有

蔭 ㄧㄣˋ

艸部 11畫

(1)樹下的陰影：【樹蔭、柳蔭】(2)通「廕」，因父祖有功而給予子孫仕宦的權利或特權：【庇蔭】。

蔓 ㄇㄢˋ

艸部 11畫

(1)植物細長而攀繞他物的莖：【瓜蔓、葛蔓】(2)漸漸伸長和散布開來：【蔓延】(3)姓。蔓菁，或稱「蕪菁」，蔬類植物，根長而扁圓，俗稱「大頭菜」。

蔬 ㄕㄨ

艸部 11畫

(1)可食用的草菜類的總稱：【蔬菜】(2)粗劣的：【蔬膳】。瓜類植物所結的果實。

蔣 ㄐㄧㄤ 艸部 11畫
(1)草本植物，茭白筍的別名
(2)姓。

蔡 ㄘㄞˋ 艸部 11畫
(1)姓。(2)春秋時國名，在今河南上蔡、新蔡縣一帶。

蔔 ㄅㄛˊ 艸部 11畫
蘿蔔，蔬類植物，主根肥大，球形或圓柱形，根和葉都可食用，種子可作藥。

蓬 ㄆㄥˊ 艸部 11畫
(1)蓬花結的果子。(2)散亂不整齊的：【蓬髮、蓬鬆】。(3)興盛：【蓬勃】(4)用蓬編成的：【蓬舍】。

蔥 ㄘㄨㄥ 艸部 11畫
(1)多年生草本植物，葉中空，下部白色，有辛辣味，常用來爆炒食物，使食物更加可口(2)青色的：【蔥翠】。

蔽 ㄅㄧˋ 艸部 11畫
(1)遮蓋、擋住：【遮蔽、掩蔽】(2)欺騙、掩藏，隱瞞事實：【蒙蔽】(3)掩藏(4)概括：【一言蔽之】

蓿 ㄙㄨˋ 艸部 11畫
苜蓿，多年生草本植物，是優良的飼料，俗稱「金花菜」。

蔻 ㄎㄡˋ 艸部 11畫
(1)豆蔻，草本植物，種子有香味，可作藥(2)蔻丹，泛稱女人用的各種顏色的指甲油。

蓼 ㄌㄧㄠˇ 艸部 11畫
(1)草本植物，多生在水邊，葉子有辛香味(2)古國名，在河南省境內(3)姓。長大的樣子：【蓼蓼】。

蔦 ㄋㄧㄠˇ 艸部 11畫
蔦蘿，蔓草植物，一年生，莖細長，多攀附在樹木上，夏天開紅白色小花，多栽培在庭院中，供觀賞。

蓰 ㄒㄧˇ 艸部 11畫
(1)草名(2)數的五倍：【數倍】

蕃 ㄅㄛ 艸部 11畫
(1)草名，即「羊蹄草」(2)通「笓」竹樹枝編成的柴門：【蕃門】

蕩 ㄉㄤˋ 艸部 12畫
(1)水匯聚的地方，如湖澤、坑池等，通稱為「蕩」：【黃天蕩】(2)搖動、擺動：【飄蕩、動蕩】(3)放縱、放蕩(4)走來走去，無事閒逛：【遊蕩】(5)廣大的樣子：【蕩蕩】(6)姓。

蕈 ㄒㄩㄣˋ 艸部 12畫
菌類植物，生長在樹林裡或草地上，種類很多，有的可吃，有的有毒，例如：松蕈、香蕈。

蕙 ㄏㄨㄟˋ　艸部 12畫
(1)香草名，葉橢圓形，秋初開紅花，結黑子，有香味(2)蕙蘭，多年生草本植物，花很香，可供觀賞(3)高雅芳潔的：【蕙質蘭心】。

蕨 ㄐㄩㄝˊ　艸部 12畫
多年生草本植物，嫩葉可食用，地下莖多含澱粉，可製成澱粉。

蕃 ㄈㄢˊ　艸部 12畫
(1)通「繁」，繁殖：【蕃衍】(2)繁多、茂盛：【蕃盛】。

蕃 ㄈㄢ　通「番」。(1)中國古代稱西方的遊牧民族：【吐蕃】(2)稱外國或來自外國的東西：【蕃茄、蕃薯】。

蕊 ㄖㄨㄟˇ　艸部 12畫
(1)花心，是植物傳種的器官，有雄、雌的分別：【花蕊、雄蕊、雌蕊】(2)燈燭的心：【燈蕊】。

蕉 ㄐㄧㄠ　艸部 12畫
(1)草本植物：【蕉農】(2)芭蕉的簡稱，就是「蕉」。

蕭 ㄒㄧㄠ　艸部 12畫
(1)沒有生氣的樣子：【蕭條】(2)冷落、衰敗：【蕭蕭】(3)風聲、馬叫聲、木葉聲：【蕭蕭】(4)姓。

蕪 ㄨˊ　艸部 12畫
(1)草多而亂的樣子：【荒蕪】(2)雜亂：【蕪雜】(3)姓。

蕎 ㄑㄧㄠˊ　艸部 12畫
(1)蕎麥，一年生草本植物，葉子三角狀心臟形，花白或淡粉紅色，子實磨成粉，可食用(2)即大戟，多年生草本植物，夏天開黃褐色花，莖、葉折斷時會流出毒汁，可作藥。

蕖 ㄑㄩˊ　艸部 12畫
(1)芙蕖，荷花的別稱(2)芋的大根。

蕁 ㄒㄩㄣˊ　艸部 12畫
(1)蕁麻，多年生草本植物，莖皮纖維可作紡織原料(2)即「知母」，多年生草本植物，開淡紫色小花，可作藥。

蕤 ㄖㄨㄟˊ　艸部 12畫
古代帽帶下垂的部分：【冠蕤】。

薌 ㄒㄧㄤ　艸部 13畫
(1)香氣(2)通「香」，穀類的香氣。

蕞 ㄗㄨㄟˋ　艸部 12畫
細小的：【蕞爾】。

蕢 ㄎㄨㄟˋ　艸部 12畫
(1)古代用草編成的盛土器具：【荷蕢】(2)姓。

薪 ㄒㄧㄣ　艸部 13畫
(1)柴火：【釜底抽薪】、【臥薪嘗膽】(2)薪水、薪資的簡稱：【月薪、年薪】(3)姓。

薄 ㄅㄛ 艸部 13畫
(1)迫近：【日薄西山】。(2)【輕薄】。(3)減輕：【輕視：【輕薄】。(4)不厚的：【薄片、薄紙】。(5)不濃的、淡的：【薄茶、薄酒】。(6)微小的：【薄弱、薄禮】。(7)不肥沃的：【薄田】。(8)卑賤的：【出身微薄】。(9)姓。
ㄅㄛˋ 草本植物，莖葉有清涼的香味：【薄荷】。

蕾 ㄌㄟˇ 艸部 13畫
含苞待放的花朵：【花蕾、蓓蕾】。

薜 ㄅㄧˋ 艸部 13畫
(1)薜荔，常綠灌木，莖、葉、果可作藥，也叫「木蓮」。(2)藥草名，就是「當歸」。

薑 ㄐㄧㄤ 艸部 13畫
多年生草本植物，地下莖成塊狀，黃色，有辣味，可作調味及藥材，又名「生薑」。

薔 ㄑㄧㄤˊ 艸部 13畫
薔薇，落葉灌木，莖上多刺，花美而香，在河北省作藥，分為大薊和小薊(2)縣名，在河北省(3)姓。

薛 ㄒㄩㄝ 艸部 13畫
(1)草名，即「賴蒿」(2)春秋時代國名，在今山東省藤縣一帶(3)姓。

薇 ㄨㄟˊ 艸部 13畫
(1)落葉喬木，夏秋開花：【紫薇】。(2)落葉灌木，莖有刺，花豔麗，可供觀賞：【薔薇】。

薯 ㄕㄨˇ 艸部 13畫
(1)甘薯、馬鈴薯等薯類作物的總稱。

薏 ㄧˋ 艸部 13畫
(1)蓮子心(2)薏苡，草本植物，種仁叫薏仁，也叫「薏米」、「苡仁」、「苡米」，米，可以吃，也可作藥。

薊 ㄐㄧˋ 艸部 13畫
(1)多年生草本植物，葉和莖都有刺，可以

薈 ㄏㄨㄟˋ 艸部 13畫
(1)聚集：【薈萃】(2)草木茂盛的樣子：【薈蔚】。

薦 ㄐㄧㄢˋ 艸部 13畫
(1)草、席墊：【草薦、席墊】(2)介紹、推舉：【推薦、舉薦】(3)姓。

薐 ㄌㄥˊ 艸部 13畫
(1)菠薐，就是「菠菜」。

薨 ㄏㄨㄥ 艸部 13畫
(1)古時候諸侯死亡稱「薨」(2)昆蟲群飛的聲音：【薨薨】。

蕻 ㄏㄨㄥˋ 艸部 13畫
(1)雪裡蕻，草本植物，葉子味道辛辣，可供醃漬，俗稱「雪裡紅」(2)草木萌芽(3)茂盛。

蕺 ㄐㄧ 【艸部】13畫
(1)蕺菜，葉像……莖、葉在溼地，多生……都有臭味，也叫「魚腥草」。(2)蕺山，山名，在浙江省紹興縣東北。

薤 ㄒㄧㄝ 【艸部】13畫
(1)多年生草本植物，葉細長似韭菜，中空，鱗莖和嫩葉可食。(2)古時送葬時所唱的喪歌：【薤露】。

蕹 ㄩㄥ 【艸部】13畫
一年生草本植物，莖細長中空，嫩葉可吃，俗稱「空心菜」。

藍 ㄌㄢ 【艸部】14畫
(1)草本植物，葉子含藍汁，提取出來可作染料：【藍草】、青出於藍。(2)姓。(3)深青色：【靛藍】。

薩 ㄙㄚ 【艸部】14畫
(1)梵語「菩薩」的簡稱。(2)國名「薩爾瓦多」的簡稱，在中美洲。(3)姓。

藏 ㄘㄤ 【艸部】14畫
(1)隱匿：【藏匿】。躲藏。(2)收存：【藏書、藏穀】。防饑。(3)姓。

藏 ㄗㄤ 【艸部】14畫
(1)西藏自治區的簡稱。(2)種族名，大都居住在西藏、青海一帶的地方：【藏包】。(3)貯存大量東西的地方：【庫藏、寶藏】。(4)佛教或道教經典的總稱：【道藏、大藏經】。

藐 ㄇㄠ 【艸部】14畫
(1)小看、輕視：【藐視】。(2)小：【藐小】。微小。

藉 ㄐㄧㄝ 【艸部】14畫
(1)依賴：【慰藉】。(2)慰勞。(3)假：【憑藉】。

藉 ㄐㄧ 【艸部】14畫
借：【藉故、藉端生事】。眾多雜亂的樣子：【藉藉、杯盤狼藉】。

薰 ㄒㄩㄣ 【艸部】14畫
(1)多年生草本植物，味芳香，也稱「蕙草」。(2)花的香氣：【草薰】。(3)充滿：【薰風】。(4)溫和的：【薰風】。(5)姓。利慾薰心。

薹 ㄊㄞ 【艸部】14畫
(1)多年生草本植物，地下莖有根莖，桿呈三稜形，葉為狹形，可以製笠帽。(2)蒜、韭菜、油菜的花莖，分別叫蒜薹、韭薹、菜薹。

薺 ㄐㄧ 【艸部】14畫
(1)薺菜，一年生草本植物，莖高約三十公分，開白花，莖、葉可以吃，地下球莖可以吃。(2)荸薺，多年生草本植物，地下球莖可以吃。

藎 ㄐㄧㄣ 【艸部】14畫
(1)二年生草本植物，莖和葉都可以做黃色染料：【藎草】。(2)通「燼」，沒有燒盡的柴草。

薑 ㄐㄧㄤ 【艸部】15畫
多年生草本植物，莖、葉可以吃，地下塊莖味辛辣，可做調味料，也可以入藥。

藩 ㄈㄢ 【艸部】15畫
(1)籬笆：【藩籬】。(2)封建王朝分封的屬地：【藩國、外藩】。(3)屏障：【屏藩】。(4)姓。

藝 一ˋ 艸部 15畫
：(1)技能、技術。(2)手藝、工藝(3)古時候稱禮、樂、射、御、書、數，或詩、書、禮、樂、易、春秋為六藝(3)具美感的價值活動，或這種活動的產物：【藝術】、【文藝】(4)限度：【貪婪無藝】(5)姓。

藪 ㄙㄡˇ 艸部 15畫
(1)多草的湖泊，也指有草有水的沼澤【淵藪、人材藪】(2)人或物聚集的地方：

藕 ㄡˇ 艸部 15畫
蓮的地下莖，長形，肥大有節，中間有許多管狀小孔，可以吃，也可製成藕粉。

藤 ㄊㄥˊ 艸部 15畫
(1)蔓生的木本植物：【紫藤】(2)蔓生植物的莖：【南瓜藤、瓜藤、葛藤】(3)藤製品：【藤椅】。卷鬚或莖：

藥 一ㄠˋ 艸部 15畫
(1)可以用來治病的物質：【中藥、西藥、藥材】(2)有爆發性的東西：【火藥】(3)治療：【不可救藥】(4)毒殺：【藥老鼠】(5)姓。

藷 ㄕㄨ 艸部 15畫
通「薯」，番藷也作「蕃薯」，【藷蔗，就是「甘蔗」】。

藻 ㄗㄠˇ 艸部 16畫
(1)水草的總稱【海藻】(2)華麗的文辭：【辭藻】。

藹 ㄞˇ 艸部 16畫
(1)枝葉茂盛的樣子：【藹藹】(2)溫和的、態度親切的：【和藹可親】(3)姓。

蘑 ㄇㄛˊ 艸部 16畫
菌類植物名，多生在枯樹上【蘑菇】，又作「蘑菰」。

蘭 ㄌㄢˊ 艸部 16畫
(1)草名，也叫「燈芯草」，莖可編席，花小，黃綠色(2)姓。

蘆 ㄌㄨˊ 艸部 16畫
(1)多年生草本植物，多生在水邊，莖光滑，可編席和造紙：【蘆葦】(2)姓。

蘋 ㄆㄧㄥˊ 艸部 16畫
(1)落葉喬木，花白色帶紅暈，果實圓形，味道甘美：【蘋果】。
ㄆㄧㄣ 蕨類植物，生在淺水中，四片小葉組成一複葉，像「田」字，又叫「田字草」。

蘇 ㄙㄨ 艸部 16畫
(1)一年生草本植物、莖、葉和果實都可作藥，有紫蘇、白蘇兩種(2)江蘇省的簡稱(3)蘇俄的簡稱：【中蘇條約】(4)下垂的穗狀物：【流蘇】(5)清醒：【蘇醒】(6)姓。

艸部

【蘊】 ㄩㄣ　艸部 16畫
(1)佛學以覆蔽真性、妙明的現象為「蘊」：【照見五蘊皆空】(2)奧祕：【蘊結】(3)包含：【蘊藏】(4)聚積：【內蘊】。

【蘅】 ㄏㄥ　艸部 16畫
(1)多年生草本植物，就是「杜蘅」，葉呈心形，開紫色的花，根、莖可作藥(2)蘅蕪，一種香草名。

【蘄】 ㄑㄧ　艸部 16畫
(1)就是「當歸」(2)蘄州，古地名，在今湖北省境內(3)姓。

【蘭】 ㄌㄢ　艸部 17畫
(1)多年生草本植物，葉長而尖，春天開花，可供盆栽觀賞，味道清香，種類很多：【蝴蝶蘭】(2)香草名，就是「蘭草」(3)姓。

【蘗】 ㄋㄛ　艸部 17畫
落葉喬木，果實呈黑色，莖的內皮可當染料，木材可製器具，供藥用：【黃蘗】。

【蘇】 ㄙㄨ　艸部 17畫
通「薛」。

【蘚】 ㄒㄧㄢ　艸部 19畫
隱花植物，葉莖細小，叢生在陰溼的地方，生命力極強：【苔蘚】。

【蘸】 ㄓㄢ　艸部 19畫
在液體、粉末或糊狀的東西裡沾一下就拿出來：【蘸墨水】、【蘸糖】。

【蘿】 ㄌㄨㄛ　艸部 19畫
(1)蘿蔔，蔬類植物，根長，色白多汁，可供食用(2)指能攀爬的植物：【藤蘿】、【女蘿】、【松蘿】。

虍部

【虎】 ㄏㄨ　虍部 2畫
(1)哺乳類動物，食肉，形狀像貓，長一至二公尺，全身黃褐色，雜有黑色條紋，性情凶猛，一般稱「老虎」(2)勇猛威武的：【虎威】、【虎將】(3)威猛似虎的：【虎視眈眈】(4)姓。

【虐】 ㄋㄩㄝ　虍部 3畫
(1)殘害：【虐待】(2)酷烈的：【虐暑】(3)殘暴：【虐政】(4)災禍：【天降大虐】。

【虔】 ㄑㄧㄢ　虍部 4畫
(1)恭敬、虔心、誠心：【虔誠】(2)姓。

【處】 ㄔㄨˇ　虍部 5畫
(1)居住：【穴居野處】(2)存在、置身：【處境】(3)辦理：【處理】(4)和別人一起生活、交往：【相處】(5)懲戒：【處罰】、【處刑】(6)姓。

【處】 ㄔㄨˋ
(1)地方：【住處】(2)機關或團體事務的單位：【訓導處】、【教務處】(3)事務表現的特點：【好處】、【壞處】。

彪 ㄅㄠ｜虍部｜5畫
(1)小老虎(2)老虎身上的斑紋(3)指人的體格高大壯碩：【彪形大漢】(4)姓。

虛 ㄒㄩ｜虍部｜6畫
(1)天空：【太虛】(2)空隙：【乘虛而入】(3)不自滿、不自大：【謙虛】(4)不真實的、虛有其表、形同虛設的：【虛情假意】(5)衰弱、衰微的：【虛弱】(6)白白的、徒然的(7)草率的：【虛應故事】。

虞 ㄩˊ｜虍部｜7畫
(1)朝代名(2)猜測、預料：【不虞】(3)擔心、憂慮：【無虞、衣食無虞】(4)欺騙：【爾虞我詐】(5)姓。

虜 ㄌㄨˇ｜虍部｜7畫
(1)作戰時抓到的敵人：【俘虜】(2)舊時稱入侵或擾亂邊界的異族：【虜掠】(3)捉到、擒住：【虜獲】(4)搶奪。

號 ㄏㄠˋ｜虍部｜7畫
(1)名稱：【國號】(2)命令、帝號：【發號施令】(3)軍用的小喇叭：【軍號】(4)標誌：【信號】(5)舊時指商店：【商號】(6)編排定的秩序：【編號】(7)表示等級：【小一號、特大號】(8)日：【五月五號】(9)稱謂：【號為竹林七賢】。

號 ㄏㄠˊ
(1)大聲的喊叫：【呼號】(2)大聲的哭：【哀號】。

虢 ㄍㄨㄛˊ｜虍部｜9畫
(1)周代諸侯國名(2)姓。

虧 ㄎㄨㄟ｜虍部｜11畫
(1)缺陷、不完滿：【虧本】(2)減損：【月有盈虧】(3)消耗、損失：【虧欠】(4)欠缺、負、對不起：【吃虧】(5)違背：【虧心】(6)幸而、幸倖的意思：【幸虧】(7)...(8)表示斥責或諷刺：【這種話，虧你說得出來】。

虫部

虫 ㄏㄨㄟˇ｜虫部｜0畫
(1)毒蛇(2)姓。

虫 ㄔㄨㄥˊ
「蟲」字的簡寫。

虱 ㄕ｜虫部｜2畫
(1)寄生在人、動物身上的灰白色小昆蟲，吸食血液，能傳染疾病，同「蝨」。

蚪 ㄑㄧㄡˊ｜虫部｜2畫
(1)古代傳說中的一種有角的龍：【蚪龍】(2)形容蜷曲的樣子：【蚪髯】。

虹 ㄏㄨㄥˊ｜虫部｜3畫
(1)大氣中一種光的現象，天空中的小水珠經過日光照射發生折射和反射作用所形成的弧形彩帶：【彩虹】(2)姓。

虻 ㄇㄥˊ 虫部 3畫
昆蟲名，形狀像是大蒼蠅，頭闊眼大，觸角短。種類很多，有些愛吸花蜜；有些愛吸人和牲畜的血，例如牛虻。

虺 ㄏㄨㄟˇ 虫部 3畫
爬蟲類動物，毒蛇的一種，頭大脖子細，身體是土黃色，長約六十公分：【虺隤(ㄊㄨㄟˊ)】。生病的樣子：【虺隤】。

蚊 ㄨㄣˊ 虫部 4畫
昆蟲名，種類很多，通常雄蚊吸食植物汁液，雌蚊吸食人畜的血液：【三斑家蚊】。

蚌 ㄅㄤˋ 虫部 4畫
軟體動物，生活在淡水中，用鰓呼吸，有兩扇堅硬的殼，肉可食用，殼可作裝飾品，有的蚌能產珍珠。

蚣 ㄍㄨㄥ 虫部 4畫
節肢動物，多足類，軀幹扁長，有二十二個環節，每節有一對腳，頭部的腳像鉤子，有毒腺，會分泌毒液，烘乾後可製成藥材：【蜈蚣】。

蚤 ㄗㄠˇ 虫部 4畫
黑褐色無翅、能跳的小昆蟲，吸食人畜的血液，會傳染鼠疫等疾病。

蚩 ㄔ 虫部 4畫
(1)毛蟲名 (2)通「痴」，無知、傻 (3)姓。

蚪 ㄉㄡˇ 虫部 4畫
蛙類的幼蟲：【蝌蚪】。

蚓 ㄧㄣˇ 虫部 4畫
昆蟲名，身體柔軟，有環節，生活在泥中，有改良土壤的作用：【蚯蚓】。

蚜 ㄧㄚˊ 虫部 4畫
昆蟲名，形狀像蚜蟲，口部有吸管，能刺入植物嫩芽裡吸食汁液，再從肛門排出甜液，是一種害蟲：【蚜蟲】。

蛇 ㄕㄜˊ 虫部 5畫
(1)爬蟲類，身體圓長，有鱗片，沒有四肢，利用身體伸縮來運動 (2)姓。
一ˊ 勉強應酬：【虛與委蛇】。

蛀 ㄓㄨˋ 虫部 5畫
(1)咬樹木、衣物、書籍的小蟲：【蛀蟲】。
(2)被蟲子咬壞：【衣服被蟲蛀了一個洞】。

蛄 ㄍㄨ 虫部 5畫
(1)螻蛄，昆蟲名，體較小，紫青色，雄性能發音 (2)蟪蛄，蟬的一種，昆蟲名，生活在土中，前足能掘土，是咬食農作物的害蟲。

蚵 ㄎㄜˊ 虫部 5畫
即牡蠣。
ㄜˊ 俗稱蜣螂為「屎蚵螂」。

蛆　【ㄑㄩ】　5畫　虫部
蠅類的幼蟲，多生在糞便、動物屍體和不潔淨的地方。

【ㄐㄩ】
蛆蛆，也就是蜈蚣或蟋蟀。

蛋　【ㄉㄢˋ】　5畫　虫部
(1)鳥類或爬蟲類所產的卵：【雞蛋、蛇蛋】。
(2)形狀像蛋的東西：【搗蛋】。
(3)比喻的用法：【雞蛋臉】。

蚱　【ㄓㄚˋ】　5畫　虫部
昆蟲名，蝗蟲的一種，身體草綠色或枯黃色，喜歡吃稻葉，是農作物的害蟲：【蚱蜢】。

蚯　【ㄑㄧㄡ】　5畫　虫部
環節動物，體圓長，由多個環節合成，無眼、無耳、無鼻，會挖地成洞，使土壤疏鬆，有益農作：【蚯蚓】。

蛉　【ㄌㄧㄥˊ】　5畫　虫部
(1)白蛉子，比蚊子小，能吸人、畜的血，能傳染黑熱病(2)脈翅目昆蟲的總稱，例如草青蛉、粉蛉等。

蚶　【ㄏㄢ】　5畫　虫部
軟體動物的一種，外殼很厚，可以人工養殖，肉味鮮美，生長在近陸的淺海泥中，也稱「魁蛤」。

蚿　【ㄒㄧㄢˊ】　5畫　虫部
節肢動物，多足類，長形，多環節及足，常出現在潮溼的地方，碰觸後即蜷曲成螺旋狀，也稱「馬陸」。

蚰　【ㄧㄡˊ】　5畫　虫部
蚰蜒，多足節肢動物，與蜈蚣同類，全身分十五個環節，每節有足一對，約五公分，黃黑色，腳細長，行動迅速，觸覺敏銳，捕食害蟲，俗稱「錢龍」或「錢串子」。

蛟　【ㄐㄧㄠ】　6畫　虫部
古代傳說中一種像龍，而且又能引發洪水的動物：【蛟龍】。

蛙　【ㄨㄚ】　6畫　虫部
兩棲類動物，幼蟲類稱「蝌蚪」，長成後稱「蛙」。四肢有力，善跳躍，前肢小，有四趾，後肢粗大，五趾，趾間有蹼，種類多，有牛蛙、樹蛙等。雄蛙善鳴。

蛔　【ㄏㄨㄟˊ】　6畫　虫部
一種寄生蟲，在人或其他動物體內活動，會引起多種疾病，能損害人體或動物的健康：【蛔蟲】。

蛛　【ㄓㄨ】　6畫　虫部
蜘蛛，昆蟲名：【蜘蛛】。

蛭　【ㄓˋ】　6畫　虫部
環節動物，生在水中，體型扁平，前後吸盤，常附著在人畜的肌膚上吸取血液維生，又叫「螞蟥」：【

水蛭。

【蛤】ㄍㄜ 虫部 6畫 一種軟體動物，有兩片卵圓形的殼，生活在淺海泥沙中，肉質鮮美，可以食用：【蛤蜊】。

青蛙和癩蛤蟆的總稱：【蛤蟆】。

【蚰】ㄧㄡ 虫部 6畫 蚰蜒：【蚰蜒】兒。

【蛞】ㄎㄨㄛ 虫部 6畫 (1)蛞蝓，形似無殼的蝸牛，身體能分泌黏液，俗稱「鼻涕蟲」。(2)蛞螻，螻蛄的別名。

【蛘】ㄧㄤ 虫部 6畫 昆蟲名，背有甲殼，頭小嘴長，是穀類植物的害蟲。

【蚣】ㄑㄩㄥ 虫部 6畫 (1)蝗蟲的別名。(2)蟋蟀的別名。

【蛻】ㄊㄨㄟ 虫部 7畫 (1)蟲類脫下來的皮：【蛇蛻】(2)蛇、蟬在生長期間脫皮：【蛻化】。

【蛹】ㄩㄥ 虫部 7畫 昆蟲由幼蟲變為成蟲，不吃不動的期間，叫作一般體外有繭或厚皮包裹，「蛹」。

【蜈】ㄨˊ 虫部 7畫 節肢動物，身軀幹由許多環節構成，每個環節都有一對足。第一對呈鉤狀，有毒腺，能分泌毒液，以小蟲為食：【蜈蚣】。

【蜓】ㄊㄧㄥˊ 虫部 7畫 昆蟲名，身體細長，有薄膜般的翅膀，飛翔在水邊，捕食蚊子等小蟲，蜻蜓用尾部點水產卵在水中。

【蜇】ㄓㄜˊ 虫部 7畫 (1)海裡生長的一種腔腸動物，可食用：【海蜇】(2)蜂、蠍子等用尾部的毒刺來螫刺人類和牧畜：【蟄螫】

【蛾】ㄜˊ 虫部 7畫 (1)昆蟲名，身體比蝴蝶粗大，多在夜間活動，幼蟲大多為農作物害蟲(2)比喻美人的眉：【蛾眉】(3)姓。

ㄧˇ 同「蟻」。

【蜂】ㄈㄥ 虫部 7畫 (1)昆蟲的一種，種類很多，有毒刺，常成群住在一起，有蜜蜂、馬蜂、虎頭蜂等(2)成群的、眾多的：【盜賊蜂起】。

【蜀】ㄕㄨˇ 虫部 7畫 (1)古代國名(2)四川省的簡稱(3)姓。

【蜃】ㄕㄢˋ 虫部 7畫 (1)蛤類的總稱(2)大蛤蜊(3)古傳說中海裡的蜃吐氣所形成的：【蜃景】。

【蜊】ㄌㄧˊ 虫部 7畫 蛤蜊，軟體動物名，生活在淺海的泥沙裡

，肉味鮮美。

蛤 ㄍㄜ 7畫 虫部

(1)蟾蜍，兩棲動物，背上有疙瘩，晚上出來捕食昆蟲，蜘蛛的別名蟆蛤，俗稱「癩蛤蟆」(2)

蛺 ㄐㄧㄚ 7畫 虫部

蛺蝶，蝶的一種，複眼，翅黃紅色，有許

蜆 ㄒㄧㄢ 7畫 虫部

軟體動物，殼表面黑褐色，有環紋，內面紫色。產在淡水中，肉味鮮美，可食用或作為肥料及魚類的食餌，殼可磨粉作藥。

蜿 ㄨㄢ 8畫 虫部

彎曲的樣子：【蜿蜒】。

蜻 ㄑㄧㄥ 8畫 虫部

昆蟲名，身體細長，有薄膜般的翅膀，飛翔在水邊，雌蜻蜓用尾部點水產卵在水中。

多大小不等的斑紋。

種類棲居在岩石縫裡或樹洞中，捕食昆蟲和其他小動物，俗稱「四腳蛇」：【蜥蜴】。

蜢 ㄇㄥ 8畫 虫部

昆蟲名，是蝗蟲的一類：【蚱蜢】。

蜥 ㄒㄧ 8畫 虫部

蚱蜢，昆蟲類，有四隻腳，生活在草叢裡，有些

蜴 ㄧ 8畫 虫部

爬蟲類：【蜥蜴】。

蜘 ㄓ 8畫 虫部

節肢動物的一種，體型長圓形，有八隻腳，肛門周圍有瘤狀突起的紡績器，能抽絲織網，捕食小飛蟲：【蜘蛛】。

蜜 ㄇㄧ 8畫 虫部

(1)蜜蜂採取花液所釀成的東西，非常營養的甜美的

蝕 ㄕ 8畫 虫部

(1)日月的光被遮蔽：【日蝕（食）、月蝕（食）】(2)侵

蝕、剝蝕：【剝蝕、侵蝕】(3)虧損、剝損傷：【蝕本】。

蜷 ㄑㄩㄢ 8畫 虫部

彎曲身體：【蜷曲】。

蜒 ㄧㄢ 8畫 虫部

蜒蚰（ㄧㄡ），軟體動物名，就是無殼的蝸牛，也叫「蛞（ㄎㄨㄛ）蝓（ㄩ）」

蛾 ㄜ 8畫 虫部

水中毒蟲，形狀像鱉，傳說中能含沙射人，使人生病。

蜚 ㄈㄟ 8畫 虫部

(1)揚名：【蜚聲國際】(2)蜚語：沒有根據的話：【蜚語、蜚短流長】

蜚 ㄈㄟ

昆蟲名，會發出惡臭，是農業的害蟲。

蜾【ㄍㄨㄛ】 8畫 虫部

昆蟲名，細腰蜂的一種，身體黑色，能捕食螟蛉等害蟲，有益農作：【蜾蠃（ㄌㄨㄛ）】。

蜣【ㄑㄧㄤ】 8畫 虫部

昆蟲名，與金龜子相似，全部有硬殼，全身黑色，會損害農作物的根或吸食動物的糞便，也稱「運屎蟲」、「尿蚵（ㄎㄜ）螂」：【蜣螂】。

蝴【ㄏㄨ】 9畫 虫部

昆蟲名，翅膀美麗而寬大，喜於白天活動：【蝴蝶】。

蝶【ㄉㄧㄝ】 9畫 虫部

昆蟲名，種類繁多，翅膀寬大，色彩鮮豔，善於採集花蜜，幼蟲多是農業的害蟲。

蝦【ㄒㄧㄚ】 9畫 虫部

水生節肢動物，身上有透明的軟殼，頭部有長、短觸角各一對，種類很多，生活在水中：【草蝦、龍蝦】。兩棲動物名，同「蛤」：【蝦蟆（ㄏㄚˊㄇㄚ）】。

蝸【ㄍㄨㄚ】 9畫 虫部

生活在陸地上的軟體動物，有螺旋狀的外殼，爬行後會留下一條發光的涎線，是農作物的害蟲，有些種類可食：【蝸牛】。

蝨【ㄕ】 9畫 虫部

昆蟲名，頭大腹小，身體橢圓形，有六隻腳，灰白色：【頭蝨、衣蝨】。

蝙【ㄅㄧㄢ】 9畫 虫部

哺乳類動物，頭和身體像老鼠，四肢和尾部之間有飛膜，吃蚊、蛾等昆蟲，夜間在空中飛翔，視力不好，靠本身發出的超聲波來引導飛行：【蝙蝠】。

蝗【ㄏㄨㄤ】 9畫 虫部

昆蟲名，軀體粗，後腳有力，適合跳躍，在灌木林、雜草間、田間活動，多危害農作物。其中能成群遠飛的叫飛蝗，不能遠飛的叫土蝗：【蝗蟲】。

蝠【ㄈㄨ】 9畫 虫部

動物名：【蝙蝠】。能飛的哺乳動物。

蝌【ㄎㄜ】 9畫 虫部

蛙或蟾蜍的幼蟲，身體橢圓，有長尾巴，生活在溪流或靜水中，能吃孑孓（ㄐㄧㄝˊㄐㄩㄝˊ，蚊子的幼蟲），是有益的小動物：【蝌蚪】。

螂【ㄌㄤ】 9畫 虫部

昆蟲名，體長，頭是三角形，前肢像鐮刀，有刺，可用來捕捉食物：【螳螂】。

蝟【ㄨㄟ】 9畫 虫部

(1)哺乳類動物，頭小、嘴尖，全身長有短而密的硬刺，遇敵時全身蜷曲成球狀保護自己，捕食昆蟲和小動物：【刺蝟】。(2)繁多雜亂的：

【蝟集】。

蝓　ㄩˊ　虫部　9畫
蛞蝓，無殼的蝸牛。

蝎　ㄏㄜˊ　虫部　9畫
木頭中的蛀蟲。
ㄒㄧㄝ　「蠍」的異體字。

蝣　ㄧㄡˊ　虫部　9畫
蜉蝣，一種朝生暮死的昆蟲。

螃　ㄆㄤˊ　虫部　10畫
螃蟹，甲殼類節肢動物，有五對腳，前一對腳長成鉗子的形狀，橫著爬行，種類很多：【螃蟹】。

螟　ㄇㄥˊ　虫部　10畫
(1)昆蟲名，主要侵害農作物，以及林木、果樹等：【螟蟲】(2)泛指各種鑽心的蛾類幼蟲。

螞　ㄇㄚˇ　虫部　10畫
(1)昆蟲名，多築巢群居。在蟻群中，由工蟻、蟻后和雄蟻組成：【螞蟻】(2)軟體動物名，就是「水蛭」：【螞蟥】(3)昆蟲名，蜻蜓的俗稱：【螞螂】
ㄇㄚˊ
【螞蚱】：昆蟲名，就是蝗蟲的幼蟲。

螢　ㄧㄥˊ　虫部　10畫
昆蟲名，一公分，能飛，夜間腹部末端發燐光，吃害蟲，對農作物有益。夏天產卵於水邊，一般稱「螢火蟲」。

融　ㄖㄨㄥˊ　虫部　10畫
(1)火神名，祝融的簡稱，引申為火災(2)融化：【融冰】(3)調和：【融洽】(4)流通：【金融】(5)姓。

螣　ㄊㄥˊ　虫部　10畫
昆蟲名，吃稻葉的青色害蟲。
ㄊㄥˊ
神蛇名：【螣蛇】。

螓　ㄑㄧㄣˊ　虫部　10畫
昆蟲名，一種頭寬闊而方正的小蟲。

螅　ㄒㄧ　虫部　10畫
(1)同「蟋」(2)水螅，腔腸動物。

螗　ㄊㄤˊ　虫部　10畫
昆蟲名，蟬的一種。

蟆　ㄇㄚˊ　虫部　11畫
(1)兩棲類動物名：【蝦蟆】(2)一種形狀像蚊子而較小的蟲。

蟒　ㄇㄤˇ　虫部　11畫
(1)爬蟲類動物，一種沒有毒牙的大蛇，長約六公尺，體色灰黑，大都產於熱帶的河湖附近，有斑紋，捕食禽獸維生，也稱「王蛇」：【錦蟒】(2)繡有蟒形圖案的衣物：【蟒服】。

蟑 ㄓㄤ ‧ 11畫 ‧ 虫部
昆蟲名，種類多，體扁平，能分泌惡臭、沾汙食物、傳染疾病：【蟑螂】。

螳 ㄊㄤ ‧ 11畫 ‧ 虫部
昆蟲名，頭三角形，前足像鐮刀，種類很多。

螻 ㄌㄡ ‧ 11畫 ‧ 虫部
昆蟲名，體長約三公分，前足粗大，善於掘土。白天居於土洞中，晚上才出來活動：【螻蛄】。

螺 ㄌㄨㄛ ‧ 11畫 ‧ 虫部
(1)軟體動物，體外有一個螺旋形的殼，種類很多：【田螺、海螺】。(2)迴旋形的：【螺紋】。

螫 ㄓㄜ ‧ 11畫 ‧ 虫部
蜂、蠍等毒蟲用尾針或鉤刺人畜：【他被蜜蜂螫了】。

蟀 ㄕㄨㄞˋ ‧ 11畫 ‧ 虫部
蟋蟀，昆蟲名，也叫「促織」，見「蟋」字。

蟈 ㄍㄨㄛ ‧ 11畫 ‧ 虫部
一種像蝗蟲的昆蟲，身體綠色或褐色，吃植物的嫩葉和花，雄的前翅摩擦能發出清脆的聲音，有的地方稱「叫哥哥」：【蟈蟈】。

蟋 ㄒㄧ ‧ 11畫 ‧ 虫部
昆蟲名，類似蚱蜢但身體較肥大，雄蟲前翅有發聲器，摩擦會發出聲音，喜歡吃植物的嫩苗、葉子，對農作物有害：【蟋蟀】。

螯 ㄠˊ ‧ 11畫 ‧ 虫部
螃蟹等節肢動物的第一對腳，用來取食和保護自己：【蟹螯】，形狀像鉗子。

蟄 ㄓˊ ‧ 11畫 ‧ 虫部
動物或蟲類在冬天藏伏起來，不吃不動：【蟄伏】。

螽 ㄓㄨㄥ ‧ 11畫 ‧ 虫部
(1)蝗類的總稱。(2)螽斯，昆蟲名，體褐綠色，善跳躍，飛行時振翅能發聲。雌蟲尾端有產卵器，生活在草叢中，對農作物有害。

螭 ㄔ ‧ 11畫 ‧ 虫部
傳說中一種像龍而沒有角的動物。

蟯 ㄋㄠˊ ‧ 12畫 ‧ 虫部
寄生蟲，常寄生在人的小腸和大腸內，頭部鑽入腸粘膜，吸取營養。被寄生的人會引起蟯蟲病：【蟯蟲】。

蟬 ㄔㄢˊ ‧ 12畫 ‧ 虫部
(1)昆蟲名，也叫「知了」，雄的腹部有發音器，能不斷發出尖銳的聲音。幼蟲生活在土中，吸食植物的根，成蟲吃植物的汁，種類很多。(2)連續接：【蟬聯】。

蟲 ㄔㄨㄥˊ ‧ 12畫 ‧ 虫部
(1)昆蟲的通稱：【毛蟲】。(2)動物的總名。

古人說鳥是羽蟲、獸是毛蟲、魚是鱗蟲、人是倮蟲、龜是甲蟲。(3)看不起或罵人的詞：【懶蟲、跟屁蟲】(4)姓。

蟠 ㄆㄢˊ　12畫　虫部
彎曲、環繞：【龍蟠虎踞】。

蟪 ㄏㄨㄟˋ　12畫　虫部
昆蟲名，蟬的一種，體黃綠色或紫色，翅膀有黑紋。雄蟲的腹部有發聲器，鳴聲終日不斷：【蟪蛄】。

蟥 ㄏㄨㄤˊ　12畫　虫部
馬蟥，即「水蛭」。

蟢 ㄒㄧˇ　12畫　虫部
一種長腳的小蜘蛛，古時以為看見後有喜兆，故稱此名：【蟢子】。

蟳 ㄒㄩㄣˊ　12畫　虫部
螃蟹的一種，體青色，棲於淺海中，可食，味道鮮美。

蟻 ㄧˇ　13畫　虫部
(1)一種昆蟲，喜於築巢群體居住。一般雌蟻、雄蟻有翅膀，工蟻、兵蟻沒有翅膀(2)微賤的：【蟻附、蟻命】(3)眾多如蟻的：【蟻附、蟻聚】(4)姓。

蠅 ㄧㄥˊ　13畫　虫部
昆蟲名，種類很多，頭上複眼很大，口器呈管狀，腿上有密毛，有的是農業害蟲、傷寒等疾病，能傳霍亂：【蒼蠅、種蠅、麥稈蠅】。

蠍 ㄒㄧㄝ　13畫　虫部
節肢動物，尾部末端有毒鉤，能螫人，多在夜間活動。蠍的乾燥體可供藥用。

蟹 ㄒㄧㄝˋ　13畫　虫部
節肢動物名，有甲殼，有五對足，第一對長成螯，橫著爬行：【螃蟹】。

蟾 ㄔㄢˊ　13畫　虫部
(1)兩棲動物名，是「蟾蜍」的簡稱(2)傳說月亮上有蟾蜍，所以用作「月亮」的代稱：【蟾兔】。

蠃 ㄌㄨㄛˇ　13畫　虫部
蜾蠃，細腰的工蜂。

蠙 ㄅㄧㄣˊ　13畫　虫部
通「螺」，一種藏在旋紋硬殼裡的軟體動物。

蠉 ㄒㄩㄢ　13畫　虫部
(1)昆蟲名，就是孑孓(2)蟲屈曲行走的樣子：【蠉行蠕動】。

蠋 ㄓㄨˊ　13畫　虫部
蝶蛾類的幼蟲，形狀像蠶，會為害植物。【鳥蠋】。

蠆 ㄔㄞˋ　13畫　虫部
(1)像蠍子而尾較長的毒蟲(2)蜻蜓的幼蟲，水蠆。

蟶 ㄔㄥ　13畫　虫部
軟體動物，蚌類的一種，可用人工在海邊繁殖，長約七公分，殼長橢圓形，肉白色，可食，味鮮美。

蠔　ㄏㄠˊ　虫部　14畫

，也叫「牡蠣」，軟體動物，殼，固著生活在海邊岩石上，肉味鮮美，殼可作藥。體外有兩扇貝

蠕　ㄖㄨˊ　虫部　14畫

蟲類扭曲緩慢向前的移動：【蠕動】。

蠖　ㄏㄨㄛˋ　虫部　14畫

昆蟲名，蛾類的幼蟲。行動時，身體一屈一伸；停息不動時，姿態很像枯枝，可避免被鳥、蟲侵害，也稱「尺蠖」、「蚇蠖」。

蟒　ㄇㄥˊ　虫部　14畫

蟒蟀，金龜子的幼蟲。

蟆　ㄒㄧ　虫部　14畫

蟆蜴，兩棲類動物，很像蜥蜴，皮粗糙，腹面米紅或橙黃色，四肢很短，用肢行走，頭扁平，背面暗黑色，用尾游泳，是水陸兩棲動物。

蠣　ㄌㄧˋ　虫部　15畫

牡蠣，軟體動物名，就是「蠔」。

蠢　ㄔㄨㄣˇ　虫部　15畫

(1)蟲類爬動的樣子：【蠢動】。(2)頭腦遲鈍、行動笨拙的：【愚蠢】。

蠡　ㄌㄧˊ　虫部　15畫

(1)蟲蛀食木頭年代久遠而剝落(3)蠡縣，縣名，在河北省。(2)東西因使用蠹。

蠡　ㄌㄧˇ

貝殼做的瓢：【以蠡測海】。

蠟　ㄌㄚˋ　虫部　15畫

(1)從動物、植物等提煉出來的含油性物質，易熔化，可以用來做防水劑，但不溶於水，是礦物製品之一，蠟、木蠟】(2)蠟燭的簡稱：【黃蠟、白蠟】(3)石油、去汙等用途：(4)具有潤滑、打光、用蠟製成的：【蠟人、汽車蠟】(5)色澤如蠟的：【蠟梅】。

蠱　ㄍㄨˇ　虫部　17畫

(1)古代傳說中能害人的毒蟲：【巫蠱】。(2)以符咒詛咒人的邪術：

蠹　ㄉㄨˋ　虫部　18畫

(1)昆蟲名，蛀蟲的一種，身上有一層銀白色的細鱗，尾巴有三根毛，會蛀蝕衣物、書籍等：【蠹魚、木蠹】(2)比喻侵占、損害財物的人：【國蠹】(3)蛀爛、腐蝕：【這張椅子被蛀蟲蠹壞了】。

蠶　ㄘㄢˊ　虫部　18畫

(1)昆蟲名，幼蟲能吐絲結繭，蛹能吐絲成為蠶繭，成熟後破蛹化為蛾。蠶繭是紡織業的重要原料(2)指某些能吐絲結繭的昆蟲：【柞蠶】。

蠻　ㄇㄢˊ　虫部　19畫

(1)中國古代稱南方民族為「蠻」：【南蠻】(2)粗野、不講理的：【蠻幹】(3)落後、未開化的：【蠻夷】(4)不顧一切的：【蠻橫】(5)蠻邦】

很、挺怎樣的：【蠻好的】。

蠻　ㄇㄢˊ　虫部　20畫

蠻蠻，昆蟲名，全體黑色，有六隻腳，尾巴能發出毒液自衛，捕食蚜蟲等，有益於農業。

血部

血　ㄒㄩㄝˇ　0畫　血部

血　ㄒㄧㄝˇ　血部　0畫

(1)高等動物全身管脈中的紅色液體，以心臟為中心，循環全身，有輸送養分、排泄廢物及促進新陳代謝的功能：【血液】(2)同一祖先的：【血統】、【血緣】(3)染有血汙的：【血衣】(4)熱情、勇敢的：【血性】。

衊　ㄇㄧㄝˋ　血部　15畫

(1)汙濁的血(2)捏造罪名陷害他人：【衊汙】。

行部

行　ㄒㄧㄥˊ　行部　0畫

(1)作為：【行為】(2)行書的簡稱：【行楷】(3)樂府詩歌的一種體裁，簡稱：【行】(4)走：【南行、遠行、慢行、步行】(5)短歌、前(6)流傳發布：【發行、刊行】(7)做：【行事、行裝】(8)可以：【這樣做行不行？】(9)流通：【通行、風行】(10)歷程：【行程】(11)能幹、有辦法的：【你真行】(12)為出門而準備的：【行李、行裝】(13)將要：【行將就木】

行　ㄒㄧㄥˋ

品德、行為：【品行、操行】

行　ㄏㄤˊ

(1)直排的：【一目十行、三百六十行】(2)商(3)商業機構、店鋪：【銀行、商行】(4)兄弟姐妹的長幼順序：【排行】(5)軍隊：【行伍】。

行　ㄏㄤˋ

(1)剛強的樣子：【行行】(2)成行的樹木：【行行子】

衍　ㄧㄢˇ　行部　3畫

(1)延長、推展：【延衍、推衍】(2)人口不(3)多餘的：【衍文】(4)人口增加：【衍文】

衍　ㄙㄨˋ

切實際的：【政區】。蓄衍：(3)多餘的：【敷衍】。

術　ㄕㄨˋ　行部　5畫

策略：【防身術、戰術】(1)技藝、才能：【武術、醫術】(2)方法：【方術】(3)姓。

街　ㄐㄧㄝ　行部　6畫

(1)都市中交通運輸的道路：【街道、大街小巷】(2)商業集中的地方：【街上、逛街】。

衖　ㄌㄨㄥˋ　行部　6畫

巷子、小街：【大街小衖】。

衙　ㄧㄚˊ　行部　7畫

(1)古代官署名(2)縣衙姓。

衙 ㄩˋ

行走的樣子：【衙衙】。

衝 ㄔㄨㄥ　行部　9畫

(1)位置適中的交通要道：【要衝】。
(2)向前。
(3)豎起的：【怒髮衝冠】。
(4)猛烈的：【衝鋒、橫衝直撞】。
闖：
直立：
撞擊：【衝突】。

衝 ㄔㄨㄥˋ　行部　9畫

(1)向著、對著：【衝著你這句話，我請你吃飯】。
(2)根據：
(3)
(4)氣味濃烈的：他憑著一股衝勁猛幹。
(5)指人的態度暴躁激烈：【這人好衝】。

衛 ㄨㄟˋ　行部　9畫

(1)防守的兵士：【侍衛】。
(2)古代邊境駐兵防守的地方：【屯衛】。
(3)球類運動的防禦位置：【後衛】。
(4)防護、防衛、自衛：防敵的地方、動的防禦位置：
(5)姓。

衡 ㄏㄥˊ　行部　10畫

(1)古代車子前端的橫木。
(2)秤桿、物品較重的器具：【度量衡】。
(3)考慮、斟酌：【衡量、權衡利弊】。
(4)使平均：【平衡、均衡】。
(5)姓。

衢 ㄑㄩˊ　行部　18畫

(1)四通八達的大道：【通衢】，道路：【衢道、通衢】。
(2)縣名，在浙江省。
(3)姓。

衞 ㄨㄟˋ　行部　10畫

「衛」的異體字。

衣部

衣 ㄧ　衣部　0畫

(1)衣服：【衣裳、外衣】。
(2)包在某些物體外面的一層東西：【糖衣】。
(3)姓。
（動詞讀ㄧˋ，穿著）：【布衣】。

初 ㄔㄨ　衣部　2畫

(1)開始：【夏月初】。
(2)第一次的、剛開始：【初次見面】、第一、初人之初。
(3)最低的、基本的：【初級、初等】。
(4)原來的情況：【和好如初】。
(5)姓。

表 ㄅㄧㄠˇ　衣部　3畫

(1)外貌：【外表、虛有其表】。
(2)模範、表率：【為人師表、萬世師表】。
(3)奏章的一種：【出師表】。
(4)親屬關係：【表哥、表姑、表親】。
(5)測量的器具：【手表、儀表】。
(6)分類排列的記載文件：【調查表、統計表】。
(7)姓。

衫 ㄕㄢ　衣部　3畫

衣服的通稱：【汗衫、襯衫】。
(1)單衣：【長衫】。
(2)長衫、短衫。

衭 ㄈㄨ　衣部　3畫

衣裙兩旁開叉的地方：【衭、腰衭】：裙衭。

衰 ㄕㄨㄞ　衣部　4畫

(1)力量、精神的虛弱：指體力、精神的虛弱：【衰弱】。
(2)衰弱、衰老：【衰老】。

衰 ㄘㄨㄟ

用粗麻布縫成邊緣不整齊的喪衣：【齊（ㄗ）衰】。

衣部 4～5畫

衷 ㄓㄨㄥ　衣部 4畫
(1)內心：【言不由衷】、【無動於衷】(2)適當、適中，同「中」：【折衷】、【衷心感謝】(3)姓(4)發自內心的。

袁 ㄩㄢˊ　衣部 4畫
(1)衣服寬長的樣子(2)姓。

袂 ㄇㄟˋ　衣部 4畫
衣袖：【分袂（分手、分別）】、【聯袂（結伴同行）】。

衾 ㄑㄧㄣ　衣部 4畫
(1)大被子：【衾枕】、【同衾共枕】(2)屍體入殮時用的被子：【衣衾棺槨】。

衽【衽】　衣部 4畫
(1)衣襟：【衽席】(2)袖口(3)床席子：【衽席】。

衭 ㄈㄨ　衣部 4畫
衣服的前襟。

衲 ㄋㄚˋ　衣部 4畫
(1)和尚穿的衣服(2)和尚的自稱或代稱：【老衲、野衲】。

衿 ㄐㄧㄣ　衣部 4畫
(1)通「襟」，指衣服前面有鈕扣，可以開合的部分：【對衿】(2)衣領：【青衿】。

衹 ㄑㄧ　衣部 4畫
對衿。

被 ㄅㄟˋ　衣部 5畫
(1)睡覺時蓋在身上的東西：【棉被、被覆】(2)覆蓋、遮蓋：【被覆】(3)絲(4)遭受、及、達到：【澤被天下】
被 ㄆㄧ
(1)通「披」：【被衣】(2)姓。

袞 ㄍㄨㄣˇ　衣部 5畫
(1)古代帝王穿的禮服：【袞服】(2)眾多的樣子：【袞袞諸公（指眾多有權勢的人）】。

袈 ㄐㄧㄚ　衣部 5畫
(1)[袈裟]和尚所披的法衣：【袈裟】。

袋 ㄉㄞˋ　衣部 5畫
(1)口袋、皮袋，用來裝東西的用具：【口袋、皮袋】(2)量詞，裝物品一包叫一袋：【一袋水泥】。

袒 ㄊㄢˇ　衣部 5畫
(1)脫去或敞開上衣：【袒胸露背】(2)偏護、庇護：【袒護】。

袖 ㄒㄧㄡˋ　衣部 5畫
(1)上衣穿在手臂的部分：【袖子、袖管】(2)藏在袖子裡：【袖珍】(3)小型的：【袖珍】(4)姓。

袍 ㄆㄠˊ　衣部 5畫
(1)長形的衣服：【棉袍、睡袍】(2)或輕巧的禮服。

袜 ㄇㄛˋ　衣部　5畫
袜腹，婦女束肚腹的衣物，也稱「肚兜」。

姓。

袤 ㄇㄠˋ　衣部　5畫
(1)衣服的長度，南北向的長度稱「袤」，東西向的寬度稱「廣」。
(2)土地的長度。

袱 ㄈㄨˊ　衣部　6畫
(1)包裹或覆蓋東西的方巾：【包袱】。
(2)用……

裁 ㄘㄞˊ　衣部　6畫
(1)體制、體裁、格式、別……
(2)用刀子或剪刀將紙或布裁開：【獨出心裁】。
(3)決斷：【裁決】。
(4)消滅：【裁縫】。
(5)裁奪、裁人、裁員。
(6)衡量、估計：【裁度】。
(7)節制、壓抑：【裁制、制裁】。割殺：【自裁】。

裂 ㄌㄧㄝˋ　衣部　6畫
(1)破裂、破碎。
(2)四分五裂：【分裂】。

袴 ㄎㄨˋ　衣部　6畫
同「褲」。

袷 ㄐㄧㄚˊ　衣部　6畫
(1)沒有棉絮的衣服：【繡袷】。
(2)古代交叉式的衣領。

裟 ㄕㄚ　衣部　7畫
僧侶所穿的衣服：【袈裟】。

裔 ㄧˋ　衣部　7畫
(1)後代子孫：【後裔】。
(2)邊遠的地方：【四裔】。
(3)姓。

裝 ㄓㄨㄤ　衣部　7畫
(1)服飾、穿著：【西裝、春裝、戎裝】。
(2)行李：【行裝、整裝待發】。
(3)書籍訂成的形式：【平裝、精裝、線裝】。
(4)商品盛放的方法：【瓶裝、盒裝】。
(5)打扮、修飾：【裝飾、裝扮】。
(6)安置：【裝配、裝置】。
(7)作假、佛要金裝：【裝傻】。
(8)承載：【裝運、裝載】。

裊 ㄋㄧㄠˇ　衣部　7畫
(1)繚繞的樣子：【炊煙裊裊】。
(2)細長柔弱的樣子：【裊娜】。
(3)餘音裊裊，音調悠揚悅耳：【餘音裊裊】。

裡 ㄌㄧˇ　衣部　7畫
(1)衣物的內層：【衣裡】。
(2)內部、內層：【白天裡、寒假裡】。
(3)指某個地方：【這裡、那裡】。
(4)指某段時間：【手裡、屋裡】。

裙 ㄑㄩㄣˊ　衣部　7畫
(1)腰部以下的衣服：【裙子】。

補 ㄅㄨˇ　衣部　7畫
(1)修補、縫補、女媧補天：【修補】。
(2)把破裂的地方修好：【修補、縫補】。
(3)把欠缺的地方添足：【補血】。
(4)增益：【補益】。
(5)救助、充實、彌補：【勤能補拙】。
(6)姓。

衣部 7～9畫 裘裕裎裳褂裴裏裸製裨褚裱裾褐褐複褒

裘 ㄑㄧㄡˊ 衣部 7畫 (1)皮衣：【狐裘】。(2)姓。

裎 ㄔㄥˊ 衣部 7畫 (1)裸露身子：【裸裎】。(2)對……

裕 ㄩˋ 衣部 7畫 充裕、富裕、寬裕、豐富的：【富國裕民】。(2)姓。(1)使富足：【充足】。

裳 ㄔㄤˊ 衣部 8畫 古人把穿在下半身的衣服叫「裳」，上半身的叫「衣」：【綠衣黃裳】。

ㄕㄤ˙ 限於「衣裳」一詞。

褂 ㄍㄨㄚˋ 衣部 8畫 北方人稱單衣為褂：【大褂（長褂）、小褂（短褂）、長袍馬褂】。

裴 ㄆㄟˊ 衣部 8畫 (1)通「徘」，【徘徊】也可寫作「裴回」。(2)姓。

裏 ㄍㄨㄛˇ 衣部 8畫 (1)包封起來的物品：【包裹】。(2)纏繞、包紮。(3)停止：【裹足不前】。裹腳、裹傷口。

裸 ㄌㄨㄛˇ 衣部 8畫 光著身體：【裸體】。

製 ㄓˋ 衣部 8畫 (1)式樣、法式：【體製】(2)製做：【製做】。裁做：【製版、製圖】。製作器物：【製版、製圖】。

裨 ㄅㄧˋ 衣部 8畫 (1)副的、偏的：【裨將】。(2)益處：【裨益、無裨於事】。

褚 ㄔㄨˇ 衣部 8畫 (1)口袋(2)把棉絮裝進衣服的夾層中。(3)姓。

裱 ㄅㄧㄠˇ 衣部 8畫 (1)用紙或絲織品糊在字畫背面做襯托：【裱褙】。(2)用紙糊牆或頂棚：【裱糊】。

裾 ㄐㄩ 衣部 8畫 (1)衣服的前後下垂的邊緣。(2)衣服前後襟：【披風(2)裸露。祖裾】。

褓 ㄅㄠˇ 嬰兒的包布。

褐 ㄏㄜˊ 衣部 9畫 (1)粗布或粗布做成的衣服：【短褐】。(2)黃黑色：【褐色、褐煤、褐鐵礦】。

複 ㄈㄨˋ 衣部 9畫 (1)又、重複、再一次：【複眼】(2)繁雜的、多數的，和「單」相對，不簡單的：【複雜】(3)姓。

褒 ㄅㄠ 衣部 9畫 (1)古國名，在今陝西襃城縣東南(2)誇獎、讚美：【褒揚、褒獎】。(3)姓。褒姒。

375

褓　ㄅㄠ　9畫　衣部
包裹嬰兒的衣服：【襁褓】。

褙　ㄅㄟ　9畫　衣部
：裝裱黏貼書畫：【裱褙】。

褊　ㄅㄧㄢ　9畫　衣部
狹小的：【褊狹】。

褼　ㄆㄧㄢ　9畫
編褼（ㄒㄧㄢ），衣服飄揚的樣子。

褌　ㄎㄨㄣ　9畫　衣部
有襇的褲子：【褌襇】。

褘　ㄏㄨㄟ　9畫　衣部
古時王后在祭祀時所穿的衣服：【褘衣】。

褪　ㄊㄨㄣ　10畫　衣部
(1)脫掉、脫落：【褪衣】(2)漸漸消失、脫落：【褪色】(3)向後退：

褲　ㄎㄨ　10畫　衣部
穿在下半身的衣服、短褲：【褲子】。

褫　ㄔ　10畫　衣部
(1)剝除衣服：【褫衣】(2)革除、剝奪：【褫奪】。褫奪公權。

褥　ㄖㄨ　10畫　衣部
坐臥時墊在身體下面的東西：【被褥、墊褥】。褥。

褡　ㄉㄚ　10畫　衣部
(1)無袖的衣服：【褡背】(2)裝東西的袋子：【錢褡】。

褻　ㄒㄧㄝ　11畫　衣部
(1)貼身的內衣：【褻衣】(2)輕慢、不莊重：【褻慢】(3)寵信的：【褻臣】(4)汙穢的：【褻瀆、穢褻】。

襄　ㄒㄧㄤ　11畫　衣部
(1)幫助：【襄助、襄理、共襄盛舉】(2)完成：【襄事】(3)姓。

褶　ㄒㄧ　11畫　衣部
古時候的一種騎服。

褶　ㄓㄜ
古時候的一種夾衣。衣服上的折皺：【百褶裙】。

褸　ㄌㄩ　11畫　衣部
衣服破爛的樣子：【襤褸】。

襁　ㄑㄧㄤ　11畫　衣部
背小孩的布條：【襁褓】。

襠　ㄉㄤ　13畫　衣部
(1)兩褲管相連的地方：【褲襠】(2)兩腿的中間：【腿襠】。

襟　ㄐㄧㄣ　13畫　衣部
(1)上衣胸前的部分：【衣襟、開襟】(2)女婿間相互的稱呼：【連襟】(3)指人的志向或抱負：【襟懷、胸襟】。

襖　ㄠ　13畫　衣部
有襯裡的外衣：【棉襖、皮襖】。

襤 ㄌㄢˊ 14畫 衣部
形容衣服破爛：【襤褸】。

襪 ㄨㄚˋ 15畫 衣部
穿在腳上的東西，通常用棉、毛、絲或化學纖維做成，有保護和保暖的作用：【絲襪、棉襪、毛線襪】。

襲 ㄒㄧˊ 16畫 衣部
(1)計算衣服的數量單位：【一襲棉衣】。(2)因襲、世襲，照樣作、承繼：【因襲、世襲】。(3)趁別人不注意時突然攻擊：【侵襲、襲擊】。

襯 ㄔㄣˋ 16畫 衣部
(1)內衣：【襯衣】。(2)相互比較對照：【襯托】。(3)協助：【幫襯】。(4)在裡面托上一層：【襯紙】。

襾 ㄧㄚˋ 0畫 襾部
覆蓋。

西 ㄒㄧ 0畫 襾部
(1)方位名，與「東」相對，是太陽落下去的地方：【西面、太陽西下】。(2)西洋，歐美各國的代稱：【西式、西餐、西洋】。(3)複姓：【西門】。

要 ㄧㄠˋ 3畫 襾部
(1)重點、主要、內容：【綱要、摘要】。(2)請求、拜託：【他要我替他辦事】。(3)乞討：【要飯】。(4)希望擁有：【我想要一隻鋼筆】。(5)總括、要之：【要言之】。(6)叫、讓：【他要人立刻去辦】。(7)急切的：【要害、要塞】。(8)將：【天要下雨了】。(9)很有價值：【要緊】。(10)應該：【你要乖一點】。(11)大概的。

要 ㄧㄠ
(1)通「腰」，腰部。(2)約定：【要約】。(3)強求：【要脅、要迫】。(4)邀請，同「邀」。(5)姓。

覃 ㄊㄢˊ 6畫 襾部
(1)深：【覃思】。(2)蔓延：【覃及】。姓。

覆 ㄈㄨˋ 12畫 襾部
(1)遮蓋：【覆蓋、天覆地載】。(2)翻、傾：【覆舟、覆巢】。(3)通「復」，回、還：【答覆】。(4)重、再：【覆核】。

見 ㄐㄧㄢˋ 0畫 見部
(1)看到：【見到、看到】。(2)看法：【高見、意見】。(3)拜訪、接待、會面：【拜見、接見、見客】。(4)被、受：【見諒、見笑】。

見 ㄒㄧㄢˋ
同「現」(1)顯露、現出(2)現在。

覓 ㄇ一ˋ　見部 4畫
尋找、尋求：【尋覓】、【覓食】。

規 ㄍㄨㄟ　見部 4畫
(1)畫圓形的工具：【圓規】(2)法則、準則的：【校規、法規】(3)過去已有的事例：【陋規】(4)勸告：【規勸】。

視 ㄕˋ　見部 4畫
(1)眼睛看東西的能力：【視力】(2)看：【弱視】(3)察看：【巡視】(4)看待：【重視、視而不見】。

覘 ㄓㄢ　見部 5畫
暗中觀察：【覘候】。

覡 ㄒ一ˊ　見部 7畫
從前替人向鬼神祝禱祈求的男巫。

覩 ㄉㄨˇ　見部 8畫
同「睹」。

覥 ㄊ一ㄢˇ　見部 8畫
害羞的樣子：【覥覥】。

親 ㄑ一ㄣ　見部 9畫
(1)父母：【雙親】(2)和自己有血統關係的人：【近親、遠親】(3)婚姻：【親近】(4)接近：【親近】(5)用唇接觸表示喜愛：【親吻、親嘴】(6)自己處理事情或直接參與：【親洽、親臨指導】
親：夫妻雙方的父母彼此相互的稱呼：【親家】。

覦 ㄩˊ　見部 9畫
見「覬覦」。

覬 ㄐ一ˋ　見部 10畫
想得到不屬於自己的東西：【覬覦】。

覯 ㄍㄡˋ　見部 10畫
通「遘」、「逅」，遇見：【覯見】。

覲 ㄐ一ㄣ　見部 11畫
(1)諸侯見天子，今指政要見一國元首：【覲見、覲見】(2)宗教徒朝拜聖地的儀式：【朝覲】。

覷 ㄑㄩˋ　見部 12畫
(1)暗中觀察：【偷覷】(2)看：【小覷、冷眼相覷、面面相覷】。

覺 ㄐㄩㄝˊ　見部 13畫
(1)各種感官對外界刺激的辨識能力：【味覺、視覺】(2)明白事理的人：【先覺】(3)明白領悟：【覺悟】
另讀ㄐ一ㄠˋ：(1)睡眠：【睡午覺】(2)睡眠的單位：【一覺醒來】。

覽 ㄌㄢˇ　見部 14畫
(1)觀看：【觀覽、閱覽】(2)遊……

觀 ㄍㄨㄢ　見部 18畫
(1)對於事物的看法：【人生觀、悲觀】(2)仔細的看：【觀察】(3)仔細的看：【觀光】(4)遊覽：【遊覽】……景象：【奇觀】……景氣：【觀察】。

「ㄍㄨㄢˋ」

(1)道教的廟宇：【道觀】(2)
【樓觀】：指小樓和它上面的建築物。

角部

角　ㄐㄧㄠˇ　0畫　角部

(1)某些動物頭上長出的堅硬東西：【鹿角】、【牛角】(2)古時軍中的樂器：【號角】(3)形狀像角的東西：【菱角】(4)物體兩邊相接所夾的地方：【桌角】(5)兩條直線相交所夾的範圍：【直角】、【一角】(6)錢幣的單位：【一角、五角】(7)比賽、競爭：【角逐】。

ㄐㄩㄝˊ
(1)古代五音之一：【宮商角徵羽】(2)演員：【名角、主角】、【角色】。角力、角逐。

ㄌㄨˋ
角、配角。通「用（ㄩˋ）」：【角里（ㄌㄨˋ）地名、複姓】。

觔　ㄐㄧㄣ　2畫　角部

(1)通「筋」，筋力(2)通「斤」，重量單位。

觝　ㄉㄧˇ　5畫　角部

獸類用角碰觸東西：【觝觸】。

觚　ㄍㄨ　5畫　角部

古代用青銅器做的酒杯。

觥　ㄍㄨ　6畫　角部

古時用犀牛角做的酒杯；盛大的：【觥觥】。

解　ㄐㄧㄝˇ　6畫　角部

(1)見識：【見解】(2)剖開、分開：【解剖】、【分解】(3)打開、鬆開：【解開】(4)消除：【解渴】(5)懂、明白：【瓦解】、【解扣子】(6)說明白：【解說】、【解答】(7)大、小便：【大解】、【小解】。通俗易解的。

ㄐㄧㄝˋ
(1)明、清兩代鄉試中錄取的第一名：【解元】(2)押送：【押解】。

ㄒㄧㄝˋ
(1)縣名，在山西省(2)解池，山西省解縣附近的鹹水湖，產鹽(3)姓。

觭　ㄐㄧ　8畫　角部

(1)獸類的角傾斜不一的樣子(2)通「奇」，單個的。

觳　ㄏㄨˊ　10畫　角部

(1)通「斛」，古代量器的一種(2)恐懼的：【觳觫】。

觴　ㄕㄤ　11畫　角部

(1)酒杯的名稱：【舉觴自罰】(2)勸人喝酒或自己喝酒。

觸　ㄔㄨˋ　13畫　角部

(1)獸類用角頂東西：【牴觸】(2)碰撞：【接觸】(3)冒犯：【觸犯】(4)姓。

言部

言 ㄧㄢˊ　言部　0畫
(1)話：〔言語〕、〔格言〕、〔五言絕句〕(2)字：〔一言〕(3)說：〔言之成理〕(4)姓。

計 ㄐㄧˋ　言部　2畫
(1)策略：〔妙計〕(2)測量度數、數量的儀器：〔溫度計、晴雨計〕(3)估量：〔核算、總計、預計〕(4)打算、設計：〔計畫、設計〕(5)商量：〔籌量〕(6)姓。

訂 ㄉㄧㄥˋ　言部　2畫
：〔從長計議〕(1)彼此結交為朋友：〔訂交〕(2)商量、約定：〔預約、約定〕(3)裝訂：〔訂約、私訂終身〕(4)固定：〔訂貨、訂報〕、訂書機〕。

訃 ㄈㄨˋ　言部　2畫
向親友報告喪事的文書：〔訃聞〕。

記 ㄐㄧˋ　言部　3畫
(1)載錄事情的書冊或文書：〔日記、西遊記〕(2)標誌、標號：〔記帳、記錄〕(3)圖章、標號：〔記號、圖記、戳記〕(4)登載：〔登記〕(5)將事物保留在腦子裡：〔記憶〕

訐 ㄐㄧㄝˊ　言部　3畫
揭發別人的祕密、缺點：〔攻訐〕

討 ㄊㄠˇ　言部　3畫
(1)征伐有罪的人：〔討伐〕(2)向人要求、索取：〔討飯、討債〕(3)要求、要東西：〔討饒〕(4)娶：〔討老婆〕

訌 ㄏㄨㄥˋ　言部　3畫
爭吵、紛亂：〔內訌〕。

訕 ㄕㄢˋ　言部　3畫
(1)難為情的樣子：〔訕訕〕(2)譏笑：〔訕笑〕。

訊 ㄒㄩㄣˋ　言部　3畫
(1)音信、消息：〔音訊、資訊、通訊〕(2)詢問：〔偵訊〕(3)審問：〔問訊〕

託 ㄊㄨㄛ　言部　3畫
(1)請求：〔託福、拜託〕(2)依賴：〔推託〕(3)推辭、不答應：〔推託、託孤〕

訓 ㄒㄩㄣˋ　言部　3畫
(1)可供作為立身處世準則的言語：〔教訓〕(2)教導：〔訓練〕(3)解釋字義：〔訓詁〕(4)教練、操練：〔訓練〕

訖 ㄑㄧˋ　言部　3畫
(1)完畢、終結：〔查訖、銀貨兩訖〕(2)古有明訓

訏 ㄒㄩ　言部　3畫
廣大的、遠大的：〔訏謀〕。

訪 ㄈㄤˇ　言部　4畫
(1)向人詢問調查：〔訪查、採訪〕(2)探望：〔訪問〕

：【訪友】(3)尋找：【訪古】。

訣 ㄐㄩㄝˊ　言部 4畫
(1)方法、要領：(2)把事物要領的內容編成順口、押韻、容易記的詞句：【歌訣】。(3)分別，永【訣別】，常用在永遠分別時使用。

訝 ㄧㄚˋ　言部 4畫
驚奇、奇怪：【訝然】。

訥 ㄋㄜˋ　言部 4畫
言語遲鈍，不擅長說話：【木訥】。

許 ㄒㄩˇ　言部 4畫
(1)大略計算數量的詞：【許】。(2)地方、處所：【先生不知何許人也】。(3)答應：【允許】。(4)稱讚：【讚許】。(5)期望：【期許】。(6)很、非常：【許多、許久】。(7)可能：【也許】。(8)姓。

設 ㄕㄜˋ　言部 4畫
開辦、籌畫：【設宴】。(1)設立、建設：【設計、設法】。(2)設置、陳設：【布置、陳設】。(3)計畫、建立。(4)假如：【假設】。(5)想像自己在某種環境之下：【假設】。

詾 ㄒㄩㄥ　言部 4畫
(1)訟爭(2)議論。紛紛的樣子：【詾詾】。

訟 ㄙㄨㄥˋ　言部 4畫
(1)打官司：【訴訟】。(2)爭辯：【爭訟】。

訛 ㄜˊ　言部 4畫
(1)錯誤：【訛誤】。(2)謠言：【訛言】。(3)詐騙：【訛詐、訛人】。(4)不實

訢 ㄒㄧㄣ　言部 4畫
(1)通「欣」，快樂、高興的樣子：【訢訢】。(2)姓。

註 ㄓㄨˋ　言部 5畫
(1)通「注」，用來解釋說明文字：【附註】。(2)記載、登記：【註冊】。

詠 ㄩㄥˇ　言部 5畫
(1)吟唱，唸出聲音：【吟詠】。(2)用歌詠、吟詠某種事物當主題來作詩：【詠雪、詠梅】。

評 ㄆㄧㄥˊ　言部 5畫
(1)對人、事、物是非好壞的文字或語言：【影評】。(2)判斷是非好壞：【評分、評選】。(3)比較、判斷：【評論、批評】。

詞 ㄘˊ　言部 5畫
(1)代表一個觀念的文字或語言：【形容詞、名詞】。(2)說話或詩歌中的語言、文字：【義正詞嚴、歌詞】。(3)組織過的語言、文字：【演講詞】。(4)一種宋代的流行文體，長短句、有規定的詞譜，按詞譜填上詞句。

証 ㄓㄥˋ 言部 5畫
同「證」。

詁 ㄍㄨˇ 言部 5畫
(1)用現代語言解釋古代的詞語：【訓詁】。
(2)解釋：【詁解經文】。

詔 ㄓㄠˋ 言部 5畫
(1)古代皇帝所發布的命令：【詔書】。
(2)告示…：【以詔後世】。

詛 ㄗㄨˇ 言部 5畫
(1)祈求鬼神降禍給自己所痛恨的人，引申為咒罵的意思：【詛咒】。
(2)立誓：【詛盟】。

詐 ㄓㄚˋ 言部 5畫
(1)用話欺騙別人：【詐財、詐騙】。
(2)假裝：【詐死、詐降】。
(3)用言語試探：【詐話】。

詆 ㄉㄧˇ 言部 5畫
(1)故意說人壞話：【詆毀】。【他拿話詆我】。
(2)責罵：【詆痛】。
(3)……【詆邪說】。

訴 ㄙㄨˋ 言部 5畫
(1)說：【告訴、訴苦、訴情】。
(2)把心裡的話對人說：【訴說】。
(3)控告：【上訴】。
(4)……姓。

診 ㄓㄣˇ 言部 5畫
察看、檢查：【診斷、診病】。

詈 ㄌㄧˋ 言部 5畫
罵：【詈罵】。

訶 ㄏㄜ 言部 5畫
大聲斥責：【訶責、訶求】。

詎 ㄐㄩˋ 言部 5畫
豈，哪裡：【詎料、詎能】。

詒 ㄧˊ 言部 5畫
通「貽」，送給。
ㄉㄞ 通「紿」，欺騙。

詖 ㄅㄧˋ 言部 5畫
偏頗不正：【詖辭】。

詫 ㄔㄚˋ 言部 6畫
(1)誇大、誇張：【詫語、誇詫】。
(2)驚奇、驚訝：【詫異】。
(3)不實在的：【詫異】。

該 ㄍㄞ 言部 6畫
(1)應該、應當：【你該上學了】。
(2)輪到：【該我倒垃圾了】。
(3)加強語氣：【事情這麼多，他該有多累啊！】。
(4)通「賅」，完備：【該備】。
(5)「這」、「那」的指示形容詞：【該生、該局】。

詳 ㄒㄧㄤˊ 言部 6畫
(1)知道、明白：【姓名不詳、內容不詳】。
(2)非常完備、周密：【不厭其詳】。
(3)和善：【舉止端詳】。
(4)仔細的：【詳問、詳查】。
(5)謹慎的：【詳斷、詳審】。

試 ㄕˋ　言部 6畫
(1)測驗：【考試】【試探】(2)實驗：【試驗】嘗試、試行：【嘗試】做做看…：【試行】

詩 ㄕ　言部 6畫
(1)一種文學體裁，用最少的文字表現美感。新詩、舊詩又可分為古體詩和近體詩，舊詩必須押韻，同時字數固定，新詩可以押韻，也可以不押韻，字數不一定，也稱為現代詩或白話詩(2)抒發情感。可分為古體詩和近體詩(3)「詩經」的簡稱。

詰 ㄐㄧㄝˊ　言部 6畫
追問、查問：【詰問】詰問、盤詰。(3)姓。

誇 ㄎㄨㄚ　言部 6畫
【誇示、誇耀】【誇獎】
(1)說大話：自誇、誇口：【誇口】(2)向別人炫耀、讚美(3)稱讚、讚美

詼 ㄏㄨㄟ　言部 6畫
【詼諧】
嘲笑、戲弄：(2)言談風趣，使人發笑：【詼諧】

詣 ㄧˋ　言部 6畫
【造詣】
(1)學問或技術所達到的程度(2)往、到：【詣闕】

話 ㄏㄨㄚˋ　言部 6畫
【臺灣話、日本話】【話家常】
(1)言語：【言語、正經話】(2)話語：【廢話】(3)談論：【話別】話別備：

誅 ㄓㄨ　言部 6畫
(1)殺害：(2)用話責備：【誅】殺害：(1)口誅(2)用話責備

詭 ㄍㄨㄟˇ　言部 6畫
【詭計、詭詐】【詭譎】
(1)違反：(2)騙人的、詐的(3)奇怪多變的：【詭譎】(4)詭詐、姓。行相詭

詢 ㄒㄩㄣˊ　言部 6畫
【諮詢】【詢問】
(1)和別人商量、徵求別人意見：【諮詢】(2)查問：【詢問】詢商(2)查問：【詢問】

詮 ㄑㄩㄢˊ　言部 6畫
(1)事情的真理：【真詮】(2)詳細解釋：【詮釋】

詬 ㄍㄡˋ　言部 6畫
(1)恥辱、汙辱：【含辱忍詬】(2)責罵：【詬病、詬罵】

詹 ㄓㄢ　言部 6畫
(1)選定：【謹詹於三月十二日宴客】(2)通「瞻」，看見(3)話多又細碎：「詹詹」(4)姓。

誠 ㄔㄥˊ　言部 6畫
(1)真實、不假：【誠心、誠實】(2)實在的、真實的：【誠然】(3)表示假設，有「如果」的意思：【誠能如此】(4)表示肯定的：【心悅誠服】

誆 ㄎㄨㄤ　言部 6畫
欺騙：【誆騙、誆哄】

詿 ㄍㄨㄚˋ 言部 6畫
牽累延誤：【詿誤】。

詡 ㄒㄩˇ 言部 6畫
說大話、誇耀：【自詡】。

訾 ㄗˇ 言部 6畫
誹謗：【訾謗】。

訹 ㄒㄩˋ 言部 6畫
(1)的樣子：【訹訹】。

誄 ㄌㄟˇ 言部 6畫
(1)敘述死者生平德行，並致哀悼之意的文章。
(2)哀祭文之一，悼之意的文章。

誦 ㄙㄨㄥˋ 言部 7畫
(1)念出聲音：【朗誦】
(2)背念出來：【背誦】
(3)稱揚、稱頌。
【過目成誦】

誌 ㄓˋ 言部 7畫
(1)定期出版的刊物：【雜誌】
(2)記事文的一種：【墓誌】
(3)記號、標識：【標誌】
(4)記住：【永誌不忘】
(5)

誣 ㄨ 言部 7畫
【誣民】
(1)沒有證據隨便亂說：【誣賴】
(2)欺騙：【誣騙】

語 ㄩˇ 言部 7畫
【語言】
(1)所說的話：【語詞、語言】
(2)以一字或多字表示一種觀念或意義：【語詞、語言】
(3)古人說的話或一直流傳下來的話：【成語、諺語】
(4)代表語言的動作：【手語、旗語】
(5)蟲子或鳥兒的叫聲：【花香鳥語】
(6)

語 ㄩˋ
告訴：【吾語汝】
說：【不言不語】。

認 ㄖㄣˋ 言部 7畫
(1)分辨事物：【認字】
(2)同意、承受：【認錯】
(3)認可、認輸：【認輸】
(4)跟沒有關係的人建立關係：【認她做乾媽】。

誡 ㄐㄧㄝˋ 言部 7畫
(1)勸人不要做壞事的條文或文章：【十誡】、女誡。
(2)用話勸告或警告別人：【勸誡、告誡】
(3)通「戒」，戒備、警戒：【引以為誡】。

說 ㄕㄨㄛ 言部 7畫
(1)言論、主張：【學說、立說】
(2)用言語：【說笑話、說故事】
(3)解釋：【說明、說清楚】
(4)責備、批評：【說他一頓】
(5)介紹：【說媒】

ㄕㄨㄟˋ
用話勸告別人，使他聽從自己的意見、主張：【遊說】、說服。

ㄩㄝˋ
喜悅，同「悅」：【有朋自遠方來，不亦說乎？】

誤 ㄨˋ 言部 7畫
(1)差錯：【誤點、誤事】、傳聞有誤。
(2)不是故意的：【誤傷】
(3)耽擱、錯過：【耽誤】
(4)因自己的錯失而使他人受害：【誤人子弟】。

【誥】《ㄠˋ　言部　7畫
(1)古代一種告誡的文體：【康誥、酒誥】
(2)上級告訴下級：【訓誥】

【誨】ㄏㄨㄟˋ　言部　7畫
(1)教導：【誨人不倦】
(2)引誘人做壞事：【誨淫誨盜】。

【誘】一ㄡˇ　言部　7畫
(1)教導、勸引：【誘導、循循善誘】
(2)用手段打動人，使他照著自己的希望去做：【誘降、誘敵】

【誑】ㄎㄨㄤˊ　言部　7畫
(1)不實在的、騙人的：【誑語】
(2)欺騙：【誑騙】。

【誓】ㄕˋ　言部　7畫
(1)互相約定、共同遵守的信話：【盟誓、宣誓、立誓】
(2)表明決心，表示不改變的告誡：【誓師、誓話】
(4)為證明自己言行而下賭咒：【發誓】。

【誚】ㄑ一ㄠˋ　言部　7畫
(1)責備：【譏誚、譏誚】
(2)譏諷、挖苦

【誕】ㄉㄢˋ　言部　8畫
(1)生日：【華誕、聖誕、誕生】
(2)出生：【誕生】
(3)誇大不實的：【荒誕、怪誕】
(4)行為怪異不守規則的：【怪誕】。

【誼】一ˋ　言部　8畫
(1)交情、情誼：【友誼、情誼】
(2)通「義」，合於正常的原則或道理：【正誼】。

【諒】ㄌ一ㄤˋ　言部　8畫
(1)寬恕、諒解：【原諒、諒解】
(2)料想、推想：【諒你不敢再犯】
(3)誠意而可以信賴的：【友諒】。

【談】ㄊㄢˊ　言部　8畫
(1)言論、談話：【老生常談】
(2)彼此對話：【談論、談話】
(3)商量：【我要和他商談，再作決定】
(4)姓。

【請】ㄑ一ㄥˇ　言部　8畫
(1)聘來、邀來：【聘來、邀來、請家教、請醫生】
(2)有禮貌的要求：【請客、請看電影、請您原諒、請安】
(4)問候：【請安】
(5)拿、抱的敬詞：【把神明請出來】
古代官員覲見君王或參加朝會：【朝請】。

【諉】ㄨㄟˇ　言部　8畫
利用言辭推卸自己的責任：【推諉、諉過】。

【課】ㄎㄜˋ　言部　8畫
(1)教學的時間單位：【一節課】
(2)教材的一節：【這一冊國語有二十四課】
(3)教學的科目：【國語課】
(4)機關中分別辦事的單位：【總務課】
(5)徵收賦稅：【課稅】

【調】ㄊ一ㄠˊ　言部　8畫
(1)混合均勻：【調色、調味】
(2)配合得均勻合適：【調停】
(3)幫人和解：【調停】

調（續）

、調和、調弄、玩弄：【調笑】(4)戲弄、玩弄：【調笑】(5)改變一下，使它更好：【調整、調劑】(6)維護健康：【調養】(7)和暢：【風調雨順】。

調【ㄉ一ㄠˋ】
(1)音調、A小調(2)聲音的高低：【南腔北調、A小調】(3)說話的口音：【調調】(4)古時候的賦稅名稱：【租庸調法】(5)更動、更換：【調動、調換】(6)察看、詢問：【調查】。

諄【ㄓㄨㄣ】　8畫　言部
(1)用坦白的話勸告他人，或是糾正別人的錯誤：【諄諄】(2)誠懇而有耐心：【諄諄】。

諍【ㄓㄥˋ】　8畫　言部
(1)【諍言】(2)競，同「爭」

諂【ㄔㄢˇ】　8畫　言部
故意說好話來巴結別人，就是拍馬屁：【諂媚】。

誰【ㄕㄟˊ】　8畫　言部
(1)甚麼人，表示疑問：【誰在敲門】(2)任何人：【誰都喜歡他】。

論【ㄌㄨㄣˋ】　8畫　言部
(1)評論事理的文章或言辭：【社論、言論】(2)學說或主張：【唯心論、相對論】(3)分析事情加以說明：【議論、辯論】(4)商量：【商議】(5)評定：【論罪、論功】(6)討論(7)當作(8)說：【一概而論】。

論【ㄌㄨㄣˊ】
(1)論語的簡稱，是記載孔子和他的弟子討論學問或為人處世道理的書，全書共二十篇，是儒家很重要的書(2)姓。

諸【ㄓㄨ】　8畫　言部
(1)眾多、許多：【諸子百家、諸多】(2)「之於」二字的合音：【公諸於世】(3)「之乎」二字的合音：【有諸】(4)複姓：【諸葛】。

誹【ㄈㄟˇ】　8畫　言部
說別人的壞話：【誹謗】。

諛【ㄩˊ】　8畫　言部
故意用話討好：【阿諛、諛辭】。

諏【ㄗㄡ】　8畫　言部
(1)詢問：【諏議】(2)詢問、商量：【諮諏】

誾【一ㄣˊ】　8畫　言部
(1)和樂的樣子：【誾誾】(2)姓

諮【ㄗ】　9畫　言部
商量、詢問，同「咨」：【諮商】。

諾【ㄋㄨㄛˋ】　9畫　言部
(1)答應人的話：【一諾千金】(2)同意、答應：【許諾】(3)回答的聲音，表示同意：【唯唯諾諾、諾諾連聲】。

諦【ㄉ一ˋ】　9畫　言部
(1)道理、意義（是佛教的用語）：【真諦

、妙諦】
(2)仔細的…【諦聽、諦視】

諺 一ㄢˋ 【9畫｜言部】
俗語，從古代流傳下來的，有的是現代流行的話…【俗諺、古諺】。

諫 ㄐ一ㄢˋ 【9畫｜言部】
以前指用話去勸告皇帝、尊長，使他們能改過，現在則泛指用話去勸告別人：【進諫、規諫】。

諱 ㄏㄨㄟˋ 【9畫｜言部】
(1)古代對皇帝、將軍、長輩不能直接稱呼名諱：【避諱】
(2)稱呼已經去世的尊長名字叫諱，或是書寫他們的名字：【名諱】
(3)考慮其他因素而不敢說或不願說出來：【忌諱】

謀 ㄇㄡˊ 【9畫｜言部】
(1)計策、方法：【策畫】
(2)計畫、謀畫：【謀畫】
(3)設法求取：【計畫、謀事】
(4)略。
(5)商量：【謀幸福、謀事】
計畫…【謀殺】

而合】
(6)見面：【謀面】。

諜 ㄉ一ㄝˊ 【9畫｜言部】
(1)探聽軍事機密或敵人情形的人：【間諜、政諜】
(2)偵探敵人的軍事、政治及經濟方面的重要消息：【諜報】
匪諜】

諧 ㄒ一ㄝˊ 【9畫｜言部】
(1)協調、和諧：【和諧、諧調】
(2)風趣、愛開玩笑…【詼諧】。

謁 一ㄝˋ 【9畫｜言部】
進見、拜見：【晉謁、拜謁】。

謂 ㄨㄟˋ 【9畫｜言部】
(1)道理、意義：【無謂的煩惱】
(2)無謂、關係…
(3)告訴：【兄謂弟曰】
(4)稱呼：【稱謂】
(5)姓。

諭 ㄩˋ 【9畫｜言部】
(1)古代皇帝的命令：【諭旨】
(2)上級對下級的指示…【曉諭】
(3)明白告訴：
(4)姓。
手諭

諷 ㄈㄥˇ 【9畫｜言部】
(1)用含蓄的話勸告或指責：【諷刺、譏諷】
(2)背書或誦讀：【諷誦】

謔 ㄋㄩㄝˋ 【9畫｜言部】
開玩笑：【諧謔、謔稱】。
戲謔】

諠 ㄒㄩㄢ 【9畫｜言部】
通「喧」，大聲吵鬧：【諠譁】

諼 ㄒㄩㄢ 【9畫｜言部】
(1)通「萱」，萱草：【諼草】
(2)忘記：【永矢弗諼】。

諡 ㄕˋ 【9畫｜言部】
(1)對有道德、有功業的人死後所加的稱號：【岳飛諡武穆】。
(2)為死者立稱號。

諢 ㄏㄨㄣˋ 【9畫｜言部】
開玩笑、逗趣的話：【打諢】。

諳　ㄢ　9畫　言部
誦
：
(1)明白、熟悉
：【熟諳】。
(2)記誦：【諳誦】。

謙　ㄒㄣ　9畫　言部
誦
。
正直的話：【忠謙】。
(2)姓。

諤　ㄜ　9畫　言部
(1)相信：【天
難諶】。
(2)姓。

謊　ㄏㄨㄤ　9畫　言部
【謊報軍情】。
(1)騙人的話：【說謊、謊話】。
(2)不真實的：

謎　ㄇㄧ　10畫　言部
(1)說謊、謊話
。
(2)不真實的
話或文字讓人
猜測的一種遊戲：
只用隱約的
不直接說明
【謎團】。
打謎、猜謎】。

謗　ㄅㄤ　10畫　言部
(2)不容易了解的事：【謗
壞話：【毀
謗】。
故意說別人的

講　ㄐㄧㄤ　10畫　言部
(1)述說：【講
故事】。(2)解釋
、說明：【講求、講
解】。(3)注重：【講
效率】。(4)商量：
課、講解】。
講價】。

謠　ㄧㄠ　10畫　言部
(1)民間流傳的
歌曲：【歌謠、
民謠】。(2)沒有根據、
憑空捏造的話：【
謠言】。

謝　ㄒㄧㄝ　10畫　言部
(1)表示感激：【
感謝、謝謝】。
(2)認錯、道歉
：【謝罪】。(3)拒絕、不願意：【
謝絕】。(4)花或葉子凋落：【花謝】。
(5)更換：【新陳代謝】。(6)姓。

謙　ㄑㄧㄢ　10畫　言部
通「慊」，滿足
、自謙。
(1)虛心、不自大
：【謙虛】。(2)謙
遜：【謙於心
。

謄　ㄊㄥ　10畫　言部
照原樣抄寫
：【謄寫、謄稿
】。
(1)照原樣抄寫
的文件：【戶
籍謄本】。(2)照

謐　ㄇㄧ　10畫　言部
謐】。
安靜：【
靜
。
著抄寫：【謄寫、謄稿】。

謅　ㄗㄡ　10畫　言部
亂說、編造假
話：【胡謅
】。

謨　ㄇㄛ　11畫　言部
(1)計策、謀略
：【良謨、
宏謨、
遠謨】。(2)

謹　ㄐㄧㄣ　11畫　言部
(1)小心慎重：
【謹記在心、
謹慎】。(2)鄭重
的、正式的：【
謹致謝意】。(3)恭
敬的：【謹受教
】。

謬　ㄇㄡ　11畫　言部
(1)錯誤：【
誤謬】。(2)荒唐的
：【謬論】。(3)
差之毫釐，謬以
千里】。
誤差、差錯：【

謫　ㄓㄜ　11畫　言部
(1)古代官吏因
為犯罪而被降
職：【謫守、

貶謫】(2)責備:【謫罵】。

謳 ㄡ　言部 11畫
(1)歌曲、名歌:【吳謳】(2)歌唱:【謳歌】。(3)姓。

謾 ㄇㄢ　言部 11畫
態度不尊敬、沒有禮貌:【輕謾、謾罵】。

ㄇㄢ
欺騙:【謾言、欺謾】。

謼 ㄏㄨ　言部 11畫
(1)通「呼」，叫:【號謼】(2)姓。

謷 ㄠˊ　言部 11畫
詆毀:【謷】。

譁 ㄏㄨㄚ　言部 11畫
大聲吵鬧:【喧譁】。

識 ㄕ　言部 12畫
(1)見解或辨別能力:【見識、遠識】(2)見道理、學問:【常識、學識】(3)相知的朋友:【舊識】(4)知曉:【認識】(5)辨別:【識貨】。

ㄓˋ
(1)通「誌」，記憶:【標識】(2)通「幟」，標記:【標識】。

證 ㄓㄥˋ　言部 12畫
(1)可以讓人相信的人或事物:【證人、證據】(2)可以讓人知道身分、地位的文件:【身分證、貴賓證】(3)用事實、憑據來判斷或說明:【證明、證婚】(4)佛教稱修行得道:【證果】。

譚 ㄊㄢˊ　言部 12畫
(1)通「談」:【東方夜譚、老生常譚】(2)姓。

譏 ㄐㄧ　言部 12畫
用話指責或嘲笑對方的缺點或過錯:【譏笑、譏刺】。

譜 ㄆㄨˇ　言部 12畫
(1)按照事務的類別或系統編成的冊子:【家譜、年譜】(2)可以當作示範或參考的書籍:【棋譜、畫譜】(3)音樂上記載音符的圖樣:【五線譜】(4)打算或根據:【他做事心裡有譜】(5)根據歌詞來寫歌曲:【譜曲、譜寫】(6)大約:【約五百元之譜】。

譎 ㄐㄩㄝˊ　言部 12畫
狡猾、奸詐:【詭譎、譎詐】。

譙 ㄑㄧㄠˊ　言部 12畫
(1)高樓:【譙樓】(2)姓。

ㄑㄧㄠˋ
責備，通「誚」:【譙呵】。

譔 ㄓㄨㄢˋ　言部 12畫
(1)讚美:【譔】(2)通「撰」，著述:【譔述】。

譖 ㄗㄣˋ　言部 12畫
說壞話誣陷別人:【譖人】。

譯 ㄧˋ　言部 13畫
(1)把一種語文按照它的意思用不同的語文寫或說出來:【翻譯】(2)解釋意思:【注譯】。

議 一 13畫 言部
議：(1)言論、意見：【言論、意見、提議】(2)文體的一種，是討論公事的文章：【奏議】(3)討論、商量：【決議、會議】(4)評論、談論好壞：【議論、街談巷議】。

譬 ㄆㄧˋ 13畫 言部
譬：比喻、比方：【譬喻】。

警 ㄐㄧㄥˇ 13畫 言部
警：(1)警察的簡稱：【刑警】(2)危急的消息和情況的提醒或報告：【火警、警報】(3)戒備：【警衛、警戒】(4)告誡：【警世】(5)覺悟：【警醒】(6)反應或感覺敏銳：【機警】。

譟 ㄗㄠˋ 13畫 言部
譟：通「噪」，一群人聚在一起呼喊叫鬧：【輿情大譟】。

譴 ㄑㄧㄢˇ 14畫 言部
譴：(1)罪過、過錯：【譴咎】(2)因做錯事而遭到懲罰：【遭天譴】(3)責備別人的過錯：【譴責】。

護 ㄏㄨˋ 14畫 言部
護：(1)保衛、救助：【保護、救護】(2)掩蔽、包庇：【袒護】。

譽 ㄩˋ 14畫 言部
譽：(1)名聲：【榮譽、譽滿天下】(2)稱讚、讚揚：【稱譽】。

譅 ㄙㄜˋ 14畫 言部
言語艱難的樣子：【訥譅】。

讀 ㄉㄨˊ 15畫 言部
讀：(1)閱覽、看：【閱讀】(2)照著文字而念出聲音：【宣讀】(3)指上學、念書：【他正在讀高中】。
ㄉㄡˋ 文章中語氣沒有結束，需要停頓的地方：【句讀】。

讆 ㄨㄟˋ 15畫 言部
通「偽」，虛偽：【讆言】。

變 ㄅㄧㄢˋ 16畫 言部
變：(1)禍亂或事件：【兵變、災變】(2)隨機應付的方法：【通權達變】(3)性質、狀態或情形跟原來有所不同、改變：【變亂】。

讎 ㄔㄡˊ 16畫 言部
讎：(1)通「仇」，怨恨：【世讎】(2)校對：【校讎】(3)姓。

讌 ㄧㄢˋ 16畫 言部
讌：通「宴」，用酒席招待客人：【讌飲、讌巷飲】。

讒 ㄔㄢˊ 17畫 言部
讒：說別人的壞話：【讒言】。

讖 ㄔㄣˋ 17畫 言部
讖：(1)預言、徵兆：【讖語】(2)占驗術數符命的書：【讖緯】。

讓 ㄖㄤˋ 17畫 言部
讓：(1)「爭」的相反，把好處給別人：【孔融...

390

讓（續）
讓梨、讓步。(2)恭迎：【讓座】(3)推辭：【當仁不讓】(4)隨便、任憑：【讓他去吧！】(5)令、使人有某種感覺：【這件事讓我很高興】(6)躲避、走開：【讓開】(7)允許：【媽媽不讓他出門】(8)被：【他讓人家揍一頓】(9)把東西所有權轉給別人：【吉屋讓售、出讓】⑩責備：【責讓】

讕 ㄌㄢˊ 言部 17畫
(1)抵賴：【可相讕】(2)誣告：【讕言】

讙 ㄏㄨㄢ 言部 18畫
(1)喧嘩(2)通「哄」，高興的樣子(3)姓。

讚 ㄗㄢˋ 言部 19畫
(1)古代的一種文體，專門歌頌人物的(2)佛經中的頌詞，(3)通「贊」，幫助：【讚助】(4)誇獎：【稱讚、讚不絕口】

讜 ㄉㄤˇ 言部 20畫
正直的言論：(1)正直的：【讜言】(2)正直的言論。

讞 ㄧㄢˋ 言部 20畫
審判定案：【三審定讞】。

讟 ㄉㄨˊ 言部 22畫
怨言：【讟言】。

谷部

谷 ㄍㄨˇ 谷部 0畫
(1)兩山間的低地或水道：【山谷、河谷】(2)困境：【幽谷】(3)深穴。(4)姓。
ㄩˋ 古代民族：【吐谷渾】。

谿 ㄒㄧ 谷部 10畫
(1)兩山之間的流水、溪澗，同「溪」：【谿谷】(2)低谷中的流水：【深谿】(3)家庭中的爭吵，同「溪」：【勃谿】(4)姓。

豁 ㄏㄨㄛˋ 谷部 10畫
(1)寬敞、廣大的：【豁達】(2)心胸寬大、看得開：【豁然開朗】(3)免除：【豁免】(4)捨棄、不管：【豁出去】(5)破裂的：【豁嘴】。
ㄏㄨㄚ 猜拳，同「划」：【豁拳】。

豆部

豆 ㄉㄡˋ 豆部 0畫
(1)豆類植物的種子：【大豆、綠豆、黃豆】(2)形狀像豆粒的東西：【花生豆】(3)姓。

豈 ㄑㄧˇ 豆部 3畫
難道，怎麼，表示反問的語氣：【豈能如此、豈有此理】。
ㄎㄞˇ 和樂的，同「愷」：【豈弟】（ㄊㄧˋ）。

豇 ㄐㄧㄤ 豆部 3畫
一年生草本豆類植物，莖蔓生，纏繞攀升在他物上面。葉為複葉，夏日開花，果實為長莢，含數粒種子，可食用：【豇豆】。

豉 ㄔˇ 豆部 4畫
用黃豆或黑豆發酵製成的食品：【豆豉】。

豎 ㄕㄨˋ 豆部 8畫
(1)跟地面垂直的：【豎旗杆】。(2)直的：【豎行、一橫一豎】。(3)姓。

豌 ㄨㄢ 豆部 8畫
豆類植物，有卷鬚可以幫助生長，每年四、五月開花，形狀像蝴蝶，剝開後表看起來像彎彎的月亮，就可看見綠色果實：【豌豆】。

豐 ㄈㄥ 豆部 11畫
(1)充足，很多：【豐富、豐收】(2)大：【豐功偉業】(3)地名：【豐原】(4)姓。

豔 ㄧㄢˋ 豆部 21畫
(1)羨慕：【豔羨】。(2)鮮明的：【豔麗、鮮豔】。(3)美麗的：【美豔、華麗的】。(4)有關愛情的：【豔史、豔遇】。

豕部 ㄕˇ

豕 ㄕˇ 豕部 0畫
哺乳類動物，身體肥胖，頭小眼小，嘴長而微翹，鼻突出，肉可食，俗稱「豬」。

豝 ㄅㄚ 豕部 4畫
母豬。

豚 ㄊㄨㄣˊ 豕部 4畫
古代把小豬叫豚，後來豚也成為豬的代稱。

象 ㄒㄧㄤˋ 豕部 5畫
(1)現在陸地上最大的哺乳動物，身高三公尺，耳朵大、鼻子呈長筒形，能自由蜷曲，有一對長門牙伸出口外，皮很厚，個性溫馴，多產於熱帶區。(2)通「像」，形狀樣子：【形象、景象、圖象】(3)模擬、倣效：【象形、象聲】(4)【天象、氣象】(5)表現在外的狀態，相似，通「像」：【相象】(6)姓。

豢 ㄏㄨㄢˋ 豕部 6畫
飼養牲畜、動物：【豢養】。

豪 ㄏㄠˊ 豕部 7畫
(1)才能出眾的人：【豪傑、英豪】(2)有氣魄，直爽痛快、不受拘束的：【豪放、豪爽、豪邁】(3)值得驕傲、感到光榮：【自豪】(4)強橫的：【豪強、豪門、巧取豪奪】。

豬
ㄓㄨ
豕部 8畫
哺乳類動物，身體肥胖，頭大，嘴長而翹，鼻子突出，肉可以食用，皮可以製皮革，鬃毛可以做刷子。

豫
ㄩˋ
豕部 9畫
(1)河南省的簡稱 (2)歡喜、快樂：【逸豫亡身】 (3)安適：【一面有不豫之色】 (4)通「預」，事先的：【豫求】 (5)遲疑的：【猶豫】 (6)姓。

貄
ㄐㄧㄚˊ
豕部 9畫
公豬：【貄豚】。

豸
ㄓˋ
豸部 0畫
(1)沒有腳的蟲：【蟲豸】 (2)長脊的猛獸。

豸部

豺
ㄔㄞˊ
豸部 3畫
哺乳類動物，長得像狗但體形較小，喜歡群居，生性非常凶猛，因為和狼同類，所以常和狼並稱，形較像狐狸。

豹
ㄅㄠˋ
豸部 3畫
(1)大型貓科哺乳動物，外形有點像老虎，體形比老虎小一點，身上有黑色斑點或花紋，奔跑速度很快，種類很多：【金錢豹、雲豹】 (2)姓。

豜
ㄐㄧㄢ
豸部 3畫
哺乳類動物，是古時北方的一種野狗，形狀像狐狸。

貂
ㄉㄧㄠ
豸部 5畫
哺乳類動物，像鼠，腳短，身體細長，尾巴粗大。貂皮的質料很好，毛皮細柔輕暖，是珍貴的皮革，可做衣帽。

貉
ㄏㄜˊ
豸部 6畫
食肉哺乳動物，外型像狐狸，但體型較肥大，尾巴較短，生活在山林中，是中國重要皮貨來源。

貊
ㄇㄛˋ
豸部 6畫
通「貃」，古代稱住在北方的民族。

貍
ㄌㄧˊ
豸部 7畫
(1)動物名，貓的一類，嘴利齒尖，毛皮細短，夜間出來獵食家畜 (2)姓。

貌
ㄇㄠˋ
豸部 7畫
(1)長相：【面貌、容貌】 (2)外表、樣子：【全貌、風貌】 (3)姓。

貓
ㄇㄠ
豸部 9畫
(1)哺乳類動物，頭圓齒利，腳有利爪，腳底有肉墊，所以走路沒有聲音，善長捕捉老鼠 (2)姓。

獏
ㄇㄛˋ
豸部 11畫
(1)一種像熊的野獸 (2)哺乳類動物，形狀有點像豬，皮像犀牛一樣厚，毛短，點像豬。

頸粗，喜歡吃樹葉、果實，性情溫馴。

貛 ㄏㄨㄢ 豸部 18畫
哺乳類動物，體型矮胖，爪子長而粗，能放臭屁。喜歡吃蚯蚓、蝸牛、草根。掘土洞居住。尾根有囊，會

貝部

貝 ㄅㄟˋ 貝部 0畫
(1)蚌、螺、蛤等軟體有殼的動物。(2)古代的貨幣：【貝幣、貨貝】，計算聲音大小的單位：【分貝】。(3)翻譯字。(4)姓。

貞 ㄓㄣ 貝部 2畫
(1)古代稱占卜為貞。(2)意志堅定、不輕易改變：【忠貞、堅貞】。(3)女子不失身、不改嫁，從一而終的：【貞節】。(4)堅固的：【貞石】。

負 ㄈㄨˋ 貝部 2畫
(1)戰敗：【分勝負、一決勝負】。(2)擔荷：【負擔、肩負、負責】。(3)拖欠：【負債】。(4)違背、離開：【負山面水】。(5)背向：【忘恩負義】。(6)具有、享有：【久負盛名】。(7)背著或帶著：【負重賽跑、負傷】。(8)『正』的相反：【負電】。(9)姓。

財 ㄘㄞˊ 貝部 3畫
(1)金錢和物資的總稱：【錢財、財富】。(2)通「才」，才能。(3)通「纔」，僅、只有，義輕財。(4)姓。

貢 ㄍㄨㄥˋ 貝部 3畫
(1)君王時代向帝王進獻的禮物：【納貢、進貢】。(2)古代地方選拔人材，推薦給朝廷：【貢生、貢士】。(3)夏朝賦稅的名稱。(4)奉獻：【貢獻】。(5)姓。

販 ㄈㄢˋ 貝部 4畫
(1)買賣貨物，獲取薄利的小商人：【菜販】。(2)賣、出售：【販茶、販賣】。

責 ㄗㄜˊ 貝部 4畫
(1)分內應盡的任務：【責任、盡責】。(2)要求達到某一個標準：【責成】。(3)詢問：【責問、責難、質問】。(4)批評別人的過錯：【責善、責備】。(5)處罰：【責打、責罰、斥責】。(6)姓。

ㄓㄞˋ 通「債」，欠人某些財物。

貫 ㄍㄨㄢˋ 貝部 4畫
(1)古代穿錢用的繩子。(2)古代一千枚錢為一貫：【家財萬貫】。(3)世居的地方：【籍貫】。(4)穿通、穿過：【貫通、橫貫公路、魚貫進入】。(5)連續不斷：【連貫、貫串】。(6)專心：【全神貫注】。(7)通「慣」，習慣。(8)姓。

貨 ㄏㄨㄛˋ 貝部 4畫
(1)商品：【國貨、洋貨】。(2)錢幣、

貨（續）
：【貨幣、通貨】(3)罵人的話，把人比做「東西」：【笨貨、賤貨、蠢貨】(4)出賣：【貨腰】(5)姓。

貪 ㄊㄢ　貝部 4畫
(1)欲望：【貪念、貪財】
(2)貪求多、不知滿足：
(3)原本指受財，現在卻有收取不正當財務的意思：【貪汙、貪官】

貧 ㄆㄧㄣ　貝部 4畫
(1)「富」的相反：【貧苦、貧民】
(2)缺少、不足：【貧乏、貧血】
(3)多話、令人討厭的詞：【貧嘴】
(4)僧道自謙的詞：【貧道、貧僧】

貯 ㄓㄨ　貝部 5畫
(1)儲存積聚：【貯藏】
(2)通「佇」，等候：【貯候】。

貼 ㄊㄧㄝ　貝部 5畫
(1)黏上去：【貼郵票、貼布告、剪貼】
(2)挨近、緊跟：【貼身、貼近】
(3)補助：【津貼】
(4)虧損：【這趟買賣，就是貼上老本也得幹】
(5)恰當：【貼切】。

貶 ㄅㄧㄢ　貝部 5畫
(1)降低官位或價值：【貶值、貶官】
(2)給予低劣的評價：【貶低、貶義】
(3)減少、降低：【貶值】

貳 ㄦ　貝部 5畫
(1)數目名，「二」的大寫：【貳拾元】
(2)再一次、重複：【不貳過】
(3)改變、背叛：【貳心、貳臣】

費 ㄈㄟ　貝部 5畫
(1)應用的錢財：【水費、電費、學費】
(2)花用的很多且不合理：【浪費】
(3)消耗：【費神、費力、費時、消費】
(4)減損、花用：
(5)姓。

賀 ㄏㄜ　貝部 5畫
(1)慶祝人家的喜慶：【賀喜、賀慶】
(2)祝福、恭喜：【賀節、賀新年】
(3)姓。

貴 ㄍㄨㄟ　貝部 5畫
(1)貴州省的簡稱
(2)地位崇高的人：【權貴、貴族、新貴、貴賓】
(3)價格高：【昂貴、貴重】
(4)地位高：
(5)難得、視某種情形為有價值：【洛陽紙貴、人貴自強】
(6)價格上漲：
(7)敬稱對方有關的事：【貴姓、貴校】
(8)尊崇、重視：【貴為天子】
(9)受到珍視、重視：【物以稀為貴、珍貴】
(10)姓。

買 ㄇㄞ　貝部 5畫
(1)用錢購入物品，與「賣」相對：【買菜、買票、買東西、買通】
(2)用金錢拉攏：
(3)姓。

貿 ㄇㄠ　貝部 5畫
(1)買賣：【貿易、國際貿易】
(2)輕率、不慎重的：【貿然】
(3)姓。

貸 ㄉㄞ　貝部 5畫
(1)借出或借入：【告貸、貸款】
(2)推卸責…

貸
(2)推卸責任：【責無旁貸】
(3)寬恕：【嚴懲不貸】。

賁 ㄅㄧˋ　貝部
(1)裝飾很美：【賁如、賁若草木】
(2)請客人光臨：【賁臨】

賁 ㄅㄣ
(1)食道與胃連接處，在胃的上口：【賁門】

賁 ㄈㄣˊ
(2)古人對勇士的稱呼：【虎賁】
(3)姓。

貽 ㄧˊ　貝部　5畫
(1)贈送：【貽贈、貽我】
(2)贈送：【餽贈、饋贈】（鯉魚）
(3)通「遺」，留下、遺留：【貽害、貽患無窮】
(4)姓。

貺 ㄎㄨㄤˋ　貝部　5畫
(1)別人贈送的東西：【以謝神貺】
(2)恩惠：【厚貺】
(3)賞賜：【貺賜】
(4)姓。

貰 ㄕˋ　貝部　5畫
(1)出租或出租物品：【貰屋】
(2)賒欠：【貰米、貰酒】。

賊 ㄗㄟˊ　貝部　6畫
(1)偷東西的人：【竊賊、盜賊】
(2)叛亂造反、禍國殃民的人：【漢賊不兩立、賣國賊】
(3)敵人、傷害：【賊仁、賊害】
(4)殘殺
(5)奸詐的、狡猾的：【賊性、老鼠真賊】
(6)鬼祟不端莊的：【賊頭賊腦】
(7)不易察覺、乘隙而入的：【賊風】
(8)叛逆的：【賊臣】
(9)姓。

賒 ㄕㄜ　貝部　6畫
豐富、完備：【賒備】、言簡意賒】。

資 ㄗ　貝部　6畫
(1)金錢或財物：【工資、車資】
(2)天生的聰明才智：【天資、英資、資質優異】
(3)所具備的條件：【資格、資歷】
(4)具有用途的材料：【資料】
(5)資本家的簡稱：【資方】
(6)提供事物幫助他人：【資助、以資參考】
(7)姓。

賈 ㄍㄨˇ　貝部　6畫
(1)古代對商人的稱呼：【商賈】
(2)商
(3)招來、招引：【賈禍、賈害】、賣出：【餘勇可賈】

賈 ㄐㄧㄚˇ
姓。

賈 ㄐㄧㄚˊ
通「價」。

貲 ㄗ　貝部　6畫
(1)通「資」，計算：【所費不貲、損失不貲】。
(2)錢財

賃 ㄌㄧㄣˋ　貝部　6畫
(1)雇用的傭人：【傭賃】
(2)租借：【賃屋】。

賄 ㄏㄨㄟˋ　貝部　6畫
(1)不正當得來的金錢或財物：【受賄】
(2)送人財物，希望對方幫助自己達到某種目的：【行賄、賄選】。

賂 ㄌㄨˋ 貝部 6畫
(1)有所請託而送人財物：「賂」、「賄賂」。

賑 ㄓㄣˋ 貝部 7畫
救濟：「賑」災。

賓 ㄅㄧㄣ 貝部 7畫
(1)客人：「賓」、「貴賓」、「國賓」。(2)古代戲劇中一人自言自語為「白」，二人交談為「賓」，曲稱自語為「白」，賓白。(3)順從、服從的：「賓服」、「賓從」。(4)尊敬、有禮的。(5)姓。

賒 ㄕㄜ 貝部 7畫
賒欠：買東西先欠著，以後再付錢：「賒欠」、「賒物」。

賠 ㄆㄟˊ 貝部 8畫
(1)償還他人財物、賠償他人：「賠他一塊玻璃」、「賠償」。(2)虧損：「賠本」、「賠光了」。(3)通「陪」，道歉、認錯：「賠禮」、「賠不是」。

賦 ㄈㄨˋ 貝部 8畫
(1)中國古代的一種文體：「漢賦」、「詩賦」。(2)國民向國家繳納的稅：「田賦」。(3)資質、天性、天賦：「天賦」、「秉賦」。(4)給予：「賦予」。(5)創作：「賦」。

賤 ㄐㄧㄢˋ 貝部 8畫
(1)輕視、看不起：「人皆賤之」、「貴賤」。(2)價錢低：「賤賣」、「低賤」、「賤貨」、「賤價」。(3)地位卑下：「卑賤」、「賤骨頭」、「賤貨」。(4)(5)(6)不好的：「賤內」。(7)不尊重自己：「賤」。罵人的話、自稱的謙詞：「賤工」。(8)姓。

賬 ㄓㄤˋ 貝部 8畫
(1)有關錢財進出的記載，同「帳」：「記賬」、「賬單」、「賬本」。(2)債務：「欠賬」、「還賬」。(3)人所做的行為：「賬」、不認賬」。

賜 ㄙˋ 貝部 8畫
(1)恩惠、好處：「受賜」。(2)上級把東西送給下級：「賜田」、「賞賜」、「賜爵」、「賜他為卿大夫」。(3)任命官位：「賜」。(4)感謝他人對自己所做的事：「賜示」、「賜教」。(5)姓。

賢 ㄒㄧㄢˊ 貝部 8畫
(1)有才能、德行的人：「賢人」、「見賢思齊」。(2)勝過：「賢於」（你賢於我）。(3)尊崇：「賢賢易色」（以敬賢的心代替好色的心）。(4)善良的：「賢妻」、「賢良」。(5)對平輩或晚輩的敬稱：「賢弟」、「賢伉儷」。

賣 ㄇㄞˋ 貝部 8畫
(1)出售物品，和「買」相對：「拍賣」、「賣」。(2)誇耀自己的本事：「賣弄」。(3)用他人或國家作交易，換取自己的私利：「賣國」、「賣友求榮」。(4)努力做事：「賣力、賣功、賣乖、賣勁」。(5)姓。

賞　ㄕㄤˇ

貝部　8畫

(1)獎勵的東西：【獎勵的東西】、【領賞】(2)把東西賜給有功勞的人：【獎賞、賞金】(3)賜給花】、【賞月、賞(4)歡樂、愉快：【賞心悅目】、【賞會事物的美：【欣賞(5)獎勵、讚賞：【賞善罰惡】、【賞(6)讚美、嘆賞：【讚美、誇獎】、【讚賞、賞光、賞(7)尊稱他人接受自己的請求：【臉。(8)姓。

質　ㄓˊ

貝部　8畫

(1)事物的根本特性：【本質】(2)構成事物的材料：【物質、鐵質】(3)詢問：【質問】(4)樸素單純：【質樸】(5)姓。質】抵押、抵押品：【典質、人質】

賭　ㄉㄨˇ

貝部　8畫

(1)一種用金錢、財物來比賽輸贏的不正當娛樂：【賭博、賭徒】(2)比輸贏的事：【打賭、賭咒】(3)表示決心做到或實現：【賭注、賭口】(4)意氣用事：【賭氣】。

賚　ㄌㄞˋ

貝部　8畫

(1)賜：【賚賞】。(2)賞賜：【賚賜】。

賡　ㄍㄥ

貝部　8畫

(1)連續、繼續：【賡續】(2)償還：【賡酬】

賙　ㄓㄡ

貝部　8畫

救助：【賙人之急】。

賴　ㄌㄞˋ

貝部　9畫

(1)依靠、仰賴：【依賴】(2)不賴皮】、【誣賴以為是、賴帳、賴著不走、活、好死不如賴(3)硬說別人有錯：承認自己做的事：【賴婚】(4)故意拖延：【賴(5)壞、不好：【今年收成不(6)通「懶」，怠惰的：【富歲子弟多賴賴。(7)姓。

賺　ㄓㄨㄢˋ

貝部　10畫

(1)獲得、贏取：【賺錢、賺人欺騙：【賺人】(2)

購　ㄍㄡˋ

貝部　10畫

(1)草名：【購】(2)用錢財買進貨物：【購買、採購】(3)講和，同「媾」。

賽　ㄙㄞˋ

貝部　10畫

(1)一種競技活動：【球賽、比賽】(2)祭告神明的儀式：【冬賽禱祀、迎神賽會】(3)競爭：【她貌賽西施】(4)勝過、超越：【賽跑】(5)姓。

賸　ㄕㄥˋ

貝部　10畫

(1)通「剩」，餘留下來的：【賸餘】(2)餘留下來的：【賸餘】

賻　ㄈㄨˋ

貝部　10畫

拿財物幫別人辦理喪事：【賻贈】。家無賻財。

贅　ㄓㄨㄟˋ

貝部　11畫

(1)男子到女方家去成親，婚後住在女方家，並冠上女方的姓：【入贅】(2)多餘無用的：【贅言、累贅】。

398

贏 ㄧㄥˊ

13畫 貝部

(1)經商所得的利潤：【贏利】。(2)勝過：【贏過】。

贊 ㄗㄢˋ

12畫 貝部

(1)一種具有評論性的文體（多見於史籍）：【史贊】。(2)稱頌人物的文辭：【像贊】、【傳贊】。(3)幫助、輔助：【贊助】。(4)同意：【贊成】。(5)稱讚、誇獎，同「讚」：【贊美】、【讚】。(6)姓。

贈 ㄗㄥˋ

12畫 貝部

(1)送給、贈給：【贈言】、【贈送】。(2)追贈為一級上將而有功勞的人：【追贈為一級上將而有功勞的人】。(3)互相送詩或禮物：【贈答】、【贈別】。

賾 ㄗㄜˊ

11畫 貝部

(1)閱：【賾閱】。(2)追贈封已經去世而有功勞的人。深奧：【探賾索隱】。

贄 ㄓˋ

11畫 貝部

(1)古代初次拜見長輩或比自己地位高的人所送的禮物。(2)不動的：【贄然立】。了。

贍 ㄕㄢˋ

13畫 貝部

(1)提供生活所需的財物給人：【贍養父母】。(2)充足、足夠：【力不贍】。

贓 ㄗㄤ

14畫 貝部

(1)偷竊所得來的財物：【贓物】。(2)貪汙的：【貪贓枉法】。贓官。(3)貪汙的財物、賄賂：【贓官】。

贖 ㄕㄨˊ

14畫 貝部

(1)送行的禮物：【餞贖】。

贖 ㄕㄨˊ

15畫 貝部

(1)用錢財把抵押的人、物換回來：【贖身】、【贖回】。(2)用錢財或行動來抵掉過錯或刑罰：【將功贖罪】。贖回當票、贖罪。

贗 ㄧㄢˋ

15畫 貝部

假的、偽造的：【贗品】、【贗本】。

贛 ㄍㄢˋ

17畫 貝部

江西省的簡稱。江西省境內有贛縣、贛江。

赤部

赤 ㄔˋ

0畫 赤部

(1)紅色：【赤、近朱者赤】。(2)裸露：【赤腳、赤著身體】。(3)紅色的：【赤膽忠心】。(4)真誠的：【赤誠】。(5)空無所有的：【赤貧、赤手空拳】。(6)共產黨的：【赤禍橫流】。(7)姓。

赦 ㄕㄜˋ

4畫 赤部

(1)減輕或免除罪刑：【赦免、赦罪】。(2)姓。

赧 ㄋㄢˇ

4畫 赤部

因慚愧、害羞而臉紅：【赧愧、羞赧】。

399

赫 ㄏㄜˋ 赤部 7畫

(1)頻率的單位，一秒鐘振動一次就是一赫茲，可以簡稱為「赫」。(2)像火一樣的赤紅色，恐嚇：【千赫】(3)通「嚇」：【震赫古今】(4)顯著、盛大的：【顯赫、聲勢赫赫】(5)姓。

赭 ㄓㄜˇ 赤部 8畫

紅褐色：【赭色】

走部 ㄗㄡˇ

走 ㄗㄡˇ 走部 0畫

(1)步行、行走：【走路】(2)奔逃：【奔走、逃走】(3)移動、挪動：【一步棋、這鐘走得很準】(4)離開：【車剛走】(5)失去原來樣子：【走調了】(6)交逢：【兩家走得很勤】(7)洩漏：【走漏消息】(8)親友間往來：【走樣、走運】(9)供人通行的：【走道】(10)供人驅使的：【販夫走卒】

赴 ㄈㄨˋ 走部 2畫

(1)到某個地方去：【赴京、赴約、赴考、赴宴】(2)投身進去：【全力以赴、共赴國難】(3)前往參加：【赴會】

赳 ㄐㄧㄡ 走部 2畫

勇敢威武的樣子：【雄赳赳】

起 ㄑㄧˇ 走部 3畫

(1)量詞，事件發生一次或一件叫一起：【車禍一起】(2)量詞，人一群或一批叫一起：【一起請客】(3)站立：【起立】(4)物體由下往上升：【起飛、飛起來】(5)離開原來的位置：【起立】(6)長出疙瘩、痱子等：【起疹子、起痱子】(7)發生：【起草、起義】(8)擬定：【起個大綱】(9)兵荐舉、任用：【起用新人】(10)建築、建立：【起房子、白手起家】(11)提取：【起貨】(12)開始：【起頭】(13)表示力量夠得上或夠不上：【太貴了，買不起】(14)姓。

越 ㄩㄝˋ 走部 5畫

(1)古代南方種族名，分布在浙、閩、粵一帶：【百越】(2)春秋時國名，或單指浙江省的別稱：【吳越】(3)浙江省「紹興」一帶：【越國】(4)超過：【越級、越權、越軌】(5)跨過：【翻山越嶺】(6)經過：【越過】(7)悠揚的：【聲音清越】(8)更加：【越來越冷】(9)姓。

超 ㄔㄠ 走部 5畫

(1)越過、高出：【超越、超載】(2)僧、尼或道士為死人誦經，使能早日脫離苦海：【超渡】(3)不平常的、特出的：【超人】(4)姓。

趁 ㄔㄣˋ 走部 5畫

利用時間、機會：【趁火打劫、趁熱打鐵】

趙 ㄓㄠˋ 走部 7畫
(1)戰國七雄之一：【趙國】。
(2)【一趙】東晉時，五胡十六國中劉曜所建的前趙和石勒所建的後趙。
(3)姓。

趕 ㄍㄢˇ 走部 7畫
(1)從後面追上去：【追趕】。
(2)加快行動，跟在後面催促，以爭取時間：【趕路】、【趕驢、趕鴨子】。
(4)驅逐：【趕走】、【趕廟會】。
(5)及時奔赴：
(6)加緊：【趕製衣服】。

趣 ㄑㄩˋ 走部 8畫
(1)興味：【興趣、趣味、有興趣】。
(2)行動或意志的傾向：【志趣、旨趣】。

ㄘㄨˋ 通「促」。

趟 ㄊㄤˋ 走部 8畫
量詞，來回一次叫一趟，同「回」或「次」：【麻煩你再跑一趟】。

趨 ㄑㄩˊ 走部 10畫
(1)前往：【趨前】。
(2)傾向：【趨向】。
(3)依附：【趨附、趨炎附勢、趨吉避凶】。
(4)奔赴：

ㄘㄨˋ 通「促」。

趬 ㄑㄧㄠ 走部 12畫
行動敏捷，善於爬高、奔走：【趬捷】。

趯 ㄊㄧˋ 走部 14畫
書法用字，筆鋒向上鉤挑的筆畫。

趲 ㄗㄢˇ 走部 19畫
(1)趕路：【趲路】。
(2)使向前去：【趲行】、用勁。

足 ㄗㄨˊ 足部 0畫
(1)腳、前足：【前足】。
(2)舉足：【支足】。
(3)器物撐器物的腳：【鼎足】。
(4)充滿、不缺乏的：【高足、富足】。
(5)止：【不一而足】。
(6)可以、能夠：【足以自豪、何足掛齒】。
(7)值得：【微不足道、不足】。
(8)姓。

ㄐㄩˋ 過分：【足恭】。

趴 ㄆㄚ 足部 2畫
(1)臉朝下臥倒：【趴下】。
(2)身體向前靠在物體上：【趴在地上、趴在桌上】。

趾 ㄓˇ 足部 4畫
腳或腳指頭、舉足：【腳趾】。

趿 ㄊㄚˋ 足部 4畫
用腳勾取的意思。【趿拉著鞋】穿鞋只穿腳尖，而把後跟踩在腳下。

跗 ㄈㄨ　足部 4畫
(1)腳背：【跗背】(2)碑下的石座：【龜跗】。

跂 ㄑ一　足部 4畫
(1)腳上多出的趾頭(2)蟲子爬行的樣子：【跂行】。
ㄑ一ˇ 通「企」，提起腳跟：【跂踵】。

跋 ㄅㄚ　足部 5畫
(1)文體的一種，寫在文章或書籍後面的文字：【題跋】(2)在山上行走：【跋山涉水】(3)姓。

跎 ㄊㄨㄛ　足部 5畫
虛度、浪費光陰：【蹉跎】。

距 ㄐㄩ　足部 5畫
(1)公雞後爪後面突出的尖刺，打鬥時可當作武器(2)相隔、相離：【距離、距今三十年】。

跑 ㄆㄠ　足部 5畫
(1)大步快速向前走：【快跑】(2)逃：【小偷跑了、賽跑】(3)走：【東跑、西跑、跑新聞】(4)奔走採訪：(5)以動物來比賽速度：【跑馬、跑狗】(6)漏出：【跑氣、跑電、跑油】。
ㄆㄠˊ 通「刨」，動物用爪或蹄挖地：【跑地作穴】。

跌 ㄉ一ㄝ　足部 5畫
(1)摔倒：【跌倒、跌跤】(2)降低：【跌價】(3)跺腳：【跌足】(4)文章音節有頓、挫：【跌宕】。

跛 ㄅㄛ　足部 5畫
腿或腳有病或殘廢，走路一拐一拐的：【跛足、跛腳】。
ㄅ一 偏斜不正：【跛倚】。

跚 ㄕㄢ　足部 5畫
走路困難、很慢的樣子：【蹣跚】。

跆 ㄊㄞˊ　足部 5畫
用腳踩、踏。

跖 ㄓˊ　足部 5畫
(1)腳掌(2)人名。柳下惠的弟弟：【盜跖】春秋時魯國大盜，相傳是...

跏 ㄐ一ㄚ　足部 5畫
【跏趺】盤腿而坐，腳背放在股下，是佛教徒修行坐法之一。

跡 ㄐ一　足部 6畫
(1)行走後留下的痕跡：【足跡、馬跡】(2)名勝古跡(3)事物遺留下來的情況，前人留下來的事物、歷史的陳跡：【事跡、痕跡、陳跡、筆跡】。

跟 ㄍㄣ　足部 6畫
(1)腳或鞋、襪的後部：【腳跟、鞋跟】(2)腳(3)隨從：【跟在後面、請跟我來、跟著師傅學手藝】(4)隨後：隨後(5)介詞，「對」、「向」的意思：

跟（續）　我跟你說】（5）連接詞，「和」的意思：【我跟你是同學】

路　ㄌㄨ　足部　6畫
（1）人、車通行的通道：【馬路、公路、鐵路】（2）路程：【八千里路】（3）途徑、方向：【路線、生路、兵分四路】（4）條理：【思路、紋路】（5）方面：【各路英雄】（6）種類：【一路貨、同路人】（7）姓。

跨　ㄎㄨㄚ　足部　6畫
（1）越過：【跨越、跨越馬路】（2）橫架在上方：【西螺大橋橫跨在濁水溪上】（3）佩帶、懸掛：【跨刀】（4）越過界限：【跨了兩個會計年度】（5）騎乘：【跨馬】。

跳　ㄊㄧㄠ　足部　6畫
（1）兩腳離地，身體向上或向前躍起的動作：【跳】（2）一起一伏的動：【心跳、跳遠】（3）越過：【這頁跳過去不教】（4）脫逃：【跳出火坑】（5）高往下跳躍：【跳傘】。

跺　ㄉㄨㄛ　足部　6畫
用力踏地：【跺腳】。

跪　ㄍㄨㄟ　足部　6畫
使膝蓋彎曲著地：【跪下、跪地求饒】。

跤　ㄐㄧㄠ　足部　6畫
角力：【跤】。（1）跌倒：【跌了一跤】（2）他跌了一跤。

跬　ㄎㄨㄟ　足部　6畫
走路時兩腳各向前走叫「步」，只有一腳向前走叫「跬」。

跣　ㄒㄧㄢ　足部　6畫
光腳、赤腳：【跣足】。

跫　ㄑㄩㄥ　足部　6畫
走路時的腳步聲：【跫然】。

跩　ㄓㄨㄞ　足部　6畫
（1）鴨子一搖一擺的走：【鴨子跩行】（2）譏誚稱人得意的樣子：【你少跩了】。

跼　ㄐㄩ　足部　7畫
（1）彎曲身體表示敬畏：【跼踖（ㄐㄩ）、跼蹐（ㄐㄧ）天蹐地】（2）徘徊不前的樣子：【跼蹐】。

踉　ㄌㄤ　足部　7畫
腳亂動的樣子：【跳踉】。腳步亂，走起路來搖搖晃晃的樣子：【踉蹌（ㄑㄧㄤ）】。

跽　ㄐㄧ　足部　7畫
長跪，就是挺直著上身跪著。

踅　ㄒㄩㄝ　足部　7畫
（1）轉過去：【踅過去】（2）來回轉動：【左右踅】、亂踅。你踅個什麼勁？

踟　ㄔ　足部　8畫
遲疑不定、要走不走的樣子：【踟躕（ㄔㄨ）不前】。

踫 ㄆㄥˋ　足部 8畫
(1)撞擊，同「碰」。
(2)碰，同「挫」：【踫試探，同「相踫」】。【踫看】

踐 ㄐㄧㄢˋ　足部 8畫
(1)踩踏：【踐踏】。
(2)實行：【踐約】。
(3)皇帝登基：【踐位】。

踝 ㄏㄨㄞˊ　足部 8畫
(1)腳踝：小腿和腳相連的地方，兩旁凸出的圓骨叫「踝」。

踢 ㄊㄧ　足部 8畫
(1)舉起腳去觸擊東西：【踢腿】、【踢球】、【踢毽子】。

踏 ㄊㄚˋ　足部 8畫
(1)踩在東西上面：【踏踏】、【踏步】。
(2)步行：【踏看】、【踏勘】。
(3)親自到現場去：【踏看】。【踏青】。水車。

踩 ㄘㄞˇ　足部 8畫
用腳踐踏：【踩壞、亂踩】。

子」。

踮 ㄉㄧㄢˇ　足部 8畫
提起腳跟，用腳尖著地：【……他太矮，要踮腳才能看到風景。】

踡 ㄑㄩㄢˊ　足部 8畫
彎曲身體。【踡伏】

踞 ㄐㄩˋ　足部 8畫
(1)蹲、坐：【龍盤虎踞】。
(2)盤……
(3)通「倨」，傲慢：【踞傲】。占據：【龍盤虎踞】。

踁 ㄐㄧㄥˋ　足部 8畫
小腿。

ㄑˊ　通「崎」，傾斜不平。

一ˋ　牴觸。

踔 ㄔㄨㄛ　足部 8畫
(1)超越。
(2)跳躍：【踔天跳地】。

蹄 ㄊㄧˊ　足部 9畫
獸類的腳：【牛蹄、馬蹄】。

踱 ㄉㄨㄛˋ　足部 9畫
慢慢的走：【踱來踱去】。

蹂 ㄖㄡˊ　足部 9畫
(1)踐踏：【蹂躪】。
(2)踐踏、迫害：【蹂躪】。

踴 ㄩㄥˇ　足部 9畫
(1)跳躍：【踴躍】。
(2)形容熱烈積極：【踴躍報名】。爭先恐後：【踴躍】。

踹 ㄔㄨㄞˋ　足部 9畫
(1)用力踢：【一腳把門踹開】、【你一腳】。
(2)破壞：一樁交易竟被人給踹了。

踵 ㄓㄨㄥˇ　足部 9畫
(1)腳後跟：……
(2)接踵而至……
(3)跟隨、繼續：【踵門、踵謝】。
(4)親自到：【踵事】。踵至：追隨前人的事業：……

踰 ㄩˊ　足部 9畫
超越，同「逾」：【踰越】。

踽 ㄐㄩ　足部 9畫
孤獨無伴的樣子：【踽踽】。

蹀 ㄉㄧㄝˊ　足部 9畫
(1)踏、蹈：【蹀足】。(2)蹈：【蹀血】。

蹁 ㄆㄧㄢˊ　足部 9畫
走路時腳步不正的樣子。

蹉 ㄘㄨㄛ　足部 10畫
(1)浪費、虛度光陰：【蹉跎】。(2)差誤、錯失：【蹉跌】。

蹋 ㄊㄚˋ　足部 10畫
(1)踐踏：【蹋踏】、蹋上。(2)浪費財物或侮辱他人：【蹧蹋】。

蹈 ㄉㄠˋ　足部 10畫
(1)遵循：【蹈矩】、循規蹈矩。(2)踩、踏：【赴湯蹈火、重蹈覆轍】。(3)跳動：【手舞足蹈】。

蹊 ㄒㄧ　足部 10畫
(1)小路：【蹊徑】。(2)踩、踏：【蹊田】。(3)踏。

蹺 ㄑㄧㄠ　足部 10畫
奇怪、可疑：【蹊蹺】。

蹌 ㄑㄧㄤ　足部 10畫
(1)走路不穩、搖搖晃晃：【踉蹌】。(2)走動的樣子：【蹌蹌】。

蹙 ㄘㄨˋ　足部 11畫
(1)皺眉、收縮：【蹙眉】。(2)急迫、危險的：【窮蹙、國勢日蹙】。

蹤 ㄗㄨㄥ　足部 11畫
(1)腳印、足跡：【蹤跡、足跡】。(2)跟隨在人或物的形影和痕跡：【行蹤不定】。(3)跟隨在人家背後：【跟蹤】。

蹣 ㄇㄢˊ　足部 11畫
(1)踰越：【蹣越】。(2)走路困難、搖搖晃晃的樣子：【蹣跚】。

蹦 ㄅㄥ　足部 11畫
(1)向上跳：【蹦跳、活蹦亂跳】。(2)東西從地面彈起：【皮球蹦得很高】。

蹟 ㄐㄧ　足部 11畫
事物留下來的情況：【事蹟、奇蹟、古蹟、墨蹟】。

蹚 ㄊㄤ　足部 11畫
(1)踏到爛泥或涉水行走：【蹚了一腳泥、蹚水】。(2)踐踏：【這些花全被牛蹚壞了】。

蹩 ㄅㄧㄝˊ　足部 11畫
跛的：【蹩腳】。

躇 ㄔㄨˊ　足部 12畫
拿不定主意：【躊躇】。

蹼 ㄆㄨˇ　足部 12畫
禽鳥或兩棲類腳趾間的薄膜，可以用來划水。

蹲 ㄉㄨㄣ　足部　12畫
(1)兩腿彎曲，像坐的樣子，但是臀部不著地：【蹲下】。(2)閉居或待著：【蹲在家裡】。

蹶 ㄐㄩㄝˊ　足部　12畫
(1)跌倒：【蹶倒】。(2)挫敗：【一蹶不振】。(3)搖動：【蹶頭晃腦】。

蹬 ㄉㄥ　足部　12畫
腳底用力。(1)穿著：【蹬上高跟鞋】。(2)腿、腳一起向下用力：【蹬腳踏車】。

蹺 ㄑㄧㄠ　足部　12畫
(1)高蹺，一種民間舞蹈，表演的人踩著踏腳裝置的木棍邊走邊舞：【蹺蹺板、踩蹺】。(2)抬起：【蹺起大姆指】。(3)逃：【蹺課】。(4)舉起：【蹺腳、蹺二郎腿】。(5)死亡：【蹺辮子】。

蹴 ㄘㄨˋ　足部　12畫
(1)用腳踢東西：【蹴球、蹴踘】。(2)踏、踩：【一蹴可及】。

蹭 ㄘㄥˋ　足部　12畫
(1)摩擦：【磨蹭、蹭了一身灰】。(2)拖延、慢吞吞的：【蹭蹭、別蹭了】。

蹻 ㄑㄧㄠ　足部　12畫
把腳抬起來：【蹻足、踩高蹺】。
ㄐㄩㄝˊ：(1)草鞋：【履蹻】。(2)行動敏捷：【蹻捷、蹻蹻、蹻勇】。

躉 ㄉㄨㄣˇ　足部　13畫
(1)整數的買進：【整躉、躉批】。(2)整數的貨物稱「躉」，零星的稱「零」，連稱「零躉」。(3)整批或大批的：【躉批、躉賣、現躉現賣】。

躁 ㄗㄠˋ　足部　13畫
(1)浮動：【躁動、浮躁、稍安勿躁】。(2)個性急、不冷靜：【急躁、暴躁、狂躁】。

躅 ㄓㄨˊ　足部　13畫
(1)足跡：【躅】。(2)踐踏：【踐躅】。(3)徘徊不前進的樣子：【芳躅、躑躅】。

躂 ㄊㄚˋ　足部　13畫
失足跌倒：【蹦躂、躂蹬、躂了一跤】。
ㄅㄚ：蹓躂，閒逛、散步。

躊 ㄔㄡˊ　足部　14畫
拿不定主意：【躊躇】。

躍 ㄩㄝˋ　足部　14畫
(1)跳：【跳躍、飛躍】。(2)跳動、歡喜：【欣躍、雀躍】。

躑 ㄓˊ　足部　15畫
徘徊不前進的樣子：【躑躅】。

躓 ㄓˋ　足部　15畫
(1)越過：【躓等】。(2)踐踏：【躓躂】。

躚 ㄒㄧㄢ 足部 15畫 形容跳舞的姿態：【蹁躚】。

躓 ㄓˋ 足部 15畫 (1)遇阻礙而跌倒：【顛躓】、【不順利：【困躓】。(2)阻礙、不順

躡 ㄋㄧㄝˋ 足部 18畫 (1)放輕腳步行走：【躡手躡腳】(2)追隨：

躥 ㄘㄨㄢ 足部 18畫 (1)縱身一躥、貓兒躥上屋頂、向上猛跳：【飛躥】(2)噴瀉：(3)對人疾言厲色的表示憤怒：【他聽了這話就躥了起來。】了。

躦 足部 20畫 踐踏、迫害：【蹂躦】(3)踩：【躦足】【躦躓】。

身 ㄕㄣ 身部 0畫 (1)人或動物的軀體：【轉身】、【翻身】。(2)指生命、物體的主要部分：【捨身救人】、【船身、車身】(3)身(4)人的品格和修養：【修身】(5)(6)懷孕：【有了身孕】(7)本人、自己：【以身作則、身臨其境】(8)計算衣服的單位：【一身新衣】(9)指人的名分：【一身】⑩我，自稱：【妾身未明】本身、自身、老身、本身：【前身】譯為申毒、天篤、天竺、天督】。印度的古稱：【身毒（也可 ㄐㄩㄢ）】。一世：

躬 ㄍㄨㄥ 身部 3畫 (1)身體：【躬康泰】(2)彎曲身體：【鞠躬】(3)親身去做：【躬行、躬耕】(4)姓。

躲 ㄉㄨㄛˇ 身部 6畫 (1)隱藏：【躲藏】(2)避開：【躲雨、躲債】。

躺 ㄊㄤˇ 身部 8畫 身體平臥、躺下、躺在床上：【躺下】。

軀 ㄑㄩ 身部 11畫 (1)身體：【身軀、七尺之軀】(2)生命：【為國捐軀】。

車 ㄐㄩ 車部 0畫 象棋棋子的一種：【車馬炮】。

車 ㄔㄜ (1)陸地上用輪子轉動的運輸工具：【車子、汽車、牛車、腳踏車】(2)利用輪軸轉動的機械裝置：【水車、風車】(3)用機械運動製造物品：【車布邊、車衣服】(4)牙床：【輔車】。

軋 ㄧㄚ 車部 1畫 (1)碾壓，通常指被圓轉的物體壓過：【轉輪軋傷了、軋馬路】(2)排擠：【被軋

軋 ㄧㄚˋ　車部 1畫

「傾軋」
(3)用很大力量壓碎骨節，是古代一種刑罰：「軋刑」
(4)形容機器開動時所發出的聲音：縫紉機軋動的響
(5)用鋼坯壓製為固定形狀的鋼材：「軋鋼」
(6)用機器軋切或壓

軌 ㄍㄨㄟˇ　車部 2畫

(1)車子兩輪間的距離：書同軌，車同軌。文軌
(2)車輛經過的痕跡或星球運轉的路線：「軌跡」
(3)比喻事物正常的規則、秩序：「正軌」、「常軌」
(4)照一定路線前進的設施：「鐵軌」、「軌道」
(5)姓。

軍 ㄐㄩㄣ　車部 2畫

(1)武裝部隊：「陸軍」、「海軍」
(2)兵士的通稱：「全軍覆沒」
(3)部隊的編制，在師以上
(4)姓。

軒 ㄒㄩㄢ　車部 3畫

(1)古代的車子，通常士大夫以上階級才能乘坐：「朱軒」、「華軒」
(2)有窗戶的長廊或小屋子：「茅軒」
(3)高：「軒然大波」、「軒昂」

軔 ㄖㄣˋ　車部 3畫

(1)阻止車輪轉動的木條
(2)抽動的木條就可以使車前進，引申為事情的開始：「發軔」
(3)通「仞」，七尺或八尺為一軔。

軟 ㄖㄨㄢˇ　車部 4畫

(1)柔軟、不硬
(2)懦弱的人：柔、欺軟怕硬
(3)疲倦痠疼沒有力氣：「四肢發軟」
(4)溫柔的：「軟語」
(5)缺乏主見，容易改變主意：「心軟」、「軟禁」
(6)用溫和的方式處理
(7)姓。

軛 ㄜˋ　車部 4畫

車轅兩端架在牛馬等牲口脖子上的橫木。

軸 ㄓㄡˊ　車部 5畫

(1)貫穿車輛中心、控制車輛轉動的橫杆：「車軸」、「輪軸」
(2)可以打開或捲起來成軸的，多半指書、畫：
(3)圓軸形的東西：「線軸」、「橫軸」
(4)計算可以收捲成軸的物體：「一軸畫」，在書法一軸畫，書畫稱為一軸畫
(5)國劇術語，在一次演出當中，最後一齣戲叫壓軸，倒數第二齣戲叫大軸子，通常都是精彩好戲，因此我們把好的表演稱為「壓軸」。

軻 ㄎㄜ　車部 5畫

通「坷」。
一種由軸接合而成的車子。

軼 ㄧˋ　車部 5畫

(1)超過、起軼：「軼群」
(2)軼沒有正式記載或已經散失：「軼事」

軫 ㄓㄣˇ　車部 5畫

(1)車底後面的橫木。
(2)車子軫的……四尺

軫（續）

的通稱】
(3)傷痛、悲哀：【軫悼、軫念】
(4)姓。

載 ㄗㄞˋ　車部　6畫

(1)書籍：【載籍】
(2)裝運：【載貨、載運】
(3)充滿：【怨聲載道】
(4)記錄：【記載】
(5)刊登：【連載、載小說】
(6)兩個載字連用，表示同時進行兩個動作：【載歌載舞】
(7)姓。

ㄗㄞˇ

年：【一年半載】。

較 ㄐㄧㄠˋ　車部　6畫

(1)同類的事物相比：【比較】
(2)計算：【較量】
(3)略微的：【較量】
(4)明顯：【彰明較著】
(5)勝……相互競爭：【一較高下】

軾 ㄕˋ　車部　6畫

古代車子前面用來扶手的橫木。

輊 ㄓˋ　車部　6畫

分：【軒輊】車後較低的部分。

輔 ㄈㄨˇ　車部　7畫

(1)車兩旁的夾車。
(2)首都附近的地區：【畿輔】
(3)從旁協助：【輔助、輔導】
(4)次要的：【輔幣】
(5)姓。

輒 ㄓˊ　車部　7畫

(1)總是：【動輒得咎】
(2)則、就：【淺嘗輒止、動輒數千人】
(3)專擅、獨斷：【輒以為是】
(4)姓。

輕 ㄑㄧㄥ　車部　7畫

(1)看不起：【輕敵】
(2)不注重：【輕生】
(3)重量小：【輕裝、油比水輕、身輕如燕】
(4)簡單容易：【輕便、輕而易舉】
(5)數量小：【輕傷】
(6)程度淺：【輕聲、輕傷】
(7)負載力小的：【輕載力小】
(8)沒有壓力的：【無事一身輕】
(9)微弱的：【輕聲】
(10)不用猛力的：【輕輕的】
(11)不費力的：【輕描淡寫】
(12)薄的：【輕霧】
(13)隨便、不加修飾的：【輕拿輕放】
(14)隨意的：【輕率】
……輕舉妄動……氣、不加修飾的。

輓 ㄨㄢˇ　車部　7畫

(1)哀悼死者的：【輓歌、輓聯】
(2)敬輓、製作哀悼死者的歌曲或對聯：【輓詞、輓聯】
(3)通「挽」，拉引：【輓車】

輛 ㄌㄧㄤˋ　車部　8畫

量詞，計算車子的單位：【一輛腳踏車、五輛汽車】。

輟 ㄔㄨㄛˋ　車部　8畫

停止、中間停頓：【輟學】。

輩 ㄅㄟˋ　車部　8畫

(1)家族的世代、長幼的行次：【前輩、我輩、長輩】
(2)同類的人：【鼠輩、晚輩、無能之輩】
(3)家族的世代：
(4)人的一生：【一輩子、半輩子】
(5)一代一代延續的：【人才輩出】。

輦 ㄋㄧㄢˇ　車部　8畫

(1)稱君王所乘坐的車輛：【御輦、龍車鳳……

輦【ㄋㄧㄢˇ】車部 8畫
(2)指用人力拉引的車輛：【車輦】。

輝【ㄏㄨㄟ】車部 8畫
(1)閃耀的光彩：【光輝】
(2)照耀：【輝映】、【日月交輝】。

輪【ㄌㄨㄣˊ】車部 8畫
(1)車、船或機器上能轉動的圓形物件：【車輪、齒輪、渡輪、郵輪】
(2)輪船的略稱：【輪渡】
(3)圓形的：【圓輪】
(4)計算圓形的量詞，循環一週叫一輪：【一輪明月】
(5)按次序擔任：【輪值、輪班】
(6)大：【美輪美奐】

輜【ㄗ】車部 8畫
(1)古代前後都有帷幔的車：【輜車】。

輸【ㄕㄨ】車部 9畫
(1)運輸、輸送：【運輸、輸電】
(2)捐配：【輸誠】
(3)注入：【輸血】
(4)敗：【認輸、輸贏】
(5)姓。

輯【ㄐㄧ】車部 9畫
(1)聚集許多資料來進行編排：【編輯】
(2)聚集很多資料編成的書：【專輯】
(3)和睦：【輯睦】。

輻【ㄈㄨˊ】車部 9畫
車輪上連接車輪和輪圈的木條或鋼條：【車輻】。

輳【ㄘㄡˋ】車部 9畫
(1)車輪的輻條聚集在車轂上：【輻輳】
(2)聚集：【輳集】。

轂【ㄍㄨˇ】(ㄍㄨ)車部 10畫
(1)車輪中心
(2)車的代稱。
北方口語稱車輪：【轂轆】。

轄【ㄒㄧㄚˊ】車部 10畫
原本是車軸上的鐵銷子，可以控制車輪，現在則引申為管理、統治：【管轄、轄區、直轄市】。

輾【ㄓㄢˇ】車部 10畫
(1)轉：【輾轉】
(2)通「碾」，用轉輪把東西壓碎：【輾米】。

轅【ㄩㄢˊ】車部 10畫
(1)車前用來套住牲口牽引車子的直木：【車轅】
(2)本來指軍營的大門，也用來指軍政官府：【轅門】。

輿【ㄩˊ】車部 10畫
(1)車子：【肩輿、轎子、乘輿】
(2)大地、眾人的：【輿論、輿圖】
(3)群眾的：【輿論】
疆域：【地輿、輿圖】
身

轉【ㄓㄨㄢˇ】車部 11畫
(1)迴旋運動：【轉動、轉身】
(2)行動時改變方向：【轉彎、向右轉】
(3)改變方向：【轉移】
(4)不直接傳送：【轉達】
(5)變換：【轉變】
(6)運輸：【轉送、轉運】。

轉 ㄓㄨㄢˋ

：(1)旋轉的次數(2)迴旋環繞：【旋轉】轉個圈。

轍 ㄔㄜˋ 【車部】11畫

(1)車輪軋過後的痕跡：【車轍】。(2)途徑：【如出一轍】。

ㄓㄜˊ (1)方言中的「辦法」：他準時交作業就沒轍了。要

(2)歌詞、戲曲等所押的韻：【合轍】。

轆 ㄌㄨˋ 【車部】11畫

(1)安裝在井上絞起水桶的工具：【轆轤】。(2)形容車聲：【轆轆】。

轎 ㄐㄧㄠˋ 【車部】12畫

(1)一種前後用人抬的交通工具：【轎子、花轎】。

轔 ㄌㄧㄣˊ 【車部】12畫

(1)車輪：【轔轔】。(2)門檻：【戶轔】。(3)車子走動的聲音：【車轔轔】。

轟 ㄏㄨㄥ 【車部】14畫

(1)用大炮或炸彈加以破壞：【炮轟、轟炸】。(2)驅逐、趕走：【轟走、轟出去】。(3)很大的聲音：【轟然巨響、轟然、轟烈烈】。(4)形容聲勢盛大：【轟轟烈烈】。

轡 ㄆㄟˋ 【車部】15畫

控制馬的韁繩：【並轡而行】。

轤 ㄌㄨˊ 【車部】16畫

古時裝在井上汲水的裝置：【轆轤】。

辛部 ㄒㄧㄣ

辛 ㄒㄧㄣ 【辛部】0畫

(1)天干的第八位，可和地支相配，作為計算時日的代號：【辛亥、辛丑條約】。(2)辣的味道：【辛辣、辛薑】。(3)困難、勞累的：【辛苦、辛勞】。(4)悲傷的：【辛酸、悲辛】、艱辛。(5)姓。

辜 ㄍㄨ 【辛部】5畫

(1)罪、過錯：【無辜】。(2)違背、辜負：【辜負】。(3)姓。

辟 ㄅㄧˋ 【辛部】6畫

(1)皇位，古代稱國君為辟：【復辟】。(2)徵召：【徵辟】。(3)驅除、除去：【辟邪】。(4)通「避」，迴避：【辟不辟親】。

ㄆㄧˋ (1)刑法、懲罰：【大辟（死刑）】。(2)開墾：【辟地】。(3)通「闢」、「譬」：

辣 ㄌㄚˋ 【辛部】7畫

(1)刺激的辛味，如薑、蒜、辣椒等的味道：【酸甜苦辣】。(2)狠毒的：【辣手、毒辣、心狠手辣】。

辨 ㄅㄧㄢˋ 【辛部】9畫

(1)判別：【辨別、明辨是非】。

411

辦 ㄅㄢˋ 辛部 9畫
(1)處理事情：【辦理、辦事】
(2)購買：【辦貨、採辦】
(3)處罰：【依法究辦】
(4)準備：【辦一桌酒席】
(5)舉行：【舉辦】

辭 ㄘˊ 辛部 12畫
(1)通「詞」，言語、言詞：【言辭、辭藻、無辭以對】
(2)文句、語言文章：【辭、修辭】
(3)中國古代文體名，介於詩歌和散文間的文體：【木蘭辭、歸去來辭】
(4)藉口：【欲加之罪，何患無辭？】
(5)告別：【告辭、辭行】
(6)不接受、推讓：【推辭、辭謝】
(7)解雇：【辭職】
(8)請求離去：【辭退】
(9)推避：【不辭辛苦】。

辯 ㄅㄧㄢˋ 辛部 14畫
(1)爭論是非曲直，通「辨」，辯論：【辯論】
(2)通「辨」，判別、分別：【目能辯色】
(3)口才很好的、善於言詞的：【辯才】。

辰部

辰 ㄔㄣˊ 辰部 0畫
(1)地支中的第五位，可和天干相配，作為計算代號：【丙辰年】
(2)時辰名，指上午七點到九點：【辰時】
(3)日子：【誕辰】
(4)時間、時候：【良辰美景、出生時辰】
(5)時候
(6)日、月、星星的統稱：【星辰】
時運：【生不逢辰】。

辱 ㄖㄨˇ 辰部 3畫
(1)羞恥：【羞恥、奇恥大辱】
(2)欺侮、蒙受羞恥：【侮辱、恥辱、不辱其身】
(3)謙詞，有承蒙的意思：【辱臨、辱承指教、辱惠書，語高而旨深】
(4)姓。

農 ㄋㄨㄥˊ 辰部 6畫
(1)從事耕種的事業：【農事、務農】
(2)從事農業的事耕種的人：【吾不如老農】
(3)與農業相關的：【農具】
(4)姓。

辵部

迂 ㄩ 辵部 3畫
(1)曲折迴繞的：【迂迴】
(2)指一個人言行不切實際、不明事理：【迂腐、迂儒、迂闊】。

迅 ㄒㄩㄣˋ 辵部 3畫
很快的、疾速的：【迅速、迅捷】。

迆 ㄧˊ 辵部 3畫
(1)斜曲著延伸：【迆東、迆北】
(2)曲折綿延的樣子：【逶迆】
(3)道路、河流彎曲綿長的樣子：【迆邐】。

迄 ㄑㄧˋ 辵部 3畫
(1)到、及：【迄今】
(2)終究、到底：【迄未成功】。

巡 ㄒㄩㄣ 辵部 3畫

(1)量詞，繞一圈或經歷一遍用於計算斟酒的次數：【酒過三巡】。

(2)往來視察：【巡視、巡查】。

迎 ㄧㄥˊ 辵部 4畫

(1)朝著、向著：【迎面、迎風】。

(2)接待：【迎合、逢迎】(3)奉承：【迎合】(4)依照別人的意思去接人還沒來而先去接人：【迎賓、歡迎】(5)親：【迎】。

返 ㄈㄢˇ 辵部 4畫

(1)回來：【返鄉、往返】(2)【返家、返鄉：【返璧歸趙、免息返本】(3)回復：【返老還童】。

歸還

近 ㄐㄧㄣˋ 辵部 4畫

(1)指空間或時間的距離短：【他家離學校很近】(2)靠近、接觸：【近朱者赤，近墨者黑】(3)合乎：【不近人情】(4)關係密切：【親近】(5)差不多、相似：【近似、接近、相近】(6)指血統、關係、時間、地點等的距離不遠：【近郊、近鄉、近親】(7)容易明白的：【淺近】(8)姓。

迚 ㄓㄨㄥ 辵部 4畫

(1)處境困難而不得志的：【迚遭】(2)行動緩慢的樣子：【迚迚】。

迕 ㄧㄚ 辵部 4畫

迎接：【迎迕】。

迕 ㄨ 辵部 4畫

違背、不順從：【迕逆、乖迕】。

述 ㄕㄨˋ 辵部 5畫

(1)說明：【口述、陳述、敘述】(2)記錄、記載：【記述】(3)遵循、繼續別人的事業或說明他人的學說議論：【述而不作、父作之，子述之】。

迦 ㄐㄧㄚ 辵部 5畫

(4)姓。

譯音用字：【迦南、釋迦牟尼】。

迢 ㄊㄧㄠˊ 辵部 5畫

(1)路途遙遠的樣子：【千里迢迢】(2)漫長的樣子：【長夜迢迢】。

迪 ㄉㄧˊ 辵部 5畫

(1)啟導、開導：【啟迪】(2)引導、開導：【引迪】。

迥 ㄐㄩㄥˇ 辵部 5畫

(1)遙遠的：【天高地迥、山迥日初沉】(2)【迥異、迥然不同、輪流替換：【更迭】(2)停止：【忙不迭】(3)及：【迭起】。

迭 ㄉㄧㄝˊ 辵部 5畫

(1)屢次：【迭有所聞、迭挫敵人】。

差別很大：

迫 ㄆㄛˋ 辵部 5畫

(1)接近：【迫近】(2)用威勢逼人：【逼迫、迫不及待】(3)急切：【迫切、迫人】(4)殘害：【迫害】(5)催促：【催促、催迫】(6)壓制：【迫使】(4)強迫：【強迫】。

413

迨 ㄉㄞˋ　5畫　辵部
(1)等到，同「逮」：迨其不備而擊之。
(2)趁著…：迨明年再說。

迤 ㄧˊ　5畫　辵部
(1)山、河、道路等彎曲、綿延不絕的：逶迤。
(2)通「迱」，延伸：迤東。

送 ㄙㄨㄥˋ　6畫　辵部
(1)沒有收取金錢或代價而將東西給人：他送我一本書、贈送。
(2)把東西從一個地方運到另一個地方：送貨。
(3)陪伴著走：護送、送行。
(4)傳遞：暗送秋波。
(5)糟蹋、犧牲：送命、斷送前途。

逆 ㄋㄧˋ　6畫　辵部
(1)預料：逆有詐。
(2)相反：反方向。
(3)違反、違背：違逆。
(4)不順的：逆風、逆境。
(5)不孝順的：逆子。
(6)預先的：莫可逆料。
(7)倒反的：倒行逆施。

迷 ㄇㄧˊ　6畫　辵部
(1)沉醉於某種事物的人：球迷、影迷。
(2)分辨不清、疑惑：迷惑不醒。
(3)失去知覺：昏迷。
(4)迷路、迷失：迷路、迷失。
(5)心中感到懷疑：迷惑。
(6)誘惑：酒色迷人。
(7)對某種事物過於喜愛而情不自主：迷戀武俠小說。
(8)不辨真假、盲目的：迷信。

退 ㄊㄨㄟˋ　6畫　辵部
(1)向後移動：後退、退兵。
(2)歸還、退還：退錢、退貨。
(3)離去、不接受：退休、退役、退職、功成身退。
(4)取消、解除：退婚、退租。
(5)謙讓：退讓。
(6)減除：減退。
(7)畏縮：一步不退、保百年身。
(8)離開：遲退、早退。
(9)降低：退熱、退縮。

迺 ㄋㄞˇ　6畫　辵部
同「乃」。

迴 ㄏㄨㄟˊ　6畫　辵部
(1)掉轉、折回：迴車、迴轉。
(2)往來循環旋轉：迴旋。
(3)曲折的：迴廊。
(4)輪迴、迴旋：輪迴。

逃 ㄊㄠˊ　6畫　辵部
(1)躲避、逃避：逃避、逃學、逃婚。
(2)離開：逃走、逃離。

追 ㄓㄨㄟ　6畫　辵部
(1)跟從、相隨：追從、追隨。
(2)從後面趕：追趕。
(3)探尋：追根究底。
(4)把東西要回：追贓、追債。
(5)事後補做或補救：追加。
(6)因愛慕而去親近：追求。
(7)回顧過去：追溯、追憶。
(8)尾隨而來：追兵、追隨。
(9)事後的：追贈。
(10)極力探求：追問。

逅 ㄏㄡˋ　辵部　6畫
【逅】無意中相遇：【邂逅】。

逬 ㄅㄥˋ　辵部　6畫
(1)散開、裂出、裂開：【散逬、飛逬、逬裂】。
(2)通「摒」，驅除：【逬諸四夷】。

迹 ㄐㄧ　辵部　6畫
(1)腳印兒：【足跡、蹤跡】。
(2)事物的遺痕：【血跡斑斑、痕跡】。
(3)前代或前人留下的文物：【陳跡、古跡】。

迻 ㄧˊ　辵部　6畫
(1)遷徙，同「移」。
(2)轉變，遷移；把一種文字譯成另一種文字：【迻譯】。

這 ㄓㄜˋ　辵部　7畫
(1)指示代名詞，指比較近的人、事、物：【這本書、這是什麼話？】
(2)指示形容詞，形容近處的人、事、物：【這人很守規矩】。
(3)立刻、馬上：【我這就回來】。

通 ㄊㄨㄥ　辵部　7畫
(1)精於某事或熟悉某方面的人：【中國通】。
(2)量詞，一次為一通：【萬事通、打一通電話】。
(3)順暢，傳達無阻：【一通百通、條條大路通羅馬】。
(4)傳達：【通知、通訊、通風】。
(5)有路到達：【此路不通】。
(6)往來交換：【通商】。
(7)了解、洞曉：【通曉、精通】。
(8)勾結：【串通】。
(9)共同的：【通情達理】。
(10)博曉事物的：【通人】。
(11)一般的、通稱的：【通常、通病、通儒】。
(12)平暢的、整個的：【通宵、通夜、通國】。
(13)很、非常：【眼睛通紅】。
(14)姓。

逗 ㄉㄡˋ　辵部　7畫
(1)標點符號的一種，表示一句話中間的停頓，符號是「，」：【逗號】。
(2)停留：【逗留】。
(3)招引、引弄：【逗人喜歡、逗人發笑】。

連 ㄌㄧㄢˊ　辵部　7畫
(1)軍隊的基層組織，在營以下、排以上：【第一營第二連】。
(2)接合：【骨肉相連】。
(3)接連、連接不斷：【連接、連續、藕斷絲連】。
(4)持續不斷：【廢話連篇、連戰連勝】。
(5)靠近、挨著：【毗連、接二連三】。
(6)包括：【連坐】。
(7)一次又一次的：【連續】。
(8)一起的：【連袋子共重五公斤】。
(9)牽涉：【連坐】。
(10)甚至：【連我都不懂】。
(11)和，連同，包括在內：【連帶、連同、連你一共五人】。
(12)姓。

速 ㄙㄨˋ　辵部　7畫
(1)急快：【速戰速決】。
(2)欲速則不達。
(3)邀請：【不速之客】。
(4)快疾的：【速度、音速、光速】。
(5)姓。

逝 ㄕˋ　辵部　7畫
(1)時間或流水去而不復返：【時光飛逝、溘然長逝、逝水】。
(2)死亡：【逝世、病逝】。
(3)消失：【消逝、流逝】。

逐 ㄓㄨˊ　辵部　7畫
(1)追趕、喪：【追逐、逐馬勿】。
(2)下令趕……

逐　ㄓㄨˊ　辵部　7畫

趕走：【逐客令、驅逐】。(3)爭奪、競爭：【角逐】。(4)按照順序：【逐次、逐日、逐字逐句、逐條說明】。(5)循序漸進的：【逐步加強】。

逕　ㄐㄧㄥˋ　辵部　7畫

(1)通「徑」，小路：【古木無人逕】。(2)直接的。

逍　ㄒㄧㄠ　辵部　7畫

逍遙：自由自在不受拘束：【逍遙】。

逞　ㄔㄥˇ　辵部　7畫

(1)顯示、誇耀、賣弄：【逞能、逞強】。(2)逞強。(3)滿足如願、達到目的的：【逞慾、逞兇犯法】。任意放縱：【逞性子】。

造　ㄗㄠˋ　辵部　7畫

(1)時代：【清末造】。(2)訴訟的雙方稱「一造」：【兩造具備】。(3)成就：【造詣】。(4)培養：【可造之才】。(5)⋯⋯。(6)發明、製作、製造：【田真造墨、蔡倫造紙】。製作：【造船、造槍炮】。(7)虛構：【造謠、捏造】。(8)到、前往：【造訪、登峰造極】。(9)研究學問：【深造】。(10)為、做出：【造謠、捏造、編造預算】。(11)姓。

透　ㄊㄡˋ　辵部　7畫

(1)穿過、通過：【透光、透水、透過】。(2)顯露出來：【洩露：透露】。(3)顯露：【透著寒意】。(4)超過：【透支】。(5)極、非常：【白裡透紅、透著寒意、快活透了】。(6)深入、明白了：【我恨透了他】。(7)徹底：【浸透、透徹】。

逢　ㄈㄥˊ　辵部　7畫

(1)遇見：【逢迎、相逢】。(2)迎合：【逢迎】。(3)遭遇：【逢凶化吉】。

ㄆㄥˊ

(1)鼓聲：【逢逢】。(2)姓。

逖　ㄊㄧˋ　辵部　7畫

(1)使遠離：【逖⋯】。(2)遙遠的：【逖聽】。

逛　ㄍㄨㄤˋ　辵部　7畫

閒遊、逛街：【逛街、逛夜市】。

途　ㄊㄨˊ　辵部　7畫

道路：【路途、半途而廢】。

逡　ㄑㄩㄣ　辵部　7畫

退：【逡巡】。

逋　ㄅㄨ　辵部　7畫

(1)逃亡：【逋逃】。(2)拖欠：【逋懸、逋稅】。

逑　ㄑㄧㄡˊ　辵部　7畫

(1)配偶、對象：【窈窕淑女，君子好逑】。(2)聚合：【以為民逑】。

逮　ㄉㄞˋ　辵部　8畫

(1)趕上、及：【力所不逮】。

ㄉㄞˇ

捕捉：【逮住、逮捕】。

週　ㄓㄡ　辵部　8畫

(1)量詞，環行一圈叫一週：【環場一週、繞場一週、環島一週】。(2)星期：【週期、週六、一週】。(3)環繞：【週而復始】。(4)一週。

週（承前頁）……一個區域的外圍：「四週」。(6)全：「週身是傷」。(7)完備的：「招待不週」。(8)普遍的：「眾所週知」。(5)每一星期一次的：「週刊」。

逸　一ˋ　8畫　辵部
(1)安樂、安閒：「安逸」、「安閒」、「逸樂」。(2)逃、脫：「逃逸」、「以逸待勞」、「一勞永逸」。(3)安樂：「逸待勞」、「安逸」、「安閒」。(4)散失：「逸事」、「逸興」。(5)高雅的、不加約束：「逸興」、「逸聞」。(6)放縱：「驕奢淫逸」、「逸志」。(7)超出平常的：「超逸」、「超群」、「逸品」。

進　ㄐㄧㄣˋ　8畫　辵部
(1)向前移動：「前進」、「進步」、「進入」、「進門」。(2)房屋分成幾個庭院，每個庭院稱為一進：「後進」、「兩進院子」。後庭院、兩進院子。(3)從外面到裡面、發展：「進入」、「進門」、「閒人莫進」。(4)老前輩、師、先進。(5)推薦、薦引：「進賢」、「進人」。(6)奉呈、呈獻：「進貢」、「進賢」、「進呈」。(7)收入：「進貨」、「進帳」。

逯　ㄌㄨˋ　8畫　辵部
(1)沒有目的的行走的樣子：「逯然」。(2)姓。

達　ㄉㄚˊ　8畫　辵部
(1)四通八達的大路：「通達」。(2)水中可互通的穴道：「騰魚居達」。

逭　ㄏㄨㄢˋ　8畫　辵部
逃避：「罪無可逭」。

逴　ㄔㄜˋ　8畫　辵部
(1)高遠的：「逴遠」、「逴行殊遠」。(2)通「趠」，超越的：「逴躒」。

逶　ㄨㄟ　8畫　辵部
曲折前進的：「逶迤」。

運　ㄩㄣˋ　9畫　辵部
(1)命運，氣數，注定的遭遇、命中注定的遭遇：「命運」。(2)運動會的簡稱：「奧運」、「世運」、「校運」。(3)輸送、搬送：「運送」、「運貨」。(4)使用：「運用」、「運筆」。(5)轉動：「運行」、「運思」、「運輸」。

遊　一ㄡˊ　9畫　辵部
(1)行走、玩賞：「遊行」、「遊山玩水」、「遊覽」。(2)走動：「遊目四顧」、「遊學」、「遊子」。(3)到遠地玩賞：「遊覽」。(4)運行：「遊目」。(5)水中去水來去：……(6)不固定的、交遊、來往：「遊刃有餘」、「遊牧」、「遊民」、「遊絲」、「遊客」。(7)閒蕩不務正業的：「遊手好閒」。(8)旅行中的：「遊記」。(6)姓。

道　ㄉㄠˋ　9畫　辵部
(1)路：「道路」、「道聽塗說」。(2)行動的方向、途徑：「同道」。(3)正當的事理：「道理」、「志同道合」。(4)方法：「處世之道」。(5)中國古代的一個思想流派：「道家」。(6)宗教名：「道教」。(7)「道士」的簡稱：「道家」。(8)單位詞：一道題目、一道菜、一道彩虹。(9)談說：「論長道短」、「道賀」、一道說東道西。(10)表白：「道歉」、說。

遂 ㄙㄨㄟˋ 辵部 9畫

(1)達到目的：殺人未遂、要求不遂。(2)順心如意、滿足：順遂、遂願。(3)進用：選賢遂才。(4)順利的：服藥後病遂癒、人心遂定。(5)即、就。(6)姓。

達 ㄉㄚˊ 辵部 9畫

(1)通、到：達到、四通八達。(2)實現、完成：目的已達，達成願望。(3)表現、表示、告訴：轉達、表達、傳達。(4)明白、通曉：知書達理。(5)地位顯要的：達官貴人。(6)興旺、發達。(7)寬宏的、宏遠的：達見明遠、達觀。(8)常行不變的：三達德。(9)姓。

逼 ㄅㄧ 辵部 9畫

(1)強迫、威脅：強迫、威逼、逼迫、逼人太甚。(2)被迫、接近：迫近、逼上梁山。(3)極、非常：逼近、逼真。

違 ㄨㄟˊ 辵部 9畫

(1)不遵守、不依從：違背、違法。(2)離別、背離：違約、事與願違、久違。(3)避免：天作孽，猶可違。

遐 ㄒㄧㄚˊ 辵部 9畫

(1)遠處：聞遐邇、遐邇。(2)遙遠的：遐方。(3)長久的：遐齡。

遇 ㄩˋ 辵部 9畫

(1)時機、機會：際遇、機遇。(2)相逢、碰上：相遇、遇見。(3)遭受：遇難、遇禍。(4)對待：禮遇、待遇、遇人不淑。(5)配嫁、遇人恭謹。

遏 ㄜˋ 辵部 9畫

(1)阻止、禁止：遏止、遏抑。(2)壓制：遏抑。(3)逮、及：響遏行雲、怒不可遏。

過 ㄍㄨㄛˋ 辵部 9畫

(1)錯誤、過失：過錯、知過能改、改過自新、犯過。(2)超出：過分、才智過人。(3)承受、難過。(4)從一個時間、地點到另一個時間、地點：過年、過橋、過河。(5)經往、經由：過門不入。(6)計量：過從。(7)拜訪：過訪。(8)轉移：過磅、過戶。(9)死亡：過世。(10)太、甚、非常：太甚。(11)行路的旅客：過客。(12)表示動作已經完成的：吃過飯、看過書。(13)超越、太甚：過多、過少。

ㄍㄨㄛ 姓。

遍 ㄅㄧㄢˋ 辵部 9畫

(1)量詞，從頭到尾經歷一次叫一遍：我把課文抄一遍。(2)到處、處處：他的學生遍布天下。(3)全部：滿山遍野。

遑 ㄏㄨㄤˊ 9畫 辵部
(1)空閒、閒暇：【不遑】
(2)急迫、匆忙的樣子：【遑遑、遑急】

逾 ㄩˊ 9畫 辵部
(1)越過：【逾越】
(2)超過：【逾期、年逾六十】
(3)更加：【逾甚】

遁 ㄉㄨㄣˋ 9畫 辵部
(1)逃避、逃走：【逃遁、遁走】
(2)隱去：【隱遁、遁世】

遒 ㄑㄧㄡˊ 9畫 辵部
(1)聚集：【百祿是遒】
(2)終了、完畢。
(3)強勁有力：【遒勁】

遄 ㄔㄨㄢˊ 9畫 辵部
快速的：【遄返】

遠 ㄩㄢˇ 10畫 辵部
(1)距離長的：【我家離車站很遠、遠山含笑】
(2)很久以前的：【久遠】
(3)關係不親近：【遠親】
(4)大而恆久的：【遠大志向】
(5)差別很大的：【遠代】
(6)深奧的：【深遠】
(7)避開、不接近：【敬鬼神而遠之、君子遠庖廚】
(8)姓。

遜 ㄒㄩㄣˋ 10畫 辵部
(1)退讓：【遜位】
(2)謙虛、恭敬：【謙遜】
(3)差、不如：【遜色、出言不遜、略遜一籌】

遣 ㄑㄧㄢˇ 10畫 辵部
(1)發送：【派遣】
(2)派送、派任：【遣兵用將、遣送】
(3)置、安排：【遣詞用字、遣將調兵】
(4)排解：【消遣、排遣】
(5)釋放
(6)放逐：【遣囚、遣戍】

遙 ㄧㄠˊ 10畫 辵部
遠：【遙遠、遙望】

遞 ㄉㄧˋ 10畫 辵部
(1)傳送：【遞送、遞信、傳遞、郵遞、投遞、遞眼色】
(2)順著次序，一個接一個的：【遞次、遞加】
(3)交替：【更遞】
(4)替換、替代：【遞解】

遘 ㄍㄡˋ 10畫 辵部
(1)遇見：【遘遇】
(2)遭遇：【遘禍】
(3)通「構」，造成：【遘疾】

遛 ㄌㄧㄡˋ 10畫 辵部
(1)散步、慢慢走：【遛了一圈、到街上遛遛】
(2)帶著動物慢慢散步：【遛狗、遛鳥】

遝 ㄊㄚˋ 10畫 辵部
眾多紛亂的：【人聲雜遝】

遢 ㄊㄚˋ 10畫 辵部
(1)不整潔的：【邋遢】
(2)行走平穩的樣子。

適 ㄕˋ 11畫 辵部
(1)往、去：【無所適從】
(2)女子出嫁：【遠適異國、適人】
(3)遵循、歸向：【無所適】
(4)舒服的：【舒適、安適】
(5)剛才：【適才】
(6)恰巧、正好：

：【適逢其會】。

ㄉㄧ　通「嫡」，正妻所生的兒子。

ㄓㄜˊ　通「謫」。

遮　ㄓㄜ　11畫　辵部
(1)阻擋：【遮攔、高山遮住】
(2)遮蔽、遮蓋：【遮醜、遮面】
(3)掩飾：【掩蓋】
(4)沖淡、蔽蓋：【酸能遮鹹、醋能遮腥】。

遨　ㄠˊ　11畫　辵部
遨遊：【遨遊】。

遭　ㄗㄠ　11畫　辵部
(1)通「趙」，量詞，指次數、回：【走一遭】
(2)際遇、遇到：【遭遇】
(3)遭遇：【遭難、遭殃】
(4)被、承受：【遭罵】。

遷　ㄑㄧㄢ　11畫　辵部
(1)移動、遷移、遷都：【遷移】
(2)調職、升遷：【升遷、左遷】
(3)改變：【時過境遷、見異思遷、變遷】
(4)移轉：【遷怒】
(5)就、趨向：

遯　ㄉㄨㄣˋ　11畫　辵部
(1)易經六十四卦之一「遯卦」。
(2)通「遁」，逃避：【遯世】。

遵　ㄗㄨㄣ　12畫　辵部
(1)依照、順從：【遵命、遵從】
(2)姓。

選　ㄒㄩㄢˇ　12畫　辵部
(1)被挑出來放在一起的作品：【文選、入選】
(2)挑出所需要的：【選賢與能、選擇】
(3)推舉：【推選、上選】
(4)從多數中挑出優秀而被擇取的人或物：【選擇】。

遲　ㄔˊ　12畫　辵部
(1)緩、慢：【遲緩、事不宜遲】
(2)不靈活：【遲鈍】
(3)晚：【遲到】
(4)遲延的：【遲遲不決】
(5)姓。

ㄓˋ
(1)想望、希望
(2)等到。

遼　ㄌㄧㄠˊ　12畫　辵部
(1)朝代名，原姓耶律氏，後改為姓遼，是耶律阿保機所建立，在遼寧省西部。
(2)河名：【遼河】
(3)遼寧省的簡稱：【松遼平原】
(4)遠：【遼遠、遼闊】。

遺　ㄧˊ　12畫　辵部
(1)丟失的東西：【路不拾遺】
(2)漏掉的
(3)丟失：【遺失】
(4)漏掉、忘記：【遺忘、遺漏】
(5)留下：【遺留、不遺餘力】
(6)不自覺的排泄：【遺尿】
(7)捨棄：【遺棄】
(8)存留的：【遺產】

ㄨㄟˋ　贈送：【遺贈】。

遴　ㄌㄧㄣˊ　12畫　辵部
審慎選擇：【遴選】。

避　ㄅㄧˋ　13畫　辵部
(1)躲開：【躲避、避雨、閃避、避前方來車】
(2)免除：【避免】
(3)防止：【避

雷針】。

遽 ㄐㄩ 辵部 13畫
(1)害怕、恐懼：【惶遽】
(2)匆忙：【急遽、遽死】
(3)突然：【不能遽下決定】。

還 ㄏㄨㄢˊ 辵部 13畫
(1)恢復、回復原來面目：【還他本來面目】
(2)回報：【還禮、還手、還擊】
(3)退回、償付：【還錢、送還、還債】
(4)回、返：【還鄉】

ㄏㄞˊ
(1)依舊：【時間還早】
(2)尚、猶：【半夜還沒睡】
(3)再、又：【今天比昨天還冷】
(4)更：【還有事】
(5)或者：【你要牛奶還是咖啡】

ㄒㄩㄢˊ
(1)通「旋」，旋轉：【無所還其體】
(2)立刻：【還踵之間】。

邁 ㄇㄞˋ 辵部 13畫
(1)抬起腳來向前跨步，開大步：【邁步、邁過門檻】
(2)前行：【邁進】
(3)超越：【超邁】
(4)衰老、老：【年邁、老邁】
(5)豪放的：【豪邁】
(6)姓。

邂 ㄒㄧㄝˋ 辵部 13畫
沒有約定，偶然相遇：【邂逅】

邀 ㄧㄠ 辵部 13畫
(1)招請、請：【邀請、邀准】
(2)求取：【邀功、邀賞】
(3)阻留、阻擋、中途邀截：【邀擊】
(4)稱重量：【邀斤】

邅 ㄓㄢ 辵部 13畫
形容人困頓不得志：【迍邅】

邇 ㄦˇ 辵部 14畫
近的地方：【名聞遐邇、行遠必自邇】

邃 ㄙㄨㄟˋ 辵部 14畫
(1)精通：【精邃、邃於學、邃於醫道】
(2)深遠：【深邃、邃古之初】

邈 ㄇㄧㄠˇ 辵部 14畫
(1)通「藐」，輕視：【邈視】
(2)遙遠的：【遙邈】
(3)憂悶的樣子：【邈而不可慕、邈邈】

邊 ㄅㄧㄢ 辵部 15畫
(1)指兩國或兩地區的交界處：【邊界】
(2)兩旁：【河邊、路邊】
(3)方位：【邊兒】
(4)際限：【苦海無邊】
(5)頭緒：【摸不著邊兒】
(6)周圍：【周邊、西邊、左邊、床邊】
(7)幾何學名詞，稱多角形區域的半線為邊：
(8)衣裙的花緣飾：【花邊】
(9)兩種動作一起做，又：【邊走邊吃】
(10)姓。

邋 ㄌㄚ 辵部 15畫
不整潔：【邋遢】。

ㄌㄧㄝˋ
旗幟在風中飄拂的聲音：【邋邋】。

邐 ㄌㄧˇ 辵部 19畫
(1)山或溪河的周緣：【溪邐】
(2)往……

來察看：【巡邐】。

邐 ㄌㄧˇ 辵部 19畫
【邐迤】形容曲折綿延的樣子：【迆】。

邑部

邑 ㄧˋ 邑部 0畫
(1)古代地方區域名，大的稱「都」，小的稱「邑」。(2)泛稱城市：【通都大邑】、【都邑】。(3)古時候的「邑」相當於秦朝所立的「縣」：【封以六邑】。(4)封地：【封邑】、【采邑】、【食邑】。(5)聚落：【再徙成邑】。(6)通「悒」，煩悶的：【悒悒】。

邕 ㄩㄥ 邑部 3畫
(1)地名，廣西省邕寧縣的簡稱(2)淤塞，同「壅」：【邕涇水不流】。(3)和樂的樣子，同「雍」：【閨門邕穆】。

邗 ㄏㄢˊ 邑部 3畫
(1)古地名，在今江蘇省江都縣：【邗江】、【邗溝】。(2)運河名，在江蘇省。(3)姓。

邦 ㄅㄤ 邑部 4畫
(1)國家：【友邦】。(2)古時諸侯的封地，大的稱「邦」，小的稱「國」：【封邦】。(3)姓。

那 ㄋㄚˋ 邑部 4畫
(1)指示處所的人、事物：【那邊】、【那本】。(2)遠指的指示形容詞：【那件、那本】。(3)承接上文說明後果：【你不拿走，那你就不要啦！】

那 ㄋㄚˇ
(1)表示懷疑或反問：【這是那一個人說的】(2)怎麼：【他那能再受傷害？】。

那 ㄋㄚ
姓。

那 ㄋㄨㄛˊ
通「挪」，移動：【便請那步下山】。

邪 ㄒㄧㄝˊ 邑部 4畫
(1)不正當的思想或行為：【改邪歸正】(2)怪異荒誕的：【邪門】(3)中醫上指引起疾病的環境因素：【風邪】(4)迷信的人指鬼神所降的災禍：【中邪】、邪說、邪教】(5)不正當的、怪異的：

邪 ㄧㄝˊ
通「耶」，表示疑問的語助詞，等於白話文中的「嗎」、「呢」：【是邪？非邪？】

邢 ㄒㄧㄥˊ 邑部 4畫
(1)古國名，在今河北省邢臺縣(2)姓。(1)北魏郡名，今山西省垣曲縣。

邵 ㄕㄠˋ 邑部 5畫
(1)古地名，今山西垣曲縣，唐代州名，今湖南寶慶縣(3)姓。

邸 ㄉㄧˇ 邑部 5畫
(1)古時王侯的府第，今用來尊稱他人或達官貴人的住宅：【官邸、府邸、尊邸】(2)旅館：【旅邸、客邸】。

邱 ㄑㄧㄡ ┃邑部 5畫
(1)通「丘」，土堆、小山：【青草池邊土一邱】。(2)縣名，在山東省。(3)姓。

邰 ㄊㄞˊ ┃邑部 5畫
(1)古國名，在今陝西省武功縣境。(2)姓。

邯 ㄏㄢˊ ┃邑部 5畫
(1)縣名，位在河北省：【邯鄲】。

郊 ㄐㄧㄠ ┃邑部 6畫
(1)離城市不遠的地方、郊外：【郊外】。(2)古代祭祀的名稱：【郊祀】。(3)姓。

郁 ㄩˋ ┃邑部 6畫
(1)馥郁的花香。(2)濃烈的香味、濃：【郁郁】。(3)文彩鮮明的：【文彩郁郁】。

郎 ㄌㄤˊ ┃邑部 6畫
(1)古官名、侍郎。(2)年輕男子的美稱：【郎君】。(3)古時妻子稱丈夫：【周郎】。(4)稱別人的兒子：【令郎】。(5)通稱年輕男女：【女郎、少年郎】。(6)姓。

邽 ㄍㄨㄟ ┃邑部 6畫
(1)古地名，「上邽」在今甘肅省天水縣，「下邽」在今陝西省渭南縣。(2)姓。

郡 ㄐㄩㄣˋ ┃邑部 7畫
(1)古時的行政區域名，比現在的縣大：【郡國、郡縣】。(2)姓。

郤 ㄒㄧˋ ┃邑部 7畫
(1)古地名，在今陝西省。(2)姓。

郝 ㄏㄠˇ ┃邑部 7畫
(1)古都名，在湖北省。(2)姓。

郢 ㄧㄥˇ ┃邑部 7畫
(1)古都名，在今陝西省。(2)請人修改自己詩文時的敬詞：【郢政】。

部 ㄅㄨˋ ┃邑部 8畫
(1)政府行政機關的名稱：【教育部、國防部、外交部】。(2)按業務區分的單位名稱：【編輯部、門市部】。(3)全體中的一分子：【局部、部分】。(4)量詞，用於計算書籍、影片、車輛等：【一部辭典、一部影片】。(5)率領統治：【部署、按部就班】。

郭 ㄍㄨㄛ ┃邑部 8畫
(1)古代在城的外圍加築的城牆：【城郭】。(2)姓。

都 ㄉㄨ ┃邑部 8畫
(1)一國中央政府的所在地：【首都、國都】。(2)大城市：【都市、名都】。

都 ㄉㄡ ┃邑部 8畫
(1)全部、總括一切：【全家都來了，你還有啥問題？】(2)尚且：【連他都能，你都沒工作了，還想到處花錢】。(3)已經：【已經都…】(4)表示加重語氣：連小孩都搬得動。

郯 ㄊㄢˊ ┃邑部 8畫
(1)古國名，在今山東省。(2)姓。

郵 ㄧㄡˊ 邑部 9畫

(1)古時傳送公文的驛亭：文的驛亭：【置郵傳命】。(2)由國家專設的機構負責傳遞、發送信件、物品：【郵寄、郵遞、寄發信件、物品：【郵差、郵電、郵局】。(3)有關傳送信件的：【郵差、郵電、郵局】。(4)遞寄的：【郵購】。

鄂 ㄜˋ 邑部 9畫

(1)湖北省的簡稱：【湘鄂一帶】。(2)姓。

鄉 ㄒㄧㄤ 邑部 9畫

(1)地方行政區域名，介於縣與村里之間：【鄉鎮】。(2)城市以外人煙稀少的地區：【鄉下、鄉村】。(3)稱自己出生的地方或祖籍：【家鄉、故鄉】。(4)同省或同縣的人：【同鄉、鄉親】。(5)地區：【魚米之鄉】。(6)某種超脫現實的境界：【夢鄉、醉鄉】。(7)本地的：【鄉土】。

ㄒㄧㄤˋ 通「嚮」。

ㄒㄧㄤˇ 通「響」。

郾 ㄧㄢˇ 邑部 9畫

地名，在今河南省。

鄒 ㄗㄡ 邑部 10畫

(1)古國名(2)姓。

鄔 ㄨ 邑部 10畫

(1)古地名，一在今山西省，一在今河南省。(2)姓。

鄙 ㄅㄧˇ 邑部 11畫

(1)邊遠的地方：【邊鄙】。(2)邊遠的、輕下的：【鄙夷】(3)粗俗的、低下的：【鄙俗】(4)低賤的：【卑鄙】(5)謙稱自己：【鄙人、鄙夫】(6)度量小：【鄙吝】。

鄞 ㄧㄣˊ 邑部 11畫

縣名，在浙江省，舊名「寧波」。

鄢 ㄧㄢ 邑部 11畫

(1)地名，在河南省：【鄢陵】(2)姓。

鄰 ㄌㄧㄣˊ 邑部 12畫

(1)村里以下的基層組織，大約五戶左右為一鄰(2)接近自己住處的人家：【左鄰右舍】(3)靠近的、接壤的：【鄰近、鄰國】。

鄭 ㄓㄥˋ 邑部 12畫

(1)周代諸侯國名(2)認真的：【鄭重】(3)姓。

鄧 ㄉㄥˋ 邑部 12畫

(1)縣名，在河南省(2)姓。

鄱 ㄆㄛˊ 邑部 12畫

(1)地名，在江西省：【鄱陽】(2)湖名：【鄱陽湖】，在江西省北部，是中國最大的淡水湖。

鄯 ㄕㄢˋ 邑部 12畫

漢朝時西域的國家，在今新疆自治區。

鄲 ㄉㄢ 邑部 12畫

河北縣名：【邯鄲】。

郰 ㄗㄡ 邑部14畫 (1)古國名，同「鄹」(2)鄹城，古地名，在山東省曲阜縣東南，為孔子的故里。

鄺 ㄎㄨㄤ 邑部15畫 姓。

酈 ㄌㄧˋ 邑部19畫 (1)古地名，在今河南省(2)姓。

酉部 ㄧㄡˇ

酉 ㄧㄡˇ 酉部0畫 (1)體酒，「酒」的本字：(2)地支的第十位(3)酉時：指下午五點到七點時。(4)姓。

酋 ㄑㄧㄡˊ 酉部2畫 首領、頭目：【酋長】、【匪酋】。

酊 ㄉㄧㄥ 酉部2畫 凡溶於酒精的藥都叫做「酊」：【碘酊】。 ㄉㄧㄥˇ ：【酩酊】：喝了很多酒、醉醺醺的樣子。酩酊大醉。

酌 ㄓㄨㄛˊ 酉部3畫 (1)倒酒、敬酒：【酌酒】、【清酌】(2)酒：【便酌、菲酌、喜酌】(3)喝酒：【小酌一番、對酌、獨酌】、【斟酌】(4)考慮、考量：【酌量辦理】、【參酌】(5)酌酒、酌量。

配 ㄆㄟˋ 酉部3畫 (1)妻子：【元配】(2)夫妻：【配偶】(3)成親：【婚配】(4)用適當的比例調和：【配藥】、【配給】、【支配】(5)分發、安排：【分配】(6)把缺少的補足：【配零件】(7)合適：【別人穿這件衣服很配】、【實在不配，她穿這件衣服很配？】(8)古代充軍：【配軍】、【發配】(9)添補：【配眼鏡】、【配鑰匙】(10)使性畜交合：【配種】(11)對主體有陪襯、幫助的：【配角】。

酒 ㄐㄧㄡˇ 酉部3畫 用含有醣類的作物做原料，經過發酵的過程，製成各種含有酒精的飲料：【太白酒、米酒】。

酗 ㄒㄩˋ 酉部4畫 喝酒沒有節制，或是喝醉了：【酗酒】發酒瘋。

酖 ㄓㄣˋ 酉部4畫 (1)通「鴆」，一種羽毛有毒的鳥(2)毒酒：【飲酖止渴】(3)以毒酒殺害。 ㄉㄢ 愛喝酒：【酖於酒】。

酣 ㄏㄢ 酉部5畫 (1)喝酒喝得很盡興、開心(2)濃、重、盛：【酣暢】、【紅酣綠匀】(3)暢快：【酣暢】(4)睡得很香甜：【酣睡】(5)持久激烈的：【酣戰】。

酥 ㄙㄨ ｜酉部 5畫

(1)用牛奶凝成的食品：【奶酥】(2)用油和麵粉製成的鬆脆食品：【鳳梨酥】(3)身體柔軟沒有力氣：【全身酥軟】(4)柔滑光潔的：【酥胸】(5)指食品鬆脆的：【酥糖】。

酢 ㄗㄨㄛˋ ｜酉部 5畫

「醋」的本字，一種有酸味的調味料。

酡 ㄊㄨㄛˊ ｜酉部 5畫

喝酒後臉變紅：【酡顏】。

酬 ㄔㄡˊ ｜酉部 6畫

(1)用財物報答或償付：【酬謝、酬恩、報酬】(2)實現：【壯志未酬】(3)交際往來：【應酬】(4)在宴會上，主人向客人敬酒稱為「酬」。

酪 ㄌㄨㄛˋ ｜酉部 6畫

(1)用牛、羊、馬的乳汁製成半凝固或凝固的食品：【乳酪、奶酪】(2)熬製果實成漿，做成的糊狀食品：【山楂酪、杏仁酪】。

酩 ㄇㄧㄥˇ ｜酉部 6畫

【酩酊】大醉的樣子。

酮 ㄊㄨㄥˊ ｜酉部 6畫

一種有機化合物，較重要的叫丙酮，是無色的液體，不溶於水，但可溶於乙醇和乙醚，在工業上用作溶劑。

酯 ㄓˇ ｜酉部 6畫

一種有機化合物，主要成分是脂肪的有機物，是用有機酸或無機酸製造。

酵 ㄒㄧㄠˋ ｜酉部 7畫

有機物受細菌等的作用，而發生分解或分子轉換的現象：【發酵】。

酸 ㄙㄨㄢ ｜酉部 7畫

(1)五味之一：【酸、甜、苦、辣、鹹】(2)化學名詞，含有可電離的氫離子化合物的總稱：【硫酸、硝酸、鹽酸、醋酸】(3)悲切、傷心：【心酸】(4)食物腐敗產生的味道：【牛奶酸了】(5)通「痠」，肢酸痛、腰酸背痛：【酸痛】(6)諷刺文人不通情理：【酸秀才】(7)味道酸的：【酸梅】。

酶 ㄇㄟˊ ｜酉部 7畫

一種蛋白質，可以加速生物體內的細胞產生的一種化學變化，就是「酵素」，是由生物體產生的。

酷 ㄎㄨˋ ｜酉部 7畫

(1)殘暴的：【酷刑、酷吏】(2)很、極、甚似、表示程度深的：【酷寒、酷似、酷愛】。

酹 ㄌㄟˋ ｜酉部 7畫

把酒灑在地上祭神：【酹酒】。

【酲】ㄔㄥˊ　酉部　7畫
酒醉醒來所感到的種種不適的症狀：【心如酲】。

【醇】ㄔㄨㄣˊ　酉部　8畫
(1)酒味道香濃的：【醇酒】
(2)一種有機化合物：【乙醇】
(3)味道濃厚的：【香醇】
(4)通「淳」，謙順樸厚的樣子：【醇樸、醇厚】
(5)通「純」，純正不雜：【醇粹】。

【醉】ㄗㄨㄟˋ　酉部　8畫
(1)喝酒過量而失態：【爛醉如泥】
(2)著迷：【陶醉、心醉】
(3)酒喝得太多而神志不清的：【醉漢、醉臥】
(4)醉酒後所說的：【醉語、醉話、醉言】
(5)用酒浸漬的：【醉蝦、醉蟹】。

【醋】ㄘㄨˋ　酉部　8畫
(1)用米、麥、高粱釀成的有酸味的液體，可以當調味料：
(2)妒意：【吃醋】
(3)嫉妒的：【白醋、烏醋】

【醃】ㄧㄢ　酉部　8畫
加工製造食品的方法，在食物中添加鹽、糖、酒等佐料，可以食用：【醃肉、醃鹹菜】

【醅】ㄆㄟ　酉部　8畫
還沒過濾的濁酒：【舊醅】。

【醒】ㄒㄧㄥˇ　酉部　9畫
(1)從睡眠、昏迷中恢復知覺：【睡醒、醒了】
(2)由迷惑轉為清楚：【醒悟、覺醒】
(3)覺悟：【醒悟】
(4)使人恢復清楚的：【提醒】
(5)使看得清楚或突出顯明的：【醒目】

【醍】ㄊㄧˊ　酉部　9畫
(1)酥酪上如油脂的凝結物：【醍醐】
(2)清酒。
(3)美好的：

【醐】ㄏㄨˊ　酉部　9畫
經過多次提煉的乳酪：【醍醐】。

【醣】ㄊㄤˊ　酉部　10畫
(1)一種有機化合物，從前稱作碳水化合物，由碳、氫、氧三種元素組成，是人體熱能的主要來源：【葡萄醣、蔗醣】。

【醞】ㄩㄣˋ　酉部　10畫
(1)釀造：【醞釀】
(2)本指釀酒時的發酵過程，引申有逐漸變成或形成的意思：【醞釀】

【醜】ㄔㄡˇ　酉部　10畫
(1)不名譽、不光彩的：【醜事、醜聞】
(2)恥辱：以雪先王之醜：雪恥。
(3)相貌難看的：【醜態】
(4)不雅觀的：【醜話、醜行】
(5)惡劣的：【長得很醜】
(6)姓。

【醚】ㄇㄧ　酉部　10畫
一種有機化合物，是醫學上常用的麻醉劑。

醚
：【乙醚】

醢 ㄏㄞˇ 10畫｜酉部
人、烹醢。
(1)肉醬：【肉醢】
(2)刴成肉醬：【仲

醛 ㄑㄩㄢˊ 10畫｜酉部
的初產品：【乙醛】
有機化合物的名稱，是醇類氧化或酸還原

醫 一 11畫｜酉部
關的：醫術。
(1)替人治病的人：名醫。
(2)診治疾病：
(3)與醫療相關的：醫德、頭痛醫頭

醬 ㄐㄧㄤˋ 11畫｜酉部
醬、甜麵醬、豆瓣醬
(1)豆、麥發酵做成的調味品：醬油、豆醬
(2)通稱搗爛像泥狀的東西：果醬、肉醬
(3)用醬醃漬的：醬瓜、醬菜

醪 ㄌㄠˊ 11畫｜酉部
、花生醬、魚醬
古時指含有渣滓的濁酒，也泛指酒：【春

醨。

醨 ㄌㄧˊ 11畫｜酉部
薄酒。

醯 ㄒㄧ 11畫｜酉部
(1)醋的古稱：
(2)或乞醯焉。【醯雞】酒上的小飛蟲。

醱 ㄆㄛ 12畫｜酉部
發」，加酵母在麵粉或酒中所發生的化學變化：【醱酵】
(1)把釀好的酒再釀一次：
(2)通「

醮 ㄐㄧㄠˋ 12畫｜酉部
(1)和尚、道士設壇替人念經祈福、超渡鬼魂：【打醮、羅天大醮】
(2)嫁：【再醮】。

醲 ㄋㄨㄥˊ 13畫｜酉部
(1)味道醇厚的酒：【肥醲甘脆】
(2)通「濃」，厚重的。

醴 ㄌㄧˇ 13畫｜酉部
名，在湖南省
(1)甜酒：
(2)甘露如醴【醴陵】地

醺 ㄒㄩㄣ 14畫｜酉部
醺。(3)酒醉的樣子：【醉醺醺】
(1)醉：微醺
(2)感染：【但願不為世所

釀 ㄋㄧㄤˋ 17畫｜酉部
方法製造：【醞釀、釀酒】(3)事情逐漸形成：【釀成大禍】
(1)酒：【佳釀】
(2)利用發酵的

釁 ㄒㄧㄣˋ 18畫｜酉部
、釀成大禍
(1)爭端：【尋釁、挑釁】
(2)血祭，古代祭祀時把牲畜的血塗在器皿上，用來祭祀神靈：【釁鐘】
(3)薰塗：【三釁三沐】。

釆部 ㄅㄧㄢˋ

采 ㄅㄧㄢˋ ｜釆部 0畫
：「辨」的本字，分辨、辨別。

采 ㄘㄞˇ ｜采部 1畫
(1)通「彩」，顏色，就是五采。(2)儀容、人的風度：【神采奕奕】。(3)喝采。(4)大聲叫好：【喝采】。(5)通「採」，摘取、采集：【采風錄】。(6)姓。(7)采地，古代卿大夫的封地，又稱「采邑」、「食邑」：【大夫有采】。

釉 ㄧㄡˋ ｜采部 6畫
上釉、彩釉料，塗在陶、瓷器表面的玻璃質料，可以增加美觀。

釋 ㄕˋ ｜釆部 13畫
(1)佛教創始人「釋迦牟尼」的簡稱(2)稱佛教：【釋教、釋典】(3)說明、解釋：【釋義、釋疑】(4)消除：【釋冰、誤會冰釋】(5)放開、解放：【解釋、釋放】(6)放下、放開：【手不釋卷、如釋重負、釋手】。

里 ㄌㄧˇ ｜里部 0畫
(1)家鄉：【鄉里】、【故里】、【故鄉】(2)戶籍、(3)行政的單位名稱，古時候五家為鄰，五鄰為里，現在則是鄉、鎮、里、鄰的長度單位名：【里長、里民大會】【不遠千里而來】(4)居住：【里仁為美】(5)姓。

重 ㄓㄨㄥˋ ｜里部 2畫
(1)物體的分量。(2)體重，物體的分量：【超重】(3)尊重、器重：【尊重、器重、重視、注重】(4)莊嚴不輕浮：【君子不重則不威】(5)物體的分量大、不輕：【重擔、這塊石頭很重】(6)重要的：【重鎮、重病】(7)要緊的：【重地】(8)利害的：【重酬】優厚的：【軍事重地】(9)濃厚：【口味重】。

重 ㄔㄨㄥˊ
(1)量詞，物體一層叫一重：【萬重山】(2)複疊的、層層的：【重門、重重】(3)一再、又一次：【重號、舊地重遊】(4)困難重重、重、鄉音重。

野 ㄧㄝˇ ｜里部 4畫
(1)郊外空曠的地方：【在野、田野】(2)荒野，指界限、範圍：【視野、分野】(3)民間的：【朝野、下野】(4)不是人所飼養或培植的：【野蠻、粗野、撒野】(5)不講理的：【野獸、野草、野生、野味】(6)放肆、不受拘束的：【野性未改】(7)不正當的：【野合】。

量 ㄌㄧㄤˊ ｜里部 5畫
(1)容納的程度：【容量、飯量】(2)事物的重大小、輕重、多少：量(3)估計：【打量、量入為出】(4)審度：【不自量力】。

量 ㄌㄧㄤˊ ｜里部
(1)計算物體的大小、長短、輕重、多少：【測量、丈量、量體溫】(2)商議、考慮、斟酌：【商量、思量、衡量】

ㄌㄧㄤˋ

釐 ㄌㄧˊ ｜里部 11畫
(1)長度單位，一公釐等於十分之一公分(2)重量、面積名，一畝的百分之一(3)重量(4)稅捐：【釐捐】(5)訂正：【釐定】。

ㄒㄧ 通「禧」，幸福：【恭賀新釐】。

金部

金 ㄐㄧㄣ ｜金部 0畫
(1)金屬的通稱：【五金、合金】(2)一種金屬元素，赤黃色，質軟，是貴重金屬，可以製成貨幣或各種裝飾品，俗稱「黃金」或「金子」(3)稱兵器或金屬製成的樂器：【金、鳴金收兵】(4)五行之一：【金、木、水、火、土】(5)古代的八音之一：【金、石、絲、竹……】(6)太陽系的八大行星之一：【金星】(7)錢、貨幣：【現金、公款】(8)古代朝代名：【金】(9)珍貴的：【金科玉律、金城湯池】(10)鞏固堅牢的：【金城湯池】(11)金黃色的：【金橘】(12)用黃金製成的：【金幣】(13)姓。

釘 ㄉㄧㄥ ｜金部 2畫
(1)細長、有尖頭，用來貫穿和固定物體的東西，通常用鋼鐵、竹木等材料製成：【鋼釘、鐵釘、螺絲釘】(2)注視、緊跟著不放鬆：【他看，緊迫釘人】(3)督促：【釘著】。

ㄉㄧㄥˋ (1)把釘子打入別的東西裡，或用釘子把東西固定起來：【釘釘子、把木條釘在門上】(2)用針線連綴衣物，使縫合在一起：【釘鈕釦】。

針 ㄓㄣ ｜金部 2畫
(1)縫紉、刺繡或編織衣物的細長工具，一頭尖銳，一頭有眼，可以引線：(2)形狀像針的東西：【繡花針、縫衣針】(3)注射用的針形器具：【時針、松針、大頭針】(4)刺：【打針吃藥】(5)中醫扎針治療：【他拿針針我】(6)姓。

釗 ㄓㄠ ｜金部 2畫
(1)勸勉、勉勵：【勸勉、勉釗】(2)姓。

釜 ㄈㄨˇ ｜金部 2畫
古代烹飪用的鍋子：【釜底抽薪、破釜沉舟】。

釣 ㄉㄧㄠˋ ｜金部 3畫
(1)尖端掛著魚餌，用來誘捕魚的鉤針：【魚鉤、釣鉤】(2)用魚餌讓魚上鉤：【釣魚、垂釣、釣鉤】(3)用手段騙取或誘取：【沽名釣譽】(4)姓。

釧 ㄔㄨㄢˋ ｜金部 3畫
(1)帶在臂上或腕上的環形飾物，俗稱「手鐲」：【玉釧】(2)姓。

430

釵　ㄔㄞ　金部 3畫

從前婦女插在頭髮上，用來固定頭髮的飾物：【玉釵、髮釵、釵釧】。

釦　ㄎㄡ　金部 3畫

扣住衣服的鈕子：【釦子、袖釦、暗釦】。

鈕　ㄋㄡˇ　金部 4畫

(1)扣住衣物的東西：【鈕釦】。(2)器物上可以用手提拿的部分：【鈕】(3)器物上用手按壓、可以發生作用的開關：【電鈕、按鈕】。(4)姓。

鈣　ㄍㄞˋ　金部 4畫

金屬元素，銀白色，質輕，常和其他物質化合，例如石灰石、石膏等。人體的血液、骨骼和牙齒的組織中都含有鈣，對生理機能有幫助。

鈉　ㄋㄚˋ　金部 4畫

金屬元素，銀白色，質地輕軟，在空氣中

鈔　ㄔㄠ　金部 4畫

(1)紙幣：【鈔票、千元大鈔】(2)選錄彙編而成的書籍：【文鈔、詩鈔】(3)票券：【鹽鈔】(4)姓。

鈞　ㄐㄩㄣ　金部 4畫

(1)古代的重量單位，一鈞等於三十斤：【千鈞一髮、洪鐘萬鈞】(2)書信中尊稱長輩或上級的敬辭：【鈞座、鈞安、鈞啟、鈞鑒】。

鈍　ㄉㄨㄣˋ　金部 4畫

(1)不銳利的：【鈍刀、鈍劍】(2)不順利：【成敗利鈍】。(3)不靈敏的：【遲鈍、魯鈍】。

鈴　ㄌㄧㄥ　金部 4畫

(1)鎖鑰：【鈴鍵】(2)烘茶葉的器具：【茶鈴】(3)圖章：【鈴印、鈴記】(4)蓋印：【茶

鈦　ㄊㄞˋ　金部 4畫

金屬元素，顏色灰白，質硬而輕，主要用於製造飛機和各種太空機械零件。

鈷　ㄍㄨ　金部 5畫

金屬元素，白色，硬度和延展性都比鐵高，可以和別的金屬製成合金。醫學上用放射性鈷來治療癌症。

【鈷鉧】ㄍㄨ　熨斗的別稱：【鈷鉧】。

鉗　ㄑㄧㄢˊ　金部 5畫

(1)古代的刑具，用來鎖扣犯人的脖子或腳：【老虎鉗、鉗口】(2)箝夾東西的用具：【火鉗】(3)用鐵器夾住，夾住、壓制、約束：【鉗制、通「箝」、鉗

鈸　ㄅㄚˊ　金部 5畫

樂器的一種，是銅製的敲擊樂器，由兩個周圍扁平而中央凸出的圓形銅片組成，互相拍擊就能發出響亮的

聲音:【鐃鈗、銅鈗】。

鉛 ㄑㄧㄢ 金部 5畫
(1)金屬元素的一種,銀灰色,質軟,在空氣中容易氧化。用途很廣,可以製成鉛管、電池、槍彈、鉛字等。(2)黑鉛的簡稱,就是「石墨」,加入黏土,可以製成鉛筆芯(3)姓。

弓 鉛山,地名,位於江西省。

鉀 ㄐㄧㄚ 金部 5畫
(1)通「甲」,護身的戰服(2)金屬元素的一種,銀白色,質軟,遇水會產生氫氣,並能引起爆炸,必須保存在煤油中。鉀的化合物可以用作肥料,如碳酸鉀、氯化鉀等。

鈾 ㄧㄡ 金部 5畫
金屬元素的一種,銀白色,質硬,有放射性。在自然界中分布極少,主要用來製造原子彈。

鉋 ㄅㄠ 金部 5畫
(1)裝有利刃、將物體表層刮起,使物體平整的工具:【鉋平、鉋木板】(2)用鉋梳理馬毛的鐵刷:【馬鉋、鋼鉋】(3)用鉋子刮削(4)通「刨」,鋤地使平:【鉋地】。

鉤 ㄍㄡ 金部 5畫
(1)形狀彎曲,可用來掛東西或探取東西的:【釣鉤、鉤子】(2)書法中末端彎曲的筆法,如亅、乚等(3)用鉤子挑取或懸掛:【鉤住】(4)用挑、折等描繪法來描繪,同「勾」:【鉤勒】(5)用鉤針編織:【鉤圍巾】(6)彎曲的:【鷹鉤鼻】。

鉑 ㄅㄛ 金部 5畫
(1)通「箔」,金屬薄片:【金鉑】(2)金屬元素的一種,俗稱「白金」,白色,延展性很強,在空氣中不氧化,容易導電、導熱,可以做電極、催化劑。

鈴 ㄌㄧㄥ 金部 5畫
(1)用金屬製成的圓殼形器具,中間是空的,裝上鐵球,搖動時會因撞擊而發出清脆的聲音,可作為樂器或信號用具:【鈴】(2)按鈕時會因通電而發聲的裝置:【電鈴】。

鈰 ㄕˋ 金部 5畫
金屬元素的一種,銀白色,核子分裂時所產生的新元素,可用作核反應器的燃料及製作核武器。

鉍 ㄅㄧˋ 金部 5畫
金屬元素的一種,銀白色,質硬而脆,用來製造低熔點的合金,例如:保險絲、安全栓等。

鉅 ㄐㄩˋ 金部 5畫
(1)通「巨」,大的:【鉅額、鉅款】(2)通「鋸」。

鉏 ㄔㄨˊ 金部 5畫
(1)通「鋤」,翻土鋤草的農具(2)用鋤頭翻土鋤草,整理田地(3)消除、殺滅:【鉏強】。

鉢 ㄅㄛ 金部 5畫
是「缽」的異體字：(1)和尚盛飯的食具(2)用來盛飯、菜等的陶製器皿,比盆小:【菜鉢】。

鈿 ㄉㄧㄢ 金部 5畫
用金玉珠寶製成的花形飾物:【花鈿、珠鈿、鈿頭】。

鉦 ㄓㄥ 金部 5畫
古代行軍時用的樂器名,用青銅做成,形狀像鐘,敲打時表示要軍隊停下來:【鉦鼓】。

銃 ㄔㄨㄥˋ 金部 5畫
(1)斧頭裝柄的部分(2)古代指槍械類的火器:【火銃】。

鉞 ㄩㄝˋ 金部 5畫
大斧,古代的一種兵器:【斧鉞】。

鉸 ㄐㄧㄠ 金部 6畫
(1)剪刀:【鉸子】(2)用剪刀裁剪:【把紙鉸成方形】(3)工業上用鑽床切削:【在木板上鉸兩個洞】。

銬 ㄎㄠˋ 金部 6畫
束縛人犯手、雙腳,使人不能任意活動、逃跑的刑具:【手銬】(2)用手銬束縛:【把犯人銬起來】。

銀 ㄧㄣˊ 金部 6畫
(1)金屬元素的一種,有光澤,白色,質軟,富延展性,是導電、導熱的最佳金屬。可用來做貨幣、器皿、飾物等(2)金錢:【銀錢】(3)銀製的:【銀白、銀幕】(4)銀白色的:【銀髮、銀幕】(5)姓。【銀牌】

銅 ㄊㄨㄥˊ 金部 6畫
(1)金屬元素的一種,紅綜色,表面容易生成銅鏽,延展性,容易導電、導熱(2)銅製的:【銅器】(3)堅固的:【銅牆鐵壁、銅像】(4)姓。

銘 ㄇㄧㄥˊ 金部 6畫
(1)文體的一種,把文字刻在石頭或器物上,用來記述事蹟、自我警惕、讚頌他人等:【墓誌銘、座右銘】(2)鏤刻、題記:【銘之座右】(3)牢記不忘:【刻骨銘心、永銘肺腑】。

銖 ㄓㄨ 金部 6畫
(1)古代重量單位,二十四銖是一兩(2)比喻極輕的分量:【錙銖必爭】(3)姓。

鉻 ㄍㄜˋ 金部 6畫
金屬元素的一種,銀白色,質硬而脆,耐腐蝕,可用來電鍍及製造不鏽鋼等。

銓 ㄑㄩㄢˊ 金部 6畫
(1)衡量:【銓衡輕重】(2)考選官吏:【銓選、敘、銓選】(3)姓。

銜 ㄒㄧㄢˊ 金部 6畫
(1)裝在馬口中的,用來控制馬的器具:【鞍銜】

銜、銜勒(2)職銜、官銜、職銜、頭銜(3)用嘴含著或叼著:燕子銜泥、銜著石頭(4)連接:銜接、銜尾(5)放在心裡:銜恨、銜冤(6)尊奉、承受:銜命。

銛 ㄒㄧㄢ 金部 6畫
(1)鐵鍬(2)魚叉的:一類的捕魚具(3)鋒利的:(4)姓。
銛刀、銛兵、銛矛

鋅 ㄒㄧㄣ 金部 7畫
金屬元素的一種,青白色,質脆,能結晶,製成合金,可和其他金屬混合。鍍在鐵板上,可以防鏽,俗稱「白鐵」。

銻 ㄊㄧ 金部 7畫
金屬元素的一種,銀灰色,有光澤質硬而脆,熱縮冷脹。可以和鉛、錫等金屬混合,以增加硬度和強度。可以製成鉛字、軸承等。

銧 ㄍㄨㄤ
美石:【鏡銧】。

銳 ㄖㄨㄟˋ 金部 7畫
(1)鋒利的兵器:披堅執銳(2)勇往直前的氣概:銳不可當、養精蓄銳(3)尖利的:銳利、尖銳(4)靈敏、靈巧:敏銳(5)堅決:銳減(6)急速的:銳意(7)姓。

銷 ㄒㄧㄠ 金部 7畫
(1)生鐵(2)機器上的銷子(3)熔解:銷熔、銷解(4)毀壞:銷毀(5)通「消」,剔除、除去:銷售、推(6)售賣:銷售、(7)減損:銷聲匿跡(8)花費:開銷(9)姓。

鋪 ㄆㄨ 金部 7畫
(1)把東西展開放平、攤開:鋪床、鋪被(2)敘述、陳述:平鋪直敘(3)敷設:鋪一層柏油(4)安排子
ㄆㄨˋ
(1)商店:店鋪、雜貨鋪(2)古代傳遞公文的郵亭或的驛站:急遞鋪(3)睡覺時躺臥:床鋪。

鋤 ㄔㄨˊ 金部 7畫
(1)一種用來翻土和除草的農具:鋤頭(2)用鋤頭鬆土或除草:鋤地(3)剷除、消滅:鋤奸。

鋁 ㄌㄩˇ 金部 7畫
金屬元素的一種,是自然界存量最多的金屬。銀白色,有光澤,質地很輕,不生鏽,導電、導熱的性能很好。鋁合金是製造飛機、汽車、火箭、日用器皿的主要材料。

銼 ㄘㄨㄛˋ 金部 7畫
(1)古代一種大口像釜的烹飪器(2)有細齒的器具:銼刀(3)用銼刀磨削鋼刀,用來打磨銅、鐵、竹、木等東西:銼平、銼圓。

鋒 ㄈㄥ 金部 7畫
(1)刀劍等兵器的銳利部分:刀鋒、劍鋒、軍鋒(2)器物的尖銳部分:

鋒（續）
…：【鋒利、鋒刃】
(2)詞鋒、談鋒
(3)軍隊的先導、帶頭導、前鋒、開路先鋒、銳利的人：【前鋒】
(4)(5)氣象上指密度、溫度、溼度都不同的兩個氣團間的交界面或接觸面：【鋒面、滯留鋒】
(6)銳利的…、針鋒【】

銲 ㄏㄢˋ 金部 7畫
把錫、鉛等材料加熱熔化，用來接合金屬、補缺口、漏洞：【銲接、電銲】。

鋌 ㄊㄧㄥˇ 金部 7畫
(1)還未冶煉的銅鐵(2)走得很快的樣子：【鋌而走險】。

鋃 ㄌㄤˊ 金部 7畫
(1)金屬撞擊的聲音：【鋃】(2)鋃鐺（又寫作「琅璫」）刑具名，捆綁犯人的鐵鍊：【鋃鐺】

鋏 ㄐㄧㄚˊ 金部 7畫
(1)夾東西的長鐵鍊：【長鋏】(2)劍柄、鐵鉗子：【鋏】

錠 ㄉㄧㄥˋ 金部 8畫
(1)古代祭祀時使用的有腳的燈燭器(2)紡織的紗線錠：【紡線錠】(3)通「鋌」，古代鎔鑄成一定形狀的金銀貨幣：【金錠、銀錠】(4)計算塊狀物的單位：【一錠墨、一錠白銀、一錠金】。

錶 ㄅㄧㄠˇ 金部 8畫
(1)通「表」，可以攜帶在手腕上或腰帶中的小型計時器：【手錶、懷錶】(2)記時、測量器的通稱：【體溫錶】。

鋸 ㄐㄩ 金部 8畫
(1)用鋼片製成邊緣有尖齒的工具：【電鋸、鋸子】(2)用鋸子把東西截斷，可用來截斷東西的工具：【鋸木頭】(3)形狀像鋸子的：【鋸齒】(4)通「鋦」，用特製的兩腳鉤釘，把破裂的陶瓷鐵器等綴合起來：【鋸碗兒】。

錳 ㄇㄥˇ 金部 8畫
金屬元素的一種，銀灰色，質堅而脆，比重力強，可用來製造各種合金、耐化學品。

錯 ㄘㄨㄛˋ 金部 8畫
(1)用來磨刀或磨玉的石頭：【他山之石可以攻錯】(2)過失、過錯：【過錯、認錯】(3)交互、雜亂：【交錯】(4)岔開、相互避讓：【錯車、錯開時間】(5)誤差的、不正確的：【錯字、錯誤】(6)交互雜出的：【盤根錯節】(7)失誤：【錯過時機、錯怪】(8)壞、差：【交情不錯、挺不錯】(9)姓。

錢 ㄑㄧㄢˊ 金部 8畫
(1)貨幣的通稱：【金錢、銅錢】(2)泛指財富：【有錢有勢】(3)費用：【菜錢、書錢】(4)形狀像錢的東西：【榆錢】(5)重量單位，一兩的十分之一(6)和錢有關的：【錢包】(7)姓。

錢 ㄐㄧㄢˊ（ㄐㄧㄢ）
金部　8畫

古時的農具，就是銚（ㄧㄠˊ）。

鋼 ㄍㄤ
金部　8畫

把生鐵中所含的碳、硫、磷等雜質除去，精鍊成韌性強的鐵：【不鏽鋼】。

【磨利】：【這把刀鈍了，要鋼一鋼】。

錫 ㄒㄧˊ
金部　8畫

金屬元素的一種，銀白色，質軟，但比鉛硬，韌性大，富延展性，不生鏽，可製成錫箔及各種器具。

錄 ㄌㄨˋ
金部　8畫

(1)記載言行或事物的文章、書籍等：【嘉言錄、通訊錄】。(2)記載：【錄影、錄口供】。(3)抄寫、謄寫：【抄錄、錄稿】。(4)採用：【錄取】。(5)姓。

錐 ㄓㄨㄟ
金部　8畫

(1)鑽孔的尖銳器具：【錐子】(2)像錐子一頭尖銳的東西：【冰錐、圓錐體】(3)狹窄的地方：【錐之地】(4)用錐刺入：【錐股、錐心】。

錦 ㄐㄧㄣˇ
金部　8畫

(1)一種有彩色花紋的絲織品：【織錦、文錦】(2)華麗的服飾：【衣錦、錦霞】(3)【錦鯉、錦鯤】(4)花樣繁多的、色彩鮮豔華麗的：【什錦】(5)姓。

錚 ㄓㄥ
金部　8畫

(1)國樂中的敲擊樂器(2)金屬撞擊的聲音：【錚錚】。

錮 ㄍㄨˋ
金部　8畫

(1)通「痼」，長久難以治癒的疾病：【錮疾】(2)用金屬熔液填塞空隙：【錮漏】(3)禁閉、監禁：【禁錮】。

錁 ㄎㄜˋ
金部　8畫

古代的銀錁子、金錁子，俗稱「錁子」、用金銀鑄成的小錠。

錙 ㄗ
金部　8畫

(1)古代的重量單位，一錙等於六銖，或二十四分之一兩(2)微小的數量：【錙銖必較】。

錨 ㄇㄠˊ
金部　9畫

船舶停止時，用來穩定船身的鐵鉤子，上端有繩索或鐵鍊和船身相連，把它丟入水底或岸邊，使船身停止不動：【拋錨】。

錘 ㄔㄨㄟˊ
金部　9畫

(1)掛在秤桿上的金屬塊，用來量物體的重量：【秤錘】(2)古代的捶打兵器(3)柄端有鐵塊，用來敲擊東西的工具，柄的上端是一個金屬球，俗稱「椰頭」：【鐵錘】(4)通「鎚」，用錘敲打：【千錘百鍊、錘鍊】。

鍍 ㄉㄨˋ
金部　9畫

用電解或其他化學方法，將某一種金屬均勻的附著在另一種金屬或物體的表面：【電鍍、鍍金】。

鎂 ㄇㄟˇ 金部 9畫
(1)金屬元素的一種，銀白色，在空氣中燃燒時會發出極強的光，可以製成閃光燈或信號彈。(2)動物體內的「鎂」大多存在於骨骼和牙齒中。

鍵 ㄐㄧㄢˋ 金部 9畫
(1)門上的鎖鑰。(2)鋼琴、風琴或打字機上用手按壓的方形板片：【琴鍵、鍵盤】。(3)事物的重要部分：【關鍵】。

鍊 ㄌㄧㄢˋ 金部 9畫
(1)通「鏈」，用金屬環相連而成的繩狀物：【鐵鍊、項鍊】。(2)通「煉」，熬冶金：【鍊丹】。(3)通「練」，製：【千錘百鍊、鍊鋼】。(4)比喻寫作時對於用詞、造句都力求精美：【鍊字】。

鍋 ㄍㄨㄛ 金部 9畫
(1)烹煮食物的器具：【飯鍋】、炒菜鍋】。(2)形狀像鍋的：【煙袋鍋】。

鍾 ㄓㄨㄥ 金部 9畫
(1)古代盛酒的酒器。(2)古代的容量單位，一鍾等於六斛四斗。(3)聚集、集中：【鍾愛、鍾情】。(4)姓。

鍬 ㄑㄧㄠ 金部 9畫
(1)挖掘泥土的圓口器具：【鐵鍬】。

鍛 ㄉㄨㄢˋ 金部 9畫
(1)磨刀石。(2)把金屬放入火中燒紅，再用鐵鎚捶打：【鍛鍊】。(3)磨鍊：【鍛劍】。(4)銲，用高熱將金屬熔化再加以結合：【鍛接】。

鍥 ㄑㄧㄝˋ 金部 9畫
(1)古代雕刻用的刀。用刀雕刻：【鍥而不捨】。

鍰 ㄏㄨㄢˊ 金部 9畫
(1)古代稱金子的重量單位，一鍰等於六兩，或六兩半。(2)贖罪金：【罰鍰】：【千金百鍰】。

鍘 ㄓㄚˊ 金部 9畫
(1)切草用的大刀：【鍘刀】。(2)用鍘刀切東西：【鍘草】。

鍔 ㄜˋ 金部 9畫
(1)刀劍的鋒利部分：【劍鍔】。

鍼 ㄓㄣ 金部 9畫
(1)縫紉、刺繡或編結的工具，同「針」。(2)古代治病的器具：【鍼灸、鍼砭】。(3)用針刺。

鎔 ㄖㄨㄥˊ 金部 10畫
(1)鑄造金屬器物的模型：【鎔範】。(2)通「熔」，用火融化金屬：【鎔化、鎔解】。(3)固體受熱到一定的溫度時，將變成液體：【鎔點】。

鎊 ㄅㄤˋ 金部 10畫
(1)「鎊」是英語「英鎊」的音譯字，是英國的貨幣單位。

鎖 ㄙㄨㄛˇ 金部 10畫
(1)裝在門、箱、抽屜上的金屬器具，使人

鎖 ㄙㄨㄛˇ

……不能隨便打開：鎖鑰、鎖片。
(2)形狀像鎖的東西：銅鎖、鎖匙、金鎖。
(3)鍊條：鎖鏈。
(4)用鎖關住：把門鎖上、把門鎖住。
(5)封閉、關閉：封鎖、鎖國、閉關鎖國。
(6)緊皺眉頭：愁眉深鎖。
(7)一種縫紉法，針線順著布邊密密的縫緊：鎖邊。
(8)遮住、籠罩：霧鎖。
(9)姓。

鎢 ㄨ 金部 10畫

金屬元素的一種，灰色，有光澤，是硬度最大、熔點最高的金屬，大都做為電燈泡中的鎢絲。

鎳 ㄋㄧㄝˋ 金部 10畫

金屬元素的一種，銀白色，在空氣中不容易氧化，可用於電鍍及製成各種合金。

鎮 ㄓㄣˋ 金部 10畫

(1)壓住東西使其不移動或被風吹走的器具。
(2)古代稱較大的市集：書鎮、紙鎮、城鎮。
(3)地方行政區域的單位，在縣以下、村以上，和鄉平行：員林鎮。
(4)用武力把守的地方：軍事重鎮。
(5)壓制：鎮壓、鎮暴。
(6)安定：鎮靜、鎮定。
(7)用冰使食物或飲料冰涼：冰鎮酸梅湯。
(8)整段時間：鎮日。
(9)姓。

鎬 ㄍㄠˇ 金部 10畫

掘土的工具：十字鎬。

鎬 ㄏㄠˋ 金部 10畫

(1)古代地名，在今陝西省。
(2)光明的樣子：鎬鎬。

鎘 ㄍㄜˊ 金部 10畫

(1)金屬元素的一種，銀白色的，富延展性，用於電鍍、製合金等。
(2)鼎的一種，同「鬲」。

鎧 ㄎㄞˇ 金部 10畫

古代戰士所穿的護身鐵甲：鎧甲。

鎗 ㄑㄧㄤ 金部 10畫

(1)形容金石互相撞擊的聲音。
(2)通「槍」，古代可以發射子彈傷人的武器：鎗手、機關鎗。
(3)通「槍」，古代的一種兵器，長柄上有刀刃：刀鎗。

鎗 ㄔㄥ

古用以溫酒的三足鼎。

鎚 ㄔㄨㄟˊ 金部 10畫

同「錘」。(1)打用的手工具：鐵鎚。(2)敲擊：鎚打。

鎰 ㄧˋ 金部 10畫

古代的重量單位，約等於二十兩。

鏡 ㄐㄧㄥˋ 金部 11畫

(1)用銅或玻璃製成，可以反映物體影像的器具：鏡子、青銅鏡。
(2)利用光學原理，由透光玻璃片所製成的器具：眼鏡、顯微鏡。
(3)借別的事情來做參考或警惕：鏡、引古自鏡。

鏑 ㄉㄧˊ 金部 11畫

箭頭、鋒鏑：金鏑。

鈀　ㄅㄚ　金部　11畫
(1)金屬元素的一種，銀白色，產量很少，可以製造合金。(2)古代一種沒有利刃的戟：【鈀胡】(3)錢幣的背面叫「鈀兒」，正面叫「字兒」。

鏟　ㄔㄢˇ　金部　11畫
(1)一種鐵製帶柄的器具，可用來下挖、削平或翻動東西：【鏟子、鐵鏟】(2)通「剷」，用鏟子削平或翻動：【鏟平、鏟草、鏟煤】。

鏃　ㄗㄨˊ　金部　11畫
(1)箭頭：【鏃矢】(2)鋒利的：【鏃鏃】。

鏈　ㄌㄧㄢˋ　金部　11畫
通「鍊」，許多金屬環連接起來的繩狀物：【鐵鏈、鎖鏈、鏈球】。

鏜　ㄊㄤ　金部　11畫
(1)國樂的打擊樂器，形狀像小銅鑼。(2)打鐘、敲鑼的聲音：【鏜鏜】。

鏝　ㄇㄢˋ　金部　11畫
(1)泥水匠塗抹牆壁時，將水泥敷平的工具：【鏝子】，也叫「抹子」。(2)古代一種沒有……

鏖　ㄠˊ　金部　11畫
激烈的戰鬥：【鏖戰】，雙方戰鬥激烈，死傷很多。

鏢　ㄅㄧㄠ　金部　11畫
通「鑣」，古代的一種兵器，形狀像長矛的頭，是一種投擲暗器，體積小，通常由金屬製成：【飛鏢】。

鏢　ㄅㄧㄠ　金部　11畫
古代委託鏢局保護運送的旅客或財物：【保鏢、放鏢】。

鏍　ㄌㄨㄛˊ　金部　11畫
(1)應用螺旋原理，用金屬做成，用來連接或固定物體的零件：【鏍絲釘】(2)或小釜，古代的一種烹飪器，形狀像鍋子。

鏘　ㄑㄧㄤ　金部　11畫
(1)琴瑟的聲音：【鏘鏘】(2)形容金石撞擊的清脆聲音。

鏗　ㄎㄥ　金部　11畫
(1)形容金石撞擊的清脆聲音。(2)形容金石撞擊的清脆聲音，也用來形容歌聲或樂器聲響亮好聽：【鏗鏘、鏗然】。

鏤　ㄌㄡˋ　金部　11畫
(1)雕刻：【鏤刻、鏤花、鏤玉】(2)挖：【鏤冰為壁】(3)金刻玉刻，刺繡。

鏞　ㄩㄥ　金部　11畫
古代的一種樂器，就是「大鐘」。

鏇　ㄒㄩㄢˋ　金部　11畫
(1)溫酒的器具：【鏇子】(2)使酒溫熱：把酒鏇熱了。(3)把木材裁成圓形或圓柱形。

鏹　ㄑㄧㄤˇ　金部　11畫
(1)古代用繩索把錢幣串成一串串的錢貫。(2)金銀的總稱：【藏鏹巨萬】、【累金積鏹】。(3)濃硫酸、濃硝酸、濃鹽酸等的統稱：【鏹水】。

鎩 ㄕㄚ　金部　11畫

(1)古代的一種長矛。(2)殘毀、損傷：【鎩羽而歸】。

鏨 ㄗㄢ　金部　11畫

(1)雕鏨金石用的小鑿子：【鋼鏨、鏨子、鏨刀】。(2)雕刻：【鏨字、鏨花】。

鏊 ㄠ　金部　11畫

烙餅用的平底鍋，中間稍微凸出來：【鏊子】。

鐘 ㄓㄨㄥ　金部　12畫

(1)計時的器具：【鬧鐘、時鐘】。(2)計算時間的單位：【三點鐘、五分鐘、八個鐘頭】。(3)金屬製成的敲擊器，中空，敲撞時會發聲：【鐘鼓齊鳴】。(4)姓。

鐃 ㄋㄠ　金部　12畫

(1)古代的軍樂器，形狀像鈴，但沒有舌鈴，用來引導鼓聲停止。(2)銅製的圓形打擊樂器，每副兩片，相互撞擊而發出聲音，大的叫「鐃」，小的叫「鈸」。

鏽 ㄒㄧㄡ　金部　12畫

(1)金屬在空氣中氧化所生的物質：【鐵鏽、生鏽】。(2)金屬品被氧化，表面黏附著氧化物：【這把刀鏽了】。

鐐 ㄌㄧㄠ　金部　12畫

(1)刑具名，綁在腳踝上的鐵鎖和鐵鍊：【腳鐐】。(2)質地純美的銀子。

鐙 ㄉㄥ　金部　12畫

(1)古代盛放熱食物的金屬器具。(2)通「燈」。掛在馬鞍兩旁，讓騎馬的人踏腳用的鐵製器具：【馬鐙】。

錫 ㄊㄤ　金部　12畫

(1)一種小型的銅鑼：【錫鑼】。(2)磨平木板的石器。

鐫 ㄐㄩㄢ　金部　12畫

(1)雕刻：【鐫刻、鐫碑】。(2)貶官：【鐫級、鐫黜】。

鐮 ㄌㄧㄢ　金部　13畫

用來除草和收割農作物的器具，形狀彎曲，內彎部分有刃：【鐮刀】。

鐳 ㄌㄟ　金部　13畫

金屬元素的一種，是法國居里夫人從瀝青鈾礦中發現的。銀白色，有放射性，可以治療癌症和皮膚病。

鐵 ㄊㄧㄝ　金部　13畫

(1)金屬元素的一種，有光澤，灰白色，磁性很強，富延展性，導電、傳熱用途很廣，並且是動植物的重要構成成分。(2)指刀、槍等兵器：【手無寸鐵】。(3)黑灰色的：【臉色鐵青】。(4)堅固的：【銅牆鐵壁】。(5)堅定不移的：【鐵證】。(6)堅強不屈的：【鐵漢】。(7)冥頑不靈的：【鐵石心腸】。(8)

鐵（續）
(9)姓。
絕對的、一定的：【鐵是他做的】

鐺 ㄉㄤ ｜金部 13畫
(1)古代捆綁犯人的鐵鎖鏈：【銀鐺入獄】(2)銀鎖鏈：【鋃鐺】
ㄔㄥ
(1)古代一種有腳架的鍋：【藥鐺】(2)形容金屬撞擊的聲音，同「噹」：【鐘聲鐺鐺的響】(3)一種平底鍋，通常用來烙餅。

鐸 ㄉㄨㄛˊ ｜金部 13畫
(1)古代宣布政教法令時用的大鈴：【木鐸】(2)風鈴：【牛鐸】(3)古代的軍樂。(4)姓。

鐲 ㄓㄨㄛˊ ｜金部 13畫
(1)古代的一種鐘，形狀像小鈴。(2)戴在手腕上的環狀裝飾品：【手鐲、玉鐲】

鐶 ㄏㄨㄢˊ ｜金部 13畫
【鐶】圓形、有孔、可以穿東西的金屬：【銅鐶】。

鑄 ㄓㄨˋ ｜金部 14畫
(1)把金屬鎔化倒在模型裡做成各種器物：【鎔鑄、鑄錢、鑄造】(2)造成：【鑄成大錯】(3)造就：【陶鑄】

鑑 ㄐㄧㄢˋ ｜金部 14畫
(1)鏡子：【明鑑】(2)可作為警戒、勸勉的事：【前車之鑑】(3)審視、審查：【鑑別】(4)映照：光可鑑人。(5)警戒、勸勉的事：【前車之鑑】

鑒 ㄐㄧㄢˋ ｜金部 14畫
(1)通「鑑」，鏡子。(2)映照：光可鑑人。(3)審查、審視：書信用語，用在開頭，表示請人看信：【大鑒、鈞鑒、賜鑒】(4)古代煮食物的大鍋

鑊 ㄏㄨㄛˋ ｜金部 14畫
(1)古代煮食物的鼎。(2)古代烹煮、煮犯人的刑具：【鑊烹】

鑣 ㄅㄧㄠ ｜金部 15畫
(1)夾在馬嘴裡的鐵鏈，在口中的鐵鏈叫「銜」，在口邊的叫「鑣」(2)馬的代稱：【分道揚鑣】(3)通「鏢」，暗器，形狀像矛頭，可以投擲出去傷人的暗器：【飛鑣】

鑠 ㄕㄨㄛˋ ｜金部 15畫
(1)用高溫鎔化金屬。(2)毀損：【鑠】(3)光明的樣子，同「爍」：【閃鑠】。

鑢 ㄌㄩˋ ｜金部 15畫
(1)磋磨骨、角、銅、鐵的器具，就是「銼」刀。(2)磋磨：【磨鑢】(3)修身反省：【躬自鑢】。

鑛 ㄎㄨㄤˋ ｜金部 15畫
同「礦」。

鑪 ㄌㄨˊ ｜金部 16畫
通「爐」，盛炭生火的器具。

鑫 ㄒㄧㄣ　金部 16畫
錢財多的意思，是商店字號或人名常用的字。

鑲 ㄒㄧㄤ　金部 17畫
(1)把金、銀、寶石等東西嵌進別的東西裡：【鑲牙、鑲寶石、鑲嵌】。(2)配製在邊緣：【鑲花邊】。(3)於劍類的兵器：【鉤鑲】。

鑰 ㄧㄠˋ　金部 17畫
(1)開鎖的器具：【鑰匙】。(2)鎖：【門鑰】。(3)比喻事物的重要關鍵或軍事要地：【鎖鑰之地】。(4)姓。

鑭 ㄌㄢˊ　金部 17畫
金屬元素的一種，灰白色，和鉛混合可製成合金。

鑷 ㄋㄧㄝˋ　金部 18畫
(1)拔除毛髮或夾取細小東西的鉗子：【鑷子】。(2)用鑷子拔除毛髮或夾取細小的東西：【鑷豬毛】。

鑽 ㄗㄨㄢ　金部 19畫
(1)刺入：【鑽木取火】。(2)穿過、進入：【鑽山洞、鑽到水裡】。(3)深入研究：【鑽研】。(4)運用各種關係以求達到目的：【鑽營】。(5)穿孔：【鑽洞、鑽孔】。

鑽 ㄗㄨㄢˋ
(1)穿孔的工具：【電鑽、鑽】。(2)金鋼石：【鑽石】。

鑾 ㄌㄨㄢˊ　金部 19畫
(1)古代繫在馬脖子底下的鈴鐺。(2)皇帝的座車：【鑾駕、鑾輿】。(3)姓。

鑼 ㄌㄨㄛˊ　金部 19畫
一種打擊樂器，用銅做成，像盤子一樣，用槌敲擊，會發出聲音：【敲鑼打鼓、鑼鼓喧天】。

鑿 ㄗㄠˊ　金部 20畫
(1)挖削或穿孔的器具：【鑿子】。(2)穿孔、挖掘：【鑿井、鑿洞】。(3)牽強附會：【穿鑿附會】。(4)確切的、確實的：【確鑿、言之鑿鑿】。

钁 ㄐㄩㄝˊ　金部 20畫
掘地用的大鋤：【钁頭】。

長部

長 ㄔㄤˊ　長部 0畫
(1)兩端的距離：【這條橋長十公尺】。(2)優點：【截長補短、說長論短、一技之長】。(3)擅長、專精的技能：【專長、長於繪畫、各有所長】。(4)空間、時間或距離大：【長空萬里、長壽、萬古長春、長途電話】。(5)優越的、優良的：【長才】。(6)慢慢的：【長談、從長計議】。(7)姓。

長部

長 〔ㄔㄤˇ〕
(1)領導人或負責人：「首長」、「校長」。
(2)年紀大或輩分高的人：「長幼有序」。
(3)發育、滋生：「生長」、「成長」、「長高」。
(4)進展：她長得很漂亮。
(5)增加、擴大：「增長見識」、「長他人威風」。
(7)年齡比別人大：「我比他長一歲」。
(8)排行第一的、多餘的：「長子」。

長 〔ㄔㄤ〕
…物。

門部

門 〔ㄇㄣˊ〕 門部 0畫
(1)建築物或車船、飛機等可以開關的進出口：「家門」、「車門」、「開門」、「雙喜臨門」、「一門忠烈」。
(2)家族、家庭、關門。
(3)形狀或作用像門的東西：「水門」、「閘門」、「國門」、「幽門」。
(4)人身的孔竅：「肛門」、「幽門」。
(5)生物分類系統上所用的等級之一：「脊椎動物門」。
(6)學術思想或宗教的派別：「孔門子弟」、「佛門弟子」。
(7)種類：「分門別類」。
(8)關鍵、要點：「門徑」、「竅門」。
(9)計算大炮或功課的單位：「一門功課」、「一門大炮」。
(10)姓。

閂 〔ㄕㄨㄢ〕 門部 1畫
(1)關門用的橫木：「門閂」。
(2)插上門閂，把門關緊：「閂門」。

閃 〔ㄕㄢˇ〕 門部 2畫
(1)一瞥就消失的光：「電光一閃」。
(2)身體轉向一邊避開：「躲閃」。
(3)動作太猛而扭傷筋肉：「閃了腰」。
(4)突然出現：「閃出一條小路」。
(5)光亮突然一現或忽明忽暗的樣子：「閃電」、「閃爍」。
(6)極迅速的：「閃電」。
(7)姓。

閉 〔ㄅㄧˋ〕 門部 3畫
(1)關上、閣上：「閉門」、「閉閉」。
(2)停止、結束：「閉市」、「閉幕」。
(3)阻塞不通：「閉塞」。

閔 〔ㄇㄧㄣˇ〕 門部 4畫
(1)憂患，指死亡、疾病之類：「閔凶」。
(2)姓。

閏 〔ㄖㄨㄣˋ〕 門部 4畫
地球繞太陽公轉一圈的時間是一年，共三百六十五天五時四十八分四十六秒。國曆把一年定為三百六十五天，多出的時間約六小時，所以每四年累積成一個「閏日」，加在二月裡，使二月定為二十九天。又農曆把一年定為三百五十四天或三百五十五天，少了十天或十一天，所以每三年累積成一個「閏月」。這樣的分法叫做「閏」。

開 〔ㄎㄞ〕 門部 4畫
(1)整張紙的分割單位，用來計算紙張的大小：「八開」、「十六開」、「二十四開」。
(2)黃金純度單位，二十四開是純金，和「關」……
(3)啟，是和「關」……

開（續）

……相對：「開門」、「開口」(4)花朵綻放：「百花盛開」、「開花」(5)教導、開導：啟發、開啟、開導(6)釋放：敕免、開釋(7)起頭、起始(8)拓展：開拓、開疆闢土、開土、開始、開學(9)駕駛、操縱：開車、開炮(10)列出、寫出：開支票、開藥方；操縱、發動(11)挖、設立：開礦、開採(12)創辦、設立：開公司、開國紀念(13)免除、革除：開除(14)逃跑、離開：開溜(15)分離(16)舉行：開會(17)分開：分公、公開(18)切破、割破：開膛破肚、開刀、開西瓜(19)受(20)發給：開獎(21)解除：開禁、開戒(22)快樂、高興：開心(23)消散：「雲開」、「霧開」(24)豁達的：想得開、看得開(25)明白的、清楚的：「開水」(26)熱而沸騰、煮沸的：水開了(27)姓。把話說開。

閑　ㄒㄧㄢˊ　門部　4畫

(1)道德法律的規範：「踰閑」(2)通「嫻」。(3)通「閒」，空著不用：(4)通「閒」，和正事無關的：「閑談」

間　ㄐㄧㄢ　門部　4畫

(1)當中，兩者之中：「中間」(2)計算房屋的單位：「一間教室」(3)房屋、處所：「房間」、「車間」、「鄉間」、「田間」、「民間」(4)地方(5)時候：「晚間」、「午間」

間　ㄐㄧㄢˋ

(1)縫隙、空隙：「合作無間」(2)受過特殊訓練，潛入別的國家，搜集祕密情報，或製造政治事件，進行顛覆活動的人：「間諜」(3)不連接(4)挑撥使人不和、隔開：「離間」、「間隔」

閒　ㄒㄧㄢˊ　門部　4畫

放著不用：房子閒在那裡、機器閒著(1)安靜：安閒、悠閒(2)安靜的樣子：閒暇、悠閒(3)沒事做的：閒話、閒人莫入(4)多餘的：閒錢(5)與正事無關：閒書(6)不重要、不用(7)不重要的(8)隨意的、不經心的：閒聊、閒逛。安靜沒事可做的時候：忙裡偷閒。

閡　ㄏㄞˋ　門部　4畫

阻礙不通：「隔閡」。

閘　ㄓㄚˊ　門部　5畫

(1)水閘、閘口(2)車輛上的煞車裝置：手閘、電燈的閘盒(3)可以操縱機械開合的機器：

閟　ㄅㄟˋ　門部　5畫

(1)關閉：門(2)隱藏(3)珍藏：靜的、幽深的：「閟宮」

閣　ㄍㄜˊ　門部　6畫

(1)巷口的門(2)宏大的建築：閎偉(3)姓。

閨〔ㄍㄨㄟ〕門部 6畫：
(1)宮中的小門。
(2)女子的臥室。
(3)婦女的：閨情、閨範、閨房。
(4)未出嫁的：閨女。

閩〔ㄇㄧㄣˊ〕門部 6畫：
(1)福建省的簡稱。
(2)古代的種族名，分布在福建省和浙江省東部一帶。

閣〔ㄍㄜˊ〕門部 6畫：
(1)小樓房：樓閣。
(2)古代收藏書的地方，行：文淵閣。
(3)官署的名稱，立憲政體國家的最高行政機關：內閣。
(4)未出嫁女子的居室：閨閣、出閣。
(5)姓。
〔ㄍㄜ〕通「擱」：耽閣。

閥〔ㄈㄚˊ〕門部 6畫：
(1)門下的橫木：門閥。
(2)門第：名閥、世閥。
(3)在某一方面有特別勢力或影響力的團體、家族：軍閥、財閥。
(4)在機器或個人的一種裝置，可以調節氣體或液體的流量和壓力。

閤〔ㄍㄜˊ〕門部 6畫：
(1)大門旁的小門。
(2)通「閣」，小樓房。

閤〔ㄏㄜˊ〕門部 6畫：
通「合」、「闔」，全部：閤第光臨。檀山香閤。

閭〔ㄌㄩˊ〕門部 7畫：
(1)里巷的門。
(2)古代的基層民政單位，二十五戶為一「閭」。
(3)鄰里、鄉間、閭里。
(倚閭而望)。

閱〔ㄩㄝˋ〕門部 7畫：
(1)看：閱讀、閱覽。
(2)檢視、檢閱。
(3)檢視、檢閱：閱兵、檢閱。
(4)經歷：閱歷。

閫〔ㄎㄨㄣˇ〕門部 7畫：
(1)門檻。
(2)內室、閫奧。
(3)婦女：閫範。
(4)軍事職務：閫外。
(5)姓。

閻〔ㄧㄢˊ〕門部 8畫：
(1)里中的門，引申為里巷。
(2)姓。

閼〔ㄧㄢ〕門部 8畫：
漢代匈奴稱君主的正妻為：「閼氏」。

閼〔ㄜˋ〕門部 8畫：
(1)閘板口。
(2)阻塞不通：關。

閹〔ㄧㄢ〕門部 8畫：
(1)太監的通稱：閹官、閹宦。
(2)割去雄性的生殖器官：閹割。

閽〔ㄏㄨㄣ〕門部 8畫：
(1)守門的。
(2)宮門。

闊〔ㄎㄨㄛˋ〕門部 9畫：
(1)寬度：三尺闊四尺。
(2)奢侈豪華的行為：奢侈豪
(3)寬廣的：裝闊、擺闊、闊氣。
(4)遙遠的：地闊天長、山長路闊。
(5)空。
(6)不細密的：闊略、疏闊。
(7)有錢而奢侈的：闊佬、闊綽。時間長久的：闊別。

闋 ㄑㄩㄝˋ 9畫 門部
(1)古代計算歌、詞、曲的單位名詞 (2)終止、終了：【闋行】。

闌 ㄌㄢˊ 9畫 門部
(1)通「欄」，欄杆：【憑闌】。(2)晚、盡：【夜闌人靜】。(3)姓。

閨 ㄍㄨㄟ 9畫 門部
(1)宮中的旁門：【閨門】(2)宮中后妃居住的地方：【宮閨】(3)父母所住的房間，引申為父母：【庭闈】(4)

闈 ㄨㄟˊ 9畫 門部
父母居住的房間，引申為父母：【庭闈】(4)古代指科舉考試的會場，引申為考試：【秋闈】(5)現在指考試時辦理命題、印試卷的場所：【入闈、闈場】。

闆 ㄅㄢˇ 9畫 門部
「老闆」俗稱商店的主人為「老闆」，也可寫成「老板」。

闇 ㄢˋ 9畫 門部
(1)通「暗」，陰暗、闇昧：【幽暗不明亮、闇昧、陰闇、闇昧】(2)愚昧的：【昏闇、闇淡】(3)守喪的屋子：【諒闇】。

闃 ㄑㄩˋ 9畫 門部
(1)安靜無聲：【闃寂】靜的：【闃寂】

闔 ㄏㄜˊ 10畫 門部
(1)門扉：【閤門】(2)關閉 (3)掩蓋：【闔第光臨】。(4)總合、全部的：【闔第光臨】。

闖 ㄔㄨㄤˇ 10畫 門部
(1)用力猛衝：【橫衝直闖】(2)突然或任意出入：【闖進闖出、闖出名堂、闖出膽兒】(3)經歷、歷練：【闖出名堂】(4)惹出：【闖禍】(5)衝撞：被車闖倒了【闖禍】。

闐 ㄊㄧㄢˊ 10畫 門部
充滿、盈滿：【賓客闐門】。

闕 ㄑㄩㄝ 10畫 門部
(1)古代宮殿、祠廟和陵墓前的高樓，供瞭望用：【宮闕、石闕】(2)皇帝居住的地方：【宮闕】(3)姓。
闕 ㄑㄩㄝ
(1)過錯：【闕失、補闕】(2)缺空待補的官位：【闕失】(3)短少、缺少：【闕疑、付之闕如】(4)殘缺不全的：【殘缺】(5)缺少的：【闕疑、美闕】(6)殘缺不全的：不闕此物：【闕字、闕文】。

關 ㄍㄨㄢ 11畫 門部
(1)閉門用的橫木，就是「門栓」(2)古代在險要的地方設置的守衛處所：【關口、山海關】(3)檢查出入口貨物、徵收貨物稅的地方：【海關】(4)比喻重要的關鍵或轉折點：【關頭】(5)比喻不容易度過的地方或一段時間：【難關】(6)中醫稱人體重要的部位 (7)集合多數人做事的地方：四關（耳、目、心、口）(8)鄉里：【鄉關】(9)閉合：【機關】

【關門、關閉】⑩牽連：事不關己：【關係】⑪拘留、拘禁：關入牢裡：【關禁】⑫領取：【關餉】⑬打通的：【關通】⑭顧念：【關心】說：⑮姓。

闡 ㄔㄢˇ　門部 12畫
(1)詳細說明：【闡明】(2)彰顯、發揚：【闡揚】。

闞 ㄎㄢˇ　門部 12畫
(1)勇猛的樣子：【闞闞】(2)姓。

闢 ㄆㄧˋ　門部 13畫
(1)打開：【闢門、另闢一門、闢戶】(2)開拓：【開闢、開疆闢土】(3)駁斥、糾正：【闢謠、闢邪】(4)透澈的：【精闢】。

阜部 ㄈㄨ

阜 ㄈㄨ　阜部 0畫
(1)用土堆成的土山：【高阜】(2)盛多、豐富的：【物阜民豐】。

阡 ㄑㄧㄢ　阜部 3畫
(1)田間南北向的小路：【阡陌】(2)墓道。也可做為「墓」的代稱(3)姓。

阢 ㄨˋ　阜部 3畫
危險不安的樣子：【阢隉】。

防 ㄈㄤˊ　阜部 4畫
(1)堤岸、海邊的建築物：【堤防】(2)有關警備的設施：【冬防、海防】(3)預先戒備：【防火、防盜】(4)守備：【防守、防備】(5)姓。

阮 ㄖㄨㄢˇ　阜部 4畫
(1)一種撥弦樂器，就是「阮咸」的簡稱(2)姓。

阱 ㄐㄧㄥˇ　阜部 4畫
為捕捉野獸而挖掘的深坑，比喻害人的計謀：【陷阱】。

阪 ㄅㄢˇ　阜部 4畫
(1)山坡：【山阪】(2)高低不平又貧瘠的土地：【阪田】。

阨 ㄜˋ　阜部 4畫
(1)阻隔、阻塞：【阻阨】(2)窮困：【困阨】(3)險要的地方：【阨塞】(4)狹小的：【阨巷】(5)閉關據阨、簡陋的。

陀 ㄊㄨㄛˊ　阜部 5畫
(1)山勢或山勢不平的樣子：【陂陀】(2)一種用木頭或塑膠製成的圓錐形玩具，用細繩繞上，急甩出去，落地後尖端能在地上旋轉：【陀螺】。

阿 ㄚ　阜部 5畫
(1)通「啊」，語尾助詞：【你好大的膽子阿！】(2)加在稱呼或譯名的詞頭：【阿阿！】

阿 ㄜ
(1)大土山 (2)彎曲的地方：【山阿】 (3)偏袒、迎合：【阿附、阿其所好】 (4)通「屙」，便溺：【阿屎、阿尿】 (5)姓。

ㄚ
【阿姨、阿公、阿斗、阿波羅】
(3)通「啊」，語尾助詞：【好阿！】
(4)表示驚疑：【啊！原來這件事是你做的阿！】

阻 ㄗㄨˇ 阜部 5畫
(1)險要的地方：【天阻、險阻】
(2)惡阻、險阻
(3)阻止、勸阻
(4)被隔斷的：擋住、遏止、隔斷不通：【阻隔】：【道阻且長】。

附 ㄈㄨˋ 阜部 5畫
(1)另外加上：【附上】
(2)依附、依傍：【依附、歸附】
(3)靠近、貼近：【附近】、附耳交談、附近的
(4)跟從別人的意見：【附議】
(5)連帶：【附帶、附設】
(6)外加的：【附加】
(7)另外加上的：【附錄、附件】

陂 ㄆㄛ 阜部 5畫
(1)地勢傾斜而且不平坦的樣子：【陂陀】
(2)山旁的：【山陂】
(3)路旁：【陂陀】

ㄆㄛ
(1)池塘：【陂池】
(2)小山坡：坡地。
(3)山旁的、路、陂池。

阼 ㄗㄨㄛˋ 阜部 5畫
(1)古代堂前的東階，是主人接待賓客的地方，古代稱天子即位為「踐阼」。
階位：【阼階】

限 ㄒㄧㄢˋ 阜部 6畫
(1)門下的橫木：【門限】，就是「戶限」，門檻。
(2)分界、界限，規定不能超越的範圍：【界限、門限】
(3)指定範圍：【限期完成、限時】期限、限時
(4)窮盡的：【限三天內交卷、無限光榮、有限的財力】。

陋 ㄌㄡˋ 阜部 6畫
(1)容貌醜、不好看的：【醜陋】
(2)學識狹淺、薄、粗俗的：【孤陋寡聞】
(3)狹小的：【陋巷】
(4)粗劣的、不精細的：【陋室、陋車】
(5)壞的、不正當的：【陋習、陋規】
(6)卑賤的：【卑陋】
(7)自謙的詞：【陋見】。

陌 ㄇㄛˋ 阜部 6畫
(1)田間東西方向的小路：【阡陌】
(2)街道：【街陌】
(3)不熟悉的：道路、陌生：【陌路、陌生】
(4)姓。

降 ㄒㄧㄤˊ
(1)屈服、歸順：【投降、降服】
(2)用威力使馴服、制服：【降妖、降魔、降龍伏虎】

ㄐㄧㄤˋ
(1)從上落下：【降雨、喜從天降】
(2)壓低：【降級、降低、降落】
(3)往後、貶低：【以降】

院 ㄩㄢˋ 阜部 7畫
(1)圍牆內房屋四周的空地：【院子、庭院】
(2)場所：【戲院、醫院、大理院、寺院】
(3)古代的官署：【翰林院】
(4)我國中央政府由五院

構成：【行政院、立法院、司法院、考試院、監察院】(5)大學中行政和學習單位：【法學院、文學院】。

陣 ㄓㄣˋ　7畫　阜部
(1)古代作戰時布置的戰鬥隊列：【布陣、臨陣磨槍】(2)指戰場：【背水為陣】(3)量詞，指時間的一個段落或事情經過的一段時間：【一陣子、颳一陣風、下一陣雨】(4)量詞，表示動作的一個段落：【一陣掌聲】(5)鳥蟲飛行時的行列：【雁陣】(6)間斷且持續的：【陣痛】。

陡 ㄉㄡˇ　7畫　阜部
(1)山勢直立的：【陡峭、陡立、懸崖陡壁】(2)突然：【陡然】。

陝 ㄕㄢˇ　7畫　阜部
(1)陝西省的簡稱(2)縣名，在河南省。

除 ㄔㄨˊ　7畫　阜部
(1)臺階。(2)計算方法的一種，符號是「÷」，用一個不是零的數去除，把另一個數分成若干等分：【除法】(3)去掉：【剷除、除去、斬草除根】(4)不計算在內：【除外、挑除】(5)辭去舊官職，改任新官職：【除官、除拜】(6)更換：【歲除】(7)姓。

陛 ㄅㄧˋ　7畫　阜部
(1)古代宮殿中臺階的最高層，天子坐在上面聽政(2)對天子的尊稱：【陛下】。

陞 ㄕㄥ　7畫　阜部
(1)升官、升遷：通「升」，【陞官、陞遷】(2)登、升遷。

陟 ㄓˋ　7畫　阜部
(1)登山：【陟巔】(2)進用、升遷：【黜陟】。

陵 ㄌㄧㄥˊ　8畫　阜部
(1)大土山：【丘陵】(2)帝王、偉人的墳墓：【中山陵、陵墓】(3)通「凌」，欺壓、欺負：【欺陵、陵犯】(4)通「凌」，登：【陵雲、陵駕】(5)姓。

陪 ㄆㄟˊ　8畫　阜部
(1)伴隨，跟在旁邊作伴：【陪考、陪伴、陪同、敬陪末座】(2)從旁協助：【陪審】(3)通「賠」，償還：【陪罪】。

陳 ㄔㄣˊ　8畫　阜部
(1)朝代名，南朝之一(2)春秋時國名(3)通「陣」，軍隊的行列。(4)擺設、排列：【陳設、陳列】(5)敘述：【陳述、陳訴】(6)老舊的、年代久的：【陳舊、陳年老酒】(7)姓。

陸 ㄌㄨˋ　8畫　阜部
(1)高出水面的土地：【陸地】(2)旱路：【水陸交通、陸路】(3)航線經過地面的：【陸續】(4)連續不斷：【陸續】(5)姓。數目名，「六」的大寫：【陸拾元】。

陰 ㄧㄣ 阜部 8畫

(1)月亮：【太陰】。(2)山的北面，水的南面：【山陰】。(3)時間：【光陰】。(4)光線照不到的地方：【樹陰】。(5)祕密的事：【揭陰】。(6)人的生殖器官，有時特指女性的生殖器官，和「陽」相對：【陰部】。(7)中國古代的一種哲學概念，和「陽」相對：【陰陽五行】。(8)天空有雲、看不到陽光或星星、月亮：【陰天】。(9)天氣不晴不雨的：【陰天時陰】。(10)隱蔽不顯露的：【陰謀、陰計、陰德】。(11)幽暗的：【陰暗】。(12)險詐的：【陰險】。(13)器物鏤刻凹入的：【陰文圖章】。(14)雌的、女性的、柔弱的：【陰性】。(15)有關死人或鬼魂的：【陰宅、陰曹地府】。(16)帶負電的：【陰電、陰極】。(17)姓。

陰 ㄧㄣˋ

通「蔭」，遮蓋庇護：【庇陰】。通「暗」，守喪的屋子：【諒陰】。通「闇」（ㄢ）。

陴 ㄆㄧˊ 阜部 8畫

城上凹凸形的矮牆。

陶 ㄊㄠˊ 阜部 8畫

(1)瓦器或用黏土燒製成的器物：【陶器】。(2)製造瓦器：【陶冶】。(3)教化、造就：【陶冶】。(4)快樂的樣子：【陶然、陶醉、樂陶陶】。(5)姓。

陷 ㄒㄧㄢˋ 阜部 8畫

(1)為了捕捉野獸而挖的坑，比喻害人的陰謀：【陷阱】。(2)過失或缺點：【缺陷】。(3)沉、沒、掉進去：【陷入泥沼、身陷火坑】。(4)設計害人：【誣陷、陷害】。(5)攻破：【衝鋒陷陣】。

陬 ㄗㄡ 阜部 8畫

(1)角落：【山陬】。(2)山腳聚居的地方。(3)邊遠居的地方：【蠻陬】。

階 ㄐㄧㄝ 阜部 9畫

(1)便於行人上下的層級或梯子：【階梯、臺階】。(2)音樂的高低段落：【音階】。(3)官位的等級：【官階】。(4)途徑：【晉身之階】。

隋 ㄙㄨㄟˊ 阜部 9畫

(1)朝代名，楊堅所建立，被唐朝滅亡。(2)姓。

陽 ㄧㄤˊ 阜部 9畫

(1)日：【秋陽】。(2)水的北面，山的南面：【衡陽、漢陽】。(3)男性的生殖器官，和「陰」相對：【陰陽】。(4)古代的一種哲學概念，和「陰」相對：【陰陽五行】。(5)正面：【碑陽】。(6)雄性的：【陽性】。(7)人間的、剛強的、男性的、剛之氣：【陽世、陽壽、陽剛】。(8)明顯的：【陽】。(9)帶正電的：【陽電、陽極】。(10)在外面的、外露的：【陽溝】。(11)器物刻鏤凸出來的：【陽文圖章】。(12)表面上的：【陽奉陰違】。(13)姓。

隅　ㄩˊ　阜部　9畫
【海隅】。(1)角落、邊遠的地方：【四隅】、【城隅】。(2)

隆　ㄌㄨㄥˊ　阜部　9畫
(1)使興盛：【隆國保家】。(2)增高的：【隆鼻】。(3)盛大的：【隆重】、【隆情厚誼】。(4)深厚的：【隆恩】。(5)程度深的：【隆冬】。(6)興盛的：【生意興隆、昌隆】。(7)形容聲音很大的：【雷聲隆隆】。(8)凸出：【隆起】。(9)姓。

隍　ㄏㄨㄤˊ　阜部　9畫
環繞在城牆外的壕溝，有水的稱「池」，沒有水的稱「隍」。

陲　ㄔㄨㄟˊ　阜部　9畫
邊疆，靠邊界的地方。

隊　ㄉㄨㄟˋ　阜部　9畫
(1)指有組織的士兵們：【軍隊、聯隊、部隊】。(2)多數人為同一目標而集合成的組織：【排隊、隊伍】。(3)行列：【球隊、樂隊】。

隊　ㄓㄨㄟˋ　阜部　9畫
通「墜」。

隄　ㄊㄧˊ　阜部　9畫
通「堤」，沿河或沿海修築的防水建築物：【防水隄、隄防】。

隉　ㄋㄧㄝˋ　阜部　9畫
危險不安的樣子：【阢隉】。

隈　ㄨㄟ　阜部　9畫
(1)山或水彎曲的地方：【水隈】。(2)角落。

限　ㄒㄧㄢˋ　阜部　9畫
【界限】。(1)界限、範圍。(2)

隘　ㄞˋ　阜部　10畫
【狹隘、隘巷】。(1)險要的地方。(2)狹窄的。(3)器量不廣的。

隔　ㄍㄜˊ　阜部　10畫
(1)距離：【相隔十里】。(2)遮斷、阻礙：【隔成兩間房、隔斷、隔絕】。(3)相距、距離：【千里之隔】。(4)經過、相隔（過了）：【隔幾天再來、隔夜】。

隕　ㄩㄣˇ　阜部　10畫
(1)從高處落下。(2)通「殞」，死亡：【隕命、隕身】。

隙　ㄒㄧˋ　阜部　11畫
(1)牆壁上的小孔或裂縫：【白駒過隙】。(2)空閒的時間：【農隙】。(3)感情上的裂痕：【仇隙、怨隙】。(4)嫌隙。(5)機會、漏洞：【伺隙、乘隙而入】。(6)空著的：【隙地】。

障　ㄓㄤˋ　阜部　11畫
(1)在邊塞所築衛的設施：【城寨】。(2)用來防衛的城寨。(3)防衛。(4)妨礙、阻礙：【屏障、阻障】。(5)阻塞、保障。(6)遮蔽：【障礙、障蔽】。

際　ㄐㄧˋ　阜部　11畫
(1)邊、岸：【天際、水際、一望無際】。(2)兩段時間相接處：【夏秋之際】。

險 ㄒㄧㄢˇ

【阜部 13畫】

(1)利於防守的重要地帶：【天險】(2)艱危不安的情形、成敗難料的事：【脫險、冒險】(3)意外不幸的災害：【保險、火險、壽險】(4)艱困危急的：【險象環生】(5)地勢艱危的：【險坡】(6)邪惡、狠毒的：【陰險】(7)幾乎、差一點：【險遭毒手】。

隨 ㄙㄨㄟˊ

【阜部 13畫】

(1)跟從：【跟隨】(2)順便：【他長得的情他去吧】(3)任憑：【隨他父親】(4)順應：【隨機應變】(5)(6)相像：【隨即】(7)立刻：【隨叫隨到】(8)表示兩個動作同時做，或一個動作跟著一個動作的：【隨手關門】(6)立刻：【隨叫隨到】(8)表示兩個動作同時做，或一個動作跟著一個動作的：【隨聽隨忘】。

隧 ㄙㄨㄟˋ

【阜部 13畫】

(1)古代帝王葬禮用的墓道：【隧道】(2)地下道：【隧道】(3)人體血液通行的管道：【隧道、經隧】。

際 ㄐㄧˋ

【阜部 13畫】

(1)兩物的接連處：【腦際】(2)時候：【正值、當、逢：【際此良機】交界：【交際、校際、人際】(3)中間：【腦際】(4)邊界、界限：【黃不接之際】(5)彼此之間：【國際、校際、人際】(6)機會、機遇：【因緣際會、際遇】(7)到達：【高不可際】(8)結交：【交際】(9)正值、當、逢：【際此良機】。

隱 ㄧㄣˇ

【阜部 14畫】

(1)心事、祕密難言的事：【難言之隱】(2)痛苦：【民隱】(3)藏匿，使人看不到的：【隱形匿影、隱藏、隱姓埋名】(4)瞞著不說：【隱瞞、隱惡】(5)不明顯、不顯露的：【隱約】(6)不顯露的：【隱約】(7)避世的：【隱士】(8)【隱約】(9)內裡、深藏的：【隱痛】。

隰 ㄒㄧˊ

【阜部 14畫】

(1)低溼的地方：【隰】(2)新開墾的田地。(3)姓。

隳 ㄏㄨㄟ

【阜部 15畫】

壞、毀壞：【隳壞】。

隴 ㄌㄨㄥˇ

【阜部 16畫】

(1)通「壟」，土堆或高地：【隴畝】(2)甘肅省的簡稱。

隸 ㄌㄧˋ

【隸部 9畫】

(1)古代供人使喚、社會地位很低的人：【奴隸、僕隸】(2)漢字字體的一種，由篆書演變而來。相傳是秦朝的程邈所創，在漢朝非常盛行。因為最初是官獄隸卒所用的字體，所以最初稱為「隸書」(3)附屬：【隸屬】(4)姓。

隹部 ㄓㄨㄟ

隻

ㄓ

2畫 隹部

(1)計算動物的單位：【一隻鳥、一隻貓、三隻羊、一隻鞋、一隻襪子】(2)稱成雙東西的單數：【單身、形單影隻、單獨的、單一的】(3)單一的：【隻字片語】。

雀

ㄑㄩㄝˋ

3畫 隹部

(1)鳥名，體形小，毛褐色，吃穀物和昆蟲：【麻雀】(2)小鳥的通稱(3)臉上、手背等皮膚上所生的黑褐色細斑點：【雀斑】(4)動作像小鳥一樣的：【雀躍】。

雁

ㄧㄢˋ

4畫 隹部

(1)鳥名，形狀像鵝，飛行時排成「人」或「一」字形。每年春分後飛往北方，秋分後又飛往南方，屬於候鳥的一種：【飛雁、鴻雁】(2)書信的代稱：【魚雁】(3)有次序的：【雁行有序】。

雅

ㄧㄚˇ

4畫 隹部

(1)詩經內容三大部分之一：【風、雅、頌】(2)古代訓詁的書籍名稱：【爾雅】(3)清麗：【雅淡】(4)高尚的、不俗氣的：【雅事、文雅、雍容嫻雅】(5)正直的、規範的：【雅言】(6)優美的：【嫻雅】(7)對別人的敬辭：【雅賜】(8)姓。

鴉

ㄧㄚ

「鴉」的本字。

雄

ㄒㄩㄥˊ

4畫 隹部

(1)指強壯、勇敢的人：【英雄】(2)強盛的：【戰國七雄】(3)優勝：【一決雌雄】(4)公的、陽性的：【雄雞、雄蕊】(5)有氣魄的、遠大的：【雄心萬丈】(6)威武的：【雄壯、雄赳赳】。

集

ㄐㄧˊ

4畫 隹部

(1)定期買賣交易的市場：【市集、趕集】(2)把單篇作品彙集起來編成的書：【文集、詩集】(3)中國古代的圖書分類法：【經、史、子、集】(4)篇幅較大的書籍或長度較長的影片中的一個段落：【上集、第三集】(5)聚合、會合：【集合、聚在一起的：【集議、集訓】(6)聚合：【集合、會合、集大成】(7)姓。

雇

ㄍㄨˋ

4畫 隹部

(1)通「僱」，出錢請人做事：【雇車、雇工】(2)租用：【雇車、雇船】。

隽

ㄐㄩㄣˋ

4畫 隹部

(1)通「俊」(1)才德出眾的：【隽永】(2)賢良的：【隽輔】(2)意義深遠的：【隽永】(3)英卓越的：【隽拔】。

雍

ㄩㄥ

5畫 隹部

(1)古代音樂名(2)和諧的：【雍和、雍熙】(3)威儀的、態度大方而從容不迫的：【雍容華貴】(4)姓。雍穆】(3)威儀的、態度大方而從容不迫的：【雍容華貴】(4)姓。

雉 ㄓ 佳部 5畫

(1)一種野雞在荒山竹林中活動。雄的尾巴長，羽毛很漂亮，可做裝飾品：【山雉、野雉】。(2)錯雜的樣子：【雉雉】。(3)姓。

睢 ㄐㄩ 佳部 5畫

古代傳說中的水鳥名，雌雄的配合恆久的：【睢鳩】。用來比喻君子的配偶，擇一而終。

雌 ㄘ 佳部 6畫

(1)母的、陰性的：【雌鳥、雌性的】。(2)柔弱的：【雌蕊】。(3)一種黃色的礦物，古人用來塗改文字：【雌黃】。

雒 ㄌㄨㄛˋ 佳部 6畫

(1)鳥名，就是「鵂」鳥，通「鵅」。(2)通「洛」，水名，發源於陝西省雒南縣。

雕 ㄉㄧㄠ 佳部 8畫

(1)性情凶猛，愛吃鼠、兔等：【鷲雕、射雕】。(2)用刀刻鏤彩畫裝飾的：【雕刻、雕琢】。(3)有彩畫裝飾的：【雕欄、雕弓】。

雖 ㄙㄨㄟ 佳部 9畫

(1)爬蟲名，像蜥蜴，但比較大。(2)連接詞，雖然：【雖死猶生、雖敗猶榮、即使、縱然】。

雛 ㄔㄨˊ 佳部 10畫

(1)出生不久的幼禽：【雛燕】。(2)幼小的孩子：【雛子孫、雛妓】。(3)幼小的：【孤雛】。

雞 ㄐㄧ 佳部 10畫

(1)家禽的一種，頭部有鮮紅色的肉冠，雄的會啼叫。種類很多，肉和蛋都可以食用。(2)姓。

雙 ㄕㄨㄤ 佳部 10畫

(1)量詞，兩個成對的叫一雙：【一雙鞋】。(2)匹敵：【舉世無雙】。(3)偶數的：【雙號、雙數】。(4)加倍的：【雙薪、雙料冠軍】。(5)姓。

雜 ㄗㄚˊ 佳部 10畫

(1)混合在一起、摻雜、夾雜：【雜亂、雜陳】。(2)混亂不清的、不單純的：【複雜】。(3)不同類的、各式各樣的：【雜貨、雜糧】。(4)瑣碎的：【雜務】。(5)不純的、不同類的：【雜音、雜亂】。(6)紛亂的：

膗 ㄏㄨㄛˋ 佳部 10畫

一種赤石脂，可做油漆、顏料，通「雍」，和樂的樣子：【膗膗】。

雝 ㄩ 佳部 10畫

(1)使感到不易樂的樣子：丹膗。(2)阻礙：【雝不倒我】為

難 ㄋㄢˊ 佳部 11畫

(1)災禍：【災難、苦難】。(2)遇難。(3)仇敵：【與人為難】。(4)責問、責備

難 ㄋㄢˋ

(3)不容易的：【難題、難關】。(4)不好的：【難吃、難聽】。(5)不太可能能夠的：【難免】。(6)不太可能(7)姓。自身難保。(2)不幸的遭遇：

難 ㄋㄢˊ

俗：通「儺」，驅除疫鬼的儀式。(1)責難。
(2)盛大的。【鄉難】

離 ㄌㄧˊ　佳部　11畫

(1)易經八卦之一，卦形是「☲」，代表火，人。(2)分開、分散：【分離】、【離散】。(3)走出、離開：【走離】(4)(5)背叛、違背：【眾叛親離】、【離經叛道】(6)相距、相隔：【上下離心】(7)不和：【離婚】(8)斷絕、分別的：【距離很遠】(9)分別的：【離別、離情】(10)姓。

雨部

雨 ㄩˇ　雨部　0畫

(1)空氣中的水蒸氣上升到空中，遇冷慢慢凝結成雲，雲裡的小水滴增大到不能再浮在空中時，就落下來成為「雨」。(2)朋友：【舊雨新知】

(3)正下著雨的：【雨天、雨夜】(4)防雨用的：【雨衣、雨傘】

雨 ㄩˋ

(1)降雨、下雨(2)落下…：【雨雪】(3)潤澤，比喻施恩惠：【夏雨（ㄩˋ）雨（ㄩˋ）人】

雪 ㄒㄩㄝˇ　雨部　3畫

(1)空氣中的水蒸氣遇冷到攝氏零度以下，凝結成六角形的白色結晶體降落下來，就是「雪」(2)洗刷、清除白的：【雪恥、雪冤】(3)像雪一樣潔白的：【雪白、雪肌】(4)高潔的：【雪天。(5)正下著雪的：【雪格】

雩 ㄩˊ　雨部　3畫

(1)古代求雨的祭典或祭壇：【雩祭、雩壇】。

雯 ㄨㄣˊ　雨部　4畫

形成花紋的雲彩。

雲 ㄩㄣˊ　雨部　4畫

(1)空氣中的水蒸氣上升，遇冷凝結成微細的水滴，並聚成團狀，浮游在空中，稱為「雲」(2)雲南省的簡稱：【雲南】(3)形狀像雲的：【雲髻、雲篦】(4)高聳入雲的：【雲梯】(5)飄蕩不定的：【雲遊四海】(6)多而密集的：【車馬雲集】(7)姓。

霧 ㄨˋ　雨部　4畫

(1)霧氣(2)雨雪盛大的樣子：【雨雪霧霧】

雷 ㄌㄟˊ　雨部　5畫

(1)空氣中帶電的雲層互相接觸時，因放電而激盪空氣，所發出的巨大聲響：【打雷】(2)一種碰觸時會爆炸的武器：【地雷、水雷、魚雷】(3)敲擊：【雷鼓出門】(4)猛烈的：【雷厲風行】(5)大聲的：(6)快速的：【雷馳】(7)姓。

雹 ㄅㄠˊ　雨部　5畫

空中的水蒸氣遇到極冷的空氣結成冰雪，馬上裹合成塊狀而降落，稱為「雹」。

零　ㄌㄧㄥˊ　5畫　雨部
(1)餘數的尾數，不成整數的：【零存整付、零售、零買】
(2)三位數以上數的空位：【一百零三】
(3)數目名，阿拉伯數字寫作「〇」表示沒有：【二減二等於零】
(4)數學上，三點零一分
(5)……
(6)草木枯落：【凋零】
(7)部分的、不成整數的：感激涕零
(8)姓。

電　ㄉㄧㄢˋ　5畫　雨部
(1)指空中帶電的雲氣互相摩溼時所放電時所發出的閃光：【閃電】
(2)物質中固有的一種能，有正、負兩種，二者相接觸或失去均衡時會發生放電作用，產生光、熱和動力，可以廣泛應用在生產和生活中，
(3)電報或電話的簡稱：【急電、來電】
(4)觸電：【我被插頭電了一下】
(5)藉電流來發動使用的：【電燈、電扇】
(6)形容時間短暫的：【電光石火】
(7)像電一樣迅速的：【風馳電掣】。

需　ㄒㄩ　6畫　雨部
(1)費用：【軍需】
(2)八卦名之一
(3)滿足某種欲望的東西：【需求、需要】
(4)不時之需
(5)姓。

霄　ㄒㄧㄠ　7畫　雨部
(1)天空：【霄、九霄雲外】
(2)雲
(3)姓。

霉　ㄇㄟˊ　7畫　雨部
(1)一種菌類，形狀像細絲，霉菌
(2)通「黴」，衣物或食物等因為受到溼氣，霉菌起作用，而產生淺黑色的小汙點：【發霉】

霆　ㄊㄧㄥˊ　7畫　雨部
(1)突然而起的雷聲：【雷霆】
(2)震盪的：霆亂。

震　ㄓㄣˋ　7畫　雨部
(1)易經八卦之一，卦形是「☳」，代表雷
(2)打雷：【雷震】
(3)激烈的動盪：【震動、震盪】
(4)驚動：【震動、名震天下】
(5)轟動：【震動】地震、震慴、驚、震懾
(6)極、非常：【震怒】。

霈　ㄆㄟˋ　7畫　雨部
(1)大雨：【霈霈】雨水很多的樣子
(2)恩澤
(3)甘霈

霎　ㄕㄚˋ　8畫　雨部
(1)小雨
(2)極短的時間：【霎時】。

霖　ㄌㄧㄣˊ　8畫　雨部
(1)連續下三天以上的雨：【甘霖】
(2)甘雨的代稱霖、春霖。

霍　ㄏㄨㄛˋ　8畫　雨部
(1)古代國名及地名
(2)霍然而癒的：【霍然而癒】、霍地
(3)姓。

霓　ㄋㄧˊ　8畫　雨部
(1)大氣中和虹同時出現的一種現象，它的顏色、排列順序和虹相反，顏色也比較淡，又叫「副虹」
(2)雲氣：【雲霓】
(3)姓。

霏 ㄈㄟ 雨部 8畫
(1)雲氣：【霏霏】。(2)飄盪：【夕霏】。(3)形容雨雪下得多而密的樣子：【霏霏】。

霑 ㄓㄢ 雨部 8畫
(1)浸溼：通「沾」，【霑衣】。(2)潤澤：【霑澤】，比喻接受別人的恩惠：【霑恩、霑惠】。

霞 ㄒㄧㄚˊ 雨部 9畫
(1)日出或黃昏的時候，太陽光斜射在天空中，而使天空和雲層出現黃、紅、橙等光彩：【晚霞、朝霞、彩霞、雲霞】。(2)華麗的、帶有彩色的：【鳳冠霞帔】。

霜 ㄕㄨㄤ 雨部 9畫
(1)接近地面的水蒸氣，遇冷而凝結成的白色細微顆粒，常發生在秋冬晴朗的夜晚：【秋霜、面霜、糖霜】。(2)像霜一樣白的東西：【砒霜】。(3)像霜一樣白的：【霜髮、霜鬢】。(4)姓。

霧 ㄨ 雨部 11畫
(1)氣溫下降時，空氣中所含的水蒸氣結成的小水滴，浮在接近地面的上空，會影響能見度：【濃霧、晨霧、噴霧氣】。(2)像霧的東西：【煙霧】。

霙 ㄧㄥ 雨部 11畫
雨點遇冷空氣而凝結成的白色不透明的小雨。

霪 ㄧㄣˊ 雨部 12畫
下了很久的雨：【霪雨】。

霰 ㄒㄧㄢ 雨部 13畫
雪珠，常在下雪以前降落：【霰】。

霸 ㄅㄚˋ 雨部 13畫
(1)古代諸侯的首領：【五霸】。(2)地方惡勢力的首領，上依靠財勢作惡稱雄的人：【惡霸】。(3)強橫無理作惡稱雄的人：【霸占】。

露 ㄌㄨˋ 雨部 13畫
(1)靠近地面的水蒸氣，夜間遇冷而凝結成的小水珠：【朝露、露珠】。(2)味道芳香的液體，例如：【玫瑰露、茉莉露】。(3)酒或香水：【暴露、顯露】。(4)在屋外或野外的：【露天、露宿】。(5)表現在外，沒有遮蔽的：表現出來，沒有遮住：【露出馬腳、藏頭露尾、露口風】。(5)姓。

霹 ㄆㄧ 雨部 13畫
【霹靂】又急又響的雷聲，也可比喻突然來的打擊。晴天霹靂。

霾 ㄇㄞˊ 雨部 14畫
【陰霾】大風吹起塵埃，使空中形成陰暗的景象。

霽 ㄐㄧˋ 雨部 14畫
(1)雨、雪停後天氣轉晴稱為【霽】：【雪初霽、秋雨新霽】。(2)停止：【大……】。

雨部

連雨未霽（3）比喻怒氣消散：【霽色】（4）明朗的：【霽月】。

霹靂

ㄆㄧ　16畫　雨部

【霹靂】（1）急雷的聲音：【霹靂】。

靈

ㄌㄧㄥ　16畫　雨部

（1）指巫或神：【神靈、精靈】（2）魂魄、精神：【靈魂】（3）指最精明傑出的人類：【萬物之靈】（4）人的精神：【心靈】（5）祭祀死者所設的牌位：【靈前】（6）有效驗的：【這個方法很靈】（7）關於鬼神的：【靈藥、靈位、靈堂】（8）神妙的、聰明的、機敏的：【靈巧、靈敏、機敏、靈活】（9）效、靈劍（10）姓。

靄

ㄞˇ　16畫　雨部

（1）雲氣，介於雲和霧之間的東西：【暮靄、夕靄、晨靄】（2）雲聚集的樣子：【靄靄】（3）姓。

青部

青

ㄑㄧㄥ　0畫　青部

（1）藍色：【青天】（2）綠色的草木、山：【青山、青草、青豆】（3）竹皮、竹子、汗青：【殺青、汗青】（4）青色的顏色象徵少年時代、年輕：【青春、青年】（5）青海省的簡稱（6）綠色的：【青草、青豆】（7）黑色的：【青衣、青絲】（8）藍色的：【踏青、看青】（9）姓。

通「菁」。

靖

ㄐㄧㄥ　5畫　青部

（1）平定：【靖亂、靖難】（2）靖停止：【清靖】（3）平安沒有動亂的：【兵、安靖】。

靚

ㄐㄧㄥ　7畫　青部

（1）婦女用脂粉打扮：【靚妝】（2）美麗的、漂亮的：【靚女、靚仔】（3）通「靜」，沉靜的：【幽靚】。

靛

ㄉㄧㄢˋ　8畫　青部

（1）藍青色的染料，用藍草的葉子浸水，再加上石灰製成，顏色介於青、藍之間的，深藍色的：【靛青、靛藍】。

靜

ㄐㄧㄥ　8畫　青部

（1）安定不動的：【動靜】（2）停止：【靜止、風平浪靜】（3）沒有聲音的：【靜夜、安靜】（4）停止不動的：【靜物、靜態】（5）沉默的：【靜聽、靜候佳音】。

非部

非

ㄈㄟ　0畫　非部

（1）壞事、惡事、為非作歹（2）阿非利加洲的簡稱：【非洲】（3）違背、不合：【非禮、非法】（4）反對、責（3）痛改前非、不

非部

備：
【非議、非難】。

(5)不是……

(6)不……：
【非死即傷，答非所問】。

【非凡、非但】。

(7)表示必須、一定要：【非去不可】。

靠 ㄎㄠˋ ｜非部 7畫

(1)依賴：【依靠、天吃飯，依靠】。
(2)信任：【可靠】。
(3)接近：【靠山、靠岸、靠近】。

靡 ㄇㄧˇ ｜非部 11畫

(1)損傷(2)通「糜」，爛：【靡爛】。
(2)倒下：【所向披靡】。
(3)奢侈的：【奢靡、靡麗】。
(4)華麗的：【靡麗】。
(5)衰弱的：【委靡】。

面部

面 ㄇㄧㄢˋ ｜面部 0畫

(1)臉孔：【滿面春風、面紅耳赤】。
(2)物體的外表：【封面、路面、桌面】。

(3)方位：【四面八方、上面、南面】。
(4)用來計算扁平東西的單位名詞：【一面鏡子、一面國旗】。
(5)情形、狀況：【場面、局面】。
(6)反面、光明面。
(7)數學名詞，線移動所造成的軌跡，是有長度、寬度但沒有厚度的空間：【平面、面積】。
(8)相見：【一面之緣、面壁思過、背山面水】。
(9)向著、對著：【面談、面試】。
(10)當面、直接的：

靦 ㄊㄧㄢˇ ｜面部 7畫

慚愧的、羞愧的：【靦顏】。

靨 ㄧㄝˋ ｜面部 14畫

通「腼」，害羞、難為情的樣子：【靦覥】。

臉頰上的小圓渦，俗稱「酒窩」：【笑靨、嬌靨、酒靨】。

革部

革 ㄍㄜˊ ｜革部 0畫

(1)去掉毛的獸皮：【皮革、牛革、馬革裹屍】。
(2)古代作戰時穿的甲冑，是用皮革製成的：【兵革】。
(3)古代的八音之一，是用皮革製成的樂器所發出的聲音。
(4)改換、除去：【洗心革面、革新、革命】。
(5)變更、除去：【革除、革職】。
(6)姓。

ㄐㄧˊ 通「急」。

靪 ㄉㄧㄥ ｜革部 2畫

(1)衣服、鞋、襪等縫補的部分：【打補靪】。
(2)補鞋底。

靭 ㄖㄣˋ ｜革部 3畫

同「韌」。

靴 ㄒㄩㄝ ｜革部 4畫

長筒的鞋子：【馬靴、靴子】。

靶 ㄅㄚˇ ｜革部 4畫

練習射箭或射擊的目標：【槍靶、打靶、靶子】。

靶
【靶場】器物上便於拿的部分：【靶、刀子靶】。

靳 ㄐㄧㄣˋ 革部 4畫
(1)古代用四匹馬拉車，中間兩匹馬的胸前繫著的皮帶稱為「靳」。(2)姓。

靷 ㄧㄣˇ 革部 4畫
一端繫在牛馬胸前，一端繫在車軸上，用來引車前進的皮帶。

靼 ㄉㄚˊ 革部 5畫
(1)柔軟的皮革。(2)【韃靼】唐朝末年的蒙古種族名，元朝後，就稱蒙古種為「韃靼」。

鞅 ㄧㄤ 革部 5畫
(1)套在馬頸上，用來駕車的皮帶。(2)不滿意的：【鞅鞅】。

靺 ㄇㄛˋ 革部 5畫
(1)襪子。(2)【靺鞨】隋唐時代的種族名，就是後來女真族的祖先。

鞄 ㄅㄠˊ 革部 5畫
軟皮製成的小箱子：【提鞄】。(2)姓。

鞍 ㄢ 革部 6畫
放在馬、驢等牲口背上，用來承受重量或供人騎坐的墊子：【馬鞍、鞍轡】。

鞋 ㄒㄧㄝˊ 革部 6畫
穿著在腳上的物品，可以保護腳部，便於行走：【球鞋、雨鞋、皮鞋】。

鞏 ㄍㄨㄥˇ 革部 6畫
(1)用皮革捆束：【鞏固】。(2)堅固、穩固：【鞏固】。(3)姓。

鞘 ㄑㄧㄠˋ 革部 7畫
刀子、劍的套子：【刀鞘、劍鞘】。

鞔 ㄇㄢˊ 革部 7畫
(1)鞋面。(2)用皮革蒙製成大鼓：【鞔鼓】。

鞠 ㄐㄩˊ 革部 8畫
(1)撫養、養育：【鞠養、鞠育】。(2)彎曲：【鞠躬】。(3)幼小的：【鞠子】。(4)

鞣 ㄖㄡˊ 革部 9畫
【鞣皮、鞣革、鞣製】(1)熟的或柔軟的皮革。(2)加工使皮革變柔軟。

鞦 ㄑㄧㄡ 革部 9畫
(1)套在拉車牲畜臀部後面的皮帶。(2)【鞦韆】一種供人遊戲、運動的器材，在木架或鐵架上懸掛繩子或鐵鍊，下面拴一塊板子，人在板子上坐或站著，前後擺動，也可寫成「秋千」。

鞭 ㄅㄧㄢ 革部 9畫
(1)古代的兵器，形狀像劍，但有節：【竹節鞭、鋼鞭】。(2)用來趕牲畜或打人的長條形東西：【鞭子、馬鞭】。(3)成串的爆竹：【鞭炮】。(4)俗稱雄性獸類的生殖器：【鹿鞭、虎鞭】。(5)用鞭子抽打：【鞭打、鞭笞、鞭撻】。

革部 9~17畫　鞨鞳韁鞦韉

鞨　ㄏㄜˊ　革部 9畫
(1)【鞨巾】鞋子：【鞮鞨】履名。(2)【鞮鞨】女真族的祖先，

鞳　ㄉㄚˊ　革部 13畫
【韃靼】(1)韃靼，古代北方的一種民族，元朝滅亡後稱蒙古人為「韃靼」，中國人對塞外民族的稱呼。(2)從前漢

韁　ㄐㄧㄤ　革部 13畫
【韁繩】繫在馬脖子上的皮繩，用來控制馬的前進、轉彎…。

鞦　ㄑㄧㄢ　革部 15畫
鞦韆。

韉　ㄐㄧㄢ　革部 17畫
馬鞍下面的墊子：【鞍韉】。

韋部 0~12畫　韋韌韓韙韜韞韡

韋　ㄨㄟˊ　韋部 0畫
(1)去毛加工後所製成的柔軟獸皮：【韋帶】(2)姓。

韌　ㄖㄣˋ　韋部 3畫
柔軟而堅固的：【堅韌、韌性】。

韓　ㄏㄢˊ　韋部 8畫
(1)國名，在亞洲東北部，現在由北緯三十八度分為南韓、北韓(2)姓。

韙　ㄨㄟˇ　韋部 9畫
是、正確的、好的。

韜　ㄊㄠ　韋部 10畫
(1)弓、劍的套子：【弓韜】(2)打仗的謀略：【韜略】(3)掩藏、晦、兵法：【韜略、韜光養晦、隱韜】。

韞　ㄩㄣˋ　韋部 10畫
藏：【石韞玉而山暉】。

韡　ㄨㄟˇ　韋部 12畫
【韡韡】光明的樣子。

韭部 0畫　韭

韭　ㄐㄧㄡˇ　韭部 0畫
多年生草本植物，葉子扁平而細長，味道刺激，可以食用：【韭黃、韭菜】。

音部 0畫　音

音　ㄧㄣ　音部 0畫
(1)物體受振動後，由空氣傳播而發出的聲響：【聲音、音波】(2)腔調：【佳音之口音、鄉音】(3)樂曲：【靡靡之音、德音】(4)消息、書信：【佳音、信音、玉音】(5)對別人言語的敬稱：【德音】(6)姓。

461

章 ㄓㄤ ｜音部 2畫

(1)音樂的段落:【樂章】(2)詩歌、文詞的:【文章】(3)可以表達完整意思的成篇文詞:【文章】(4)規則、條例:【約法三章】(5)圖記、印信:【印章、私章】(6)古代臣子呈給君王看的文書:【奏章、勛章】(7)標幟:【徽章、勛章】(8)條理:【雜亂無章】(9)姓。

竟 ㄐㄧㄥ ｜音部 2畫

(1)結束、完畢:【未竟、全程】(2)深究、窮究:【窮究其事、窮源竟委】(3)整個的、從頭到尾:【竟日、竟夜不睡】(4)居然,表示出乎意料之外:【竟然、竟敢】(5)終於:【有志竟成】(6)姓。

韶 ㄕㄠˊ ｜音部 5畫

(1)古代虞舜所製的樂曲名:【韶樂】(2)美好的:【韶華、韶光】(3)姓。

韻 ㄩㄣˋ ｜音部 10畫

(1)和諧好聽的聲音:【琴韻】(2)字音中收尾的部分,例如「ㄥ」,ㄖ是聲,ㄥ是韻,四聲是調、押韻:【聲韻、餘韻】(3)風度、風格:【風韻、風雅】(4)風雅的、有情趣的:【韻味、韻事】(5)姓。

響 ㄒㄧㄤˇ ｜音部 12畫

(1)聲音:【聲響、回響】(2)發出聲音:【一聲不響、鐘響了】(3)附和、呼應:【響板、響應、響箭】(4)能發出聲音的:(5)聲音大的:【響亮、叫得太響了】。

頁部 ㄧㄝˋ

頁 ㄧㄝˋ ｜頁部 0畫

(1)計算紙的單位:【活頁紙、冊頁】(2)書、雜誌等印刷品的一面叫一頁:【全書共三百頁、第六頁】(3)一薄片一片的:【頁岩】。

頂 ㄉㄧㄥˇ ｜頁部 2畫

(1)頭的最上端:【頭頂】(2)物的最高部分:【山頂、屋頂】(3)計算有頂物的東西,例如帽子、轎子等的單位的名詞,例如一頂帽子(4)用頭承載、支撐、撞擊:【頭頂著菜籃、頭頂人】(5)用東西擋住:【用頭頂住、門頂上】(6)觸犯、衝撞:【頂嘴、頂撞】(7)冒充、代替:【冒名頂替】(8)讓售:【把店面頂出去】(9)抵得住:【一個人可以頂三個用】(10)管用:【頂好、頂用、頂事】(11)最、極:【頂好、頂最】。

頃 ㄑㄧㄥˇ ｜頁部 2畫

(1)計算土地面積的單位,一百畝等於一頃(2)不久前、剛才:【頃接來信】(3)形容很短的時間:【頃刻、俄頃】。

頃 ㄑㄧㄥ 通「傾」。

項　ㄒㄤˋ　頁部 3畫
(1)脖子的後部：頸項、項圈、秀髮垂項、項鍊。
(2)事物分類的條目：項目、事項。
(3)計算事物件數的單位：十項全能、一項任務。
(4)錢、經費：款項、用項。
(5)姓。

順　ㄕㄨㄣˋ　頁部 3畫
(1)向著同一個方向去：順流、順風。
(2)遵循：順著河堤走。
(3)沿：順水推舟。
(4)適合：順心、順便。
(5)依從：百依百順。
(6)隨手、趁便：順手、順從、順手關門、順手牽羊。
(7)整理：把頭髮順一順、順一順文章。
(8)調和的：風調雨順。
(9)柔和的：溫順、柔順。
(10)服從：順服、順從。
(11)暢達的：通順。
(12)順利的：順民。
(13)依次的：順延。
(14)姓。

須　ㄒㄩ　頁部 3畫
(1)必得、應當、務必、必須：必須、須知。
(2)務必：須與。
(3)姓。
短時間、片刻：須臾。
糊塗不清醒的樣子：顢頇。

預　ㄩˋ　頁部 4畫
(1)通「與」，參與、加入、參與：預事。
(2)通「與」：干涉：干預、預干涉。
(3)通「豫」，事先：預付、預兆、預防、預備。

頑　ㄨㄢˊ　頁部 4畫
(1)愚蠢無知的：冥頑不靈。
(2)不服從的：頑民、頑皮、頑亂。
(3)調皮的：頑童、頑固、頑皮的。
(4)不可當真的：頑話。
(5)不易變好的、難以制服的：頑癖。

頓　ㄉㄨㄣˋ　頁部 4畫
(1)表示次數的單位名詞：一頓飯、頓首、打了一頓。
(2)用頭叩地：頓足。
(3)用腳猛踏：一頓。
(4)整理、處置：安頓、整頓、困頓、立刻。
(5)暫停：停頓、安頓、整頓。
(6)疲倦：困頓。
(7)忽然：頓悟。
(8)立刻：立頓。
(9)姓。

ㄅㄨˊ
冒(ㄇㄛˋ)頓：漢朝初年匈奴的一個君主名。

頌　ㄙㄨㄥˋ　頁部 4畫
(1)用讚美作為內容的表揚文體：讚頌、歌頌。
(2)稱讚：讚頌、歌頌、頌詩、歌頌。
(3)通「誦」，朗讀：揚頌。
(4)書信中表示祝福的詞：揚頌。

頒　ㄅㄢ　頁部 4畫
(1)發給、賜給：頒獎、頒發。
(2)贈給：頒發、頒給。
公布、宣布：頒布、頒行。

頊　ㄒㄩ　頁部 4畫
(1)顓頊，古代帝王名。
(2)茫然失意的樣子：頊頊。

項　ㄒㄩ　頁部 4畫
項項。

頏　ㄏㄤˊ　頁部 4畫
鳥向下飛翔：頡頏。

頎 ㄑㄧˊ　頁部 4畫
形容身材高挺的樣子：長、頎然。

頗 ㄆㄛ　頁部 5畫
(1)很、相當、非常：頗大、頗感興趣。
(2)偏頗、險頗。
(3)歪斜、不正：頗。
(4)姓。

領 ㄌㄧㄥˇ　頁部 5畫
(1)指脖子部分：頸、頸而望。
(2)衣服上圍繞脖子的部分：衣領、領子。
(3)事物或文章的大綱、要點：綱領、要領。
(4)才能：本領。
(5)首長：首領。
(6)計算衣服、席子等的單位名詞：一領席、一領衣服。
(7)引導：引領、領導。
(8)統帥：領兵、各領風騷五百年。
(9)帶領：領他進去。
(10)取得、受取：領取、領薪水、領獎。
(11)接受。
(12)了解、明白：領教、領悟。
(13)管轄的：領土。

頡 ㄒㄧㄝˊ　頁部 6畫
(1)直著脖子鳥向上飛翔：頡頏。
(2)姓。
ㄐㄧㄝˊ
(1)減扣：盜頡資糧。
(2)人名用字：倉頡。

頦 ㄎㄜˊ　頁部 6畫
讀音。面頰的下部，也就是嘴下面到喉頭。
ㄏㄞˊ
語音。上面的部分，俗稱「下巴」。「下巴頦兒」，就是「下巴」。

頞 ㄜ　頁部 6畫
鼻梁：蹙頞。

頰 ㄐㄧㄚˊ　頁部 6畫
面部兩旁顴骨以下的部分，俗稱「腮幫子」。就是指「臉頰」、「面頰」。

頫 ㄈㄨˇ　頁部 6畫
通「俯」，低頭：頫首。頭向下。

頸 ㄐㄧㄥˇ　頁部 7畫
(1)頭和軀幹相連的部分，也就是指「脖子」：頸項、長頸鹿。
(2)瓶口下面的細長部分：瓶頸。
ㄍㄥˇ
脖子的後面部分：脖頸。

頻 ㄆㄧㄣˊ　頁部 7畫
(1)接連著的：頻年、頻仍。
(2)屢次、常常：頻頻犯錯、頻繁。

頷 ㄏㄢˋ　頁部 7畫
(1)下巴：頷。
(2)微微點頭，表示答應的意思：頷首。

頭 ㄊㄡˊ　頁部 7畫
(1)人體的最高部分，或其他動物身上的最前部分，俗稱「腦袋」：頭顱、頭頂、魚頭。
(2)頭髮：蓬頭垢面、梳頭。
(3)事物的最前、最高、最開始：頭子、工頭。
(4)一群人中的領導人。
(5)開始：年頭、起頭。
(6)物體的頂端：山頭、船頭、車頭。
(7)剩下的部分：布頭、零頭。
(8)對象：冤有頭，債有主。
邊、岸、處：江頭、街頭。

艙：【頭艙】。
【頭期款】。
【頭幾天】。

(9)【話分兩頭】：把事物分兩方面說。
(10)計算動物的單位名詞，動物一隻叫一頭：【三頭牛】。
(11)第一的：【頭等】。
(12)次序在前面的：【頭一個】。

頹 ㄊㄨㄟˊ 頁部 7畫

(1)倒塌：【垣壁頹圮】、【斷壁頹圮】。
(2)衰老的、衰敗的：【頹齡】、【頹敗】。
(3)敗壞的：【頹風敗俗】、【頹喪】。
(4)意志消沉的：【頹喪】、【頹唐】。

頤 ㄧˊ 頁部 7畫

(1)下巴。
(2)面頰：【頤指氣使】。
(3)保養：【頤養】、【頤性】、【頤養天年】、【頤養天年】。

顆 ㄎㄜˇ 頁部 8畫

計算小圓粒狀的東西的單位名詞：【一顆紅豆】、【一顆珍珠】、【顆粒】。

額 ㄜˊ 頁部 9畫

(1)頭的前面、眉毛以上、頭髮以下的部分：【額頭】。
(2)掛在門上或堂前的木板，橫的叫「匾」，直的叫「額」：【門額】、【匾額】。
(3)規定的數目或數量：【名額】、【稅額】。
(4)姓。

顏 ㄧㄢˊ 頁部 9畫

(1)本來是指兩眉之間，又指臉上的表情、臉色：【笑顏】、【歡顏】、【和顏悅色】、【無顏見人】。
(2)色彩：【五顏六色】。
(3)面子：【龍顏】、【顏面】。
(4)姓。

題 ㄊㄧˊ 頁部 9畫

(1)詩、文章、演講或一件事的名稱：【題目】、【標題】、【文不對題】。
(2)考試的問話或求解的文字：【試題】、【題目】、【考題】。
(3)書寫：【題字】、【題詩】、【題名】。
(4)評論：【品題人物】。
(5)述說，同「提」：【重題往事】。

顎 ㄜˋ 頁部 9畫

指嘴的上下兩部分，構成臉下半部的骨骼。在上方的稱「上顎骨」，固定不動；在下方的稱「下顎骨」，可以開合。

顓 ㄓㄨㄢ 頁部 9畫

(1)顓頊：古代的帝王名，黃帝的孫子。
(2)通「專」，專擅、無知的：【顓權】、【顓蒙】。
(3)愚昧：【顓愚】。
(4)謹慎的樣子。
(5)複姓：顓孫。

類 ㄌㄟˋ 頁部 10畫

(1)性質相同或相似的人、事、物的總合：【人類】、【種類】、【同類】、【類別】。
(2)好像、相似：【畫虎不成反類犬】。
(3)大概：【類皆如此】。
(4)姓。

願 ㄩㄢˋ 頁部 10畫

(1)期望、希望：【心願】、【希望】。
(2)徒對神佛許下的酬謝：【許願】、【還願】。
(3)肯、樂意：【自願】、【情願】、【甘願】。
(4)希望：【但願如此】。

顛 ㄉㄧㄢ 頁部 10畫
(1)頂端：【樹顛】 (2)根本：【顛末】 (3)跌倒：【顛仆】 (4)推翻：【顛覆】 (5)搖晃震盪，車顛得很厲害 (6)上下倒置：【顛倒】 (7)通「癲」，瘋狂：【顛狂】、【瘋顛】 (8)姓。

顙 ㄙㄤˇ 頁部 10畫
(1)額頭。(2)古代喪禮中的跪拜禮，用額頭碰地，表示非常悲痛：【稽顙】。

顢 ㄇㄢˊ 頁部 11畫
【顢頇】糊塗、不明事理的。

顧 ㄍㄨˋ 頁部 12畫
(1)回頭看：【回顧】、【四顧無人】 (2)看：【左右而顧】 (3)關懷、眷念：【照顧】、【不顧舊情】 (4)理會：【不顧我的反對】、【奮不顧身】 (5)拜訪：【三顧茅廬】 (6)客人前來購買貨物：【光顧】、【惠顧】 (7)姓。

顥 ㄏㄠˋ 頁部 12畫
(1)通「昊」，天空：【顥天】 (2)明亮的：【顥顥】。

顫 ㄓㄢˋ 頁部 13畫
(1)因寒冷、害怕或情緒激動而身體發抖：【顫抖】、【顫慄】 (2)物體振動：【顫動】 (3)晃動：【顫顫巍巍】。

顯 ㄒㄧㄢˇ 頁部 14畫
(1)表現：【顯身手】 (2)露出來：【顯而易見】、【顯露】 (3)表揚：【顯揚】 (4)明白的：【顯明】、【顯著】 (5)有名望又有權勢的：【顯要】、【顯貴】 (6)尊稱去世的直系親屬：【顯考】、【顯妣】。

顰 ㄆㄧㄣˊ 頁部 15畫
皺眉：【顰眉】、【顰蹙】、【一顰一笑】。

顱 ㄌㄨˊ 頁部 16畫
頭部、頭骨：【頭顱】、【顱骨】。

顴 ㄑㄩㄢˊ 頁部 18畫
面頰骨，眼眶下面，兩頰突起的部分：【顴骨】。

風部

風 ㄈㄥ 風部 0畫
(1)空氣流動的現象：【微風】、【狂風】、【空穴來風】、【望風披靡】、【聞風而來】、【爭風吃醋】 (2)社會上的習尚、風氣：【移風易俗】、【風俗】 (3)人的格調、氣質：【風格】、【風度】 (4)教化：【風化】、【遺風】 (5)長者之風 (6)威勢：【威風】 (7)男女之間的情愛：【風流】 (8)古代各地的歌謠：【國風】、【采風】 (9)詩經六藝之一：【風雅頌】 (10)肢體癱瘓的病：【中風】 (11)交配：【風馬牛不相及】 (12)沒有確實根據的：【風言風語】 (13)轉動生風的

風箱】⑭像風一樣快的：【風行】⑮傳說的：【風聞】⑯風吹乾的：【風乾】⑰姓。

ㄈㄥˋ
(1)吹動：【春風風人】，勸諫：【風世勵俗】。(2)通「諷」。

颺 ㄧㄤˊ ｜風部 9畫
颺(1)飛揚，被風吹起：【風颺】(2)飛翔：【颺翔】。

颶 ㄐㄩˋ ｜風部 8畫
熱帶氣旋，常在海上形成，常帶來暴風豪雨，造成災害：【颶風】。

颳 ㄍㄨㄚ ｜風部 6畫
通「刮」，風吹起：【颳風】。什麼風把你颳來了。你颳來了。

颱 ㄊㄞˊ ｜風部 5畫
發生在西太平洋區的熱帶氣旋，由赤道附近的低氣壓所形成，常帶來豪雨，造成災害：【颱風】。

颯 ㄙㄚˋ ｜風部 5畫
颯(1)衰竭：【衰颯】(2)形容風吹的聲音：【颯颯、蕭颯、颯然】。

高颺、飛颺、遠颺。

颼 ㄙㄡ ｜風部 10畫
(1)被風吹乾或吹冷：【風颼乾了】別讓風把(2)形容風吹的聲音：【北風颼颼】(3)冷的樣子：【冷颼颼】(4)形容東西在空中快速通過的聲音：【子彈颼的一聲飛了過去】。

飄 ㄆㄧㄠ ｜風部 11畫
風(1)旋風：【飄風】(2)隨風飛揚、飛動：【飄揚、飄飛】(3)通「漂」，浮在水面上漂蕩：【飄流、飄浮】。(4)動作輕快的：【飄忽】。

飆 ㄅㄧㄠ ｜風部 12畫
突然興起的暴風：【狂飆】。

飛部 ㄈㄟ

飛 ㄈㄟ ｜飛部 0畫
(1)鳥蟲振動翅膀，在空中浮動滑行：【鳥飛、飛了】(2)飛行器利用機械和流力學原理在空中浮動滑行：【飛行、起飛、飛翔】(3)飄揚、飄浮：【雪花紛飛】(4)在空中飄浮移動的：【飛絮】(5)迅速噴射的：【飛泉】(6)意外的：【飛禍】(7)無根據的：【飛言飛語、飛短流長】(8)投擲出去的：【飛鏢、飛彈】(9)迅速的：【飛奔、飛馳】

食部 ㄕˊ

食 ㄕˊ ｜食部 0畫
(1)吃的東西：【豐衣足食、糧食】(2)吃東西：【食不知味、食宿】(3)通「蝕」，虧蝕：【日食、月食】(4)背棄：【食言而肥】(5)姓。

食
ㄙ
(1)飯：「一簞食」
(2)通「飼」，拿食物給人或牲畜吃：「飲之食（ㄙˋ）人。」
ㄙˋ
人名：酈（ㄌㄧˋ）食其（ㄐㄧ）。

飢 ㄐㄧ 2畫 食部
(1)通「饑」，農作物收成不好的荒年：「飢荒、飢餓、飢亂、飢渴」。
(2)餓：「飢寒交迫」。
(3)姓。

飧 ㄙㄨㄣ 3畫 食部：
(1)晚飯(2)飯菜：「盤飧」。

飪 ㄖㄣˋ 4畫 食部
煮熟食物：烹飪。

飲 ㄧㄣˇ 4畫 食部
(1)可以喝的液體食物：「飲料、冷飲」
(2)喝：「飲酒、飲水」
(3)含著、忍著：「飲恨」
(4)受：「飲彈而亡」
ㄧㄣˋ
(1)拿液體食物給人喝：「飲馬於河」。
(2)讓牲畜喝水：「飲以酒」

飼 ㄙˋ 5畫 食部
(1)餵養動物的東西：「飼料」
(2)餵養動物：「飼鳥、飼養」。

飩 ㄊㄨㄣˊ 4畫 食部
一種用薄麵皮裹肉做成的食品，煮熟後連湯一起吃：「餛飩」。

飯 ㄈㄢˋ 4畫 食部
(1)煮熟的穀類食品，多指米飯：「煮飯」
(2)每天定時分次吃的正餐：「早飯、午飯、晚飯」
(3)用來盛飯的：「飯碗、飯盒」
(4)販賣飲食的：「飯館、飯店」。

飭 ㄔˋ 4畫 食部
(1)整頓、治理：「整飭」
(2)古代上級命令下級辦事：「申飭」
(3)告誡：「飭令、飭辦」
(4)嚴謹的樣子：「謹飭」。

飴 ㄧˊ 5畫 食部
米麥發酵後，和糖漿加工製成的軟糖：「甘之如飴、含飴弄孫、香蕉飴、新港飴」。

飽 ㄅㄠˇ 5畫 食部
(1)不餓、滿足：「只求溫飽」
(2)吃夠了，不覺得餓：「大飽眼福、飽受驚駭、飽學之士、飽經世故」
(4)極、盡：
(5)姓。

飾 ㄕˋ 5畫 食部
(1)佩帶在身上，用來裝扮的物件，首飾：「服飾、首飾、裝飾」
(2)裝扮、美化：「粉飾、裝飾」
(3)遮掩：「文過飾非、飾過」
(4)扮演：「飾演」。

餃 ㄐㄧㄠˇ 6畫 食部
用麵粉製成薄皮，包著肉菜等餡，做成元寶形的食物，蒸、煮熟後再吃：「餃子、水餃、蒸餃」。

餅 ㄅㄧㄥˇ 食部 6畫

(1)用米、麵做成的扁形食物：【餅乾、燒餅、餅乾】。(2)形狀扁圓的東西：【鐵餅】。

餌 ㄦˇ 食部 6畫

(1)用米、麵製成的糕餅：【餅餌】。(2)泛指食品：【果餌、藥餌】。(3)釣魚時用來引魚上鉤的魚食：【魚餌、釣餌】。(4)用來引誘人的事物：【誘餌、以金錢為餌】。(5)引誘：【餌敵】。

飼 ㄙˋ 食部 6畫

(1)軍糧：【軍飼、糧飼】。(2)軍警人員的薪水：【領飼、發飼、關飼】。(3)贈送：【飼遺】。

養 ㄧㄤˇ 食部 6畫

(1)生育：【生養、養孩子】。(2)撫育、照顧：【養育、養家】。(3)栽植花木：【養蘭花】。(4)飼養動物：【養豬、養傷、養馬】。(5)治療、使身體復原：

病】。(6)修身性、培養：【修養、養護】。(7)保護、修補：【養路、養護】。(8)領養的，不是親生的：【養子、養女】。(9)姓。

一ㄤˋ

(1)晚輩侍奉長輩：【奉養】。

餓 ㄜˋ 食部 7畫

(1)肚子餓了，感到肚子空了，想吃東西：【餓民、餓狼、餓鬼】。(2)飢餓：【餓死、凍餓】。

餒 ㄋㄟˇ 食部 7畫

(1)「飽」的相反：【餒、凍餒】。(2)頹喪、失去勇氣：【氣餒、勝不驕敗不餒】。

餘 ㄩˊ 食部 7畫

(1)多出而剩下的東西：【其餘、剩餘】。(2)零數，大約估計的詞：【十餘人】。(3)空閒的時間：【公餘、課餘】。(4)剩下的：【餘下】。(5)多出的、五尺有餘】。(6)將盡的、殘：【餘力、餘

味、餘地】。(6)將盡的、殘：【餘年】。(7)未盡的：【死有餘生、餘年】。(8)以後：【悲痛之餘，力求補救】。(9)姓。

餐 ㄘㄢ 食部 7畫

(1)飯一頓叫一餐：【一日三餐、中餐、西餐】。(2)飯食、食物：【用餐、進餐、早餐、晚餐、飽餐一頓】。(3)吃：【秀色可餐、飽餐一頓】。

餑 ㄅㄛ 食部 7畫

(1)北方人稱饅頭、糕餅或其他麵食：【餑餑】。

舖 ㄅㄨ 食部 7畫

(1)吃：【舖啜（吃喝）的意思】。(2)拿食物給人吃（吃喝）的意思：（3)通「哺」，申時（下午三點到五點）的意思。

館 ㄍㄨㄢˇ 食部 8畫

(1)供賓客或旅客住宿的房舍：【旅館、賓館】。(2)商店：【照相館、茶館】。(3)政府機關團體的所在地：【使館、國立編譯館、大使館】。(4)供展覽、

閱讀或其他公共活動的處所：【博物館、菜館、圖書館】。(5)飲食店：【飯館、菜館】。(6)尊稱別人的住宅：【王公館】。

餞 ㄐㄧㄢˋ 食部 8畫
(1)將水果晒乾、用糖浸漬後製成的食品：【蜜餞】。(2)用酒菜送行：【餞別】。

餛 ㄏㄨㄣˊ 食部 8畫
熟後連湯一起吃的食品：【餛飩】。

餡 ㄒㄧㄢˋ 食部 8畫
包在米、麵食品裡的肉、菜、豆沙等材料：【餃子餡、肉餡兒、餡兒餅】。

餜 ㄍㄨㄛˇ 食部 8畫
(1)用麵粉製成的油炸食品，例如油條、麻花等：【油炸餜】。(2)有餡的圓形餅。

餚 ㄧㄠˊ 食部 8畫
煮熟的魚、肉等葷菜，同「肴」：【菜餚、酒餚】。

餵 ㄨㄟˋ 食部 9畫
(1)把吃的東西送到別人的嘴裡：【餵哺、餵奶】。(2)拿東西給動物吃：【餵狗】。

餬 ㄏㄨˊ 食部 9畫
(1)濃稠的粥或其他類似食品：【麵餬、芝麻餬】。(2)把粥塞入口中，比喻勉強維持生活、求生：【餬口】。(3)通「糊」，塗黏：【餬燈籠】。

饕 ㄊㄠ 食部 9畫
古代傳說中一種貪吃的惡獸，比喻貪吃的人：【饕餮】。

餾 ㄌㄧㄡˋ 食部 10畫
(1)把已經涼了的食物再蒸熱：【把包子餾熱】。(2)加熱使液體變成蒸氣，再冷卻變成純淨的液體：【蒸餾】。

餿 ㄙㄡ 食部 10畫
(1)食物腐敗而有酸臭的味道：【菜餿了】。(2)酸臭的：【餿味、餿水】。(3)壞的、不好的：【餿主意】。

餽 ㄎㄨㄟˋ 食部 10畫
(1)用酒食祭祀鬼神(2)通「饋」，贈送：【餽贈、餽送】。

餼 ㄒㄧˋ 食部 10畫
(1)送人的穀物(2)祭祀用的活性畜類或飼料。

饅 ㄇㄢˊ 食部 11畫
用麵粉和水搓揉，發酵後蒸熟的食品，有圓形或長圓形：【饅頭】。

饃 ㄇㄛˊ 食部 11畫
北方人稱饅頭類的麵食為「饃饃」。

饉 ㄐㄧㄣˇ 食部 11畫
(1)蔬菜因災害而沒有收成：【饑饉】。(2)荒年。

饈 ㄒㄧㄡ 食部 11畫
美味的食品:【珍饈、膳饈】。

饋 ㄎㄨㄟˋ 食部 12畫
(1)準備食物進獻給人吃:【主人親饋】。
(2)通「餽」,把東西贈送給別人:【饋贈】。

饒 ㄖㄠˊ 食部 12畫
(1)寬恕、原諒:【饒恕、饒他一命】。
(2)富足、多:【富饒、豐饒】。
(3)任憑:【饒他怎麼說,我都不相信】。
(4)姓。

饑 ㄐㄧ 食部 12畫
(1)五穀收成不好的荒年:【饑荒、饑饉】。
(2)通「飢」,飢餓的:【饑寒交迫、饑腸轆轆】。

饌 ㄓㄨㄢˋ 食部 12畫
(1)酒食菜肴的總稱:【酒饌、肴饌、美饌、盛饌、有酒食,先生饌】。
(2)吃喝、享用:。

饗 ㄒㄧㄤˇ 食部 12畫
(1)用酒食款待別人:【宴饗】。
(2)祭祀祖先或神明:【祝饗、祭饗】。
(3)提供某些東西給別人:【以饗讀者】。

饘 ㄓㄢ 食部 13畫
濃稠的粥:【饘粥】。

饔 ㄩㄥ 食部 13畫
(1)煮熟的食物:【饔】。
(2)早飯:【饔飧不繼】。

饕 ㄊㄠ 食部 13畫
(3)傳說中的一種貪吃的惡獸,比喻貪吃的人,也稱「老饕」。

饜 ㄧㄢˋ 食部 14畫
(1)吃飽。
(2)滿足得無厭:【厭足、貪得無厭】。

饞 ㄔㄢˊ 食部 17畫
(1)貪吃東西的慾望:【解饞】。
(2)貪吃東西的:【饞嘴、饞相】。
(3)對某種事物有貪得念頭的:【饞眼、手饞】。

首部

首 ㄕㄡˇ 首部 0畫
(1)頭、腦袋:【昂首闊步、首飾】。
(2)領導的人物:【元首、匪首、首長】。
(3)第一名:【榜首】。
(4)開始:【開步】。
(5)計算詩詞歌賦的單位:【一首歌、唐詩三百首】。
(6)向治安機關報告犯罪的經過:【自首】。
(7)最高的、第一的:【首席、首惡】。
(8)最先的、開始的:【首先、首創】。
(9)姓。

馗 ㄎㄨㄟˊ 首部 2畫
路。四通八達的大路。

馘 ㄍㄨㄛˊ 首部 8畫
古代作戰時,割下敵人的左耳,用來計算戰功:【獻馘】。
ㄒㄩˋ 臉面。

香部

香 ㄒㄧㄤ 香部 0畫

（1）芬芳的氣味：【花香、菜香】。（2）有香味：【檀香、麝香】。（3）「女子」的代稱：【憐香惜玉】。（4）用鼻子聞，表示親吻的意思：【香一香】。（5）受歡迎或受重視的：【吃香】。（6）氣味：【香皂、香水、香料】。（7）美好的：【香閨、香巾、香汗】。（8）有關女子的：【香名、香車】。（9）睡得香】吃得香、睡得香】。（10）姓。

馥 ㄈㄨˋ 香部 9畫

馥郁、馥馥】。（1）香氣：【香吐馥：香氣很濃的】。（2）香流

馨 ㄒㄧㄥ 香部 11畫

（1）散布很遠的香氣：【芳馨】。（2）美好的功德、聲名：【德馨遠播、遠馨】。（3）像香味一樣流傳得很久遠：【香德】。

馬部

馬 ㄇㄚˇ 馬部 0畫

（1）哺乳類草食動物，頭頸和四肢都很長，足有蹄，跑得很快。性情溫馴，可供人坐騎或載運貨物。（2）通「碼」，計數的工具：【籌馬、砝馬】。（3）形容大的：【馬蜂】。（4）姓。

馭 ㄩˋ 馬部 2畫

（1）駕車、駕車的人：【僕馭】。（2）駕、乘：【馭馬】。（3）通「御」，統制、管理、支配：【馭眾、駕馭、控制、馭、統馭】。

馮 ㄈㄥˊ 馬部 2畫

（1）通「憑」，依靠、靠在東西上（2）徒步過河：【暴虎馮河】。（3）馬跑得很快的樣子：【馮河】。（4）姓。

馳 ㄔˊ 馬部 3畫

（1）車、馬快跑：【馳騁】。（2）快跑：【馳聘】（3）競賽：【馳競】。（4）嚮往、飛馳】。（5）傳揚遠近馳名】。（6）時間很快消逝：【歲月易馳】。（7）姓。

駄 ㄊㄨㄛˋ 馬部 3畫

（1）性口背著的貨物：【解】（2）背著貨物的性口：【駄運、駄著貨物】。

馴 ㄒㄩㄣˊ 馬部 3畫

（1）使人或動物服從：【馴獸、馴服】（2）服從的、順從的：【溫馴、馴良】。

472

馴（續）
(3)逐漸的：【馴至】。(4)姓。
ㄒㄩㄣˊ　通「訓」，教化：【教馴】。

駁　ㄅㄛˊ　馬部　4畫
(1)爭辯是非，指出別人的錯誤，說出自己的意見：【反駁、駁斥】。(2)裝載貨物：【駁運、駁貨】。(3)雜揉、不純的：【駁雜】。(4)馬的毛色不純。比喻顏色斑駁、內容雜亂或事物紛雜：【顏色雜駁】。

駃　ㄐㄩㄝˊ　馬部　4畫
(1)公馬和母驢交配所生的性畜：【駃騠】。(2)

駟　ㄙˋ　馬部　4畫
(1)一輛車所套著的四匹馬，或指四匹馬：【駟馬】。(2)由四匹馬拉著的車。(3)泛指馬：【若駟之過隙、駿駟】。(4)姓。

駐　ㄓㄨˋ　馬部　5畫
(1)車、馬停止不走，比喻停留：【駐足】。(2)保住、留住：【留駐、停駐、青春永駐、駐顏有術】。(3)部隊或工作人員住在某地：【駐守、駐軍、駐紮】。(4)機關設在或工作人員住在執行任務的地方：【駐華辦事處】。

駝　ㄊㄨㄛˊ　馬部　5畫
(1)哺乳類草食動物，背部有隆起的肉峰。耳朵可以自動開閉，能夠負載重物在沙漠裡行走，數天不吃不喝，又稱「沙漠之舟」：【駱駝】。(2)背脊隆起彎曲的：【駝背】。(3)通「馱」，性畜背負著東西：【駝著三袋米】。

駛　ㄕˇ　馬部　5畫
(1)車或馬快跑：【飛駛】。(2)急駛而過。(3)開動及操縱交通工具：【駕駛】。(4)急促的：【駛雨、駛彈】。

駒　ㄐㄩ　馬部　5畫
(1)少壯善跑的馬：【良駒、千里駒】。(2)泛指小馬、小驢等：【名駒、駒子】。(3)姓。

駕　ㄐㄧㄚˋ　馬部　5畫
(1)車、馬和乘具的總稱：【並駕齊驅、車駕】。(2)對別人的尊稱：【尊駕】。(3)尊稱天子：【大駕、勞駕】。(4)乘、騎：【騰雲駕霧、駕鶴西歸】。(5)開動並操縱車、船、飛機等：【駕車、駕駛】。(6)控制：【駕馭】。(7)超越：【凌駕】。

駙　ㄈㄨˋ　馬部　5畫
(1)古代拉副車的馬。(2)古代的官名。漢朝設的「駙馬都尉」，專管拉副車的官職；魏晉以後皇帝的女婿都授以此官職，因此後代代稱公主的丈夫為「駙馬」。

駑　ㄋㄨˊ　馬部　5畫
(1)低劣的馬：【駑馬】。(2)愚笨遲鈍，才能低劣的：【駑鈍、駑怯】。

駘　ㄊㄞˊ　馬部　5畫
(1)遲鈍、才能低劣的馬：【駑駘】。(2)比喻才能淺薄、才能低劣的人。

駘 ㄉㄞˊ
(3)脫落。
【駘蕩】放蕩的。

駭 ㄏㄞˋ　馬部　6畫
(1)馬受到驚嚇,比喻害怕:【驚駭、駭怕】
(2)混亂、擾亂:【駭亂】
(3)令人驚怕的:【全國大駭】
(4)令人訝異的:【驚濤駭浪、粉紅駭綠】
(5)驚恐的樣子:【駭然】
(6)姓。

駱 ㄌㄨㄛˋ　馬部　6畫
(1)除了頸部和尾巴的毛是黑色外,其餘全是白色的馬。
(2)哺乳類草食動物,背部有隆起的肉峰,分單峰駱駝和雙峰駱駝。能夠負載重物在沙漠行走,數天不吃不喝,又稱「沙漠之舟」:【駱駝】
(3)姓。

駢 ㄆㄧㄢˊ　馬部　6畫
(1)中國古代的文體名,全篇以偶句為主,稱「四六文」,講究對句和押韻,詞藻華麗:【駢文】
(2)兩匹馬並行。
(3)並列的、成雙的、成對的:【駢肩、駢句】
(4)兩匹馬並列的:【駢馳】
(5)茂盛的:【駢】
(6)姓。

騁 ㄔㄥˇ　馬部　7畫
(1)馬向前奔跑,引申為奔跑:【馳騁】
(2)舒展、放開:【騁懷、騁目】

駿 ㄐㄩㄣˋ　馬部　7畫
(1)良馬、神駿:【駿馬、良駿、駿驥】
(2)通「俊」,才能出眾的:【駿才】
(3)宏大的、盛壯的:【駿業】
(4)迅速的:【駿發】
(5)俊秀的:【駿犬、駿雄】

騂 ㄒㄧㄥ　馬部　7畫
(1)紅毛的馬或牛。
(2)紅色的:【騂牛、騂牲、騂犉】

騎 ㄑㄧˊ　馬部　8畫
(1)兩腿分開跨坐:【騎馬、騎腳踏車】
(2)跨靠著兩邊的:【騎牆、騎縫】

騎 ㄐㄧˋ
(1)指套上韁繩和坐具的馬:【坐騎】
(2)騎馬作戰的軍隊:【車騎、輕騎、鐵騎】
(3)騎馬的人:【鐵騎雄兵】
(4)軍中一人一馬合稱為一騎。
(5)姓。

騏 ㄑㄧˊ　馬部　8畫
(1)青黑色的馬。
(2)一種良馬的名稱:【騏】

騙 ㄆㄧㄢˋ　馬部　9畫
(1)詐欺,用謊言或詭計使人上當的行為:【行騙】
(2)用謊言或詭計使人上當:【騙錢、欺騙】
(3)用假話使人相信:【哄騙】

騖 ㄨˋ　馬部　9畫
(1)馬混亂奔跑:【奔騖】
(2)放縱的追求:【好高騖遠】

騠 ㄊㄧˊ　馬部　9畫
(1)一種好馬的名字:【駃騠】
(2)一種公馬和母驢交配所生的牲畜名。

騫 ㄑㄢ　10畫｜馬部
(1)通「愆」，過失、過錯(2)通「搴」，拔取：【騫騰】高舉：【騫舉】(3)通「褰」，頑劣的：【騫馬】(4)姓。
ㄐㄩㄢ　將騫旗。

騰 ㄊㄥ　10畫｜馬部
(1)奔跑、跳躍：【奔騰】、【萬馬奔騰】(2)乘、騎：【騰雲駕霧】、【飛騰】(3)上升、空出：【騰出空間】、【騰不出時間】(4)讓出、空出：【騰升、騰空而起】(5)翻動：【沸騰】(6)旺盛的樣子：【殺氣騰騰】(7)語尾助詞，表示動作不斷反覆：【折騰】(8)很、極：【熱騰騰、慢騰騰】。

騷 ㄙㄠ　10畫｜馬部
(1)憂愁：【離騷】(2)一種韻文文體，創始於屈原，內容大多敘述有才華的人無法得到重用的情懷(3)抱怨、牢騷：【羊騷】(4)通「臊」，腥臭的氣味：【騷擾】(5)擾亂不安：【騷動】(6)舉止輕浮、不端莊的：【騷婦、風騷】(7)擅長詩文的：【騷人墨客】。

騭 ㄓˋ　10畫｜馬部
(1)公馬(2)安全：【陰騭】(3)安排：【騭民】評騭高下。

騶 ㄗㄡ　10畫｜馬部
(1)古代負責養馬和駕駛馬車的小官(2)姓。

騮 ㄌㄧㄡˊ　10畫｜馬部
(1)頸部的鬃毛和尾巴的毛是黑色，其餘部分的毛都是紅色的馬(2)一種好馬名，比喻有才華的人：【驊騮】。

驀 ㄇㄛˋ　11畫｜馬部
(1)上馬(2)突然、忽然：【驀地一陣雷響、驀然回首】。

驅 ㄑㄩ　11畫｜馬部
(1)領頭在前面的人：【先驅】(2)鞭馬前進，趕牲口：【驅馬、驅車、驅牛】(3)趕走、除去：【驅邪、驅除、驅逐】(4)行進、前行：【長驅直入、並駕齊驅】(5)逼迫：【情勢所驅】(6)差遣：【驅使、驅策】。

驃 ㄆㄧㄠˋ　11畫｜馬部
(1)全身淡黃色，尾巴的毛是白色的馬，現在稱「銀鬃」或「銀河馬」(2)有白色斑點的黃馬：【黃驃】(3)勇猛的：【驃悍、驃騎】。

騾 ㄌㄨㄛˊ　11畫｜馬部
種牲畜，體形像馬，力氣大，適應力強，常用來載貨，是母馬和公驢交配所生的雜種哺乳類動物，但是不能繁殖後代，俗稱「馬騾」。

驂 ㄘㄢ　11畫｜馬部
(1)古代用三匹馬拉的車子(2)古代用馬拉車，位置在兩側的馬(3)古代乘車，車右邊陪乘的人：【驂乘】。

驁　ㄠˋ　11畫　馬部

(1)駿馬(2)馬不馴服的樣子：【桀驁不馴、驁放】比喻高傲倔強。

驕　ㄐㄧㄠ　12畫　馬部

(1)六尺高的馬(2)自大、傲慢的：【驕矜、驕傲】(3)輕視：【驕敵】(4)自大、傲慢的(5)強烈的：【天之驕子】(6)特別受寵愛的。【驕兵必敗、驕陽】。

驊　ㄏㄨㄚˊ　12畫　馬部

古代紅色的良馬，比喻特殊的人：【驊騮】。

驍　ㄒㄧㄠ　12畫　馬部

(1)高大強壯的良馬名(2)勇猛剛健的：【驍勇、驍將、驍悍】。

驛　一ˋ　13畫　馬部

(1)古代傳遞公文的人或出巡的官員在途中休息、換馬的地方：【驛站】(2)姓。

驗　ㄧㄢˋ　13畫　馬部

(1)證明、證據(2)功效、效果：【效驗】(3)徵兆：【靈驗、應驗】(4)檢查、察看：【測驗、考驗】(5)考查：【驗血、檢驗】。

驚　ㄐㄧㄥ　13畫　馬部

(1)馬、騾等受到突然的刺激而行動失常：【驚濤駭浪】(2)震動：【驚動、驚擾】(3)害怕：【驚慌、驚恐】(4)馬驚車敗(5)可怕的：【驚天動】。

驟　ㄗㄡˋ　14畫　馬部

(1)馬奔跑：【馳驟】(2)急速：【驟然】(3)突然：【驟雨】。

驢　ㄌㄩˊ　16畫　馬部

哺乳類草食動物，體型比馬小，耳朵尖長，尾巴像牛尾。性情溫馴，忍耐力強，可用來駄運東西。

驥　ㄐㄧˋ　16畫　馬部

(1)古代的一種千里馬：【驥】(2)比喻傑出的人才：【世不乏驥】。

驤　ㄒㄧㄤ　17畫　馬部

(1)馬昂首快跑：【驤騰】(2)馬名(3)高舉。

驩　ㄏㄨㄢ　18畫　馬部

(1)馬名(2)通「歡」，歡欣的、喜樂的：【驩附、驩洽】。

驪　ㄌㄧˊ　19畫　馬部

(1)純黑色的馬(2)姓。

骨部

骨　ㄍㄨˇ　0畫　骨部

(1)脊椎動物內支持身體的架子：【骨骼】(2)像骨骼一樣能支撐東西的支架：【傘骨、脊椎骨】(3)人的品格：【傲骨、骨氣、風骨】(4)姓。

骨 《ㄨˇ　骨頭。

骨 《ㄨ　骨朵兒，就是「花苞」。

骯 尢 | 骨部 4畫　不清潔、不乾淨：【骯髒】。

ㄎㄤˇ　剛直倔強的樣子。

骰 ㄊㄡˊ | 骨部 4畫　一種賭具，是用象牙、獸骨或塑膠做成的正方體，六面分別刻上一、二、三、四、五、六個點：【骰子】。

骷 ㄎㄨ | 骨部 5畫　死人的頭骨或沒有皮肉、毛髮的屍體骨架：【骷髏】。

骸 ㄏㄞˊ | 骨部 6畫　(1)骨頭：【骨骸】。(2)脛骨：【骸骨】▶膝下為骸。(3)身體、軀體的代稱：【殘骸】。

骼 《ㄜˊ | 骨部 6畫　骨頭的通稱：【骨骼】。

骴 ㄘˋ | 骨部 6畫　上面還留有爛肉的骨頭。

骾 《ㄥˇ | 骨部 7畫　通「鯁」，卡在喉嚨裡的骨頭。

髀 ㄅㄟˋ | 骨部 8畫　(1)大腿的外側。(2)在軀幹下面，由腸骨、恥骨、坐骨合成的不規則大骨，也稱「胯骨」：【髀骨】。

髁 ㄎㄜ | 骨部 8畫　(1)大腿骨。(2)膝蓋骨。

髏 ㄌㄡˊ | 骨部 11畫　死人的頭骨或沒有皮肉、毛髮的屍體骨架：【骷髏】。

髒 ㄗㄤ | 骨部 13畫　(1)使不乾淨、汙損：【衣服髒了】。(2)不乾淨的：【骯髒、髒亂】。

髓 ㄙㄨㄟˇ | 骨部 13畫　(1)植物莖中央的薄壁組織：【稻髓】。(2)骨頭裡面像膏脂的東西：【骨髓】。(3)事物的精華部分：【精髓】。

體 ㄊㄧˇ | 骨部 13畫　(1)人或其他動物的全身、身體、大體：【人體】。(2)指身體的某一部分，例如四肢叫「四體」。(3)幾何學上有長、寬、高的東西：【立方體】。(4)一定的格式、規模、制度：【國體、政體、體制】。(5)文字書寫的形式：【字體、宋體、文體、印刷體、圓柱體】。(6)事物本身或全部的狀態：【個體、整體、氣體、固體、液體】。(7)物質存在的狀態。(8)根本：【中學為體，西學為用】。(9)設身處地為別人著想，……

想、憐惜別人：【體諒、體恤】(10)身體的：【體重、體溫】(11)親自的：【體會、體驗】(12)姓。

髑 ㄉㄨˊ 13畫 骨部
：【髑髏】死人的頭骨或沒有皮肉、毛髮的屍體骨架。

高部

高 ㄍㄠ 0畫 高部
(1)物體直立時從上到下的距離：【身高】(2)三角形從頂點到底邊的垂直距離，平行四邊形相對兩邊或梯形平行二邊的垂直距離都叫「高」(3)與「低」相對的：【高樓、山高水長、高低】(4)年紀老的：【年高】(5)超過一般的：【高手、曲高和寡】(6)優良的，超過一定水準的：【高標準、高材生】(7)等級在上或程度較深的：【高年級、高中、高等教育】(8)音調尖銳的：【高音】(9)美好的：【德高望重】(10)價錢貴的：【高價】(11)熱烈的：【興高采烈】(12)對別人的敬稱：【高見、高就】(13)向上的：【高飛】(14)過分的：【高估】(15)姓。

髟部

髟 ㄅㄧㄠ 0畫 髟部
頭髮很長，垂下來的樣子。

髡 ㄎㄨㄣ 3畫 髟部
(1)古代一種剃掉頭髮的刑罰：【髡鉗】(2)剪修樹枝：【髡一樹】。

髦 ㄇㄠˊ 4畫 髟部
(1)毛髮中的長毛 (2)比喻英俊傑出的人：【英髦】(3)古代稱小孩垂在前額的短髮：【髦士】(4)俊秀的：(5)式樣新潮的：【時髦】

髣 ㄈㄤˇ 4畫 髟部
：【髣髴】

髴 ㄈㄨˊ 5畫 髟部
：【髣髴】模糊看不清楚的樣子、好像。

髮 ㄈㄚˇ 5畫 髟部
(1)人類頭上的毛：【頭髮、理髮】(2)古代長度單位，是一寸的千分之一，比喻非常微小：【毫髮不差】(3)像頭髮的東西：【髮菜、千鈞一髮】(4)姓。

髫 ㄊㄧㄠˊ 5畫 髟部
(1)小孩額前下垂的短髮：(2)比喻童年：【髫年、髫齡】

髽 ㄓㄨㄚ 5畫 髟部
：【髽髻】古代婦女喪髻的樣子。

髥 ㄖㄢˊ 5畫 髟部
(1)長在臉頰上兩腮的鬍 (2)指鬍鬚多的人。

髻 ㄐㄧˋ ｜髟部 6畫
把頭髮挽起來，束在腦後或頭頂上的一種髮式：【高髻、椎髻】。

髭 ㄗ ｜髟部 6畫
長在嘴唇上邊的短鬚：【髭鬚】。

髹 ㄒㄧㄡ ｜髟部 6畫
(1)漆。(2)塗抹：【髹漆】。赤黑色的漆。

鬃 ㄗㄨㄥ ｜髟部 8畫
(1)馬、豬等動物頸部上面的毛：【馬鬃、豬鬃】。(2)高挽的髻。

鬆 ㄙㄨㄥ ｜髟部 8畫
(1)把煮熟的瘦肉炒乾，製成茸毛狀或碎末狀的食品：【肉鬆、魚鬆】。(2)放開、解開：【鬆手、鬆綁、鬆口氣】。(3)寬解：【天熱了，把衣服鬆一鬆】。(4)散亂的：【頭髮蓬鬆】。(5)不緊密的：【鬆散】。(6)不緊要、不嚴的：【鞋帶很鬆】。(7)質地不緊密、輕鬆、稀鬆平常】、不結實：【土質很鬆】。(8)經濟寬裕、有錢：【手頭很鬆】。(9)精神懈怠的：【鬆懈、鬆弛】。

鬈 ㄑㄩㄢˊ ｜髟部 8畫
頭髮捲曲美好的樣子。

鬍 ㄏㄨˊ ｜髟部 9畫
人類長在口部四周或臉頰上的毛：【鬍子、鬍鬚、落腮鬍】。

鬚 ㄒㄩ ｜髟部 12畫
(1)人類長在下巴或嘴邊的毛：【鬍鬚、髭鬚、虎鬚】。(2)動物口邊的毛。(3)植物頭上的花蕊、觸角，苔根、芒末等像鬍鬚一樣的東西：【參鬚、鬚根】。(4)昆蟲頭上的觸角：【鬚髯】。(5)細根、芒末等像鬍鬚一樣的東西。

鬟 ㄏㄨㄢˊ ｜髟部 13畫
(1)婦女梳成的環形髮髻：【雲鬟】。(2)婢女：【丫鬟】。

鬢 ㄅㄧㄣ ｜髟部 14畫
(1)指面頰兩邊靠近耳朵前面的頭髮：【鬢角】。(2)耳朵前面兩頰上所長的頭髮：【兩鬢皆白、雲鬢】。

鬣 ㄌㄧㄝˋ ｜髟部 15畫
(1)粗硬的長鬚：【長鬣】。(2)某些獸類脖子上的長毛：【獅鬣、馬鬣】。(3)魚類鰓旁邊的小鰭。(4)蛇類鱗上的長毛。(5)鳥頭上的毛。

鬥部 ㄉㄡˋ

鬥 ㄉㄡˋ ｜鬥部 0畫
(1)互相對打：【爭鬥、械鬥、鬥毆、鬥牛、鬥雞】。(2)讓動物互相爭鬥：【鬥蟋蟀】。(3)較量、比賽爭勝：【鬥智、鬥棋】。(4)姓。

鬧 ㄋㄠˋ 5畫 鬥部
(1)喧吵、喧擾：【大哭大鬧】。(2)發生、發作：【鬧水災、鬧脾氣、鬧意見】。(3)生病、發病：【鬧肚子】。(4)戲耍、開玩笑：【別跟他鬧了】。(5)使、導致：【鬧得大家不歡而散】。(6)變化、事情鬧到這種局面】。(7)吵嚷、擾嚷的：【熱鬧、鬧市、鬧區】。(8)濃盛的：【枝頭春意鬧】。

鬨 ㄏㄨㄥˋ 6畫 鬥部
(1)聚集吵鬧：【起鬨、笑鬨】。(2)爭鬥：【內鬨】。(3)吵鬧的：【鬨堂大笑】。

鬩 ㄒㄧˋ 8畫 鬥部
爭吵：【兄弟鬩牆】。

鬪 ㄉㄡˋ 12畫 鬥部
同「鬥」。

鬮 ㄐㄧㄡ 16畫 鬥部
抽取做有記號的紙團或紙條來賭勝負或決定事情：【抓鬮】。

鬯 ㄔㄤˋ 0畫 鬯部
(1)古代祭祀用的一種香酒(2)通「暢」，茂盛的：【草木鬯茂】。

鬱 ㄩˋ 19畫 鬯部
(1)積聚：【鬱積】(2)憂愁、鬱悶的、不快樂的：【憂鬱、鬱悶、鬱結】(3)草木茂盛的樣子：【鬱鬱、蒼鬱】。

鬲 ㄌㄧˋ 0畫 鬲部
古代烹煮食物的器具，樣子像鼎：【瓦鬲】、鼎鬲。(1)古代國名，在山東省(2)《ㄜˊ 通「隔」，阻隔(3)人的穴道名稱(4)姓

鬻 ㄩˋ 12畫 鬲部
(1)姓(2)賣出：【鬻官】(3)生育、養育：【孕鬻】。

鬼 ㄍㄨㄟˇ 0畫 鬼部
(1)傳說人死後的魂魄、鬼神：【鬼魂、鬼神】(2)指有不良嗜好或習慣的人：【酒鬼、小氣鬼、冒失鬼】(3)不可告人的勾當：【搞鬼】(4)指機靈的小孩子：【小鬼、淘氣鬼】(5)懷疑的：【疑鬼、鬼相信】(6)陰險的、不正派的詞：【鬼臉】(7)醜陋的、(8)精巧的：【鬼斧神】

工

(9)機警的：【鬼靈精】⑩不實在的：【鬼混】。⑪胡亂的：【鬼話連篇】。

魁 ㄎㄨㄟ 鬼部 4畫
(1)領頭的人：【魁首、罪魁】(2)明代科舉分五經取士，每一經的第一名稱「魁」，比喻比賽得勝：【奪魁】(3)星宿名，北斗七星中離斗柄最遠的第一顆星：【魁星】(4)高大強壯的：【魁偉、魁梧】(5)姓。

魂 ㄏㄨㄣˊ 鬼部 4畫
(1)能離開人的肉體而單獨存在的精神、靈氣：【英魂、靈魂、魂不附體】(2)人的意念或精神狀態：【魂魄】(3)物的精神：【花魂】(4)聚精會神的、神魂顛倒的：【魂祈夢請】

魄 ㄆㄛˋ 鬼部 5畫
(1)依附在人身上的精神、靈魂：【魂魄】(2)人的精力、氣：【魄力、體魄】

ㄊㄨㄛˋ 通「拓」，潦倒、不得意：【落魄】。

魅 ㄇㄟˋ 鬼部 5畫
(1)古代傳說中住在深山裡的鬼怪：【魑魅】(2)迷惑：【魅惑】

魈 ㄒㄧㄠ 鬼部 7畫
一種像狒狒的猛獸，喜歡在晚上攻擊人，古人以為是山中的鬼怪：【山魈】

魏 ㄨㄟˋ 鬼部 8畫
(1)古代國名，是戰國七雄之一，被秦滅亡。(2)朝代名，是三國吳、蜀、魏之一，曹操的兒子曹丕所建立。(3)姓。通「巍」。

魍 ㄨㄤˇ 鬼部 8畫
古代傳說中山川木石裡的精怪：【魍魎】

魎 ㄌㄧㄤˇ 鬼部 8畫
古代傳說中山川木石裡的精怪：【魍魎】。

喻壞人：【魑魅魍魎】。古代傳說中山川木石裡的精怪，常用來比

魔 ㄇㄛˊ 鬼部 11畫
(1)鬼怪：【魔鬼、魔頭】(2)妖邪惡的壞人：(3)過度的嗜好成癖：【走火入魔】(4)神奇的、不可思議的：【魔術、魔力】(5)邪惡的：【魔爪、魔界】

魑 ㄔ 鬼部 11畫
古代傳說中躲藏在深山裡會害人的妖怪：【魑魅】。

魘 ㄧㄢˇ 鬼部 14畫
做噩夢時的驚叫，或睡夢中覺得被什麼東西壓在身上不能動彈：【夢魘】。

魚部 ㄩˊ

魚 ㄩˊ 魚部 0畫
(1)生活在水中的脊椎動物，靠用鰓呼吸，種類很多，鰭游泳，冷血，卵生，大都可以食用：【淡水魚、海

魚

魚部

水魚、熱帶魚。

魯
ㄌㄨˇ

魚部
4畫

(1)周朝時的國名，在山東省西南部。(2)山東省的簡稱(3)愚笨的：【魯直、愚魯、頑魯】(4)直率的：【魯莽】(5)粗心大意的：【粗魯】(6)粗野的：【魯】(7)姓。

魷
ㄧㄡˊ

魚部
4畫

魚名，是烏賊的一種，生活在海洋中的軟體動物，頭像烏賊，身體是菱形，有十條觸腳，也稱「柔魚」，可以食用。

魴
ㄈㄤˊ

魚部
4畫

淡水魚名。頭小腹闊，背脊隆起。

鮑
ㄅㄠˋ

魚部
5畫

(1)魚名。海生軟體動物，有長圓形的貝殼，肉可食用，味道鮮美。殼可以做藥，稱「石決明」(2)一種潮溼的醃魚，味道腥臭：【鮑魚之肆】(3)姓。

鮎
ㄋㄧㄢˊ

魚部
5畫

魚名。頭扁平，口寬大，尾巴短而圓，表皮光滑無鱗，兩對鬚，有黏液，可食用，同「鯰」。

鮒
ㄈㄨˋ

魚部
5畫

淡水魚名，就是「鯽魚」。

鮓
ㄓㄚˇ

魚部
5畫

經過加工醃製的魚類食品。

鮮
ㄒㄧㄢ

魚部
6畫

(1)魚(2)剛殺的鳥、獸等新鮮、美味的(3)指食物：【時鮮】(4)清新的、不乾枯腐敗的：【鮮花、鮮魚】(5)味美的：【好鮮的湯】(6)色彩明亮光豔的：【鮮豔、光鮮】(7)有趣的：【鮮事】(8)姓。
ㄒㄧㄢˇ
少的：【鮮見、鮮有】。

鮫
ㄐㄧㄠ

魚部
6畫

海水魚名，就是「鯊魚」。

鮪
ㄨㄟˇ

魚部
6畫

海水魚名。兩端細而中間粗，背部藍黑色，腹部銀白色，嘴尖，牙細小。分布在溫帶、熱帶海洋中，味道鮮美，可製罐頭，也稱「鱣魚」、「鮪魚」。

鮚
ㄐㄧㄝˊ

魚部
6畫

一種蛤科，長約二、三公分，肉可食。

鮭
ㄍㄨㄟ

魚部
6畫

海水魚名。身體銀白色，有粉紅色寬斑，背側有若干條黑色細帶，約二、三公分，長約一公尺，是名貴的食用魚。秋天游到江河上產卵，產完卵後，雌魚立刻死去。蘇州人對魚類菜肴的總稱。
ㄒㄧㄝˊ
：【鮭菜】

鯉
ㄌㄧˇ

魚部
7畫

(1)淡水魚名。身體扁而肥，青黃色，尾鰭

鯉 ㄌㄧˇ 魚部 7畫

嚨裡：【被魚骨鯁到了】。(3)通「耿」，正直的：【鯁言、鯁直】。

鯁 ㄍㄥˇ 魚部 7畫

部青褐色，腹部白色，沒有觸鬚，味道鮮美。(1)魚骨頭：【骨鯁在喉】。(2)魚刺卡在喉

鯽 ㄐㄧˋ 魚部 7畫

淡水魚名。身和口都很小，鱗很細，體側扁，頭

鯀 ㄍㄨㄣˇ 魚部 7畫

說是夏禹的父親。(2)大魚名。(1)古人名。傳

鯊 ㄕㄚ 魚部 7畫

魚翅可製皮革，肉可食用，肝可以製魚肝油，皮可製皮革，骨可製膠，個。鰓裂在側面，每側有五至七小，生活在海洋中，性情凶猛，多，身體是圓柱形，頭大眼魚名。種類很

鰷 ㄊㄧㄠˊ 魚部 7畫

魚」、「沙魚」或「鮫魚」。魚，常張口吹沙，也稱「吹沙

(2)紅色，嘴巴有兩對鬚，味道鮮美

紅色，指書信。

鯨 ㄐㄧㄥ 魚部 8畫

「白鰷」。出水面，體型小而白，也稱魚名。喜歡游

鯧 ㄔㄤ 魚部 8畫

肉可食用，常露出水面，脂肪可以製工業用油：【藍鯨、抹香鯨、白鯨】。上，後肢完全退化，脂肪大，皮膚平滑而厚。鼻孔生在頭頂大的超過三十公尺，最小的只有一公尺。體型扁平而外形像魚類，最種很多，最哺乳類動物，海洋中最大的

鯖 ㄑㄧㄥ 魚部 8畫

味鮮美，俗稱「青花魚」。腹部銀白色，肉部青黑色，背用魚：【白鯧、黑鯧】。鱗細，骨軟，是名貴的食頭小、尾成鰭狀，脂肪多，肉味鮮美。形，銀灰色，呈菱體側扁，呈海水魚名。身

鯪 ㄌㄧㄥˊ 魚部 8畫

側腹有刺，全身(1)淡水魚名。背腹有刺，體小，

鯤 ㄎㄨㄣ 魚部 8畫

比喻極大的東大魚，常用來古代傳說中的

鯛 ㄉㄧㄠ 魚部 8畫

稱「銅盆魚」，是名貴的食用魚。有藍斑點，紅色體側扁圓，兩棲類動物。身(1)魚名。

鯢 ㄋㄧˊ 魚部 8畫

蟻，也稱「穿山甲」。古代傳說中的有角質的鱗甲，遇到敵人會捲曲哺乳類動物，(2)哺乳類動物，成球狀。舌頭很長，便於舔食螞

(3)小魚：【鯢鮒】。穴居在流水旁，吃山椒皮，又因為叫聲像嬰兒啼哭，所以又稱「山椒魚」。以小魚：(2)雌的鯨魚：【鯨鯢】。短小，能爬樹海水魚名。身

【鯪鯉】。側腹平，全身

【鯤鵬】。

鱗甲：【鯪鯉】。

鯷 ㄊㄧ│魚部│9畫

和嘴巴都很大。

鰮 ㄊㄧ│魚部│9畫

泥鰍、花鰍】。一種海產的小魚類。腹部是圓柱形，眼睛

鰍 ㄑㄡ│魚部│9畫

魚名。身體圓長，尾巴側扁，鱗細小或退化，外皮有黏液，背部蒼綠色，有黑色斑點。大部分居住在泥濘中：【泥鰍、花鰍】。

鰓 ㄒㄧ│魚部│9畫

恐懼的樣子：【鰓鰓】。

鰓 ㄙㄞ│魚部│9畫

大部分水生動物的呼吸器官，生在頭部的兩側，是深紅色的羽毛狀或絲狀，用來吸取溶解在水中的氧。

鯰 ㄋㄧㄢ│魚部│8畫

淡水魚名。頭平扁，口寬大，有兩對鬚，身體有許多黏液，沒有鱗，可以食用。

鰈 ㄅㄧㄝ│魚部│9畫

魚名。是比目魚的一種，兩眼都生在右側，棲息在沿海沙底。

鰭 ㄑㄧ│魚部│10畫

魚類和其他水生動物的運動器官，由刺狀的硬骨或軟骨支撐薄膜所構成，分成胸鰭、尾鰭、背鰭、腹鰭、臀鰭，可用來撥水、游泳。

鰥 ㄍㄨㄢ│魚部│10畫

(1)一種大魚名【鰥夫】。(2)死了妻子的成年男子：▼

鰜 ㄐㄧㄢ│魚部│10畫

海水魚名。就是「大口鰜」，是「比目魚」的一種，體側扁而不對稱，兩眼全生在左或右側。

鯡 ㄕ│魚部│10畫

淡水魚名。體側扁，背部是青綠色，腹部是銀白色，肉味鮮美，是名貴的食用魚。

鰱 ㄌㄧㄢ│魚部│11畫

淡水魚名，又稱為「大頭鰱」。身體扁長，腹肥鱗細，銀白色。因為成長很快，所以民間養殖最多。

鰾 ㄅㄧㄠ│魚部│11畫

魚類內臟的一部分，是一個透明的長形氣囊，可以自由漲縮，使魚類在水中浮沉，並輔助魚類的呼吸。俗稱「魚胞」，是大多數魚類內臟的一部。

鰻 ㄇㄢ│魚部│11畫

淡水魚名。頭部尖小，身體細長而圓，皮厚，表面有黏液，肉味鮮美。又稱「甲魚」。爬蟲類動物

鱉 ㄅㄧㄝ│魚部│11畫

背腹有甲殼，呈暗灰色，腹部是白色或淡紅色。常棲息在江、湖、池、沼之間，肉多養分，殼可作藥。形狀像龜，

魚部

鱆

ㄓㄤ

11畫 | 魚部

海魚名。形狀像烏賊，但體型較大，有八條觸鬚，具有吸盤，肉可以吃，也稱「章魚」。

鱈

ㄒㄩㄝ

11畫 | 魚部

也稱「大口魚」，海魚名。口大鱗細，肉潔白如雪，肝臟可製魚肝油。

鱗

ㄌㄧㄣ

12畫 | 魚部

(1)魚類或爬蟲類身體表面所覆蓋的角質或骨質的透明小薄片，像瓦片一樣，依次重疊，具有保護作用：【鱗集、遍體鱗傷】(2)形狀像魚鱗的：【蛇鱗、魚鱗、鱗甲】

鱖

ㄍㄨㄟ

12畫 | 魚部

(1)淡水魚名，俗稱「鱖花魚」、「鱖魚」，全身有不規則形的黑色斑點，是名貴的食用魚(2)一種小魚名，像鯽魚，但更小，又稱「婢妾魚」、「

青衣魚」。

鱔

ㄕㄢ

12畫 | 魚部

淡水魚名。形狀像蛇，沒有鱗，眼睛很小，所以又叫「四鰓魚」。因為有四個鰓，身體狹長而扁平，銀灰色，肉味鮮美，生性凶猛，所以俗稱「鱔魚」，腹部黃色，可以食用，俗稱「黃鱔」。

鱒

ㄗㄨㄣ

12畫 | 魚部

海魚名。形狀像鮭魚，但頭較圓，腹部銀白色，背略帶黑色。海魚名。產在江河和近海之間。骨軟鱗硬，呈紡錘形，長一丈多，肉可食用。

鱘

ㄒㄩㄣ

12畫 | 魚部

鱣

ㄓㄢ

13畫 | 魚部

通「鱔」。一種沒有鱗的大魚。

鱸

ㄌㄨ

16畫 | 魚部

魚名。產在近海中，春夏季由海中游入河裡，秋冬時又由河中游入海裡。

鱷

ㄜ

16畫 | 魚部

俗稱「鱷魚」，爬蟲類動物，頭扁，嘴突出，四肢短，全身都是硬皮和厚鱗，會爬行，也會游泳，常捕食鳥獸或人畜，壽命可達三百餘年。大部分產在熱帶的河沼裡。

鳥部

ㄋㄧㄠ

鳥

ㄋㄧㄠ

0畫 | 鳥部

會飛的脊椎動物，全身有羽毛，有一對翅膀、兩隻腳。卵生，有肺和氣囊呼吸：【百靈鳥、海鳥】

鳩

ㄐㄧㄡ

2畫 | 鳥部

(1)鳥名。外形像鴿子，頭小，胸凸，尾短翼

鳩（續）長。種類很多，有斑鳩、雉鳩、祝鳩等⑵聚集：【鳩合、鳩集】⑶強占：【鳩占】

鳧 ㄈㄨˊ　2畫　鳥部
水鳥名。是小型的野鴨，羽毛柔軟，能飛行，常聚集在沼澤地，嘴扁腳短。

鳳 ㄈㄥˋ　3畫　鳥部
⑴古代傳說中代表吉祥的鳥，雄的稱「鳳」，雌的稱「凰」⑵比喻珍貴的東西：【鳳毛鱗角】⑶姓。

鳴 ㄇㄧㄥˊ　3畫　鳥部
⑴鳥、獸、昆蟲發出叫聲：【鳥鳴、鹿鳴、蛙鳴】⑵泛指一切聲響：【雷鳴、鐘鳴】⑶敲擊、使發生聲音：【鳴鼓、鳴炮】⑷聲明、表示出來：【鳴謝、鳴冤】

鳶 ㄩㄢ　3畫　鳥部
⑴鳥名。性情凶猛，比老鷹小，身體是褐色，嘴帶藍色，食蛇、鼠等動物，視力很好，常捕捉⑵風箏：【紙鳶】

鴉 ㄧㄚ　4畫　鳥部
⑴鳥名。體型大，嘴細小彎曲，常棲息在樹林中，以穀類、果實為食⑵黑色的：【鴉鬢】

鴆 ㄓㄣˋ　4畫　鳥部
⑴傳說中的一種毒鳥，羽毛含有劇毒，浸在酒裡，喝了會中毒而死⑵毒酒：【鴆酒】

鴇 ㄅㄠˇ　4畫　鳥部
⑴鳥名，比雁大一點，背上有黃黑色斑紋，腹部白色，善奔走，但不善飛翔⑵收養妓女或開設妓院的婦女：【老鴇、鴇母】

鴂 ㄐㄩㄝˊ　4畫　鳥部
⑴鳥名，就是「伯勞鳥」⑵「鵜鴂」

鴃 ㄐㄩㄝˊ　4畫　鳥部
⑴鳥名。鴃鵙，嘴短而尖，翅膀黑色，群居⑵比喻說話難聽、難懂：【鴃舌】

鴛 ㄩㄢ　5畫　鳥部
⑴鳥名。鴛鴦，嘴扁，脖子長，像野鴨，嘴是紅色的，棲息在水中不分離，羽毛美麗，在森林中，很會叫⑵比喻感情好的夫妻或情侶：【鴛鴦】⑶成對偶的：【鴛鴦】⑷姓。

鴦 ㄧㄤ　5畫　鳥部
鳥名。鴛鴦，常雌雄相隨，雌的叫「鴦」，雄的叫「鴛」。

鴨 ㄧㄚ　5畫　鳥部
鳥名。嘴扁腳短，趾間有蹼，善於游泳，翅膀小，不能高飛，羽毛褐色，嘴是灰黑色。

鴒 ㄌㄧㄥˊ　5畫　鳥部
⑴鶺鴒，鳥名，身體小，頭、前額白，黑，尾巴長，常棲息在水邊，喜歡啼叫⑵比喻兄弟：【鶺鴒原】

鴕
ㄊㄨㄛˊ

5畫　鳥部

鳥名。鴕鳥，是最大的鳥類，身高約二公尺，頭小頸長，嘴扁而短，腿細長，走得很快，翅膀短，不能高飛。產於美洲、非洲的沙漠。

鴣
ㄍㄨ

5畫　鳥部

(1)鷓鴣，鳥名。外形像斑鳩。(2)鵓鴣，鳥名。常站立在山頂樹上啼叫「行不得也哥哥」，就是「斑鳩」。

鷗
ㄔ

5畫　鳥部

(1)鳥名。傳說幼鷗長大後會吃母鷗，因此用來比喻凶殘的壞人。(2)鷗鷴，也稱「貓頭鷹」。貓，眼圓大，夜間視力特別好。常捕食蛇、鼠等小動物。

鴞
ㄒㄧㄠ

5畫　鳥部

(1)鳥名。性情凶猛。(2)常在夜間活動。(2)比喻壞人：【鴟鴞】

鴻
ㄏㄨㄥˊ

6畫　鳥部

(1)水鳥名。比雁大，聽覺靈敏，喜歡聚集，以昆蟲為主食，又叫「杜宇」或「子規」。又稱「映山紅」。在春夏時開紅、紫或白色的花，是一種觀賞植物。(2)書信的代稱：【來鴻】(3)通「洪」，大的：【鴻福、鴻圖】(4)姓。

鴿
ㄍㄜ

6畫　鳥部

鳥名。飛行速度很快，記憶力很好，可訓練成傳遞書信的「信鴿」，俗稱「鴿子」。

鴣
ㄍㄨˊ

6畫　鳥部

(1)老鴣，「烏鴉」的俗稱(2)鴣鹿，「黃鵬」的別稱。

鵠
ㄏㄨˊ

7畫　鳥部

(1)鳥名，就是「天鵝」。羽毛全白、善游泳。(2)比喻像鵠般靜靜地站立：【鵠立、鵠候】箭靶的中心：【鵠的（）

鵑
ㄐㄩㄢ

7畫　鳥部

(1)杜鵑，鳥名。腹有黑色橫紋，胸灰褐色，是一種益鳥。(2)植物

鵝
ㄜˊ

7畫　鳥部

鳥名。頸長，嘴肉瘤，羽毛是灰色或白色，前額有扁闊，不能飛，吃穀物、蔬菜、魚蝦等。

鵓
ㄅㄛˊ

7畫　鳥部

(1)鵓鴣，鳥名，就是「斑鳩」。在下雨前會咕咕地叫，農人可以作為預測晴雨的依據，又叫「水鵓鴣」。(2)鵓鴿，鳥名，就是「鴿子」。

鵜
ㄊㄧˊ

7畫　鳥部

鳥名：【鵜鶘】、鳥名：【鵜鴂】

鵡 ㄨˇ　鳥部　8畫
鸚鵡，鳥名，羽毛美麗，舌柔軟，能學人說話。綠毛紅嘴，尾巴很長，嘴大呈彎鉤形，體型較小，也稱「鸚哥」。

鵲 ㄑㄩㄝˋ　鳥部　8畫
鳥名，就是「喜鵲」。身體的羽毛大部分是黑色，肚子是白色的，一般認為鵲的叫聲是吉祥的預兆。

鶉 ㄔㄨㄣˊ　鳥部　8畫
鳥名。禿尾，身體肥圓，腳短尾禿，羽毛有暗黃色的條紋，雜有白色斑點，通常和鵪合稱「鵪鶉」。鶉性好鬥，有人養鶉互鬥來賭錢，叫「鬥鶉」。古書上記載的「鬥鶉」。

鵬 ㄆㄥˊ　【大鵬鳥】　鳥部　8畫
一種大鳥，能一飛數千里。

鵰 ㄉㄧㄠ　鳥部　8畫
鳥名。生性凶猛，嘴爪是鉤狀，羽毛是深褐色，捕食鼠、兔等動物吃，也稱「鷲」。

鵪 ㄢ　鳥部　8畫
鳥名。和鶉相似，羽毛上沒有斑點，吃穀類和雜草種子。

鵩 ㄈㄨˊ　鳥部　8畫
鳥名。常在夜裡發出難聽的聲音，古人認為是一種不祥的鳥。

鶘 ㄏㄨˊ　鳥部　9畫
水鳥：【鵜鶘(即伽藍鳥)】。

鶚 ㄜˋ　鳥部　9畫
鳥名。是一種凶猛的鳥，背黑腹白，能在水面飛翔，捕食魚類，也叫「魚鷹」。

鶩 ㄨˋ　鳥部　9畫
鳥名。就是「鴨子」。嘴扁，頸長，善游泳，吃穀物、蔬菜、魚蟲等。

鶖 ㄑㄧㄡ　鳥部　9畫
鳥名。頸長嘴扁，有喉囊，性情貪暴，喜吃蛇類，也稱「禿鶖」。

鶯 ㄧㄥ　鳥部　10畫
鳥名，又叫「黃鶯」、「黃鸝」。腹部灰白色，背灰黃色，尾部有黑色羽毛，體型很小，叫聲很好聽。

鶴 ㄏㄜˋ　鳥部　10畫
鳥名。羽毛白色，頸長，腳長，全身純白，頭頂紅色，叫聲響亮，雙腳細長，俗稱「仙鶴」。

鷂 ㄧㄠˋ　鳥部　10畫
(1)鳥名。像鷹但比鷹小，性情凶猛，捕小鳥為食，也叫「鷂鷹」或「鷂子」。(2)指風箏：【放鷂子、紙鷂】。

鶼 ㄐㄧㄢ　鳥部　10畫
鳥名。傳說中的「比翼鳥」，每隻都只有一目一翼，所以總是兩隻一起飛翔。

鶌 ㄍㄨ｜鳥部 10畫
(1)鶌鳩（ㄓㄡ），鳥名，尾巴短，羽毛是青黑色，形狀像山雀但較小的鳥，喜歡叫。(2)鶌鳩，鳥名，就是「斑鳩」。

鶍 ㄏㄨ｜鳥部 10畫
(1)鳥名，屬鷹類，就是「隼鳥」。(2)回族的古稱。

鶺 ㄐㄧ｜鳥部 10畫
鶺鴒，鳥名，形狀像燕，常飛到水邊，捕食害蟲。

鷓 ㄓㄜ｜鳥部 11畫
鷓鴣，鳥名。形狀像雞，不能久飛，常相互鳴叫，主食穀類兼食昆蟲。

鷗 ㄡ｜鳥部 11畫
鷗，水鳥名。羽毛白色，嘴為鉤曲狀，翅膀灰白色，善於飛翔，視力敏銳，捕食魚類為生。

鷙 ㄓ｜鳥部 11畫
(1)鳥類：【鷙鳥】一種凶猛的鳥類。(2)形容性情勇猛凶狠：【鷙悍】。

鷥 ㄙ｜鳥部 12畫
水鳥名，羽毛純白，身體瘦削，腳、頸細長，嘴直而尖，棲息在水邊，捕食魚類，又稱「白鷺」。適合在淺水或沼澤中捕食魚、貝或昆蟲。

鷢 ㄩ｜鳥部 12畫
鳥名。頸細長，嘴直而直，羽毛茶褐色，腳長，翅膀小，不善飛行，喜潛水，捕食魚類。

鷦 ㄐㄧㄠ｜鳥部 12畫
鷦鷯，鳥名。又叫「巧婦鳥」。長約三寸，嘴尖，羽毛灰色帶有黑褐色。

鷲 ㄐㄧㄡ｜鳥部 12畫
鳥名，就是「鶥」。性情凶猛，上嘴鉤曲，喜歡吃動物的屍體。

鷺 ㄌㄨ｜鳥部 13畫
鷺鷥，水鳥名。見「鷥」字。

鷹 ㄧㄥ｜鳥部 13畫
鳥名。性凶悍，上嘴是鉤形，腳趾有鉤爪，捕食鳥、雞、「鼠」等弱小動物，俗稱「老鷹」。力大，眼光銳利，捕食鳥、雞、貝魚類。

鷿 ㄆㄧ｜鳥部 13畫
鷿鷉（ㄊㄧ），水鳥名。身體肥圓，嘴短，捕食魚類。

鷽 ㄒㄩㄝ｜鳥部 13畫
(1)鳥名。頭黑、背灰、胸腹是紅色，叫聲十分悅耳，又叫「山雀」、「山鵲」。(2)像鳥名。

鸑 ㄩㄝ｜鳥部 14畫
(1)水鳥名。鸑鷟（ㄓㄨㄛ），像鴨而比鴨大，古書中的一種祥瑞的鳥，是鳳凰的別名。

鸕 ㄌㄨ｜鳥部 16畫
鸕鷀（ㄘ），水鳥名。形狀像烏鴉而大，脖子白，嘴長，善於潛水捕魚，

俗稱「水老鴉」。

鸚 一ㄥ 鳥部 17畫

鸚鵡，鳥名。腳有四趾，羽毛十分美麗，能學人說話，多產在熱帶。

鸛 ㄍㄨㄢˋ 鳥部 18畫

鳥名。形狀像鶴，羽毛灰白、腿長，趾間有蹼，生活在水邊，捕食魚、蛇和甲殼類，也叫「老鸛」或「灰鸛」。

鸞 ㄌㄨㄢˊ 鳥部 19畫

鳥名。羽毛五彩，傳說中是鳳凰一類的鳥。

鸝 ㄌㄧˊ 鳥部 19畫

黃鸝，鳥名。叫聲很好聽，吃林中的害蟲，也稱「黃鶯」。

鹵部 ㄌㄨˇ

鹵 ㄌㄨˇ 鹵部 0畫

(1)含有鹹性，不適合耕種的土壤：【鹵莽】(3)通「魯」，愚笨、遲鈍：【鹵鈍】(2)粗野的：【鹵莽】(3)通「魯」，愚笨、遲鈍：【鹵鈍】

鹹 ㄒㄧㄢˊ 鹵部 9畫

含有鹽分的：【鹹肉】。(1)鹽味：【酸甜苦辣鹹】(2)

鹼 ㄐㄧㄢˇ 鹵部 13畫

(1)泥土中所含的一種物質，成分為碳酸鈉，可以用來洗衣服、去油垢，是製造肥皂、玻璃等物質的原料(2)指遭到鹼性的物質侵蝕：【這堵牆都鹼了】。

鹽 ㄧㄢˊ 鹵部 13畫

(1)食物中鹹味的原料，可用來調味，分為海鹽、池鹽、井鹽等，鹽類化合物的簡稱。(2)化學名詞，鹽類化合物的簡稱。

ㄧㄢˊ 用鹽來醃食物。

鹿部 ㄌㄨˋ

鹿 ㄌㄨˋ 鹿部 0畫

哺乳類動物，毛黃褐色，有花紋或條紋。頭上長犄角，母鹿不長。四肢細長，性情溫和，通常公鹿頭上長犄角，母鹿不長。

麂 ㄐㄧˇ 鹿部 2畫

哺乳類動物，像鹿但比鹿小，雄的上犬齒較長，有短角，皮很柔軟，可製成皮件。

麈 ㄓㄨˇ 鹿部 5畫

(1)哺乳類動物，頸背像鹿，腳像牛，尾巴像驢，頭像駱駝，俗稱「四不像」，也就是「拂塵」。(2)「塵尾」的簡稱，俗稱「四不像」，也就是「拂塵」。

麋 ㄇㄧˊ 鹿部 6畫

哺乳類動物，和鹿同類但稍大，雄麋是青黑色，頭上有角，雌麋褐色，體

型較小：【麋鹿】。

麒　ㄑㄧˊ　8畫　鹿部
【麒麟】
麒麟，古代傳說中的一種怪獸，形狀像鹿，全身佈滿鱗甲，頭上有角。雄的叫麒，雌的叫麟，古人視為吉祥的象徵。

麗　ㄌㄧˋ　8畫　鹿部
華美、美好的：【華麗、風和日麗】。
ㄌㄧˊ　高麗，古國名，也稱「高句（《ㄍㄡ》麗」，在朝鮮半島上，也就是現在的韓國。

麓　ㄌㄨˋ　8畫　鹿部
山腳：【山麓】。

麝　ㄕㄜˋ　10畫　鹿部
哺乳動物。像鹿但比鹿小，前腳短，後腳長，沒有角。雄麝會分泌麝香，可做成藥材、香料。

麈　ㄓㄨˋ　11畫　鹿部
哺乳類動物。形狀像鹿但比鹿小，毛黃黑色，皮很柔軟，跑得很快。

麟　ㄌㄧㄣˊ　12畫　鹿部
【麒麟】
(1)古代傳說中的一種獸名：【麒麟】(2)光明的樣子：【麟麟】。

麤　ㄘㄨ　22畫　鹿部
【麤麤】通「粗」，不精細的。

麥部

麥　ㄇㄞˋ　0畫　麥部
(1)五穀之一，有大麥、小麥、燕麥等，可作為糧食、飼料及釀酒的原料(2)姓。

麩　ㄈㄨ　4畫　麥部
麥子磨粉後留下的外皮，可作為牲畜的飼料，也叫做「麩子」或「麩皮」。

麯　ㄑㄩˊ　6畫　麥部
將麥子或白米蒸過，使它發酵後再晒乾，可以用來釀酒，也就叫做「麴」，可以用來釀酒，也叫做「酒母」或「酒麴」。

麴　ㄑㄩˊ　8畫　麥部
酒母。

麵　ㄇㄧㄢˋ　9畫　麥部
(1)麥或其他穀物磨成的粉末：【麵粉】(2)麥粉製成的長條狀食物：【炒麵】。

麻部

麻　ㄇㄚˊ　0畫　麻部
(1)麻類植物的總稱，有大麻、苧麻、亞麻、胡麻等，莖皮纖維可以做紡織原料(2)肢體全部或部分失去知覺：【手麻腳軟】(3)臉上有斑點疤痕：【麻臉】(4)芝麻的簡稱：

【麻油】
(5)瑣碎、煩多…：【麻煩】
(6)姓。

麼　ㄇㄜ˙　麻部　3畫
甚麼，為什麼（限用於作綴詞時，表示疑問）：【甚麼（什麼）】…：【幹麼】…【么麼小丑】
(3)姓。

麾　ㄏㄨㄟ　麻部　4畫
(1)古代指揮軍隊的旗幟：【旌麾】
(2)對將帥的尊稱，或指部下：【麾下】
(3)指揮：【麾軍前進】。

黃部

黃　ㄏㄨㄤˊ　黃部　0畫
(1)顏色的一種，是三原色（黃、紅、藍）之一
(2)黃帝的簡稱：【炎黃子孫】
(3)姓。

黌　ㄏㄨㄥˊ　黃部　13畫
古代的學校：【黌宮】。

黍部

黍　ㄕㄨˇ　黍部　0畫
穀類植物，果實叫「黍子」，有黏性，有黃、白、黑幾種，成的米叫黃米，可以釀酒，或磨粉作糕。

黎　ㄌㄧˊ　黍部　3畫
(1)種族名，中國少數民族之一，分布在廣東、廣西兩省，以海南島黎母嶺下的人數最多：【黎庶】
(2)眾多的：【黎民】
(3)黑色的：【黎人】
(4)姓。

黏　ㄋㄧㄢˊ　黍部　5畫
(1)像膠水般凝結後很難分離的物質：【黏結】
(2)使東西互相連結或附在別的東西上：【黏信封】
(3)小孩糾纏人不放：【黏人】。

黑部

黑　ㄏㄟ　黑部　0畫
(1)顏色名，類似墨水或生煤的顏色：【黑暗】
(2)昏暗無光的：【黑心】
(3)邪惡的：【黑市】
(4)黑龍江省的簡稱
(5)非公開的：【黑市】
(6)姓。

墨　ㄇㄛˋ　黑部　3畫
(1)寫字、繪畫時用的黑色顏料：【筆墨紙硯】
(2)黑色：【舞文弄墨】
(3)文章、字畫的代稱：【墨寶】
(4)字畫的代稱：【墨鏡】
(5)法度、規矩：【繩墨】
(6)貪汙的：【墨吏】
(7)固執、拘泥：【墨守成規】
(8)姓。

默　ㄇㄛˋ　黑部　4畫
(1)靜靜的不出聲：【默想】
(2)憑記憶寫出或讀出：【默誦】
(3)暗地裡：【默許】
(4)姓。

黔 ㄑㄧㄢˊ 黑部 4畫
(1)黑色：【黔首】。(2)貴州省的簡稱：【黔】。(3)姓。

點 ㄉㄧㄢˇ 黑部 5畫
(1)幾何學上只有位置而沒有長、寬、厚、薄的稱「點」。
(2)數學名詞，放在小數中：【兩點連成直線】。
(3)細小的液體：【汙點】。
(4)小的痕跡：【汙點】。
(5)放在文句中的符號：【標點】。
(6)兩點……
(7)計算事物時……
(8)食品……
(9)……間的單位。
(10)指事物所在的位置：【起跑點】。
(11)起……主要有三點。
(12)指定：【指點】。
(13)火部分或某一方面：【缺點】、【點火】。
(14)輕碰：【點菜】。
(15)指示：【點貨】。
(16)滴落、核對、檢查：【蜻蜓點水】、【點眼藥水】。
(17)裝飾。
(18)頭動一下：【一點兒】。
(19)比喻少量的：【點綴】。
(20)姓。

黜 ㄔㄨˋ 黑部 5畫
(1)貶斥或革職：【黜免】。(2)斥退：【黜退】。

黝 ㄧㄡˇ 黑部 5畫
深黑色的：【黝黑】。

黛 ㄉㄞˋ 黑部 5畫
(1)古代女子畫眉用的青色顏料：【粉黛】。(2)指婦女的眉毛：【秀黛】。

黠 ㄒㄧㄚˊ 黑部 6畫
(1)聰明，靈巧：【黠慧】。(2)狡猾：【狡黠】。

黨 ㄉㄤˇ 黑部 8畫
(1)有組織、理想的團體：【政黨】。
(2)親族：【父黨、母黨】。
(3)常在一起的朋友：【死黨】。
(4)古代的地方組織，五百家為一黨：【鄉黨】。
(5)姓。

黥 ㄑㄧㄥˊ 黑部 8畫
古代在犯人臉上刺字的一種刑罰，也叫做「墨刑」。

黧 ㄌㄧˊ 黑部 8畫
黑裡帶黃的顏色：【面目黧黑】。

黯 ㄢˇ 黑部 9畫
(1)深黑：【黯黑】。(2)不光明：【黯淡】。(3)失望、沮喪：【黯然】。

黴 ㄇㄟˊ 黑部 11畫
(1)東西因受潮變質而產生的小青黑點的：【發黴】。(2)腐敗：【這東西已經黴了】。

黷 ㄉㄨˊ 黑部 15畫
(1)輕率：【黷職】。(2)玷汙：【汙黷】。(3)沒有節制：【黷武】。

黹部

黹 ㄓˇ

黹
ㄓˇ
黹部
0畫
女紅的通稱，指刺繡、縫紉等工作：【針黹】。

黻
ㄈㄨˊ
黹部
5畫
指古代禮服上黑青相間的花紋：【黼黻】。

黼
ㄈㄨˇ
黹部
7畫
古代禮服上黑白相間如斧形的花紋：【黼黻】。

黽部

黽
ㄇㄧㄣˇ
黽部
0畫
努力、勤勉：【黽勉】。

黿
ㄩㄢˊ
黽部
4畫
爬蟲類動物，就是「元魚」，和鱉同類，比鱉大，背甲近似圓形，暗綠色。

鼂
ㄓㄠˊ
黽部
5畫
同「朝」。

鼂
ㄔㄠˊ
黽部
5畫
⑴蟲名⑵姓，同「晁」。

鼀
ㄔㄨ
黽部
5畫
兩棲類動物，就是「蟾蜍」，身大背黑，形狀像青蛙，不能發聲，不善跳躍。

鼈
ㄅㄧㄝ
黽部
11畫
爬蟲類動物，生活在水中，背、腹皆有甲殼，俗稱「甲魚」或「團魚」。

鼇
ㄠˊ
黽部
11畫
傳說是海中的大龜或大鱉。

鼉
ㄊㄨㄛˊ
黽部
12畫
爬蟲類動物，形狀像鱷魚，長約三、四公尺，四隻腳，捕食魚、蛙、鼠等小動物，俗稱「鼉龍」、「豬婆龍」。

鼎部

鼎
ㄉㄧㄥ
鼎部
0畫
⑴古代煮東西的器具，有兩耳三腳，多用青銅製成，可用來烹飪、煉丹煮藥、焚香等⑵重大、有力：【鼎力相助】⑶正當：【鼎盛之年】⑷像鼎足般三方對立：【鼎立】。

鼏
ㄇㄧˋ
鼎部
2畫
鼎的蓋子。

鼐
ㄋㄞˋ
鼎部
2畫
大鼎。

鼒
ㄗ
鼎部
3畫
口細小的鼎。

鼓部
ㄍㄨˇ

鼓 《ㄨˇ 鼓部 0畫
(1)一種打擊樂器，用木片箍成圓桶形，上下以牛、羊皮蒙上，敲起來有鼓聲。(2)拍、擊：【大鼓】。(3)彈奏：【鼓瑟吹笙】。(4)振動：【鼓翼】。(5)突出：【鼓著腮幫子】。鐘動：【鼓動】。

鼟 ㄆㄨˊ 鼓部 5畫
鼓聲：【鼟】。

鼖 ㄈㄣ 鼓部 5畫
軍用的大鼓：【鼖鼓】。

鼙 ㄆㄨˊ 鼓部 8畫
(1)漢代軍中騎在馬上所敲擊戰鼓：【鼙鼓】。(2)小鼓。

鼛 《ㄠ 鼓部 8畫
古代徵召役事完畢時所敲的大鼓：【鼛鐘】。代鼚。

鼚 ㄨˊ 鼓部 10畫
古代巡夜時所敲擊的鼓：【軍旅夜擊鼚】。

鼠 ㄕㄨˇ 鼠部 0畫
哺乳類動物，腳短尾巴長，門齒發達，繁殖迅速。常咬壞衣物、傳染疾病，破壞力很強。

鼧 ㄊㄨㄛˊ 鼠部 5畫
鼧鼥，哺乳類動物，也叫「土撥鼠」。

鼬 ㄊㄨㄛˊ 鼠部 5畫
鼠類，樣子像水獺，產在中國東北，毛皮可以做皮衣。

鼬 ㄧㄡ 鼠部 5畫
哺乳類動物，毛黃褐色，晝伏夜出，遇到敵人會分泌臭氣自衛，吃小動物的血或鳥蛋，俗稱「黃鼠狼」。

鼯 ㄨˊ 鼠部 7畫
哺乳類動物。形狀像松鼠，前後肢之間有膜、能滑翔，住在樹洞中，晝伏夜出，吃果實、昆蟲等。

鼴 ㄧㄢˇ 鼠部 9畫
哺乳類動物，生活在地下，能在土壤中挖掘隧道，捕食昆蟲、蚯蚓等，也叫「錢鼠」。

鼩 ㄑㄩˊ 鼠部 10畫
哺乳類動物，也就是「田鼠」，會用面頰貯藏食物。

鼫 ㄕˊ 鼠部 10畫
哺乳類動物，吃植物的根，又叫「田鼠」，也就是「田鼠」。

鼷 ㄒㄧ 鼠部 10畫
哺乳類動物，是一種形體很小的老鼠，遍布在世界各地。

鼻 ㄅㄧˊ 鼻部

鼻 ㄅㄧˊ 鼻部 0畫
(1)人和高等動物的呼吸、嗅覺器官，分成外鼻、鼻腔兩部分而帶孔像鼻的部分：【鼻祖】。(2)器物上突出創始的：【印鼻】。(3)

鼾 ㄏㄢ 鼻部 3畫
：熟睡時所發出的粗重呼吸聲如雷吼】。(4)姓。鼾聲如

齁 ㄏㄡ 鼻部 5畫
(1)吃了太鹹或太甜的東西後所產生的難受感覺：【齁】。(2)睡著時的鼻息聲：【齁】。(3)齁著了

齇 ㄓㄚ 鼻部 11畫
：酒齇鼻子。鼻子上的紅皰

齉 ㄋㄤ 鼻部 22畫
鼻子」或「齉鼻兒」。清楚，說話時發聲不鼻腔不順暢，叫「齉

齊 ㄑㄧˊ 齊部 0畫
(1)平整而有秩序：【整齊】。(2)同等、一致(4)【齊全】。(3)完備：【齊家】。(5)朝代名：齊。(6)古國名，在現在的山東東北部，戰國七雄之一，後來被秦國所滅。(7)姓。

齊 ㄗ
喪服的一種，用粗麻布製成，有縫邊：【齊衰】。

齊 ㄐㄧˋ
同「劑」。(1)合金時所放的固定成分。

齋 ㄓㄞ 齊部 3畫
(1)房舍，一般指可以安居靜修的屋子：【書齋】。(2)素食：【吃齋】。(3)古人在祭祀前要沐浴吃素，表示莊敬：【齋戒沐浴】。

齎 ㄐㄧ 齊部 7畫
(1)拿東西給人：【齎送】。(2)抱持，心中一

齏 ㄐㄧ 齊部 9畫
(1)調味用的蔥、蒜等辛辣物的粉末或菜末(2)粉碎：【齏骨粉身】。

齒 ㄔˇ 齒部 0畫
(1)人和動物口腔中咀嚼食物的器官：【牙齒】。(2)物體像牙齒般排列的：【鋸齒】。(3)年齡：【齒德俱增】。

齔 ㄔㄣˋ 齒部 2畫
(1)指七、八歲的幼童：【齔童】。(2)小孩脫去乳齒，換永久齒：【齔】。而齔。

齣 ㄔㄨ ｜齒部 5畫
傳奇或戲劇中的一個段落，也指戲劇中一個獨立的劇目：【一齣戲】。

齟 ㄐㄩ ｜齒部 5畫
【齟齬】上下齒參差不齊，比喻意見不合：【齟齬】。

齡 ㄌㄧㄥˊ ｜齒部 5畫
(1)年齡。(2)年紀、歲數：【年齡】。

齠 ㄊㄧㄠˊ ｜齒部 5畫
(1)兒童換牙，指童年：【齠年】。(2)張嘴露牙：【齠】

齜 ㄗ ｜齒部 6畫
(1)牙齒咧嘴：【齜牙咧嘴】(2)牙齒參差不齊：【齜牙】

齦 ㄧㄣˊ ｜齒部 6畫
(1)齒根肉：【齒齦】(2)爭辯：【齦齦】。

齪 ｜齒部
齊：【齪齒】。

齧 ㄋㄧㄝˋ ｜齒部 6畫
用牙齒咬：【蟲咬鼠齧】。

齬 ㄩˇ ｜齒部 7畫
見「齟」字。

齪 ㄔㄨㄛˋ ｜齒部 7畫
見「齷」字。

齷 ㄨㄛˋ ｜齒部 9畫
【齷齪】髒、不乾淨：【齷齪】。

齲 ㄑㄩˇ ｜齒部 9畫
牙齒被蛀蝕成洞，俗稱「蛀牙」：【齲齒】。

齵 ㄩˊ ｜齒部 9畫
(1)牙齒不正：【齵齒】(2)參差不齊的樣子。

龍 ㄌㄨㄥˊ ｜龍部 0畫
(1)中國古代傳說中一種有鱗、角、鬚、五爪，能飛、能走、能游、能呼風喚雨且具有靈性的動物：【海龍王】。(2)比喻帝王：【真龍天子】(3)比喻傑出的人才：【人中之龍】。(4)姓。

龔 ㄍㄨㄥ ｜龍部 6畫
(1)通「供」，供給(2)通「恭」，肅敬(3)姓。

龕 ㄎㄢ ｜龍部 6畫
供奉神像、牌位的櫥櫃：【佛龕】。

龜 ㄍㄨㄟ ｜龜部 0畫
爬蟲類動物，口大眼小，頭形像蛇，腹背都有硬甲，頭、尾、四肢都能縮進甲殼內，動作遲緩、壽命很長。

通「皲」，皮膚因嚴寒而凍裂：【龜裂】。

ㄑㄧㄡ

龜茲，古代西域國名，在現在新疆維吾爾自治區。

龠
ㄩㄝˋ
龠部
0畫

龠部

(1)古代一種管樂器，形狀像笛子，有三孔或六孔(2)古代的一種量器，形狀像爵。

龢
ㄏㄜˊ
龠部
5畫

通「和」，聲音和諧相應。

附錄：二〇一二年教育部新版國語一字多音修訂 初稿與原讀音對照表

字頭	仔	伽	佻	午	呱
八十八年版審訂音	ㄗˇ	1. ㄐㄧㄚ 2. ㄑㄧㄝ	ㄊㄧㄠ	1. ㄨˇ 2. ˙ㄏㄨㄛ（限讀）	1. ㄍㄨ 2. ㄍㄨㄚ
新版審訂音（初稿）	1. ㄗˇ 2. ㄗㄞˇ	1. ㄐㄧㄚ 2. ㄑㄧㄝ	ㄊㄧㄠ	ㄨˇ	1. ㄍㄨ 2. ㄍㄨㄚ
新版審訂音（初稿）詞例	1.仔細、擔仔麵。 2.牛仔、公仔、打仔。	1.伽利略、瑜伽。 2.伽藍。	輕佻、佻薄。	中午、午時、晌午。	1.呱呱叫。 2.呱呱大哭、呱呱墜地。

字頭	八十八年版審訂音	新版審訂音（初稿）	新版審訂音（初稿）詞例
噴	1.ㄆㄣ 2.ㄆㄣˋ 3.˙ㄈㄣ	1.ㄆㄣ 2.ㄆㄣˋ	1.嚏噴、噴火。 2.香氣噴鼻。
噌	ㄘㄥ	ㄗㄥ	味噌。
坏	ㄆㄟˋ	1.ㄆㄟˋ 2.ㄏㄨㄞˊ	1.坏土、捏坏、拉坏。 2.坏了。
埠	1.ㄅㄨ 2.ㄅㄨˋ 3.ㄆㄨˊ	1.ㄅㄨ 2.ㄅㄨˋ	1.埠圳、埠溼。 2.虎頭埠、埠頭鄉。
姊	ㄗˇ	1.ㄐㄧㄝˇ（語音） 2.ㄗˇ（讀音）	1.姊姊。 2.小弟聞姊來，磨刀霍霍向豬羊。
徊	ㄏㄨㄞˊ	ㄏㄨㄞˊ	徘徊。
施	1.ㄕ 2.ㄧˋ	1.ㄕ 2.ㄧˊ	1.施行、施展。 2.施從良人之所之。

字頭	八十八年版審訂音	新版審訂音（初稿）	新版審訂音（初稿）詞例
更	1.ㄍㄥ 2.ㄍㄥˋ	1.ㄍㄥ 2.ㄍㄥˋ	1.三更半夜、更正、更生人、自力更生。 2.更好、更上一層樓。
潦	1.ㄌㄠˊ 2.ㄌㄠˇ	1.ㄌㄠˊ 2.ㄌㄠˇ	1.水潦、泥潦。 2.潦倒、潦草。
燜	ㄇㄣˋ	ㄇㄣˋ	燜肉、燜燒鍋。
癟	ㄅㄧㄝˇ	1.ㄅㄧㄝˇ 2.ㄅㄧㄝ（限讀）	1.乾癟。 2.癟三。
粘	ㄋㄧㄢˊ	1.ㄋㄧㄢˊ（讀音） 2.ㄓㄢ（語音）	1.粘貼。 2.腸粘連
莘	ㄕㄣ	ㄒㄧㄣ	莘莘學子。
蕃	1.ㄈㄢ 2.ㄈㄢˊ	1.ㄈㄢˊ 2.ㄈㄢˊ 3.ㄅㄛˋ（限讀）	1.蕃茄、蕃薯。 2.蕃衍、蕃盛。 3.吐蕃。
虎	ㄏㄨˇ	1.ㄏㄨˇ 2.ㄏㄨ（限讀）	1.老虎、虎視眈眈。 2.馬虎。

字頭	八十八年版審訂音	新版審訂音（初稿）	新版審訂音（初稿）詞例
褶	1. ㄅㄧㄝˊ 2. ㄒㄩㄝˊ 3. ㄓㄜˊ 4. ㄓㄜˊ	1. ㄅㄧㄝˊ 2. ㄒㄩㄝˊ 3. ㄓㄜˊ	1. 褶衣。 2. 褲褶。 3. 褶子、百褶裙。
車	1. ㄔㄜ（語音） 2. ㄐㄩ（讀音）	1. ㄔㄜ 2. ㄐㄩ（限讀）	1. 汽車、學富五車。 2. 車馬炮。

精編小學生審訂音字典／五南辭書編輯小組編著.

── 初版. ── 臺北市：五南，2013.07

面；公分

ISBN 978-957-11-7154-8 （平裝）

1.漢語字典

802.3   102010484

國家圖書館出版品預行編目資料

悅讀中文 32

精編小學生審訂音字典

編　　著　五南辭書編輯小組

總　編　輯　王翠華

執行主編　黃文瓊

責任編輯　吳雨潔

美術設計　林明鋒

出　版　者　五南圖書出版股份有限公司

發　行　人　楊榮川

地　　址：台北市大安區106
　　　　　和平東路二段三三九號四樓

電　　話：〇二─二七〇五〇六六（代表號）

傳　　真：〇二─二七〇六六一〇〇

郵政劃撥：〇一〇六八九五一三

網　　址：http://www.wunan.com.tw

電子信箱：wunan@wunan.com.tw

顧　　問　林勝安律師事務所　林勝安律師

版　　刷　中華民國一〇二年七月初版一刷

訂　　價　三八〇元

有著作權‧請予尊重

部首名稱及索引

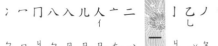

一畫

丶	一	冂	八	入	儿	人（亻）	亠	二		亅	乙	丿	、	丨	一
ㄓㄨˇ	ㄧ	ㄐㄩㄥ	ㄅㄚ	ㄖㄨˋ	ㄖㄣˊ	ㄖㄣˊ	ㄊㄡˊ	ㄦˋ		ㄐㄩㄝˊ	ㄧˇ	ㄆㄧㄝˇ	ㄓㄨˇ	ㄍㄨㄣˇ	ㄧ
28	28	27	26	26	24	28	27	26		6	5	4	3	3	1

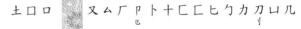

二畫

土	口	囗		又	厶	厂	卩（巳）	卜	十	匸	匚	匕	勹	力	刀（刂）	凵	几
ㄊㄨˇ	ㄎㄡˇ	ㄨㄟˊ		ㄧㄡˋ	ㄙ	ㄏㄢˇ	ㄐㄧㄝˊ	ㄅㄨˇ	ㄕˊ	ㄒㄧˋ	ㄈㄤ	ㄅㄧˇ	ㄅㄠ	ㄌㄧˋ	ㄉㄠ	ㄎㄢˇ	ㄐㄧ
67	65	45		44	43	42	41	41	40	39	39	38	37	35	30	30	29

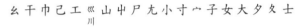

三畫

幺	干	巾	己	工	巛（川）	山	屮	尸	尢	小	寸	宀	子	女	大	夕	夂	士
ㄧㄠ	ㄍㄢ	ㄐㄧㄣ	ㄐㄧˇ	ㄍㄨㄥ	ㄔㄨㄢ	ㄕㄢ	ㄔㄜˋ	ㄕ	ㄨㄤ	ㄒㄧㄠˇ	ㄘㄨㄣˋ	ㄇㄧㄢˊ	ㄗˇ	ㄋㄩˇ	ㄉㄚˋ	ㄒㄧˋ	ㄓˇ	ㄕˋ
106	105	102	100	101	101	99	98	95	94	93	88	89	87	85	84	83	87	76

四畫

斤	斗	文	攴（攵）	支	手（扌）	戶	戈	心（忄）		彳	彡	彐（彑）	弓	弋	廾	廴	广
ㄐㄧㄣ	ㄉㄡˇ	ㄨㄣˊ	ㄆㄨ	ㄓ	ㄕㄡˇ	ㄏㄨˋ	ㄍㄜ	ㄒㄧㄣ		ㄔ	ㄕㄢ	ㄐㄧˋ	ㄍㄨㄥ	ㄧˋ	ㄍㄨㄥˇ	ㄧㄣˇ	ㄍㄨㄤˇ
160	165	153	156	130	135	129	126	116		113	112	111	111	110	109	100	100

父	爪（爫）	火	水（氵）	气	氏	毛	比	毋（母）	殳	歹	止	欠	木	月	日	曰	无（旡）	方
ㄈㄨˋ	ㄓㄠˇ	ㄏㄨㄛˇ	ㄕㄨㄟˇ	ㄑㄧˋ	ㄕˋ	ㄇㄠˊ	ㄅㄧˇ	ㄨˊ	ㄕㄨ	ㄉㄞˇ	ㄓˇ	ㄑㄧㄢˋ	ㄇㄨˋ	ㄩㄝˋ	ㄖˋ	ㄩㄝ	ㄨˊ	ㄈㄤ
241	241	232	224	241	240	240	240	240	241	210	198	197	176	187	181	185	180	181

五畫

爿	疒	疋	田	用	生	甘	瓦	瓜	玉（王）	玄		犬（犭）	牛（牜）	牙	片	爿	爻
ㄑㄧㄤˊ	ㄔㄨㄤˊ	ㄆㄧˇ	ㄊㄧㄢˊ	ㄩㄥˋ	ㄕㄥ	ㄍㄢ	ㄨㄚˇ	ㄍㄨㄚ	ㄩˋ	ㄒㄩㄢˊ		ㄑㄩㄢˇ	ㄋㄧㄡˊ	ㄧㄚˊ	ㄆㄧㄢˋ	ㄑㄧㄤˊ	ㄧㄠˊ
268	266	266	251	250	255	258	258	257	247	240		244	244	244	244	244	242

部首檢字表（六畫～十七畫）

六畫

六畫（右側為五畫部首）

部首	注音	頁碼
而	ㄦˊ	325
老（耂）	ㄌㄠˇ	324
羽	ㄩˇ	322
羊（羋）	ㄧㄤˊ	321
网（罒）	ㄨㄤˇ	319
缶	ㄈㄡˇ	316
糸（糹）	ㄇㄧˋ	304
米	ㄇㄧˇ	296
竹（⺮）	ㄓㄨˊ	296

部首	注音	頁碼
立	ㄌㄧˋ	295
穴	ㄒㄩㄝˊ	292
禾	ㄏㄜˊ	288
禸	ㄖㄡˊ	287
示	ㄕˋ	284
石	ㄕˊ	279
矢	ㄕˇ	278
矛	ㄇㄠˊ	273
目	ㄇㄨˋ	271
皿	ㄇㄧㄥˇ	270
皮	ㄆㄧˊ	269
白	ㄅㄞˊ	269

七畫

部首	注音	頁碼
見	ㄐㄧㄢˋ	377

部首	注音	頁碼
西（襾）	ㄒㄧ	377
衣（衤）	ㄧ	372
行	ㄒㄧㄥˊ	371
血	ㄒㄩㄝˋ	361
虫	ㄔㄨㄥˊ	361
虍	ㄏㄨ	361
艸（艹）	ㄘㄠˇ	360
色	ㄙㄜˋ	341
艮	ㄍㄣˋ	340
舟	ㄓㄡ	340
舛	ㄔㄨㄢˇ	340
舌	ㄕㄜˊ	339
臼	ㄐㄧㄡˋ	339
至	ㄓˋ	338
自	ㄗˋ	337
臣	ㄔㄣˊ	337
肉（月）	ㄖㄡˋ	336
聿	ㄩˋ	330
耳	ㄦˇ	328
耒	ㄌㄟˇ	326

八畫

部首	注音	頁碼
長	ㄔㄤˊ	442
金	ㄐㄧㄣ	430

部首	注音	頁碼
里	ㄌㄧˇ	428
釆	ㄅㄧㄢˋ	425
酉	ㄧㄡˇ	422
邑（阝）	ㄧˋ	422
辵（辶）	ㄔㄨㄛˋ	417
辰	ㄔㄣˊ	417
辛	ㄒㄧㄣ	411
車	ㄔㄜ	409
身	ㄕㄣ	407
足（⻊）	ㄗㄨˊ	401
走	ㄗㄡˇ	401
赤	ㄔˋ	399
貝	ㄅㄟˋ	399
豸	ㄓˋ	395
豕	ㄕˇ	394
豆	ㄉㄡˋ	390
谷	ㄍㄨˇ	389
言	ㄧㄢˊ	379
角	ㄐㄧㄠˇ	370

九畫

部首	注音	頁碼
非	ㄈㄟ	458
青	ㄑㄧㄥ	458
雨	ㄩˇ	455
隹	ㄓㄨㄟ	455
隸	ㄌㄧˋ	450
阜（阝）	ㄈㄨˋ	449
門	ㄇㄣˊ	443

十畫

部首	注音	頁碼
馬	ㄇㄚˇ	472

部首	注音	頁碼
香	ㄒㄧㄤ	477
首	ㄕㄡˇ	471
食	ㄕˊ	466
飛	ㄈㄟ	462
風	ㄈㄥ	461
頁	ㄧㄝˋ	461
音	ㄧㄣ	461
韭	ㄐㄧㄡˇ	461
韋	ㄨㄟˊ	459
革	ㄍㄜˊ	459
面	ㄇㄧㄢˋ	459

十一畫

部首	注音	頁碼
鬼	ㄍㄨㄟˇ	480
鬲	ㄌㄧˋ	480
鬯	ㄔㄤˋ	480
鬥	ㄉㄡˋ	479
髟	ㄅㄧㄠ	478
高	ㄍㄠ	476
骨	ㄍㄨˇ	471

十二畫

部首	注音	頁碼
麻	ㄇㄚˊ	491
麥	ㄇㄞˋ	481
鹿	ㄌㄨˋ	480
鹵	ㄌㄨˇ	480
鳥	ㄋㄧㄠˇ	485
魚	ㄩˊ	481

十三畫

部首	注音	頁碼
黹	ㄓˇ	493
黑	ㄏㄟ	492
黍	ㄕㄨˇ	492
黃	ㄏㄨㄤˊ	492

十四畫

部首	注音	頁碼
鼠	ㄕㄨˇ	495
鼓	ㄍㄨˇ	494
鼎	ㄉㄧㄥˇ	494
黽	ㄇㄧㄥˇ	494

十五畫

部首	注音	頁碼
齊	ㄑㄧˊ	495
鼻	ㄅㄧˊ	495

十六畫

部首	注音	頁碼
齒	ㄔˇ	496

十七畫

部首	注音	頁碼
龜	ㄍㄨㄟ	497
龍	ㄌㄨㄥˊ	497

部首	注音	頁碼
龠	ㄩㄝˋ	498